Über dieses Buch Illusionslosigkeit und unerbittliche Wahrheitssuche, eine der Wissenschaft Freuds verwandte Seelen- und Sinnenkunde, tiefe Skepsis bei anscheinend leichtem Spiel, Kunst und Atmosphäre, der Stimmung, des unvergleichlichen Dialogs bilden den Gesamtnenner von Schnitzlers Schaffen – dem dramatischen wie dem erzählerischen. Arthur Schnitzler gehört zu den großen Erzählern nicht nur seiner Zeit. Sein Werk bewahrt das Lebensgefühl der ausgehenden Donaumonarchie, des späten Wien, und greift zugleich der Entwicklung der modernen Literatur und Psychologie weit voraus. Im »inneren Monolog«, einer Technik, die Schnitzler lange vor James Joyce zur Anwendung brachte, werden Bewußtes und Unbewußtes, Herrschaft des Augenblicks und Gegenwart des Vergangenen greifbar. Die persönlichen Regungen, Schwächen und Konflikte der Schnitzlerschen Gestalten zeigen nur scheinbar einen Ausschnitt: in ihrem Sprechen und Handeln treten Gesellschaft und Geist einer ganzen Epoche, tritt Zeitloses in Erscheinung.
Die hier gesammelten Erzählungen stammen aus der Zeit von 1910 (›Der blinde Geronimo und sein Bruder‹) bis 1926 (›Spiel im Morgengrauen‹).

Der Autor Arthur Schnitzler, 1862 als Sohn eines angesehenen Professors der Medizin in Wien geboren, wurde ebenfalls Arzt. Als siebenundzwanzigjähriger Assistent trat er erstmals mit Prosaskizzen in der Zeitschrift ›An der schönen blauen Donau‹ hervor. 1892, in dem Jahr, in dem auch ›Sterben‹, Schnitzlers erste bedeutende Novelle, erschien, schrieb »Loris«, der achtzehnjährige Hofmannsthal, den Prolog zu Schnitzlers Einakter-Zyklus ›Anatol‹. Einer der Großen des ›Jungen Wien‹, lebte Schnitzler als freier Schriftsteller in seiner Geburtsstadt. Dort starb er 1931.
Ein vollständiges Verzeichnis aller im Fischer Taschenbuch Verlag lieferbaren Titel von Arthur Schnitzler findet sich am Schluß des Bandes.

Arthur Schnitzler

Casanovas Heimfahrt

Erzählungen

Fischer
Taschenbuch
Verlag

62.–64. Tausend: September 1989

Veröffentlicht im Fischer Taschenbuch Verlag GmbH,
Frankfurt am Main, März 1973

Lizenzausgabe mit freundlicher Genehmigung
des S. Fischer Verlages, Frankfurt am Main
© 1950 by S. Fischer Verlag, Frankfurt am Main
Umschlagentwurf: Hetty Krist
Druck und Bindung: Clausen & Bosse, Leck
Printed in Germany
ISBN 3-596-21343-6

Inhalt

Liebelei
Reigen
Anatol   11

Der blinde Geronimo und sein Bruder

Der blinde Geronimo stand von der Bank auf und nahm die Gitarre zur Hand, die auf dem Tisch neben dem Weinglas bereit gelegen war. Er hatte das ferne Rollen der ersten Wagen vernommen. Nun tastete er sich den wohlbekannten Weg bis zur offenen Türe hin, und dann ging er die schmalen Holzstufen hinab, die frei in den gedeckten Hofraum hinunterliefen. Sein Bruder folgte ihm, und beide stellten sich gleich neben der Treppe auf, den Rücken zur Wand gekehrt, um gegen den naßkalten Wind geschützt zu sein, der über den feuchtschmutzigen Boden durch die offenen Tore strich.

Unter dem düsteren Bogen des alten Wirtshauses mußten alle Wagen passieren, die den Weg über das Stilfserjoch nahmen. Für die Reisenden, welche von Italien her nach Tirol wollten, war es die letzte Rast vor der Höhe. Zu langem Aufenthalte lud es nicht ein, denn gerade hier lief die Straße ziemlich eben, ohne Ausblicke, zwischen kahlen Erhebungen hin. Der blinde Italiener und sein Bruder Carlo waren in den Sommermonaten hier so gut wie zu Hause.

Die Post fuhr ein, bald darauf kamen andere Wagen. Die meisten Reisenden blieben sitzen, in Plaids und Mäntel wohl eingehüllt, andere stiegen aus und spazierten zwischen den Toren ungeduldig hin und her. Das Wetter wurde immer schlechter, ein kalter Regen klatschte herab. Nach einer Reihe schöner Tage schien der Herbst plötzlich und allzu früh hereinzubrechen.

Der Blinde sang und begleitete sich dazu auf der Gitarre; er sang mit einer ungleichmäßigen, manchmal plötzlich aufkreischenden Stimme, wie immer, wenn er getrunken hatte. Zuweilen wandte er den Kopf wie mit einem Ausdruck vergeblichen Flehens nach oben. Aber die Züge seines Gesichtes mit den schwarzen Bartstoppeln und den bläulichen Lippen blieben vollkommen unbeweglich. Der ältere Bruder stand neben ihm, beinahe regungslos. Wenn ihm jemand eine Münze in den Hut fallen ließ, nickte er Dank und sah dem Spender mit einem raschen, wie irren Blick ins Gesicht. Aber gleich, beinahe ängstlich, wandte er den Blick wieder fort und starrte gleich dem Bruder ins Leere. Es war, als schämten sich seine Augen des Lichts, das ihnen gewährt war, und von dem sie dem blinden Bruder keinen Strahl schenken konnten.

»Bring mir Wein«, sagte Geronimo, und Carlo ging, gehorsam wie immer. Während er die Stufen aufwärts schritt, begann Geronimo wieder zu singen. Er hörte längst nicht mehr auf seine eigene Stimme, und so konnte er auf das merken, was in seiner Nähe vorging. Jetzt vernahm er ganz nahe zwei flüsternde Stimmen, die eines jungen Mannes und einer jungen Frau. Er dachte, wie oft diese beiden schon den gleichen Weg hin und her gegangen sein mochten; denn in seiner Blindheit und in seinem Rausch war ihm manchmal, als kämen Tag für Tag dieselben Menschen über das Joch gewandert, bald von Norden gegen Süden, bald von Süden gegen Norden. Und so kannte er auch dieses junge Paar seit langer Zeit.

Carlo kam herab und reichte Geronimo ein Glas Wein. Der Blinde schwenkte es dem jungen Paare zu und sagte: »Ihr Wohl, meine Herrschaften!«

»Danke«, sagte der junge Mann; aber die junge Frau zog ihn fort, denn ihr war dieser Blinde unheimlich.

Jetzt fuhr im Wagen mit einer ziemlich lärmenden Gesellschaft ein: Vater, Mutter, drei Kinder, eine Bonne.

»Deutsche Familie«, sagte Geronimo leise zu Carlo.

Der Vater gab jedem der Kinder ein Geldstück, und jedes durfte das seine in den Hut des Bettlers werfen. Geronimo neigte jedesmal den Kopf zum Dank. Der älteste Knabe sah dem Blinden mit ängstlicher Neugier ins Gesicht. Carlo betrachtete den Knaben. Er mußte, wie immer beim Anblick solcher Kinder, daran denken, daß Geronimo gerade so alt gewesen war, als das Unglück geschah, durch das er das Augenlicht verloren hatte. Denn er erinnerte sich jenes Tages auch heute noch, nach beinahe zwanzig Jahren, mit vollkommener Deutlichkeit. Noch heute klang ihm der grelle Kinderschrei ins Ohr, mit dem der kleine Geronimo auf den Rasen hingesunken war, noch heute sah er die Sonne auf der weißen Gartenmauer spielen und kringeln und hörte die Sonntagsglocken wieder, die gerade in jenem Augenblick getönt hatten. Er hatte wie oftmals mit dem Bolzen nach der Esche an der Mauer geschossen, und als er den Schrei hörte, dachte er gleich, daß er den kleinen Bruder verletzt haben mußte, der eben vorbeigelaufen war. Er ließ das Blasrohr aus den Händen gleiten, sprang durchs Fenster in den Garten und stürzte zu dem kleinen Bruder hin, der auf dem Grase lag, die Hände vors Gesicht geschlagen, und jammerte. Über die rechte Wange und den Hals floß ihm Blut herunter. In derselben Minute kam der Vater vom Felde heim, durch die kleine Gartentür, und nun knieten beide ratlos neben dem jammernden Kinde. Nachbarn eilten herbei; die alte Vanetti war die erste, der es gelang, dem Kleinen die Hände vom Gesicht zu entfernen.

8

Dann kam auch der Schmied, bei dem Carlo damals in der Lehre war und der sich ein bißchen aufs Kurieren verstand; und der sah gleich, daß das rechte Auge verloren war. Der Arzt, der abends aus Poschiavo kam, konnte auch nicht mehr helfen. Ja, er deutete schon die Gefahr an, in der das andere Auge schwebte. Und er behielt recht. Ein Jahr später war die Welt für Geronimo in Nacht versunken. Anfangs versuchte man, ihm einzureden, daß er später geheilt werden könnte, und er schien es zu glauben. Carlo, der die Wahrheit wußte, irrte damals tage- und nächtelang auf der Landstraße, zwischen den Weinbergen und in den Wäldern umher, und war nahe daran, sich umzubringen. Aber der geistliche Herr, dem er sich anvertraute, klärte ihn auf, daß es seine Pflicht war, zu leben und sein Leben dem Bruder zu widmen. Carlo sah es ein. Ein ungeheures Mitleid ergriff ihn. Nur wenn er bei dem blinden Jungen war, wenn er ihm die Haare streicheln, seine Stirne küssen durfte, ihm Geschichten erzählte, ihn auf den Feldern hinter dem Hause und zwischen den Rebengeländen spazieren führte, milderte sich seine Pein. Er hatte gleich anfangs die Lehrstunden in der Schmiede vernachlässigt, weil er sich von dem Bruder gar nicht trennen mochte, und konnte sich nachher nicht mehr entschließen, sein Handwerk wieder aufzunehmen, trotzdem der Vater mahnte und in Sorge war. Eines Tages fiel es Carlo auf, daß Geronimo vollkommen aufgehört hatte, von seinem Unglück zu reden. Bald wußte er, warum: der Blinde war zur Einsicht gekommen, daß er nie den Himmel, die Hügel, die Straßen, die Menschen, das Licht wieder sehen würde. Nun litt Carlo noch mehr als früher, so sehr er sich auch selbst damit zu beruhigen suchte, daß er ohne jede Absicht das Unglück herbeigeführt hatte. Und manchmal, wenn er am frühen Morgen den Bruder betrachtete, der neben ihm ruhte, ward er von einer solchen Angst erfaßt, ihn erwachen zu sehen, daß er in den Garten hinauslief, nur um nicht dabei sein zu müssen, wie die toten Augen jeden Tag von neuem das Licht zu suchen schienen, das ihnen für immer erloschen war. Zu jener Zeit war es, daß Carlo auf den Einfall kam, Geronimo, der eine angenehme Stimme hatte, in der Musik weiter ausbilden zu lassen. Der Schullehrer von Tola, der manchmal sonntags herüberkam, lehrte ihn die Gitarre spielen. Damals ahnte der Blinde freilich noch nicht, daß die neuerlernte Kunst einmal zu seinem Lebensunterhalt dienen würde.

Mit jenem traurigen Sommertag schien das Unglück für immer in das Haus des alten Lagardi eingezogen zu sein. Die Ernte mißriet ein Jahr nach dem anderen, um eine kleine Geldsumme, die der Alte erspart hatte, wurde er von einem Verwandten betrogen; und als er an einem schwülen Augusttag auf freiem Felde vom Schlag getroffen hinsank und starb, hinterließ er nichts als Schulden. Das kleine Anwesen wurde verkauft, die beiden Brüder waren obdachlos und arm und verließen das Dorf.

Carlo war zwanzig, Geronimo fünfzehn Jahre alt. Damals begann das Bettel- und Wanderleben, das sie bis heute führten. Anfangs hatte Carlo daran gedacht, irgendeinen Verdienst zu finden, der zugleich ihn und den Bruder ernähren könnte; aber es wollte nicht gelingen. Auch hatte Geronimo nirgend Ruhe; er wollte immer auf dem Wege sein.

Zwanzig Jahre war es nun, daß sie auf Straßen und Pässen herumzogen, im nördlichen Italien und im südlichen Tirol, immer dort, wo eben der dichtere Zug der Reisenden vorüberströmte.

Und wenn auch Carlo nach so vielen Jahren nicht mehr die brennende Qual verspürte, mit der ihn früher jedes Leuchten der Sonne, der Anblick jeder freundlichen Landschaft erfüllt hatte, es war doch ein stetes nagendes Mitleid in ihm, beständig und ihm unbewußt, wie der Schlag seines Herzens und sein Atem. Und er war froh, wenn Geronimo sich betrank.

Der Wagen mit der deutschen Familie war davongefahren. Carlo setzte sich, wie er gern tat, auf die untersten Stufen der Treppe, Geronimo aber blieb stehen, ließ die Arme schlaff herabhängen und hielt den Kopf nach oben gewandt.

Maria, die Magd, kam aus der Wirtsstube.

»Habt's viel verdient heut?« rief sie herunter.

Carlo wandte sich gar nicht um. Der Blinde bückte sich nach seinem Glas, hob es vom Boden auf und trank es Maria zu. Sie saß manchmal abends in der Wirtsstube neben ihm; er wußte auch, daß sie schön war.

Carlo beugte sich vor und blickte gegen die Straße hinaus. Der Wind blies, und der Regen prasselte, so daß das Rollen des nahenden Wagens in den heftigen Geräuschen unterging. Carlo stand auf und nahm wieder seinen Platz an des Bruders Seite ein.

Geronimo begann zu singen, schon während der Wagen einfuhr, in dem nur ein Passagier saß. Der Kutscher spannte die Pferde eilig aus, dann eilte er hinauf in die Wirtsstube. Der Reisende blieb eine Weile in seiner Ecke sitzen, ganz eingewickelt in einen grauen Regenmantel; er schien auf den Gesang gar nicht zu hören. Nach einer Weile aber sprang er aus dem Wagen und lief mit großer Hast hin und her, ohne sich weit vom Wagen zu entfernen. Er rieb immerfort die Hände aneinander, um sich zu erwärmen. Jetzt erst schien er die

Bettler zu bemerken. Er stellte sich ihnen gegenüber und sah sie lange wie prüfend an. Carlo neigte leicht den Kopf, wie zum Gruße. Der Reisende war ein sehr junger Mensch mit einem hübschen, bartlosen Gesicht und unruhigen Augen. Nachdem er eine ganze Weile vor den Bettlern gestanden, eilte er wieder zu dem Tore, durch das er weiterfahren sollte, und schüttelte bei dem trostlosen Ausblick in Regen und Nebel verdrießlich den Kopf.

»Nun?« fragte Geronimo.

»Noch nichts«, erwiderte Carlo. »Er wird wohl geben, wenn er fortfährt.«

Der Reisende kam wieder zurück und lehnte sich an die Deichsel des Wagens. Der Blinde begann zu singen. Nun schien der junge Mann plötzlich mit großem Interesse zuzuhören. Der Knecht erschien und spannte die Pferde wieder ein. Und jetzt erst, als besänne er sich eben, griff der junge Mann in die Tasche und gab Carlo einen Frank.

»O danke, danke«, sagte dieser.

Der Reisende setzte sich in den Wagen und wickelte sich wieder in seinen Mantel. Carlo nahm das Glas vom Boden auf und ging die Holzstufen hinauf. Geronimo sang weiter. Der Reisende beugte sich zum Wagen heraus und schüttelte den Kopf mit einem Ausdruck von Überlegenheit und Traurigkeit zugleich. Plötzlich schien ihm ein Einfall zu kommen, und er lächelte. Dann sagte er zu dem Blinden, der kaum zwei Schritte weit von ihm stand: »Wie heißt du?«

»Geronimo.«

»Nun, Geronimo, laß dich nur nicht betrügen.« In diesem Augenblick erschien der Kutscher auf der obersten Stufe der Treppe.

»Wieso, gnädiger Herr, betrügen?«

»Ich habe deinem Begleiter ein Zwanzigfrankstück gegeben.«

»O Herr, Dank, Dank!«

»Ja; also paß auf.«

»Er ist mein Bruder, Herr; er betrügt mich nicht.«

Der junge Mann stutzte eine Weile, aber während er noch überlegte, war der Kutscher auf den Bock gestiegen und hatte die Pferde angetrieben. Der junge Mann lehnte sich zurück mit einer Bewegung des Kopfes, als wollte er sagen: Schicksal, nimm deinen Lauf! Und der Wagen fuhr davon.

Der Blinde winkte mit beiden Händen lebhafte Gebärden des Dankes nach. Jetzt hörte er Carlo, der eben aus der Wirtsstube kam. Der rief herunter: »Komm, Geronimo, es ist warm heroben, Maria hat Feuer gemacht!«

Geronimo nickte, nahm die Gitarre unter den Arm und tastete sich am Geländer die Stufen hinauf. Auf der Treppe schon rief er: »Laß es mich anfühlen! Wie lang hab' ich schon kein Goldstück angefühlt!«

»Was gibt's?« fragte Carlo. »Was redest du da?«

Geronimo war oben und griff mit beiden Händen nach dem Kopf seines Bruders, ein Zeichen, mit dem er stets Freude oder Zärtlichkeit auszudrücken pflegte. »Carlo, mein lieber Bruder, es gibt doch gute Menschen!«

»Gewiß«, sagte Carlo. »Bis jetzt sind es zwei Lire und dreißig Centesimi; und hier ist noch österreichisches Geld, vielleicht eine halbe Lira.«

»Und zwanzig Franken – und zwanzig Franken!« rief Geronimo. »Ich weiß es ja!« Er torkelte in die Stube und setzte sich schwer auf die Bank.

»Was weißt du?« fragte Carlo.

»So laß doch die Späße! Gib es mir in die Hand! Wie lang hab' ich schon kein Goldstück in der Hand gehabt!«

»Was willst du denn? Woher soll ich ein Goldstück nehmen? Es sind zwei Lire oder drei.«

Der Blinde schlug auf den Tisch. »Jetzt ist es aber genug, genug! Willst du es etwa vor mir verstecken?«

Carlo blickte den Bruder besorgt und verwundert an. Er setzte sich neben ihn, rückte ganz nahe und faßte wie begütigend seinen Arm: »Ich verstecke nichts vor dir. Wie kannst du das glauben? Niemandem ist es eingefallen, mir ein Goldstück zu geben.«

»Aber er hat mir's doch gesagt!«

»Wer?«

»Nun, der junge Mensch, der hin- und herlief.«

»Wie? Ich versteh' dich nicht!«

»So hat er zu mir gesagt: ›Wie heißt du?‹ und dann: ›Gib acht, gib acht, laß dich nicht betrügen!‹«

»Du mußt geträumt haben, Geronimo – das ist ja Unsinn!«

»Unsinn? Ich hab' es doch gehört, und ich höre gut. ›Laß dich nicht betrügen; ich habe ihm ein Goldstück...‹ – nein, so sagte er: ›Ich habe ihm ein Zwanzigfrankstück gegeben.‹«

Der Wirt kam herein. »Nun, was ist's mit euch? Habt ihr das Geschäft aufgegeben? Ein Vierspänner ist gerade angefahren.«

»Komm!« rief Carlo, »komm!«

Geronimo blieb sitzen. »Warum denn? Warum soll ich kommen? Was hilft's mir denn? Du stehst ja dabei und –«

Carlo berührte ihn am Arm. »Still, komm jetzt hinunter!«

Geronimo schwieg und gehorchte dem Bruder. Aber auf den Stufen sagte er: »Wir reden noch, wir reden noch!«

Carlo begriff nicht, was geschehen war. War Geronimo plötzlich verrückt geworden? Denn, wenn er auch leicht in Zorn geriet, in dieser Weise hatte er noch nie gesprochen.

In dem eben angekommenen Wagen saßen zwei Engländer; Carlo lüftete den Hut vor ihnen, und der Blinde sang. Der eine Engländer war ausgestiegen und warf einige Münzen in Carlos Hut. Carlo sagte: »Danke« und dann, wie vor sich hin: »Zwanzig Centesimi.« Das Gesicht Geronimos blieb unbewegt; er begann ein neues Lied. Der Wagen mit den zwei Engländern fuhr davon.

Die Brüder gingen schweigend die Stufen hinauf. Geronimo setzte sich auf die Bank, Carlo blieb beim Ofen stehen.

»Warum sprichtst du nicht?« fragte Geronimo.

»Nun«, erwiderte Carlo, »es kann nur so sein, wie ich dir gesagt habe.« Seine Stimme zitterte ein wenig.

»Was hast du gesagt?« fragte Geronimo.

»Es war vielleicht ein Wahnsinniger.«

»Ein Wahnsinniger? Das wäre ja vortrefflich! Wenn einer sagt: ›Ich habe deinem Bruder zwanzig Franken gegeben‹, so ist er wahnsinnig! – Eh, und warum hat er gesagt: ›Laß dich nicht betrügen‹ – eh?«

»Vielleicht war er auch nicht wahnsinnig ... aber es gibt Menschen, die mit uns armen Leuten Späße machen ...«

»Eh!« schrie Geronimo, »Späße? – Ja, das hast du noch sagen müssen – darauf habe ich gewartet!« Er trank das Glas Wein aus, das vor ihm stand.

»Aber, Geronimo!« rief Carlo, und er fühlte, daß er vor Bestürzung kaum sprechen konnte, »warum sollte ich ... wie kannst du glauben ...?«

»Warum zittert deine Stimme ... eh ... warum ...?«

»Geronimo, ich versichere dir, ich –«

»Eh – und ich glaube dir nicht! Jetzt lachst du ... ich weiß ja, daß du jetzt lachst!«

Der Knecht rief von unten: »He, blinder Mann, Leut' sind da!«

Ganz mechanisch standen die Brüder auf und schritten die Stufen hinab. Zwei Wagen waren zugleich gekommen, einer mit drei Herren, ein anderer mit einem alten Ehepaar. Geronimo sang; Carlo stand neben ihm, fassungslos. Was sollte er nur tun? Der Bruder glaubte ihm nicht! Wie war das nur möglich? – Und er betrachtete Geronimo, der mit zerbrochener Stimme seine Lieder sang, angstvoll von der Seite. Es war ihm, als sähe er über diese Stirne Gedanken fliehen, die er früher dort niemals gewahrt hatte.

Die Wagen waren schon fort, aber Geronimo sang weiter. Carlo wagte nicht, ihn zu unterbrechen. Er wußte nicht, was er sagen sollte, er fürchtete, daß seine Stimme wieder zittern würde. Da tönte Lachen von oben, und Maria rief: »Was singst denn noch immer? Von mir kriegst du ja doch nichts!«

Geronimo hielt inne, mitten in einer Melodie; es klang, als wäre seine Stimme und die Saiten zugleich abgerissen. Dann ging er wieder die Stufen hinauf, und Carlo folgte ihm. In der Wirtsstube setzte er sich neben ihn. Was sollte er tun? Es blieb ihm nichts anderes übrig: er mußte noch einmal versuchen, den Bruder aufzuklären.

»Geronimo«, sagte er, »ich schwöre dir ... bedenk doch, Geronimo, wie kannst du glauben, daß ich –«

Geronimo schwieg, seine toten Augen schienen durch das Fenster in den grauen Nebel hinauszublicken. Carlo redete weiter: »Nun, er braucht ja nicht wahnsinnig gewesen zu sein, er wird sich geirrt haben ... ja, er hat sich geirrt ...« Aber er fühlte wohl, daß er selbst nicht glaubte, was er sagte.

Geronimo rückte ungeduldig fort. Aber Carlo redete weiter, mit plötzlicher Lebhaftigkeit: »Wozu sollte ich denn – du weißt doch, ich esse und trinke nicht mehr als du, und wenn ich mir einen neuen Rock kaufe, so weißt du's doch ... wofür brauch' ich denn soviel Geld? Was soll ich denn damit tun?«

Da stieß Geronimo zwischen den Zähnen hervor: »Lüg nicht, ich höre, wie du lügst!«

»Ich lüge nicht, Geronimo, ich lüge nicht!« sagte Carlo erschrocken.

»Eh! hast du ihr's schon gegeben, ja? Ober bekommt sie's erst nachher?« schrie Geronimo.

»Maria?«

»Wer denn, als Maria? Eh, du Lügner, du Dieb!« Und als wollte er nicht mehr neben ihm am Tische sitzen, stieß er mit dem Ellbogen den Bruder in die Seite.

Carlo stand auf. Zuerst starrte er den Bruder an, dann verließ er das Zimmer und ging über die Stiege in den Hof. Er schaute mit weit offenen Augen auf die Straße hinaus, die vor ihm in bräunlichen Nebel versank. Der Regen hatte nachgelassen. Carlo steckte die Hände in die Hosentaschen und ging ins Freie. Es war ihm, als hätte ihn sein Bruder davongejagt. Was war denn nur geschehen? ... Er konnte es noch immer nicht fassen. Was für ein Mensch mochte das gewesen sein? Einen Franken schenkt er her und sagt, es waren zwanzig! Er mußte doch irgendeinen Grund dazu gehabt haben? ... Und Carlo suchte in seiner Erinnerung, ob er sich nicht irgendwo jemanden zum Feind gemacht, der nun einen anderen hergeschickt hatte, um sich zu rächen ... Aber soweit er zurückdenken mochte, nie hatte er jemanden beleidigt, nie irgendeinen ernsten Streit mit jemandem vorgehabt. Er hatte ja seit zwanzig Jahren nichts anderes getan, als daß er in Höfen oder an Straßenrändern gestanden war mit dem Hut in der Hand ... War ihm vielleicht einer wegen eines Frauenzimmers böse? ... Aber wie lange hatte er schon mit keiner was zu tun gehabt ... die Kellnerin in La Rosa war die letzte gewesen, im vorigen Frühjahr ... aber um die war ihm gewiß niemand neidisch ... Es war nicht zu begreifen! ... Was mochte es da draußen in der Welt, die er nicht kannte, für Menschen geben? ... Von überall her kamen sie ... was wußte er von ihnen? ... Für diesen Fremden hatte es wohl irgendeinen Sinn gehabt, daß er zu Geronimo sagte: Ich habe deinem Bruder zwanzig Franken gegeben ... Nun ja ... Aber was war nun zu tun? ... Mit einemmal war es offenbar geworden, daß Geronimo ihm mißtraute! ... Das konnte er nicht ertragen! Irgend etwas mußte er dagegen unternehmen. . . Und er eilte zurück.

Als er wieder in die Wirtsstube trat, lag Geronimo auf der Bank ausgestreckt und schien das Eintreten Carlos nicht zu bemerken. Maria brachte den beiden Essen und Trinken. Sie sprachen während der Mahlzeit kein Wort. Als Maria die Teller abräumte, lachte Geronimo plötzlich auf und sagte zu ihr: »Was wirst du dir denn dafür kaufen?«

»Wofür denn?«

»Nun, was? Einen neuen Rock oder Ohrringe?«

»Was will er denn von mir?« wandte sie sich an Carlo.

Indes dröhnte unten der Hof von lastenbeladenen Fuhrwerken, laute Stimmen tönten herauf und Maria eilte hinunter. Nach ein paar Minuten kamen drei Fuhrleute und nahmen an einem Tische Platz; der Wirt trat zu ihnen und begrüßte sie. Sie schimpften über das schlechte Wetter.

»Heute nacht werdet ihr Schnee haben«, sagte der eine.

Der zweite erzählte, wie er vor zehn Jahren Mitte August auf dem Joch eingeschneit und beinahe erfroren war. Maria setzte sich zu ihnen. Auch der Knecht kam herbei und erkundigte sich nach seinen Eltern, die unten in Bormio wohnten.

Jetzt kam wieder ein Wagen mit Reisenden. Geronimo und Carlo gingen hinunter, Geronimo sang, Carlo hielt den Hut hin, und die Reisenden gaben ihr Almosen. Geronimo schien jetzt ganz ruhig. Er fragte manchmal: »Wieviel?« und nickte zu den Antworten Carlos leicht mit dem Kopfe. Indes versuchte Carlo selbst seine Gedanken zu fassen. Aber er hatte immer nur das dumpfe Gefühl, daß etwas Schreckliches geschehen und daß er ganz wehrlos war.

Als die Brüder wieder die Stufen hinaufschritten, hörten sie die Fuhrleute oben wirr durcheinander reden und lachen. Der jüngste rief dem Geronimo entgegen: »Sing uns doch auch was vor, wir zahlen schon! – Nicht wahr?« wandte er sich an die anderen.

Maria, die eben mit einer Flasche rotem Wein kam, sagte: »Fangt heut nichts mit ihm an, er ist schlechter Laune.«

Statt jeder Antwort stellte sich Geronimo mitten ins Zimmer hin und fing an zu singen. Als er geendet, klatschten die Fuhrleute in die Hände.

»Komm her, Carlo!« rief einer, »wir wollen dir unser Geld auch in den Hut werfen wie die Leute unten!« Und er nahm eine kleine Münze und hielt die Hand hoch, als wollte er sie in den Hut fallen lassen, den ihm Carlo entgegenstreckte. Da griff der Blinde nach dem Arm des Fuhrmannes und sagte: »Lieber mir, lieber mir! Es könnte daneben fallen – daneben!«

»Wieso daneben?«

»Eh, nun! Zwischen die Beine Marias!«

Alle lachten, der Wirt und Maria auch, nur Carlo stand regungslos da. Nie hatte Geronimo solche Späße gemacht! . . .

»Setz dich zu uns!« riefen die Fuhrleute. »Du bist ein lustiger Kerl!« Und sie rückten zusammen, um Geronimo Platz zu machen. Immer lauter und wirrer war das Durcheinanderreden; Geronimo redete mit, lauter und lustiger als sonst, und hörte nicht auf zu trinken. Als Maria eben wieder hereinkam, wollte er sie an sich ziehen; da sagte der eine von den Fuhrleuten lachend: »Meinst du vielleicht, sie ist schön? Sie ist ja ein altes häßliches Weib!«

Aber der Blinde zog Maria auf seinen Schoß. »Ihr seid alle Dummköpfe«, sagte er. »Glaubt ihr, ich brauche meine Augen, um zu sehen? Ich weiß auch, wo Carlo jetzt ist – eh! – dort am Ofen steht er, hat die Hände in den Hosentaschen und lacht.«

Alle schauten auf Carlo, der mit offenem Munde am Ofen lehnte und nun wirklich das Gesicht zu einem Grinsen verzog, als dürfte er seinen Bruder nicht Lügen strafen.

Der Knecht kam herein; wenn die Fuhrleute noch vor Dunkelheit in Bormio sein wollten, mußten sie sich beeilen. Sie standen auf und verabschiedeten sich lärmend. Die beiden Brüder waren wieder allein in der Wirtsstube. Es war die Stunde, um die sie sonst manchmal zu schlafen pflegten. Das ganze Wirtshaus versank in Ruhe wie immer um diese Zeit der ersten Nachmittagsstunden. Geronimo, den Kopf auf dem Tisch, schien zu schlafen. Carlo ging anfangs hin und her, dann setzte er sich auf die Bank. Er war sehr müde. Es schien ihm, als wäre er in einem schweren Traum befangen. Er mußte an allerlei denken, an gestern, vorgestern und alle Tage, die früher waren, und besonders an warme Sommertage und an weiße Landstraßen, über die er mit seinem Bruder zu wandern pflegte, und alles war so weit und unbegreiflich, als wenn es nie wieder so sein könnte.

Am späten Nachmittag kam die Post aus Tirol und bald darauf in kleinen Zwischenpausen Wagen, die den gleichen Weg nach dem Süden nahmen. Noch viermal mußten die Brüder in den Hof hinab. Als sie das letztemal heraufgingen, war die Dämmerung hereingebrochen, und das Öllämpchen, das von der Holzdecke herunterhing, fauchte. Arbeiter kamen, die in einem nahen Steinbruche beschäftigt waren und ein paar hundert Schritte unterhalb des Wirtshauses ihre Holzhütten aufgeschlagen hatten. Geronimo setzte sich zu ihnen; Carlo blieb allein an seinem Tische. Es war ihm, als dauerte seine Einsamkeit schon sehr lange. Er hörte, wie Geronimo drüben laut, beinahe schreiend, von seiner Kindheit erzählte: daß er sich noch ganz gut an allerlei erinnerte, was er mit seinen Augen gesehen, Personen und Dinge: an den Vater, wie er auf dem Felde arbeitete, an den kleinen Garten mit der Esche an der Mauer, an das niedrige Häuschen, das ihnen gehörte, an die zwei kleinen Töchter des Schusters, an den Weinberg hinter der Kirche, ja an sein eigenes Kindergesicht, wie es ihm aus dem Spiegel entgegengeblickt hatte. Wie oft hatte Carlo das alles gehört. Heute ertrug er es nicht. Es klang anders als sonst: jedes Wort, das Geronimo sprach, bekam einen neuen Sinn und schien sich gegen ihn zu richten. Er schlich hinaus und ging wieder auf die Landstraße, die nun ganz im Dunkel lag. Der Regen hatte aufgehört, die Luft war sehr kalt, und der Gedanke erschien Carlo beinahe verlockend, weiterzugehen, immer weiter, tief in die Finsternis hinein, sich am Ende irgendwo in den Straßengraben zu legen, einzuschlafen, nicht mehr zu erwachen. – Plötzlich hörte er das Rollen eines Wagens und erblickte den Lichtschimmer von zwei Laternen, die immer näher kamen. In dem Wagen, der vorüberfuhr, saßen zwei Herren. Einer von ihnen mit einem schmalen, bartlosen Gesichte fuhr erschrocken zusammen, als Carlos Gestalt im Lichte der Laternen aus dem Dunkel hervortauchte. Carlo, der stehengeblieben war, lüftete den Hut. Der Wagen und die Lichter verschwanden. Carlo stand wieder in tiefer Finsternis. Das erstemal in seinem Leben machte ihm das Dunkel Angst. Es war ihm, als könnte er es keine Minute länger ertragen. In einer sonderbaren Art vermengten sich in seinem dumpfen Sinnen die Schauer, die er für sich selbst empfand, mit einem quälenden Mitleid für den blinden Bruder und jagten ihn nach Hause.

Als er in die Wirtsstube trat, sah er die beiden Reisenden, die vorher an ihm vorbeigefahren waren, bei einer Flasche Rotwein an einem Tische sitzen und sehr angelegentlich miteinander reden. Sie blickten kaum auf, als er eintrat.

An dem anderen Tische saß Geronimo wie früher unter den Arbeitern.

»Wo steckst du denn, Carlo?« sagte ihm der Wirt schon an der Tür. »Warum läßt du deinen Bruder allein?«

»Was gibt's denn?« fragte Carlo erschrocken.

»Geronimo traktiert die Leute. Mir kann's ja egal sein, aber ihr solltet doch denken, daß bald wieder schlechtere Zeiten kommen.«

Carlo trat rasch zu dem Bruder und faßte ihn am Arme. »Komm!« sagte er.

»Was willst du?« schrie Geronimo.

»Komm zu Bett«, sagte Carlo.

»Laß mich, laß mich! Ich verdiene das Geld, ich kann mit meinem Gelde tun, was ich will – eh! – alles kannst du ja doch nicht einstecken! Ihr meint wohl, er gibt mir alles! O nein! Ich bin ja ein blinder Mann! Aber es gibt Leute – es gibt gute Leute, die sagen mir: ›Ich habe deinem Bruder zwanzig Franken gegeben!‹«

Die Arbeiter lachten auf.

»Es ist genug«, sagte Carlo, »komm!« Und er zog den Bruder mit sich, schleppte ihn beinahe die Treppe hinauf bis in den kahlen Bodenraum, wo sie ihr Lager hatten. Auf dem ganzen Wege schrie Geronimo: »Ja, nun ist es an den Tag gekommen, ja, nun weiß ich's! Ah, wartet nur. Wo ist sie? Wo ist Maria? Oder legst du's ihr in die Sparkassa? – Eh, ich singe für dich, ich spiele Gitarre, von mir lebst du – und du bist ein Dieb!« Er fiel auf den Strohsack hin.

Vom Gang her schimmerte ein schwaches Licht herein; drüben stand die Tür zu dem einzigen Fremdenzimmer des Wirtshauses offen, und Maria richtete die Betten für die Nachtruhe her. Carlo stand vor seinem Bruder und sah ihn daliegen mit dem gedunsenen Gesicht, mit den bläulichen Lippen, das feuchte Haar an der Stirne klebend, um viele Jahre älter aussehend, als er war. Und langsam begann er zu verstehen. Nicht von heute konnte das Mißtrauen des Blinden sein, längst mußte es in ihm geschlummert haben, und nur der Anlaß, vielleicht der Mut hatte ihm gefehlt, es auszusprechen. Und alles, was Carlo für ihn getan, war vergeblich gewesen; vergeblich die Reue, vergeblich das Opfer seines ganzen Lebens. Was sollte er nun tun? – Sollte er noch weiterhin Tag für Tag, wer weiß wie lange noch, ihn durch die ewige Nacht führen, ihn betreuen, für ihn betteln und keinen anderen Lohn dafür haben als Mißtrauen und Schimpf? Wenn ihn der Bruder für einen

Dieb hielt, so konnte ihm ja jeder Fremde dasselbe oder Besseres leisten als er. Wahrhaftig, ihn allein lassen, sich für immer von ihm trennen, das wäre das Klügste. Dann mußte Geronimo wohl sein Unrecht einsehen, denn dann erst würde er erfahren, was es heißt, betrogen und bestohlen werden, einsam und elend sein. Und er selbst, was sollte er beginnen? Nun, er war ja noch nicht alt; wenn er für sich allein war, konnte er noch mancherlei anfangen. Als Knecht zum mindesten fand er überall sein Unterkommen. Aber während diese Gedanken durch seinen Kopf zogen, blieben seine Augen immer auf den Bruder geheftet. Und er sah ihn plötzlich vor sich, allein am Rande einer sonnbeglänzten Straße auf einem Stein sitzen, mit den weit offenen, weißen Augen zum Himmel starrend, der ihn nicht blenden konnte, und mit den Händen in die Nacht greifend, die immer um ihn war. Und er fühlte, so wie der Blinde niemand anderen auf der Welt hatte als ihn, so hatte auch er niemand anderen als diesen Bruder. Er verstand, daß die Liebe zu diesem Bruder der ganze Inhalt seines Lebens war, und wußte zum ersten Male mit völliger Deutlichkeit, nur der Glaube, daß der Blinde diese Liebe erwiderte und ihm verziehen, hatte ihn alles Elend so geduldig tragen lassen. Er konnte auf diese Hoffnung nicht mit einem Male verzichten. Er fühlte, daß er den Bruder gerade so notwendig brauchte als der Bruder ihn. Er konnte nicht, er wollte ihn nicht verlassen. Er mußte entweder das Mißtrauen erdulden oder ein Mittel finden, um den Blinden von der Grundlosigkeit seines Verdachtes zu überzeugen ... Ja, wenn er sich irgendwie das Goldstück verschaffen könnte! Wenn er dem Blinden morgen früh sagen könnte: »Ich habe es nur aufbewahrt, damit du's nicht mit den Arbeitern vertrinkst, damit es dir die Leute nicht stehlen« ... oder sonst irgend etwas ...

Schritte näherten sich auf der Holztreppe; die Reisenden gingen zur Ruhe. Plötzlich durchzuckte seinen Kopf der Einfall, drüben anzuklopfen, den Fremden wahrheitsgetreu den heutigen Vorfall zu erzählen und sie um die zwanzig Franken zu bitten. Aber er wußte auch gleich: das war vollkommen aussichtslos! Sie würden ihm die ganze Geschichte nicht einmal glauben. Und er erinnerte sich jetzt, wie erschrocken der eine Blasse zusammengefahren war, als er, Carlo, plötzlich im Dunkel vor dem Wagen aufgetaucht war.

Er streckte sich auf den Strohsack hin. Es war ganz finster im Zimmer. Jetzt hörte er, wie die Arbeiter laut redend und mit schweren Schritten über die Holzstufen hinabgingen. Bald darauf wurden beide Tore geschlossen. Der Knecht ging noch einmal die Treppe auf und ab, dann war es ganz still. Carlo hörte nur mehr das Schnarchen Geronimos. Bald verwirrten

sich seine Gedanken in beginnenden Träumen. Als er erwachte, war noch tiefe Dunkelheit um ihn. Er sah nach der Stelle, wo das Fenster war; wenn er die Augen anstrengte, gewahrte er dort mitten in dem undurchdringlichen Schwarz ein tiefgraues Viereck. Geronimo schlief noch immer den schweren Schlaf des Betrunkenen. Und Carlo dachte an den Tag, der morgen war; und ihn schauderte. Er dachte an die Nacht nach diesem Tage, an den Tag nach dieser Nacht, an die Zukunft, die vor ihm lag, und Grauen erfüllte ihn vor der Einsamkeit, die ihm bevorstand. Warum war er abends nicht mutiger gewesen? Warum war er nicht zu den Fremden gegangen und hatte sie um die zwanzig Franken gebeten? Vielleicht hätten sie doch Erbarmen mit ihm gehabt. Und doch – vielleicht war es gut, daß er sie nicht gebeten hatte. Ja, warum war es gut? . . . Er setzte sich jäh auf und fühlte sein Herz klopfen. Er wußte, warum es gut war: Wenn sie ihn abgewiesen hätten, so wäre er ihnen jedenfalls verdächtig geblieben – so aber . . . Er starrte auf den grauen Fleck, der matt zu leuchten begann . . . Das, was ihm gegen seinen eigenen Willen durch den Kopf gefahren, war ja unmöglich, vollkommen unmöglich! . . . Die Tür drüben war versperrt – und überdies: sie konnten aufwachen . . . Ja, dort – der graue leuchtende Fleck mitten im Dunkel war der neue Tag –
Carlo stand auf, als zöge es ihn dorthin, und berührte mit der Stirn die kalte Scheibe. Warum war er denn aufgestanden? Um zu überlegen? . . . Um es zu versuchen? . . . Was denn? . . . Es war ja unmöglich – und überdies war es ein Verbrechen. Ein Verbrechen? Was bedeuten zwanzig Franken für solche Leute, die zum Vergnügen tausend Meilen weit reisen? Sie würden ja gar nicht merken, daß sie ihnen fehlten . . . Er ging zur Türe und öffnete sie leise. Gegenüber war die andere, mit zwei Schritten zu erreichen, geschlossen. An einem Nagel im Pfosten hingen Kleidungsstücke. Carlo fuhr mit der Hand über sie . . . Ja, wenn die Leute ihre Börsen in der Tasche ließen, dann wäre das Leben sehr einfach, dann brauchte bald niemand mehr betteln zu gehen . . . Aber die Taschen waren leer. Nun, was blieb übrig? Wieder zurück ins Zimmer, auf den Strohsack. Es gab vielleicht doch eine bessere Art, sich zwanzig Franken zu verschaffen – eine weniger gefährliche und rechtlichere. Wenn er wirklich jedesmal einige Centesimi von den Almosen zurückbehielte, bis er zwanzig Franken zusammengespart, und dann das Goldstück kaufte . . . Aber wie lang konnte das dauern — Monate, vielleicht ein Jahr. Ah, wenn er nur Mut hätte! Noch immer stand er auf dem Gang. Er blickte zur Tür hinüber . . . Was war das für ein Streif, der senkrecht von oben auf den Fußboden fiel? War es möglich? Die Tür

war nur angelehnt, nicht versperrt? . . . Warum staunte er denn darüber? Seit Monaten schon schloß die Tür nicht. Wozu auch? Er erinnerte sich: nur dreimal hatten hier in diesem Sommer Leute geschlafen, zweimal Handwerksbursche und einmal ein Tourist, der sich den Fuß verletzt hatte. Die Tür schließt nicht – er braucht jetzt nur Mut – ja, und Glück! Mut? Das Schlimmste, was ihm geschehen kann, ist, daß die beiden aufwachen, und da kann er noch immer eine Ausrede finden. Er lugt durch den Spalt ins Zimmer. Es ist noch so dunkel, daß er eben nur die Umrisse von zwei auf den Betten lagernden Gestalten gewahren kann. Er horcht auf: sie atmen ruhig und gleichmäßig. Carlo öffnet die Tür leicht und tritt mit seinen nackten Füßen völlig geräuschlos ins Zimmer. Die beiden Betten stehen der Länge nach an der gleichen Wand dem Fenster gegenüber. In der Mitte des Zimmers ist ein Tisch; Carlo schleicht bis hin. Er fährt mit der Hand über die Fläche und fühlt einen Schlüsselbund, ein Federmesser, ein kleines Buch – weiter nichts . . . Nun natürlich! . . . Daß er nur daran denken konnte, sie würden ihr Geld auf den Tisch legen! Ah, nun kann er gleich wieder fort! . . . Und doch, vielleicht braucht er nur einen guten Griff und es ist geglückt . . . Und er nähert sich dem Bett neben der Tür; hier auf dem Sessel liegt etwas – er fühlt danach – es ist ein Revolver . . . Carlo zuckt zusammen . . . Ob er ihn nicht lieber gleich behalten sollte? Denn warum hat dieser Mensch den Revolver bereitliegen? Wenn er erwacht und ihn bemerkt . . . Doch nein, er würde ja sagen: Es ist drei Uhr, gnädiger Herr, aufstehn! . . . Und er läßt den Revolver liegen.

Und er schleicht tiefer ins Zimmer. Hier auf dem anderen Sessel unter den Wäschestücken . . . Himmel! das ist sie . . . das ist eine Börse – er hält sie in der Hand! . . . In diesem Moment hört er ein leises Krachen. Mit einer raschen Bewegung streckt er sich der Länge nach zu Füßen des Bettes hin . . . Noch einmal dieses Krachen – ein schweres Aufatmen – ein Räuspern – dann wieder Stille, tiefe Stille. Carlo bleibt auf dem Boden liegen, die Börse in der Hand, und wartet. Es rührt sich nichts mehr. Schon fällt der Dämmer blaß ins Zimmer herein. Carlo wagt nicht aufzustehen, sondern kriecht auf dem Boden vorwärts bis zur Tür, die weit genug offen steht, um ihn durchzulassen, kriecht weiter bis auf den Gang hinaus, und hier erst erhebt er sich langsam, mit einem tiefen Atemzug. Er öffnet die Börse; sie ist dreifach geteilt: links und rechts nur kleine Silberstücke. Nun öffnet Carlo den mittleren Teil, der durch einen Schieber nochmals verschlossen ist, und fühlt drei Zwanzigfrankenstücke. Einen Augenblick denkt er daran, zwei davon zu nehmen, aber rasch weist er diese Versuchung von sich, nimmt nur ein Goldstück heraus und schließt die Börse zu. Dann kniet er nieder, blickt durch die Spalte in die Kammer, in der es wieder völlig still ist, und dann gibt er der Börse einen Stoß, so daß sie bis unter das zweite Bett gleitet. Wenn der Fremde aufwacht, wird er glauben müssen, daß sie vom Sessel heruntergefallen ist. Carlo erhebt sich langsam. Da knarrt der Boden leise, und im gleichen Augenblick hört er eine Stimme von drinnen: »Was ist's? Was gibt's denn?« Carlo macht rasch zwei Schritte rückwärts, mit verhaltenem Atem, und gleitet in seine eigene Kammer. Er ist in Sicherheit und lauscht . . . Noch einmal kracht drüben das Bett, und dann ist alles still. Zwischen seinen Fingern hält er das Goldstück. Es ist gelungen – gelungen! Er hat die zwanzig Franken, und er kann seinem Bruder sagen: ›Siehst du nun, daß ich kein Dieb bin!‹ Und sie werden sich noch heute auf die Wanderschaft machen – gegen den Süden zu, nach Bormio, dann weiter durchs Veltlin . . . dann nach Tirano . . . nach Edole . . . nach Breno . . . an den See von Iseo wie voriges Jahr . . . Das wird durchaus nicht verdächtig sein, denn schon vorgestern hat er selbst zum Wirt gesagt: »In ein paar Tagen gehen wir hinunter.«

Immer lichter wird es, das ganze Zimmer liegt in grauem Dämmer da. Ah, wenn Geronimo nur bald aufwachte! Es wandert sich so gut in der Frühe! Noch vor Sonnenaufgang werden sie fortgehen. Einen guten Morgen dem Wirt, dem Knecht und Maria auch, und dann fort, fort . . . Und erst wenn sie zwei Stunden weit sind, schon nahe dem Tale, wird er es Geronimo sagen.

Geronimo reckt und dehnt sich. Carlo ruft ihn an: »Geronimo!«

»Nun, was gibt's?« Und er stützt sich mit beiden Händen und setzt sich auf.

»Geronimo, wir wollen aufstehen.«

»Warum?« Und er richtet die toten Augen auf den Bruder. Carlo weiß, daß Geronimo sich jetzt des gestrigen Vorfalles besinnt, aber er weiß auch, daß er keine Silbe darüber reden wird, ehe er wieder betrunken ist.

»Es ist kalt, Geronimo, wir wollen fort. Es wird heuer nicht mehr besser; ich denke, wir gehen. Zu Mittag können wir in Boladore sein.«

Geronimo erhob sich. Die Geräusche des erwachenden Hauses wurden vernehmbar. Unten im Hof sprach der Wirt mit dem Knecht. Carlo stand auf und begab sich hinunter. Er war immer früh wach und ging oft schon in der Dämmerung auf die Straße hinaus. Er trat zum Wirt hin und sagte: »Wir wollen Abschied nehmen.«

»Ah, geht ihr schon heut?« fragte der Wirt.

»Ja. Es friert schon zu arg, wenn man jetzt im Hof steht, und der Wind zieht durch.«

»Nun, grüß mir den Baldetti, wenn du nach Bormio hinunterkommst, und er soll nicht vergessen, mir das Öl zu schikken.«

»Ja, ich will ihn grüßen. Im übrigen – das Nachtlager von heut.« Er griff in den Sack.

»Laß sein, Carlo«, sagte der Wirt. »Die zwanzig Centesimi schenk' ich deinem Bruder; ich hab' ihm ja auch zugehört. Guten Morgen.«

»Dank«, sagte Carlo. »Im übrigen, so eilig haben wir's nicht. Wir sehen dich noch, wenn du von den Hütten zurückkommst; Bormio bleibt am selben Fleck stehen, nicht wahr?« Er lachte und ging die Holzstufen hinauf.

Geronimo stand mitten im Zimmer und sagte: »Nun, ich bin bereit zu gehen.«

»Gleich«, sagte Carlo.

Aus einer alten Kommode, die in einem Winkel des Raumes stand, nahm er ihre wenigen Habseligkeiten und packte sie in ein Bündel. Dann sagte er: »Ein schöner Tag, aber sehr kalt.«

»Ich weiß«, sagte Geronimo. Beide verließen die Kammer.

»Geh leise«, sagte Carlo, »hier schlafen die zwei, die gestern Abend gekommen sind.« Behutsam schritten sie hinunter.

»Der Wirt läßt dich grüßen«, sagte Carlo; »er hat uns die zwanzig Centesimi für heut Nacht geschenkt. Nun ist er bei den Hütten draußen und kommt erst in zwei Stunden wieder. Wir werden ihn ja im nächsten Jahre wiedersehen.«

Geronimo antwortete nicht. Sie traten auf die Landstraße, die im Dämmerschein vor ihnen lag. Carlo ergriff den linken Arm seines Bruders, und beide schritten schweigend talabwärts. Schon nach kurzer Wanderung waren sie an der Stelle, wo die Straße in langgezogenen Kehren weiterzulaufen beginnt. Nebel stiegen nach aufwärts, ihnen entgegen, und über ihnen die Höhen schienen von den Wolken wie eingeschlungen. Und Carlo dachte: Nun will ich's ihm sagen.

Carlo sprach aber kein Wort, sondern nahm das Goldstück aus der Tasche und reichte es dem Bruder; dieser nahm es zwischen die Finger der rechten Hand, dann führte er es an die Wange und an die Stirn, endlich nickte er. »Ich hab's ja gewußt«, sagte er.

»Nun ja«, erwiderte Carlo und sah Geronimo befremdet an.

»Auch wenn der Fremde mir nichts gesagt hätte, ich hätte es doch gewußt.«

»Nun ja«, sagte Carlo ratlos. »Aber du verstehst doch, warum ich da oben vor den anderen – ich habe gefürchtet, daß du das Ganze auf einmal – – und sieh, Geronimo, es wäre doch an der Zeit, hab' ich mir gedacht, daß du dir einen neuen Rock kaufst und ein Hemd und Schuhe auch, glaube ich; darum habe ich . . .«

Der Blinde schüttelte heftig den Kopf. »Wozu?« Und er strich mit der einen Hand über seinen Rock. »Gut genug, warm genug; jetzt kommen wir nach dem Süden.«

Carlo begriff nicht, daß Geronimo sich gar nicht zu freuen schien, daß er sich nicht entschuldigte. Und er redete weiter: »Geronimo, war es denn nicht recht von mir? Warum freust du dich denn nicht? Nun haben wir es doch, nicht wahr? Nun haben wir es ganz. Wenn ich dir's oben gesagt hätte, wer weiß . . . Oh, es ist gut, daß ich dir's nicht gesagt habe – gewiß!«

Da schrie Geronimo: »Hör' auf zu lügen, Carlo, ich habe genug davon!«

Carlo blieb stehen und ließ den Arm des Bruders los. »Ich lüge nicht.«

»Ich weiß doch, daß du lügst! . . . Immer lügst du! . . . Schon hundertmal hast du gelogen! . . . Auch das hast du für dich behalten wollen, aber Angst hast du bekommen, das ist es!«

Carlo senkte den Kopf und antwortete nichts. Er faßte wieder den Arm des Blinden und ging mit ihm weiter. Es tat ihm weh, daß Geronimo so sprach; aber er war eigentlich erstaunt, daß er nicht trauriger war.

Die Nebel zerteilten sich. Nach langem Schweigen sprach Geronimo: »Es wird warm.« Er sagte es gleichgültig, selbstverständlich, wie er es schon hundertmal gesagt, und Carlo fühlte in diesem Augenblick: für Geronimo hatte sich nichts geändert. Für Geronimo war er immer ein Dieb gewesen.

»Hast du schon Hunger?« fragte er.

Geronimo nickte, zugleich nahm er ein Stück Käse und Brot aus der Rocktasche und aß davon. Und sie gingen weiter.

Die Post von Bormio begegnete ihnen; der Kutscher rief sie an: »Schon hinunter?« Dann kamen noch andere Wagen, die alle aufwärts fuhren.

»Luft aus dem Tal«, sagte Geronimo, und im gleichen Augenblick, nach einer raschen Wendung, lag das Veltlin zu ihren Füßen.

Wahrhaftig – nichts hat sich geändert, dachte Carlo . . . Nun hab' ich gar für ihn gestohlen – und auch das ist umsonst gewesen.

Die Nebel unter ihnen wurden immer dünner, der Glanz der Sonne riß Löcher hinein. Und Carlo dachte: ›Vielleicht war

es doch nicht klug, so rasch das Wirtshaus zu verlassen . . .
Die Börse liegt unter dem Bett, das ist jedenfalls verdächtig . . .‹
Aber wie gleichgültig war das alles! Was konnte ihm noch
Schlimmes geschehen? Sein Bruder, dem er das Licht der Augen
zerstört, glaubte sich von ihm bestohlen und glaubte es schon
jahrelang und wird es immer glauben – was konnte ihm noch
Schlimmes geschehen?
Da unter ihnen lag das große weiße Hotel wie in Morgen-
glanz gebadet, und tiefer unten, wo das Tal sich zu weiten
beginnt, lang hingestreckt, das Dorf. Schweigend gingen die
beiden weiter, und immer lag Carlos Hand auf dem Arm des
Blinden. Sie gingen an dem Park des Hotels vorüber, und
Carlo sah auf der Terrasse Gäste in lichten Sommergewän-
dern sitzen und frühstücken. »Wo willst du rasten?« fragte
Carlo.
»Nun, im ›Adler‹, wie immer.«
Als sie bei dem kleinen Wirtshause am Ende des Dorfes an-
gelangt waren, kehrten sie ein. Sie setzten sich in die Schenke
und ließen sich Wein geben.
»Was macht ihr so früh bei uns?« fragte der Wirt.
Carlo erschrak ein wenig bei dieser Frage. »Ist's denn so früh?
Der zehnte oder elfte September – nicht?«
»Im vergangenen Jahr war es gewiß viel später, als ihr her-
unterkamt.«
»Es ist so kalt oben«, sagte Carlo. »Heut nacht haben wir
gefroren. Ja richtig, ich soll dir bestellen, du möchtest nicht
vergessen, das Öl hinaufzuschicken.«
Die Luft in der Schenke war dumpf und schwül. Eine sonderbare Unruhe befiel Carlo; er wollte gern wieder im Freien
sein, auf der großen Straße, die nach Tirano, nach Edole, nach
dem See von Iseo, überallhin, in die Ferne führt! Plötzlich
stand er auf.
»Gehen wir schon?« fragte Geronimo.
»Wir wollen doch heut mittag in Boladore sein, im ›Hir-
schen‹ halten die Wagen Mittagsrast; es ist ein guter Ort.«
Und sie gingen. Der Friseur Benozzi stand rauchend vor seinem Laden. »Guten Morgen«, rief er. »Nun, wie sieht's da
oben aus? Heut nacht hat es wohl geschneit?«
»Ja, ja«, sagte Carlo und beschleunigte seine Schritte.
Das Dorf lag hinter ihnen, weiß dehnte sich die Straße zwischen Wiesen und Weinbergen, dem rauschenden Fluß entlang. Der Himmel war blau und still. ›Warum hab' ich's
getan?‹ dachte Carlo. Er blickte den Blinden von der Seite an.
›Sieht sein Gesicht denn anders aus als sonst? Immer hat er
es geglaubt – immer bin ich allein gewesen – und immer hat
er mich gehaßt.‹ Und ihm war, als schritte er unter einer

schweren Last weiter, die er doch niemals von den Schultern werfen dürfte, und als könnte er die Nacht sehen, durch die Geronimo an seiner Seite schritt, während die Sonne leuchtend auf allen Wegen lag.

Und sie gingen weiter, gingen, gingen stundenlang. Von Zeit zu Zeit setzte sich Geronimo auf einen Meilenstein, oder sie lehnten beide an einem Brückengeländer, um zu rasten. Wieder kamen sie durch ein Dorf. Vor dem Wirtshause standen Wagen, Reisende waren ausgestiegen und gingen hin und her; aber die beiden Bettler blieben nicht. Wieder hinaus auf die offene Straße. Die Sonne stieg immer höher; Mittag mußte nahe sein. Es war ein Tag wie tausend andere.

»Der Turm von Boladore«, sagte Geronimo. Carlo blickte auf. Er wunderte sich, wie genau Geronimo die Entfernungen berechnen konnte: wirklich war der Turm von Boladore am Horizont erschienen. Noch von ziemlich weither kam ihnen jemand entgegen. Es schien Carlo, als sei er am Wege gesessen und plötzlich aufgestanden. Die Gestalt kam näher. Jetzt sah Carlo, daß es ein Gendarm war, wie er ihnen so oft auf der Landstraße begegnete. Trotzdem schrak Carlo leicht zusammen. Aber als der Mann näher kam, erkannte er ihn und war beruhigt. Es war Pietro Tenelli; erst im Mai waren die beiden Bettler im Wirtshaus des Raggazzi in Morignone mit ihm zusammen gesessen, und er hatte ihnen eine schauerliche Geschichte erzählt, wie er von einem Strolch einmal beinahe erdolcht worden war.

»Es ist einer stehengeblieben«, sagte Geronimo.

»Tenelli, der Gendarm«, sagte Carlo.

Nun waren sie an ihn herangekommen.

»Guten Morgen, Herr Tenelli«, sagte Carlo und blieb vor ihm stehen.

»Es ist nun einmal so«, sagte der Gendarm, »ich muß euch vorläufig beide auf den Posten nach Boladore führen.«

»Eh!« rief der Blinde.

Carlo wurde blaß. ›Wie ist das nur möglich?‹ dachte er. ›Aber es kann sich nicht darauf beziehen. Man kann es ja hier unten noch nicht wissen.‹

»Es scheint ja euer Weg zu sein«, sagte der Gendarm lachend, »es macht euch wohl nichts, wenn ihr mitgeht.«

»Warum redest du nichts, Carlo?« fragte Geronimo.

»O ja, ich rede . . . Ich bitte, Herr Gendarm, wie ist es denn möglich . . . was sollen wir denn . . . oder vielmehr, was soll ich . . . wahrhaftig, ich weiß nicht . . .«

»Es ist nun einmal so. Vielleicht bist du auch unschuldig. Was weiß ich. Jedenfalls haben wir die telegraphische Anzeige ans Kommando bekommen, daß wir euch aufhalten sollen, weil ihr verdächtig seid, dringend verdächtig, da oben den Leuten Geld gestohlen zu haben. Nun, es ist auch möglich, daß ihr unschuldig seid. Also vorwärts!«

»Warum sprichst du nichts, Carlo?« fragte Geronimo.

»Ich rede – o ja, ich rede . . .«

»Nun geht endlich! Was hat es für einen Sinn, auf der Straße stehen zu bleiben! Die Sonne brennt. In einer Stunde sind wir an Ort und Stelle. Vorwärts!«

Carlo berührte den Arm Geronimos wie immer, und so gingen sie langsam weiter, der Gendarm hinter ihnen.

»Carlo, warum redest du nicht?« fragte Geronimo wieder.

»Aber was willst du, Geronimo, was soll ich sagen? Es wird sich alles herausstellen; ich weiß selber nicht . . .«

Und es ging ihm durch den Kopf: ›Soll ich's ihm erklären, eh wir vor Gericht stehen? . . . Es geht wohl nicht. Der Gendarm hört uns zu . . . Nun, was tut's. Vor Gericht werd' ich ja doch die Wahrheit sagen. »Herr Richter«, werd' ich sagen, »es ist doch kein Diebstahl wie ein anderer. Es war nämlich so: . . .« Und nun mühte er sich, die Worte zu finden, um vor Gericht die Sache klar und verständlich darzustellen. »Da fuhr gestern ein Herr über den Paß . . . es mag ein Irrsinniger gewesen sein – oder am End' hat er sich nur geirrt . . . und dieser Mann . . .«

Aber was für ein Unsinn! Wer wird es glauben? . . . Man wird ihn gar nicht so lange reden lassen. – Niemand kann diese dumme Geschichte glauben . . . nicht einmal Geronimo glaubt sie . . . – Und er sah ihn von der Seite an. Der Kopf des Blinden bewegte sich nach alter Gewohnheit während des Gehens wie im Takte auf und ab, aber das Gesicht war regungslos, und die leeren Augen stierten in die Luft. – Und Carlo wußte plötzlich, was für Gedanken hinter dieser Stirne liefen . . . ›So also stehen die Dinge‹, mußte Geronimo wohl denken. – ›Carlo bestiehlt nicht nur mich, auch die anderen Leute bestiehlt er . . . Nun, er hat es gut, er hat Augen, die sehen, und er nützt sie aus . . .‹ – Ja, das denkt Geronimo, ganz gewiß . . . Und auch, daß man kein Geld bei mir finden wird, kann mir nicht helfen – nicht vor Gericht, nicht vor Geronimo. Sie werden mich einsperren und ihn . . . Ja, ihn geradeso wie mich, denn er hat ja das Geldstück. – Und er konnte nicht mehr weiter denken, er fühlte sich so sehr verwirrt. Es schien ihm, als verstünde er überhaupt nichts mehr von der ganzen Sache, und wußte nur eines: daß er sich gern auf ein Jahr in den Arrest setzen ließe . . . oder auf zehn, wenn nur Geronimo wüßte, daß er für ihn allein zum Dieb geworden war.

Und plötzlich blieb Geronimo stehen, so daß auch Carlo innehalten mußte.

»Nun, was ist denn?« sagte der Gendarm ärgerlich. »Vorwärts, vorwärts!« Aber da sah er mit Verwunderung, daß der Blinde die Gitarre auf den Boden fallen ließ, seine Arme erhob und mit beiden Händen nach den Wangen des Bruders tastete. Dann näherte er seine Lippen dem Munde Carlos, der zuerst nicht wußte, wie ihm geschah, und küßte ihn.

»Seid ihr verrückt?« fragte der Gendarm. »Vorwärts! Vorwärts! Ich habe keine Lust, zu braten.«

Geronimo hob die Gitarre vom Boden auf, ohne ein Wort zu sprechen. Carlo atmete tief auf und legte die Hand wieder auf den Arm des Blinden. War es denn möglich? Der Bruder zürnte ihm nicht mehr? Er begriff am Ende –? Und zweifelnd sah er ihn von der Seite an.

»Vorwärts!« schrie der Gendarm. »Wollt ihr endlich – !« Und er gab Carlo eins zwischen die Rippen.

Und Carlo, mit festem Druck den Arm des Blinden leitend, ging wieder vorwärts. Er schlug einen viel rascheren Schritt ein als früher. Denn er sah Geronimo lächeln in einer milden glückseligen Art, wie er es seit den Kinderjahren nicht mehr an ihm gesehen hatte. Und Carlo lächelte auch. Ihm war, als könnte ihm jetzt nichts Schlimmes mehr geschehen — weder vor Gericht, noch sonst irgendwo auf der Welt. — Er hatte seinen Bruder wieder . . . Nein, er hatte ihn zum erstenmal . . .

Leutnant Gustl

Wie lange wird denn das noch dauern? Ich muß auf die Uhr schauen ... schickt sich wahrscheinlich nicht in einem so ernsten Konzert. Aber wer sieht's denn? Wenn's einer sieht, so paßt er gerade so wenig auf, wie ich, und vor dem brauch' ich mich nicht zu genieren ... Erst viertel auf zehn? ... Mir kommt vor, ich sitz' schon drei Stunden in dem Konzert. Ich bin's halt nicht gewohnt ... Was ist es denn eigentlich? Ich muß das Programm anschauen ... Ja, richtig: Oratorium? Ich hab' gemeint: Messe. Solche Sachen gehören doch nur in die Kirche. Die Kirche hat auch das Gute, daß man jeden Augenblick fortgehen kann. — Wenn ich wenigstens einen Ecksitz hätt'! — Also Geduld, Geduld! Auch Oratorien nehmen ein End'! Vielleicht ist es sehr schön, und ich bin nur nicht in der Laune. Woher sollt' mir auch die Laune kommen? Wenn ich denke, daß ich hergekommen bin, um mich zu zerstreuen ... Hätt' ich die Karte lieber dem Benedek geschenkt, dem machen solche Sachen Spaß; er spielt ja selber Violine. Aber da wär' der Kopetzky beleidigt gewesen. Es war ja sehr lieb von ihm, wenigstens gut gemeint. Ein braver Kerl, der Kopetzky! Der einzige, auf den man sich verlassen kann ... Seine Schwester singt ja mit unter denen da oben. Mindestens hundert Jungfrauen, alle schwarz gekleidet; wie soll ich sie da herausfinden? Weil sie mitsingt, hat er auch das Billett gehabt, der Kopetzky ... Warum ist er denn nicht selber gegangen? — Sie singen übrigens sehr schön. Es ist sehr erhebend — sicher! Bravo! bravo! ... Ja, applaudieren wir mit. Der neben mir klatscht wie verrückt. Ob's ihm wirklich so gut gefällt? — Das Mädel drüben in der Loge ist sehr hübsch. Sieht sie mich an oder den Herrn dort mit dem blonden Vollbart? ... Ah, ein Solo! Wer ist das? Alt: Fräulein Walker, Sopran: Fräulein Michalek ... das ist wahrscheinlich Sopran ... Lang' war ich schon nicht in der Oper. In der Oper unterhalt' ich mich immer, auch wenn's langweilig ist. Übermorgen könnt' ich eigentlich wieder hineingeh'n, zur »Traviata«. Ja, übermorgen bin ich vielleicht schon eine tote Leiche! Ah, Unsinn, das glaub' ich selber nicht! Warten S' nur, Herr Doktor, Ihnen wird's vergeh'n, solche Bemerkungen zu machen! Das Nasenspitzel hau' ich Ihnen herunter.
Wenn ich die in der Loge nur genau sehen könnt'! Ich möcht' mir den Operngucker von dem Herrn neben mir ausleih'n,

aber der frißt mich ja auf, wenn ich ihn in seiner Andacht
stör'... In welcher Gegend die Schwester vom Kopetzky
steht? Ob ich sie erkennen möcht'? Ich hab' sie ja nur zwei-
oder dreimal gesehen, das letztemal im Offizierskasino ... Ob
das lauter anständige Mädeln sind, alle hundert? O jeh!...
»Unter Mitwirkung des Singvereins!« – Singverein ... komisch! Ich hab' mir darunter eigentlich immer so was Ähnliches vorgestellt, wie die Wiener Tanzsängerinnen, das heißt,
ich hab' schon gewußt, daß es was anderes ist!... Schöne
Erinnerungen! Damals beim »Grünen Tor« ... Wie hat sie
nur geheißen? Und dann hat sie mir einmal eine Ansichtskarte
aus Belgrad geschickt ... auch eine schöne Gegend! – Der Kopetzky hat's gut, der sitzt jetzt längst im Wirtshaus und
raucht seine Virginia!...
Was guckt mich denn der Kerl dort immer an? Mir scheint, der
merkt, daß ich mich langweil' und nicht herg'hör'... Ich
möcht' Ihnen raten, ein etwas weniger freches Gesicht zu
machen, sonst stell' ich Sie mir nachher im Foyer! – Schaut
schon weg!... Daß sie alle vor meinem Blick so eine Angst
hab'n ... »Du hast die schönsten Augen, die mir je vorgekommen sind!« hat neulich die Steffi gesagt ... O Steffi, Steffi,
Steffi! – Die Steffi ist eigentlich schuld, daß ich dasitz' und
mir stundenlang vorlamentieren lassen muß. – Ah, diese
ewige Abschreiberei von der Steffi geht mir wirklich schon auf
die Nerven! Wie schön hätt' der heutige Abend sein können.
Ich hätt' große Lust, das Brieferl von der Steffi zu lesen. Da
hab' ich's ja. Aber wenn ich die Brieftasche herausnehm',
frißt mich der Kerl daneben auf! – Ich weiß ja, was drinsteht
... sie kann nicht kommen, weil sie mit »ihm« nachtmahlen
gehen muß ... Ah, das war komisch vor acht Tagen, wie sie
mit ihm in der Gartenbaugesellschaft gewesen ist, und ich vis-
à-vis mit'm Kopetzky; und sie hat mir immer die Zeichen
gemacht mit den Augerln, die verabredeten. Er hat nichts gemerkt – unglaublich! Muß übrigens ein Jud' sein! Freilich, in
einer Bank ist er, und der schwarze Schnurrbart ... Reserve-
leutnant soll er auch sein! Na, in mein Regiment sollt' er
nicht zur Waffenübung kommen! Überhaupt, daß sie noch
immer so viel Juden zu Offizieren machen – da pfeif' ich auf'n
ganzen Antisemitismus! Neulich in der Gesellschaft, wo die
G'schicht' mit dem Doktor passiert ist bei den Mannheimers
... die Mannheimer selber sollen ja auch Juden sein, getauft
natürlich ... denen merkt man's aber gar nicht an – besonders
die Frau ... so blond, bildhübsch die Figur ... War sehr
amüsant im ganzen. Famoses Essen, großartige Zigarren ...
Na ja, wer hat's Geld?...
Bravo, bravo! Jetzt wird's doch bald aus sein? – Ja, jetzt steht

die ganze G'sellschaft da droben auf ... sieht sehr gut aus –
imposant! – Orgel auch? ... Orgel hab' ich sehr gern ... So,
das laß' ich mir g'fall'n – sehr schön! Es ist wirklich wahr,
man sollt' öfter in Konzerte gehen ... Wunderschön ist's
g'wesen, werd' ich dem Kopetzky sagen ... Werd' ich ihn
heut' im Kaffeehaus treffen? – Ah, ich hab' gar keine Lust,
ins Kaffeehaus zu geh'n; hab' mich gestern so gegiftet! Hundertsechzig Gulden auf einem Sitz verspielt – zu dumm! Und
wer hat alles gewonnen? Der Ballert, grad' der, der's nicht
notwendig hat ... Der Ballert ist eigentlich schuld, daß ich in
das blöde Konzert hab' geh'n müssen ... Na ja, sonst hätt'
ich heut wieder spielen können, vielleicht doch was zurückge-
wonnen. Aber es ist ganz gut, daß ich mir selber das Ehrenwort gegeben hab', einen Monat lang keine Karte anzurühren
... Die Mama wird wieder ein G'sicht machen, wenn sie
meinen Brief bekommt! – Ah, sie soll zum Onkel geh'n, der
hat Geld wie Mist; auf die paar hundert Gulden kommt's ihm
nicht an. Wenn ich's nur durchsetzen könnt', daß er mir eine
regelmäßige Sustentation gibt ... aber nein, um jeden Kreuzer muß man extra betteln. Dann heißt's wieder: Im vorigen
Jahr war die Ernte schlecht! ... Ob ich heuer im Sommer wieder zum Onkel fahren soll auf vierzehn Tag'? Eigentlich langweilt man sich dort zum Sterben ... Wenn ich die .. wie hat
sie nur geheißen? ... Es ist merkwürdig, ich kann mir keinen
Namen merken! ... Ah, ja: Etelka! ... Kein Wort deutsch
hat sie verstanden, aber das war auch nicht notwendig ...
hab' gar nichts zu reden brauchen! ... Ja, es wird ganz gut
sein, vierzehn Tage Landluft und vierzehn Nächt' Etelka oder
sonstwer ... Aber acht Tag' sollt' ich doch auch wieder beim
Papa und bei der Mama sein ... Schlecht hat sie ausg'seh'n
heuer zu Weihnachten ... Na, jetzt wird die Kränkung schon
überwunden sein. Ich an ihrer Stelle wär' froh, daß der Papa
in Pension gegangen ist. – Und die Klara wird schon noch
einen Mann kriegen ... Der Onkel kann schon was hergeben
... Achtundzwanzig Jahr, das ist doch nicht so alt ... Die Steffi
ist sicher nicht jünger ... Aber es ist merkwürdig: die Frauenzimmer erhalten sich länger jung. Wenn man so bedenkt: die
Maretti neulich in der »Madame Sans Gêne« – siebenund-
dreißig Jahr ist sie sicher, und sieht aus ... Na, ich hätt' nicht
Nein g'sagt! – Schad', daß sie mich nicht g'fragt hat ...
Heiß wird's! Noch immer nicht aus? Ah, ich freu' mich so auf
die frische Luft! Werd' ein bißl spazieren geh'n, übern Ring
... Heut' heißt's: früh ins Bett, morgen nachmittag frisch
sein! Komisch, wie wenig ich daran denk', so egal ist mir das!
Das erstemal hat's mich doch ein bißl aufgeregt. Nicht, daß
ich Angst g'habt hätt'; aber nervös bin ich gewesen in der

Nacht vorher . . . Freilich, der Oberleutnant Bisanz war ein ernster Gegner. – Und doch, nichts ist mir g'scheh'n! . . . Auch schon anderthalb Jahr her. Wie die Zeit vergeht! Und wenn mir der Bisanz nichts getan hat, der Doktor wird mir schon gewiß nichts tun! Obzwar, gerade diese ungeschulten Fechter sind manchmal die gefährlichsten. Der Doschintzky hat mir erzählt, daß ihn ein Kerl, der das erstemal einen Säbel in der Hand gehabt hat, auf ein Haar abgestochen hätt'; und der Doschintzky ist heut Fechtlehrer bei der Landwehr. Freilich – ob er damals schon so viel können hat . . . Das Wichtigste ist: kaltes Blut. Nicht einmal einen rechten Zorn hab' ich mehr in mir, und es war doch eine Frechheit – unglaublich! Sicher hätt' er sich's nicht getraut, wenn er nicht Champagner getrunken hätt' vorher . . . So eine Frechheit! Gewiß ein Sozialist! Die Rechtsverdreher sind doch heutzutag' alle Sozialisten! Eine Bande . . . am liebsten möchten sie gleich's ganze Militär abschaffen; aber wer ihnen dann helfen möcht', wenn die Chinesen über sie kommen, daran denken sie nicht. Blödisten! – Man muß gelegentlich ein Exempel statuieren. Ganz recht hab' ich g'habt. Ich bin froh, daß ich ihn nimmer auslassen hab' nach der Bemerkung. Wenn ich dran denk', werd' ich ganz wild! Aber ich hab' mich famos benommen; der Oberst sagt auch, es war absolut korrekt. Wird mir überhaupt nützen, die Sache. Ich kenn' manche, die den Burschen hätten durchschlüpfen lassen. Der Müller sicher, der wär' wieder objektiv gewesen oder so was. Mit dem Objektivsein hat sich noch jeder blamiert . . . »Herr Leutnant!« . . . schon die Art, wie er »Herr Leutnant« gesagt hat, war unverschämt! . . . »Sie werden mir doch zugeben müssen« . . . – Wie sind wir denn nur d'rauf gekommen? Wieso hab' ich mich mit dem Sozialisten in ein Gespräch eingelassen? Wie hat's denn nur angefangen? . . . Mir scheint, die schwarze Frau, die ich zum Büfett geführt hab', ist auch dabei gewesen . . . und dann dieser junge Mensch, der die Jagdbilder malt – wie heißt er denn nur? . . . Meiner Seel', der ist an der ganzen Geschichte schuld gewesen! Der hat von den Manövern geredet; und dann erst ist dieser Doktor dazugekommen und hat irgendwas g'sagt, was mir nicht gepaßt hat, von Kriegsspielerei oder so was – aber wo ich noch nichts hab' reden können . . . Ja, und dann ist von den Kadettenschulen gesprochen worden . . . ja, so war's . . . und ich hab' von einem patriotischen Fest erzählt . . . und dann hat der Doktor gesagt – nicht gleich, aber aus dem Fest hat es sich entwickelt – »Herr Leutnant, Sie werden mir doch zugeben, daß nicht alle Ihre Kameraden zum Militär gegangen sind, ausschließlich um das Vaterland zu verteidigen!« So eine Frechheit! Das wagt so ein Mensch einem Offizier ins Gesicht

zu sagen! Wenn ich mich nur erinnern könnt', was ich d'rauf geantwortet hab'? ... Ah ja, etwas von Leuten, die sich in Dinge dreinmengen, von denen sie nichts versteh'n ... Ja, richtig ... und dann war einer da, der hat die Sache gütlich beilegen wollen, ein älterer Herr mit einem Stockschnupfen ... Aber ich war zu wütend! Der Doktor hat das absolut in dem Ton gesagt, als wenn er direkt mich gemeint hätt'. Er hätt' nur noch sagen müssen, daß sie mich aus dem Gymnasium hinausg'schmissen haben, und daß ich deswegen in die Kadettenschul' gesteckt worden bin ... Die Leut' können eben unserein'n nicht versteh'n, sie sind zu dumm dazu ... Wenn ich mich so erinner', wie ich das erstemal den Rock angehabt hab', so was erlebt eben nicht ein jeder ... Im vorigen Jahr bei den Manövern – ich hätt' was drum gegeben, wenn's plötzlich Ernst gewesen wär' ... Und der Mirovic hat mir g'sagt, es ist ihm ebenso gegangen. Und dann, wie Seine Hoheit die Front abgeritten sind, und die Ansprache vom Obersten – da muß einer schon ein ordentlicher Lump sein, wenn ihm das Herz nicht höher schlägt ... Und da kommt so ein Tintenfisch daher, der sein Lebtag nichts getan hat, als hinter den Büchern gesessen, und erlaubt sich eine freche Bemerkung! ... Ah, wart' nur, mein Lieber – bis zur Kampfunfähigkeit ... jawohl, du sollst so kampfunfähig werden ...
Ja, was ist denn? Jetzt muß es doch bald aus sein? ... »Ihr, seine Engel, lobet den Herrn« ... – Freilich, das ist der Schlußchor ... Wunderschön, da kann man gar nichts sagen. Wunderschön! – Jetzt hab' ich ganz die aus der Loge vergessen, die früher zu kokettieren angefangen hat. Wo ist sie denn? ... Schon fortgegangen ... Die dort scheint auch sehr nett zu sein ... Zu dumm, daß ich keinen Operngucker bei mir hab'! Der Brunnthaler ist ganz gescheit, der hat sein Glas immer im Kaffeehaus bei der Kassa liegen, da kann einem nichts g'scheh'n ... Wenn sich die Kleine da vor mir nur e i n mal umdreh'n möcht'! So brav sitzt s' alleweil da. Das neben ihr ist sicher die Mama. – Ob ich nicht doch einmal ernstlich ans Heiraten denken soll? Der Willy war nicht älter als ich, wie er hineingesprungen ist. Hat schon was für sich, so immer gleich ein hübsches Weiberl zu Haus vorrätig zu haben ... Zu dumm, daß die Steffi grad heut' keine Zeit hat! Wenn ich wenigstens wüßte, wo sie ist, möcht' ich mich wieder vis-à-vis von ihr hinsetzen. Das wär' eine schöne G'schicht', wenn ihr der draufkommen möcht', da hätt' i c h sie am Hals ... Wenn ich so denk', was dem Fließ sein Verhältnis mit der Winterfeld kostet! Und dabei betrügt sie ihn hinten und vorn. Das nimmt noch einmal ein Ende mit Schrecken ... Bravo, bravo! Ah, aus! ... So, das tut wohl, aufsteh'n können ...

Na, vielleicht! Wie lang' wird der da noch brauchen, um sein Glas ins Futteral zu stecken?

»Pardon, pardon, wollen mich nicht hinauslassen?«

Ist das ein Gedränge! Lassen wir die Leut' lieber vorbeipassieren...

Elegante Person... ob das echte Brillanten sind?... Die da ist nett... Wie sie mich anschaut!... O ja, mein Fräulein, ich möcht' schon!... O, die Nase! – Jüdin... Noch eine... Es ist doch fabelhaft, da sind auch die Hälfte Juden... nicht einmal ein Oratorium kann man mehr in Ruhe genießen... So, jetzt schließen wir uns an... Warum drängt denn der Idiot hinter mir? Das werd' ich ihm abgewöhnen... Ah, ein älterer Herr!... Wer grüßt mich denn dort von drüben?... Habe die Ehre, habe die Ehre! Keine Ahnung hab' ich, wer das ist... das Einfachste wär, ich ging gleich zum Leidinger hinüber nachtmahlen... oder soll ich in die Gartenbaugesellschaft? Am End' ist die Steffi auch dort? Warum hat sie mir eigentlich nicht geschrieben, wohin sie mit ihm geht? Sie wird's selber noch nicht gewußt haben. Eigentlich schrecklich, so eine abhängige Existenz... Armes Ding! – So, da ist der Ausgang. Ah, die ist aber bildschön! Ganz allein? Wie sie mich anlacht. Das wär' eine Idee, der geh' ich nach!... So, jetzt die Treppen hinunter... Oh, ein Major von Fünfundneunzig... Sehr liebenswürdig hat er gedankt... Bin doch nicht der einzige Offizier hier gewesen... Wo ist denn das hübsche Mädel? Ah, dort... am Geländer steht sie... So, jetzt heißt's noch zur Garderobe... Daß mir die Kleine nicht auskommt... Hat ihm schon! So ein elender Fratz! Laßt sich da von einem Herrn abholen, und jetzt lacht sie noch auf mich herüber! – Es ist doch keine was wert... Herrgott, ist das ein Gedränge bei der Garderobe!... Warten wir lieber noch ein bissel... So! Ob der Blödist meine Nummer nehmen möcht'?...

»Sie, zweihundertvierundzwanzig! Da hängt er! Na, hab'n Sie keine Augen? Da hängt er! Na, Gott sei Dank!... Also bitte!«... Der Dicke da verstellt einem schier die ganze Garderobe...»Bitte sehr!«...

»Geduld, Geduld!«

Was sagt der Kerl?

»Nur ein bissel Geduld!«

Dem muß ich doch antworten...»Machen Sie doch Platz!«

»Na, Sie werden's auch nicht versäumen!«

Was sagt er da? Sagt er das zu mir? Das ist doch stark! Das darf ich mir nicht gefallen lassen! »Ruhig!«

»Was meinen Sie?«

Ah, so ein Ton? Da hört sich doch alles auf!

»Stoßen Sie nicht!«

»Sie, halten Sie das Maul!« Das hätt' ich nicht sagen sollen, ich war zu grob . . . Na, jetzt ist's schon g'scheh'n!

»Wie meinen?«

Jetzt dreht er sich um . . . Den kenn' ich ja! – Donnerwetter, das ist ja der Bäckermeister, der immer ins Kaffeehaus kommt . . . Was macht denn der da? Hat sicher auch eine Tochter oder so was bei der Singakademie . . . Ja, was ist denn das? Ja, was macht er denn? Mir scheint gar . . . ja, meiner Seel', er hat den Griff von meinem Säbel in der Hand . . . Ja, ist der Kerl verrückt? . . . »Sie, Herr . . .«

»Sie, Herr Leutnant, sein S' jetzt ganz stad.«

Was sagt er da? Um Gottes willen, es hat's doch keiner gehört! Nein, er red't ganz leise . . . Ja, warum läßt er denn meinen Säbel net aus? . . . Herrgott noch einmal . . . Ah, da heißt's rabiat sein . . . ich bring' seine Hand vom Griff nicht weg . . . nur keinen Skandal jetzt! . . . Ist nicht am End' der Major hinter mir? . . . Bemerkt's nur niemand, daß er den Griff von meinem Säbel hält? Er red't ja zu mir! Was red't er denn?

»Herr Leutnant, wenn Sie das geringste Aufsehen machen, so zieh' ich den Säbel aus der Scheide, zerbrech' ihn und schick' die Stück' an Ihr Regimentskommando. Versteh'n Sie mich, Sie dummer Bub?«

Was hat er g'sagt? Mir scheint, ich träum'! Red't er wirklich zu mir? Ich sollt' was antworten . . . Aber der Kerl macht ja Ernst – der zieht wirklich den Säbel heraus. Herrgott – er tut's! . . . Ich spür's, er reißt schon dran. Was red't er denn? . . . Um Gottes willen, nur kein' Skandal – – Was red't er denn noch immer?

»Aber ich will Ihnen die Karriere nicht verderben . . . Also, schön brav sein! . . . So, hab'n S' keine Angst, 's hat niemand was gehört . . . es ist schon alles gut . . . so! Und damit keiner glaubt, daß wir uns gestritten haben, werd' ich jetzt sehr freundlich mit Ihnen sein! – Habe die Ehre, Herr Leutnant, hat mich sehr gefreut – habe die Ehre.«

Um Gottes willen, hab' ich geträumt? . . . Hat er das wirklich gesagt? . . . Wo ist er denn? . . . Da geht er . . . Ich müßt' ja den Säbel ziehen und ihn zusammen hauen – – Um Gottes willen, es hat's doch niemand gehört? . . . Nein, er hat ja nur ganz leise geredet, mir ins Ohr . . . Warum geh' ich denn nicht hin und hau' ihm den Schädel auseinander? . . . Nein, es geht ja nicht, es geht ja nicht . . . gleich hätt' ich's tun müssen . . . Warum hab' ich's denn nicht gleich getan? . . . Ich hab's ja nicht können . . . er hat ja den Griff nicht auslassen, und er ist zehnmal stärker als ich . . . Wenn ich noch ein Wort gesagt hätt', hätt' er mir wirklich den Säbel zerbrochen . . . Ich muß

ja noch froh sein, daß er nicht laut geredet hat! Wenn's ein
Mensch gehört hätt', so müßt' ich mich ja *stante pede* erschießen ... Vielleicht ist es doch ein Traum gewesen ... Warum
schaut mich denn der Herr dort an der Säule so an? – hat er
am End' was gehört? ... Ich werd' ihn fragen ... Fragen? –
Ich bin ja verrückt! – Wie schau' ich denn aus? – Merkt man
mir was an? – Ich muß ganz blaß sein. – Wo ist der Hund? ...
Ich muß ihn umbringen! ... Fort ist er ... Überhaupt schon
ganz leer ... Wo ist denn mein Mantel? ... Ich hab' ihn ja
schon angezogen ... Ich hab's gar nicht gemerkt ... Wer hat
mir denn geholfen? ... Ah, der da ... dem muß ich ein Sech-
serl geben ... So! ... Aber was ist denn das? Ist es denn
wirklich gescheh'n? Hat wirklich einer so zu mir geredet? Hat
mir wirklich einer »dummer Bub« gesagt? Und ich hab' ihn
nicht auf der Stelle zusammengehauen? ... Aber ich hab' ja
nicht können ... er hat ja eine Faust gehabt wie Eisen ...
ich bin ja dagestanden wie angenagelt ... Nein, ich muß den
Verstand verloren gehabt haben, sonst hätt' ich mit der anderen Hand ... Aber da hätt' er ja meinen Säbel herausgezogen
und zerbrochen, und aus wär's gewesen – alles wär' aus gewesen! Und nachher, wie er fortgegangen ist, war's zu spät
... ich hab' ihm doch nicht den Säbel von hinten in den Leib
rennen können.
Was, ich bin schon auf der Straße? Wie bin ich denn da herausgekommen? – So kühl ist es ... ah, der Wind, der ist gut ...
Wer ist denn das da drüben? Warum schau'n denn die zu mir
herüber? Am Ende haben die was gehört ... Nein, es kann
niemand was gehört haben ... ich weiß ja, ich hab' mich gleich
nachher umgeschaut! Keiner hat sich um mich gekümmert,
niemand hat was gehört ... Aber gesagt hat er's, wenn's auch
niemand gehört hat; gesagt hat er's doch. Und ich bin dagestanden und hab' mir's gefallen lassen, wie wenn mich einer
vor den Kopf geschlagen hätt'! ... Aber ich hab' ja nichts
sagen können, nichts tun können; es war ja noch das einzige,
was mir übrig geblieben ist: stad sein, stad sein! ... 's ist
fürchterlich, es ist nicht zum Aushalten; ich muß ihn tot-
schlagen, wo ich ihn treff'! ... Mir sagt das einer! Mir sagt
das so ein Kerl, so ein Hund! Und er kennt mich ... Herrgott noch einmal, er kennt mich, er weiß, wer ich bin! ... Er
kann jedem Menschen erzählen, daß er mir das g'sagt hat! ...
Nein, nein, das wird er ja nicht tun, sonst hätt' er auch nicht so
leise geredet ... er hat auch nur wollen, daß ich es allein hör'!
... Aber wer garantiert mir, daß er's nicht doch erzählt, heut'
oder morgen, seiner Frau, seiner Tochter, seinen Bekannten im
Kaffeehaus. – – Um Gottes willen, morgen seh' ich ihn ja wieder! Wenn ich morgen ins Kaffeehaus komm', sitzt er wieder

dort wie alle Tag' und spielt seinen Tapper mit dem Herrn Schlesinger und mit dem Kunstblumenhändler ... Nein, nein, das geht ja nicht, das geht ja nicht ... Wenn ich ihn seh', so hau' ich ihn zusammen ... Nein, das darf ich ja nicht ... gleich hätt' ich's tun müssen, gleich! ... Wenn's nur gegangen wär'! Ich werd' zum Obersten geh'n und ihm die Sache melden ... ja, zum Obersten ... Der Oberst ist immer sehr freundlich – und ich werd' ihm sagen: Herr Oberst, ich melde gehorsamst, er hat den Griff gehalten, er hat ihn nicht aus'lassen; es war genau so, als wenn ich ohne Waffe gewesen wäre ... – Was wird der Oberst sagen? – Was er sagen wird? – Aber da gibt's ja nur eins: quittieren mit Schimpf und Schand' – quittieren! ... Sind das Freiwillige da drüben? ... Ekelhaft, bei der Nacht schau'n sie aus, wie Offiziere ... sie salutieren! – Wenn die wüßten – wenn die wüßten! ... – Da ist das Café Hochleitner ... Sind jetzt gewiß ein paar Kameraden drin ... vielleicht auch einer oder der andere, den ich kenn' ... Wenn ich's dem ersten besten erzählen möcht', aber so, als wär's einem andern passiert? ... – Ich bin ja schon ganz irrsinnig ... Wo lauf' ich denn da herum? Was tu' ich denn auf der Straße? – Ja, aber wo soll ich denn hin? Hab' ich nicht zum Leidinger wollen? Haha, unter Menschen mich niedersetzen ... ich glaub', ein jeder müßt' mir's anseh'n ... Ja, aber irgendwas muß doch gescheh'n ... Was soll denn gescheh'n? ... Nichts, nichts – es hat ja niemand was gehört ... es weiß ja niemand was ... in dem Moment weiß niemand was ... Wenn ich jetzt zu ihm in die Wohnung ginge und ihn beschwören möchte, daß er's niemanden erzählt? ... – Ah, lieber gleich eine Kugel vor den Kopf, als so was! ... Wär' so das Gescheiteste! ... Das Gescheiteste? Das Gescheiteste? – Gibt ja überhaupt nichts anderes ... gibt nichts anderes ... Wenn ich den Oberst fragen möcht', oder den Kopetzky – oder den Blany – oder den Friedmair: – jeder möcht' sagen: Es bleibt dir nichts anderes übrig! ... Wie wär's, wenn ich mit dem Kopetzky spräch'? ... Ja, es wär' doch das Vernünftigste ... schon wegen morgen ... Ja, natürlich – wegen morgen ... um vier in der Reiterkasern' ... ich soll mich ja morgen um vier Uhr schlagen ... und ich darf's ja nimmer, ich bin satisfaktionsunfähig ... Unsinn! Unsinn! Kein Mensch weiß was, kein Mensch weiß was! – Es laufen viele herum, denen ärgere Sachen passiert sind, als mir ... Was hat man nicht alles von dem Deckener erzählt, wie er sich mit dem Rederow geschossen hat ... und der Ehrenrat hat entschieden, das Duell darf stattfinden ... Aber wie möcht' der Ehrenrat bei mir entscheiden? – Dummer Bub – dummer Bub ... und ich bin dagestanden – heiliger Himmel, es ist doch ganz egal, ob ein anderer was

weiß! . . . i c h weiß es doch, und das ist die Hauptsache! I c h
spür', daß ich jetzt wer anderer bin, als vor einer Stunde –
I c h weiß, daß ich satisfaktionsunfähig bin, und darum muß
ich mich totschießen . . . Keine ruhige Minute hätt' ich mehr
im Leben . . . immer hätt' ich die Angst, daß es doch einer erfahren könnt', so oder so . . . und daß mir's einer einmal ins
Gesicht sagt, was heut' abend gescheh'n ist! – Was für ein
glücklicher Mensch bin ich vor einer Stund' gewesen . . . Muß
mir der Kopetzky die Karte schenken – und die Steffi muß mir
absagen, das Mensch! – Von so was hängt man ab . . . Nachmittag war noch alles gut und schön, und jetzt bin ich ein
verlorener Mensch und muß mich totschießen . . . Warum
renn' ich denn so? Es lauft mir ja nichts davon . . . Wieviel
schlagt's denn? . . . 1, 2, 3, 4, 5, 6, 7, 8, 9, 10, 11 . . . elf, elf . . .
ich sollt' doch nachtmahlen geh'n! Irgendwo muß ich doch
schließlich hingeh'n . . . ich könnt' mich ja in irgendein Beisl
setzen, wo mich kein Mensch kennt – schließlich, essen muß
der Mensch, auch wenn er sich nachher gleich totschießt . . .
Haha, der Tod ist ja kein Kinderspiel . . . wer hat das nur
neulich gesagt? . . . Aber das ist ja ganz egal . . .
Ich möcht' wissen, wer sich am meisten kränken möcht'? . . .
die Mama, oder die Steffi? . . . die Steffi . . . Gott, die Steffi . . .
die dürft' sich ja nicht einmal was anmerken lassen, sonst gibt
»er« ihr den Abschied . . . Arme Person! – Beim Regiment –
kein Mensch hätt' eine Ahnung, warum ich's getan hab' . . .
sie täten sich alle den Kopf zerbrechen . . . warum hat sich
denn der Gustl umgebracht? – Darauf möcht' keiner kommen,
daß ich mich hab' totschießen müssen, weil ein elender Bäk-
kermeister, so ein niederträchtiger, der zufällig stärkere Fäust'
hat . . . es ist ja zu dumm, zu dumm! – Deswegen soll ein Kerl
wie ich, so ein junger, fescher Mensch . . . Ja, nachher möchten's gewiß alle sagen: das hätt' er doch nicht tun müssen,
wegen so einer Dummheit; ist doch schad'! . . . Aber wenn ich
jetzt wen immer fragen fät', jeder möcht' mir die gleiche Antwort geben . . . und ich selber, wenn ich mich frag' . . . das
ist doch zum Teufelholen . . . ganz wehrlos sind wir gegen die
Zivilisten . . . Da meinen die Leut', wir sind besser dran, weil
wir einen Säbel haben . . . und wenn schon einmal einer von
der Waffe Gebrauch macht, geht's über uns her, als wenn wir
alle die geborenen Mörder wären . . . In der Zeitung möcht's
auch steh'n: . . . »Selbstmord eines jungen Offiziers« . . . Wie
schreiben sie nur immer? . . . »Die Motive sind in Dunkel gehüllt« . . . Haha! . . . »An seinem Sarge trauern« . . . – Aber
es ist ja wahr . . . mir ist immer, als wenn ich mir eine Geschichte erzählen möcht' . . . aber es ist wahr . . . ich muß mich
umbringen, es bleibt mir ja nichts anderes übrig – ich kann's

ja nicht drauf ankommen lassen, daß morgen früh der Kopetzky und der Blany mir ihr Mandat zurückgeben und mir
sagen: wir können dir nicht sekundieren!... Ich wär' ja ein
Schuft, wenn ich's ihnen zumuten möcht'... So ein Kerl wie
ich, der dasteht und sich einen dummen Buben heißen läßt...
morgen wissen's ja alle Leut'... das ist zu dumm, daß ich
mir einen Moment einbilde, so ein Mensch erzählt's nicht
weiter... überall wird er's erzählen... seine Frau weiß's
jetzt schon... morgen weiß es das ganze Kaffeehaus... die
Kellner werdn's wissen... der Herr Schlesinger – die Kassie-
rin – – Und selbst wenn er sich vorgenommen hat, er red't
nicht davon, so sagt er's übermorgen... und wenn er's übermorgen nicht sagt, in einer Woche... Und wenn ihn heut
nacht der Schlag trifft, so weiß ich's... ich weiß es... und ich
bin nicht der Mensch, der weiter den Rock trägt und den Säbel,
wenn ein solcher Schimpf auf ihm sitzt!... So, ich muß es tun,
und Schluß! – Was ist weiter dabei? – Morgen nachmittag
könnt' mich der Doktor mit 'm Säbel erschlagen... so was
ist schon einmal dagewesen... und der Bauer, der arme Kerl,
der hat eine Gehirnentzündung 'kriegt und war in drei Tagen
hin... und der Brenitsch ist vom Pferd gestürzt und hat sich's
Genick gebrochen... und schließlich und endlich: es gibt nichts
anderes – für mich nicht, für mich nicht! – Es gibt ja Leut',
die's leichter nähmen... Gott, was gibt's für Menschen!...
Dem Ringeimer hat ein Fleischselcher, wie er ihn mit seiner
Frau erwischt hat, eine Ohrfeige gegeben, und er hat quittiert
und sitzt irgendwo auf'm Land und hat geheiratet... Daß es
Weiber gibt, die so einen Menschen heiraten!... – Meiner
Seel', ich gäb' ihm nicht die Hand, wenn er wieder nach Wien
käm'... Also, hast's gehört, Gustl: – aus, aus, abgeschlossen
mit dem Leben! Punktum und Streusand drauf!... So, jetzt
weiß ich's, die Geschichte ist ganz einfach... So! Ich bin
eigentlich ganz ruhig... Das hab' ich übrigens immer gewußt: wenn's einmal dazu kommt, werd' ich ruhig sein, ganz
ruhig... aber daß es so dazu kommt, das hab' ich doch nicht
gedacht... daß ich mich umbringen muß, weil so ein... Vielleicht hab' ich ihn doch nicht recht verstanden... am End'
hat er ganz was anderes gesagt... Ich war ja ganz blöd von
der Singerei und der Hitz'... vielleicht bin ich verrückt gewesen, und es ist alles gar nicht wahr?... Nicht wahr, haha,
nicht wahr! – Ich hör's ja noch... es klingt mir noch immer
im Ohr... und ich spür's in den Fingern, wie ich seine Hand
vom Säbelgriff hab' wegbringen wollen... Ein Kraftmensch
ist er, ein Jagendorfer... Ich bin doch auch kein Schwäch-
ling... der Franziski ist der einzige im Regiment, der stärker
ist als ich...

Die Aspernbrücke . . . Wie weit renn' ich denn noch? – Wenn ich so weiterrenn', bin ich um Mitternacht in Kagran . . . Haha! – Herrgott, froh sind wir gewesen, wie wir im vorigen September dort eingerückt sind. Noch zwei Stunden, und Wien . . . todmüd' war ich, wie wir angekommen sind . . . den ganzen Nachmittag hab' ich geschlafen wie ein Stock, und am Abend waren wir schon beim Ronacher . . . der Kopetzky, der Ladinser und . . . wer war denn nur noch mit uns? – Ja, richtig, der Freiwillige, der uns auf dem Marsch die jüdischen Anekdoten erzählt hat . . . Manchmal sind's ganz nette Burschen, die Einjährigen . . . aber sie sollten alle nur Stellvertreter werden – denn was hat das für einen Sinn? Wir müssen uns jahrelang plagen, und so ein Kerl dient ein Jahr und hat genau dieselbe Distinktion wie wir . . . es ist eine Ungerechtigkeit – Aber was geht mich denn das alles an? – Was scher' ich mich denn um solche Sachen? – Ein Gemeiner von der Verpflegsbranche ist ja jetzt mehr als ich . . . ich bin ja überhaupt nicht mehr auf der Welt . . . es ist ja aus mit mir . . . Ehre verloren, alles verloren! . . . Ich hab' ja nichts anderes zu tun, als meinen Revolver zu laden und . . . Gustl, Gustl, mir scheint, du glaubst noch immer nicht recht dran? Komm' nur zur Besinnung . . . es gibt nichts anderes . . . wenn du auch dein Gehirn zermarterst, es gibt nichts anderes! – Jetzt heißt's nur mehr, im letzten Moment sich anständig benehmen, ein Mann sein, ein Offizier sein, so daß der Oberst sagt: Er ist ein braver Kerl gewesen, wir werden ihm ein treues Angedenken bewahren! . . . Wieviel Kompagnien rücken denn aus beim Leichenbegängnis von einem Leutnant? . . . Das müßt' ich eigentlich wissen . . . Haha! wenn das ganze Bataillon ausrückt, oder die ganze Garnison, und sie feuern zwanzig Salven ab, davon wach' ich doch nimmer auf! – Vor dem Kaffeehaus, da bin ich im vorigen Sommer einmal mit dem Herrn von Engel gesessen, nach der Armee-Steeple-Chase . . . Komisch, den Menschen hab' ich seitdem nie wieder geseh'n . . . Warum hat er denn das linke Aug' verbunden gehabt? Ich hab' ihn immer drum fragen wollen, aber es hätt' sich nicht gehört . . . Da geh'n zwei Artilleristen . . . die denken gewiß, ich steig' der Person nach . . . Muß sie mir übrigens anseh'n . . . O schrecklich! – Ich möcht' nur wissen, wie sich so eine ihr Brot verdient . . . da möcht' ich doch eher . . . Obzwar, in der Not frißt der Teufel Fliegen . . . in Przemysl – mir hat's nachher so gegraut, daß ich gemeint hab', nie wieder rühr' ich ein Frauenzimmer an . . . Das war eine gräßliche Zeit da oben in Galizien . . . eigentlich ein Mordsglück, daß wir nach Wien gekommen sind. Der Bokorny sitzt noch immer in Sambor und kann noch zehn Jahr dort sitzen und alt und grau werden . . . Aber wenn ich dort geblieben

wär', wär' mir das nicht passiert, was mir heut passiert ist . . .
und ich möcht' lieber in Galizien alt und grau werden, als daß
. . . als was? als was? – Ja, was ist denn? was ist denn? – Bin
ich denn wahnsinnig, daß ich das immer vergeß'? – Ja, meiner
Seel', vergessen tu' ich's jeden Moment . . . ist das schon je er-
hört worden, daß sich einer in ein paar Stunden eine Kugel
durch'n Kopf jagen muß, und er denkt an alle möglichen
Sachen, die ihn gar nichts mehr angeh'n? Meiner Seel', mir
ist geradeso, als wenn ich einen Rausch hätt'! Haha! ein schöner Rausch! ein Mordsrausch! ein Selbstmordsrausch! – Ha!
Witze mach' ich, das ist sehr gut! – Ja, ganz gut aufgelegt bin
ich – so was muß doch angeboren sein . . . Wahrhaftig, wenn
ich's einem erzählen möcht', er würd' es nicht glauben. – Mir
scheint, wenn ich das Ding bei mir hätt' . . . jetzt würd' ich
abdrücken – in einer Sekunde ist alles vorbei . . . Nicht jeder
hat's so gut – andere müssen sich monatelang plagen . . .
meine arme Cousin', zwei Jahr ist sie gelegen, hat sich nicht
rühren können, hat die gräßlichsten Schmerzen g'habt – so
ein Jammer! . . . Ist es nicht besser, wenn man das selber besorgt? Nur Obacht geben heißt's, gut zielen, daß einem nicht
am End' das Malheur passiert, wie dem Kadett-Stellvertreter
im vorigen Jahr . . . Der arme Teufel, gestorben ist er nicht,
aber blind ist er geworden . . . Was mit dem nur geschehen ist?
Wo er jetzt lebt? – Schrecklich, so herumlaufen, wie der – das
heißt: herumlaufen kann er nicht, g'führt muß er werden – so
ein junger Mensch, kann heut noch keine Zwanzig sein . . .
seine Geliebte hat er besser getroffen . . . gleich war sie tot . . .
Unglaublich, weswegen sich die Leut' totschießen! Wie kann
man überhaupt nur eifersüchtig sein? . . . Mein Lebtag hab'
ich so was nicht gekannt . . . Die Steffi ist jetzt gemütlich in
der Gartenbaugesellschaft; dann geht sie mit »ihm« nach
Haus . . . Nichts liegt mir dran, gar nichts! Hübsche Einrich-
tung hat sie – das kleine Badezimmer mit der roten Latern'.
– Wie sie neulich in dem grünseidenen Schlafrock hereingekommen ist . . . den grünen Schlafrock werd' ich auch nimmer
seh'n – und die ganze Steffi auch nicht . . . und die schöne,
breite Treppe in der Gußhausstraße werd' ich auch nimmer
hinaufgeh'n . . . Das Fräulein Steffi wird sich weiter amüsie-
ren, als wenn gar nichts gescheh'n wär' . . . nicht einmal erzählen darf sie's wem, daß ihr lieber Gustl sich umgebracht
hat . . . Aber weinen wird's schon – ah ja, weinen wird s' . . .
Überhaupt, weinen werden gar viele Leut' . . . Um Gottes willen, die Mama! – Nein, nein, daran darf ich nicht denken. –
Ah, nein, daran darf absolut nicht gedacht werden . . . An
Zuhaus wird nicht gedacht, Gustl, verstanden? – nicht mit
dem allerleisesten Gedanken . . .

Das ist nicht schlecht, jetzt bin ich gar im Prater . . . mitten in
der Nacht . . . das hätt' ich mir auch nicht gedacht in der Früh,
daß ich heut' nacht im Prater spazieren geh'n werd' . . . Was
sich der Sicherheitswachmann dort denkt? . . . Na, geh'n wir
nur weiter . . . es ist ganz schön . . . Mit'm Nachtmahlen ist's
eh' nichts, mit dem Kaffeehaus auch nichts; die Luft ist angenehm, und ruhig ist es . . . sehr . . . Zwar, ruhig werd' ich's
jetzt bald haben, so ruhig, als ich's mir nur wünschen kann.
Haha! – aber ich bin ja ganz außer Atem . . . ich bin ja ge-
rannt wie nicht g'scheit . . . langsamer, langsamer, Gustl, ver-
säumst nichts, hast gar nichts mehr zu tun – gar nichts, aber
absolut nichts mehr! – Mir scheint gar, ich fröstel'? – Es wird
halt doch die Aufregung sein . . . dann hab' ich ja nichts gegessen . . . Was riecht denn da so eigentümlich? . . . es kann
doch noch nichts blühen? . . . Was haben wir denn heut'? –
den vierten April . . . freilich, es hat viel geregnet in den letzten Tagen . . . aber die Bäume sind beinah' noch ganz kahl . . .
und dunkel ist es, hu! man könnt' schier Angst kriegen . . .
Das ist eigentlich das einzigemal in meinem Leben, daß ich
Furcht gehabt hab', als kleiner Bub, damals im Wald . . . aber
ich war ja gar nicht so klein . . . vierzehn oder fünfzehn . . .
Wie lang ist das jetzt her? – neun Jahr' . . . freilich – mit
achtzehn war ich Stellvertreter, mit zwanzig Leutnant . . . und
im nächsten Jahr werd' ich . . . Was werd' ich im nächsten
Jahr? Was heißt das überhaupt: nächstes Jahr? Was heißt
das: in der nächsten Woche? Was heißt das: übermorgen? . . .
Wie? Zähneklappern? Oho! – Na lassen wir's nur ein bissel
klappern . . . Herr Leutnant, Sie sind jetzt allein, brauchen niemandem einen Pflanz vorzumachen . . . es ist bitter, es ist
bitter . . .
Ich will mich auf die Bank setzen . . . Ah! – wie weit bin ich
denn da? – So eine Dunkelheit! Das da hinter mir, das muß
das zweite Kaffeehaus sein . . . bin ich im vorigen Sommer
auch einmal gewesen, wie unsere Kapelle konzertiert hat . . .
mit'm Kopetzky und mit'm Rüttner – noch ein paar waren
dabei . . . – Ich bin aber müd' . . . nein, ich bin müd', als wenn
ich einen Marsch von zehn Stunden gemacht hätt' . . . Ja, das
wär' sowas, da einschlafen. – Ha! ein obdachloser Leutnant . . .
Ja, ich sollt' doch eigentlich nach Haus . . . was tu' ich denn zu
Haus? aber was tu' ich denn im Prater? – Ah, mir wär' am
liebsten, ich müßt' gar nicht aufsteh'n – da einschlafen und
nimmer aufwachen . . . ja, das wär' halt bequem! – Nein, so
bequem wird's Ihnen nicht gemacht, Herr Leutnant . . . Aber
wie und wann? – Jetzt könnt' ich mir doch endlich einmal die
Geschichte ordentlich überlegen . . . überlegt muß ja alles werden . . . so ist es schon einmal im Leben . . . Also überlegen

wir ... Was denn? ... – Nein, ist die Luft gut ... man sollt'
öfters bei Nacht in' Prater geh'n ... Ja, das hätt' mir eben
früher einfallen müssen, jetzt ist's aus mit'm Prater, mit der
Luft und mit'm Spazierengeh'n ... Ja, also was ist denn? –
Ah, fort mit dem Kappl; mir scheint, das drückt mir aufs Gehirn ... ich kann ja gar nicht ordentlich denken ... Ah ...
so! ... also jetzt Verstand zusammennehmen, Gustl ... letzte
Verfügungen treffen! Also morgen früh wird Schluß gemacht
... morgen früh um sieben Uhr ... sieben Uhr ist eine schöne
Stund'. Haha! – also um acht, wenn die Schul' anfangt, ist
alles vorbei ... der Kopetzky wird aber keine Schul' halten
können, weil er zu sehr erschüttert sein wird ... Aber vielleicht weiß er's noch gar nicht ... man braucht ja nichts zu
hören ... Den Max Lippay haben sie auch erst am Nachmittag gefunden, und in der Früh hat er sich erschossen, und
kein Mensch hat was davon gehört ... Aber was geht mich
das an, ob der Kopetzky Schul' halten wird oder nicht? ...
Ha! – also um sieben Uhr! – Ja ... na, was denn noch? ...
Weiter ist ja nichts zu überlegen. Im Zimmer schieß' ich mich
tot, und dann is basta! Montag ist die Leich' ... Einen kenn'
ich, der wird eine Freud' haben: das ist der Doktor ... Duell
kann nicht stattfinden wegen Selbstmord des einen Kombat-
tanten ... Was sie bei Mannheimers sagen werden? – Na, er
wird sich nicht viel draus machen ... aber die Frau, die hübsche, blonde ... mit der wär was zu machen ... O ja, mir
scheint, bei der hätt' ich eine Chance gehabt, wenn ich mich
nur ein bissl zusammengenommen hätt' ... ja, das wär' doch
was anders gewesen, als die Steffi, dieses Mensch ... Aber
faul darf man halt nicht sein ... da heißt's: Cour machen,
Blumen schicken, vernünftig reden ... das geht nicht so, daß
man sagt: Komm' morgen nachmittag zu mir in die Kasern'!
... Ja, so eine anständige Frau, das wär' halt was g'wesen ...
Die Frau von meinem Hauptmann in Przemysl, das war ja
doch keine anständige Frau ... ich könnt' schwören: der Li-
bitzky und der Wermutek und der schäbige Stellvertreter, der
hat sie auch g'habt ... Aber die Frau Mannheimer ... ja, das
wär' was anders, das wär' doch auch ein Umgang gewesen,
das hätt' einen beinah' zu einem andern Menschen gemacht –
da hätt' man doch noch einen andern Schliff gekriegt – da hätt'
man einen Respekt vor sich selber haben dürfen. – Aber ewig
diese Menscher ... und so jung hab' ich ang'fangen – ein Bub
war ich ja noch, wie ich damals den ersten Urlaub gehabt hab'
und in Graz bei den Eltern zu Haus war ... der Riedl war auch
dabei – eine Böhmin ist es gewesen ... die muß doppelt so alt
gewesen sein wie ich – in der Früh bin ich erst nach Haus gekommen ... Wie mich der Vater ang'schaut hat ... und die

Klara . . . Vor der Klara hab' ich mich am meisten g'schämt . . .
Damals war sie verlobt . . . warum ist denn nichts draus geworden? Ich hab' mich eigentlich nicht viel drum gekümmert
. . . Armes Hascherl, hat auch nie Glück gehabt – und jetzt
verliert sie noch den einzigen Bruder . . . Ja, wirst mich nimmer
seh'n, Klara – aus! Was, das hast du dir nicht gedacht, Schwe-
sterl, wie du mich am Neujahrstag zur Bahn begleitet hast, daß
du mich nie wieder seh'n wirst? – und die Mama . . . Herrgott,
die Mama . . . nein, ich darf daran nicht denken . . . wenn ich
daran denk', bin ich imstand, eine Gemeinheit zu begehen . . .
Ah . . . wenn ich zuerst noch nach Haus fahren möcht' . . .
sagen, es ist ein Urlaub auf einen Tag . . . noch einmal den
Papa, die Mama, die Klara seh'n, bevor ich einen Schluß mach'
. . . Ja, mit dem ersten Zug um sieben kann ich nach Graz
fahren, um eins bin ich dort . . . Grüß dich Gott, Mama . . .
Servus Klara! Na, wie geht's euch denn? . . . Nein, das ist
eine Überraschung! . . . Aber sie möchten was merken . . .
wenn niemand anders . . . die Klara . . . die Klara gewiß . . . Die
Klara ist ein so gescheites Mädel . . . Wie lieb sie mir neulich
geschrieben hat, und ich bin ihr noch immer die Antwort
schuldig – und die guten Ratschläge, die sie mir immer gibt . . .
ein so seelengutes Geschöpf . . . Ob nicht alles ganz anders
geworden wär', wenn ich zu Haus geblieben wär'? Ich hätt'
Ökonomie studiert, wär' zum Onkel gegangen . . . sie haben's
ja alle wollen, wie ich noch ein Bub war . . . Jetzt wär' ich am
End' schon verheiratet, ein liebes, gutes Mädel . . . vielleicht
die Anna, die hat mich so gern gehabt . . . auch jetzt hab' ich's
noch gemerkt, wie ich das letztemal zu Haus war, obzwar sie
schon einen Mann hat und zwei Kinder . . . ich hab's g'seh'n,
wie sie mich ang'schaut hat . . . Und noch immer sagt sie mir
»Gustl« wie früher . . . Der wird's ordentlich in die Glieder
fahren, wenn sie erfährt, was es mit mir für ein End' genommen hat – aber ihr Mann wird sagen: Das hab' ich voraus
gesehen – so ein Lump! – Alle werden meinen, es ist, weil ich
Schulden gehabt hab' . . . und es ist doch gar nicht wahr, es ist
doch alles bezahlt . . . nur die letzten hundertsechzig Gulden –
na, und die sind morgen da . . . Ja, dafür muß ich auch noch
sorgen, daß der Ballert die hundertsechzig Gulden kriegt . . .
das muß ich niederschreiben, bevor ich mich erschieß' . . . Es
ist schrecklich, es ist schrecklich! . . . Wenn ich lieber auf und
davon fahren möcht' – nach Amerika, wo mich niemand
kennt . . . In Amerika weiß kein Mensch davon, was hier heut'
abend gescheh'n ist . . . da kümmert sich kein Mensch drum . . .
Neulich ist in der Zeitung gestanden von einem Grafen Runge,
der hat fortmüssen wegen einer schmutzigen Geschichte, und
jetzt hat er drüben ein Hotel und pfeift auf den ganzen

Schwindel ... Und in ein paar Jahren könnt' man ja wieder zurück ... nicht nach Wien natürlich ... auch nicht nach Graz ... aber aufs Gut könnt' ich ... und der Mama und dem Papa und der Klara möcht's doch tausendmal lieber sein, wenn ich nur lebendig blieb' ... Und was geh'n mich denn die andern Leut' an? Wer meint's denn sonst gut mit mir? – Außerm Kopetzky könnt' ich allen gestohlen werden ... der Kopetzky ist doch der einzige ... Und gerad der hat mir heut das Billett geben müssen ... und das Billett ist an allem schuld ... ohne das Billett wär' ich nicht ins Konzert gegangen, und alles das wär' nicht passiert ... Was ist denn nur passiert? ... Es ist grad', als wären hundert Jahr seitdem vergangen wären, und es kann noch keine zwei Stunden sein ... Vor zwei Stunden hat mir einer »dummer Bub« gesagt und hat meinen Säbel zerbrechen wollen ... Herrgott, ich fang' noch zu schreien an mitten in der Nacht! Warum ist denn das alles gescheh'n? Hätt' ich nicht länger warten können, bis es ganz leer wird in der Garderobe? Und warum hab' ich ihm denn nur gesagt: »Halten Sie's Maul!« Wie ist mir denn das nur ausgerutscht? Ich bin doch sonst ein höflicher Mensch ... nicht einmal mit meinem Burschen bin ich sonst so grob ... aber natürlich, nervös bin ich gewesen – alle die Sachen, die da zusammengekommen sind ... das Pech im Spiel und das ewige Absagerei von der Steffi – und das Duell morgen nachmittag – und zu wenig schlafen tu' ich in der letzten Zeit – und die Rackerei in der Kasern' – das halt' man auf die Dauer nicht aus! ... Ja, über kurz oder lang wär' ich krank geworden – hätt' um einen Urlaub einkommen müssen ... Jetzt ist es nicht mehr notwendig – jetzt kommt ein langer Urlaub – mit Karenz der Gebühren – haha! ...

Wie lang werd' ich denn da noch sitzenbleiben? Es muß Mitternacht vorbei sein ... hab' ich's nicht früher schlagen hören? – Was ist denn das ... ein Wagen fährt da? Um die Zeit? Gummiradler – kann mir schon denken ... Die haben's besser wie ich – vielleicht ist es der Ballert mit der Berta ... Warum soll's grad' der Ballert sein? – Fahr' nur zu! – Ein hübsches Zeug'l hat Seine Hoheit in Przemysl gehabt ... mit dem ist er immer in die Stadt hinuntergefahren zu der Rosenberg ... Sehr leutselig war Seine Hoheit – ein echter Kamerad, mit allen auf du und du ... War doch eine schöne Zeit ... obzwar ... die Gegend war trostlos und im Sommer zum Verschmachten ... an einem Nachmittag sind einmal drei vom Sonnenstich getroffen worden ... auch der Korporal von meinem Zug – ein so verwendbarer Mensch ... Nachmittag haben wir uns nackt auf's Bett hingelegt. – Einmal ist plötzlich der Wiesner zu mir hereingekommen; ich muß grad' geträumt haben und

45

steh' auf und zieh' den Säbel, der neben mir liegt ... muß gut ausg'schaut haben ... der Wiesner hat sich halb tot gelacht – der ist jetzt schon Rittmeister ... – Schad', daß ich nicht zur Kavallerie gegangen bin ... aber das hat der Alte nicht wollen – wär' ein zu teurer Spaß gewesen – jetzt ist es ja doch alles eins ... Warum denn? – Ja, ich ich weiß schon: sterben muß ich, darum ist es alles eins – sterben muß ich ... Also wie? – Schau, Gustl, du bist doch extra da herunter in den Prater gegangen, mitten in der Nacht, wo dich keine Menschenseele stört – jetzt kannst du dir alles ruhig überlegen ... Das ist ja lauter Unsinn mit Amerika und quittieren, und du bist ja viel zu dumm, um was anderes anzufangen – und wenn du hundert Jahr alt wirst, und du denkst dran, daß dir einer hat den Säbel zerbrechen wollen und dich einen dummen Buben geheißen, und du bist dag'standen und hast nichts können – nein, zu überlegen ist da gar nichts – gescheh'n ist gescheh'n – auch das mit der Mama und mit der Klara ist ein Unsinn – die werden's schon verschmerzen – man verschmerzt alles ... Wie hat die Mama gejammert, wie ihr Bruder gestorben ist – und nach vier Wochen hat sie kaum mehr dran gedacht ... auf den Friedhof ist sie hinausgefahren ... zuerst alle Wochen, dann alle Monat – und jetzt nur mehr am Todestag. – Morgen ist mein Todestag – fünfter April. – Ob sie mich nach Graz überführen? Haha! da werden die Würmer in Graz eine Freud' haben! – Aber das geht mich nichts an – darüber sollen sich die andern den Kopf zerbrechen ... Also, was geht's mich denn eigentlich an? ... Ja, die hundertsechzig Gulden für den Ballert – das ist alles – weiter brauch' ich keine Verfügungen zu treffen. – Briefe schreiben? Wozu denn? An wen denn? ... Abschied nehmen? – Ja, zum Teufel hinein, das ist doch deutlich genug, wenn man sich totschießt! – Dann merken's die andern schon, daß man Abschied genommen hat ... Wenn die Leut' wüßten, wie egal mir die ganze Geschichte ist, möchten sie mich gar nicht bedauern – ist eh' nicht schad' um mich ... Und was hab' ich denn vom ganzen Leben gehabt? – Etwas hätt' ich gern noch mitgemacht: einen Krieg – aber da hätt' ich lang' warten können ... Und alles übrige kenn' ich ... Ob so ein Mensch Steffi oder Kunigunde heißt, bleibt sich gleich. – Und die schönsten Operetten kenn' ich auch – und im Lohengrin bin ich zwölfmal drin gewesen – und heut' abend war ich sogar bei einem Oratorium – und ein Bäckermeister hat mich einen dummen Buben geheißen – meiner Seel', es ist grad' genug! – Und ich bin gar nimmer neugierig ... – Also geh'n wir nach Haus, ganz langsam ... Eile hab' ich ja wirklich keine. – Noch ein paar Minuten ausruhen da im Prater, auf einer Bank – obdachlos. – Ins Bett leg' ich

mich ja doch nimmer – hab' ja genug Zeit zum Ausschlafen. –
Ah, die Luft! – Die wird mir abgeh'n . . .

Was ist denn? – He, Johann, bringen S' mir ein Glas frisches
Wasser . . . Was ist? . . . Wo . . . Ja, träum' ich denn? . . . Mein
Schädel . . . o, Donnerwetter . . . Fischamend . . . Ich bring' die
Augen nicht auf! – Ich bin ja angezogen! – Wo sitz' ich denn?
– Heiliger Himmel, eingeschlafen bin ich! Wie hab' ich denn
nur schlafen können; es dämmert ja schon! – Wie lang' hab'
ich denn geschlafen? – Muß auf die Uhr schau'n . . . Ich seh'
nichts? . . . Wo sind denn meine Zündhölzeln? . . . Na, brennt
eins an? . . . Drei . . . und ich soll mich um vier duellieren –
nein, nicht duellieren – totschießen soll ich mich! – Es ist gar
nichts mit dem Duell; ich muß mich totschießen, weil ein
Bäckermeister mich einen dummen Buben genannt hat . . . Ja,
ist es denn wirklich g'scheh'n? – Mir ist im Kopf so merkwürdig . . . wie in einem Schraubstock ist mein Hals – ich
kann mich gar nicht rühren – das rechte Bein ist eingeschlafen.
– Aufstehn! Aufstehn! . . . Ah, so ist es besser! – Es wird
schon lichter . . . Und die Luft . . . ganz wie damals in der Früh,
wie ich auf Vorposten war und im Wald kampiert hab' . . .
Das war ein anderes Aufwachen – da war ein anderer Tag vor
mir . . . Mir scheint, ich glaub's noch nicht recht. – Da liegt
die Straße, grau, leer – ich bin jetzt sicher der einzige Mensch
im Prater. – Um vier Uhr früh war ich schon einmal herunten,
mit'm Pausinger – geritten sind wir – ich auf dem Pferd vom
Hauptmann Mirovic und der Pausinger auf seinem eigenen
Krampen – das war im Mai, im vorigen Jahr – da hat schon
alles geblüht – alles war grün. Jetzt ist's noch kahl – aber der
Frühling kommt bald – in ein paar Tagen ist er schon da. –
Maiglöckerln, Veigerln – schad', daß ich nichts mehr davon
haben werd' – jeder Schubiak hat was davon, und ich muß
sterben! Es ist ein Elend! Und die andern werden im Weingartl sitzen beim Nachtmahl, als wenn gar nichts g'wesen
wär' – so wie wir alle im Weingartl g'sessen sind, noch am
Abend nach dem Tag, wo sie den Lippay hinausgetragen haben . . . Und der Lippay war so beliebt . . . sie haben ihn lieber
g'habt, als mich, beim Regiment – warum sollen sie denn
nicht im Weingartl sitzen, wenn ich abkratz'? – Ganz warm
ist es – viel wärmer als gestern – und so ein Duft – es muß
doch schon blühen . . . Ob die Steffi mir Blumen bringen wird?
– Aber fallt ihr ja gar nicht ein! Die wird grad' hinausfahren
. . . Ja, wenn's noch die Adel' wär' . . . Nein, die Adel'! Mir
scheint, seit zwei Jahren hab' ich an die nicht mehr gedacht . . .
Was die für G'schichten gemacht hat, wie's aus war . . . mein
Lebtag hab' ich kein Frauenzimmer so weinen geseh'n . . . Das

war doch eigentlich das Hübscheste, was ich erlebt hab' ... So bescheiden, so anspruchslos, wie die war – die hat mich gern gehabt, da könnt' ich drauf schwören. – War doch was ganz anderes, als die Steffi ... Ich möcht' nur wissen, warum ich die aufgegeben hab' ... so eine Eselei! Zu fad ist es mir geworden, ja, das war das Ganze ... So jeden Abend mit ein und derselben ausgeh'n ... Dann hab' ich eine Angst g'habt, daß ich überhaupt nimmer loskomm' – eine solche Raunzen – Na, Gustl, hätt'st schon noch warten können – war doch die einzige, die dich gern gehabt hat ... Was sie jetzt macht? Na was wird's machen? – Jetzt wird's halt einen andern haben ... Freilich, das mit der Steffi ist bequemer – wenn man nur gelegentlich engagiert ist und ein anderer hat die ganzen Unannehmlichkeiten, und ich hab' nur das Vergnügen ... Ja, da kann man auch nicht verlangen, daß sie auf den Friedhof hinauskommt ... Wer ging denn überhaupt mit, wenn er nicht müßt'! – Vielleicht der Kopetzky, und dann wär' Rest! – Ist doch traurig, so gar niemanden zu haben ...
Aber so ein Unsinn! der Papa und die Mama und die Klara ... Ja, ich bin halt der Sohn, der Bruder ... aber was ist denn weiter zwischen uns? gern haben sie mich ja – aber was wissen sie denn von mir? – Daß ich meinen Dienst mach', daß ich Karten spiel' und daß ich mit Menschern herumlauf' ... aber sonst? – Daß mich manchmal selber vor mir graust, das hab' ich ihnen ja doch nicht geschrieben – na, mir scheint, ich hab's auch selber gar nicht recht gewußt – Ah was, kommst du jetzt mit solchen Sachen, Gustl? Fehlt nur noch, daß du zum Weinen anfangst ... pfui Teufel! – Ordentlich Schritt ... so! Ob man zu einem Rendezvous geht oder auf Posten oder in die Schlacht ... wer hat das nur gesagt? ... ah ja, der Major Lederer, in der Kantin', wie man von dem Wingleder erzählt hat, der so blaß geworden ist vor seinem ersten Duell – und gespieben hat ... Ja: ob man zu einem Rendezvous geht oder in den sichern Tod, am Gang und am G'sicht läßt sich das der richtige Offizier nicht anerkennen! – Also Gustl – der Major Lederer hat's g'sagt! ha! –
Immer lichter ... man könnt' schon lesen ... Was pfeift denn da? ... Ah, drüben ist der Nordbahnhof ... Die Tegetthoffsäule ... so lang hat sie noch nie ausg'schaut ... Da drüben stehen Wagen ... Aber nichts als Straßenkehrer auf der Straße ... meine letzten Straßenkehrer – ha! ich muß immer lachen, wenn ich dran denk' ... das versteh' ich gar nicht ... Ob das bei allen Leuten so ist, wenn sie's einmal ganz sicher wissen? Halb vier auf der Nordbahnuhr ... jetzt ist nur die Frage, ob ich mich um sieben nach Bahnzeit oder nach Wiener Zeit erschieß'? ... Sieben ... ja, warum grad' sieben? ... Als

wenn's gar nicht anders sein könnt' ... Hunger hab' ich –
meiner Seel', ich hab' Hunger – kein Wunder ... seit wann
hab ich denn nichts gegessen? ... Seit – seit gestern sechs
Uhr abends im Kaffeehaus ... ja! Wie mir der Kopetzky das
Billett gegeben hat – eine Melánge und zwei Kipfel. – Was
der Bäckermeister sagen wird, wenn er's erfahrt? ... der verfluchte Hund! – Ah, der wird wissen, warum – dem wird der
Knopf aufgeh'n – der wird draufkommen, was es heißt: Offizier! – So ein Kerl kann sich auf offener Straße prügeln lassen,
und es hat keine Folgen, und unsereiner wird unter vier Augen
insultiert und ist ein toter Mann ... Wenn sich so ein Fallot
wenigstens schlagen möcht' – aber nein, da wär' er ja vorsichtiger, da möcht' er sowas nicht riskieren ... Und der Kerl
lebt weiter, ruhig weiter, während ich – krepieren muß! – Der
hat mich doch umgebracht ... Ja, Gustl, merkst d' was? – der
ist es, der dich umbringt! Aber so glatt soll's ihm doch nicht
ausgeh'n! – Nein, nein, nein! Ich werd' dem Kopetzky einen
Brief schreiben, wo alles drinsteht, die ganze G'schicht' schreib'
ich auf ... oder noch besser: ich schreib's dem Obersten, ich
mach' eine Meldung ans Regimentskommando ... ganz wie
eine dienstliche Meldung ... Ja, wart', du glaubst, daß sowas
geheim bleiben kann? – Du irrst dich – aufgeschrieben wird's
zum ewigen Gedächtnis, und dann möcht' ich sehen, ob du
dich noch ins Kaffeehaus traust – Ha! – »das möcht' ich sehen«,
ist gut! ... Ich möcht' noch manches gern sehen, wird nur
leider nicht möglich sein – aus is! –
Jetzt kommt der Johann in mein Zimmer, jetzt merkt er, daß
der Herr Leutnant nicht zu Haus geschlafen hat. – Na, alles
mögliche wird er sich denken; aber daß der Herr Leutnant im
Prater übernachtet hat, das, meiner Seel', das nicht ... Ah, die
Vierundvierziger! zur Schießstätte marschieren's – lassen wir
sie vorübergeh'n ... so, stellen wir uns daher ... – Da oben
wird ein Fenster aufgemacht – hübsche Person – na, ich möcht'
mir wenigstens ein Tüchel umnehmen, wenn ich zum Fenster
geh' ... Vorigen Sonntag war's zum letztenmal ... Daß grad'
die Steffi die letzte sein wird, hab' ich mir nicht träumen lassen. – Ach Gott, das ist doch das einzige reelle Vergnügen ...
Na ja, der Herr Oberst wird in zwei Stunden nobel nachreiten
... die Herren haben's gut – ja, ja, rechts g'schaut! – Ist schon
gut ... Wenn ihr wüßtet, wie ich auf euch pfeif'! – Ah, das
ist nicht schlecht: der Katzer ... seit wann ist denn der zu den
Vierundvierzigern übersetzt? – Servus, servus! – Was der für
ein G'sicht macht? ... Warum deut' er denn auf seinen Kopf?
– Mein Lieber, dein Schädel interessiert mich sehr wenig ...
Ah, so! Nein, mein Lieber, du irrst dich: im Prater hab' ich
übernachtet ... wirst schon heut' im Abendblatt lesen. –

»Nicht möglich!« wird er sagen, »heut' früh, wie wir zur
Schießstätte ausgerückt sind, hab' ich ihn noch auf der Prater-
straße getroffen!« – Wer wird denn meinen Zug kriegen? –
Ob sie ihn dem Walterer geben werden? – Na, da wird was
Schönes herauskommen – ein Kerl ohne Schneid, der hätt'
auch lieber Schuster werden sollen... Was, geht schon die
Sonne auf? – Das wird heut ein schöner Tag – so ein rechter
Frühlingstag... Ist doch eigentlich zum Teufelholen! – der
Komfortabelkutscher wird noch um achte in der Früh auf der
Welt sein, und ich... na, was ist denn das? He, das wär' sowas – noch im letzten Moment die Kontenance verlieren
wegen einem Komfortabelkutscher... Was ist denn das, daß
ich auf einmal so ein blödes Herzklopfen krieg'? – Das wird
doch nicht deswegen sein... Nein, o nein... es ist, weil ich
so lang' nichts gegessen hab'. – Aber Gustl, sei doch aufrichtig mit dir selber: – Angst hast du – Angst, weil du's
noch nie probiert hast... Aber das hilft dir ja nichts, die
Angst hat noch keinem was geholfen, jeder muß es einmal
durchmachen, der eine früher, der andere später, und du
kommst halt früher dran... Viel wert bist du ja nie gewesen,
so benimm dich wenigstens anständig zu guter Letzt, das ver-
lang' ich von dir! – So, jetzt heißt's nur überlegen – aber was
denn?... Immer will ich mir was überlegen... ist doch ganz
einfach: – im Nachtkastelladel liegt er, geladen ist er auch,
heißt's nur: losdrucken – das wird doch keine Kunst sein!–
Die geht schon ins Geschäft... die armen Mädeln! die Adel'
war auch in einem G'schäft – ein paarmal hab' ich sie am
Abend abg'holt... Wenn sie in einem Geschäft sind, werd'n
sie doch keine solchen Menscher... Wenn die Steffi mir allein
g'hören möcht', ich ließ sie Modistin werden oder sowas...
Wie wird sie's denn erfahren? – Aus der Zeitung!... Sie
wird sich ärgern, daß ich ihr's nicht geschrieben hab'... Mir
scheint', ich schnapp' doch noch über... Was geht denn das
mich an, ob sie sich ärgert... Wie lang' hat denn die ganze
G'schicht' gedauert?... Seit'm Jänner?... Ah nein, es muß
doch schon vor Weihnachten gewesen sein... ich hab' ihr ja
aus Graz Zuckerln mitgebracht, und zu Neujahr hat sie mir
ein Brieferl g'schickt... Richtig, die Briefe, die ich zu Haus
hab', – sind keine da, die ich verbrennen sollt'?... Hm, der
vom Fallsteiner – wenn man den Brief findet... der Bursch
könnt' Unannehmlichkeiten haben... Was mir das schon
aufliegt! – Na, es ist ja keine große Anstrengung... aber
hervorsuchen kann ich den Wisch nicht... Das beste ist, ich
verbrenn' alles zusammen... Und meine paar Bücher könnt'
ich dem Blany vermachen. – »Durch Nacht und Eis«... schad',
daß ich's nimmer auslesen kann... bin wenig zum Lesen ge-

kommen in der letzten Zeit ... Orgel – ah, aus der Kirche ...
Frühmesse – bin schon lang bei keiner gewesen ... das letztemal im Feber, wie mein Zug dazu kommandiert war ... Aber
das galt nichts – ich hab' auf meine Leut' aufgepaßt, ob sie
andächtig sind und sich ordentlich benehmen ... – Möcht' in
die Kirche hineingeh'n ... am End' ist doch was dran ... – Na,
heut nach Tisch werd' ich's schon genau wissen ... Ah, »nach
Tisch« ist sehr gut! ... Also, was ist, soll ich hineingehn? –
Ich glaub', der Mama wär's ein Trost, wenn sie das wüßt'! ...
Die Klara gibt weniger drauf ... Na, geh'n wir hinein – schaden kann's ja nicht!
Orgel – Gesang – hm! was ist denn das? – Mir ist ganz
schwindlig ... O Gott, o Gott, o Gott! ich möcht' einen Menschen haben, mit dem ich ein Wort reden könnt' vorher! – Das
wär' so was – zur Beicht' geh'n! Der möcht' Augen machen,
der Pfaff', wenn ich zum Schluß sagen möcht': Habe die Ehre,
Hochwürden; jetzt geh' ich mich umbringen! ... – Am liebsten
läg' ich da auf dem Steinboden und tät' heulen ... Ah nein,
das darf man nicht tun! Aber weinen tut manchmal so gut ...
Setzen wir uns einen Moment – aber nicht wieder einschlafen
wie im Prater! ... – Die Leut', die eine Religion haben, sind
doch besser dran ... Na, jetzt fangen mir gar die Händ' zu
zittern an! ... Wenn's so weitergeht, werd' ich mir selber auf
die Letzt' so ekelhaft, daß ich mich vor lauter Schand' um-
bring'! – Das alte Weib da – um was betet denn die noch? ...
Wär' eine Idee, wenn ich ihr sagen möcht': Sie, schließen Sie
mich auch ein ... ich hab' das nicht ordentlich gelernt, wie
man das macht ... Ha! mir scheint, das Sterben macht blöd'!
– Aufsteh'n! – Woran erinnert mich denn nur die Melodie? –
Heiliger Himmel! gestern abend! – Fort, fort! das halt' ich
gar nicht aus! ... Pst! keinen solchen Lärm, nicht mit dem
Säbel schleppern – die Leut' nicht in der Andacht stören – so!
– doch besser im Freien ... Licht ... Ah, es kommt immer
näher – wenn es lieber schon vorbei wär'! – Ich hätt's gleich
tun sollen – im Prater ... man sollt' nie ohne Revolver aus-
gehn ... Hätt' ich gestern abend eine gehabt ... Herrgott
noch einmal! – In das Kaffeehaus könnt' ich geh'n frühstücken
... Hunger hab' ich ... Früher ist's mir immer sonderbar
vorgekommen, daß die Leut', die verurteilt sind, in der Früh
noch ihren Kaffee trinken und ihr Zigarrl rauchen ... Donnerwetter, geraucht hab' ich gar nicht! gar keine Lust zum Rauchen! – Es ist komisch: ich hätt' Lust, in mein Kaffeehaus zu
geh'n ... Ja, aufgesperrt ist schon, und von uns ist jetzt doch
keiner dort – und wenn schon ... ist höchstens ein Zeichen
von Kaltblütigkeit. »Um sechs hat er noch im Kaffeehaus gefrühstückt, und um sieben hat er sich erschossen« ... –

Ganz ruhig bin ich wieder ... das Gehen ist so angenehm – und das Schönste ist, daß mich keiner zwingt. – Wenn ich wollt', könnt' ich noch immer den ganzen Krempel hinschmeißen ... Amerika ... Was ist das: »Krempel«? W a s ist ein »Krempel«? Mir scheint, ich hab' den Sonnenstich! ... Oho, bin ich vielleicht deshalb so ruhig, weil ich mir immer noch einbild', ich muß nicht? ... Ich muß! Ich muß! Nein, ich will! – Kannst du dir denn überhaupt vorstellen, Gustl, daß du dir die Uniform ausziehst und durchgehst? Und der verfluchte Hund lacht sich den Buckel voll – und der Kopetzky selbst möcht' dir nicht mehr die Hand geben ... Mir kommt vor, ich bin ganz rot geworden. – – Der Wachmann salutiert mir ... ich muß danken ... »Servus!« – Jetzt hab' ich gar »Servus« gesagt! ... Das freut so einen armen Teufel immer ... Na, über mich hat sich keiner zu beklagen gehabt – außer Dienst war ich immer gemütlich. – Wie wir auf Manöver waren, hab' ich den Chargen von der Kompagnie Britannikas geschenkt; – einmal hab' ich gehört, wie ein Mann hinter mir bei den Gewehrgriffen was von »verfluchter Rackerei« g'sagt hat, und ich hab' ihn nicht zum Rapport geschickt – ich hab' ihm nur gesagt: »Sie, passen S' auf, das könnt' einmal wer anderer hören – da ging's Ihnen schlecht!« ... Der Burghof ... Wer ist denn heut auf der Wach'? – Die Bosniaken – schau'n gut aus – der Oberstleutnant hat neulich g'sagt: Wie wir im 78er Jahr unten waren, hätt' keiner geglaubt, daß uns die einmal so parieren werden! ... Herrgott, bei so was hätt' ich dabei sein mögen – Da steh'n sie alle auf von der Bank. – Servus, servus! – Das ist halt zuwider, daß unsereiner nicht dazu kommt. – Wär' doch schöner gewesen, auf dem Felde der Ehre, fürs Vaterland, als so ... Ja, Herr Doktor, Sie kommen eigentlich gut weg! ... Ob das nicht einer für mich übernehmen könnt'? – Meiner Seel', das sollt' ich hinterlassen, daß sich der Kopetzky oder der Wymetal an meiner Statt mit dem Kerl schlagen ... Ah, so leicht sollt' der doch nicht davonkommen! – Ah, was! Ist das nicht egal, was nachher geschieht? Ich erfahr's ja doch nimmer! Da schlagen die Bäume aus ... Im Volksgarten hab' ich einmal eine angesprochen – ein rotes Kleid hat sie angehabt – in der Strozzigasse hat sie gewohnt – nachher hat sie der Rochlitz übernommen ... Mir scheint, er hat sie noch immer, aber er red't nichts mehr davon – er schämt sich vielleicht ... Jetzt schlaft die Steffi noch ... so lieb sieht sie aus, wenn sie schläft ... als wenn sie nicht bis fünf zählen könnt'! – Na, wenn sie schlafen, schau'n sie alle so aus! – Ich sollt' ihr doch noch ein Wort schreiben ... warum denn nicht? Es tut's ja doch ein jeder, daß er vorher noch Briefe schreibt. – Auch der Klara sollt' ich schreiben, daß sie den

Papa und die Mama tröstet – und was man halt so schreibt! – und dem Kopetzky doch auch ... Meiner Seel', mir kommt vor, es wär' viel leichter, wenn man ein paar Leuten Adieu gesagt hätt' ... Und die Anzeige an das Regimentskommando – und die hundertsechzig Gulden für den Ballert ... eigentlich noch viel zu tun ... Na, es hat's mir ja keiner g'schafft, daß ich's um sieben tu' ... von acht an ist noch immer Zeit genug zum Totsein! ... Totsein, ja – so heißt's – da kann man nichts machen ...

Ringstraße – jetzt bin ich ja bald in meinem Kaffeehaus ... Mir scheint gar, ich freu' mich aufs Frühstück ... es ist nicht zum glauben. – – Ja, nach dem Frühstück zünd' ich mir eine Zigarre an, und dann geh' ich nach Haus und schreib' ... Ja, vor allem mach' ich die Anzeige ans Kommando; dann kommt der Brief an die Klara – dann an den Kopetzky – dann an die Steffi ... Was soll ich denn dem Luder schreiben ... »Mein liebes Kind, du hast wohl nicht gedacht« ... – Ah, was, Unsinn! – »Mein liebes Kind, ich danke dir sehr« ... – »Mein liebes Kind, bevor ich von hinnen gehe, will ich es nicht verabsäumen« ... – Na, Briefschreiben war auch nie meine starke Seite ... »Mein liebes Kind, ein letztes Lebewohl von deinem Gustl« ... – Die Augen, die sie machen wird! Ist doch ein Glück, daß ich nicht in sie verliebt war ... das muß traurig sein, wenn man eine gern hat und so ... Na, Gustl, sei gut: so ist es auch traurig genug ... Nach der Steffi wär' ja noch manche andere gekommen, und am End' auch eine, die was wert ist – junges Mädel aus guter Familie mit Kaution – es wär' ganz schön gewesen ... – Der Klara muß ich ausführlich schreiben, daß ich nicht hab' anders können ... »Du mußt mir verzeihen, liebe Schwester, und bitte, tröste auch die lieben Eltern. Ich weiß, daß ich euch allen manche Sorge gemacht habe und manchen Schmerz bereitet; aber glaube mir, ich habe euch alle immer sehr lieb gehabt, und ich hoffe, du wirst noch einmal glücklich werden, meine liebe Klara, und deinen unglücklichen Bruder nicht ganz vergessen« ... – Ah, ich schreib' ihr lieber gar nicht! ... Nein, da wird mir zum Weinen ... es beißt mich ja schon in den Augen, wenn ich dran denk' ... Höchstens dem Kopetzky schreib' ich – ein kameradschaftliches Lebewohl, und er soll's den andern ausrichten ... – Ist's schon sechs? – Ah, nein: halb – dreiviertel. – Ist das ein liebes G'sichtel! ... der kleine Fratz mit den schwarzen Augen, den ich so oft in der Florianigasse treff'! – was die sagen wird? – Aber die weiß ja gar nicht, wer ich bin – die wird sich nur wundern, daß sie mich nimmer sieht ... Vorgestern hab' ich mir vorgenommen, das nächste Mal sprech' ich sie an. – Kokettiert hat sie genug ... so jung war die – am End' war

die gar noch eine Unschuld!... Ja, Gustl! Was du heute
kannst besorgen, das verschiebe nicht auf morgen!... Der
da hat sicher auch die ganze Nacht nicht geschlafen. – Na,
jetzt wird er schön nach Haus geh'n und sich niederlegen –
ich auch! – Haha! jetzt wird's ernst, Gustl, ja!... Na, wenn
nicht einmal das biss'l Grausen wär', so wär' ja schon gar
nichts dran – und im ganzen, ich muß's schon selber sagen,
halt' ich mich brav... Ah, wohin denn noch? Da ist ja schon
mein Kaffeehaus... auskehren tun sie noch... Na, geh'n wir
hinein...

Da hinten ist der Tisch, wo die immer Tarock spielen... Merkwürdig, ich kann mir's gar nicht vorstellen, daß der Kerl, der
immer da hinten sitzt an der Wand, derselbe sein soll, der
mich... – Kein Mensch ist noch da... Wo ist denn der Kellner?... He! Da kommt er aus der Küche... er schlieft schnell
in den Frack hinein... Ist wirklich nimmer notwendig!...
ah, für ihn schon... er muß heut' noch andere Leut' bedienen! –

»Habe die Ehre, Herr Leutnant!«

»Guten Morgen.«

»So früh heute, Herr Leutnant?«

»Ah, lassen S' nur – ich hab' nicht viel Zeit, ich kann mit'm
Mantel dasitzen.«

»Was befehlen Herr Leutnant?«

»Eine Melange mit Haut.«

»Bitte gleich, Herr Leutnant!«

Ah, da liegen ja Zeitungen... schon heutige Zeitungen?...
Ob schon was drinsteht?... Was denn? – Mir scheint, ich will
nachseh'n, ob drinsteht, daß ich mich umgebracht hab'! Haha!
– Warum steh' ich denn noch immer?... Setzen wir uns da
zum Fenster... Er hat mir ja schon die Melange hingestellt...
So, den Vorhang zieh' ich zu; es ist mir zuwider, wenn die
Leut' hereingucken... Es geht zwar noch keiner vorüber...
Ah, gut schmeckt der Kaffee – doch kein leerer Wahn, das
Frühstücken!... Ah, ein ganz anderer Mensch wird man –
der ganze Blödsinn ist, daß ich nicht genachtmahlt hab'...
Was steht denn der Kerl schon wieder da? – Ah, die Semmeln
hat er mir gebracht...

»Haben Herr Leutnant schon gehört?«...

»Was denn?« Ja, um Gottes willen, weiß der schon was?...
Aber, Unsinn, es ist ja nicht möglich!

»Den Herrn Habetswallner...«

Was? So heißt ja der Bäckermeister... was wird der jetzt
sagen?... Ist er am End' schon dagewesen? Ist er am End'
gestern schon dagewesen und hat's erzählt?... Warum red't
er denn nicht weiter?... Aber er red't ja...

». . . hat heut' nacht um zwölf der Schlag getroffen.«

»Was?« . . . Ich darf nicht so schreien . . . nein, ich darf mir
nichts anmerken lassen . . . aber vielleicht träum' ich . . . ich
muß ihn noch einmal fragen . . . »Wen hat der Schlag getroffen?« – Famos, famos! – ganz harmlos hab' ich das gesagt!

»Den Bäckermeister, Herr Leutnant! . . . Herr Leutnant werd'n
ihn ja kennen . . . na, den Dicken, der jeden Nachmittag neben
die Herren Offiziere seine Tarockpartie hat . . . mit'n Herrn
Schlesinger und 'n Herrn Wasner von der Kunstblumenhand-
lung vis-à-vis!«

Ich bin ganz wach – stimmt alles – und doch kann ich's noch
nicht recht glauben – ich muß ihn noch einmal fragen . . .
aber ganz harmlos . . .

»Der Schlag hat ihn getroffen? . . . Ja, wieso denn? Woher
wissen S' denn das?«

»Aber Herr Leutnant, wer soll's denn früher wissen, als unsereiner – die Semmel, die der Herr Leutnant da essen, ist ja
auch vom Herrn Habetswallner. Der Bub, der uns das Gebäck
um halber fünfe in der Früh bringt, hat's uns erzählt.«

Um Himmels willen, ich darf mich nicht verraten . . . ich möcht'
ja schreien . . . ich möcht' ja lachen . . . ich möcht' ja dem Rudolf ein Bussel geben . . . Aber ich muß ihn noch was fragen!
. . . Vom Schlag getroffen werden, heißt noch nicht: tot sein
. . . . ich muß fragen, ob er tot ist . . . aber ganz ruhig, denn
was geht mich der Bäckermeister an – ich muß in die Zeitung
schau'n, während ich den Kellner frag' . . .

»Ist er tot?«

»Na, freilich, Herr Leutnant; auf'm Fleck ist er tot geblieben.«

O, herrlich, herrlich! – Am End' ist das alles, weil ich in der
Kirchen g'wesen bin . . .

»Er ist am Abend im Theater g'wesen; auf der Stiegen ist er
umg'fallen – der Hausmeister hat den Krach gehört . . . na,
und dann haben s' ihn in die Wohnung getragen, und wie der
Doktor gekommen ist, war's schon lang' aus.«

»Ist aber traurig. Er war doch noch in den besten Jahren.« –
Das hab' ich jetzt famos gesagt – kein Mensch könnt' mir was
anmerken . . . und ich muß mich wirklich zurückhalten, daß
ich nicht schrei' oder aufs Billard spring' . . .

»Ja, Herr Leutnant, sehr traurig; war ein so lieber Herr, und
zwanzig Jahr' ist er schon zu uns kommen – war ein guter
Freund von unserm Herrn. Und die arme Frau . . .«

Ich glaub', so froh bin ich in meinem ganzen Leben nicht gewesen . . . Tot ist er – tot ist er! Keiner weiß was, und nichts
ist g'scheh'n! – Und das Mordsglück, daß ich in das Kaffeehaus gegangen bin . . . sonst hätt' ich mich ja ganz umsonst

erschossen – es ist doch wie eine Fügung des Schicksals...
Wo ist denn der Rudolf? – Ah, mit dem Feuerburschen red't
er ... – Also, tot ist er – tot ist er – ich kann's noch gar nicht
glauben! Am liebsten möcht' ich hingeh'n, um's zu seh'n. – –
Am End' hat ihn der Schlag getroffen aus Wut, aus verhaltenem Zorn ... Ah, warum, ist mir ganz egal! Die Hauptsach'
ist: er ist tot, und ich darf leben, und alles g'hört wieder mein!
... Komisch, wie ich mir da immerfort die Semmel einbrock',
die mir der Herr Habetswallner gebacken hat! Schmeckt mir
ganz gut, Herr von Habetswallner! Famos! – So, jetzt möcht'
ich noch ein Zigarrl rauchen ...

»Rudolf! Sie, Rudolf! Sie, lassen S' mir den Feuerburschen
dort Ruh'!«

»Bitte, Herr Leutnant!«

»Trabucco« ... – Ich bin so froh, so froh! ... Was mach' ich
denn nur? ... Was mach ich denn nur? ... Es muß ja was
gescheh'n, sonst trifft mich auch noch der Schlag vor lauter
Freud'! ... In einer Viertelstund' geh' ich hinüber in die Kasern' und laß mich vom Johann kalt abreiben ... um halb acht
sind die Gewehrgriff', und um halb zehn ist Exerzieren. – Und
der Steffi schreib' ich, sie muß sich für heut abend frei machen,
und wenn's Graz gilt! Und nachmittag um vier ... na wart',
mein Lieber, wart', mein Lieber! Ich bin grad' gut aufgelegt
... Dich hau' ich zu Krenfleisch!

Die Fremde

Als Albert um sechs Uhr früh erwachte, war das Bett neben ihm leer, und seine Frau war fort. Auf ihrem Nachttisch lag ein beschriebener Zettel. Albert langte nach ihm und las folgende Worte: »Mein lieber Freund, ich bin früher aufgewacht als du. Adieu. Ich gehe fort. Ob ich zurückkommen werde, weiß ich nicht. Leb wohl. Katharina.«

Albert ließ den Zettel auf die weiße Bettdecke sinken und schüttelte den Kopf. Ob sie nun heute wiederkam oder nicht – es war ja doch ziemlich gleichgültig. Er wunderte sich weder über Inhalt, noch über Ton des Briefes. Es war nur ein wenig früher gekommen, als er erwartet. Vierzehn Tage hatte das ganze Glück gewährt. Was lag daran? Er war bereit.

Langsam erhob er sich, warf den Schlafrock um, tat ein paar Schritte zum Fenster hin und öffnete es. Die Stadt Innsbruck lag in friedlich stillem Morgenschein zu seinen Füßen, und in der Ferne ragten unruhige Felsen in das blaue Licht. Albert kreuzte die Arme über der Brust und sah ins Freie. Ihm war sehr weh ums Herz. Er dachte, wie doch die Voraussicht und selbst ein vorgefaßter Entschluß ein schweres Geschick nicht leichter, sondern nur mit besserer Haltung tragen ließen. Er zögerte eine Weile. Aber was sollte er jetzt noch abwarten? War es nicht das beste, gleich ein Ende zu machen? War nicht schon die Neugier, die ihn quälte, ein Verrat an seinen Vorsätzen? Sein Los mußte sich erfüllen. Entschieden war es doch schon gewesen, als er vor zwei Jahren beim Tanze das erstemal den kühlen Hauch der geheimnisvollen Lippen seine Wangen streifen fühlte.

Er erinnerte sich, wie er in jener Nacht mit seinem Freunde Vincenz nach Hause gegangen war. An alles mußte er denken, was ihm Vincenz damals erzählt hatte; und der zarte Ton früher Warnung klang ihm wieder im Ohr. Vincenz wußte mancherlei über Katharina und ihre Familie. Der Vater war als Oberst eines Artillerie-Regimentes während des bosnischen Feldzuges in den Freiherrnstand erhoben worden und fiel durch die Kugel eines Insurgenten. Ihr Bruder war Kavallerie-Leutnant gewesen und hatte sein Erbteil rasch durchgebracht; später opferte die Mutter, um den Sohn vor dem Schlimmsten zu bewahren, ihr ganzes Vermögen auf; das half aber nicht für lange, und bald darauf erschoß sich der junge Offizier. Nun stellte der Baron Maaßburg, der als Bräutigam Katharinens galt, seine Besuche in dem Hause ein. Man brachte das nicht nur mit den nunmehr erklärt ärmlichen Verhältnissen der Familie in Zusammenhang, sondern auch mit einer merkwürdigen Szene, die sich während des Leichenbegängnisses zugetragen hatte. Katharina war einem ihr bis dahin ganz unbekannten Kameraden ihres Bruders schluchzend in die Arme gefallen, als wäre er ihr Freund oder Verlobter. Ein Jahr später wurde sie von einer heftigen Schwärmerei für den berühmten Orgelspieler Banetti erfaßt. Er verließ Wien, ohne daß sie ihn jemals gesprochen hatte. Eines Morgens erzählte sie ihrer Mutter den Traum, daß Banetti zu ihnen ins Zimmer getreten, auf dem Klavier eine Fuge von Bach gespielt, dann rücklings zu Boden gestürzt und tot dagelegen war, während sich die Decke öffnete und das Klavier in den Himmel schwebte. Am selben Tage traf die Nachricht ein, daß sich Banetti in einem kleinen lombardischen Dorf von der Kirchturmspitze in den Friedhof hinabgestürzt hatte und tot zu Füßen eines Kreuzes liegen geblieben war. Bald darauf begannen sich bei Katharinen die Anzeichen einer Gemütskrankheit zu zeigen, die sich allmählich bis zu tiefster Versunkenheit steigerte; nur der dringende Widerstand der Mutter und deren fester Glaube an die Genesung Katharinens hielt die Ärzte davon ab, das Mädchen in eine Anstalt zu bringen. Ein ganzes Jahr brachte Katharina tagsüber einsam und schweigend hin; aber nachts erhob sie sich zuweilen aus dem Bette und sang einfache Lieder wie in früherer Zeit. Allmählich, zum größten Staunen der Ärzte, erwachte Katharina aus ihrem Trübsinn. Sie schien dem Leben, ja der Freude wiedergegeben. Bald nahm sie Einladungen, zuerst nur in engere Zirkel an; der Bekanntenkreis breitete sich wieder aus, und als Albert sie auf dem Weißen Kreuz-Balle kennen lernte, war sie ihm von einer solchen Ruhe des Gemütes erschienen, daß er den Erzählungen seines Freundes auf dem Heimweg nur zweifelnd zu folgen vermochte.

Albert von Webeling, der früher nicht sehr viel in der Welt verkehrt hatte, war durch den guten Namen seiner Familie, durch seine Stellung als Vize-Sekretär in einem Ministerium leicht in die Lage versetzt, in den Kreisen Katharinens Zutritt zu finden. Jede Begegnung vertiefte seine Neigung für sie. Katharina trug sich immer einfach, aber ihre hohe Gestalt und ganz besonders ihre einzige, ja königliche Weise, das Haupt zu neigen, wenn sie jemandem zuhörte, verlieh ihr eine Vornehmheit von ganz eigener Art. Sie sprach nicht viel, und ihre Augen pflegten oft, wenn sie in Gesellschaft war, wie in eine für die andern unzugängliche Ferne zu blicken. Die jüngeren Herren behandelte sie mit einiger Unachtsamkeit, lieber unterhielt sie sich mit reiferen Männern von Rang oder Ruf. Und, wieder ein Jahr, nachdem Albert sie kennengelernt hatte, verlobte sie das Gerücht mit dem Grafen Rummingshaus, der eben von einer Forschungsreise in Tibet und Turkestan heimgekehrt war. Damals wußte Albert, daß der Tag, an dem Katharina einem andern die Hand zur Ehe reichte, der letzte seines Lebens sein würde, und er, dessen Dasein bis zu seinem dreißigsten Jahr unbeirrt hingeflossen war, begriff mit einem Male alle Gefahren und allen Wahnsinn, in die heftige Leidenschaft den besonnensten Mann zu stürzen vermag. Von seiner Nichtigkeit Katharinen gegenüber war er völlig durchdrungen. Er hatte sein anständiges Auskommen und konnte als Junggeselle ein recht behagliches Leben führen, aber Reichtum hatte er von keiner Seite zu erwarten. Eine sichere, aber gewiß nicht bedeutende Laufbahn stand ihm bevor. Er kleidete sich mit großer Sorgfalt, ohne jemals wirklich elegant auszusehen, er redete nicht ohne Gewandtheit, hatte aber niemals irgend etwas Besonderes zu sagen, und er war stets gerne gesehen, ohne jemals aufzufallen. Und so fühlte er, daß ein Wesen, geheimnisvoll und gleichsam aus einer andern Welt wie Katharina, sich tief zu ihm herablassen müßte, wenn er sie gewinnen wollte, und daß sie jedenfalls von ihm verlangen durfte, ein unverdientes Glück teuer zu bezahlen. Da er sich aber zu jedem Opfer bereit wußte, schien er sich auch allmählich ihrer würdig zu werden. Eines Morgens erfuhr er, daß der Graf nach Galizien abgereist war, ohne sich erklärt zu haben; mit einer Entschlossenheit, die sonst seine Art nicht war, hielt er den rechten Augenblick für gekommen und begab sich zu Katharina.

Wie weit schien ihm nun jene Stunde zu liegen!

Er sah das Zimmer im Schottenhof vor sich, weitläufig und gewölbt, aber niedrig, mit alten, gut gehaltenen Möbeln, sah den vereinsamten dunkelroten Fauteuil am Fenster stehen, das offene Piano mit den aufgeschlagenen Noten, den runden Mahagonitisch, darauf das Album mit dem Perlmutterdeckel und die Visitkartenschale aus Alt-Meißner Porzellan. Und er erinnerte sich, wie er in den geräumigen Hof hinuntergeblickt hatte, durch den eben viele Leute von der Palmsonntagmesse aus der gegenüberliegenden Schottenkirche kamen. Während die Glocken läuteten, trat Katharina mit ihrer Mutter aus dem Nebenzimmer herein und war nicht so erstaunt über seinen Besuch, als er eigentlich erwartete. Sie hörte ihm freundlich zu und nahm seinen Antrag an, kaum in größerer Bewegung, als wenn er die Einladung zu einem Ball überbracht hätte. Die Mutter, immer mit dem verbindlichen Lächeln der Schwerhörigen, saß still in der Diwan-Ecke und führte ihren kleinen schwarzen Seidenfächer manchmal ans Ohr. Während des ganzen Gesprächs in dem kühlen, sonntagsstillen Zimmer hatte Albert die Empfindung, als wäre er in eine Gegend gekommen, über die durch lange Zeit heftige Stürme gejagt hätten, und die nun eine große Sehnsucht nach Ruhe atmete. Und als er später die graue Treppe hinunterschritt, ward ihm nicht die beseligende Empfindung eines erfüllten Wunsches, sondern nur das Bewußtsein, daß er in eine wohl wundersame, aber ungewisse und dunkle Epoche seines Lebens eingetreten war. Und wie er so durch den Sonntag spazierte, von Straße zu Straße, durch Gärten und Alleen, den Frühjahrshimmel über sich, an manchen fröhlichen und unbekümmerten Menschen vorbei, da fühlte er, daß er von nun an nicht mehr zu diesen gehörte, und daß über ihm ein Geschick anderer und besonderer Art zu walten begann.

Jeden Abend saß er nun oben in dem gewölbten Zimmer. Zuweilen sang Katharina mit einer angenehmen Stimme, aber beinahe völlig ausdruckslos, einfache, meist italienische Volkslieder, zu denen er sie auf dem Klavier begleitete. Nachher stand er oft mit ihr bis zum späten Abend am Fenster und sah in den stillen Hof hinab, wo die Bäume grünten und knospten. An schönen Nachmittagen traf er manchmal im Belvederegarten mit ihr zusammen; dort war sie meist schon lang gesessen und hatte den Kinderspielen zugesehen. Wenn sie ihn kommen sah, stand sie auf, und dann spazierten sie auf den besonnten Kieswegen auf und ab. Anfangs redete er manchmal von seiner früheren Existenz, von den Jugendjahren im Grazer Elternhaus, von der Studienzeit in Wien, von Sommerreisen, und er wunderte sich nur über die Schattenhaftigkeit, in der beim Versuch erinnernden Gestaltens ihm selbst sein bisheriges Leben erschien. Vielleicht lag es auch daran, daß Katharina allen diesen Dingen nicht das geringste Interesse entgegenbrachte. Seltsame Dinge ereigneten sich, die an sich ohne Bedeutung sein mochten, die aber jedenfalls ohne Erklärung blieben. So begegnete Albert eines Tages um die Mittagsstunde seiner Braut auf dem Stephansplatz in Gesellschaft eines in Trauer gekleideten, eleganten Herrn, den er früher nie gesehen hatte. Albert blieb stehen, aber Katharina grüßte kühl, und ohne sich um ihn zu kümmern, ging sie mit dem fremden Herrn weiter. Albert folgte ihr eine Weile, der Herr stieg in einen Wagen, der an einer Straßenecke auf ihn wartete, und fuhr davon. Katharina ging nach Hause. Als Albert sie abends fragte, wer jener Herr gewesen wäre, sah sie ihn befremdet an, nannte einen ihm gänzlich unbekannten polnischen Namen und zog sich für den Rest des Abends auf ihr Zimmer zurück. Ein anderes Mal ließ sie abends lang vergeblich auf sich warten. Endlich erschien sie, als es zehn Uhr schlug, mit einem Strauß von Feldblumen in der Hand und erzählte, daß sie auf dem Lande gewesen und auf einer Wiese eingeschlafen sei. Die Blumen warf sie zum Fenster hinab. Einmal besuchte sie mit Albert das Künstlerhaus und stand lang mit ihm vor einem Bild, das eine einsame grüne Höhenlandschaft mit weißen Wolken drüber vorstellte. Ein paar Tage drauf sprach sie von dieser Gegend, als wäre sie in Wirklichkeit über diese Höhen gewandelt, und zwar als Kind in Gesellschaft ihres verstorbenen Bruders. Zuerst glaubte Albert, daß sie scherzte, allmählich aber merkte er, daß das Bild für sie in der Erinnerung gleichsam lebendig geworden war. Damals fühlte er, wie sich sein Staunen in ein schmerzliches Grauen zu verwandeln begann. Aber je unfaßlicher ihm ihr Wesen zu entgleiten schien, um so hoffnungslos dringender rief seine Sehnsucht nach ihr. Zuweilen gelang es ihm, sie von ihrer Jugend reden zu machen. Doch alles, was sie berichtete, Erzählungen wirklicher Geschehnisse und Geständnisse ferner Träumereien, schwebte wie im gleichen matten Schimmer vorüber, so daß Albert nicht wußte, was sich ihrem Gedächtnis lebendiger eingeprägt: jener Orgelspieler, der sich vom Kirchturm herabgestürzt hatte, der junge Herzog von Modena, der einmal im Prater an ihr vorübergeritten war, oder ein Van Dyckscher Jüngling, dessen Bildnis sie als junges Mädchen in der Liechtenstein-Galerie gesehen hatte. Und so dämmerte auch jetzt ihr Wesen hin, wie nach unbekannten oder ungewissen Zielen, und Albert ahnte, daß er nichts anderes für sie bedeutete als irgend einer, dem sie in einer Gesellschaft zu einer Runde durch den Saal den Arm gereicht hätte. Und da ihm jede Kraft gebrach, sie aus ihrer verschwommenen Art des Daseins emporzuziehen, fühlte er endlich, wie ihn der verwirrende Hauch ihres Wesens zu betäuben und wie sich allmählich seine Weise zu denken, ja selbst zu handeln, aller durch das tägliche Leben gegebenen Notwendigkeit zu entäußern begann. Es fing damit an, daß er Einkäufe für den künftigen Hausstand machte, die seine Verhältnisse weit überstiegen. Dann schenkte er seiner Braut Schmuckgegenstände von beträchtlichem Wert. Und am Tage vor der Hochzeit kaufte er ein kleines Häuschen in einer Gartenvorstadt, das ihr auf einem Spaziergang gefallen hatte, und überbrachte ihr am selben Abend eine Schenkungsurkunde, durch die es in ihren alleinigen Besitz überging. Sie aber nahm alles mit der gleichen Freundlichkeit und Ruhe hin, wie früher den Antrag seiner Hand. Gewiß hielt sie ihn für reicher, als er war. Im Anfang hatte er natürlich daran gedacht, auch über seine Vermögensverhältnisse mit ihr zu reden. Er schob es von Tag zu Tag hinaus, da ihm die Worte versagten; aber endlich kam es dahin, daß er jede Aussprache über dergleichen Dinge für überflüssig hielt. Denn wenn sie über ihre Zukunft redete, so tat sie das nicht wie jemand, dem ein vorgezeichneter Weg ins Weite weist; vielmehr schienen ihr alle Möglichkeiten nach wie vor offen zu stehen, und nichts in ihrem Verhalten deutete auf innere oder äußere Gebundenheit. So wußte Albert eines Tages, daß ihm ein unsicheres und kurzes Glück bevorstand, daß aber auch alles, was folgen könnte, wenn Katharina ihm einmal entschwunden war, jeglicher Bedeutung für ihn entbehrte. Denn ein Dasein ohne sie war für ihn vollkommen undenkbar geworden, und es war sein fester Entschluß, einfach die Welt zu verlassen, sobald ihm Katharina verloren war. In dieser Sicherheit fand er den einzigen, aber würdigen Halt während dieser wirren und sehnsuchtsvollen Zeit.

Am Morgen, da Albert Katharina zur Trauung abholte, war sie ihm geradeso fremd, als an dem Abend, da er sie kennengelernt hatte. Sie wurde die Seine ohne Leidenschaft und ohne Widerstreben. Sie reisten miteinander ins Gebirge. Durch sommerliche Täler fuhren sie, die sich weiteten und engten; ergingen sich an den milden Ufern heiter bewegter Seen und wandelten auf verlorenen Wegen durch den raunenden Wald. An manchen Fenstern standen sie, schauten hinab zu den stillen Straßen verzauberter Städte, sandten die Blicke weiter den Lauf geheimnisvoller Flüsse entlang, zu stummen Bergen hin, über denen blasse Wolken in Dunst zerflossen. Und sie redeten über die täglichen Dinge des Daseins wie andre junge Paare, spazierten Arm in Arm, verweilten vor Gebäuden und Schaufenstern, berieten sich, lächelten, stießen mit weingefüllten Gläsern an, sanken Wange an Wange in den Schlaf der Glücklichen. Manchmal aber ließ sie ihn allein, in einem matthellen Gasthofzimmer, darin alle Trauer der Fremde dämmerte, auf einer steinernen Gartenbank unter Menschen, die sich des duftenden Blütentags freuten, in einem hohen Saal vor dem gedunkelten Bild eines Landsknechts oder einer Madonna, und niemals wußte er in solcher Stunde, ob Katharina wiederkehren würde oder nicht. Denn unablässig und untrüglich in ihm wie der Schlag seines Herzens war das Gefühl, daß nichts sich geändert hatte seit dem ersten Tag, daß sie frei war wie je und er ihr völlig verfallen.

So kam es, daß ihr Verschwinden heute früh nach einer Hochzeitsreise von vierzehn Tagen, daß auch ihr seltsamer Brief ihn nur erschüttert hatte, ohne ihn eigentlich zu überraschen. Er hätte sie und sich zu erniedrigen geglaubt, wenn er geforscht hätte. Wer sie ihm genommen hatte, ob eine Laune, ob ein Traum, ob ein lebendiger Mensch, war ja völlig gleichgültig; er wußte nichts und brauchte nicht mehr zu wissen, als daß sie ihm nicht mehr gehörte. Vielleicht war es sogar gut, daß das Unvermeidliche so früh gekommen war. Sein Vermögen war durch den Kauf des Hauses auf das Geringste zusammengeschmolzen, und von seinem kleinen Gehalt konnten sie beide nicht leben. Mit ihr von Einschränkungen und von den gewöhnlichen Sorgen des Alltags zu reden, wäre ihm in jedem Fall unmöglich gewesen. Einen Moment fuhr es ihm durch den Sinn, von ihr Abschied zu nehmen. Sein Blick fiel auf die Bettdecke, wo der beschriebene Zettel lag. Der flüchtige Einfall kam ihm, auf die weiße Seite ein kurzes Wort der Erklärung hinzuschreiben. Aber in der deutlichen Empfindung, daß ein solches Wort für Katharina nicht das geringste Interesse haben könnte, stand er wieder davon ab. Er öffnete die Handtasche, steckte seinen kleinen Revolver zu sich und gedachte, irgendwo hinaus vor die Stadt zu wandern, um dort mit Anstand, und ohne jemanden zu stören, seine Tat zu verüben.

Ein Sommermorgen von dunkelblauer Klarheit und vorzeitiger Schwüle lag über der Stadt. Albert ging geradeaus fort. Er war noch nicht hundert Schritte weit vom Hotel entfernt, als er Katharinas Gestalt vor sich erblickte. Sie hielt ihren grauseidenen Sonnenschirm in der Hand und ging langsam des Weges. Die erste Regung Alberts war, in eine andere Straße abzubiegen; aber eine Macht, die heftiger war als alle seine Vorsätze und Überlegungen, drängte ihn, ihr zu folgen, um sich nun doch die Gewißheit zu verschaffen, der er vor einer Minute noch mit Gleichgültigkeit gegenüberzustehen geglaubt hatte. Er bekam sogar einige Angst, daß sie sich umwenden und ihn entdecken könnte. Sie nahm den Weg dem Hofgarten zu, er hielt sich in gemessener Entfernung. Jetzt war sie bei der Hofkirche angelangt, deren Tor offen stand. Sie trat ein. Albert folgte ihr nach einigen Augenblicken. Er blieb in der Nähe des Einganges im tiefsten Schatten stehen; er sah, wie Katharina langsam durch das Mittelschiff zwischen den dunklen Bildsäulen der Helden und Königinnen hindurchschritt. Plötzlich hielt sie inne. Albert entfernte sich von dem Platz, wo er bisher gewartet, und schlich in einem weiten Bogen hinter das Grabmal des Kaisers Maximilian, das gewaltig in der Mitte der Kirche ragte. Katharina stand regungslos vor der Statue des Theodorich. Die Linke auf den Degen gestützt, blickte der erzene Held wie aus ewigen Augen vor sich hin. Seine Haltung war von erhabener Müdigkeit, als sei er sich zugleich der Größe und der Zwecklosigkeit seiner Taten bewußt, und als ginge sein ganzer Stolz in Schwermut unter. Katharina stand vor der Bildsäule und starrte dem Gotenkönig ins Antlitz. Albert blieb einige Zeit in der Verborgenheit, dann wagte er sich vor. Sie hätte die Schritte hören müssen, aber sie wandte sich nicht um; wie gebannt blieb sie auf derselben Stelle. Leute kamen in die Kirche, Fremde mit roten Reisebüchern, man sprach neben ihr, hinter ihr, sie hörte nicht. Es wurde eine Weile stiller, Katharina stand wie früher, in ihrer Bewegungslosigkeit selber einer Bildsäule gleich. Eine neue Viertelstunde und wieder eine verging. Katharina rührte sich nicht.

Albert ging. Am Ausgang wandte er sich noch einmal um; da sah er, wie Katharina nahe an die Statue herangetreten war und mit ihren Lippen den erzenen Fuß berührte. Eilig entfernte sich Albert. Er lächelte. Ein Einfall kam ihm, der ihn mit einer Art von Rührung erfüllte und dessen er sich freute. Nun hatte er noch etwas für die Geliebte zu tun, bevor er dahinging. Er nahm den Weg zu einer Kunsthandlung in der Bahnhofstraße; dort fragte er, ob eine Bronzenachahmung des Theodorich in natürlicher Größe zu beschaffen sei. Ein Zufall wollte es, daß eine solche vor einem Monat fertig geworden war; der Besteller, ein Lord, war gestorben, und die Erben weigerten sich, das Kunstwerk zu übernehmen. Albert fragte nach dem Preis. Er entsprach ungefähr dem Rest seines Vermögens. Albert gab seine Wiener Adresse an und erteilte genaue Weisung, in welcher Art ein Vertrauensmann der Firma die Aufstellung im Garten des Häuschens besorgen sollte. Dann empfahl er sich, eilte durch die Stadt, nahm den Weg durch die Vorstadt Wilten gegen Igls zu, und im Wäldchen erschoß er sich, gerade als die Sonne Mittag zeigte.

Katharina kehrte erst einige Wochen nach diesem Vorfall nach Wien zurück. Indessen war Albert in der Grazer Familiengruft beigesetzt worden. Am Abend ihrer Ankunft stand Katharina eine geraume Weile im Garten vor der Bildsäule, die unter hohen Bäumen einen schönen Platz gefunden. Dann begab sie sich in ihr Zimmer und schrieb einen längeren Brief nach Verona postlagernd an Andrea Geraldini. So hatte sich nämlich ein Herr genannt, der ihr von der Hofkirche aus gefolgt war, als sie Theodorich den Großen verlassen hatte, und von dem sie ein Kind unter dem Herzen trug. Ob das auch der richtige Name des Herrn war, erfuhr sie nie; denn sie erhielt keine Antwort.

Der Tod des Junggesellen

Es wurde an die Türe geklopft, ganz leise, doch der Arzt erwachte sofort, machte Licht und erhob sich aus dem Bett. Er warf einen Blick auf seine Frau, die ruhig weiterschlief, nahm den Schlafrock um und trat ins Vorzimmer. Er erkannte die Alte nicht gleich, die mit dem grauen Tuch um den Kopf dastand.

»Unserem gnädigen Herrn ist plötzlich sehr schlecht geworden«, sagte sie, »der Herr Doktor möchte so gut sein und gleich hinkommen.«

Nun erkannte der Arzt die Stimme. Es war die der Wirtschafterin seines Freundes, des Junggesellen. Der erste Gedanke des Doktors war: Mein Freund ist fünfundfünfzig Jahre alt, das Herz ist schon seit zwei Jahren nicht in Ordnung, es könnte wohl etwas Ernstes sein.

Und er sagte: »Ich komme sofort, wollen Sie so lange warten?«

»Herr Doktor entschuldigen, ich muß noch geschwind zu zwei anderen Herren fahren.« Und sie nannte die Namen des Kaufmanns und des Dichters.

»Was haben Sie bei denen zu tun?«

»Der gnädige Herr will sie noch einmal sehen.«

»Noch – einmal – sehen?«

»Ja, Herr Doktor.«

Er läßt seine Freunde rufen, dachte der Arzt, so nahe fühlt er sich dem Tode… Und er fragte: »Ist wer bei Ihrem Herrn?«

Die Alte erwiderte: »Freilich, Herr Doktor, der Johann rührt sich nicht fort.« Und sie ging.

Der Doktor trat ins Schlafzimmer zurück, und während er sich rasch und möglichst geräuschlos ankleidete, stieg etwas Bitteres in seiner Seele auf. Es war weniger der Schmerz, daß er vielleicht bald einen guten, alten Freund verlieren sollte, als die peinliche Empfindung, daß sie nun so weit waren, sie alle, die noch vor wenig Jahren jung gewesen.

In einem offenen Wagen, durch die milde, schwere Frühlingsnacht fuhr der Arzt in die nahe Gartenstadt, wo der Junggeselle wohnte. Er sah zum Fenster des Schlafzimmers hinauf, das weit offen stand, und aus dem ein blasser Lichtschein in die Nacht herausgeflimmert kam.

Der Arzt ging die Treppen hinauf, der Diener öffnete, grüßte ernst und senkte traurig die linke Hand.

»Wie?« fragte der Arzt mit stockendem Atem, »komm ich zu spät?«

»Ja, Herr Doktor«, erwiderte der Diener, »vor einer Viertelstunde ist der gnädige Herr gestorben.«

Der Arzt atmete tief auf und trat ins Zimmer. Sein toter Freund lag da, mit schmalen, bläulichen, halb geöffneten Lippen, die Arme über der weißen Decke ausgestreckt; der dünne Vollbart war zerrauft, in die Stirne, die blaß und feucht war, fielen ein paar graue Haarsträhne. Vom Seidenschirm der elektrischen Lampe, die auf dem Nachtkästchen stand, breitete ein rötlicher Schatten sich über die Polster. Der Arzt betrachtete den Toten. Wann ist er das letztemal in unserem Haus gewesen? dachte er. Ich erinnere mich, es schneite an dem Abend. Im vergangenen Winter also. Man hat sich recht selten gesehen in der letzten Zeit.

Von draußen kam ein Geräusch vom Scharren der Pferde. Der Arzt wandte sich von dem Toten ab und sah drüben dünne Äste in die Nachtluft fließen.

Der Diener trat ein, und nun erkundigte sich der Arzt, wie alles gekommen sei.

Der Diener erzählte dem Arzt eine wohlbekannte Geschichte, von plötzlichem Übelbefinden, Atemnot, Herausspringen aus dem Bett, Auf- und Abgehen im Zimmer, Hineineilen zum Schreibtisch und Wiederzurückwanken ins Bett, von Durst und Stöhnen, von einem letzten Indiehöhefahren und Hinsinken in die Polster. Der Arzt nickte dazu, und seine rechte Hand hielt die Stirne des Toten berührt.

Ein Wagen fuhr vor. Der Arzt trat zum Fenster. Er sah den Kaufmann aussteigen, der einen fragenden Blick zu ihm heraufwarf. Der Arzt senkte unwillkürlich die Hand, wie früher der Diener, der ihn empfangen hatte. Der Kaufmann warf den Kopf zurück, als wollte er's nicht glauben, der Arzt zuckte die Achseln, trat vom Fenster fort und setzte sich, plötzlich ermüdet, auf einen Sessel zu Füßen des Toten hin.

Der Kaufmann trat ein, im offenen, gelben Überzieher, legte seinen Hut auf ein kleines Tischchen nahe der Tür und drückte dem Arzt die Hand. »Das ist ja furchtbar«, sagte er, »wie ist es denn geschehen?« Und er starrte den Toten mit mißtrauischen Augen an.

Der Arzt berichtete, was er wußte, und setzte hinzu: »Auch wenn ich zurecht gekommen wäre, so hätt' ich nicht helfen können.« »Denken Sie«, sagte der Kaufmann, »es sind heute gerade acht Tage, daß ich ihn zuletzt im Theater gesprochen habe. Ich wollte nachher mit ihm soupieren, aber er hatte wieder eine seiner geheimnisvollen Verabredungen.« »Hatte er die noch immer?« fragte der Arzt mit einem trüben Lächeln.

Wieder hielt ein Wagen. Der Kaufmann trat ans Fenster. Als er den Dichter aussteigen sah, zog er sich zurück, denn nicht einmal durch eine Miene wollte er der Künder der traurigen Neuigkeit sein. Der Arzt hatte aus seinem Etui eine Zigarette genommen und drehte sie verlegen hin und her. »Es ist eine Gewohnheit aus meiner Spitalszeit«, bemerkte er entschuldigend. »Wenn ich nachts ein Krankenzimmer verließ, das erste war immer, daß ich mir draußen eine Zigarette anzündete, ob ich nun eine Morphiuminjektion gemacht hatte oder eine Totenbeschau.« »Wissen Sie«, sagte der Kaufmann, »wie lang ich keinen Toten gesehen habe? Vierzehn Jahre – seit mein Vater auf der Bahre lag.« »Und – Ihre Frau?« »Meine Frau hab' ich wohl in den letzten Augenblicken gesehen, aber – nachher nicht mehr.«

Der Dichter erschien, reichte den anderen die Hand, einen unsichern Blick zum Bett gerichtet. Dann trat er entschlossen näher und betrachtete den Leichnam ernst, doch nicht ohne ein verachtungsvolles Zucken der Lippen. Also er, sprach es in seinem Sinn. Denn oft hatte er mit der Frage gespielt, wer von seinen näheren Bekannten bestimmt sein mochte, als der erste den letzten Weg zu gehen.

Die Wirtschafterin trat ein. Mit Tränen in den Augen sank sie vor dem Bette nieder, schluchzte und faltete die Hände. Der Dichter legte leicht und tröstend die Hand auf ihre Schulter.

Der Kaufmann und der Arzt standen am Fenster, die dunkle Frühlingsluft spielte um ihre Stirnen.

»Es ist eigentlich sonderbar«, begann der Kaufmann, »daß er um uns alle geschickt hat. Wollte er uns um sein Sterbebett versammelt sehen? Hatte er uns irgend etwas Wichtiges zu sagen?«

»Was mich anbelangt«, sagte der Doktor schmerzlich lächelnd, »so wär' es weiter nicht sonderbar, da ich ja Arzt bin. Und Sie«, wandte er sich an den Kaufmann, »waren wohl zuweilen sein geschäftlicher Beirat. So handelte es sich vielleicht um letztwillige Verfügungen, die er Ihnen persönlich anvertrauen wollte.«

»Das wäre möglich«, sagte der Kaufmann.

Die Wirtschafterin hatte sich entfernt, und die Freunde konnten hören, wie sie im Vorzimmer mit dem Diener redete. Der Dichter stand noch immer am Bett und hielt geheimnisvolle Zwiesprache mit dem Toten. »Er«, sagte der Kaufmann leise zum Arzt, »er, glaub ich, war in der letzten Zeit häufiger mit ihm zusammen. Vielleicht wird er uns Aufschluß geben können.« Der Dichter stand regungslos; er bohrte seine Blicke in die verschlossenen Augen des Toten. Die Hände, die den breitrandigen, grauen Hut hielten, hatte er am Rücken gekreuzt. Die beiden andern Herren wurden ungeduldig. Der Kaufmann trat näher und räusperte. »Vor drei Tagen«, trug der Dichter vor, »hab' ich einen zweistündigen Spaziergang mit ihm gemacht, draußen auf den Weinbergen. Wollen Sie wissen, wovon er sprach? Von einer Reise nach Schweden, die er für den Sommer vorhatte, von der neuen Rembrandtmappe, die in London bei Watson herausgekommen ist und endlich von Santos Dumont. Er gab allerlei mathematisch-physikalische Erörterungen über das lenkbare Luftschiff, die ich, ehrlich gestanden, nicht vollkommen kapiert habe. Wahrhaftig, er dachte nicht an den Tod. Allerdings dürfte es sich ja so verhalten, daß man in einem gewissen Alter wieder aufhört an den Tod zu denken.«

Der Arzt war ins Nebenzimmer getreten. Hier konnte er es wohl wagen, sich seine Zigarette anzuzünden. Es berührte ihn eigentümlich, gespensterhaft geradezu, als er auf dem Schreibtisch, in der bronzenen Schale, weiße Asche liegen sah. Warum bleib ich eigentlich noch da, dachte er, indem er sich auf dem Sessel vor dem Schreibtisch niederließ. Ich hätte am ehesten das Recht, fortzugehen, da ich doch offenbar nur als Arzt gerufen wurde. Denn mit unserer Freundschaft war es nicht weit her. In meinen Jahren, dachte er weiter, ist es für einen Menschen meiner Art wohl überhaupt nicht möglich, mit einem Menschen befreundet zu sein, der keinen Beruf hat, ja der niemals einen hatte. Wenn er nicht reich gewesen wäre, was hätte er wohl angefangen? Wahrscheinlich hätte er sich der Schriftstellerei ergeben; er war ja sehr geistreich. – Und er erinnerte sich mancher boshaft-treffenden Bemerkung des Junggesellen, insbesondere über die Werke ihres gemeinsamen Freundes, des Dichters.

Der Dichter und der Kaufmann traten herein. Der Dichter machte ein verletztes Gesicht, als er den Doktor auf dem verwaisten Schreibtischsessel sitzen sah, eine Zigarette in der Hand, die übrigens noch immer nicht angebrannt war, und er schloß die Türe hinter sich zu. Nun war man hier doch gewissermaßen in einer anderen Welt. »Haben Sie irgendeine Vermutung?« fragte der Kaufmann. »Inwiefern?« fragte der Dichter zerstreut. »Was ihn veranlaßt haben könnte, nach uns zu schicken, gerade nach uns!« Der Dichter fand es überflüssig, nach einer besonderen Ursache zu forschen. »Unser Freund«, erklärte er, »fühlte eben den Tod herannahen, und wenn er auch ziemlich einsam lebte, wenigstens in der letzten Zeit, – in einer solchen Stunde regt sich in Naturen, die ursprünglich zur Geselligkeit geschaffen sind, wahrscheinlich das Bedürfnis, Menschen um sich zu sehen, die ihnen nahestanden.« »Er hatte doch jedenfalls eine Geliebte«, bemerkte der Kaufmann. »Geliebte«, wiederholte der Dichter und zog die Augenbrauen verächtlich in die Höhe.

Jetzt gewahrte der Arzt, daß die mittlere Schreibtischschublade halb geöffnet war. »Ob hier nicht sein Testament liegt«, sagte er. »Was kümmert uns das«, meinte der Kaufmann, »zum mindesten in diesem Augenblick. Übrigens lebt eine Schwester von ihm verheiratet in London.«

Der Diener trat ein. Er war so frei, sich Ratschläge zu erbitten wegen der Aufbahrung, des Leichenbegängnisses, der Partezettel. Ein Testament sei wohl seines Wissens beim Notar des gnädigen Herrn hinterlegt, doch ob es Anordnungen über diese Dinge enthielte, sei ihm zweifelhaft. Der Dichter fand es dumpf und schwül im Zimmer. Er zog die schwere, rote Portiere von dem einen Fenster fort und öffnete beide Flügel. Ein breiter, dunkelblauer Streifen Frühlingsnacht floß herein. Der Arzt fragte den Diener, ob ihm nicht etwa bekannt sei, aus welchem Anlaß der Verstorbene nach ihnen habe senden lassen, denn wenn er es recht bedenke, in seiner Eigenschaft als Arzt sei er doch schon jahrelang nicht mehr in dieses Haus gerufen worden. Der Diener begrüßte die Frage wie eine erwartete, zog ein übergroßes Portefeuille aus seiner Rocktasche, entnahm ihm ein Blatt Papier und berichtete, daß der gnädige Herr schon vor sieben Jahren die Namen der Freunde aufgezeichnet hätte, die er an seinem Sterbebett versammelt wünschte. Also auch, wenn der gnädige Herr nicht mehr bei Bewußtsein gewesen wäre, er selbst aus eigener Machtvollkommenheit hätte sich erlaubt, nach den Herren auszusenden.

Der Arzt hatte dem Diener den Zettel aus der Hand genommen und fand fünf Namen aufgeschrieben: außer denen der drei Anwesenden den eines vor zwei Jahren verstorbenen Freundes und den eines Unbekannten. Der Diener erläuterte, daß dieser letztere ein Fabrikant gewesen sei, in dessen Haus der Junggeselle vor neun oder zehn Jahren verkehrt hatte, und dessen Adresse in Verlust und Vergessenheit geraten wäre. Die Herren sahen einander an, befangen und erregt. »Wie ist das zu erklären?« fragte der Kaufmann. »Hatte er die Absicht, eine Rede zu halten in seiner letzten Stunde?« »Sich selbst eine Leichenrede«, setzte der Dichter hinzu.

Der Arzt hatte den Blick auf die offene Schreibtischschublade gerichtet und plötzlich, in großen, römischen Lettern, starrten ihm von einem Kuvert die drei Worte entgegen: »An meine Freunde«. »Oh«, rief er aus, nahm das Kuvert, hielt es in die

Höhe und wies es den anderen. »Dies ist für uns«, wandte er sich an den Diener und deutete ihm durch eine Kopfbewegung an, daß er hier überflüssig sei. Der Diener ging. »Für uns«, sagte der Dichter mit weit offenen Augen. »Es kann doch kein Zweifel sein«, meinte der Arzt, »daß wir berechtigt sind, dies zu eröffnen.« »Verpflichtet«, sagte der Kaufmann und knöpfte seinen Überzieher zu.

Der Arzt hatte von einer gläsernen Tasse ein Papiermesser genommen, öffnete das Kuvert, legte den Brief hin und setzte den Zwicker auf. Diesen Augenblick nutzte der Dichter, um das Blatt an sich zu nehmen und zu entfalten. »Da er für uns alle ist«, bemerkte er leicht und lehnte sich an den Schreibtisch, so daß das Licht des Deckenlüsters über das Papier hinlief. Neben ihn stellte sich der Kaufmann. Der Arzt blieb sitzen. »Vielleicht lesen Sie laut«, sagte der Kaufmann. Der Dichter begann:

»An meine Freunde.« Er unterbrach sich lächelnd. »Ja, hier steht es noch einmal, meine Herren«, und mit vorzüglicher Unbefangenheit las er weiter. »Vor einer Viertelstunde ungefähr hab' ich meine Seele ausgehaucht. Ihr seid an meinem Totenbett versammelt und bereitet Euch vor, gemeinsam diesen Brief zu lesen, – – wenn er nämlich noch existiert in der Stunde meines Todes, füg ich hinzu. Denn es könnte sich ja ereignen, daß wieder eine bessere Regung über mich käme.« »Wie?« fragte der Arzt. »Bessere Regung über mich käme«, wiederholte der Dichter und las weiter, »und daß ich mich entschlösse, diesen Brief zu vernichten, der ja mir nicht den geringsten Nutzen bringt und Euch zum mindesten unangenehme Stunden verursachen dürfte, falls er nicht etwa einem oder dem anderen von Euch geradezu das Leben vergiftet.« »Leben vergiftet«, wiederholte fragend der Arzt und wischte die Gläser seines Zwickers. »Rascher«, sagte der Kaufmann mit belegter Stimme. Der Dichter las weiter. »Und ich frage mich, was ist das für eine seltsame Laune, die mich heute an den Schreibtisch treibt und mich Worte niederschreiben läßt, deren Wirkung ich ja doch nicht mehr auf Euern Mienen werde lesen können? Und wenn ich's auch könnte, das Vergnügen wäre zu mäßig, um als Entschuldigung gelten zu dürfen für die fabelhafte Gemeinheit, der ich mich soeben, und zwar mit dem Gefühle herzlichsten Behagens schuldig mache.« »Ho«, rief der Arzt mit einer Stimme, die er an sich nicht kannte. Der Dichter warf dem Arzt einen hastig-bösen Blick zu und las weiter, schneller und tonloser als früher. »Ja, Laune ist es, nichts anderes, denn im Grunde habe ich gar nichts gegen Euch. Hab' Euch sogar alle recht gern, in meiner, wie Ihr mich in Eurer Weise. Ich achte Euch nicht ein-

mal gering und wenn ich Eurer manchmal gespottet habe, so hab' ich Euch doch nie verhöhnt. Nicht einmal, ja am allerwenigsten in den Stunden, von denen in Euch allen sogleich die lebhaftesten und peinlichsten Vorstellungen sich entwikkeln werden. Woher also diese Laune? Ist sie vielleicht doch aus einer tiefen und im Grunde edlen Lust geboren, nicht mit allzuviel Lügen aus der Welt zu gehen? Ich könnte mir's einbilden, wenn ich auch nur ein einzigesmal die leiseste Ahnung von dem verspürt hätte, was die Menschen Reue nennen.« »Lesen Sie doch endlich den Schluß«, befahl der Arzt mit seiner neuen Stimme. Der Kaufmann nahm dem Dichter, der eine Art Lähmung in seine Finger kriechen fühlte, den Brief einfach fort, ließ die Augen rasch nach unten fahren und las die Worte: »Es war ein Verhängnis, meine Lieben, und ich kann's nicht ändern. Alle Eure Frauen habe ich gehabt. Alle.« Der Kaufmann hielt plötzlich inne und blätterte zurück. »Was haben Sie?« fragte der Arzt. »Der Brief ist vor neun Jahren geschrieben«, sagte der Kaufmann. »Weiter«, befahl der Dichter. Der Kaufmann las: »Es waren natürlich sehr verschiedene Arten von Beziehungen. Mit der einen lebte ich beinahe wie in einer Ehe, durch viele Monate. Mit der anderen war es ungefähr das, was man ein tolles Abenteuer zu nennen pflegt. Mit der dritten kam es gar so weit, daß ich mit ihr gemeinsam in den Tod gehen wollte. Die vierte habe ich die Treppe hinuntergeworfen, weil sie mich mit einem anderen betrog. Und eine war meine Geliebte nur ein einziges Mal. Atmet Ihr alle zugleich auf, meine Teuern? Tut es nicht. Es war vielleicht die schönste Stunde meines . . . und ihres Lebens. So meine Freunde. Mehr habe ich Euch nicht zu sagen. Nun falte ich dieses Papier zusammen, lege es in meinen Schreibtisch, und hier mag es warten, bis ich's in einer anderen Laune vernichte, oder bis es Euch übergeben wird in der Stunde, da ich auf meinem Totenbette liege. Lebt wohl.«
Der Arzt nahm dem Kaufmann den Brief aus der Hand, las ihn anscheinend aufmerksam vom Anfang bis zum Ende. Dann sah er zum Kaufmann auf, der mit verschränkten Armen dastand und wie höhnisch zu ihm heruntersah. »Wenn Ihre Frau auch im vorigen Jahre gestorben ist«, sagte der Arzt ruhig, »deswegen bleibt es doch wahr.« Der Dichter ging im Zimmer auf und ab, warf einige Male den Kopf hin und her, wie in einem Krampf, plötzlich zischte er zwischen den Zähnen hervor »Kanaille« und blickte dem Worte nach, wie einem Ding, das in der Luft zerfloß. Er versuchte sich das Bild des jungen Wesens zurückzurufen, das er einst als Gattin in den Armen gehalten. Andere Frauenbilder tauchten auf, oft erinnerte und vergessen geglaubte, gerade das erwünschte

zwang er nicht hervor. Denn seiner Gattin Leib war welk und ohne Duft für ihn, und allzu lange war es her, daß sie aufgehört hatte, ihm die Geliebte zu bedeuten. Doch anderes war sie ihm geworden, mehr und edleres: eine Freundin, eine Gefährtin; voll Stolz auf seine Erfolge, voll Mitgefühl für seine Enttäuschungen, voll Einsicht in sein tiefstes Wesen. Es erschien ihm gar nicht unmöglich, daß der alte Junggeselle in seiner Bosheit nichts anderes versucht hatte, als ihm, dem insgeheim beneideten Freunde die Kameradin zu nehmen. Denn all jene anderen Dinge, – was hatten sie im Grunde zu bedeuten? Er gedachte gewisser Abenteuer aus vergangener und naher Zeit, die ihm in seinem reichen Künstlerleben nicht erspart geblieben waren, und über die seine Gattin hinweggelächelt oder -geweint hatte. Wo war dies heute alles hin? So verblaßt, wie jene ferne Stunde, da seine Gattin sich in die Arme eines nichtigen Menschen geworfen, ohne Überlegung, ohne Besinnung vielleicht; so ausgelöscht beinahe, wie die Erinnerung dieser selben Stunde in dem toten Haupt, das da drinnen auf qualvoll zerknülltem Polster ruhte. Ob es nicht sogar Lüge war, was in dem Testament geschrieben stand? Die letzte Rache des armseligen Alltagsmenschen, der sich zu ewigem Vergessen bestimmt wußte, an dem erlesenen Mann, über dessen Werke dem Tode keine Macht gegeben war? Das hatte manche Wahrscheinlichkeit für sich. Aber wenn es selbst Wahrheit war, – kleinliche Rache blieb es doch und eine mißglückte in jedem Fall.

Der Arzt starrte auf das Blatt Papier, das vor ihm lag, und er dachte an die alternde, milde, ja gütige Frau, die jetzt zu Hause schlief. Auch an seine drei Kinder dachte er; den Ältesten, der heuer sein Freiwilligenjahr abdiente, die große Tochter, die mit einem Advokaten verlobt war, und die Jüngste, die so anmutig und reizvoll war, daß ein berühmter Künstler neulich erst auf einem Balle gebeten hatte, sie malen zu dürfen. Er dachte an sein behagliches Heim, und alles das, was ihm aus dem Brief des Toten entgegenströmte, schien ihm nicht sosehr unwahr, als vielmehr von einer rätselhaften, ja erhabenen Unwichtigkeit. Er hatte kaum die Empfindung, daß er in diesem Augenblick etwas Neues erfahren hatte. Eine seltsame Epoche seines Daseins kam ihm ins Gedächtnis, die vierzehn oder fünfzehn Jahre weit zurücklag, da ihn gewisse Unannehmlichkeiten in seiner ärztlichen Laufbahn betroffen und er, verdrossen und endlich bis zur Verwirrung aufgebracht, den Plan gefaßt hatte, die Stadt, seine Frau, seine Familie zu verlassen. Zugleich hatte er damals begonnen, eine Art von wüster, leichtfertiger Existenz zu führen, in die ein sonderbares, hysterisches Frauenzimmer hineingespielt hatte, das sich später wegen eines anderen Liebhabers umbrachte. Wie sein Leben nachher allmählich wieder in die frühere Bahn eingelaufen war, daran vermochte er sich überhaupt nicht mehr zu erinnern. Aber in jener bösen Epoche, die wieder vergangen war, wie sie gekommen, einer Krankheit ähnlich, damals mußte es geschehen sein, daß seine Frau ihn betrogen hatte. Ja, gewiß verhielt es sich so, und es war ihm ganz klar, daß er es eigentlich immer gewußt hatte. War sie nicht einmal nahe daran gewesen, ihm die Sache zu gestehen? Hatte sie nicht Andeutungen gemacht? Vor dreizehn oder vierzehn Jahren ... Bei welcher Gelegenheit nur ...? War es nicht einmal im Sommer gewesen, auf einer Ferienreise – spät abends auf einer Hotelterrasse? ... Vergebens sann er den verhallten Worten nach.

Der Kaufmann stand am Fenster und sah in die milde, weiße Nacht. Er hatte den festen Willen, sich seiner toten Gattin zu erinnern. Aber sosehr er seine inneren Sinne bemühte, anfangs sah er immer nur sich selbst im Lichte eines grauen Morgens zwischen den Pfosten einer ausgehängten Türe stehen, in schwarzem Anzug, teilnahmsvolle Händedrücke empfangen und erwidern, und hatte einen faden Geruch von Karbol und Blumen in der Nase. Erst allmählich gelang es ihm, sich das Bild seiner Gattin ins Gedächtnis zurückzurufen. Doch war es zuerst nichts als das Bild eines Bildes. Denn er sah nur das große, goldgerahmte Porträt, das daheim im Salon über dem Klavier hing und eine stolze Dame von dreißig Jahren in Balltoilette vorstellte. Dann erst erschien ihm sie selbst als junges Mädchen, das vor beinahe 25 Jahren, blaß und schüchtern, seine Werbung entgegengenommen hatte. Dann tauchte die Erscheinung einer blühenden Frau vor ihm auf, die neben ihm in der Loge gethront hatte, den Blick auf die Bühne gerichtet und innerlich fern. Dann erinnerte er sich eines sehnsüchtigen Weibes, das ihn mit unerwarteter Glut empfangen hatte, wenn er von einer langen Reise zurückgekehrt war. Gleich darauf gedachte er einer nervösen, weinerlichen Person, mit grünlich matten Augen, die ihm seine Tage durch allerlei schlimme Laune vergällt hatte. Dann wieder zeigte sich in hellem Morgenkleid eine geängstigte, zärtliche Mutter, die an eines kranken Kindes Bette wachte, das auch hatte sterben müssen. Endlich sah er ein bleiches Wesen daliegen mit schmerzlich heruntergezogenen Mundwinkeln, kühlen Schweißtropfen auf der Stirn, in einem von Äthergeruch erfüllten Raum, das seine Seele mit quälendem Mitleid erfüllt hatte. Er wußte, daß alle diese Bilder und noch hundert andere, die nun unbegreiflich rasch an seinem innern Auge vorüberflogen, ein und dasselbe Geschöpf vorstellten, das man vor zwei Jahren ins Grab gesenkt, das er beweint, und nach dessen Tod er sich erlöst gefühlt hatte. Es war ihm, als müßte er aus all den Bildern sich eines wählen, um zu einem unsicheren Gefühl zu gelangen; denn nun flatterten Beschämung und Zorn suchend ins Leere. Unentschlossen stand er da und betrachtete die Häuser drüben in den Gärten, die gelblich und rötlich im Mondschein schwammen und nur blaßgemalte Wände schienen, hinter denen Luft war.

»Gute Nacht«, sagte der Arzt und erhob sich. Der Kaufmann wandte sich um. »Ich habe hier auch nichts mehr zu tun.« Der Dichter hatte den Brief an sich genommen, ihn unbemerkt in seine Rocktasche gesteckt und öffnete nun die Tür ins Nebenzimmer. Langsam trat er an das Totenbett, und die anderen sahen ihn, wie er stumm auf den Leichnam niederblickte, die Hände auf dem Rücken. Dann entfernten sie sich.

Im Vorzimmer sagte der Kaufmann zum Diener: »Was das Begräbnis anbelangt, so wär' es ja doch möglich, daß das Testament beim Notar nähere Bestimmungen enthielte.« »Und vergessen Sie nicht«, fügte der Arzt hinzu, »an die Schwester des gnädigen Herrn nach London zu telegraphieren.« »Gewiß nicht«, erwiderte der Diener, indem er den Herren die Türe öffnete.

Auf der Treppe noch holte sie der Dichter ein. »Ich kann Sie beide mitnehmen«, sagte der Arzt, den sein Wagen erwartete. »Danke«, sagte der Kaufmann, »ich gehe zu Fuß.« Er drückte den beiden die Hände, spazierte die Straße hinab, der Stadt zu und ließ die Milde der Nacht um sich sein.

Der Dichter stieg mit dem Arzt in den Wagen. In den Gärten begannen die Vögel zu singen. Der Wagen fuhr an dem Kaufmann vorbei, die drei Herren lüfteten jeder den Hut, höflich und ironisch, alle mit den gleichen Gesichtern. »Wird man bald wieder etwas von Ihnen auf dem Theater zu sehen bekommen?« fragte der Arzt den Dichter mit seiner alten Stimme. Dieser erzählte von den außerordentlichen Schwierigkeiten, die sich der Aufführung seines neuesten Dramas entgegenstellten, das freilich, wie er gestehen müsse, kaum erhörte Angriffe auf alle mögliche Dinge, was den Menschen angeblich heilig sei. Der Arzt nickte und hörte nicht zu. Auch der Dichter tat es nicht, denn die oft gefügten Sätze kamen längst wie auswendig gelernt von seinen Lippen.

Vor dem Hause des Arztes stiegen beide Herren aus, und der Wagen fuhr davon.

Der Arzt klingelte. Beide standen und schwiegen. Als die Schritte des Hausmeisters nahten, sagte der Dichter: »Gute Nacht, lieber Doktor« und dann mit einem Zucken der Nasenflügel, langsam: »ich werd' es übrigens der meinen auch nicht sagen.« Der Arzt sah an ihm vorbei und lächelte süß. Das Tor wurde geöffnet, sie drückten einander die Hand, der Arzt verschwand im Flur, das Tor fiel zu. Der Dichter ging.

Er griff in seine Brusttasche. Ja, das Blatt war da. Wohlverwahrt und versiegelt sollte es die Gattin in seinem Nachlaß finden. Und mit der seltenen Einbildungskraft, die ihm nun einmal eigen war, hörte er sie schon an seinem Grabe flüstern: Du Edler . . . Großer . . .

Das Tagebuch der Redegonda

Gestern nachts, als ich mich auf dem Heimweg für eine Weile im Stadtpark auf einer Bank niedergelassen hatte, sah ich plötzlich in der anderen Ecke einen Herrn lehnen, von dessen Gegenwart ich vorher nicht das geringste bemerkt hatte. Da zu dieser späten Stunde an leeren Bänken im Park durchaus kein Mangel war, kam mir das Erscheinen dieses nächtlichen Nachbarn etwas verdächtig vor; und eben machte ich Anstalten, mich zu entfernen, als der fremde Herr, der einen langen grauen Überzieher und gelbe Handschuhe trug, den Hut lüftete, mich beim Namen nannte und mir einen guten Abend wünschte. Nun erkannte ich ihn, recht angenehm überrascht. Es war Dr. Gottfried Wehwald, ein junger Mann von guten Manieren, ja sogar von einer gewissen Vornehmheit des Auftretens, die zumindest ihm selbst eine immerwährende stille Befriedigung zu gewähren schien. Vor etwa vier Jahren war er als Konzeptspraktikant aus der Wiener Statthalterei nach einer kleinen niederösterreichischen Landstadt versetzt worden, tauchte aber von Zeit zu Zeit wieder unter seinen Freunden im Caféhause auf, wo er stets mit jener gemäßigten Herzlichkeit begrüßt wurde, die seiner eleganten Zurückhaltung gegenüber geboten war. Daher fand ich es auch angezeigt, obzwar ich ihn seit Weihnachten nicht gesehen hatte, keinerlei Befremden über Stunde und Ort unserer Begegnung zu äußern; liebenswürdig, aber anscheinend gleichgültig erwiderte ich seinen Gruß und schickte mich eben an, mit ihm ein Gespräch zu eröffnen, wie es sich für Männer von Welt geziemt, die am Ende auch ein zufälliges Wiedersehen in Australien nicht aus der Fassung bringen dürfte, als er mit einer abwehrenden Handbewegung kurz bemerkte: »Verzeihen Sie, werter Freund, aber meine Zeit ist gemessen und ich habe mich nur zu dem Zwecke hier eingefunden, um Ihnen eine etwas sonderbare Geschichte zu erzählen, vorausgesetzt natürlich, daß Sie geneigt sein sollten, sie anzuhören.«

Nicht ohne Verwunderung über diese Anrede erklärte ich mich trotzdem sofort dazu bereit, konnte aber nicht umhin, meinem Befremden Ausdruck zu verleihen, daß Dr. Wehwald mich nicht im Caféhause aufgesucht habe, ferner wieso es ihm gelungen war, mich nächtlicherweise hier im Stadtpark aufzufinden und endlich, warum gerade ich zu der Ehre ausersehen sei, seine Geschichte anzuhören.

»Die Beantwortung der beiden ersten Fragen«, erwiderte er mit ungewohnter Herbheit, »wird sich im Laufe meines Berichtes von selbst ergeben. Daß aber meine Wahl gerade auf Sie fiel, werter Freund (er nannte mich nun einmal nicht anders), hat seinen Grund darin, daß Sie sich meines Wissens auch schriftstellerisch betätigen und ich daher glaube, auf eine Veröffentlichung meiner merkwürdigen, aber ziemlich zwanglosen Mitteilungen in leidlicher Form rechnen zu dürfen.«

Ich wehrte bescheiden ab, worauf Dr. Wehwald mit einem sonderbaren Zucken um die Nasenflügel ohne weitere Einleitung begann: »Die Heldin meiner Geschichte heißt Redegonda. Sie war die Gattin eines Rittmeisters, Baron T. vom Dragonerregiment X, das in unserer kleinen Stadt Z. garnisonierte.« (Er nannte tatsächlich nur diese Anfangsbuchstaben, obwohl mir nicht nur der Name der kleinen Stadt, sondern aus Gründen, die bald ersichtlich sein werden, auch der Name des Rittmeisters und die Nummer des Regiments keine Geheimnisse bedeuteten.) »Redegonda«, fuhr Dr. Wehwald fort, »war eine Dame von außerordentlicher Schönheit und ich verliebte mich in sie, wie man zu sagen pflegt, auf den ersten Blick. Leider war mir jede Gelegenheit versagt, ihre persönliche Bekanntschaft zu machen, da die Offiziere mit der Zivilbevölkerung beinahe gar keinen Verkehr pflegten und an dieser Exklusivität selbst gegenüber uns Herren von der politischen Behörde in fast verletzender Weise festhielten. So sah ich Redegonda immer nur von weitem; sah sie allein oder an der Seite ihres Gemahls, nicht selten in Gesellschaft anderer Offiziere und Offiziersdamen, durch die Straßen spazieren, erblickte sie manchmal an einem Fenster ihrer auf dem Hauptplatze gelegenen Wohnung, oder sah sie abends in einem holpernden Wagen nach dem kleinen Theater fahren, wo ich dann das Glück hatte, sie vom Parkett aus in ihrer Loge zu beobachten, die von den jungen Offizieren in den Zwischenakten gerne besucht wurde. Zuweilen war mir, als geruhe sie, mich zu bemerken. Aber ihr Blick streifte immer nur so flüchtig über mich hin, daß ich daraus keine weiteren Schlüsse ziehen konnte. Schon hatte ich die Hoffnung aufgegeben, ihr jemals meine Anbetung zu Füßen legen zu dürfen, als sie mir an einem wundervollen Herbstvormittag in dem kleinen parkartigen Wäldchen, das sich vom östlichen Stadttor aus weit ins Land hinaus erstreckte, vollkommen unerwartet entgegenkam. Mit einem unmerklichen Lächeln ging sie an mir vorüber, vielleicht ohne mich überhaupt zu gewahren und war bald wieder hinter dem gelblichen Laub verschwunden. Ich hatte sie an mir vorübergehen lassen, ohne nur die Möglichkeit in Erwägung zu ziehen, daß ich sie hätte grüßen oder gar das Wort an sie richten können; und auch jetzt, da sie mir entschwunden war, dachte ich nicht daran, die Unterlassung eines Versuchs zu bereuen, dem keinesfalls ein Erfolg hätte beschieden sein können. Aber nun geschah etwas Sonderbares: Ich fühlte mich nämlich plötzlich gezwungen, mir vorzustellen, was daraus geworden wäre, wenn ich den Mut gefunden hätte, ihr in den Weg zu treten und sie anzureden. Und meine Phantasie spiegelte mir vor, daß Redegonda, fern davon mich abzuweisen, ihre Befriedigung über meine Kühnheit keineswegs zu verbergen suchte, es im Laufe eines lebhaften Gespräches an Klagen über die Leere ihres Daseins, die Minderwertigkeit ihres Verkehrs nicht fehlen ließ und endlich ihrer Freude Ausdruck gab, in mir eine verständnisvolle mitfühlende Seele gefunden zu haben. Und so verheißungsvoll war der Blick, den sie zum Abschied auf mir ruhen ließ, daß mir, der ich all dies, auch den Abschiedsblick, nur in meiner Einbildung erlebt hatte, am Abend desselben Tages, da ich sie in ihrer Loge wiedersah, nicht anders zumute war, als schwebe ein köstliches Geheimnis zwischen uns beiden. Sie werden sich nicht wundern, werter Freund, daß ich, der nun einmal von der Kraft seiner Einbildung eine so außerordentliche Probe bekommen hatte, jener ersten Begegnung auf die gleiche Art bald weitere folgen ließ, und daß sich unsere Unterhaltungen von Wiedersehen zu Wiedersehen freundschaftlicher, vertrauter, ja inniger gestalteten, bis eines schönen Tages unter entblätterten Ästen die angebetete Frau in meine sehnsüchtigen Arme sank. Nun ließ ich meinen beglückenden Wahn immer weiterspielen, und so dauerte es nicht mehr lange, bis Redegonda mich in meiner kleinen, am Ende der Stadt gelegenen Wohnung besuchte und mir Seligkeiten beschieden waren, wie sie mir die armselige Wirklichkeit nie so berauschend zu bieten vermocht hätte. Auch an Gefahren fehlte es nicht, unser Abenteuer zu würzen. So geschah es einmal im Laufe des Winters, daß der Rittmeister an uns vorbeisprengte, als wir auf der Landstraße im Schlitten pelzverhüllt in die Nacht hineinfuhren; und schon damals stieg ahnungsvoll in meinen Sinnen auf, was sich bald in ganzer Schicksalsschwere erfüllen sollte. In den ersten Frühlingstagen erfuhr man in der Stadt, daß das Dragonerregiment, dem Redegondas Gatte angehörte, nach Galizien versetzt werden sollte. Meine, nein, unsere Verzweiflung war grenzenlos. Nichts blieb unbesprochen, was unter solchen außergewöhnlichen Umständen zwischen Liebenden erwogen zu werden pflegt: gemeinsame Flucht, gemeinsamer Tod, schmerzliches Fügen ins Unvermeidliche. Doch der letzte Abend erschien, ohne daß ein fester Entschluß gefaßt worden wäre. Ich erwartete Redegonda in meinem blumengeschmückten Zimmer. Daß für alle Möglichkeiten vorgesorgt sei, war mein Koffer gepackt, mein Revolver schußbereit, meine Abschiedsbriefe geschrieben. Dies alles, mein werter Freund, ist die Wahrheit. Denn so völlig war ich unter die Herrschaft meines Wahns geraten, daß ich das Erscheinen der Geliebten an diesem Abend, dem letzten vor dem Abmarsch des Regiments, nicht nur für möglich hielt, sondern daß ich es geradezu erwartete. Nicht wie sonst gelang es mir, ihr Schattenbild herbeizulocken, die Himmlische in meine Arme zu träumen; nein, mir war als hielte etwas Unberechenbares, vielleicht Furchtbares, sie daheim zurück; hundertmal ging ich zur Wohnungstüre, horchte auf die Treppe hinaus, blickte aus dem Fenster, Redegondas Nahen schon auf der Straße zu erspähen; ja, in meiner Ungeduld war ich nahe daran, davonzustürzen, Redegonda zu suchen, sie mir zu holen, trotzig mit dem Recht des Liebenden und Geliebten sie dem Gatten abzufordern, – bis ich endlich, wie von Fieber geschüttelt, auf meinen Diwan niedersank. Da plötzlich, es war nahe an Mitternacht, tönte draußen die Klingel. Nun aber fühlte ich mein Herz stillestehen. Denn daß die Klingel tönte, verstehen Sie mich wohl, war keine Einbildung mehr. Sie tönte ein zweites und ein drittes Mal und erweckte mich schrill und unwidersprechlich zum völligen Bewußtsein der Wirklichkeit. Aber in demselben Augenblick, da ich erkannte, daß mein Abenteuer bis zu diesem Abend nur eine seltsame Reihe von Träumen bedeutet hatte, fühlte ich die kühnste Hoffnung in mir erwachen: Daß Redegonda, durch die Macht meiner Wünsche in den Tiefen ihrer Seele ergriffen, in eigener Gestalt herbeigelockt, herbeigezwungen, draußen vor meiner Schwelle stünde, daß ich sie in der nächsten Minute leibhaftig in den Armen halten würde. In dieser köstlichen Erwartung ging ich zur Türe und öffnete. Aber es war nicht Redegonda, die vor mir stand, es war Redegondas Gatte; er selbst, so wahrhaft und lebendig, wie Sie hier mir gegenüber auf dieser Bank sitzen, und blickte mir starr ins Gesicht. Mir blieb natürlich nichts übrig, als ihn in mein Zimmer treten zu lassen, wo ich ihn einlud, Platz zu nehmen. Er aber blieb aufrecht stehen, und mit unsäglichem Hohn um die Lippen sprach er: ›Sie erwarten Redegonda. Leider ist sie am Erscheinen verhindert. Sie ist nämlich tot.‹ ›Tot‹, wiederholte ich, und die Welt stand still. Der Rittmeister sprach unbeirrt weiter: ›Vor einer Stunde fand ich sie an ihrem Schreibtisch sitzend, dies kleine Buch vor sich, das ich der Einfachheit halber gleich mitgebracht habe. Wahrscheinlich war es der Schreck, der sie tötete, als ich so unvermutet in ihr Zimmer trat. Hier, diese

Zeilen sind die letzten, die sie niederschrieb. Bitte!‹ Er reichte mir ein offenes, in violettes Leder gebundenes Büchlein, und ich las die folgenden Worte: ›Nun verlasse ich mein Heim auf immer, der Geliebte wartet.‹ Ich nickte nur, langsam, wie zur Bestätigung. ›Sie werden erraten haben‹, fuhr der Rittmeister fort, ›daß es Redegondas Tagebuch ist, das Sie in der Hand haben. Vielleicht haben Sie die Güte, es durchzublättern, um jeden Versuch des Leugnens als aussichtslos zu unterlassen.‹ Ich blätterte, nein, ich las. Beinahe eine Stunde las ich, an den Schreibtisch gelehnt, während der Rittmeister regungslos auf dem Diwan saß; las die ganze Geschichte unserer Liebe, diese holde, wundersame Geschichte, – in all ihren Einzelheiten; von dem Herbstmorgen an, da ich im Wald zum erstenmal das Wort an Redegonda gerichtet hatte, las von unserem ersten Kuß, von unseren Spaziergängen, unseren Fahrten ins Land hinein, unseren Wonnestunden in meinem blumengeschmückten Zimmer, von unseren Flucht- und Todesplänen, unserem Glück und unserer Verzweiflung. Alles stand in diesen Blättern aufgezeichnet, alles – was ich niemals in Wirklichkeit, – und doch alles genau so, wie ich es in meiner Einbildung erlebt hatte. Und ich fand das durchaus nicht so unerklärlich, wie Sie es, werter Freund, in diesem Augenblick zu finden scheinen. Denn ich ahnte mit einemmal, daß Redegonda mich ebenso geliebt hatte wie ich sie und daß ihr dadurch die geheimnisvolle Macht geworden war, die Erlebnisse meiner Phantasie in der ihren alle mitzuleben. Und da sie als Weib den Urgründen des Lebens, dort wo Wunsch und Erfüllung eines sind, näher war als ich, war sie wahrscheinlich im tiefsten überzeugt gewesen, alles das, was nun in ihrem violetten Büchlein aufgezeichnet stand, wirklich durchlebt zu haben. Aber noch etwas anderes hielt ich für möglich: daß dieses ganze Tagebuch nicht mehr oder nicht weniger bedeutete, als eine auserlesene Rache, die sie an mir nahm, Rache für meine Unentschlossenheit, die meine, unsere Träume nicht hatte zur Wahrheit werden lassen; ja, daß ihr plötzlicher Tod das Werk ihres Willens und daß es ihre Absicht gewesen war, das verräterische Tagebuch dem betrogenen Gatten auf solche Weise in die Hände zu spielen. Aber ich hatte keine Zeit, mich mit der Lösung dieser Fragen lange aufzuhalten, für den Rittmeister konnte ja doch nur eine, die natürliche Erklärung gelten; so tat ich denn, was die Umstände verlangten, und stellte mich ihm mit den in solchen Fällen üblichen Worten zur Verfügung.«

»Ohne den Versuch« –

»Zu leugnen?!« unterbrach mich Dr. Wehwald herb. »Oh! Selbst wenn ein solcher Versuch die leiseste Aussicht auf Erfolg geboten hätte, er wäre mir kläglich erschienen. Denn ich fühlte mich durchaus verantwortlich für alle Folgen eines Abenteuers, das ich hatte erleben wollen und das zu erleben ich nur zu feig gewesen. – ›Mir liegt daran‹, sprach der Rittmeister, ›unsern Handel auszutragen, noch ehe Redegondas Tod bekannt wird. Es ist ein Uhr früh, um drei Uhr wird die Zusammenkunft unserer Zeugen stattfinden, um fünf soll die Sache erledigt sein.‹ Wieder nickt' ich zum Zeichen des Einverständnisses. Der Rittmeister entfernte sich mit kühlem Gruß. Ich ordnete meine Papiere, verließ das Haus, holte zwei mir bekannte Herren von der Bezirkshauptmannschaft aus den Betten – einer war ein Graf –, teilte ihnen nicht mehr mit als nötig war, um sie zur raschen Erledigung der Angelegenheit zu veranlassen, spazierte dann auf dem Hauptplatz gegenüber den dunklen Fenstern auf und ab, hinter denen ich Redegondas Leichnam liegen wußte, und hatte das sichre Gefühl, der Erfüllung meines Schicksals entgegenzugehen. Um fünf Uhr früh in dem kleinen Wäldchen ganz nahe der Stelle, wo ich Redegonda zum ersten Male hätte sprechen können, standen wir einander gegenüber, die Pistole in der Hand, der Rittmeister und ich.«

»Und Sie haben ihn getötet?«

»Nein. Meine Kugel fuhr hart an seiner Schläfe vorbei. Er aber traf mich mitten ins Herz. Ich war auf der Stelle tot, wie man zu sagen pflegt.«

»Oh!« rief ich stöhnend mit einem ratlosen Blick auf meinen sonderbaren Nachbar. Aber dieser Blick fand ihn nicht mehr. Denn Dr. Wehwald saß nicht mehr in der Ecke der Bank. Ja, ich habe Grund zu vermuten, daß er überhaupt niemals dort gesessen hatte. Hingegen erinnerte ich mich sofort, daß gestern abends im Caféhaus viel von einem Duell die Rede gewesen, in dem unser Freund, Dr. Wehwald, von einem Rittmeister namens Teuerheim erschossen worden war. Der Umstand, daß Frau Redegonda noch am selben Tage mit einem jungen Leutnant des Regiments spurlos verschwunden war, gab der kleinen Gesellschaft trotz der ernsten Stimmung, in der sie sich befand, zu einer Art von wehmütiger Heiterkeit Anlaß, und jemand sprach die Vermutung aus, daß Dr. Wehwald, den wir immer als ein Muster von Korrektheit, Diskretion und Vornehmheit gekannt hatten, ganz in seinem Stil, halb mit seinem, halb gegen seinen Willen, für einen anderen, Glücklicheren, den Tod hatte erleiden müssen.

Was jedoch die Erscheinung des Dr. Wehwald auf der Stadtparkbank anbelangt, so hätte sie gewiß an eindrucksvoller Seltsamkeit erheblich gewonnen, wenn sie sich mir vor dem ritterlichen Ende des Urbildes gezeigt hätte. Und ich will nicht verhehlen, daß der Gedanke, durch diese ganz unbedeutende Verschiebung die Wirkung meines Berichtes zu steigern, mir anfangs nicht ganz ferne gelegen war. Doch nach einiger Überlegung scheute ich vor der Möglichkeit des Vorwurfs zurück, daß ich durch eine solche, den Tatsachen nicht ganz entsprechende Darstellung der Mystik, dem Spiritismus und anderen gefährlichen Dingen neue Beweise in die Hand gespielt hätte, sah Anfragen voraus, ob meine Erzählung wahr oder erfunden wäre, ja, ob ich Vorfälle solcher Art überhaupt für denkbar hielte – und hätte mich vor der peinlichen Wahl gefunden, je nach meiner Antwort als Okkultist oder als Schwindler erklärt zu werden. Darum habe ich es am Ende vorgezogen, die Geschichte meiner nächtlichen Begegnung so aufzuzeichnen, wie sie sich zugetragen, freilich auf die Gefahr hin, daß viele Leute trotzdem an ihrer Wahrheit zweifeln werden, – in jenem weithin verbreiteten Mißtrauen, das Dichtern nun einmal entgegengebracht zu werden pflegt, wenn auch mit weniger Grund als den meisten anderen Menschen.

Spiel im Morgengrauen

1

»Herr Leutnant! . . . Herr Leutnant! . . . Herr Leutnant!« Erst beim dritten Anruf rührte sich der junge Offizier, reckte sich, wandte den Kopf zur Tür; noch schlaftrunken, aus den Polstern, brummte er: »Was gibt's?« dann, wacher geworden, als er sah, daß es nur der Bursche war, der in der umdämmerten Türspalte stand, schrie er: »Zum Teufel, was gibt's denn in aller Früh'?«

»Es ist ein Herr unten im Hof, Herr Leutnant, der den Herrn Leutnant sprechen will.«

»Wieso ein Herr? Wie spät ist es denn? Hab' ich Ihnen nicht g'sagt, daß sie mich nicht wecken sollen am Sonntag?«

Der Bursche trat ans Bett und reichte Wilhelm eine Visitenkarte.

»Meinen Sie, ich bin ein Uhu, Sie Schafskopf, daß ich im Finstern lesen kann? Aufzieh'n!«

Noch ehe der Befehl ausgesprochen war, hatte Joseph die inneren Fensterflügel geöffnet und zog den schmutzig-weißen Vorhang in die Höhe. Der Leutnant, sich im Bette halb aufrichtend, vermochte nun den Namen auf der Karte zu lesen, ließ sie auf die Bettdecke sinken, betrachtete sie nochmals, kraute sein blondes, kurz geschnittenes, morgendlich zerrauftes Haar und überlegte rasch: »Abweisen? – Unmöglich! – Auch eigentlich kein Grund. Wenn man wen empfängt, das heißt ja noch nicht, daß man mit ihm verkehrt. Übrigens hat er ja nur wegen Schulden quittieren müssen. Andere haben halt mehr Glück. Aber was will er von mir?« – Er wandte sich wieder an den Burschen: »Wie schaut er denn aus, der Herr Ober –, der Herr von Bogner?«

Der Bursche erwiderte mit breitem, etwas traurigem Lächeln: »Melde gehorsamst, Herr Leutnant, Uniform ist dem Herrn Oberleutnant besser zu G'sicht gestanden.«

Wilhelm schwieg eine Weile, dann setzte er sich im Bett zurecht: »Also, ich laß bitten. Und der Herr – Oberleutnant möcht' freundlichst entschuldigen, wenn ich noch nicht fertig angezogen bin. – Und hören S' – für alle Fälle, wenn einer von den anderen Herren fragt, der Oberleutnant Höchster oder der Leutnant Wengler oder der Herr Hauptmann oder sonstwer – ich bin nicht mehr zu Haus – verstanden?«

Während Joseph die Tür hinter sich schloß, zog Wilhelm rasch die Bluse an, ordnete mit dem Staubkamm seine Frisur, trat zum Fenster, blickte in den noch unbelebten Kasernenhof hinab; und als er den einstigen Kameraden unten auf und ab gehen sah, mit gesenktem Kopf, den steifen schwarzen Hut in die Stirne gedrückt, im offenen, gelben Überzieher, mit braunen, etwas bestaubten Halbschuhen, da wurde ihm beinah weh ums Herz. Er öffnete das Fenster, war nahe daran, ihm zuzuwinken, ihn laut zu begrüßen; doch in diesem Augenblick war eben der Bursche an den Wartenden herangetreten, und Wilhelm merkte den ängstlich gespannten Zügen des alten Freundes die Erregung an, mit der er die Antwort erwartete. Da sie günstig ausfiel, heiterten sich Bogners Mienen auf, er verschwand mit dem Burschen im Tor unter Wilhelms Fenster, das dieser nun schloß, als wenn die bevorstehende Unterredung solche Vorsicht immerhin verlangen könnte. Nun war mit einem Male der Duft von Wald und Frühjahr wieder fort, der in solchen Sonntagsmorgenstunden in den Kasernenhof zu dringen pflegte und von dem an Wochentagen sonderbarerweise überhaupt nichts zu bemerken war. Was immer geschieht, dachte Wilhelm – was soll denn übrigens geschehen?! – nach Baden fahr' ich heute unbedingt und speise zu Mittag in der »Stadt Wien« – wenn sie mich nicht wie neulich bei Keßners zum Essen behalten sollten. »Herein!« Und mit übertriebener Lebhaftigkeit streckte Wilhelm dem Eintretenden die Hand entgegen. »Grüß dich Gott, Bogner. Es freut mich aber wirklich. Willst nicht ablegen? Ja, schau' dich nur um; alles wie früher. Geräumiger ist das Lokal auch nicht geworden. Aber Raum ist in der kleinsten Hütte für ein glücklich...«

Otto lächelte höflich, als merke er Wilhelms Verlegenheit und wollte ihm darüber weghelfen. »Hoffentlich paßt das Zitat für die kleine Hütte manchmal besser als in diesem Augenblick«, sagte er.

Wilhelm lachte lauter als nötig war. »Leider nicht oft. Ich leb' ziemlich einschichtig. Wenn ich dich versicher', sechs Wochen mindestens hat diesen Raum kein weiblicher Fuß betreten. Der Plato ist ein Waisenknabe gegen mich. Aber nimm doch Platz.« Er räumte Wäschestücke von einem Sessel aufs Bett. »Und darf ich dich vielleicht zu einem Kaffee einladen?«

»Danke, Kasda, mach' dir keine Umstände. Ich hab' schon gefrühstückt ... Eine Zigarette, wenn du nichts dagegen hast...«

Wilhelm ließ nicht zu, daß Otto sich aus der eigenen Dose bediente, und wies auf das Rauchtischchen, wo eine offene Pappschachtel mit Zigaretten stand. Wilhelm gab ihm Feuer, Otto tat schweigend einige Züge, und sein Blick fiel auf das wohlbekannte Bild, das an der Wand über dem schwarzen

Lederdiwan hing und eine Offizierssteeplechase aus längst verflossenen Zeiten vorstellte.

»Also, jetzt erzähl'«, sagte Wilhelm, »wie geht's dir denn? Warum hat man so gar nichts mehr von dir gehört? – Wie wir uns – vor zwei Jahren oder drei – Adieu gesagt haben, hast du mir doch versprochen, daß du von Zeit zu Zeit –«

Otto unterbrach ihn: »Es war vielleicht doch besser, daß ich nichts hab' von mir hören und sehen lassen, und ganz bestimmt wär's besser, wenn ich auch heut nicht hätt' kommen müssen.« Und, ziemlich überraschend für Wilhelm, setzte er sich plötzlich in die Ecke des Sofas, in dessen anderer Ecke einige zerlesene Bücher lagen –: »Denn du kannst dir denken, Willi«, – er sprach hastig und scharf zugleich – »mein Besuch heute zu so ungewohnter Stunde – ich weiß, du schläfst dich gern aus an einem Sonntag –, dieser Besuch hat natürlich einen Z w e c k , sonst hätte ich mir natürlich nicht erlaubt – kurz und gut, ich komm' an unsere alte Freundschaft appellieren – an unsere Kameradschaft darf ich ja leider nicht mehr sagen. Du brauchst nicht blaß zu werden, Willi, es ist nicht gar so gefährlich, es handelt sich um ein paar Gulden, die ich halt morgen früh haben muß, weil mir sonst nichts übrigbliebe als –« seine Stimme schnarrte militärisch in die Höhe –, »na – was vielleicht schon vor zwei Jahren das Gescheiteste gewesen wäre.«

»Aber, was red'st denn da«, meinte Wilhelm im Ton freundschaftlich-verlegenen Unwillens.

Der Bursche brachte das Frühstück und verschwand wieder. Willi schenkte ein. Er verspürte einen bitteren Geschmack im Mund und empfand es unangenehm, daß er noch nicht dazu gekommen war, Toilette zu machen. Übrigens hatte er sich vorgenommen, auf dem Weg zur Eisenbahn ein Dampfbad zu nehmen. Es genügte ja vollkommen, wenn er gegen Mittag in Baden eintraf. Er hatte keine bestimmte Abmachung; und wenn er sich verspätete, ja, wenn er gar nicht käme, es würde keinem Menschen sonderlich auffallen, weder den Herren im Café Schopf, noch dem Fräulein Keßner; vielleicht eher noch ihrer Mutter, die übrigens auch nicht übel war.

»Bitt' schön, bedien' dich doch«, sagte er zu Otto, der die Tasse noch nicht an die Lippen gesetzt hatte. Nun nahm er rasch einen Schluck und begann sofort: »Um kurz zu sein: du weißt ja vielleicht, daß ich in einem Büro für elektrische Installation angestellt bin, als Kassierer, seit einem Vierteljahr. Woher sollst du das übrigens wissen? Du weißt ja nicht einmal, daß ich verheiratet bin und einen Buben hab' – von vier Jahren. Er war nämlich schon auf der Welt, wie ich noch bei euch war. Es hat's keiner gewußt. Na also, besonders gut ist es mir die ganze Zeit über nicht gegangen. Kannst dir ja denken. Und besonders im vergangenen Winter – der Bub war krank –, also, die Details sind ja weiter nicht interessant – da hab' ich mir etliche Male aus der Kasse was ausleihen müssen. Ich hab's immer rechtzeitig zurückgezahlt. Diesmal ist's ein bissel mehr geworden als sonst, leider, und«, er hielt inne, indes Wilhelm mit dem Löffel in seiner Tasse rührte, »und das Malheur ist außerdem, daß am Montag, morgen also, wie ich zufällig in Erfahrung gebracht habe, von der Fabrik aus eine Revision stattfinden soll. Wir sind nämlich eine Filiale, verstehst du, und es sind ganz geringfügige Beträge, die bei uns ein- und ausgezahlt werden; es ist ja auch wirklich nur eine Bagatelle – die ich schuldig bin –, neunhundertsechzig Gulden. Ich könnte sagen tausend, das käm' schon auf eins heraus. Es sind aber neunhundertsechzig. Und die müssen morgen vor halb neun Uhr früh dasein, sonst – na – also, du erwiesest mir einen wirklichen Freundschaftsdienst, Willi, wenn du mir diese Summe –« Er konnte plötzlich nicht weiter. Willi schämte sich ein wenig für ihn, nicht sosehr wegen der kleinen Veruntreuung oder – Defraudation, so mußte man's ja wohl nennen, die der alte Kamerad begangen, sondern vielmehr, weil der ehemalige Oberleutnant Otto von Bogner – vor wenigen Jahren noch ein liebenswürdiger, wohlsituierter und schneidiger Offizier – bleich und ohne Haltung in der Diwanecke lehnte und vor verschluckten Tränen nicht weiterreden konnte.

Er legte ihm die Hand auf die Schulter. »Geh, Otto, man muß ja nicht gleich die Kontenance verlieren«, und da der andere auf diese nicht sehr ermutigende Einleitung hin mit trübem, fast erschrecktem Blick zu ihm aufsah – »nämlich, ich selber bin so ziemlich auf dem trockenen. Mein ganzes Vermögen beläuft sich auf etwas über hundert Gulden. Hundertzwanzig, um ganz so genau zu sein wie du. Die stehen dir natürlich bis auf den letzten Kreuzer zur Verfügung. Aber wenn wir uns ein bißl anstrengen, so müssen wir doch auf einen Modus kommen.«

Otto unterbrach ihn. »Du kannst dir denken, daß alle sonstigen – Modusse bereits erledigt sind. Wir brauchen also die Zeit nicht mit unnützem Kopfzerbrechen zu verlieren, um so weniger, als ich schon mit einem bestimmten Vorschlage komme.« Wilhelm sah ihm gespannt ins Auge. »Stell' dir einmal vor, Willi, du befändest dich selbst in einer solchen Schwulität. Was würdest du tun?«

»Ich versteh' nicht recht«, bemerkte Wilhelm ablehnend.

»Natürlich, ich weiß, in eine fremde Kasse hast du noch nie gegriffen – so was kann einem nur in Zivil passieren. Ja. Aber schließlich, wenn du einmal aus einem – weniger kriminellen

Grund eine gewisse Summe dringend benötigst, an wen würdest du dich wenden?«

»Entschuldige, Otto; darüber hab' ich noch nicht nachgedacht und ich hoffe . . . Ich hab' ja auch manchmal Schulden gehabt, das leugne ich nicht, erst im vorigen Monat, da hat mir der Höchster mit fünfzig Gulden ausgeholfen, die ich ihm natürlich am Ersten retourniert habe. Drum geht's mir ja diesmal so knapp zusammen. Aber tausend Gulden – tausend – ich wüßte absolut nicht, wie ich mir die verschaffen könnte.«

»Wirklich nicht?« sagte Otto und faßte ihn scharf ins Auge.

»Wenn ich dir sag'.«

»Und dein Onkel?«

»Was für ein Onkel?«

»Dein Onkel Robert.«

»Wie – kommst du auf den?«

»Es liegt doch ziemlich nahe. Der hat dir ja manchmal ausgeholfen. Und eine regelmäßige Zulage hast du doch auch von ihm.«

»Mit der Zulage ist es längst vorbei«, erwiderte Willi ärgerlich über den in diesem Augenblick kaum angemessenen Ton des einstigen Kameraden. »Und nicht nur mit der Zulage. Der Onkel Robert, der ist ein Sonderling geworden. Die Wahrheit ist, daß ich ihn mehr als ein Jahr lang mit keinem Aug' gesehen habe. Und wie ich ihn das letztemal um eine Kleinigkeit ersucht habe – ausnahmsweise – na, nur, daß er mich nicht hinausgeschmissen hat.«

»Hm, so.« Bogner rieb sich die Stirn. »Du hältst es wirklich für absolut ausgeschlossen?«

»Ich hoffe, du zweifelst nicht«, erwiderte Wilhelm mit einiger Schärfe.

Plötzlich erhob sich Bogner aus der Sofaecke, rückte den Tisch beiseite und trat zum Fenster hin. »Wir müssen's versuchen«, erklärte er dann mit Bestimmtheit. »Jawohl, verzeih, aber wir m ü s s e n. Das Schlimmste, das dir passieren kann, ist, daß er nein sagt. Und vielleicht in einer nicht ganz höflichen Form. Zugegeben. Aber gegen das, was mir bevorsteht, wenn ich bis morgen früh die paar schäbigen Gulden nicht beisammen hab', ist doch das alles nichts als eine kleine Unannehmlichkeit.«

»Mag sein«, sagte Wilhelm, »aber eine Unannehmlichkeit, die vollkommen zwecklos wäre. Wenn nur die geringste Chance bestünde – na, du wirst doch hoffentlich nicht an meinem guten Willen zweifeln. Und zum Teufel, es muß doch noch andere Möglichkeiten geben. Was ist denn zum Beispiel – sei nicht bös, er fällt mir grad ein – mit deinem Cousin Guido, der das Gut bei Amstetten hat?«

»Du kannst dir denken, Willi«, erwiderte Bogner ruhig, »daß

es auch mit dem nix ist. Sonst wär' ich ja nicht da. Kurz und gut, es gibt auf der ganzen Welt keinen Menschen –«

Willi hob plötzlich einen Finger, als wäre er auf eine Idee gekommen.

Bogner sah ihn erwartungsvoll an.

»Der Rudi Höchster, wenn du's bei dem versuchen würdest. Er hat nämlich eine Erbschaft gemacht vor ein paar Monaten. Zwanzig- oder fünfundzwanzigtausend Gulden, davon muß doch noch was übrig sein.«

Bogner runzelte die Stirn, und etwas zögernd erwiderte er: »An Höchster habe ich – vor drei Wochen einmal, wie es noch nicht so dringend war – geschrieben – um viel weniger als tausend – nicht einmal geantwortet hat er mir. Also du siehst, es gibt nur einen einzigen Ausweg: dein Onkel.« Und auf Willis Achselzucken: »Ich kenn' ihn ja, Willi – ein so liebenswürdiger, scharmanter alter Herr. Wir waren ja auch ein paarmal im Theater zusammen und im Riedhof – er wird sich gewiß erinnern! Ja, um Gottes willen, er kann doch nicht plötzlich ein anderer Mensch geworden sein.«

Ungeduldig unterbrach ihn Willi. »Es scheint doch. Ich weiß ja auch nicht, was mit ihm eigentlich vorgegangen ist. Aber das kommt ja vor zwischen Fünfzig und Sechzig, daß sich die Leut' so merkwürdig verändern. Ich kann dir nicht m e h r sagen, als daß ich – seit fünfviertel Jahren oder länger sein Haus nicht mehr betreten habe und – kurz und gut – es unter keiner Bedingung je wieder betreten werde.«

Bogner sah vor sich hin. Dann plötzlich hob er den Kopf, sah Willi wie abwesend an und sagte: »Also, ich bitt' dich um Entschuldigung, grüß dich Gott«, nahm den Hut und wandte sich zum Gehen.

»Otto!« rief Willi. »Ich hätt' noch eine Idee.«

»Noch eine ist gut.«

»Also hör' einmal, Bogner. Ich fahre nämlich heut aufs Land – nach Baden. Da ist manchmal am Sonntag nachmittag im Café Schopf eine kleine Hasardpartie: Einundzwanzig oder Bakkarat, je nachdem. Ich bin natürlich höchst bescheiden daran beteiligt oder auch gar nicht. Drei- oder viermal habe ich mitgetan, aber mehr zum Spaß. Der Hauptmacher ist der Regimentsarzt Tugut, der übrigens eine Mordssau hat, der Oberleutnant Wimmer ist auch gewöhnlich dabei, dann der Greising, von den Siebenundsiebzigern ... den kennst du gar nicht. Er ist draußen in Behandlung – wegen einer alten G'schicht, auch ein paar Zivilisten sind dabei, ein Advokat von draußen, der Sekretär vom Theater, ein Schauspieler und ein älterer Herr, ein gewisser Konsul Schnabel. Der hat ein Verhältnis draußen mit einer Operettensängerin, bessere Choristin eigentlich. Das ist die Hauptwurzen. Der Tugut hat ihm vor vierzehn Tagen nicht weniger als dreitausend Gulden auf einen Sitz abgenommen. Bis sechs Uhr früh haben wir gespielt auf der offenen Veranda, die Vögel haben dazu gesungen; die Hundertzwanzig, die ich heut noch hab', verdank' ich übrigens auch nur meiner Ausdauer, sonst wär' ich ganz blank. Also, weißt du was, Otto, h u n d e r t von den hundertzwanzig werd' ich heute für dich riskieren. Ich weiß, die Chance ist nicht überwältigend, aber der Tugut hat sich neulich gar nur mit fünfzig hingesetzt, und mit dreitausend ist er aufgestanden. Und dann kommt noch etwas hinzu: daß ich seit ein paar Monaten nicht das geringste Glück in der Liebe habe. Also vielleicht ist auf ein Sprichwort mehr Verlaß als auf die Menschen.«

Bogner schwieg.

»Nun – was denkst du über meine Idee?« fragte Willi.

Bogner zuckte die Achseln. »Ich dank' dir jedenfalls sehr – ich sag' natürlich nicht nein – obwohl –«

»Garantieren kann ich selbstverständlich nicht«, unterbrach Willi mit übertriebener Lebhaftigkeit, »aber riskiert ist am End' auch nicht viel. Und wenn ich gewinn' – respektive von dem, was ich gewinn', gehören dir tausend – m i n d e s t e n s tausend gehören dir. Und wenn ich zufällig einen besonderen Riß machen sollte –«

»Versprich nicht zu viel«, sagte Otto mit trübem Lächeln. – »Aber jetzt will ich dich nicht länger aufhalten. Schon um meinetwillen. Und morgen früh werde ich mir erlauben – vielmehr . . . ich warte morgen früh um halb acht drüben vor der Alserkirche.« Und mit bitterem Lachen: »Wir können uns ja auch zufällig begegnet sein.« Den Versuch einer Erwiderung von seiten Willis wehrte Bogner ab und fügte rasch hinzu: »Übrigens, ich lasse meine Hände unterdessen auch nicht im Schoß liegen. Siebzig Gulden hab' ich noch im Vermögen. Die riskier' ich heut nachmittag beim Rennen – auf dem Zehn-Kreuzer-Platz natürlich.« Er trat rasch zum Fenster, sah in den Kasernenhof hinab –: »Die Luft ist rein«, sagte er, verzog bitter-höhnisch den Mund, schlug den Kragen hoch, reichte Willi die Hand und ging.

Wilhelm seufzte leicht, sann eine Weile nach, dann machte er sich eilig zum Gehen fertig. Mit dem Zustand seiner Uniform war er übrigens nicht sehr zufrieden. Wenn er heute gewinnen sollte, war er entschlossen, sich mindestens einen neuen Waffenrock anzuschaffen. Das Dampfbad gab er in Anbetracht der vorgerückten Stunde auf; in jedem Falle aber wollte er sich einen Fiaker zur Bahn nehmen. Auf die zwei Gulden kam es heute wirklich nicht an.

2

Als er um die Mittagsstunde in Baden den Zug verließ, befand er sich in gar nicht übler Laune. Auf dem Bahnhof in Wien hatte der Oberstleutnant Wositzky – im Dienst ein sehr unangenehmer Herr – sich aufs freundlichste mit ihm unterhalten, und im Coupé hatten zwei junge Mädel so lebhaft mit ihm kokettiert, daß er um seines Tagesprogramms willen beinahe froh war, als sie nicht zugleich mit ihm ausstiegen. In all seiner günstigen Stimmung aber fühlte er sich doch versucht, dem einstigen Kameraden Bogner innerlich Vorwürfe zu machen, nicht einmal sosehr wegen des Eingriffs in die Kasse, der ja durch die unglückseligen äußeren Verhältnisse gewissermaßen entschuldbar war, als vielmehr wegen der dummen Spielgeschichte, mit der er sich vor drei Jahren die Karriere einfach abgeschnitten hatte. Ein Offizier mußte doch am Ende wissen, bis wohin er gehen durfte. Er selbst zum Beispiel war vor drei Wochen, als ihn das Unglück beständig verfolgte, einfach vom Kartentisch aufgestanden, obwohl der Konsul Schnabel ihm in der liebenswürdigsten Weise seine Börse zur Verfügung gestellt hatte. Er hatte überhaupt immer gewußt, Versuchungen zu widerstehen, und jederzeit war es ihm gelungen, mit der knappen Gage und den geringen Zuschüssen auszukommen, die er zuerst vom Vater und, nachdem dieser als Oberstleutnant in Temesvar gestorben war, von Onkel Robert erhalten hatte. Und seit diese Zuschüsse eingestellt waren, hatte er sich eben danach einzurichten gewußt: der Kaffeehausbesuch wurde eingeschränkt, von Neuanschaffungen wurde Abstand genommen, an Zigaretten gespart, und die Weiber durften einen überhaupt nichts mehr kosten. Ein kleines Abenteuer vor drei Monaten, das vielverheißend begonnen hatte, war daran gescheitert, daß Willi buchstäblich nicht in der Lage gewesen wäre, an einem gewissen Abend ein Nachtmahl für zwei Personen zu bezahlen.

Eigentlich traurig, dachte er. Niemals noch war ihm die Enge seiner Verhältnisse so deutlich zum Bewußtsein gekommen als heute – an diesem wunderschönen Frühlingstag, da er in einem leider nicht mehr sehr funkelnden Waffenrock, in drap Beinkleidern, die an den Knien ein wenig zu glänzen anfingen, und mit einer Kappe, die erheblich niedriger war, als die neueste Offiziersmode vorschrieb, durch die duftenden Parkanlagen den Weg zu dem Landhaus nahm, in dem die Familie Keßner wohnte – wenn es nicht gar ihr Besitz war. Zum erstenmal auch geschah es ihm heute, daß er die Hoffnung auf eine Einladung zum Mittagessen oder vielmehr den Umstand, daß ihm diese Erwartung eine Hoffnung bedeutete, als beschämend empfand.

Immerhin gab er sich nicht ungern darein, daß diese Hoffnung sich erfüllte, nicht nur wegen des schmackhaften Mittagessens und des trefflichen Weins, sondern auch darum, weil Fräulein Emilie, die zu seiner Rechten saß, durch freundliche Blicke und zutrauliche Berührungen, die übrigens durchaus als zufällig gelten konnten, sich als sehr angenehme Tischnachbarin erwies. Er war nicht der einzige Gast. Auch ein junger Rechtsanwalt war anwesend, den der Hausherr aus Wien mitgebracht hatte und der das Gespräch in einem fröhlichen, leichten, zuweilen auch etwas ironischen Tone zu führen wußte. Der Hausherr war höflich, aber etwas kühl gegenüber Willi, wie er ja im allgemeinen von den Sonntagsbesuchen des Herrn Leutnants, der seinen Damen im vergangenen Fasching auf einem Ball vorgestellt worden war und eine Aufforderung, gelegentlich einmal zum Tee zu kommen, vielleicht allzu wörtlich aufgefaßt hatte, nicht sonderlich entzückt zu sein schien. Auch die noch immer hübsche Hausfrau hatte offensichtlich keinerlei Erinnerung mehr daran, daß sie vor vierzehn Tagen auf einer etwas abseits gelegenen Gartenbank einer unerwartet kühnen Umarmung des Leutnants sich erst entzogen, als das Geräusch nahender Schritte auf dem Kies vernehmbar geworden war. Bei Tische war zuerst in allerlei für den Leutnant nicht ganz verständlichen Ausdrücken von einem Prozeß die Rede, den der Rechtsanwalt für den Hausherrn in Angelegenheit seiner Fabrik zu führen hatte; dann aber kam das Gespräch auf Landaufenthalte und Sommerreisen, und nun war auch für Willi die Möglichkeit gegeben, sich daran zu beteiligen. Er hatte vor zwei Jahren die Kaisermanöver in den Dolomiten mitgemacht, erzählte von Nachtlagern unter freiem Himmel, von den zwei schwarzlockigen Töchtern eines Kastelruther Wirts, die man wegen ihrer Unnahbarkeit die zwei Medusen genannt hatte, und von einem Feldmarschalleutnant, der sozusagen vor Willis Augen wegen eines mißglückten Reiterangriffs in Ungnade gefallen war. Und wie es ihm beim dritten oder vierten Glas Wein leicht zu geschehen pflegte, wurde er immer unbefangener, frischer, ja beinahe witzig. Er fühlte, wie er allmählich den Hausherrn für sich gewann, wie der Rechtsanwalt im Ton immer weniger ironisch wurde, wie in der Hausfrau eine Erinnerung aufzuschimmern begann; und ein lebhafter Druck von Emiliens Knie an dem seinen gab sich nicht mehr die Mühe, als zufällig zu gelten.

Zum schwarzen Kaffee erschien eine wohlbeleibte, ältere Dame mit ihren zwei Töchtern, denen Willi als »unser Tänzer vom Industriellenball« vorgestellt wurde. Es ergab sich bald, daß die

drei Damen sich vor zwei Jahren gleichfalls in Südtirol aufgehalten hatten; und war es nicht der Herr Leutnant gewesen, den
sie an einem schönen Sommertag an ihrem Hotel in Seis auf
einem Rappen vorbeisprengen gesehen hatten? Willi wollte es
nicht geradezu in Abrede stellen, obzwar er bei sich sehr gut
wußte, daß er, ein kleiner Infanterieleutnant vom Achtund-
zwanzigsten, niemals auf einem stolzen Roß durch irgendeine in
Tirol oder sonstwo gelegene Ortschaft gesprengt sein konnte.
Die beiden jungen Damen waren anmutig in Weiß gekleidet;
das Fräulein Keßner, hellrosa, in der Mitte, so liefen sie alle
drei mutwillig über den Rasen.
»Wie drei Grazien, nicht wahr?« meinte der Rechtsanwalt.
Wieder klang es wie Ironie, und dem Leutnant lag es auf der
Zunge: Wie meinen Sie das, Herr Doktor? Doch es war um so
leichter, diese Bemerkung zu unterdrücken, als Fräulein Emilie
sich eben von der Wiese her umgewandt und ihm lustig zugewinkt hatte. Sie war blond, etwas größer als er, und es
war anzunehmen, daß sie eine nicht unbeträchtliche Mitgift
erwarten durfte. Aber bis man so weit war – wenn man überhaupt von solchen Möglichkeiten zu träumen wagte –, dauerte es noch lange, sehr lange, und die tausend Gulden für
den verunglückten Kameraden mußten spätestens bis morgen
früh beschafft sein.
So blieb ihm nichts übrig, als sich zu empfehlen, dem einstigen
Oberleutnant Bogner zuliebe, gerade als die Unterhaltung im
besten Gange war. Man gab sich den Anschein, als wollte man
ihn zurückhalten, er bedauerte sehr; leider sei er verabredet,
und vor allem mußte er einen Kameraden im Garnisonsspitale
besuchen, der hier ein altes rheumatisches Leiden auskurierte.
Auch hierzu lächelte der Rechtsanwalt ironisch. Ob denn dieser Besuch den ganzen Nachmittag in Anspruch nähme, fragte
Frau Keßner, verheißungsvoll lächelnd. Willi zuckte unbe-
stimmt die Achseln. Nun, jedenfalls würde man sich freuen,
falls es ihm gelänge, sich frei zu machen, ihn im Laufe des
heutigen Abends wiederzusehen.
Als er das Haus verließ, fuhren eben zwei elegante junge
Herren im Fiaker vor, was Willi nicht angenehm berührte.
Was konnte in diesem Hause sich nicht alles ereignen, während er genötigt war, für einen entgleisten Kameraden im
Kaffeehaus tausend Gulden zu verdienen? Ob es nicht das
weitaus Klügere wäre, sich auf die Sache gar nicht einzulassen
und in einer halben Stunde etwa, nachdem man angeblich den
kranken Freund besucht, wieder in den schönen Garten zu den
drei Grazien zurückzukehren? Um so klüger, dachte er mit
einiger Selbstgefälligkeit weiter, als seine Chancen für einen
Gewinnst im Spiel indes erheblich gesunken sein dürften.

3

Von einer Anschlagsäule starrte ihm ein großes, gelbes Renn-
plakat entgegen, und es fiel ihm ein, daß Bogner in dieser
Stunde schon in der Freudenau bei den Rennen, ja vielleicht
eben daran war, auf eigene Faust die rettende Summe zu gewinnen. Wie aber, wenn Bogner ihm einen solchen Glücksfall
verschwiege, um noch überdies sich der tausend Gulden zu
versichern, die Willi indes dem Konsul Schnabel oder dem
Regimentsarzt Tugut im Kartenspiel abgewonnen? Nun ja,
wenn man einmal tief genug gesunken war, um in eine fremde
Kasse zu greifen ... Und in ein paar Monaten oder Wochen
würde Bogner wahrscheinlich wieder geradeso weit sein wie
heute. Und was dann?
Musik klang zu ihm herüber. Es war irgendeine italienische
Ouvertüre von der halb verschollenen Art, wie sie überhaupt
nur von Kurorchestern gespielt zu werden pflegen. Willi aber
kannte sie gut. Vor vielen Jahren hatte er sie seine Mutter in
Temesvar mit irgendeiner entfernten Verwandten vierhändig
spielen hören. Er selbst hatte es nie so weit gebracht, der
Mutter als Partner im Vierhändigspiel zu dienen, und als sie
vor acht Jahren gestorben war, hatte es auch keine Klavier-
lektionen mehr gegeben wie früher manchmal, wenn er zu
den Feiertagen von der Kadettenschule nach Hause gekommen war. Leise und etwas rührend klangen die Töne durch
die zitternde Frühlingsluft.
Auf einer kleinen Brücke überschritt er den trüben Schwechat-
bach, und nach wenigen Schritten schon stand er vor der geräumigen, sonntäglich überfüllten Terrasse des Café Schopf.
Nahe der Straße an einem kleinen Tischchen saß Leutnant
Greising, der Patient, fahl und hämisch mit ihm der dicke
Theatersekretär Weiß in kanariengelbem, etwas zerknittertem
Flanellanzug, wie immer mit einer Blume im Knopfloch. Nicht
ohne Mühe drängte sich Willi zwischen den Tischen und Stüh-
len zu ihnen durch. »Wir sind ja spärlich gesät heute«, sagte
er, ihnen die Hand reichend. Und es war ihm eine Erleichte-
rung, zu denken, daß die Spielpartie vielleicht nicht zusam-
menkommen würde. Greising aber klärte ihn auf, daß sie
beide, er und der Theatersekretär, nur darum hier im Freien
säßen, um sich für die »Arbeit« zu stärken. Die anderen seien
schon drin, am Kartentisch; auch der Herr Konsul Schnabel,
der übrigens wie gewöhnlich im Fiaker aus Wien herausge-
fahren sei.
Willi bestellte eine kalte Limonade; Greising fragte ihn, wo
er sich denn so erhitzt habe, daß er schon eines kühlenden
Getränkes bedürfe, und bemerkte ohne weiteren Übergang,

daß die Badener Mädel überhaupt hübsch und temperament-voll seien. Hierauf berichtete er in nicht sonderlich gewählten Ausdrücken von einem kleinen Abenteuer, das er gestern abend im Kurpark eingeleitet und noch in derselben Nacht zum erwünschten Abschluß gebracht habe. Willi trank langsam seine Limonade, und Greising, der merkte, was jenem durch den Sinn gehen mochte, sagte, wie zur Antwort, mit einem kurzen Auflachen: »Das ist der Lauf der Welt, müssen halt andere auch dran glauben.«

Der Oberleutnant Wimmer vom Train, der von Ungebildeten oft für einen Kavalleristen gehalten wurde, stand plötzlich hinter ihnen: »Was glaubt ihr denn eigentlich, meine Herren, sollen wir allein uns mit dem Konsul abplagen?« Und er reichte Willi, der nach seiner Art, obwohl außer Dienst, dem ranghöheren Kameraden stramm salutiert hatte, die Hand.

»Wie steht's denn drin?« fragte Greising mißtrauisch und unwirsch.

»Langsam, langsam«, erwiderte Wimmer. »Der Konsul sitzt auf seinem Geld wie ein Drachen, auf meinem leider auch schon. Also auf in den Kampf, meine Herren Toreros.«

Die anderen erhoben sich. »Ich bin wo eingeladen«, bemerkte Willi, während er sich mit gespielter Gleichgültigkeit eine Zigarette anzündete. »Ich werde nur eine Viertelstunde kiebitzen.«

»Ha«, lachte Wimmer, »der Weg zur Hölle ist mit guten Vorsätzen gepflastert.« – »Und der zum Himmel mit schlechten«, bemerkte der Sekretär Weiß. – »Gut gegeben«, sagte Wimmer und klopfte ihm auf die Schulter.

Sie traten ins Innere des Kaffeehauses. Willi warf noch einen Blick zurück ins Freie, über die Villendächer, zu den Hügeln hin. Und er schwor sich zu, in spätestens einer halben Stunde bei Keßners im Garten zu sitzen.

Mit den anderen trat er in einen dämmerigen Winkel des Lokals, wo von Frühlingsduft und -licht nichts mehr zu merken war. Den Sessel hatte er weit zurückgeschoben, womit er deutlich zu erkennen gab, daß er keineswegs gesonnen sei, sich am Spiel zu beteiligen. Der Konsul, ein hagerer Herr von unbestimmtem Alter, mit englisch gestutztem Schnurrbart, rötlichem, schon etwas angegrautem, dünnem Haupthaar, elegant in Hellgrau gekleidet, gustierte eben mit der ihm eigenen Gründlichkeit eine Karte, die ihm Doktor Flegmann, der Bankhalter, zugeteilt hatte. Er gewann, und Doktor Flegmann nahm neue Banknoten aus seiner Brieftasche.

»Zuckt nicht mit der Wimper«, bemerkte Wimmer mit ironischer Hochachtung.

»Wimperzucken ändert nichts an gegebenen Tatsachen«, er-

widerte Flegmann kühl mit halbgeschlossenen Augen. Der
Regimentsarzt Tugut, Abteilungschef im Badener Garnisons-
spital, legte eine Bank mit zweihundert Gulden auf.
Das ist heute wirklich nichts für mich, dachte Willi und schob
seinen Sessel noch weiter zurück.
Der Schauspieler Elrief, ein junger Mensch aus gutem Hause,
berühmter um seiner Beschränktheit als um seines Talents
willen, ließ Willi in die Karten sehen. Er setzte kleine Beträge und schüttelte ratlos den Kopf, wenn er verlor. Tugut
hatte bald seine Bank verdoppelt. Sekretär Weiß machte bei
Elrief eine Anleihe, und Doktor Flegmann nahm neuerdings
Geld aus der Brieftasche. Tugut wollte sich zurückziehen, als
der Konsul, ohne nachzuzählen, sagte: »Hopp, die Bank.«
Er verlor, und mit einem Griff in die Westentasche beglich er
seine Schuld, die dreihundert Gulden betrug. »Noch einmal
hopp«, sagte er. Der Regimentsarzt lehnte ab, Doktor Flegmann übernahm die Bank und teilte aus. Willi nahm keine
Karte an; nur zum Spaß, auf Elriefs dringendes Zureden, »um
ihm Glück zu bringen«, setzte er auf dessen Blatt einen Gulden – und gewann. Bei der nächsten Runde warf Doktor
Flegmann auch ihm eine Karte hin, die er nicht zurückwies.
Er gewann wieder, verlor, gewann, rückte seinen Sessel nahe
an den Tisch zwischen die andern, die ihm bereitwilligst Platz
machten; und gewann – verlor – gewann – verlor, als könnte
sich das Schicksal nicht recht entscheiden. Der Sekretär mußte
ins Theater und vergaß, Herrn Elrief den entliehenen Betrag
zurückzugeben, obwohl er längst einen weit höheren zurück-
gewonnen hatte. Willi war ein wenig im Gewinn, aber zu den
tausend Gulden fehlten immerhin noch etwa neunhundert-
undfünfzig.
»Es tut sich nichts«, stellte Greising unzufrieden fest. Nun
übernahm der Konsul wieder die Bank, und alle spürten in
diesem Augenblick, daß es endlich ernst werden würde.
Man wußte vom Konsul Schnabel nicht viel mehr, als daß er
eben Konsul war, Konsul eines kleinen Freistaats in Südame-
rika und »Großkaufmann«. Der Sekretär Weiß war es, der
ihn in die Offiziersgesellschaft eingeführt hatte, und des
Sekretärs Beziehungen zu ihm stammten daher, daß der Konsul ihn für das Engagement einer kleinen Schauspielerin zu
interessieren gewußt hatte, die sofort nach Antritt ihrer bescheidenen Stellung in ein näheres Verhältnis zu Herrn Elrief
getreten war. Gern hätte man sich nach guter alter Sitte über
den betrogenen Liebhaber lustig gemacht, aber als dieser kürzlich, während er Karten austeilte, an Elrief, der eben an der
Reihe war, ohne aufzublicken, die Zigarre zwischen den Zähnen, die Frage gerichtet hatte: »Na, wie geht' denn unserer

gemeinsamen kleinen Freundin?« war es klar, daß man diesem Mann gegenüber mit Spott und Späßen in keiner Weise auf die Kosten kommen würde. Dieser Eindruck befestigte sich, als er dem Leutnant Greising, der einmal spät nachts zwischen zwei Gläsern Kognak eine anzügliche Bemerkung über Konsuln unerforschter Landstriche ins Gespräch warf, mit einem stechenden Blick entgegnet hatte: »Warum frozzeln Sie mich, Herr Leutnant? Haben Sie sich schon erkundigt, ob ich satisfaktionsfähig bin?«

Bedenkliche Stille war nach dieser Erwiderung eingetreten, aber wie nach einem geheimen Übereinkommen wurden keinerlei weitere Konsequenzen gezogen, und man entschloß sich, ohne Verabredung, aber einmütig, nur zu einem vorsichtigeren Benehmen ihm gegenüber.

Der Konsul verlor. Man hatte nichts dagegen, daß er, entgegen sonstiger Gepflogenheit, sofort eine neue Bank und, nach neuerlichem Verlust, eine dritte auflegte. Die übrigen Spieler gewannen, Willi vor allen. Er steckte sein Anfangskapital, die hundertundzwanzig Gulden, ein, die sollten keineswegs mehr riskiert werden. Er legte nun selbst eine Bank auf, hatte sie bald verdoppelt, zog sich zurück, und mit kleinen Unterbrechungen blieb ihm das Glück auch gegen die übrigen Bankhalter treu, die einander rasch ablösten. Der Betrag von tausend Gulden, den er – für einen andern – zu gewinnen unternommen hatte, war um einige hundert überschritten, und da eben Herr Elrief sich erhob, um sich ins Theater zu begeben, zwecks Darstellung einer Rolle, über die er trotz ironisch interessierter Frage Greisings nichts weiter verlauten ließ, benützte Willi die Gelegenheit, sich anzuschließen. Die andern waren gleich wieder in ihr Spiel vertieft; und als Willi an der Tür sich noch einmal umwandte, sah er, daß ihm nur das Auge des Konsuls mit einem kalten, raschen Aufschauen von den Karten gefolgt war.

4

Nun erst, da er wieder im Freien stand und linde Abendluft um seine Stirn strich, kam er zum Bewußtsein seines Glücks oder , wie er sich gleich verbesserte, zum Bewußtsein von Bogners Glück. Doch auch ihm selbst blieb immerhin so viel, daß er sich, wie er geträumt, einen neuen Waffenrock, eine neue Kappe und ein neues Portepee anschaffen konnte. Auch für etliche Soupers in angenehmer Gesellschaft, die sich nun leicht finden würde, waren die nötigen Fonds vorhanden. Aber abgesehen davon – welche Genugtuung, morgen früh halb acht dem alten Kameraden vor der Alserkirche die rettende Summe überreichen zu können, – tausend Gulden, ja, den berühmten blanken Tausender, von dem er bisher nur in Büchern gelesen hatte und den er nun tatsächlich mit noch einigen Hunderter-Banknoten in der Brieftasche verwahrte. So, mein lieber Bogner, da hast du. Genau die tausend Gulden habe ich gewonnen. Um ganz präzis zu sein, tausendeinhundertfünfundfünfzig. Dann hab' ich aufgehört. Selbstbeherrschung, was? Und hoffentlich, lieber Bogner, wirst du von nun ab – – Nein, nein, er konnte doch dem früheren Kameraden keine Moralpredigt halten. Der würde es sich schon selbst zur Lehre dienen lassen und hoffentlich auch taktvoll genug sein, um aus diesem für ihn so günstig erledigten Zwischenfall nicht etwa die Berechtigung zu einem weiteren freundschaftlichen Verkehr abzuleiten. Vielleicht aber war es doch vorsichtiger oder sogar richtiger, den Burschen mit dem Geld zur Alserkirche hinüberzuschicken.

Auf dem Weg zu Keßners fragte sich Willi, ob sie ihn auch zum Nachtmahl dort behalten würden. Ah, auf das Nachtmahl kam es ihm jetzt glücklicherweise nicht mehr an. Er war ja jetzt selber reich genug, um die ganze Gesellschaft zu einem Souper einzuladen. Schade nur, daß man nirgends Blumen zu kaufen bekam. Aber eine Konditorei, an der er vorüberkam, war geöffnet, und so entschloß er sich, eine Tüte Bonbons und, an der Tür wieder umkehrend, eine zweite noch größere zu kaufen, und überlegte, wie er die beiden zwischen Mutter und Tochter richtig zu verteilen hätte.

Als er bei Keßners in den Vorgarten trat, ward ihm vom Stubenmädchen die Auskunft, die Herrschaften, ja die ganze Gesellschaft sei ins Helenental gefahren, wahrscheinlich zur Krainerhütte. Die Herrschaften würden wohl auch auswärts soupieren, wie meistens Sonntag abend.

Gelinde Enttäuschung malte sich in Willis Zügen, und das Stubenmädchen lächelte mit einem Blick auf die beiden Tüten, die der Leutnant in der Hand hielt. Ja, was sollte man nun damit anfangen! »Ich lasse mich bestens empfehlen und – bitte schön« – er reichte dem Stubenmädchen die Tüten hin –, »die größere ist für die gnädige Frau, die andere für das Fräulein, und ich hab' sehr bedauert.« – »Vielleicht, wenn der Herr Leutnant sich einen Wagen nehmen – jetzt sind die Herrschaften gewiß noch in der Krainerhütte.« Willi sah nachdenklich-wichtig auf die Uhr: »Ich werd' schaun«, bemerkte er nachlässig, salutierte mit scherzhaft übertriebener Höflichkeit und ging.

Da stand er nun allein in der abendlichen Gasse. Eine fröhliche kleine Gesellschaft von Touristen, Herren und Damen mit bestaubten Schuhen, zog an ihm vorbei. Vor einer Villa auf einem Strohsessel saß ein alter Herr und las Zeitung. Etwas weiter auf einem Balkon eines ersten Stockwerks saß, häkelnd, eine ältere Dame und sprach mit einer andern, die im Haus gegenüber, die gekreuzten Arme auf der Brüstung, am offenen Fenster lehnte. Es schien Willi, als wären diese paar Menschen die einzigen in dem Städtchen, die zu dieser Stunde nicht ausgeflogen waren. Keßners hätten wohl bei dem Stubenmädchen ein Wort für ihn zurücklassen können. Nun, er wollte sich nicht aufdrängen. Im Grunde hatte er das nicht nötig. Aber was tun? Gleich nach Wien zurückfahren? Wäre vielleicht das Vernünftigste! Wie, wenn man die Entscheidung dem Schicksal überließe?

Zwei Wagen standen vor dem Kursalon. »Wieviel verlangen S' ins Helenental?« Der eine Kutscher war bestellt, der andere forderte einen geradezu unverschämten Preis. Und Willi entschied sich für einen Abendgang durch den Park.

Er war zu dieser Stunde noch ziemlich gut besucht. Ehe- und Liebespaare, die Willi mit Sicherheit voneinander zu unterscheiden sich getraute, auch junge Mädchen und Frauen, allein, zu zweit, zu dritt, lustwandelten an ihm vorüber, und er begegnete manchem lächelnden, ja ermutigenden Blick. Aber man konnte nie wissen, ob nicht ein Vater, ein Bruder, ein Bräutigam hinterherging, und ein Offizier war doppelt und dreifach zur Vorsicht verpflichtet. Einer dunkeläugigen, schlanken Dame, die einen Knaben an der Hand führte, folgte er eine Weile. Sie stieg die Treppe zur Terrasse des Kursalons hinauf, schien jemanden zu suchen, anfangs vergeblich, bis ihr von einem entlegenen Tisch aus lebhaft zugewinkt wurde, worauf sie, mit einem spöttischen Blick Willi streifend, inmitten einer größeren Gesellschaft Platz nahm. Auch Willi tat nun, als suchte er einen Bekannten, trat von der Terrasse aus ins Restaurant, das ziemlich leer war, kam von dort in die Eingangshalle, dann in den schon erleuchteten Lesesaal, wo an einem langen, grünen Tisch als einziger Herr ein pensionierter General in Uniform saß. Willi salutierte, schlug die Hacken zusammen, der General nickte verdrossen, und Willi machte eilig wieder kehrt. Draußen vor dem Kursalon stand noch immer der eine von den Fiakern, und der Kutscher erklärte sich ungefragt bereit, den Herrn Leutnant billig ins Helenental zu fahren. »Ja, jetzt zahlt sich's nimmer aus«, meinte Willi, und geflügelten Schritts nahm er den Weg zum Café Schopf.

5

Die Spieler saßen da, als wäre seit Willis Fortgehen keine Minute vergangen, in gleicher Weise gruppiert wie vorher. Unter grünem Schirm leuchtete fahl das elektrische Licht. Um des Konsuls Mund, der als erster seinen Eintritt bemerkt hatte, glaubte Willi ein spöttisches Lächeln zu gewahren. Niemand äußerte die geringste Verwunderung, als Willi seinen leergebliebenen Sessel zwischen die andern rückte. Doktor Flegmann, der eben die Bank hielt, teilte ihm eine Karte zu, als verstünde sich das von selbst. In der Eile setzte Willi eine größere Banknote, als er beabsichtigt hatte, gewann, setzte vorsichtig weiter; das Glück aber wendete sich, und bald kam ein Augenblick, in dem der Tausender ernstlich gefährdet schien. Was liegt daran, dachte sich Willi, ich hätt' ja doch nichts davon gehabt. Aber nun gewann er wieder, er hatte es nicht nötig, die Banknote zu wechseln, das Glück blieb ihm treu, und um neun Uhr, als man das Spiel beschloß, fand sich Willi im Besitz von über zweitausend Gulden. Tausend für Bogner, tausend für mich, dachte er. Die Hälfte davon reservier' ich mir als Spielfonds für nächsten Sonntag. Aber er fühlte sich nicht so glücklich, als es doch natürlich gewesen wäre.

Man begab sich zum Nachtmahl in die »Stadt Wien«, saß im Garten unter einer dichtbelaubten Eiche, sprach über Hasardspiel im allgemeinen und über berühmt gewordene Kartenpartien mit riesigen Differenzen im Jockeiklub. »Es ist und bleibt ein Laster«, behauptete Doktor Flegmann ganz ernsthaft. Man lachte, aber Oberleutnant Wimmer zeigte Lust, die Bemerkung krumm zu nehmen. Was bei Advokaten vielleicht ein Laster sei, bemerkte er, sei darum noch lange keines bei Offizieren. Doktor Flegmann erklärte höflich, daß man zugleich lasterhaft und doch ein Ehrenmann sein könne, wofür zahlreiche Beispiele seien: Don Juan zum Beispiel oder der Herzog von Richelieu. Der Konsul meinte, ein Laster sei das Spiel nur, wenn man seine Spielschulden zu zahlen nicht imstande sei. Und in diesem Fall sei es eigentlich kein Laster mehr, sondern ein Betrug; nur eine feigere Art davon. Man schwieg ringsum. Glücklicherweise erschien eben Herr Elrief, mit einer Blume im Knopfloch und sieghaften Augen. »Schon den Ovationen entzogen?« fragte Greising. – »Ich bin im vierten Akt nicht beschäftigt«, erwiderte der Schauspieler und streifte nachlässig seinen Handschuh ab in der Art etwa, wie er vorhatte, es in irgendeiner nächsten Novität als Vicomte oder Marquis zu tun. Greising zündete sich eine Zigarre an. »Wär' g'scheiter, du tät'st nicht rauchen«, sagte Tugut.

»Aber Herr Regimentsarzt, ich hab' ja nix mehr im Hals«, erwiderte Greising.

Der Konsul hatte einige Flaschen ungarischen Weins bestellt. Man trank einander zu. Willi sah auf die Uhr. »Oh, ich muß mich leider verabschieden. Um zehn Uhr vierzig geht der letzte Zug.« – »Trinken Sie nur aus«, sagte der Konsul, »mein Wagen bringt Sie zur Bahn.« – »Oh, Herr Konsul, das kann ich keinesfalls . . .«

»Kannst du schon«, unterbrach ihn Oberleutnant Wimmer.

»Na, was is«, fragte der Regimentsarzt Tugut, »machen wir heut noch was?«

Keiner hatte gezweifelt, daß die Partie nach dem Abendessen ihre Fortsetzung finden werde. Es war jeden Sonntag dasselbe. »Aber nicht lang«, sagte der Konsul. – Die haben's gut, dachte Willi und beneidete sie alle um die Aussicht, sich gleich wieder an den Kartentisch zu setzen, das Glück zu versuchen, Tausende gewinnen zu können. Der Schauspieler Elrief, dem der Wein sofort zu Kopf stieg, bestellte mit einem etwas dummen und frechen Gesicht dem Konsul einen Gruß von Fräulein Rihoscheck, wie ihre gemeinschaftliche Freundin hieß. »Warum haben S' das Fräulein nicht gleich mitgebracht, Herr Mimius?« fragte Greising. – »Sie kommt später ins Kaffeehaus kiebitzen, wenn der Herr Konsul erlaubt«, sagte Elrief. Der Konsul verzog keine Miene.

Willi trank aus und erhob sich. »Auf nächsten Sonntag«, sagte Wimmer, »da werden wir dich wieder etwas leichter machen.« – Da werdet ihr euch täuschen, dachte Willi, man kann überhaupt nicht verlieren, wenn man vorsichtig ist. – »Sie sind so freundlich, Herr Leutnant«, bemerkte der Konsul, »und schicken den Kutscher vom Bahnhof gleich wieder zurück zum Kaffeehaus«, und zu den übrigen gewendet: »aber so spät, respektive so früh wie neulich darf's heut nicht werden, meine Herren.«

Willi salutierte nochmals in die Runde und wandte sich zum Gehen. Da sah er zu seiner angenehmen Überraschung an einem der benachbarten Tische die Familie Keßner und die Dame von nachmittag mit ihren zwei Töchtern sitzen. Weder der ironische Advokat war da, noch die eleganten jungen Herren, die im Fiaker bei der Villa vorgefahren waren. Man begrüßte ihn sehr liebenswürdig, er blieb am Tisch stehen, war heiter, unbefangen, ein fescher, junger Offizier, in behaglichen Umständen, überdies nach drei Gläsern eines kräftigen ungarischen Weins, und in diesem Augenblick ohne Konkurrenten, angenehm »montiert«. Man forderte ihn auf, Platz zu nehmen, er lehnte dankend ab mit einer lässigen Geste zum Ausgang hin, wo der Wagen wartete. Immerhin hatte er noch einige Fragen zu beantworten: wer denn der hübsche junge Mensch in Zivil sei? – Ah, ein Schauspieler? – Elrief? – Man kannte nicht einmal den Namen. Das Theater hier sei überhaupt recht mäßig, höchstens Operetten könne man sich ansehen, so behauptete Frau Keßner. Und mit einem verheißungsvollen Blick regte sie an: wenn der Herr Leutnant nächstens wieder herauskäme, könnte man vielleicht gemeinsam die Arena besuchen. »Das netteste wäre«, meinte Fräulein Keßner, »man nähme zwei Logen nebeneinander«, und sie sandte ein Lächeln zu Herrn Elrief hinüber, der es leuchtend erwiderte. Willi küßte allen Damen die Hand, grüßte noch einmal hinüber zu dem Tisch der Offiziere, und eine Minute drauf saß er im Fiaker des Konsuls. »G'schwind«, sagte er dem Kutscher, »Sie kriegen ein gutes Trinkgeld.« In der Gleichgültigkeit, mit der der Kutscher dieses Versprechen hinnahm, glaubte Willi einen ärgerlichen Mangel an Respekt zu verspüren. Immerhin liefen die Pferde vortrefflich, und in fünf Minuten war man beim Bahnhof. In dem gleichen Augenblick aber setzte sich auch oben in der Station der Zug, der eine Minute früher eingefahren war, in Bewegung. Willi war aus dem Wagen gesprungen, blickte den erleuchteten Waggons nach, wie sie sich langsam und schwer über den Viadukt fortwälzten, hörte den Pfiff der Lokomotive in der Nachtluft verwehen, schüttelte den Kopf und wußte selbst nicht, ob er ärgerlich oder froh war. Der Kutscher saß gleichgültig auf dem Bock und streichelte das eine Roß mit dem Peitschenstiel. »Da kann man nix machen«, sagte Willi endlich. Und zum Kutscher: »Also fahren wir zurück zum Café Schopf.«

6

Es war hübsch, so im Fiaker durch das Städtchen zu sausen; aber noch viel hübscher würde es sein, nächstens einmal an einem lauen Sommerabend in Gesellschaft irgendeines anmutigen weiblichen Wesens aufs Land hinaus zu fahren – nach Rodaun oder zum Roten Stadl – und dort im Freien zu soupieren. Ah, welche Wonne, nicht mehr genötigt sein, jeden Gulden zweimal umzudrehen, ehe man sich entschließen durfte, ihn auszugeben. Vorsicht, Willi, Vorsicht, sagte er sich, und er nahm sich fest vor, keineswegs den ganzen Spielgewinn zu riskieren, sondern höchstens die Hälfte. Und überdies wollte er das System Flegmann anwenden: mit einem geringen Einsatz beginnen; – nicht höher gehen, bevor man einmal gewonnen, dann aber niemals das Ganze aufs Spiel setzen, sondern nur dreiviertel des Gesamtbetrages – und so weiter. Doktor Flegmann fing immer mit diesem System an, aber es fehlte ihm an der nötigen Konsequenz, es durchzuführen. So konnte er natürlich auf keinen grünen Zweig kommen.

Willi schwang sich vor dem Kaffeehaus aus dem Wagen, noch ehe dieser hielt, und gab dem Kutscher ein nobles Trinkgeld; so viel, daß auch ein Mietwagen ihn kaum hätte mehr kosten können. Der Dank des Kutschers fiel zwar immer noch zurückhaltend, aber immerhin freundlich genug aus.

Die Spielpartie war vollzählig beisammen, auch die Freundin des Konsuls, Fräulein Mizi Rihoscheck, war anwesend; stattlich, mit überschwarzen Augenbrauen, im übrigen nicht allzusehr geschminkt, in hellem Sommerkleid, einen flachkrempigen Strohhut mit rotem Band auf dem braunen, hochgewellten Haar, so saß sie neben dem Konsul, den Arm um die Lehne seines Sessels geschlungen, und schaute ihm in die Karten. Er blickte nicht auf, als Willi an den Tisch trat, und doch spürte der Leutnant, daß der Konsul sofort sein Kommen bemerkt hatte. »Ah, Zug versäumt«, meinte Greising. – »Um eine halbe Minute«, erwiderte Willi. – »Ja, das kommt davon«, sagte Wimmer und teilte Karten aus. Flegmann empfahl sich eben, weil er dreimal hintereinander mit einem kleinen Schlager gegen einen großen verloren hatte. Herr Elrief harrte noch aus, aber er besaß keinen Kreuzer mehr. Vor dem Konsul lag ein Haufen Banknoten. »Das geht ja hoch her«, sagte Willi und setzte gleich zehn Gulden statt fünf, wie er sich eigentlich vorgenommen hatte. Seine Kühnheit belohnte sich: er gewann und gewann immer weiter. Auf einem kleinen Nebentisch stand eine Flasche Kognak. Fräulein Rihoscheck schenkte dem Leutnant ein Gläschen ein und reichte es ihm mit schwimmendem Blick. Elrief bat ihn, ihm bis morgen mittag punkt zwölf Uhr fünfzig Gulden leihweise zur Verfügung zu stellen. Willi schob ihm die Banknote hin, eine Sekunde darauf war sie zum Konsul gewandert. Elrief erhob sich, Schweißtropfen auf der Stirn. Da kam eben im gelben Flanellanzug der Direktionssekretär Weiß, ein leise geführtes Gespräch hatte zur Folge, daß der Sekretär sich entschloß, dem Schauspieler die am Nachmittag von ihm entliehene Summe zurückzuerstatten. Elrief verlor auch dies Letzte und anders als es der Vicomte getan hätte, den er nächstens einmal zu spielen hoffte, rückte er wütend den Sessel, stand auf, stieß einen leisen Fluch aus und verließ den Raum. Als er nach einer Weile nicht wiederkam, erhob sich Fräulein Rihoscheck, strich dem Konsul zärtlich-zerstreut über das Haupt und verschwand gleichfalls.

Wimmer und Greising, sogar Tugut waren vorsichtig geworden, da das Ende der Partie nahe war; nur der Direktionssekretär zeigte noch einige Verwegenheit. Doch das Spiel hatte sich allmählich zu einem Einzelkampf zwischen dem Leutnant Kasda und dem Konsul Schnabel gestaltet. Willis Glück hatte sich gewendet, und außer den tausend für den alten Kameraden Bogner hatte Willi kaum hundert Gulden mehr. Sind die hundert weg, so hör' ich auf, unbedingt, schwor er sich zu. Aber er glaubte selbst nicht daran. Was geht mich dieser Bogner eigentlich an? dachte er. Ich habe doch keinerlei Verpflichtung.

Fräulein Rihoscheck erschien wieder, trällerte eine Melodie, richtete vor dem großen Spiegel ihre Frisur, zündete sich eine Zigarette an, nahm ein Billardqueue, versuchte ein paar Stöße, stellte das Queue wieder in die Ecke, dann wippte sie bald die weiße, bald die rote Kugel mit den Fingern über das grüne Tuch. Ein kalter Blick des Konsuls rief sie herbei, trällernd nahm sie ihren Platz an seiner Seite wieder ein und legte ihren Arm über die Lehne. Von draußen, wo es schon seit langem ganz still geworden war, erklang nun vielstimmig ein Studentenlied. Wie kommen die heute noch nach Wien zurück? fragte sich Willi. Dann fiel ihm ein, daß es vielleicht Badener Gymnasiasten waren, die draußen sangen. Seit Fräulein Rihoscheck ihm gegenübersaß, begann das Glück sich ihm zögernd wieder zuzuwenden. Der Gesang entfernte sich, verklang; eine Kirchturmuhr schlug. »Dreiviertel eins«, sagte Greising. – »Letzte Bank«, erklärte der Regimentsarzt. – »Jeder noch eine«, schlug der Oberleutnant Wimmer vor. – Der Konsul gab durch Nicken sein Einverständnis kund.

Willi sprach kein Wort. Er gewann, verlor, trank ein Glas Kognak, gewann, verlor, zündete sich eine neue Zigarette an, gewann und verlor. Tuguts Bank hielt sich lange. Mit einem hohen Satz des Konsuls war sie endgültig erledigt. Sonderbar genug erschien Herr Elrief wieder, nach beinahe einstündiger Abwesenheit, und, noch sonderbarer, er hatte wieder Geld bei sich. Vornehm lässig, als wäre nichts geschehen, setzte er sich hin, wie jener Vicomte, den er doch niemals spielen würde, und er hatte eine neue Nuance vornehmer Lässigkeit, die eigentlich von Doktor Flegmann herrührte: halb geschlossene, müde Augen. Er legte eine Bank von dreihundert Gulden auf, als verstünde sich das von selbst, und gewann. Der Konsul verlor gegen ihn, gegen den Regimentsarzt und ganz besonders gegen Willi, der sich bald im Besitz von nicht weniger als dreitausend Gulden befand. Das bedeutete: neuer Waffenrock, neues Portepee, neue Wäsche, Lackschuhe, Zigaretten, Nachtmähler zu zweit, zu dritt, Fahrten in den Wienerwald, zwei Monate Urlaub mit Karenz der Gebühren – und um zwei Uhr hatte er viertausendzweihundert Gulden gewonnen. Da lagen sie vor ihm, es war kein Zweifel: viertausendzwei- hundert Gulden und etwas darüber. Die übrigen alle waren zurückgefallen, spielten kaum mehr. »Es ist genug«, sagte Konsul Schnabel plötzlich. Willi fühlte sich zwiespältig be- wegt. Wenn man jetzt aufhörte, so konnte ihm nichts mehr geschehen, und das war gut. Zugleich aber spürte er eine un- bändige, eine wahrhaft höllische Lust, weiterzuspielen, n o c h einige, alle die blanken Tausender aus der Brieftasche des Konsuls in die seine herüberzuzaubern. Das wäre ein Fonds, damit könnte man sein Glück machen. Es mußte ja nicht immer Bakkarat sein – es gab auch die Wettrennen in der Freudenau und den Trabrennplatz, auch Spielbanken gab es, Monte Carlo zum Beispiel, unten am Meeresstrand, – mit köstlichen Weibern aus Paris ... Während so seine Gedanken trieben, versuchte der Regimentsarzt den Konsul zu einer letzten Bank zu animieren. Elrief, als wäre er der Gastgeber, schenkte Kognak ein. Er selbst trank das achte Glas. Fräulein Mizi Rihoscheck wiegte den Körper und trällerte eine innere Melodie. Tugut nahm die verstreuten Karten auf und mischte. Der Konsul schwieg. Dann, plötzlich, rief er nach dem Kellner und ließ zwei neue, unberührte Spiele bringen. Ringsum die Augen leuchteten. Der Konsul sah auf die Uhr und sagte: »Punkt halb drei Schluß, ohne Pardon.« Es war fünf Minu- ten nach zwei.

7

Der Konsul legte eine Bank auf, wie sie in diesem Kreise noch nicht erlebt worden war, eine Bank von dreitausend Gulden. Außer der Spielergesellschaft und einem Kellner befand sich kein Mensch mehr im Café. Durch die offenstehende Tür drangen von draußen her morgendliche Vogelstimmen. Der Konsul verlor, aber er hielt sich vorläufig mit seiner Bank. Elrief hatte sich vollkommen erholt, und auf einen mahnen- den Blick des Fräulein Rihoscheck zog er sich vom Spiel zu- rück. Die anderen, alle in mäßigem Gewinn, setzten beschei- den und vorsichtig weiter. Noch war die Bank zur Hälfte unberührt.
»Hopp«, sagte Willi plötzlich und erschrak vor seinem eige- nen Wort, ja vor seiner Stimme. Bin ich verrückt geworden? dachte er. Der Konsul deckte »Neun« auf, einen großen Schla- ger, und Willi war um fünfzehnhundert Gulden ärmer. Nun, in Erinnerung an das System Flegmann, setzte Willi einen lächerlich kleinen Betrag, fünfzig Gulden, und gewann. Zu dumm, dachte er. Das Ganze hätte ich mit einem Schlage zu-

rückgewinnen können! Warum war ich so feig. »Wieder hopp.« Er verlor. »Noch einmal hopp.« Der Konsul schien zu zögern. – »Was fällt dir denn ein, Kasda«, rief der Regimentsarzt. Willi lachte und spürte es wie einen Schwindel in die Stirne steigen. War es vielleicht der Kognak, der ihm die Besinnung trübte? Offenbar. Er hatte sich natürlich geirrt, er hatte nicht im Traum daran gedacht, tausend oder zweitausend auf einmal zu setzen. »Entschuldigen, Herr Konsul, ich habe eigentlich gemeint –.« Der Konsul ließ ihn nicht zu Ende sprechen. Freundlich bemerkte er: »Wenn Sie nicht gewußt haben, welcher Betrag noch in der Bank steht, so nehme ich natürlich Ihren Rückzug zur Kenntnis.« – »Wieso zur Kenntnis, Herr Konsul?« sagte Willi. »Hopp ist hopp.« – War er das selbst, der sprach? Seine Worte? Seine Stimme? Wenn er verlor, dann war es aus mit dem neuen Waffenrock, dem neuen Portepee, den Soupers in angenehmer weiblicher Gesellschaft; – da blieben eben noch die tausend für den Defraudanten, den Bogner – und er selbst war ein armer Teufel wie zwei Stunden vorher.

Wortlos deckte der Konsul sein Blatt auf. Neun. Niemand sprach die Zahl aus, doch sie klang geisterhaft durch den Raum. Willi fühlte eine seltsame Feuchtigkeit auf der Stirne. Donnerwetter, ging das geschwind! Immerhin, er hatte noch tausend Gulden vor sich liegen, sogar etwas darüber. Er wollte nicht zählen, das brachte vielleicht Unglück. Um wieviel reicher war er immer noch als heute mittag, da er aus dem Zug gestiegen war. Heute mittag – Und es zwang ihn doch nichts, auf einmal die ganzen tausend Gulden aufs Spiel zu setzen! Man konnte ja wieder mit hundert oder zweihundert anfangen. System Flegmann. Nur leider war so wenig Zeit mehr, kaum zwanzig Minuten. Schweigen ringsum. »Herr Leutnant«, äußerte der Konsul fragend. – »Ach ja«, lachte Willi und faltete den Tausender zusammen. »Die Hälfte, Herr Konsul«, sagte er. – »Fünfhundert? –«

Willi nickte. Auch die anderen setzten der Form wegen. Aber ringsum war schon die Stimmung des Aufbruchs. Der Oberleutnant Wimmer stand aufrecht mit umgehängtem Mantel. Tugut lehnte am Billardbrett. Der Konsul deckte seine Karte auf, »Acht«, und die Hälfte von Willis Tausender war verspielt. Er schüttelte den Kopf, als ginge es nicht mit rechten Dingen zu. »Den Rest«, sagte er und dachte: Bin eigentlich ganz ruhig. Er gustierte langsam. Acht. Der Konsul mußte eine Karte kaufen. Neun. Und fort waren die fünfhundert, fort die tausend. Alles fort. – Alles? Nein. Er hatte ja noch seine hundertzwanzig Gulden, mit denen er mittags angekommen war, und etwas darüber. Komisch, da war man nun plötzlich wirklich ein armer Teufel wie vorher. Und da draußen sangen die Vögel . . . wie damals . . . als er noch nach Monte Carlo hätte fahren können. Ja, nun mußte er leider aufhören, denn die paar Gulden durfte man doch nicht mehr riskieren . . . aufhören, obzwar noch eine Viertelstunde Zeit war. Was für Pech. In einer Viertelstunde konnte man geradeso gut fünftausend Gulden gewinnen, als man sie verloren hatte. »Herr Leutnant«, fragte der Konsul. – »Bedaure sehr«, erwiderte Willi mit einer hellen, schnarrenden Stimme und wies auf die paar armseligen Banknoten, die vor ihm lagen. Seine Augen lachten geradezu, und wie zum Spaß setzte er zehn Gulden auf ein Blatt. Er gewann. Dann zwanzig und gewann wieder. Fünfzig – und gewann. Das Blut stieg ihm zu Kopf, er hätte weinen mögen vor Wut. Jetzt war das Glück da – und es kam zu spät. Und mit einem plötzlichen, kühnen Einfall wandte er sich an den Schauspieler, der hinter ihm neben Fräulein Rihoscheck stand. »Herr von Elrief, möchten Sie jetzt vielleicht so freundlich sein, mir zweihundert Gulden zu leihen?«

»Tut mir unendlich leid«, erwiderte Elrief achselzuckend vornehm. »Sie haben ja gesehen, Herr Leutnant, ich habe alles verloren bis auf den letzten Kreuzer.« – Es war eine Lüge, jeder wußte es. Aber es schien, als fänden es alle ganz in Ordnung, daß der Schauspieler Elrief den Herrn Leutnant anlog. Da schob ihm der Konsul lässig einige Banknoten hinüber, anscheinend ohne zu zählen. »Bitte sich zu bedienen«, sagte er. Der Regimentsarzt Tugut räusperte vernehmlich. Wimmer mahnte: »Ich möcht' jetzt aufhören an deiner Stelle, Kasda.« Willi zögerte. – »Ich will Ihnen keineswegs zureden, Herr Leutnant«, sagte Schnabel. Er hatte die Hand noch leicht über das Geld gebreitet. Da griff Willi hastig nach den Banknoten, dann tat er, als wollte er sie zählen. »Fünfzehnhundert sind's«, sagte der Konsul, »Sie können sich darauf verlassen, Herr Leutnant. Wünschen Sie ein Blatt?« – Willi lachte: »Na, was denn?« – »Ihr Einsatz, Herr Leutnant?« – »Oh, nicht das Ganze«, rief Willi aufgeräumt, »arme Leute müssen sparen, tausend für'n Anfang.« Er gustierte, der Konsul gleichfalls mit gewohnter, ja übertriebener Langsamkeit. Willi mußte eine Karte kaufen, bekam zu seiner Karo-Vier eine Pik-Drei. Der Konsul deckte auf, auch er hatte sieben. »Ich tät' aufhören«, mahnte der Oberleutnant Wimmer nochmals, und nun klang es fast wie ein Befehl. Und der Regimentsarzt fügte hinzu: »Jetzt, wo du so ziemlich auf gleich bist.« – Auf gleich! dachte Willi. Das nennt er: auf gleich. Vor einer Viertelstunde war man ein wohlhabender junger Mann; und jetzt ist man ein Habenichts, und das nennen sie

»auf gleich«! Soll ich ihnen das erzählen vom Bogner? Vielleicht begriffen sie's dann.

Neue Karten lagen vor ihm. Nein, er kaufte nichts. Aber der Konsul fragte nicht danach, er deckte einfach seinen Achter auf. Tausend verloren, brummte es in Willis Hirn. Aber ich gewinn' sie zurück. Und wenn nicht, ist es doch egal. Ich kann tausend grad so wenig zurückzahlen wie zweitausend. Jetzt ist schon alles eins. Zehn Minuten ist noch Zeit. Ich kann auch die ganzen vier- oder fünftausend von früher zurückgewinnen. – »Herr Leutnant?« fragte der Konsul. Es hallte dumpf durch den Raum; denn alle die anderen schwiegen; schwiegen vernehmlich. Sagte jetzt keiner: Ich möcht' aufhören an deiner Stelle? Nein, dachte Willi, keiner traut sich. Sie wissen, es wäre ein Blödsinn, wenn ich jetzt aufhörte. Aber welchen Betrag sollte er setzen? – er hatte nur mehr ein paar hundert Gulden vor sich liegen. Plötzlich waren es mehr. Der Konsul hatte ihm zwei weitere Tausender hingeschoben. »Bedienen Sie sich, Herr Leutnant.« Jawohl, er bediente sich, er setzte tausendfünfhundert und gewann. Nun konnte er seine Schuld bezahlen und behielt immerhin noch einiges übrig. Er fühlte eine Hand auf seiner Schulter. »Kasda«, sagte der Oberleutnant Wimmer hinter ihm. »Nicht weiter.« Es klang hart, streng beinahe. Ich bin ja nicht im Dienst, dachte Willi, kann außerdienstlich mit meinem Geld und mit meinem Leben anfangen, was ich will. Und er setzte, bescheiden nur, tausend Gulden und deckte seinen Schlager auf. Acht. Schnabel gustierte noch immer, tödlich langsam, als wenn endlose Zeit vor ihnen läge. Es war auch noch Zeit, man war ja nicht gezwungen, um halb drei aufzuhören. Neulich war es halb sechs geworden. Neulich ... Schöne, ferne Zeit. Warum standen sie denn nun alle herum? Wie in einem Traum. Ha, sie waren alle aufgeregter als er; sogar das Fräulein Rihoscheck, die ihm gegenüberstand, den Strohhut mit dem roten Band auf der hochgewellten Frisur, hatte sonderbar glänzende Augen. Er lächelte sie an. Sie hatte ein Gesicht wie eine Königin in einem Trauerspiel und war doch kaum etwas Besseres als eine Choristin. Der Konsul deckte seine Karten auf. Eine Königin. Ha, die Königin Rihoscheck und eine Pik-Neun. Verdammte Pik, die brachte ihm immer Unglück. Und die tausend wanderten hinüber zum Konsul. Aber das machte ja nichts, er hatte ja noch einiges. Oder war er schon ganz ruiniert? Oh, keine Idee ... Da lagen schon wieder ein paar tausend. Nobel, der Konsul. Nun ja, er war sicher, daß er sie zurückbekam. Ein Offizier mußte ja seine Spielschulden zahlen. So ein Herr Elrief blieb der Herr Elrief in jedem Falle, aber ein Offizier, wenn er nicht gerade Bogner hieß ... »Zweitausend, Herr

Konsul.« – »Zweitausend?« – »Jawohl, Herr Konsul.« – Er kaufte nichts, er hatte sieben. Der Konsul aber mußte kaufen. Und diesmal gustierte er nicht einmal, so eilig hatte er's, und bekam zu seiner Eins eine Acht – Pik-Acht –, das waren neun, ganz ohne Zweifel. Acht wären ja auch genug gewesen. Und zwei Tausender wanderten zum Konsul hinüber, und gleich wieder zurück. Oder waren es mehr? Drei oder vier? Besser gar nicht hinsehen, das brachte Unglück. Oh, der Konsul würde ihn nicht betrügen, auch standen ja all die anderen da und paßten auf. Und da er ohnehin nicht mehr recht wußte, was er schon schuldig war, setzte er neuerlich zweitausend. Pik-Vier. Ja, da mußte man wohl kaufen. Sechs, Pik-Sechs. Nun war es um eins zu viel. Der Konsul mußte sich gar nicht bemühen und hatte doch nur drei gehabt ... Und wieder wanderten die zweitausend hinüber – und gleich wieder zurück. Es war zum Lachen. Hin und her. Her und hin. Ha, da schlug wieder die Kirchturmuhr – halb. Aber niemand hatte es gehört offenbar. Der Konsul teilte ruhig die Karten aus. Da standen sie alle herum, die Herren, nur der Regimentsarzt war verschwunden. Ja, Willi hatte schon früher bemerkt, wie er wütend den Kopf geschüttelt und irgend etwas in die Zähne gemurmelt hatte. Er konnte wohl nicht mitansehen, wie der Leutnant Kasda hier um seine Existenz spielte. Wie ein Doktor nur so schwache Nerven haben konnte!

Und wieder lagen Karten vor ihm. Er setzte – wieviel, wußte er nicht genau. Eine Handvoll Banknoten. Das war eine neue Art, es mit dem Schicksal aufzunehmen. Acht. Nun mußte es sich wenden.

Es wendete sich nicht. Neun deckte der Konsul auf, sah rings im Kreis um sich, dann schob er die Karten von sich fort. Willi riß die Augen weit auf. »Nun, Herr Konsul?« Der aber hob den Finger, deutete nach draußen. »Es hat soeben halb geschlagen, Herr Leutnant.« – »Wie?« rief Willi scheinbar erstaunt. »Aber man könnte vielleicht noch ein Viertelstündchen zugeben –?« Er schaute im Kreis herum, als suche er Beistand. Alle schwiegen. Herr Elrief sah fort, sehr vornehm, und zündete sich eine Zigarette an. Wimmer biß die Lippen zusammen, Greising pfiff nervös, fast unhörbar, der Sekretär aber bemerkte roh, als handelte es sich um eine Kleinigkeit: »Der Herr Leutnant hat aber heut wirklich Pech gehabt.«

Der Konsul war aufgestanden, rief nach dem Kellner – als wäre es eine Nacht gewesen, wie jede andere. Es kamen nur zwei Flaschen Kognak auf seine Rechnung, aber der Einfachheit halber wünschte er die gesamte Zeche zu begleichen. Greising verbat sich's und sagte seinen Kaffee und seine Zigaretten persönlich an. Die anderen ließen sich gleichgültig

die Bewirtung gefallen. Dann wandte sich der Konsul an Willi, der immer noch sitzen geblieben war, und wieder mit der Rechten nach draußen weisend, wie vorher, da er den Schlag der Turmuhr nachträglich festgestellt hatte, sagte er: »Wenn's Ihnen recht ist, Herr Leutnant, nehm' ich Sie in meinem Wagen nach Wien mit.« – »Sehr liebenswürdig«, erwiderte Willi. Und in diesem Augenblick war es ihm, als sei diese letzte Viertelstunde, ja die ganze Nacht mit allem, was darin geschehen war, ungültig geworden. So nahm es wohl auch der Konsul. Wie hätte er ihn sonst in seinen Wagen laden können. »Ihre Schuld, Herr Leutnant«, fügte der Konsul freundlich hinzu, »beläuft sich auf elftausend Gulden netto.« – »Jawohl, Herr Konsul«, erwiderte Willi in militärischem Ton. – »Was Schriftliches«, meinte der Konsul, »braucht's wohl nicht?« – »Nein«, bemerkte der Oberleutnant Wimmer rauh, »wir sind ja alle Zeugen.« – Der Konsul beachtete weder ihn noch den Ton seiner Stimme. Willi saß immer noch da, die Beine waren ihm bleischwer. Elftausend Gulden, nicht übel. Ungefähr die Gage von drei oder vier Jahren, mit Zulagen. Wimmer und Greising sprachen leise und erregt miteinander. Elrief äußerte zu dem Direktionssekretär wohl irgend etwas sehr Heiteres, denn dieser lachte laut auf. Fräulein Rihoscheck stand neben dem Konsul, richtete eine leise Frage an ihn, die er kopfschüttelnd verneinte. Der Kellner hing dem Konsul den Mantel um, einen weiten, schwarzen, ärmellosen, mit Samtkragen versehenen Mantel, der Willi schon neulich als sehr elegant, doch etwas exotisch aufgefallen war. Der Schauspieler Elrief schenkte sich rasch aus der fast leeren Flasche ein letztes Glas Kognak ein. Es schien Willi, als vermieden sie alle, sich um ihn zu kümmern, ja ihn nur anzusehen. Nun erhob er sich mit einem Ruck. Da stand mit einemmal der Regimentsarzt Tugut neben ihm, der überraschenderweise wiedergekommen war, schien zuerst nach Worten zu suchen und bemerkte endlich: »Du kannst dir's doch hoffentlich bis morgen beschaffen.« – »Aber selbstverständlich, Herr Regimentsarzt«, erwiderte Willi und lächelte breit und leer. Dann trat er auf Wimmer und Greising zu und reichte ihnen die Hand. »Auf Wiedersehen nächsten Sonntag«, sagte er leicht. Sie antworteten nicht, nickten nicht einmal. – »Ist's gefällig, Herr Leutnant?« fragte der Konsul. – »Stehe zur Verfügung.« Nun verabschiedete er sich noch sehr freundlich und aufgeräumt von den andern; und dem Fräulein Rihoscheck – das konnte nicht schaden – küßte er galant die Hand.
Sie gingen alle. Auf der Terrasse die Tische und Sessel glänzten gespenstisch weiß; noch lag die Nacht über Stadt und Landschaft, doch kein Stern mehr war zu sehen. In der Ge-

gend des Bahnhofs begann der Himmelsrand sich leise zu erhellen. Draußen wartete der Wagen des Konsuls, der Kutscher schlief, mit den Füßen auf dem Trittbrett. Schnabel berührte ihn an der Schulter, er wurde wach, lüftete den Hut, sah nach den Pferden, nahm ihnen die Decken ab. Die Offiziere legten nochmals die Hand an die Kappen, dann schlenderten sie davon. Der Sekretär, Elrief und Fräulein Rihoscheck warteten, bis der Kutscher fertig war. Willi dachte: Warum bleibt der Konsul nicht in Baden bei Fräulein Rihoscheck? Wozu hat er sie überhaupt, wenn er nicht dableibt? Es fiel ihm ein, daß er irgend einmal von einem älteren Herrn erzählen gehört hatte, der im Bett seiner Geliebten vom Schlag getroffen worden war, und er sah den Konsul von der Seite an. Der aber schien sehr frisch und wohlgelaunt, nicht im geringsten zum Sterben aufgelegt, und offenbar um Elrief zu ärgern, verabschiedete er sich eben von Fräulein Rihoscheck mit einer handgreiflichen Zärtlichkeit, die zu seinem sonstigen Wesen nicht recht stimmen wollte. Dann lud er den Leutnant in den Wagen ein, wies ihm den Platz auf der rechten Seite an, breitete ihm und sich zugleich eine hellgelbe mit braunem Plüsch gefütterte Decke über die Knie, und nun fuhren sie ab. Herr Elrief lüftete nochmals den Hut mit einer weitausladenden Bewegung, nicht ohne Humor, nach spanischer Sitte, wie er es irgendwo in Deutschland an einem kleinen Hoftheater als Grande im Laufe der nächsten Saison zu tun gedachte. Als der Wagen über die Brücke bog, wandte der Konsul sich nach den Dreien um, die Arm in Arm, Fräulein Rihoscheck in der Mitte, eben davonschlenderten, und winkte ihnen einen Gruß zu; doch diese, in lebhafter Unterhaltung begriffen, merkten es nicht mehr.

8

Sie fuhren durch die schlafende Stadt, kein Laut war zu vernehmen als der klappernde Hufschlag der Pferde. »Etwas kühl«, bemerkte der Konsul. Willi verspürte wenig Lust, ein Gespräch zu führen, aber er sah doch die Notwendigkeit ein, irgend etwas zu erwidern, wäre es auch nur, um den Konsul in freundlicher Stimmung zu erhalten. Und er sagte: »Ja, so gegen den Morgen zu, da ist es immer frisch, das weiß unsereins vom Ausrücken her.« – »Mit den vierundzwanzig Stunden«, begann der Konsul nach einer kleinen Pause liebenswürdig, »wollen wir es übrigens nicht so genau nehmen.« Willi atmete auf und ergriff die Gelegenheit. »Ich wollte Sie eben ersuchen, Herr Konsul, da ich die ganze Summe begreiflicherweise im Augenblick nicht flüssig habe –« –»Selbstverständlich«, unterbrach ihn der Konsul abwehrend. Die Hufschläge klapperten weiter, nun tönte ein Widerhall, man fuhr unter einem Viadukt der freien Landschaft zu. »Wenn ich auf den üblichen vierundzwanzig Stunden bestände«, fuhr der Konsul fort, »so wären Sie nämlich verpflichtet, mir spätestens morgen, nachts um halb drei, Ihre Schuld zu bezahlen. Das wäre unbequem für uns beide. So setzen wir denn die Stunde« – anscheinend überlegte er – »auf Dienstag mittag zwölf Uhr fest, wenn es Ihnen recht ist.« Er entnahm seiner Brieftasche eine Visitenkarte, übergab sie Willi, der sie aufmerksam betrachtete. Die Morgendämmerung war schon so weit vorgeschritten, daß er imstande war, die Adresse zu lesen. Helfersdorfer Straße fünf – kaum fünf Minuten weit von der Kaserne, dachte er. »Also morgen, meinen Herr Konsul, um zwölf?« Und er fühlte sein Herz etwas schneller schlagen. »Ja, Herr Leutnant, das meine ich. Dienstag präzise zwölf. Ich bin von neun Uhr ab im Büro.« – »Und wenn ich bis zu dieser Stunde nicht in der Lage wäre, Herr Konsul – wenn ich zum Beispiel erst im Laufe des Nachmittags oder am Mittwoch…«

Der Konsul unterbrach ihn: »Sie werden sicher in der Lage sein, Herr Leutnant. Da Sie sich an einen Spieltisch setzten, mußten Sie natürlich auch gefaßt sein, zu verlieren, geradeso wie ich darauf gefaßt sein mußte, und, falls Sie über keinen Privatbesitz verfügen, haben Sie jedenfalls allen Grund anzunehmen, daß – Ihre Eltern Sie nicht im Stich lassen werden.« –

»Ich habe keine Eltern mehr«, erwiderte Willi rasch, und da Schnabel ein bedauerndes »Oh« hören ließ – »meine Mutter ist acht Jahre lang tot, mein Vater ist vor fünf Jahren gestorben – als Oberstleutnant in Ungarn.« – »So, Ihr Herr Vater war auch Offizier?« Es klang teilnahmsvoll, geradezu herzlich. – »Jawohl, Herr Konsul, wer weiß, ob ich unter anderen Umständen die militärische Karriere eingeschlagen hätte.«

»Merkwürdig«, nickte der Konsul. »Wenn man denkt, wie die Existenz für manche Menschen sozusagen vorgezeichnet daliegt, während andere von einem Jahr, manchmal von einem Tag zum nächsten…« Kopfschüttelnd hielt er inne. Diesen allgemein gehaltenen, nicht zu Ende gesprochenen Satz empfand Willi sonderbarerweise als beruhigend. Und um die Beziehung zwischen sich und dem Konsul womöglich noch weiter zu befestigen, suchte er gleichfalls nach einem allgemeinen, gewissermaßen philosophischen Satz; und etwas unüberlegt, wie ihm gleich klar wurde, bemerkte er, daß es immerhin auch Offiziere gäbe, die genötigt seien, ihre Karriere zu wechseln.

»Ja«, erwiderte der Konsul, »das stimmt schon, aber dann

geschieht es meistens unfreiwillig, und sie sind, vielmehr sie kommen sich lächerlicherweise deklassiert vor, sie können auch kaum wieder zurück zu ihrem früheren Beruf. Hingegen unsereiner – ich meine: Menschen, die durch keinerlei Vorurteile der Geburt, des Standes oder – sonstige behindert sind – – ich zum Beispiel war schon mindestens ein halbes dutzendmal oben und wieder unten. Und w i e tief unten – ha, wenn das Ihre Kameraden wüßten, w i e tief, sie hätten sich kaum mit mir an einen Spieltisch gesetzt – sollte man glauben. Darum haben sie wohl auch vorgezogen, Ihre Herren Kameraden, keine allzu sorgfältigen Recherchen anzustellen.« Willi blieb stumm, er war höchst peinlich berührt und war unschlüssig, wie er sich zu verhalten habe. Ja, wenn Wimmer oder Greising hier an seiner Stelle gesessen wären, die hätten wohl die richtige Antwort gefunden und finden dürfen. Er, Willi, er mußte schweigen. Er durfte nicht fragen: Wie meinen das Herr Konsul, »tief unten«, und wie meinen das mit den »Recherchen«. Ach, er konnte sich's ja denken, wie es gemeint war. Er war ja nun selber tief unten, so tief, als man nur sein konnte, tiefer, als er es noch vor wenig Stunden für möglich gehalten hätte.

Er war angewiesen auf die Liebenswürdigkeit, auf das Entgegenkommen, auf die Gnade dieses Herrn Konsul, wie tief unten der auch einmal gewesen sein mochte. Aber würde der auch gnädig sein? Das war die Frage. Würde er eingehen auf Ratenzahlung innerhalb eines Jahres oder – innerhalb fünf Jahren – oder auf eine Revanchepartie nächsten Sonntag? Er sah nicht danach aus – nein, vorläufig sah er keineswegs danach aus. Und – wenn er nicht gnädig war – hm, dann blieb nichts anderes übrig als ein Bittgang zu Onkel Robert. Doch – Onkel Robert! Eine höchst peinliche, eine geradezu fürchterliche Sache, aber versucht mußte sie werden. Unbedingt . . . Und es war doch undenkbar, daß der ihm seine Hilfe verweigern könnte, wenn tatsächlich die Karriere, die Existenz, das Leben, ja, ganz einfach das Leben des Neffen, des einzigen Sohnes seiner verstorbenen Schwester, auf dem Spiel stand. Ein Mensch, der von seinen Renten lebte, recht bescheiden zwar, aber doch eben als Kapitalist, der einfach nur das Geld aus der Kasse zu nehmen brauchte! Elftausend Gulden, das war doch gewiß nicht der zehnte, nicht der zwanzigste Teil seines Vermögens. Und statt um elf, könnte man ihn eigentlich gleich um zwölftausend Gulden bitten, das käme schon auf eins heraus. Und damit wäre auch Bogner gerettet. Dieser Gedanke stimmte Willi zugleich hoffnungsvoller, etwa so, als hätte der Himmel die Verpflichtung, ihn unverzüglich für seine edle Regung zu lohnen. Aber das alles kam ja vorläufig nur in Betracht, wenn der Konsul unerbittlich blieb. Und das war noch nicht bewiesen. Mit einem raschen Seitenblick streifte Willi seinen Begleiter. Der schien in Erinnerungen versunken. Er hatte den Hut auf der Wagendecke liegen, seine Lippen waren halb geöffnet wie zu einem Lächeln, er sah älter und milder aus als vorher. Wäre jetzt nicht der Augenblick –? Aber wie beginnen! Aufrichtig einzugestehen, daß man einfach nicht in der Lage war – daß man sich unüberlegt in eine Sache eingelassen – daß man den Kopf verloren, ja, daß man eine Viertelstunde geradezu unzurechnungsfähig gewesen war? Und, hätte er sich denn jemals so weit gewagt, so weit vergessen, wenn der Herr Konsul – oh, das durfte man schon erwähnen – wenn der Herr Konsul nicht unaufgefordert, ja ohne die leiseste Andeutung, ihm das Geld zur Verfügung gestellt, es ihm hingeschoben, ihm gewissermaßen, wenn auch in liebenswürdigster Weise, aufgedrängt hätte?

»Etwas Wundervolles«, bemerkte der Konsul, »eine solche Spazierfahrt am frühen Morgen, nicht wahr?« – »Großartig«, erwiderte beflissen der Leutnant. – »Nur schade«, fügte der Konsul hinzu, »daß man immer glaubt, sich so etwas um den Preis einer durchwachten Nacht erkaufen zu müssen, ob man sie nun am Spieltisch verbracht oder noch was Dümmeres angestellt hat.« – »Oh, was mich betrifft«, bemerkte der Leutnant rasch, »bei mir kommt es gar nicht so selten vor, daß ich auch ohne durchwachte Nacht mich schon zu so früher Stunde im Freien befinde. Vorgestern zum Beispiel bin ich schon um halb vier Uhr im Kasernenhof gestanden mit meiner Kompagnie. Wir haben eine Übung im Prater gehabt. Allerdings bin ich nicht im Fiaker hinuntergefahren.«

Der Konsul lachte herzlich, was Willi wohltat, trotzdem es etwas künstlich geklungen hatte. – »Ja, so was Ähnliches habe ich auch etliche Male mitgemacht«, sagte der Konsul, »freilich nicht als Offizier, nicht einmal als Freiwilliger, so weit hab' ich's nicht gebracht. Denken Sie, Herr Leutnant, ich habe meine drei Jahre abgedient seinerzeit und bin nicht weitergekommen als bis zum Korporal. So ein ungebildeter Mensch bin ich – oder war ich wenigstens. Nun, ich habe einiges nachgeholt im Laufe der Zeit, auf Reisen hat man ja dazu Gelegenheit.« – »Herr Konsul sind viel in der Welt herumgekommen«, bemerkte Willi zuvorkommend. – »Das kann ich wohl behaupten«, entgegnete der Konsul, »ich war nahezu überall – nur gerade in dem Land, das ich als Konsul vertrete, war ich noch nie, in Ecuador. Aber ich habe die Absicht, nächstens auf den Konsultitel zu verzichten und hinzufahren.« Er lachte, und Willi stimmte, wenn auch etwas mühselig, ein.

Sie fuhren durch eine langgestreckte, armselige Ortschaft hin, zwischen ebenerdigen, grauen, wenig gepflegten Häuschen. In einem kleinen Vorgarten begoß ein hemdärmeliger alter Mann das Gesträuch; aus einem früh geöffneten Milchladen trat ein junges Weib in ziemlich abgerissenem Kleid mit einer gefüllten Kanne eben auf die Straße. Willi verspürte einen gewissen Neid auf beide, auf den alten Mann, der sein Gärtchen begoß, auf das Weib, das für Mann und Kinder Milch nach Hause brachte. Er wußte, daß diesen beiden wohler zumute war als ihm. Der Wagen kam an einem hohen, kahlen Gebäude vorüber, vor dem ein Justizsoldat auf und ab schritt; er salutierte dem Leutnant, der höflicher dankte, als es sonst Mannschaftsposten gegenüber seine Art war. Der Blick, den der Konsul auf dem Gebäude haften ließ, ein verachtungs- und zugleich erinnerungsvoller Blick, gab Willi zu denken. Doch was konnte es ihm in diesem Augenblick helfen, daß des Konsuls Vergangenheit aller Wahrscheinlichkeit nach nicht eben makellos gewesen war? Spielschulden waren Spielschulden, auch ein abgestrafter Verbrecher hatte das Recht, sie einzufordern. Die Zeit verstrich, immer rascher liefen die Pferde, in einer Stunde, in einer halben war man in Wien – und was dann?

»Und Subjekte, wie zum Beispiel diesen Leutnant Greising«, sagte der Konsul, wie zum Beschluß eines inneren Gedankengangs, »läßt man frei herumlaufen.«

Also es stimmt, dachte Willi. Der Mensch ist einmal eingesperrt gewesen. Aber in diesem Augenblick kam es auch daraufnicht an, die Bemerkung des Konsuls bedeutete eine nicht mißzuverstehende Beleidigung eines abwesenden Kameraden. Durfte er sie einfach hingehen lassen, als hätte er sie überhört oder als gäbe er ihre Berechtigung zu? »Ich muß bitten, Herr Konsul, meinen Kameraden Greising aus dem Spiel zu lassen.«

Der Konsul hatte darauf nur eine wegwerfende Handbewegung. »Eigentlich merkwürdig«, sagte er, »wie die Herren, die so streng auf ihre Standesehre halten, einen Menschen in ihrer Mitte dulden dürfen, der mit vollem Bewußtsein die Gesundheit eines anderen Menschen, eines dummen, unerfahrenen Mädels zum Beispiel, in Gefahr bringt, so ein Geschöpf krank macht, möglicherweise tötet –«

»Es ist uns nicht bekannt«, erwiderte Willi etwas heiser, »jedenfalls ist es m i r nicht bekannt.« – »Aber, Herr Leutnant, es fällt mir doch gar nicht ein, Ihnen Vorwürfe zu machen. Sie persönlich sind ja nicht verantwortlich für diese Dinge, und keineswegs stünde es in Ihrer Macht, sie zu ändern.«

Willi suchte vergeblich nach einer Erwiderung. Er überlegte, ob er nicht verpflichtet sei, die Äußerung des Konsuls dem Kameraden zur Kenntnis zu bringen, – oder sollte er mit Regimentsarzt Tugut vorerst einmal außerdienstlich über die Angelegenheit reden? Oder den Oberleutnant Wimmer um Rat fragen? Aber was ging ihn das alles an?! Um i h n handelte es sich, um ihn selbst, um seine eigene Sache – um seine Karriere – um sein Leben! Dort im ersten Sonnenglanz ragte schon das Standbild der Spinnerin am Kreuz. Und noch hatte er kein Wort gesprochen, das geeignet wäre, wenigstens einen Aufschub, einen kurzen Aufschub zu erwirken. Da fühlte er, wie sein Nachbar leise an seinem Arm rührte. »Entschuldigen Sie, Herr Leutnant, wir wollen das Thema verlassen, mich kümmert's ja im Grunde nicht, ob der Herr Leutnant Greising oder sonstwer – – um so weniger, als ich ja kaum mehr das Vergnügen haben werde, mit den Herren an einem Tisch zu sitzen.«

Willi gab es einen Ruck. »Wie ist das zu verstehen, Herr Konsul?« – »Ich verreise nämlich«, erwiderte der Konsul kühl. – »So bald?« – »Ja. Übermorgen – richtiger gesagt: morgen, Dienstag.« – »Auf längere Zeit, Herr Konsul?« – »Vermutlich – so auf drei bis – dreißig Jahre.«

Die Reichsstraße war von Last- und Marktwagen schon ziemlich belebt. Willi, den Blick gesenkt, sah im Glanz der aufgehenden Sonne die goldenen Knöpfe seines Waffenrocks blitzen. »Ein plötzlicher Entschluß, Herr Konsul, diese Abreise?« fragte er. – »Oh, keineswegs, Herr Leutnant, steht schon lange fest. Ich fahre nach Amerika, vorläufig nicht nach Ecuador – sondern nach Baltimore, wo meine Familie wohnt und wo ich auch ein Geschäft habe. Freilich habe ich mich seit acht Jahren nicht persönlich an Ort und Stelle darum bekümmern können.«

Er hat Familie, dachte Willi. Und was ist es eigentlich mit Fräulein Rihoscheck? Weiß sie überhaupt, daß er fortreist? Aber was kümmert mich das! Es ist höchste Zeit. Es geht mir an den Kragen. Und unwillkürlich fuhr er sich mit der Hand an den Hals. »Das ist ja sehr bedauerlich«, sagte er hilflos, »daß der Herr Konsul schon morgen abreisen. Und ich hatte, ja wirklich, ich hatte mit einiger Sicherheit darauf gerechnet«, – er nahm einen leichteren, gewissermaßen scherzhaften Ton an – »daß Herr Konsul mir am nächsten Sonntag eine kleine Revanche geben würden.« – Der Konsul zuckte die Achseln, als wäre der Fall längst abgetan. – Wie mach' ich's nur? dachte Willi. Was tu' ich? Ihn geradezu – bitten? Was kann ihm denn an den paar tausend Gulden liegen? Er hat eine Familie in Amerika – und das Fräulein Rihoscheck –. Er hat ein Geschäft drüben – was bedeuten ihm diese paar tausend Gulden?! Und für mich handelt es sich um Leben oder Tod.

Sie fuhren unter dem Viadukt der Stadt zu. Aus der Südbahnhalle brauste eben ein Zug. Da fahren Leute nach Baden, dachte Willi, und weiter, nach Klagenfurt, nach Triest – und von dort vielleicht übers Meer in einen anderen Weltteil . . . Und er beneidete sie alle.

»Wo darf ich Sie absetzen, Herr Leutnant?«

»Oh, bitte«, erwiderte Willi, »wo es Ihnen bequem ist. Ich wohne in der Alserkaserne.«

»Ich bringe Sie bis ans Tor, Herr Leutnant.« Er gab dem Kutscher die entsprechende Weisung.

»Danke vielmals, Herr Konsul, es wäre wirklich nicht notwendig–«

Die Häuser schliefen alle. Die Gleise der Straßenbahn, noch unberührt vom Verkehr des Tages, liefen glatt und glänzend neben ihnen einher. Der Konsul sah auf die Uhr: »Gut ist er gefahren, eine Stunde und zehn Minuten. Haben Sie heute Ausrückung, Herr Leutnant?« – »Nein«, erwiderte Willi, »heute habe ich Schule zu halten.« – »Na, da können Sie sich doch noch auf eine Weile hinlegen.« – »Allerdings, Herr Konsul, aber ich glaube, ich werde mir heute einen dienstfreien Tag machen – werde mich marod melden.« – Der Konsul nickte und schwieg. – »Also, Mittwoch fahren Herr Konsul ab?« – »Nein, Herr Leutnant«, erwiderte der Konsul mit Betonung jedes einzelnen Wortes, »m o r g e n, D i e n s t a g a b e n d.«

»Herr Konsul – ich will Ihnen ganz aufrichtig gestehen –, es ist mir ja äußerst peinlich, aber ich fürchte sehr, daß es mir total unmöglich sein wird in so kurzer Zeit – bis morgen mittag zwölf Uhr . . .« Der Konsul blieb stumm. Er schien kaum zuzuhören. »Wenn Herr Konsul vielleicht die besondere Güte hätten, mir eine Frist zu gewähren?« – Der Konsul schüttelte den Kopf. Willi fuhr fort. »Oh, keine lange Frist, ich könnte Herrn Konsul vielleicht eine Bestätigung oder einen Wechsel ausstellen, und ich würde mich ehrenwörtlich verpflichten, innerhalb vierzehn Tagen – es wird sich gewiß ein Modus finden. . .« Der Konsul schüttelte immer nur den Kopf, ohne irgendwelche Erregung, ganz mechanisch. »Herr Konsul«, begann Willi von neuem, und es klang flehend, ganz gegen seinen Willen, »Herr Konsul, mein Onkel, Robert Wilram, vielleicht kennen Herr Konsul den Namen?« Der andere schüttelte unentwegt weiter den Kopf. – »Ich bin nämlich nicht ganz überzeugt, daß mein Onkel, auf den ich mich im übrigen durchaus verlassen kann, die Summe augenblicklich flüssig hat. Aber selbstverständlich kann er innerhalb weniger

Tage ... er ist ein wohlhabender Mann, der einzige Bruder meiner Mutter, ein Privatier.« – Und plötzlich, mit einer komisch umschlagenden Stimme, die wie ein Lachen klang: »Es ist wirklich fatal, daß Herr Konsul gleich bis Amerika reisen.« – »Wohin ich reise, Herr Leutnant«, erwiderte der Konsul ruhig, »das kann Ihnen vollkommen gleichgültig sein. Ehrenschulden sind bekanntlich innerhalb vierundzwanzig Stunden zu bezahlen.«

»Ist mir bekannt, Herr Konsul, ist mir bekannt. Aber es kommt trotzdem manchmal vor – ich kenne selbst Kameraden, die in ähnlicher Lage ... Es hängt ja nur von Ihnen ab, Herr Konsul, ob Sie sich vorläufig mit einem Wechsel oder mit meinem Wort zufrieden geben wollen bis – bis zum nächsten Sonntag wenigstens.«

»Ich gebe mich nicht zufrieden, Herr Leutnant, morgen, Dienstag mittag, letzter Termin ... Oder – Anzeige an Ihr Regimentskommando.« –

Der Wagen fuhr über den Ring, am Volksgarten vorbei, dessen Bäume in üppigem Grün über dem vergoldeten Gitter wipfelten. Es war ein köstlicher Frühlingsmorgen, kaum noch ein Mensch auf der Straße zu sehen; nur eine junge, sehr elegante Dame in hochgeschlossenem, drapfarbigem Mantel, mit einem kleinen Hund, spazierte rasch, wie einer Pflicht genügend, längs dem Gitter hin und warf einen gleichgültigen Blick auf den Konsul, der sich nach ihr umwandte, trotz der Gattin in Amerika und des Fräulein Rihoscheck in Baden, die freilich mehr dem Schauspieler Elrief gehörte. Was kümmert mich Herr Elrief, dachte Willi, und was kümmert mich das Fräulein Rihoscheck. Wer weiß übrigens, wär' ich netter mit ihr gewesen, vielleicht hätte sie ein gutes Wort für mich eingelegt. – Und einen Augenblick lang überlegte er ernstlich, ob er nicht noch rasch nach Baden hinausfahren sollte, sie um ihre Fürsprache bitten. Fürsprache beim Konsul? Ins Gesicht würde sie ihm lachen. Sie kannte ihn ja, den Herrn Konsul, sie mußte ihn kennen ... Und die einzige Möglichkeit der Rettung war Onkel Robert. Das stand fest. Sonst blieb nichts übrig als eine Kugel vor die Stirn. Man mußte sich nur klar sein.

Ein regelmäßiges Geräusch wie von dem herannahenden Schritt einer marschierenden Kolonne drang an sein Ohr. Hatten die Achtundneunziger nicht heute eine Übung? Am Bisamberg? Es wäre ihm peinlich gewesen, jetzt im Fiaker Kameraden an der Spitze ihrer Kompagnie zu begegnen. Aber es war kein Militär, das heranmarschiert kam, es war ein Zug von Knaben, offenbar eine Schulklasse, die sich mit ihrem Lehrer auf einen Ausflug begab. Der Lehrer, ein junger, blasser

Mensch, streifte mit einem Blick unwillkürlicher Hochachtung die beiden Herren, die zu so früher Stunde im Fiaker an ihm vorüberfuhren. Willi hätte nie geahnt, daß er einen Moment erleben sollte, in dem sogar ein armer Schullehrer ihm als ein beneidenswertes Geschöpf vorkommen würde. Nun überholte der Fiaker eine erste Straßenbahn, in der ein paar Leute im Arbeitsanzug und eine alte Frau als Passagiere saßen. Ein Spritzwagen kam ihnen entgegen, und ein wild aussehender Kerl mit hinaufgekrempelten Hemdärmeln schwang in regelmäßigen Stößen, wie eine Springschnur, den Wasserschlauch, aus dem das Naß die Straße feuchtete. Zwei Nonnen, die Blicke gesenkt, überquerten die Fahrbahn in der Richtung gegen die Votivkirche, die hellgrau mit ihren schlanken Türmen zum Himmel ragte. Auf einer Bank unter einem weißblühenden Baum saß ein junges Geschöpf mit bestaubten Schuhen, den Strohhut auf dem Schoß, lächelnd, wie nach einem angenehmen Erlebnis. Ein geschlossener Wagen mit heruntergelassenen Vorhängen sauste vorüber. Ein dickes, altes Weib bearbeitete die hohe Fensterscheibe eines Kaffeehauses mit Besen und Scheuertuch. All diese Menschen und Dinge, die Willi sonst nicht bemerkt hätte, zeigten sich seinem überwachen Auge in beinahe schmerzhaft scharfen Umrissen. Aber der Mann, an dessen Seite er im Wagen saß, war ihm indes wie aus dem Gedächtnis geschwunden. Nun wandte er ihm einen scheuen Blick zu. Zurückgelehnt, den Hut vor sich auf der Decke, mit geschlossenen Augen, saß der Konsul da. Wie mild, wie gütig sah er aus! Und der – trieb ihn in den Tod! Wahrhaftig, er schlief – oder stellte er sich so? Nur keine Angst, Herr Konsul, ich werde Sie nicht weiter belästigen. Sie werden Dienstag um zwölf Uhr Ihr Geld haben. Oder auch nicht. Aber in keinem Falle . . . Der Wagen hielt vor dem Kasernentor, und sofort erwachte der Konsul – oder er tat wenigstens so, als wenn er eben erwacht wäre, er rieb sich sogar die Augen, eine etwas übertriebene Geste nach einem Schlaf von zweieinhalb Minuten. Der Posten am Tor salutierte. Willi sprang aus dem Wagen, gewandt, ohne das Trittbrett zu berühren, und lächelte dem Konsul zu. Er tat noch ein übriges und gab dem Kutscher ein Trinkgeld; nicht zu viel, nicht zu wenig, als ein Kavalier, dem es am Ende nichts verschlug, ob er im Spiel gewonnen oder verloren hatte. »Danke bestens, Herr Konsul – und auf Wiedersehen.« – Der Konsul reichte Willi aus dem Wagen heraus die Hand und zog ihn zugleich leicht an sich heran, als hätte er ihm etwas anzuvertrauen, das nicht jeder zu hören brauchte. »Ich rate Ihnen, Herr Leutnant«, meinte er in fast väterlichem Ton, »nehmen Sie die Angelegenheit nicht leicht, wenn sie Wert darauf le-

gen ... Offizier zu bleiben. Morgen, Dienstag, zwölf Uhr.«
Dann laut: »Also, auf Wiedersehen, Herr Leutnant.« – Willi
lächelte verbindlich, legte die Hand an die Kappe, der Wagen
wendete und fuhr davon.

9

Von der Alserkirche schlug es dreiviertel fünf. Das große Tor
öffnete sich, eine Kompagnie der Achtundneunziger mar-
schierte mit strammer Kopfwendung an Willi vorbei. Willi
führte dankend die Hand ein paarmal an die Kappe. – »Wohin, Wieseltier?« fragte er herablassend den Kadetten, der
als Letzter kam. – »Feuerwehrwiese, Herr Leutnant.« Willi
nickte wie zum Einverständnis und blickte den Achtundneun-
zigern eine Weile nach, ohne sie zu sehen. Der Posten stand
immer noch salutierend, als Willi durch das Tor schritt, das
nun hinter ihm geschlossen wurde.
Kommandorufe vom Ende des Hofs her schnarrten ihm ins
Ohr. Ein Trupp von Rekruten übte Gewehrgriffe unter der
Leitung eines Korporals. Der Hof lag sonnbeglänzt und kahl,
da und dort ragten ein paar Bäume in die Luft. Die Mauer
entlang schritt Willi weiter; er sah zu seinem Fenster auf, sein
Bursche erschien im Rahmen, blickte hinab, stand einen Augenblick stramm und verschwand. Willi eilte die Treppen hinauf;
noch im Vorraum, wo der Bursche sich eben anschickte, den
Schnellkocher anzuzünden, entledigte er sich des Kragens,
öffnete den Waffenrock. – »Herr Leutnant, melde gehorsamst,
Kaffee ist gleich fertig.« – »Gut ist's«, sagte Willi, trat ins
Zimmer, schloß die Tür hinter sich, legte den Rock ab, warf
sich in Hosen und Schuhen aufs Bett.
Vor neun kann ich unmöglich zu Onkel Robert, dachte er. Ich
werde ihn für alle Fälle gleich um zwölftausend bitten, kriegt
der Bogner auch seine tausend, wenn er sich nicht inzwischen
totgeschossen hat. Übrigens, wer weiß, vielleicht hat er wirklich beim Rennen gewonnen und ist sogar imstande, m i c h
herauszureißen. Ha, elftausend, zwölftausend, die gewinnen
sich nicht so leicht beim Totalisator.
Die Augen fielen ihm zu. Pik-Neun–Karo-Aß–Herz-König–
Pik-Acht–Pik-Aß–Treff-Bub–Karo-Vier – so tanzten die Karten an ihm vorüber. Der Bursche brachte den Kaffee, rückte
den Tisch näher ans Bett, schenkte ein, Willi stützte sich auf
den Arm und trank. »Soll ich Herrn Leutnant vielleicht Stie-
fel ausziehn?« – Willi schüttelte den Kopf. »Nicht mehr der
Müh' wert.« – »Soll ich Herrn Leutnant später wecken?«
– und da ihn Willi wie verständnislos ansah – »Melde gehorsamst, sieben Uhr Schul'.« – Willi schüttelte wieder den

Kopf. »Bin marod, muß zum Doktor. Sie melden mich beim Herrn Hauptmann . . . marod, verstehen S', Dienstzettel schick' ich nach. Bin zu einem Professor bestellt, wegen Augen, um neun Uhr. Ich laß den Herrn Kadettstellvertreter Brill bitten, Schule zu halten. Abtreten. – Halt!« – »Herr Leutnant?« – »Um viertel acht gehn S' hinüber zur Alserkirche, der Herr, der gestern früh da war, ja, der Oberleutnant Bogner, wird dort warten. Er möcht' mich freundlichst entschuldigen – habe leider nichts ausgerichtet, verstehen S'?« – »Jawohl, Herr Leutnant.« – »Wiederholen.« – »Herr Leutnant laßt sich entschuldigen, Herr Leutnant haben nichts ausgerichtet.« – »L e i d e r nichts ausgerichtet. – Halt. Wenn vielleicht noch Zeit wär' bis heut abend oder morgen früh« – er hielt plötzlich inne. »Nein, nichts mehr. Ich hab' leider nichts ausgerichtet und damit Schluß. Verstehn S'?« – »Jawohl, Herr Leutnant.« – »Und wenn Sie zurückkommen von der Alserkirche, so klopfen S' für alle Fälle. Und jetzt machen S' noch das Fenster zu.«

Der Bursche tat, wie ihm geheißen, und ein greller Kommandoruf im Hofe schnitt in der Mitte ab. Als Joseph die Tür hinter sich schloß, streckte sich Willi wieder hin, und die Augen fielen ihm zu. Karo-Aß–Treff-Sieben–Herz-König–Karo-Acht–Pik-Neun–Pik-Zehn–Herz-Dame – verdammte Kanaille, dachte Willi. Denn die Herzdame war eigentlich das Fräulein Keßner. Wär' ich nicht bei dem Tisch stehn geblieben, so wär' das ganze Malheur nicht passiert. Treff-Neun–Pik-Sechs–Pik-Fünf–Pik-König–Herz-König–Treff-König   – Nehmen Sie's nicht leicht, Herr Leutnant. – Hol' ihn der Teufel, das Geld kriegt er, aber dann schick' ich ihm zwei Herren – geht ja nicht – er ist ja nicht einmal satisfaktionsfähig   – Herz-König–Pik-Bub–Karo-Dame–Karo-Neun–Pik-Aß – so tanzten sie vorüber, Karo-Aß–Herz-Aß . . . sinnlos, unaufhaltsam, daß ihn die Augen unter den Lidern schmerzten. Es gab gewiß auf der ganzen Welt nicht so viele Kartenspiele, als vor ihm in dieser Stunde vorüberrasten.

Es klopfte, jäh erwachte er, auch vor seinen offenen Augen noch rasten sie weiter. Der Bursche stand da. »Herr Leutnant, melde gehorsamst, der Herr Oberleutnant laßt sich vielmals bedanken für die Mühe und laßt den Herrn Leutnant schönstens grüßen.« – »So. – Sonst – sonst hat er nix g'sagt?« – »Nein, Herr Leutnant, der Herr Oberleutnant hat sich umgedreht und ist gleich wieder gegangen.« – »So – hat er sich gleich wieder umgedreht . . . Und haben S' mich marod gemeldet?« – »Jawohl, Herr Leutnant.« Und da Willi sah, wie der Bursche grinste, fragte er: »Was lachen S' denn so dumm?« – »Melde gehorsamst, wegen dem Herrn Hauptmann.« – »Warum denn? Was hat er denn g'sagt, der Herr Hauptmann?« – Und immer noch grinsend, erzählte der Bursche: »Zum Augenarzt muß der Herr Leutnant, hat der Herr Hauptmann g'sagt, hat sich wahrscheinlich in ein Mädel verschaut, der Herr Leutnant.« – Und da Willi dazu nicht lächelte, fügte der Bursche etwas erschrocken hinzu: »Hat der Herr Hauptmann gesagt, melde gehorsamst.« – »Abtreten«, sagte Willi.

Während er sich fertigmachte, überdachte er bei sich allerlei Sätze, übte innerlich den Tonfall der Reden ein, mit denen er des Onkels Herz zu bewegen hoffte. Zwei Jahre lang hatte er ihn nicht gesehen. Er war in diesem Augenblick kaum imstande, sich Wilrams Wesen, ja auch nur dessen Gesichtszüge zu vergegenwärtigen; es tauchte immer wieder eine andere Erscheinung mit anderem Gesichtsausdruck, anderen Gewohnheiten, einer anderen Art zu reden vor ihm auf, und er konnte nicht vorher wissen, welcher er heute gegenüberstehen würde.

Von der Knabenzeit her hatte er den Onkel als einen schlanken, immer sehr sorgfältig gekleideten, immerhin noch jungen Mann im Gedächtnis, wenn ihm auch der um fünfundzwanzig Jahre ältere damals schon als recht reif erschienen war. Robert Wilram kam immer nur für wenige Tage zu Besuch in das ungarische Städtchen, wo der Schwager, damals noch M a j o r Kasda, in Garnison lag. Vater und Onkel verstanden einander nicht sonderlich gut, und Willi erinnerte sich sogar dunkel eines auf den Onkel bezüglichen Wortwechsels zwischen den Eltern, der damit geendet hatte, daß die Mutter weinend aus dem Zimmer gegangen war. Von dem Beruf des Onkels war kaum jemals die Rede gewesen, doch glaubte Willi sich zu besinnen, daß Robert Wilram eine Staatsbeamtenstelle bekleidet und, früh verwitwet, wieder aufgegeben hatte. Von seiner verstorbenen Frau erbte er ein kleines Vermögen, lebte seither als Privatmann und reiste viel in der Welt herum. Die Nachricht vom Tode der Schwester hatte ihn in Italien ereilt, er traf erst nach dem Begräbnis ein, und es blieb Willis Gedächtnis für immer eingeprägt, wie der Onkel, mit ihm am Grabe stehend, tränenlos, doch mit einem Ausdruck düsteren Ernstes auf die kaum noch verwelkten Kränze herabgesehen hatte. Bald darauf waren sie zusammen aus der kleinen Stadt abgereist; Robert Wilram nach Wien und Willi zurück nach Wiener Neustadt in die Kadettenschule. Von dieser Zeit an besuchte er den Onkel manchmal an Sonn- und Feiertagen, wurde von ihm ins Theater oder in Restaurants mitgenommmen; später, nach des Vaters plötzlich erfolgtem Tod, nachdem Willi als Leutnant zu einem Wiener Regiment eingeteilt worden war, bestimmte ihm der Onkel aus freien Stücken einen monatlichen Zuschuß, der auch während seiner gelegentlichen Reisen, durch eine Bank, pünktlich an den jungen Offizier ausbezahlt wurde. Von einer dieser Reisen, auf der er gefährlich erkrankt gewesen war, kam Robert Wilram auffällig gealtert zurück, und während der monatliche Zuschuß auch weiterhin regelmäßig an Willis Adresse gelangte, trat im persönlichen Verkehr zwischen Onkel und Neffe manche kürzere und längere Unterbrechung ein, wie denn die Epochen in Robert Wilrams Existenz überhaupt in eigentümlicher Weise abzuwechseln schienen. Es gab Zeiten, in denen er ein heiteres und geselliges Wesen zur Schau trug, mit dem Neffen wie früher Restaurants, Theater und nun auch Vergnügungslokale leichteren Charakters zu besuchen pflegte, bei welchen Gelegenheiten meist auch irgendeine muntere junge Dame anwesend war, die Willi bei diesem Anlaß gewöhnlich zum erstenmal und niemals ein zweites Mal wiedersah. Dann wieder gab es Wochen, in denen der Onkel sich vollkommen aus der Welt und von den Menschen zurückzuziehen schien; und wenn Willi überhaupt vorgelassen wurde, so fand er sich einem ernsten, wortkargen, frühgealterten Mann gegenüber, der in einen dunkelbraunen talarartigen Schlafrock gehüllt, mit der Miene eines vergrämten Schauspielers, in dem nie ganz hellen, hochgewölbten Zimmer auf und ab ging oder auch lesend oder arbeitend bei künstlichem Licht an seinem Schreibtisch saß. Das Gespräch ging dann meistens mühsam und schleppend, als wäre man einander völlig fremd geworden; einmal nur, da zufällig von einem Kameraden Willis die Rede war, der kürzlich aus unglücklicher Liebe seinem Leben ein Ende gemacht hatte, öffnete Robert Wilram eine Schreibtischlade, entnahm ihr zu Willis Verwunderung eine Anzahl beschriebener Blätter und las dem Neffen einige philosophische Bemerkungen über Tod und Unsterblichkeit, auch manches Abfällige und Schwermütige über die Frauen im allgemeinen vor, wobei er die Anwesenheit des Jüngeren, der nicht ohne Verlegenheit und eher gelangweilt zuhörte, völlig zu vergessen schien. Gerade als Willi leichtes Gähnen vergeblich zu unterdrücken versuchte, geschah es, daß der Onkel den Blick von dem Manuskript erhob; seine Lippen kräuselten sich zu einem leeren Lächeln, er faltete die Blätter zusammen, tat sie wieder in die Lade und sprach unvermittelt von anderen Dingen, wie sie dem Interesse eines jungen Offiziers näher liegen mochten. Auch nach diesem wenig geglückten Zusammensein gab es immerhin noch eine Anzahl von vergnügten Abenden nach der alten Weise; auch kleine Spaziergänge zu zweit, besonders an schönen Feiertagsnachmittagen, kamen vor; eines Tages aber, da Willi den Onkel aus der Wohnung abholen sollte, kam eine Absage und kurz darauf ein Brief Wilrams, er sei jetzt so dringend beschäftigt, daß er Willi leider bitten müsse, von weiteren Besuchen vorläufig abzusehen. Bald blieben auch die Geldsendungen aus. Eine höfliche, schriftliche Erinnerung wurde nicht beantwortet, einer zweiten erging es ebenso, auf eine dritte erfolgte der Bescheid, daß Robert Wilram zu seinem Bedauern sich genötigt sehe, »wegen grundlegender Veränderung seiner Verhältnisse«, weitere Zuwendungen »selbst an nächststehende Personen« einzustellen. Willi versuchte, den Onkel persönlich zu sprechen. Er wurde zweimal nicht empfangen, ein drittes Mal sah er den Onkel, der sich hatte verleugnen lassen, eben rasch in der Türe verschwinden. So mußte er endlich die Aussichtslosigkeit jeder weiteren Bemühung einsehen, und es blieb ihm nichts übrig, als sich auf das Möglichste einzuschränken. Die geringfügige Erbschaft von der Mutter her, mit der er bisher hausgehalten, war eben erst aufgezehrt, doch hatte er sich seiner Art nach über die Zukunft bisher keinerlei ernste Gedanken gemacht, bis nun mit einemmal, von einem Tag, ja von einer Stunde zur anderen, die Sorge gleich in ihrer drohendsten Gestalt auf seinem Wege stand.

In gedrückter, aber nicht hoffnungsloser Stimmung schritt er endlich die gewundene, stets in Halbdunkel getauchte Offiziersstiege hinab und erkannte den Mann nicht gleich, der ihm mit vorgestreckten Armen den Weg versperrte.

»Willi!« Es war Bogner, der ihn anrief.

»Du bist's?« Was wollte der? »Weißt du denn nicht? Hat dir der Joseph nicht ausgerichtet?«

»Ich weiß, ich weiß, ich will dir nur sagen – für alle Fälle –, daß die Revision auf morgen verschoben ist.«

Willi zuckte die Achseln. Das interessierte ihn wahrhaftig nicht sehr.

»Verschoben, verstehst du!«

»Es ist ja nicht gar so schwer, zu verstehen«, und er nahm eine Stufe nach abwärts.

Bogner ließ ihn nicht weiter. »Das ist doch ein Schicksalszeichen«, rief er. »Das kann ja die Rettung bedeuten. Sei nicht bös, Kasda, daß ich noch einmal – – ich weiß ja, daß du gestern kein Glück gehabt hast –«

»Allerdings«, stieß Willi hervor, »allerdings hab' ich kein Glück gehabt.« Und mit einem Auflachen: »Alles hab' ich verloren – und noch etwas mehr.« Und unbeherrscht, als stände in Bogner die eigentliche und einzige Ursache seines Unglücks ihm gegenüber: »Elftausend Gulden, Mensch, elftausend Gulden!«

»Donnerwetter, das ist freilich ... was gedenkst du ...« Er unterbrach sich. Ihre Blicke trafen einander, und Bogners Züge erhellten sich. »Da gehst du ja doch wohl zu deinem Onkel?«

Willi biß sich in die Lippen. Zudringlich! Unverschämt! dachte er bei sich, und es fehlte nicht viel, so hätte er es ausgesprochen.

»Verzeih – es geht mich ja nichts an – vielmehr, ich darf ja da nichts dreinreden, um so weniger, als ich gewissermaßen mitschuldig – – na ja –, aber wenn du's schon versuchst, Kasda – – ob zwölf- oder elftausend, das kann doch deinem Onkel ziemlich egal sein.«

»Du bist verrückt, Bogner. Ich werd' die elftausend so wenig kriegen, als ich zwölf kriegen tät.«

»Aber du gehst doch hin, Kasda!«

»Ich weiß nicht –«

»Willi – –«

»Ich weiß nicht«, wiederholte er ungeduldig. »Vielleicht – vielleicht auch nicht ... Adieu.« Er schob ihn beiseite und stürzte die Treppe hinab.

Zwölf oder elf, das war keineswegs gleichgültig. Gerade auf den einen Tausender konnte es ankommen! – Und es summte in seinem Kopf: Elf, zwölf – elf, zwölf – elf, zwölf! Nun, er müßte sich ja nicht früher entscheiden, als er vor dem Onkel stand. Der Moment sollte es ergeben. Jedenfalls war es eine Dummheit, daß er vor Bogner die Summe genannt, daß er sich überhaupt auf der Treppe hatte aufhalten lassen. Was ging ihn der Mensch an? Kameraden – nun ja, aber eigentlich F r e u n d e waren sie doch nie gewesen! Und nun sollte sein Schicksal mit dem Bogners plötzlich unlöslich verbunden sein? Unsinn. Elf, zwölf – elf, zwölf. Zwölf, das klang vielleicht besser als elf, vielleicht brachte es ihm Glück ... vielleicht geschah das Wunder – gerade, wenn er zwölf verlangte. Und während des ganzen Weges, von der Alserkaserne durch die Stadt bis zu dem uralten Haus in der engen Straße hinter dem Stephansdom, überlegte er, ob er den Onkel um elf- oder um zwölftausend Gulden bitten sollte – als hinge der Erfolg, als hinge am Ende sein Leben davon ab.

Eine ältliche Person, die er nicht kannte, öffnete auf sein Klingeln. Willi nannte seinen Namen. Der Onkel – ja, er sei nämlich der Neffe des Herrn Wilram – der Onkel möge entschuldigen, es handle sich um eine sehr dringende Angelegenheit, und er werde keineswegs lange stören. Die Frau war zuerst unschlüssig, entfernte sich, kam merkwürdig rasch mit freundlicherer Miene wieder, und Willi – tief atmete er auf – wurde sofort vorgelassen.

10

Der Onkel stand an einem der beiden hohen Fenster; er trug nicht den talarartigen Schlafrock, in dem Willi ihn anzutreffen erwartet hatte, sondern einen gutgeschnittenen, aber etwas abgetragenen, hellen Sommeranzug und Lackhalbschuhe, die ihren Glanz verloren hatten. Mit einer weitläufigen, aber müden Geste winkte er dem Neffen entgegen. »Grüß dich Gott, Willi. Schön, daß du dich wieder einmal um deinen alten Onkel umschaust. Ich hab' geglaubt, du hast mich schon ganz vergessen.«

Die Antwort lag nahe, daß man ihn die letzten Male nicht empfangen und seine Briefe nicht beantwortet hatte, aber er hielt es für geratener, sich vorsichtiger auszudrücken. »Du lebst ja so zurückgezogen«, sagte er, »ich hab' nicht wissen können, ob dir ein Besuch auch willkommen gewesen wäre.«

Das Zimmer war unverändert. Auf dem Schreibtisch lagen Bücher und Papiere, der grüne Vorhang vor der Bibliothek war halbseits zugezogen, so daß einige alte Lederbände sichtbar waren; über den Diwan war, wie früher, der Perserteppich gebreitet, und etliche gestickte Kopfkissen lagen darauf. An der Wand hingen zwei vergilbte Kupferstiche, die italienische Landschaften darstellten, und Familienporträts in mattgoldenen Rahmen; das Bild der Schwester hatte seinen Platz, wie früher, auf dem Schreibtisch, Willi erkannte es an Umriß und Rahmen von rückwärts.

»Willst du dich nicht setzen?« fragte Robert Wilram.

Willi stand, die Kappe in der Hand, mit umgeschnalltem Säbel, stramm, wie zu einer dienstlichen Meldung. Und in einem zu seiner Haltung nicht ganz stimmenden Tone begann er: »Die Wahrheit zu sagen, lieber Onkel, ich wär' wahrscheinlich auch heute nicht gekommen, wenn ich nicht – – also, mit einem Wort, es handelt sich um eine sehr, sehr ernste Angelegenheit.«

»Was du nicht sagst«, bemerkte Robert Wilram freundlich, aber ohne besondere Teilnahme.

»Für m i c h wenigstens ernst. Kurz und gut, ohne weitere Umschweife, ich habe eine Dummheit begangen, eine große Dummheit. Ich – habe gespielt und habe mehr verspielt, als ich im Vermögen gehabt habe.«

»Hm, das ist schon ein bißl mehr wie eine Dummheit«, sagte der Onkel.

»Ein Leichtsinn war's«, bestätigte Willi, »ein sträflicher Leichtsinn. Ich will nichts beschönigen. Aber die Sache steht leider so: Wenn ich meine Schuld bis heute abend sieben Uhr nicht bezahlt habe, bin ich – bin ich einfach –« er zuckte die Achseln und hielt inne wie ein trotziges Kind.

Robert Wilram schüttelte bedauernd den Kopf, aber er erwiderte nichts. Die Stille im Raum wurde sofort unerträglich, so daß Willi gleich wieder zu reden anfing. Hastig berichtete er sein gestriges Erlebnis. Er sei nach Baden gefahren, um einen kranken Kameraden zu besuchen, sei dort mit anderen Offizieren, guten alten Bekannten, zusammengetroffen und habe sich zu einer Spielpartie verleiten lassen, die, anfangs ganz solid, im weiteren Verlauf, ohne sein Dazutun, in ein wildes Hasard ausgeartet sei. Die Namen der Beteiligten möchte er lieber verschweigen mit Ausnahme desjenigen, der sein Gläubiger geworden sei, ein Großkaufmann, ein südamerikanischer Konsul, ein gewisser Herr Schnabel, der unglücklicherweise morgen früh nach Amerika reise und für den Fall, daß die Schuld nicht bis abends beglichen sei, mit der Anzeige ans Regimentskommando gedroht habe. »Du weißt, Onkel, was das zu bedeuten hat«, schloß Willi und ließ sich plötzlich ermüdet auf den Diwan nieder.

Der Onkel, den Blick über Willi hinweg auf die Wand gerichtet, aber immer noch freundlich, fragte: »Um was für einen Betrag handelt es sich denn eigentlich?«

Wieder schwankte Willi. Zuerst dachte er doch die tausend Gulden für Bogner dazuzuschlagen, dann aber war er plötzlich überzeugt, daß gerade der kleine Mehrbetrag den Ausgang in Frage stellen könnte, und so nannte er nur die Summe, die er für seinen Teil schuldig war.

»Elftausend Gulden«, wiederholte Robert Wilram kopfschüttelnd, und es klang fast ein Ton von Bewunderung mit.

»Ich weiß«, erwiderte Willi rasch, »es ist ein kleines Vermögen. Ich versuche auch gar nicht, mich zu rechtfertigen. Es war ein niederträchtiger Leichtsinn, ich glaub' der erste – gewiß aber der letzte meines Lebens. Und ich kann nichts anderes tun, als dir schwören, Onkel, daß ich in meinem ganzen Leben keine Karte mehr anrühren, daß ich mich bemühen werde, dir durch ein streng solides Leben meine ewige Dankbarkeit zu beweisen, ja, ich bin bereit – ich erkläre feierlich, auf jeden Anspruch für später, der mir etwa durch unsere Verwandtschaft erwachsen könnte, ein für allemal zu verzichten, wenn du nur diesmal, dieses eine Mal, – Onkel –«

Nachdem Robert Wilram bisher immer noch keine innere Bewegung gezeigt hatte, schien er nun allmählich in eine gewisse Unruhe zu geraten. Schon früher hatte er die eine Hand wie abwehrend erhoben, nahm nun die andere zu Hilfe, als wolle er den Neffen durch eine möglichst ausdrucksvolle Geste zum Schweigen bringen, und mit einer ungewohnt hohen, fast schrillen Stimme unterbrach er ihn. »Bedaure sehr, bedaure aufrichtig, ich kann dir beim besten Willen nicht helfen.« Und da Willi den Mund zu einer Erwiderung auftat: »A b s o l u t nicht helfen; jedes weitere Wort wäre überflüssig, also bemühe dich nicht weiter.« Und er wandte sich dem Fenster zu.

Willi, zuerst wie vor den Kopf geschlagen, besann sich, daß er doch keineswegs hatte hoffen dürfen, den Onkel im ersten Ansturm zu besiegen, und so begann er von neuem: »Ich gebe mich ja keiner Täuschung hin, Onkel, daß meine Bitte eine Unverschämtheit ist, eine Unverschämtheit ohnegleichen; – ich hätte auch nie und nimmer gewagt, an dich heranzutreten, wenn nur die geringste Möglichkeit bestände, das Geld in irgendeiner anderen Weise aufzutreiben. Du mußt dich nur in meine Lage versetzen, Onkel. Alles, alles steht für mich auf dem Spiel, nicht nur meine Existenz als Offizier. Was soll ich, was kann ich denn anderes anfangen? Ich hab' ja sonst nichts gelernt, ich versteh' ja nichts weiter. Und ich kann doch überhaupt nicht als weggejagter Offizier – grad gestern hab' ich zufällig einen früheren Kameraden wiedergetroffen, der auch – nein, nein, lieber eine Kugel vor den Kopf. Sei mir nicht bös, Onkel. Du mußt dir das nur vorstellen. Der Vater war Offizier, der Großvater ist als Feldmarschalleutnant gestorben. Um Gottes willen, es kann doch nicht so mit mir enden. Das wäre doch eine zu harte Strafe für einen leichtsinnigen Streich. Ich bin ja kein Gewohnheitsspieler, das weißt du. Ich hab' nie Schulden gemacht. Auch im letzten Jahr nicht, wo es mir ja manchmal recht schwer zusammengegangen ist. Und ich habe mich nie verleiten lassen, obwohl man es mir direkt angetragen hat. Freilich, ein solcher Betrag! Ich glaube, nicht einmal zu Wucherzinsen könnte ich mir je einen solchen Betrag beschaffen. Und wenn schon, was käm' dabei heraus? In einem halben Jahr wär' ich das Doppelte schuldig, in einem Jahr das Zehnfache – und –«

»Genug, Willi«, unterbrach ihn Wilram endlich mit noch schrillerer Stimme als vorher. »Genug, ich k a n n dir nicht helfen; – ich möcht' ja gern, aber ich kann nicht. Verstehst du? Ich hab' selber nichts, nicht hundert Gulden hab' ich im Vermögen, wie du mich da siehst. Da, da...« Er riß eine Lade nach der andern auf, die Schreibtischladen, die Kommodenladen, als wäre es ein Beweis für die Wahrheit seiner Worte, daß dort freilich keinerlei Banknoten oder Münzen zu sehen waren, sondern nur Papiere, Schachteln, Wäsche, allerlei Kram. Dann warf er auch seine Geldbörse auf den Tisch hin. »Kannst selber nachschaun, Willi, und wenn du mehr findest als hundert Gulden, so kannst du mich meinetwegen halten – wofür du willst.« Und plötzlich sank er in den Stuhl vor dem

Schreibtisch hin und ließ die Arme schwer auf die Platte hin-
fallen, so daß einige Bogen Papier auf den Fußboden flatterten.
Willi hob sie beflissen auf, dann ließ er den Blick durch den
Raum schweifen, als müßte er nun doch da oder dort irgendwelche Veränderungen entdecken, die den so unbegreiflich ver-
änderten Verhältnissen des Onkels entsprächen. Aber' alles
sah genau so aus wie vor zwei oder drei Jahren. Und er fragte
sich, ob sich denn wirklich die Dinge so verhalten müßten,
wie es der Onkel versicherte. War der sonderbare alte Mann,
der ihn vor zwei Jahren so unerwartet, so plötzlich im Stich
gelassen hatte, nicht auch imstande, durch eine Lüge, die er
durch Komödienspielerei glaubhafter machen wollte, sich vor
weiterem Drängen und Flehen des Neffen schützen zu wollen?
Wie? Man lebte in einer wohlgehaltenen Wohnung der inneren Stadt mit einer Art von Wirtschafterin, die schönen Leder-
einbände standen wie früher im Bücherschrank, die mattgold
gerahmten Bilder hingen noch alle an den Wänden –, und
der Besitzer all dieser Dinge sollte indes zum Bettler geworden sein? Wo wäre denn sein Vermögen hingekommen im
Verlauf dieser letzten zwei oder drei Jahre? Willi glaubte ihm
nicht. Er hatte nicht den geringsten Grund, ihm zu glauben,
und noch weniger Grund hatte er, sich einfach geschlagen zu
geben, da er doch in keinem Fall mehr etwas zu verlieren
hatte. So entschloß er sich zu einem letzten Versuch, der aber
weniger kühn ausfiel, als er sich vorgenommen; denn mit
einemmal, zu seiner eigenen Verwunderung, zu seiner Beschämung stand er vor Onkel Robert mit gefalteten Händen
da und flehte: »Es geht um mein Leben, Onkel, glaube mir,
es geht um mein Leben. Ich bitte dich, ich –« Die Stimme
versagte ihm, einer plötzlichen Eingebung folgend ergriff er
die Photographie der Mutter und hielt sie dem Onkel wie beschwörend entgegen. Der aber, mit leichtem Stirnrunzeln,
nahm ihm das Bild sanft aus der Hand, stellte es ruhig auf
seinen Platz zurück, und leise, durchaus nicht unwillig, bemerkte er: »Deine Mutter hat mit der Sache nichts zu tun.
Sie kann dir nicht helfen – so wenig als mir. Wenn ich dir
nicht helfen w o l l t e, Willi, brauchte ich ja keine Ausrede.
Verpflichtungen, besonders in einem solchen Fall, erkenne ich
nicht an. Und, meiner Ansicht nach, kann man immer noch
ein ganz anständiger Mensch sein – und werden, auch in
Zivil. Die E h r e verliert man auf andere Weise. Aber so weit,
daß du das begreifst, kannst du heute noch nicht sein. Und
darum sage ich dir noch einmal: Hätte ich das Geld, verlaß
dich drauf, ich würde es dir geben. Aber ich hab's nicht.
N i c h t s hab' ich. Ich hab' mein Vermögen nicht mehr. Ich
besitze nur mehr eine Leibrente. Ja, jeden Ersten und Fünf-

zehnten kriege ich so und so viel ausgezahlt, und heute« – er wies mit einem trüben Lächeln auf die Geldbörse –, »heute ist der Siebenundzwanzigste.« Und da er in Willis Augen plötzlich einen Hoffnungsstrahl erschimmern sah, fügte er gleich hinzu: »Ah, du meinst, auf meine Leibrente könnte ich ein Darlehen aufnehmen. Ja, mein lieber Willi, es kommt eben darauf an, w o h e r man sie hat und unter welchen Bedingungen man sie gekriegt hat.«

»Vielleicht, Onkel, vielleicht wäre es doch möglich, vielleicht könnten wir gemeinsam –«

Robert Wilram aber unterbrach ihn heftig: »Nichts ist möglich, absolut nichts.« Und wie in dumpfer Verzweiflung: »Ich kann dir nicht helfen, glaub' mir, ich kann nicht.« Und er wandte sich ab.

»Also«, erwiderte Willi nach kurzem Besinnen, »da kann ich halt nichts tun, als dich um Verzeihung bitten, daß ich – adieu, Onkel.« Er war schon an der Tür, als die Stimme Roberts ihn wieder festbannte. »Willi, komm her, ich will nicht, daß du mich – ich kann's dir ja sagen, also kurz und gut, ich habe nämlich mein Vermögen, gar so viel war es ja nicht mehr, meiner Frau überschrieben.«

»Du bist verheiratet!« rief Willi erstaunt aus, und eine neue Hoffnung erglänzte in seinen Augen. »Also, wenn deine Frau Gemahlin das Geld hat, dann müßte sich doch ein Modus finden lassen – ich meine, wenn du deiner Frau Gemahlin sagst, daß es sich –«

Robert Wilram unterbrach ihn mit einer ungeduldigen Handbewegung. »Gar nichts werde ich ihr sagen. Dring nicht weiter in mich. Wär' alles vergeblich.« Er hielt inne.

Willi aber, nicht gewillt, die letzte aufgetauchte Hoffnung gleich wieder aufzugeben, versuchte aufs neue anzuknüpfen und begann: »Deine – Frau Gemahlin lebt wahrscheinlich nicht in Wien?«

»O ja, sie lebt in Wien, aber nicht mit mir zusammen, wie du siehst.« Er ging ein paarmal im Zimmer hin und her, dann, mit einem bitteren Lachen, sagte er: »Ja, ich habe mehr verloren als ein Portepee und lebe auch weiter. Ja, Willi –« er unterbrach sich plötzlich und begann gleich wieder von neuem: »Vor anderthalb Jahren habe ich ihr mein Vermögen überschrieben – freiwillig. Und ich habe es eigentlich mehr um meinetwillen getan als um ihretwillen . . . Denn ich bin ja nicht sehr haushälterisch angelegt, und sie – sie ist sehr sparsam, das muß man ihr lassen, und auch sehr geschäftstüchtig und hat das Geld vernünftiger angelegt, als ich das je getroffen hätte. Sie hat es in irgendwelchen Unternehmungen investiert – in die näheren Umstände bin ich nicht eingeweiht –, ich verstünde auch nichts davon. Und die Rente, die ich ausbezahlt bekomme, beträgt zwölfeinhalb Prozent, das ist nicht wenig, also beklagen darf ich mich nicht ... Zwölfeinhalb Prozent. Aber auch keinen Kreuzer mehr. Und jeder Versuch, den ich anfangs unternommen habe, um gelegentlich einen Vorschuß zu bekommen, war umsonst. Nach dem zweiten Versuch habe ich es übrigens wohlweislich unterlassen. Denn dann habe ich sie sechs Wochen nicht zu sehen bekommen, und sie hat einen Eid geschworen, daß ich sie überhaupt nie wieder zu Gesicht bekomme, wenn ich jemals wieder mit einem solchen Ansinnen an sie herantrete. Und das – das hab' ich nicht riskieren wollen. Ich brauch' sie nämlich, Willi, ich kann ohne sie nicht existieren. Alle acht Tage sehe ich sie, alle acht Tage kommt sie einmal zu mir. Ja, sie hält unsern Pakt, sie ist überhaupt das ordentlichste Geschöpf von der Welt. Noch nie ist sie ausgeblieben, und auch das Geld war jeden Ersten und Fünfzehnten pünktlich da. Und im Sommer sind wir alljährlich ganze vierzehn Tage irgendwo auf dem Land beisammen. Das steht auch in unserm Kontrakt. Aber die übrige Zeit, die gehört ihr.«

»Und du selbst, Onkel, besuchst sie nie?« fragte Willi einigermaßen verlegen.

»Aber freilich, Willi. Am ersten Weihnachtsfeiertag, am Ostersonntag und am Pfingstmontag. Der ist heuer am achten Juni.«

»Und wenn du, verzeih, Onkel, wenn es dir einmal einfiele, an irgendeinem andern Tag – du bist doch schließlich ihr Mann, Onkel, und wer weiß, ob es ihr nicht eher schmeicheln würde, wenn du einmal –«

»Kann ich nicht riskieren«, unterbrach ihn Robert Wilram. »Einmal – weil ich dir schon alles gesagt habe – also einmal bin ich am Abend in ihrer Straße auf und ab gegangen, in der Nähe von ihrem Haus, zwei Stunden lang –«

»Nun und?«

»Sie ist nicht sichtbar geworden. Aber am nächsten Tag ist ein Brief von ihr gekommen, in dem ist nur gestanden, daß ich sie in meinem Leben nicht wieder zu sehen bekomme, wenn ich es mir noch einmal einfallen ließe, vor ihrem Wohnhaus herumzupromenieren. Ja, Willi, so steht's. Und ich weiß, wenn mein eigenes Leben daran hinge – sie ließ' mich eher zugrunde gehen, als daß sie mir auch nur den zehnten Teil von dem, was du verlangst, außer der Zeit ausbezahlen würde. Da wirst du viel eher den Herrn Konsul zur Nachgiebigkeit bewegen, als ich jemals das Herz meiner ›Frau Gemahlin‹ zu erweichen imstande wäre.«

»Und – – war sie denn immer so?« fragte Willi.

»Das ist doch egal«, erwiderte Robert Wilram ungeduldig. »Auch wenn ich alles vorausgesehen hätte, es hätte mir nichts genützt. Ich war ihr verfallen vom ersten Moment an, wenigstens von der ersten Nacht an, und die war unsere Hochzeitsnacht.«

»Selbstverständlich«, sagte Willi, wie vor sich hin.

Robert Wilram lachte auf. »Ah, du meinst, sie ist eine anständige junge Dame gewesen aus einer guten bürgerlichen Familie? Gefehlt, mein lieber Willi, eine Dirne ist sie gewesen. Und wer weiß, ob sie es nicht heut noch ist – für andere.«

Willi fühlte sich verpflichtet, durch eine Geste seine Zweifel anzudeuten und er hegte sie wirklich, weil er sich nach dem ganzen Bericht des Onkels dessen Frau unmöglich als ein junges und reizvolles Geschöpf vorzustellen imstande war. Er hatte sie die ganze Zeit über als eine hagere, gelbliche, geschmacklos gekleidete, ältliche Person mit einer spitzen Nase vor sich gesehen, und flüchtig dachte er, ob der Onkel nicht seiner Empörung über die unwürdige Behandlung, die er von ihr erleiden mußte, durch eine bewußt ungerechte Beschimpfung Luft machen wollte. Aber Robert Wilram schnitt ihm jedes Wort ab und sprach gleich weiter. »Also, Dirne ist ja vielleicht zu viel gesagt – Blumenmädel war sie halt damals. Beim ›Hornig‹ hab' ich sie zum erstenmal gesehen vor vier oder fünf Jahren; du übrigens auch. Ja, du wirst dich vielleicht noch an sie erinnern.« Und auf Willis fragenden Blick: »Wir waren damals in einer größeren Gesellschaft dort, ein Jubiläum von dem Volkssänger Kriebaum war's, ein knallrotes Kleid hat sie angehabt, einen blonden Wuschelkopf und eine blaue Schleife um den Hals.« Und mit einer Art verbissener Freude setzte er hinzu: »Ziemlich ordinär hat sie ausgesehen. Im nächsten Jahr beim Ronacher, da hat sie schon ganz anders ausgeschaut, da hat sie sich ihre Leute schon aussuchen können. Ich hab' leider kein Glück bei ihr gehabt. Mit anderen Worten: ich war ihr halt nicht zahlungsfähig genug im Verhältnis zu meinen Jahren – na, und dann ist es eben gekommen, wie es manchmal zu kommen pflegt, wenn sich ein alter Esel von einem jungen Frauenzimmer den Kopf verdrehen läßt. Und vor zweieinhalb Jahren habe ich das Fräulein Leopoldine Lebus zur Frau genommen.«

Also Lebus hat sie mit dem Zunamen geheißen, dachte Willi. Denn daß das Mädel, von dem der Onkel erzählte, niemand anders sein konnte als die Leopoldine – wenn Willi auch diesen Namen längst wieder vergessen hatte –, das war ihm in demselben Augenblick klar gewesen, da der Onkel den Hornig, das rote Kleid und den blonden Wuschelkopf erwähnt hatte. Natürlich hatte er sich wohl gehütet, sich zu verraten, denn wenn sich der Onkel auch über das Vorleben des Fräulein Leopoldine Lebus keinerlei Illusionen zu machen schien, es wäre ihm doch gewiß recht peinlich gewesen, zu ahnen, wie jener Abend beim Hornig geendet, oder gar zu erfahren, daß Willi nachts um drei, nachdem er den Onkel zuerst nach Hause gebracht, die Leopoldine heimlich wieder getroffen hatte und bis zum Morgen mit ihr zusammengeblieben war. So tat er für alle Fälle so, als könnte er sich des ganzen Abends nicht recht erinnern und als gälte es, dem Onkel etwas Tröstliches zu sagen, bemerkte er, daß gerade aus solchen Wuschelköpfen manchmal sehr brave Haus- und Ehefrauen würden, während im Gegensatz dazu Mädchen aus guter Familie und mit tadellosem Ruf ihren späteren Gatten zuweilen schon recht schlimme Enttäuschungen bereitet hätten. Er wußte auch ein Beispiel von einer Baronesse, die ein Kamerad geheiratet hatte, also eine junge Dame aus feinster, aristokratischer Familie, und die man kaum zwei Jahre nach der Hochzeit einem andern Kameraden in einem »Salon«, wo »anständige Frauen« zu fixen Preisen zu haben waren, zugeführt hatte. Der ledige Kamerad hatte sich verpflichtet gefühlt, den Ehemann zu verständigen; die Folge: Ehrengericht, Duell, schwere Verwundung des Gatten, Selbstmord der Frau; — der Onkel mußte ja in der Zeitung davon gelesen haben! Die Affäre hatte ja so viel Aufsehen gemacht. Willi sprach sehr lebhaft, als interessiere ihn diese Angelegenheit plötzlich mehr als seine eigene, und es kam ein Augenblick, in dem Robert Wilram einigermaßen befremdet zu ihm aufsah. Willi besann sich, und obwohl doch der Onkel unmöglich auch nur im entferntesten den Plan ahnen konnte, der indes in Willi aufgetaucht und weitergereift war, hielt er es doch für richtig, den Ton zu dämpfen und das Thema, das doch eigentlich nicht hierher gehörte, zu verlassen. Und etwas unvermittelt erklärte er, daß er nach den Aufschlüssen, die ihm der Onkel gegeben, natürlich nicht weiter in ihn dringen dürfe, und er ließ sogar gelten, daß ein Versuch beim Konsul Schnabel immerhin noch eher Aussicht auf Erfolg haben könnte als bei dem gewesenen Fräulein Leopoldine Lebus; und dann wäre es immerhin nicht undenkbar, daß auch der Oberleutnant Höchster, der eine kleine Erbschaft gemacht, vielleicht auch ein Regimentsarzt, der gestern an der Spielpartie teilgenommen hatte, sich gemeinsam bereitfänden, ihn aus seiner fürchterlichen Situation zu retten. Ja, Höchster müsse er vor allem aufsuchen, der hatte heute Kasernendienst.

Der Boden brannte ihm unter den Füßen, er sah auf die Uhr, stellte sich plötzlich noch eiliger an, als er war, reichte dem Onkel die Hand, schnallte den Säbel fester und ging.

11

Nun aber kam es vor allem darauf an, Leopoldinens Adresse zu erfahren, und Willi machte sich unverzüglich auf den Weg zum Meldungsamt. Daß sie ihm seine Bitte abschlagen könnte, sobald er sie überzeugt hatte, daß sein Leben auf dem Spiel stand, erschien ihm in diesem Augenblick geradezu unmöglich. Ihr Bild, das im Laufe der seither vergangenen Jahre kaum jemals in ihm aufgetaucht war, jener ganze Abend erstand neu lebendig in seiner Erinnerung. Er sah den blonden Wuschelkopf auf dem grobleinenen weißen, rotdurchschimmerten Bettpolster, das blasse, rührend-kindliche Gesicht, auf das durch die Spalten der schadhaften grünen Holzjalousien das Dämmerlicht des Sommermorgens fiel, sah den schmalen Goldreif mit dem Halbedelstein auf dem Ringfinger ihrer Rechten, die über der roten Bettdecke lag, das schmale silberne Armband um das Gelenk ihrer Linken, die sie Abschied winkend aus dem Bett hervorstreckte, als er sie verließ. Sie hatte ihm so gut gefallen, daß er sich beim Abschied fest entschlossen glaubte, sie wiederzusehen; es traf sich aber zufällig, daß gerade damals ein anderes weibliches Wesen ältere Rechte an ihn hatte, die ihm als die ausgehaltene Geliebte eines Bankiers keinen Kreuzer kostete, was bei seinen Verhältnissen immerhin in Betracht kam; – und so fügte es sich, daß er sich weder beim Hornig wieder blicken ließ, noch auch von der Adresse ihrer verheirateten Schwester Gebrauch machte, bei der sie wohnte und wohin er ihr hätte schreiben können. So hatte er sie seit jener einzigen Nacht niemals wiedergesehen. Aber was immer sich seither in ihrem Leben ereignet haben mochte, so sehr konnte sie sich nicht verändert haben, daß sie ruhig geschehen ließe – was eben geschehen mußte, wenn sie eine Bitte zurückwies, die zu erfüllen für sie doch so leicht war.

Er hatte immerhin eine Stunde im Meldungsamt zu warten, bis er den Zettel mit Leopoldinens Adresse in der Hand hielt. Dann fuhr er in einem geschlossenen Wagen bis zur Ecke der Gasse, in der Leopoldine wohnte, und stieg aus.

Das Haus war ziemlich neu, vier Stock hoch, nicht übermäßig freundlich anzusehen, und lag gegenüber einem eingezäunten Holzplatz. Im zweiten Stock öffnete ihm ein nettgekleidetes Dienstmädchen; auf seine Frage, ob Frau Wilram zu sprechen sei, betrachtete sie ihn zögernd, worauf er ihr seine Visitenkarte reichte: Wilhelm Kasda, Leutnant im k. u. k. Infanterie-Regiment Nr. 98, Alserkaserne. Das Mädchen kam sofort mit dem Bescheid wieder, die gnädige Frau sei sehr beschäftigt; – was der Herr Leutnant wünsche? Nun erst fiel ihm ein, daß Leopoldine wahrscheinlich seinen Zunamen nicht kannte. Er überlegte, ob er sich einfach als einen alten Freund oder etwa scherzhaft als einen Cousin des Herrn von Hornig ausgeben sollte, als die Tür sich öffnete, ein älterer, dürftig gekleideter Mensch mit einer schwarzen Aktentasche heraustrat und dem Ausgang zuschritt. Dann ertönte eine weibliche Stimme: »Herr Kraßny!« was dieser, schon im Stiegenhaus, nicht mehr zu hören schien, worauf die Dame, die gerufen, persönlich ins Vorzimmer trat und nochmals nach Herrn Kraßny rief, so daß dieser sich umwandte. Leopoldine aber hatte den Leutnant schon erblickt und, wie ihr Blick und ihr Lächeln verriet, sofort wiedererkannt. Sie sah dem Geschöpf nicht im geringsten ähnlich, das er in der Erinnerung bewahrt hatte, war stattlich und voll, ja anscheinend größer geworden, trug eine einfache glatte, beinahe strenge Frisur, und, was das merkwürdigste war, auf der Nase saß ihr ein Zwicker, dessen Schnur sie um das Ohr geschlungen hatte.

»Bitte, Herr Leutnant«, sagte sie. – Und nun merkte er, daß ihre Züge eigentlich ganz unverändert waren. »Bitte nur weiterspazieren, ich stehe gleich zur Verfügung.« Sie wies auf die Tür, aus der sie gekommen war, wandte sich Herrn Kraßny zu und schien ihm irgendeinen Auftrag, zwar leise und für Willi unverständlich, aber eindringlich einzuschärfen. Willi trat indes in ein helles und geräumiges Zimmer, in dessen Mitte ein langer Tisch stand, mit Tintenzeug, Lineal, Bleistiften und Geschäftsbüchern; an den Wänden rechts und links ragten zwei hohe Aktenschränke, auf der Rückwand über einem Tischchen mit Zeitungen und Prospekten war eine große Landkarte von Europa ausgespannt, und Willi mußte unwillkürlich an das Reisebüro einer Provinzstadt denken, in dem er einmal zu tun gehabt hatte. Gleich darauf aber sah er das armselige Hotelzimmer vor sich, mit den schadhaften Jalousien und dem durchscheinenden Bettpolster – – und es war ihm sonderbar zumute, beinahe wie in einem Traum.

Leopoldine trat ein, schloß die Tür hinter sich, den Zwicker ließ sie nun in den Fingern hin und her spielen, dann streckte sie dem Leutnant die Hand entgegen, freundlich, aber ohne merkliche Erregung. Er beugte sich über die Hand, als wenn er sie küssen wollte, doch sie entzog sie ihm sofort. »Nehmen Sie doch Platz, Herr Leutnant. Was verschafft mir das Vergnügen?« Sie wies ihm einen bequemen Stuhl an; sie selbst nahm ihren offenbar gewohnten Platz auf einem einfacheren Sessel ihm gegenüber an dem langen Tisch mit den Geschäftsbüchern ein. Willi kam sich vor, als wäre er bei einem Advokaten oder Arzt. – »Womit kann ich dienen?« fragte sie nun mit einem beinahe ungeduldigen Ton, der nicht sehr ermutigend klang.

»Gnädige Frau«, begann Willi nach einem leichten Räuspern, »ich muß vor allem vorausschicken, daß es nicht etwa mein Onkel war, der mir Ihre Adresse gegeben hat.«

Sie blickte verwundert auf. »Ihr Onkel?«

»Mein Onkel Robert Wilram«, betonte Willi.

»Ach ja«, lächelte sie und sah vor sich hin.

»Er weiß selbstverständlich nichts von diesem Besuch«, fuhr Willi etwas hastiger fort. »Ich muß das ausdrücklich bemerken.« Und auf ihren verwunderten Blick: »Ich habe ihn überhaupt schon lange nicht gesehen, aber es war nicht meine Schuld. Erst heute, im Laufe des Gesprächs teilte er mir mit, daß er sich – in der Zwischenzeit vermählt hätte.«

Leopoldine nickte freundlich. »Eine Zigarette, Herr Leutnant?« Sie wies auf die offene Schachtel, er bediente sich, sie gab ihm Feuer und zündete sich gleichfalls eine Zigarette an. »Also, darf ich nun endlich wissen, welchem Umstand ich das Vergnügen zu verdanken habe –«

»Gnädige Frau, es handelt sich bei meinem Besuch um die gleiche Angelegenheit, die mich – zu meinem Onkel geführt hat. Eine eher – peinliche Angelegenheit, wie ich leider gleich bemerken muß«, – und da ihr Blick sich sofort auffallend verdunkelte – »ich will Ihre Zeit nicht allzusehr in Anspruch nehmen, gnädige Frau. Ganz ohne Umschweife: ich würde Sie nämlich ersuchen, mir auf – drei Monate einen gewissen Betrag vorzustrecken.«

Nun erhellte sich sonderbarerweise ihr Blick wieder. »Ihr Vertrauen ist für mich sehr schmeichelhaft, Herr Leutnant«, sagte sie und streifte die Asche von ihrer Zigarette, »obzwar ich eigentlich nicht recht weiß, wie ich zu dieser Ehre komme. Darf ich in jedem Fall fragen, um welchen Betrag es sich handelt?« Sie trommelte mit ihrem Zwicker leicht auf den Tisch.

»Um elftausend Gulden, gnädige Frau.« Er bereute, daß er nicht zwölf gesagt hatte. Schon wollte er sich verbessern, dann fiel ihm plötzlich ein, daß der Konsul sich vielleicht mit zehntausend zufrieden geben würde, und so ließ er es bei den elf bewenden.

»So«, sagte Leopoldine, »elftausend, das kann man ja wirklich schon einen ›gewissen Betrag‹ nennen.« Sie ließ ihre Zunge zwischen den Zähnen spielen. »Und welche Sicherheit würden Sie mir bieten, Herr Leutnant?«

»Ich bin Offizier, gnädige Frau.«

Sie lächelte – beinahe gütig. »Verzeihen Sie, Herr Leutnant, aber das bedeutet nach geschäftlichen Usancen noch keine Sicherheit. Wer würde für Sie bürgen?«

Willi schwieg und blickte zu Boden. Eine brüske Abweisung

hätte ihn nicht minder verlegen gemacht als diese kühle Höflichkeit. »Verzeihen Sie, gnädige Frau«, sagte er. »Die formelle Seite der Angelegenheit habe ich mir freilich noch nicht genügend überlegt. Ich befinde mich nämlich in einer ganz verzweifelten Situation. Es handelt sich um eine Ehrenschuld, die bis morgen acht Uhr früh beglichen werden muß. Sonst ist eben die Ehre verloren und – was bei unsereinem sonst noch dazugehört.« Und da er nun in ihren Augen eine Spur von Teilnahme glaubte schimmern zu sehen, erzählte er ihr, geradeso wie eine Stunde vorher dem Onkel, doch in gewandteren und bewegteren Worten, die Geschichte der vergangenen Nacht. Sie hörte ihn mit immer deutlicheren Anzeichen des Mitgefühls, ja des Bedauerns an. Und als er geendet, fragte sie mit einem verheißungsvollen Augenaufschlag: »Und ich – ich, Willi, bin das einzige menschliche Wesen auf Erden, an das du dich in dieser Situation wenden konntest?«
Diese Ansprache, insbesondere ihr Du, beglückte ihn. Schon hielt er sich für gerettet. »Wär' ich sonst da?« fragte er. »Ich habe wirklich keinen anderen Menschen.«
Sie schüttelte teilnehmend den Kopf. »Um so peinlicher ist es mir«, erwiderte sie und drückte langsam ihre glimmende Zigarette aus, »daß ich leider nicht in der Lage bin, dir gefällig zu sein. Mein Vermögen ist in verschiedenen Unternehmungen festgelegt. Über nennenswerte Barbeträge verfüge ich niemals. Bedauere wirklich.« Und sie erhob sich von ihrem Sessel, als wäre eine Audienz beendet. Willi, im tiefsten erschrocken, blieb sitzen. Und zögernd, unbeholfen, fast stotternd, gab er ihr zur Erwägung, ob nicht doch bei dem wahrscheinlich sehr günstigen Stand ihrer geschäftlichen Unternehmungen eine Anleihe aus irgendwelchen Kassenbeständen oder die Inanspruchnahme irgendeines Kredites möglich wäre. Ihre Lippen kräuselten sich ironisch, und seine geschäftliche Naivität nachsichtig belächelnd sagte sie: »Du stellst dir diese Dinge etwas einfacher vor, als sie sind, und offenbar hältst du es für ganz selbstverständlich, daß ich mich in deinem Interesse in irgendeine finanzielle Transaktion einließe, die ich in meinem eigenen nie und nimmer unternähme. Und noch dazu ohne jede Sicherstellung! – Wie komm' ich eigentlich dazu?« Diese letzten Worte klangen nun wieder so freundlich, ja kokett, als sei sie innerlich doch schon bereit nachzugeben und erwarte nur noch ein bittendes, ein beschwörendes Wort aus seinem Mund. Er glaubte es gefunden zu haben und sagte: »Gnädige Frau – Leopoldine – meine Existenz, mein Leben steht auf dem Spiel.«
Sie zuckte leicht zusammen; er spürte, daß er zu weit gegangen war, und fügte leise hinzu: »Bitte um Verzeihung.«

Ihr Blick wurde undurchdringlich, und nach kurzem Schweigen bemerkte sie trocken: »Keineswegs kann ich eine Entscheidung treffen, ohne meinen Advokaten zu Rate gezogen zu haben.« Und da nun sein Auge in neuer Hoffnung zu leuchten begann, mit einer wie abwehrenden Handbewegung: »Ich habe heute ohnehin eine Besprechung mit ihm – um fünf in seiner Kanzlei. Ich will sehen, was sich machen läßt. Jedenfalls rate ich dir, verlaß dich nicht darauf, nicht im geringsten. Denn eine sogenannte Kabinettsfrage werde ich natürlich nicht daraus machen.« Und mit plötzlicher Härte fügte sie hinzu: »Ich wüßte wirklich nicht, warum.« Dann aber lächelte sie wieder und reichte ihm die Hand. Nun erlaubte sie ihm auch, einen Kuß darauf zu drücken.

»Und wann darf ich mir die Antwort holen?«

Sie schien eine Weile nachzudenken: »Wo wohnst du?«

»Alserkaserne«, erwiderte er rasch, »Offizierstrakt, dritte Stiege, Zimmer vier.«

Sie lächelte kaum. Dann sagte sie langsam: »Um sieben, halb acht werd' ich jedenfalls schon wissen, ob ich in der Lage bin oder nicht ––« überlegte wieder eine Weile und schloß mit Entschiedenheit: »Ich werde dir die Antwort zwischen sieben und acht durch eine Vertrauensperson übermitteln lassen.«

Sie öffnete ihm die Tür und geleitete ihn in den Vorraum. »Adieu, Herr Leutnant.«

»Auf Wiedersehn«, erwiderte er betroffen. Ihr Blick war kalt und fremd. Und als das Dienstmädchen dem Herrn Leutnant die Tür ins Stiegenhaus auftat, war Frau Leopoldine Wilram schon in ihrem Zimmer verschwunden.

12

Während der kurzen Zeit, die Willi bei Leopoldine verbracht hatte, war er durch so wechselnde Stimmungen der Ermutigung, der Hoffnung, der Geborgenheit und neuer Enttäuschung gegangen, daß er die Treppe wie benommen hinabstieg. Im Freien erst gewann er einige Klarheit wieder, und nun schien ihm seine Angelegenheit im ganzen nicht ungünstig zu stehen. Daß Leopoldine, wenn sie nur wollte, in der Lage war, sich für ihn das Geld zu verschaffen, war zweifellos; daß es in ihrer Macht lag, ihren Rechtsanwalt zu bestimmen, wie es ihr beliebte, dafür war ihr ganzes Wesen Beweis genug; – daß endlich in ihrem Herzen noch etwas für ihn sprach –, dieses Gefühl wirkte so stark in Willi nach, daß er sich, im Geist eine lange Frist überspringend, plötzlich als Gatten der verwitweten Frau Leopoldine Wilram, nunmehrige Frau Majorin Kasda zu erblicken glaubte.

Doch dieses Traumbild verblaßte bald, während er in Sommermittagsschwüle durch mäßig belebte Gassen eigentlich ziellos dem Ring zu spazierte. Er erinnerte sich nun wieder des unerfreulichen Büroraums, in dem sie ihn empfangen hatte; und ihr Bild, um das eine Weile hindurch eine gewisse weibliche Anmut geflossen war, nahm wieder den harten, beinahe strengen Ausdruck an, der ihn in manchen Momenten eingeschüchtert hatte. Doch wie immer es kommen sollte, noch viele Stunden der Ungewißheit lagen vor ihm und auf irgendeine Weise mußten sie hingebracht werden. Es kam ihm der Einfall, sich, wie man das so nennt, einen »guten Tag« zu machen, und wenn – ja g e r a d e wenn es der letzte wäre. Er entschloß sich, das Mittagessen in einem vornehmen Hotelrestaurant einzunehmen, wo er seinerzeit ein paarmal mit dem Onkel gespeist hatte, ließ sich in einer kühlen, dämmerigen Ecke eine vortreffliche Mahlzeit servieren, trank eine Flasche herbsüßen ungarischen Weins dazu und geriet allmählich in einen Zustand von Behaglichkeit, gegen den er sich nicht zu wehren vermochte. Mit einer guten Zigarre saß er noch geraume Zeit, der einzige Gast, in der Ecke des Samtdiwans, duselte vor sich hin, und als ihm der Kellner echte ägyptische Zigaretten zum Kauf anbot, nahm er gleich eine ganze Schachtel; es war ja alles egal, schlimmstenfalls vererbte er sie seinem Burschen.

Als er wieder auf die Straße trat, war ihm nicht anders zumute, als wenn ihm ein einigermaßen bedenkliches, aber doch im wesentlichen interessantes Abenteuer bevorstünde, etwa ein Duell. Und er erinnerte sich eines Abends, einer halben Nacht, die er vor zwei Jahren mit einem Kameraden verbracht hatte, der am nächsten Morgen auf Pistolen antreten sollte; – zuerst in Gesellschaft von ein paar weiblichen Wesen, dann mit ihm allein unter ernsten, gewissermaßen philosophischen Gesprächen. Ja, so ähnlich mußte dem damals zumute gewesen sein; und daß die Sache damals gut ausgegangen war, erschien Willi wie eine günstige Vorbedeutung.

Er schlenderte über den Ring, ein junger, nicht übermäßig eleganter Offizier, aber schlank gewachsen, leidlich hübsch, und den jungen Damen aus verschiedensten Kreisen, die ihm begegneten, wie er an manchem Augenaufschlag bemerkte, ein nicht unerfreulicher Anblick. Vor einem Kaffeehaus im Freien trank er einen Mokka, rauchte Zigaretten, blätterte in illustrierten Zeitungen, musterte die Vorübergehenden, ohne sie eigentlich zu sehen; und allmählich erst, ungern, aber mit Notwendigkeit erwachte er zum klaren Bewußtsein der Wirklichkeit. Es war fünf Uhr. Unaufhaltsam, wenn auch allzu langsam, schritt der Nachmittag weiter vor; nun war es wohl das klügste, sich nach Hause zu begeben und eine Weile der Ruhe zu pflegen, soweit das möglich war. Er nahm die Pferdebahn, stieg vor der Kaserne aus, und ohne irgendwelche unwillkommene Begegnung gelangte er über den Hof zu seinem Quartier. Joseph war im Vorzimmer beschäftigt, die Garderobe des Herrn Leutnant in Ordnung zu bringen, meldete gehorsamst, das sich nichts Neues ereignet habe, nur – der Herr Bogner sei dagewesen, schon am Vormittag, und habe seine Visitenkarte dagelassen. »Was brauch' ich dem seine Karten«, sagte Willi unwirsch. Die Karte lag auf dem Tisch, Bogner hatte seine Privatadresse darauf geschrieben: Piaristengasse zwanzig. Gar nicht weit, dachte Willi. Was geht das mich übrigens an, ob er nah oder weit wohnt, der Narr. Wie ein Gläubiger lief er ihm nach – der zudringliche Kerl. Willi war nah daran, die Karte zu zerreißen, dann überlegte er sich's doch –, warf sie nachlässig auf die Kommode hin und wandte sich wieder an den Burschen: Am Abend zwischen sieben und acht würde jemand nach ihm, nach dem Herrn Leutnant Kasda fragen, ein Herr, vielleicht ein Herr mit einer Dame, möglicherweise auch eine Dame allein. »Verstanden?« – »Jawohl, Herr Leutnant?« Willi schloß die Tür hinter sich, streckte sich auf das Sofa hin, das etwas zu kurz war, so daß seine Füße über die niedere Lehne herabbaumelten, und sank in den Schlaf wie in einen Abgrund.

13

Es dämmerte schon, als er durch ein unbestimmtes Geräusch erwachte, die Augen aufschlug und eine junge Dame in einem blau-weiß getupften Sommerkleid vor sich stehen sah. Schlaftrunken noch erhob er sich, sah, daß mit einem etwas ängstlichen Blick, wie schuldbewußt, sein Bursche hinter der jungen Dame stand, und schon vernahm er Leopoldinens Stimme. »Verzeihen Sie, Herr Leutnant, daß ich Ihrem – Herrn Burschen nicht erlaubt habe, mich anzumelden, aber ich habe lieber gewartet, bis Sie von selbst aufwachen.«
Wie lange mag sie schon dastehen, dachte Willi, und was ist denn das für eine Stimme? Und wie sieht sie aus? Das ist doch eine ganz andere als die von vormittag. Sicher hat sie das Geld mitgebracht. Er winkte dem Burschen ab, der gleich verschwand. Und zu Leopoldine gewendet: »Also, gnädige Frau bemühen sich selbst – ich bin sehr glücklich. Bitte, gnädige Frau –« Und er lud sie ein, Platz zu nehmen.
Sie ließ einen hellen, beinahe fröhlichen Blick im Zimmer herumgehen und schien mit dem Raum durchaus einverstanden. In der Hand hielt sie einen weiß-blau gestreiften Schirm, der

ihrem blauen, weiß getupften Foulardkleid vortrefflich ange-
paßt war. Sie trug einen Strohhut von nicht ganz moderner
Fasson, breitrandig, nach Florentiner Art, mit herabhängen-
den, künstlichen Kirschen. »Sehr hübsch haben Sie's da, Herr
Leutnant«, sagte sie, und die Kirschen schaukelten an ihrem
Ohr hin und her. »Ich habe mir gar nicht vorgestellt, daß
Zimmer in einer Kaserne so behaglich und nett ausschauen
können.« – »Es sind nicht alle gleich«, bemerkte Willi mit
einiger Genugtuung. Und sie ergänzte lächelnd: »Es wird
wohl im allgemeinen auf den Bewohner ankommen.«
Willi, verlegen und froh erregt, rückte Bücher auf dem Tisch
zurecht, schloß den schmalen Schrank ab, dessen Tür ein wenig
geklafft hatte, und plötzlich bot er Leopoldine aus der im
Hotel gekauften Schachtel eine Zigarette an. Sie lehnte ab,
ließ sich aber leicht in die Ecke des Diwans sinken. Entzückend sieht sie aus, dachte Willi. Eigentlich wie eine Frau
aus guten, bürgerlichen Kreisen. Sie erinnerte so wenig an
die Geschäftsdame von heute vormittag als an den Wuschelkopf von einst. Wo mochte sie nur die elftausend Gulden haben? Als erriete sie seine Gedanken, sah sie lächelnd, spitz-
bübisch beinahe zu ihm auf und fragte dann scheinbar harmlos: »Wie leben Sie denn immer, Herr Leutnant?« Und da
Willi mit der Antwort auf ihre doch gar zu allgemein gehaltene Frage zögerte, erkundigte sie sich im einzelnen, ob sein
Dienst leicht oder schwer sei, ob er bald avancieren werde,
wie er mit seinen Vorgesetzten stehe und ob er oft Ausflüge
in die Umgegend unternehme, wie zum Beispiel am vorigen
Sonntag. Willi entgegnete, mit dem Dienst sei es bald so,
bald so, über seine Vorgesetzten habe er sich im allgemeinen
nicht zu beklagen, insbesondere der Oberstleutnant Wositzky
sei sehr nett zu ihm, ein Avancement sei vor drei Jahren nicht
zu erwarten, zu Ausflügen habe er natürlich wenig Zeit, wie
sich die gnädige Frau denken könne, nur eben an Sonntagen –
wozu er einen leichten Seufzer vernehmen ließ. Leopoldine
bemerkte darauf, den Blick freundlich zu ihm erhoben –
denn er stand noch immer durch den Tisch von ihr getrennt
gegenüber –, sie hoffe, daß er seine Abende auch nützlicher
zu verwenden wisse als am Kartentisch. Und nun hätte sie
wohl ungezwungen anknüpfen können: Ja, richtig, Herr Leutnant, daß ich nicht vergesse, hier, die Kleinigkeit, um die Sie
mich heute morgen angingen – – Aber kein Wort, keine Bewegung, die so zu deuten war. Sie sah immer nur lächelnd,
wohlgefällig zu ihm auf, und ihm blieb nichts anderes übrig,
als die Unterhaltung mit ihr weiterzuführen, so gut es ging.
So erzählte er von der sympathischen Familie Keßner und der
schönen Villa, in der sie wohnten, von dem dummen Schau-

spieler Elrief, von dem geschminkten Fräulein Rihoscheck und von der nächtlichen Fiakerfahrt nach Wien. »In netter Gesellschaft, hoffentlich«, meinte sie. Oh, keineswegs, er sei mit einem seiner Spielpartner hereingefahren. Nun erkundigte sie sich scherzhaft, ob das Fräulein Keßner blond oder braun oder schwarz sei. Das wisse er selbst nicht genau, antwortete er. Und sein Ton verriet absichtsvoll, daß es in seinem Leben keinerlei Herzenssachen von irgendwelcher Bedeutung gäbe. »Ich glaube überhaupt, gnädige Frau, Sie stellen sich mein Leben ganz anders vor, als es ist.« Teilnahmvoll, die Lippen halb geöffnet, sah sie zu ihm auf. »Wenn man nicht so allein wär'«, fügte er hinzu, »könnten einem so fatale Dinge wohl nicht passieren.« Sie hatte einen unschuldig-fragenden Augenaufschlag, als verstünde sie nicht recht, dann nickte sie ernst, aber auch jetzt benützte sie die Gelegenheit nicht; und statt von dem Geld zu reden, das sie doch jedenfalls mitgebracht hatte, oder einfacher noch, ohne viel Worte, die Banknoten auf den Tisch zu legen, bemerkte sie: »Alleinsein und Alleinsein, das ist zweierlei.« – »Das stimmt«, sagte er. Und da sie darauf nur verständnisvoll nickte und es ihm immer nur banger wurde, wenn die Unterhaltung stockte, entschloß er sich zu der Frage, wie es ihr denn immer gegangen sei, ob sie viel Schönes erlebt habe und er vermied es, des älteren Herrn Erwähnung zu tun, mit dem sie verheiratet und der sein Onkel war, ebenso wie er es unterließ, vom Hornig zu reden oder gar von einem gewissen Hotelzimmer mit schadhaften Jalousien und rotdurchschimmerten Kissen. Es war ein Gespräch zwischen einem nicht sonderlich gewandten Leutnant und einer hübschen, jungen Frau der bürgerlichen Gesellschaft, die beide wohl allerlei voneinander wußten – recht verfängliche Dinge einer von dem anderen –, die aber beide ihre Gründe haben mochten, an diese Dinge lieber nicht zu rühren, und wäre es auch nur aus dem Grunde, um die Stimmung nicht zu gefährden, die nicht ohne Reiz, ja nicht ohne Verheißungen war. Leopoldine hatte ihren Florentiner Hut abgenommen und vor sich hin auf den Tisch gelegt. Sie trug wohl noch die glatte Frisur von heute morgen, aber seitlich hatten sich ein paar Locken gelöst und fielen geringelt über die Schläfe hin, was nun ganz von ferne den einstigen Wuschelkopf in Erinnerung brachte.

Es dunkelte immer tiefer. Willi überlegte eben, ob er die Lampe anzünden sollte, die in der Nische des weißen Kachelofens stand; in diesem Augenblick griff Leopoldine wieder nach ihrem Hut. Es sah zuerst aus, als hätte das weiter keine Bedeutung, denn sie war indes in die Erzählung von einem Ausflug geraten, der sie voriges Jahr über Mödling, Lilienfeld, Heiligenkreuz gerade nach Baden geführt hatte, aber plötzlich setzte sie den Florentiner Hut auf, steckte ihn fest, und mit einem höflichen Lächeln bemerkte sie, daß es nun an der Zeit für sie sei, sich zu empfehlen. Auch Willi lächelte; aber es war ein unsicheres, fast erschrockenes Lächeln, das um seine Lippen irrte. Hielt sie ihn zum besten? Oder wollte sie sich nur an seiner Unruhe, an seiner Angst weiden, um ihn endlich im letzten Augenblick mit der Kunde zu beglücken, daß sie das Geld mitgebracht habe? Oder war sie nur gekommen, um sich zu entschuldigen, daß es ihr nicht möglich gewesen war, den gewünschten Betrag für ihn flüssig zu machen? und fand nur die rechten Worte nicht, ihm das zu sagen? Jedenfalls aber, das war unverkennbar, es war ihr ernst mit der Absicht zu gehen; und ihm in seiner Hilflosigkeit blieb nichts übrig, als Haltung zu bewahren, sich zu betragen wie ein galanter junger Mann, der den erfreulichen Besuch einer schönen, jungen Frau erhalten und sich unmöglich darein finden konnte, sie mitten in der besten Unterhaltung einfach gehen zu lassen. »Warum wollen Sie denn schon fort?« fragte er im Ton eines enttäuschten Liebhabers. Und dringender: »Sie werden doch nicht wirklich schon fort wollen, Leopoldine?« – »Es ist spät«, erwiderte sie. Und leicht scherzend fügte sie hinzu: »Du wirst wohl auch etwas Gescheiteres vor haben an einem so schönen Sommerabend?«

Er atmete auf, da sie ihn nun plötzlich wieder mit dem vertrauten Du ansprach; und es war ihm schwer, eine neu aufsteigende Hoffnung nicht zu verraten. Nein, er habe nicht das geringste vor, sagte er, und selten hatte er etwas mit gleich gutem Gewissen beteuern können. Sie zierte sich ein wenig, behielt den Hut vorerst noch auf dem Kopf, trat zu dem offenen Fenster hin und blickte wie mit plötzlich erwachtem Interesse in den Kasernenhof hinab. Dort gab es freilich nicht viel zu sehen: drüben vor der Kantine, um einen langen Tisch, saßen Soldaten; ein Offiziersbursche, ein verschnürtes Paket unter dem Arm, eilte quer durch den Hof, ein anderer schob ein Wägelchen mit einem Faß Bier der Kantine zu, zwei Offiziere spazierten plaudernd dem Tore zu. Willi stand neben Leopoldine, ein wenig hinter ihr, ihr blau-weiß getupftes Foulardkleid rauschte leise, ihr linker Arm hing schlaff herab, die Hand blieb erst unbeweglich, als die seine sie berührte; allmählich aber glitten ihre Finger leicht zwischen die seinen. Aus einem Mansardenzimmer gegenüber, dessen Fenster weit offen standen, drangen melancholisch die Übungsläufe einer Trompete. Schweigen.

»Ein bißl traurig ist es da«, meinte Leopoldine endlich. – »Findest du?« Und da sie nickte, sagte er: »Es müßte aber gar nicht traurig sein.« Sie wandte langsam den Kopf nach ihm um. Er hätte erwartet, ein Lächeln um ihre Lippen zu sehen, doch er gewahrte einen zarten, fast schwermütigen Zug. Plötzlich aber reckte sie sich und sagte: »Jetzt ist es aber wirklich höchste Zeit, meine Marie wird schon mit dem Nachtmahl warten.« – »Haben Gnädigste die Marie noch nie warten lassen?« Und da sie ihn darauf lächelnd ansah, wurde er kühner und fragte sie, ob sie ihm nicht die Freude bereiten und bei ihm zu Abend essen möchte. Er werde den Burschen hinüberschicken in den Riedhof, sie könne ganz leicht noch vor zehn zu Hause sein. Ihre Einwendungen klangen so wenig ernsthaft, daß Willi ohne weiteres ins Vorzimmer eilte, rasch seinem Burschen die zweckdienlichen Aufträge erteilte und gleich wieder bei Leopoldine war, die, noch immer am Fenster stehend, eben mit einem lebhaften Schwung den Florentiner Hut über den Tisch auf das Bett fliegen ließ. Und von diesem Augenblick an schien sie eine andere geworden. Sie strich Willi lachend über den glatten Scheitel, er faßte sie um die Mitte und zog sie neben sich auf das Sofa. Doch als er sie küssen wollte, wandte sie sich heftig ab, er unterließ weitere Versuche und stellte nun die Frage an sie, wie sie denn eigentlich ihre Abende zu verbringen pflege. Sie sah ihm ernsthaft ins Auge. »Ich hab' ja tagsüber so viel zu tun«, sagte sie, »und ich bin ganz froh, wenn ich am Abend meine Ruh' hab' und keinen Menschen seh'.« Er gestand ihr, daß er sich von ihren Geschäften eigentlich keinen rechten Begriff zu machen vermöge; und rätselhaft erschiene es ihm, daß sie überhaupt in diese Art von Existenz geraten sei. Sie wehrte ab. Von solchen Dingen verstünde er ja doch nichts. Er gab nicht gleich nach, sie solle ihm doch wenigstens etwas von ihrem Lebenslauf erzählen, nicht alles natürlich, das könne er nicht verlangen, aber er möchte doch gern so ungefähr wissen, was sie erlebt seit dem Tage, da – da sie einander zum letztenmal gesehen. Noch mancherlei wollte sich auf seine Lippen drängen, auch der Name seines Onkels, aber irgend etwas hielt ihn zurück, ihn auszusprechen. Und er fragte sie nur unvermittelt, fast überstürzt, ob sie glücklich sei.

Sie blickte vor sich hin. »Ich glaub' schon«, erwiderte sie dann leise. »Vor allem bin ich ein freier Mensch, das hab' ich mir immer am meisten gewünscht, bin von niemandem abhängig, wie – ein Mann.«

»Das ist aber Gott sei Dank das einzige«, sagte Willi, »was du von einem Mann an dir hast.« Er rückte näher an sie, wurde zärtlich. Sie ließ ihn gewähren, doch wie zerstreut. Und als draußen die Türe ging, rückte sie rasch von ihm fort, stand auf, nahm die Lampe aus der Ofennische und machte Licht. Joseph trat mit dem Essen ein. Leopoldine nahm in Augenschein, was er mitgebracht, nickte zustimmend. »Herr Leutnant müssen einige Erfahrung haben«, bemerkte sie lächelnd. Dann deckte sie gemeinsam mit Joseph den Tisch, gestattete nicht, daß Willi mit Hand anlegte; er blieb auf dem Sofa sitzen, »wie ein Pascha« bemerkte er, und rauchte eine Zigarette. Als alles in Ordnung war und das Vorgericht auf dem Tische stand, wurde Joseph für heute entlassen. Ehe er ging, drückte ihm Leopoldine ein so reichliches Trinkgeld in die Hand, daß er vor Staunen fassungslos war und ehrerbietigst salutierte wie vor einem General.

»Dein Wohl«, sagte Willi und stieß mit Leopoldine an. Beide leerten ihre Gläser, sie stellte das ihre klirrend hin und preßte ihre Lippen heftig an Willis Mund. Als er nun stürmischer wurde, schob sie ihn von sich fort, bemerkte: »Zuerst wird soupiert« und wechselte die Teller.

Sie aß, wie gesunde Geschöpfe zu essen pflegen, die ihr Tagewerk vollbracht haben und es sich nach getaner Arbeit gut schmecken lassen, aß, mit weißen, kraftvollen Zähnen, dabei doch recht fein und manierlich, in der Art von Damen, die immerhin schon manchmal in vornehmen Restaurants mit feinen Herren soupiert haben. Die Weinflasche war bald geleert, und es traf sich gut, daß der Herr Leutnant sich rechtzeitig erinnerte, eine halbe Flasche französischen Kognak, weiß Gott von welcher Gelegenheit her, im Schrank stehen zu haben. Nach dem zweiten Glas schien Leopoldine ein wenig schläfrig zu werden. Sie lehnte sich in die Ecke des Diwans zurück, und als Willi sich über ihre Stirn beugte, ihre Augen, ihre Lippen, ihren Hals küßte, flüsterte sie hingegeben, schon wie aus einem Traum, seinen Namen.

14

Als Willi erwachte, dämmerte es, und kühle Morgenluft wehte durch das Fenster herein. Leopoldine aber stand mitten im Zimmer, völlig angekleidet, den Florentiner Hut auf der Frisur, den Schirm in der Hand. Herrgott, muß ich fest geschlafen haben, war Willis erster Gedanke, und sein zweiter: Wo ist das Geld? Da stand sie mit Hut und Schirm, offenbar bereit, in der nächsten Sekunde den Raum zu verlassen. Sie nickte dem Erwachenden einen Morgengruß zu. Da streckte er, wie sehnsüchtig, die Arme nach ihr aus. Sie trat näher, setzte sich zu ihm aufs Bett, mit freundlicher, aber ernster Stirn. Und als er die Arme um sie schlingen, sie an sich ziehen wollte, deutete sie auf ihren Hut, auf ihren Schirm, den sie, fast wie eine Waffe, in der Hand hielt, schüttelte den Kopf: »Keine Dummheiten mehr«, und versuchte sich zu erheben.

– Er ließ es nicht zu. »Du willst doch nicht gehen?« fragte er mit umflorter Stimme.

»Gewiß will ich«, sagte sie und strich ihm schwesterlich übers Haar. »Ein paar Stunden möchte ich mich ordentlich ausruhen, um neun habe ich eine wichtige Konferenz.«

Es ging ihm durch den Sinn, daß dies vielleicht eine Konferenz – wie das Wort klang! – in s e i n e r Angelegenheit sein könne –, die Beratung mit dem Advokaten, zu der sie gestern offenbar keine Zeit mehr gefunden. Und in seiner Ungeduld fragte er sie geradezu: »Eine Besprechung mit deinem Anwalt?« – »Nein«, erwiderte sie unbefangen, »ich erwarte einen Geschäftsfreund aus Prag.« Sie beugte sich zu ihm herab, strich ihm den kleinen Schnurrbart von den Lippen zurück, küßte ihn flüchtig, flüsterte »Adieu« und erhob sich. In der nächsten Sekunde konnte sie bei der Tür draußen sein. Willi stand das Herz still. Sie wollte fort? S o wollte sie fort?! Doch eine neue Hoffnung wachte in ihm auf. Vielleicht hatte sie, aus Diskretion gewissermaßen, das Geld unbemerkt irgendwohin gelegt. Ängstlich, unruhig irrte sein Blick im Zimmer hin und her – über den Tisch, zur Nische des Ofens. – Oder hatte sie es vielleicht, während er schlief, unter die Kissen verborgen? Unwillkürlich griff er hin. Nichts. Oder in sein Portemonnaie gesteckt, das neben seiner Taschenuhr lag? Wenn er nur nachsehen könnte! Und zugleich fühlte, wußte, sah er, wie sie immer seinem Blick, seinen Bewegungen gefolgt war, mit Spott, wenn nicht gar mit Schadenfreude. Den Bruchteil einer Sekunde nur traf sein Blick sich mit dem ihren. Er wandte den seinen ab wie ertappt – da war sie auch schon an der Tür und hatte die Klinke in der Hand. Er wollte ihren Namen rufen, seine Stimme versagte wie unter einem Alpdruck, wollte aus dem Bett springen, zu ihr hin stürzen, sie zurückhalten; ja, er fühlte sich bereit, ihr über die Treppe nachzulaufen, im Hemd – geradeso – er sah das Bild vor sich –, wie er in einem Provinzbordell vor vielen Jahren einmal eine Dirne einem Herrn hatte nachlaufen sehen, der ihr den Liebeslohn schuldig geblieben war . . . ; sie aber, als hätte sie von seinen Lippen ihren Namen vernommen, den er doch gar nicht ausgesprochen, ohne nur die Klinke aus der Hand zu lassen, griff mit der andern in den Ausschnitt ihres Kleides. »Bald hätt' ich vergessen«, sagte sie beiläufig, trat nun näher, ließ eine Banknote auf den Tisch gleiten –, »da« – und war schon wieder bei der Tür.

Willi, mit einem Ruck, saß auf dem Rand des Bettes und starrte auf die Banknote hin. Es war nur e i n e, ein Tausender; Banknoten von höherem Wert gab es nicht, so konnte es nur ein Tausender sein. »Leopoldine«, rief er mit einer fremden Stimme. Doch als sie sich daraufhin nach ihm umwandte, immer die Türklinke in der Hand, mit etwas verwundertem, eiskaltem Blick, überfiel ihn eine Scham, so tief, so peinigend, wie er sie niemals in seinem Leben verspürt hatte. Aber nun war es zu spät, er mußte weiter, wohin immer, in welche Schmach er noch geriete. Und unaufhaltsam stürzte es von seinen Lippen:

»Das ist ja zu wenig, Leopoldine, nicht um tausend, du hast mich gestern wahrscheinlich mißverstanden, um e l ftausend habe ich dich gebeten.« Und unwillkürlich unter ihrem immer eisigeren Blick zog er die Bettdecke über seine nackten Beine.

Sie sah ihn an, als verstünde sie nicht recht. Dann nickte sie ein paarmal, als werde ihr jetzt erst alles klar: »Ah, so«, sagte sie, »du hast gedacht . . .« Und mit einer verächtlich-flüchtigen Kopfwendung zu der Banknote hin: »Darauf hat das keinen Bezug. Die tausend Gulden, die sind nicht geliehen, die gehören dir – für die vergangene Nacht.« Und zwischen ihren halb geöffneten Lippen, ihren blitzenden Zähnen spielte ihre feuchte Zunge hin und her.

Die Decke glitt von Willis Füßen. Aufrecht stand er da, das Blut stieg ihm brennend in Augen und Stirn. Unbewegt, wie neugierig, blickte sie ihn an. Und da er nicht vermochte, ein Wort herauszubringen – wie fragend: »Ist doch nicht zu wenig? Was hast du dir denn eigentlich vorgestellt? Tausend Gulden! – Von dir hab' ich damals nur zehn gekriegt, weißt noch?« Er machte ein paar Schritt auf sie zu. Leopoldine blieb ruhig an der Türe stehen. Nun griff er mit einer plötzlichen Bewegung nach der Banknote, zerknitterte sie, seine Finger bebten, es war, als wollte er ihr das Geld vor die Füße werfen. Da ließ sie die Klinke los, trat ihm gegenüber, blieb Aug' in Aug' mit ihm stehen. »Das soll kein Vorwurf sein«, sagte sie. »Ich hab' ja auf mehr nicht Anspruch gehabt damals. Zehn Gulden – war ja genug, zu viel sogar.« Und das Auge noch tiefer in das seine: »Wenn man's genau nimmt, gerade um zehn Gulden zu viel.«

Er starrte sie an, senkte den Blick, begann zu verstehen. »Das hab' ich nicht wissen können«, kam es tonlos von seinen Lippen. – »Hätt'st schon«, entgegnete sie, »war nicht so schwer.«

Er hob langsam wieder den Blick; und nun, in der Tiefe ihrer Augen, gewahrte er einen seltsamen Schimmer: der gleiche kindlich-holde Schimmer war darin, der ihm auch in jener längst verflossenen Nacht aus ihren Augen erglänzt war. Und neu lebendig stieg Erinnerung in ihm auf – nicht an die Lust nur, die sie ihm gegeben, wie manche andere vor ihr, manche nach ihr – und an die schmeichelnden Koseworte, wie er sie von anderen auch gehört; – auch der wundersamen, niemals sonst erlebten Hingegebenheit erinnerte er sich nun, mit der sie die schmalen Kinderarme um seinen Hals geschlungen, und verklungene Worte tönten in ihm auf, – der Klang und die Worte selbst, wie er sie von keiner andern je vernommen hatte: »Laß mich nicht allein, ich hab' dich lieb.« All dies Vergessene, nun wußte er es wieder. Und geradeso, wie sie es heute getan – auch das wußte er nun –, unbekümmert, gedankenlos, während sie noch in süßer Ermattung zu schlummern schien, hatte er sich damals von ihrer Seite erhoben, nach flüchtiger Erwägung, ob es nicht auch mit einer kleineren Note getan wäre, nobel einen Zehnguldenschein auf das Nachttischchen hingelegt; – dann, in der Tür schon den schlaftrunkenen und doch bangen Blick der langsam Erwachenden auf sich fühlend, hatte er sich eilig davongemacht, um sich in der Kaserne noch für ein paar Stunden ins Bett zu strecken, und in der Frühe, vor Antritt des Dienstes noch, war das kleine Blumenmädel vom Hornig vergessen.

Indessen aber, während jene längst verflossene Nacht in ihm so unbegreiflich lebendig ward, erlosch allmählich der kindlich-holde Schimmer in Leopoldinens Auge wieder. Kalt, grau, fern starrte es in das seine, und in dem Maße, da nun auch das Bild jener Nacht in ihm verblaßte, stieg Abwehr, Zorn, Erbitterung in ihm auf. Was fiel ihr ein? Was nahm sie sich heraus gegen ihn? Wie durfte sie sich anstellen, als glaubte sie wirklich, daß er für Geld sich ihr angeboten? Ihn behandeln wie einen Zuhälter, der sich seine Gunst bezahlen ließ? Und fügte solchem unerhörten Schimpf noch den frechsten Hohn hinzu, indem sie wie ein von den Liebeskünsten einer Dirne enttäuschter Lüstling einen Preis heruntersetzte, der ausbedungen war? Als zweifelte sie nur im geringsten daran, daß er auch die ganzen elftausend Gulden ihr vor die Füße geschmissen, wenn sie es gewagt hätte, sie ihm als Liebessold anzubieten!

Doch während das Schmähwort, das ihr gebührte, den Weg auf seine Lippen suchte, während er die Faust erhob, als wollte er sie auf die Elende herniedersausen lassen, zerfloß das Wort ihm ungesprochen auf der Zunge, und seine Hand sank langsam wieder herab. Denn plötzlich wußte er, – und hatte er es nicht früher schon geahnt? – daß er auch bereit gewesen war, sich zu v e r k a u f e n. Und nicht ihr allein, auch irgendeiner andern, j e d e r, die ihm die Summe geboten, die ihn retten konnte; – und so – in all dem grausamen und tückischen Unrecht, das ein böses Weib ihm zugefügt –, auf dem Grunde seiner Seele, sosehr er sich dagegen wehrte, begann er eine verborgene und doch unentrinnbare Gerechtigkeit zu verspüren, die sich über das trübselige Abenteuer hinaus, in das er verstrickt war, an sein tiefstes Wesen wandte.

Er blickte auf, er sah rings um sich, es war ihm, als erwache er aus einem wirren Traum. Leopoldine war fort. Er hatte die Lippen noch nicht aufgetan –, und sie war fort. Kaum faßte er, wie sie aus dem Zimmer so plötzlich – so unbemerkt hatte verschwinden können. Er fühlte die zerknitterte Banknote in der immer noch zusammengekrampften Hand, stürzte zum Fenster hin, riß es auf, als wollte er ihr den Tausender nachschleudern. Dort ging sie. Er wollte rufen; doch sie war weit. Längs der Mauer ging sie hin in wiegendem, vergnügtem Schritt, den Schirm in der Hand, mit wippendem Florentiner Hut – ging hin, als käme sie aus irgendeiner Liebesnacht, wie sie wohl schon aus hundert anderen gekommen war. Sie war am Tor. Der Posten salutierte wie vor einer Respektsperson, und sie verschwand.

Willi schloß das Fenster und trat ins Zimmer zurück, sein Blick fiel auf das zerknüllte Bett, auf den Tisch mit den Resten des Mahls, den geleerten Gläsern und Flaschen. Unwillkürlich öffnete sich seine Hand, und die Banknote entsank ihr. Im Spiegel über der Kommode erblickte er sein Bild – mit wirrem Haar, dunklen Ringen unter den Augen; er schauderte, unsäglich widerte es ihn an, daß er noch im Hemde war; er griff nach dem Mantel, der am Haken hing, fuhr in die Ärmel, knöpfte zu, schlug den Kragen hoch. Ein paarmal, sinnlos, lief er in dem kleinen Raum auf und ab. Endlich, wie gebannt, blieb er vor der Kommode stehen. In der mittleren Lade, zwischen den Taschentüchern, er wußte es, lag der Revolver. Ja, nun war er so weit. Geradeso weit wie der andere, der es vielleicht schon überstanden hatte. Oder wartete er noch auf ein Wunder? Nun, immerhin, er, Willi, hatte das Seinige getan, und mehr als das. Und in diesem Augenblick war ihm wirklich, als hätte er sich nur um Bogners willen an den Spieltisch gesetzt, nur um Bogners willen so lange das Schicksal versucht, bis er selbst als Opfer gefallen war.

Auf dem Teller mit der angebrochenen Tortenschnitte lag die Banknote, so wie er sie vor einer Weile aus der Hand hatte sinken lassen, und sah nicht einmal mehr sonderlich zerknittert aus. Sie hatte begonnen, sich wieder aufzurollen; – es dauerte gewiß nicht mehr lange, so war sie glatt, völlig glatt wie irgendein anderes reinliches Papier, und niemand würde ihr mehr ansehen, daß sie eigentlich nichts Besseres war, als was man einen Schandlohn und ein Sündengeld zu nennen pflegt. Nun, wie immer, sie gehörte ihm, zu seiner Verlassenschaft sozusagen. Ein bitteres Lächeln spielte um seine Lippen. Er konnte sie vererben, wem er wollte; und wenn einer darauf

Anspruch hatte: Bogner war es mehr als jeder andre. Unwillkürlich lachte er auf. Vortrefflich! Ja, das sollte noch besorgt werden, das in jedem Fall. Hoffentlich hatte Bogner nicht vorzeitig ein Ende gemacht. Für ihn war ja das Wunder da! Es kam nur darauf an, es abzuwarten.

Wo blieb nur der Joseph? Er wußte ja, daß heute Ausrückung war. Punkt drei hätte Willi bereit sein müssen, nun war es halb fünf. Das Regiment war jedenfalls längst fort. Er hatte nichts davon gehört, so tief war sein Schlaf gewesen. Er öffnete die Tür in den Vorraum. Da saß er ja, der Bursch, saß auf dem Stockerl neben dem kleinen, eisernen Ofen, und stellte sich stramm: »Melde gehorsamst, Herr Leutnant, ich habe Herrn Leutnant marod gemeldet.«

»Marod? Wer hat Ihnen das g'schafft . . . Ah so.« – Leopoldine –! Sie hätte auch gleich den Auftrag geben können, ihn tot zu melden, das wäre einfacher gewesen. – »Gut ist's. Machen S' mir einen Kaffee«, sagte er und schloß die Tür.

Wo war die Visitenkarte nur? Er suchte – er suchte in allen Laden, auf dem Fußboden, in allen Winkeln – suchte, als hinge sein eigenes Leben davon ab. Vergeblich. Er fand sie nicht. – So sollte es eben nicht sein. So hatte Bogner eben auch Unglück, so waren ihre Schicksale doch untrennbar miteinander verbunden. – Da plötzlich, in der Ofennische, sah er es weiß schimmern. Die Karte lag da, die Adresse stand darauf: Piaristengasse zwanzig. Ganz nah. – Und wenn's auch weiter gewesen wäre! – Er hatte also doch Glück, dieser Bogner. Wenn die Karte nun überhaupt nicht zu finden gewesen wäre –?!

Er nahm die Banknote, betrachtete sie lange, ohne sie eigentlich zu sehen, faltete sie, tat sie in ein weißes Blatt, überlegte zuerst, ob er ein paar erklärende Worte schreiben sollte, zuckte die Achseln: »Wozu?« und setzte nur die Adresse aufs Kuvert: Herrn Oberleutnant Otto von Bogner. Oberleutnant – ja! – Er gab ihm die Charge wieder, aus eigener Machtvollkommenheit. Irgendwie blieb man doch immer Offizier – da mochte einer angestellt haben, was er wollte –, oder man w u r d e es doch wieder – wenn man seine Schulden bezahlt hatte.

Er rief den Burschen, gab ihm den Brief zur Bestellung. »Aber tummeln S' sich.«

»Is' eine Antwort, Herr Leutnant?«

»Nein. Sie geben's persönlich ab und – es ist keine Antwort. Und in keinem Fall wecken, wenn Sie zurückkommen. Schlafen lassen. Bis ich von selber aufwach'.«

»Zu Befehl, Herr Leutnant.« Er schlug die Hacken zusammen, machte kehrt und eilte davon. Auf der Stiege hörte er noch, wie der Schlüssel in der Tür hinter ihm sich drehte.

15

Drei Stunden später läutete es an der Gangtür. Joseph, der längst wieder zurückgekommen und eingenickt war, schrak auf und öffnete. Bogner stand da, dem er befehlsgemäß vor drei Stunden den Brief seines Herrn überbracht hatte. »Ist der Herr Leutnant zu Hause?«

»Bitt' schön, der Herr Leutnant schlaft noch.«

Bogner sah auf die Uhr. Gleich nach erfolgter Revision, in dem lebhaften Drang, seinem Retter unverzüglich zu danken, hatte er sich für eine Stunde frei gemacht, und er legte Wert darauf, nicht länger auszubleiben. Ungeduldig ging er in dem kleinen Vorraum auf und ab. »Hat der Herr Leutnant keinen Dienst heute?«

»Der Herr Leutnant ist marod.«

Die Tür auf dem Gang stand noch offen, Regimentsarzt Tugut trat ein. »Wohnt hier der Herr Leutnant Kasda?«

»Jawohl, Herr Regimentsarzt.«

»Kann ich ihn sprechen?«

»Herr Regimentsarzt, melde gehorsamst, der Herr Leutnant ist marod. Jetzt schlaft er.«

»Melden S' mich bei ihm, Regimentsarzt Tugut.«

»Bitte gehorsamst, Herr Regimentsarzt, der Herr Leutnant hat befohlen, nicht zu wecken.«

»Es ist dringend. Wecken S' den Herrn Leutnant, auf meine Verantwortung.«

Während Joseph nach unmerklichem Zögern an die Tür pochte, warf Tugut einen mißtrauischen Blick auf den Zivilisten, der im Vorraum stand. Bogner stellte sich vor. Der Name des unter peinlichen Umständen verabschiedeten Offiziers war dem Regimentsarzt nicht unbekannt, doch tat er nichts dergleichen und nannte gleichfalls seinen Namen. Von Händedrücken wurde abgesehen.

Im Zimmer des Leutnants Kasda blieb es still. Joseph klopfte stärker, legte das Ohr an die Tür, zuckte die Achseln, und wie beruhigend sagte er: »Herr Leutnant schlaft immer sehr fest.«

Bogner und Tugut sahen einander an, und eine Schranke zwischen ihnen fiel. Dann trat der Regimentsarzt an die Tür und rief Kasdas Namen. Keine Antwort. »Sonderbar«, sagte Tugut mit gerunzelter Stirn, drückte die Klinke nieder – vergeblich.

Joseph stand blaß mit weitaufgerissenen Augen.

»Holen S' den Regimentsschlosser, aber g'schwind«, befahl Tugut.

»Zu Befehl, Herr Regimentsarzt.«

Bogner und Tugut waren allein.

»Unbegreiflich«, meinte Bogner.

»Sie sind informiert, Herr – von Bogner?« fragte Tugut.

»Von dem Spielverlust, meinen Herr Regimentsarzt?« Und auf Tuguts Nicken: »Allerdings.«

»Ich wollte sehen, wie die Angelegenheit steht«, begann Tugut zögernd. – »Ob es ihm gelungen ist, sich die Summe – wissen Sie etwa, Herr von Bogner –?«

»Mir ist nichts bekannt«, erwiderte Bogner.

Wieder trat Tugut an die Tür, rüttelte, rief Kasdas Namen. Keine Antwort.

Bogner, vom Fenster aus: »Dort kommt schon der Joseph mit dem Schlosser.«

»Sie waren sein Kamerad?« fragte Tugut.

Bogner, mit einem Zucken der Mundwinkel: »Ich bin schon d e r.«

Tugut nahm von der Bemerkung keine Notiz. »Es kommt ja vor, daß nach großen Aufregungen«, begann er wieder, – »es ist ja anzunehmen, daß er auch in der vergangenen Nacht nicht geschlafen hat.«

»Gestern vormittag«, bemerkte Bogner sachlich, »hatte er das Geld jedenfalls noch nicht beisammen.«

Tugut, als hielte er es für denkbar, daß Bogner vielleicht einen Teil der Summe mitbrächte, sah ihn fragend an, und wie zur Antwort sagte dieser: »Mir ist es leider nicht gelungen . . . den Betrag zu beschaffen.«

Joseph erschien, zugleich der Regimentsschlosser, ein wohlgenährter, rotbäckiger, ganz junger Mensch, in der Uniform des Regiments, mit den nötigen Werkzeugen. Noch einmal klopfte Tugut heftig an die Tür – ein letzter Versuch, sie standen alle ein paar Sekunden mit angehaltenem Atem, nichts rührte sich.

»Also«, wandte sich Tugut mit einer befehlenden Geste an den Schlosser, der sich sofort an seine Arbeit machte. Die Mühe war gering. Nach wenigen Sekunden sprang die Tür auf.

Der Leutnant Willi Kasda, im Mantel mit hochgestelltem Kragen, lehnte in der dem Fenster zugewandten Ecke des schwarzen Lederdiwans, die Lider halb geschlossen, den Kopf auf die Brust gesunken, schlaff hing der rechte Arm über die Lehne, der Revolver lag auf dem Fußboden, von der Schläfe über die Wange sickerte ein schmaler Streifen dunkelroten Bluts, der sich zwischen Hals und Kragen verlor. So gefaßt sie alle gewesen waren, es erschütterte sie sehr. Der Regimentsarzt als erster trat näher, griff nach dem herunterhängenden Arm, hob ihn in die Höhe, ließ ihn los, und sofort hing er wieder wie früher schlaff über die Lehne herab. Dann knöpfte Tugut zum Überfluß noch Kasdas Mantel auf, das zerknitterte Hemd darunter stand weit offen. Bogner bückte sich unwillkürlich, um den Revolver aufzuheben. »Halt!« rief Tugut, das Ohr an der nackten Brust des Toten. »Alles hat zu bleiben, wie es war.« Joseph und der Schlosser standen noch immer regungslos an der offenen Tür, der Schlosser zuckte die Achseln und warf einen verlegen-bangen Blick auf Joseph, als fühlte er sich mitverantwortlich für den Anblick, der sich hinter der von ihm aufgesprengten Tür geboten.

Schritte näherten sich von unten, langsam zuerst, dann immer rascher, bis sie stillstanden. Bogners Blick wandte sich unwillkürlich dem Ausgang zu. Ein alter Herr erschien in der angelehnten Tür in hellem, etwas abgetragenem Sommeranzug, mit der Miene eines vergrämten Schauspielers, und ließ das Auge unsicher in der Runde schweifen.

»Herr Wilram«, rief Bogner. »Sein Onkel«, flüsterte er dem Regimentsarzt zu, der sich eben von der Leiche erhob.

Aber Robert Wilram faßte nicht gleich, was geschehen war. Er sah seinen Neffen in der Diwanecke lehnen mit herabhängendem, schlaffem Arm, wollte auf ihn zu; – ihm ahnte wohl Schlimmes, das er doch nicht gleich glauben wollte. Der Regimentsarzt hielt ihn zurück, legte die Hand auf seinen Arm. »Es ist leider ein Unglück geschehen. Zu machen ist nichts mehr.« Und da der andre ihn wie verständnislos anstarrte: »Regimentsarzt Tugut ist mein Name. Der Tod muß schon vor ein paar Stunden eingetreten sein.«

Robert Wilram – und allen erschien die Bewegung höchst sonderbar – griff mit der Rechten in seine Brusttasche, hielt plötzlich ein Kuvert in der Hand und schwang es in der Luft. »Aber ich hab's ja mitgebracht, Willi!« rief er. Und als glaubte er wirklich, daß er ihn damit zum Leben erwecken könnte: »Da ist das Geld, Willi. Heut früh hat sie's mir gegeben. Die ganzen elftausend, Willi. Da sind sie!« Und wie beschwörend zu den andern: »Das ist doch der ganze Betrag, meine Herren. Elftausend Gulden!« – als müßten sie nun, da das Geld herbeigeschafft war, doch wenigstens einen Versuch machen, den Toten wieder zum Leben zu erwecken. »Leider zu spät«, sagte der Regimentsarzt. Er wandte sich an Bogner. »Ich gehe, die Meldung erstatten.« Dann im Kommandoton: »Die Leiche ist in der Stellung zu belassen, in der sie gefunden wurde.« Und endlich mit einem Blick auf den Burschen, streng: »Sie sind dafür verantwortlich, daß alles so bleibt.« Und ehe er ging, sich noch einmal umwendend, drückte er Bogner die Hand.

Bogner dachte: Woher hat er die tausend gehabt – für mich?

Jetzt fiel sein Blick auf den vom Diwan weggerückten Tisch. Er sah die Teller, die Gläser, die geleerte Flasche. Zwei Gläser . . . ?! Hat er sich ein Frauenzimmer mitgebracht für die letzte Nacht?

Joseph trat neben den Diwan an die Seite seines toten Herrn. Stramm stand er da wie ein Wachtposten. Trotzdem unternahm er nichts dagegen, als Robert Wilram plötzlich vor den Toten hintrat, mit aufgehobenen, wie flehenden Händen, in der einen immer noch das Kuvert mit dem Geld. »Willi!« Wie verzweifelt schüttelte er den Kopf. Dann sank er vor den Toten hin und war ihm nun so nahe, daß von der nackten Brust, dem zerknitterten Hemd ihm ein Parfüm entgegenwehte, das ihm seltsam bekannt vorkam. Er sog es ein, hob den Blick empor zum Antlitz des Toten, als wäre er versucht, eine Frage an ihn zu richten.

Aus dem Hof tönte der regelmäßige Marschtritt des zurückkehrenden Regiments. Bogner hatte den Wunsch, zu verschwinden, ehe, wie es wahrscheinlich war, frühere Kameraden das Zimmer beträten. Seine Anwesenheit war hier in jedem Fall überflüssig. Einen letzten Abschiedsblick sandte er dem Toten hin, der unbeweglich in der Ecke des Diwans lehnte, dann, von dem Schlosser gefolgt, eilte er die Treppe hinunter. Er wartete im Toreingang, bis das Regiment vorbei war, dann schlich er, an die Wand gedrückt, davon.

Robert Wilram, immer noch auf den Knien vor dem toten Neffen, ließ nun den Blick wieder im Zimmer umherschweifen. Jetzt erst gewahrte er den Tisch mit den Resten des Mahls, die Teller, die Flaschen, die Gläser. Auf dem Grund des einen schimmerte es noch goldgelb und feucht. Er fragte den Burschen: »Hat der Herr Leutnant denn gestern abend noch Besuch gehabt?«

Schritte auf der Treppe. Stimmengewirr; Robert Wilram erhob sich.

»Jawohl«, erwiderte Joseph, der immer noch stramm stand wie ein Wachtposten: »bis spät in der Nacht – – ein Herr Kamerad.«

Und der sinnlose Gedanke, der dem Alten flüchtig durch den Kopf gefahren war, verwehte in nichts.

Die Stimmen, die Schritte kamen näher.

Joseph stand noch strammer als vorher. Die Kommission trat ein.

Casanovas Heimfahrt

In seinem dreiundfünfzigsten Lebensjahre, als Casanova längst nicht mehr von der Abenteuerlust der Jugend, sondern von der Ruhelosigkeit nahenden Alters durch die Welt gejagt wurde, fühlte er in seiner Seele das Heimweh nach seiner Vaterstadt Venedig so heftig anwachsen, daß er sie, gleich einem Vogel, der aus luftigen Höhen zum Sterben allmählich nach abwärts steigt, in eng und immer enger werdenden Kreisen zu umziehen begann. Öfter schon in den letzten zehn Jahren seiner Verbannung hatte er an den hohen Rat Gesuche gerichtet, man möge ihm die Heimkehr gestatten; doch hatten ihm früher bei der Abfassung solcher Satzschriften, in denen er Meister war, Trotz und Eigensinn, manchmal auch ein grimmiges Vergnügen an der Arbeit selbst die Feder geführt, so schien sich seit einiger Zeit in seinen fast demütig flehenden Worten ein schmerzliches Sehnen und echte Reue immer unverkennbarer auszusprechen. Er glaubte um so sicherer auf Erhörung rechnen zu dürfen, als die Sünden seiner früheren Jahre, unter denen übrigens nicht Zuchtlosigkeit, Händelsucht und Betrügereien meist lustiger Natur, sondern Freigeisterei den Venezianer Ratsherren die unverzeihlichste dünkte, allmählich in Vergessenheit zu geraten begannen und die Geschichte seiner wunderbaren Flucht aus den Bleikammern von Venedig, die er unzählige Male an regierenden Höfen, in adeligen Schlössern, an bürgerlichen Tischen und in übelberüchtigten Häusern zum besten gegeben hatte, jede andere Nachrede, die sich an seinen Namen knüpfte, zu übertönen anfing; und eben wieder, in Briefen nach Mantua, wo er sich seit zwei Monaten aufhielt, hatten hochmögende Herren dem an innerm wie an äußerm Glanz langsam verlöschenden Abenteurer Hoffnung gemacht, daß sich sein Schicksal binnen kurzem günstig entscheiden würde.

Da seine Geldmittel recht spärlich geworden waren, hatte Casanova beschlossen, in dem bescheidenen, aber anständigen Gasthof, den er schon in glücklicheren Jahren einmal bewohnt hatte, das Eintreffen der Begnadigung abzuwarten, und er vertrieb sich indes die Zeit – ungeistigerer Zerstreuungen nicht zu gedenken, auf die gänzlich zu verzichten er nicht imstande war – hauptsächlich mit Abfassung einer Streitschrift gegen den Lästerer Voltaire, durch deren Veröffentlichung er seine Stellung und sein Ansehen in Venedig gleich nach seiner

Wiederkehr bei allen Gutgesinnten in unzerstörbarer Weise zu befestigen gedachte.

Eines Morgens auf einem Spaziergang außerhalb der Stadt, während er für einen vernichtenden, gegen den gottlosen Franzosen gerichteten Satz die letzte Abrundung zu finden sich mühte, befiel ihn plötzlich eine außerordentliche, fast körperlich peinvolle Unruhe; das Leben, das er in leidiger Gewöhnung schon durch drei Monate führte: die Morgenwanderungen vor dem Tor ins Land hinaus, die kleinen Spielabende bei dem angeblichen Baron Perotti und dessen blatternarbiger Geliebten, die Zärtlichkeiten seiner nicht mehr ganz jungen, aber feurigen Wirtin, ja sogar die Beschäftigung mit den Werken Voltaires und die Arbeit an seiner eigenen kühnen und bisher, wie ihm dünkte, nicht übel gelungenen Erwiderung; – all dies erschien ihm, in der linden, allzu süßen Luft dieses Spätsommermorgens, gleichermaßen sinnlos und widerwärtig; er murmelte einen Fluch vor sich hin, ohne recht zu wissen, wen oder was er damit treffen wollte; und, den Griff seines Degens umklammernd, feindselige Blicke nach allen Seiten sendend, als richteten aus der Einsamkeit ringsum unsichtbare Augen sich höhnend auf ihn, wandte er plötzlich seine Schritte nach der Stadt zurück, in der Absicht, noch in derselben Stunde Anstalten für seine sofortige Abreise zu treffen. Denn er zweifelte nicht, daß er sich sofort besser befinden würde, wenn er nur erst der ersehnten Heimat wieder um einige Meilen näher gerückt wäre. Er beschleunigte seinen Gang, um sich rechtzeitig einen Platz in der Eilpost zu sichern, die vor Sonnenuntergang in der Richtung nach Osten abfuhr; – weiter hatte er kaum etwas zu tun, da er sich einen Abschiedsbesuch beim Baron Perotti wohl schenken durfte, und ihm eine halbe Stunde vollauf genügte, um seine gesamten Habseligkeiten für die Reise einzupacken. Er dachte der zwei etwas abgetragenen Gewänder, von denen er das schlechtere am Leibe trug, und der vielfach geflickten, einst fein gewesenen Wäsche, die mit ein paar Dosen, einer goldenen Kette samt Uhr und einer Anzahl von Büchern seinen ganzen Besitz ausmachten; – vergangene Tage fielen ihm ein, da er als vornehmer Mann, mit allem Notwendigen und Überflüssigen reichlich ausgestattet, wohl auch mit einem Diener – der freilich meist ein Gauner war – im prächtigen Reisewagen durch die Lande fuhr; – und ohnmächtiger Zorn trieb ihm die Tränen in die Augen. Ein junges Weib, die Peitsche in der Hand, kutschierte ein Wägelchen an ihm vorbei, darin zwischen Säkken und allerlei Hausrat schnarchend ihr betrunkener Mann lag. Sie blickte Casanova, wie er verzerrten Gesichtes, Unverständliches durch die Zähne murmelnd, unter den abgeblühten

Kastanienbäumen der Heerstraße langbeinig ausschreitend einherkam, zuerst neugierig spöttisch ins Gesicht, doch da sie ihren Blick zornig blitzend erwidert sah, nahmen ihre Augen einen erschrockenen, und endlich, wie sie sich im Weiterfahren nach ihm umwandte, einen wohlgefällig lüsternen Ausdruck an. Casanova, der wohl wußte, daß Grimm und Haß länger in den Farben der Jugend zu spielen vermögen als Sanftheit und Zärtlichkeit, erkannte sofort, daß es nur eines frechen Anrufs von seiner Seite bedurft hätte, um dem Wagen Halt zu gebieten und dann mit dem jungen Weib anstellen zu können, was ihm weiter beliebte; doch, obzwar diese Erkenntnis seine Laune für den Augenblick besserte, schien es ihm nicht der Mühe wert, um eines so geringen Abenteuers willen auch nur wenige Minuten zu verziehen; und so ließ er das Bauernwägelchen samt seinen Insassen im Staub und Dunst der Landstraße unangefochten weiterknarren.

Der Schatten der Bäume nahm der emporsteigenden Sonne nur wenig von ihrer sengenden Kraft, und Casanova sah sich genötigt, seinen Schritt allmählich zu mäßigen. Der Staub der Straße hatte sich so dicht auf sein Gewand und Schuhwerk gelegt, daß ihnen ihre Verbrauchtheit nicht mehr anzumerken war, und so konnte man Casanova, nach Tracht und Haltung, ohne weiteres für einen Herrn von Stande nehmen, dem es just gefallen hatte, seine Karosse einmal daheim zu lassen. Schon spannte sich der Torbogen vor ihm aus, in dessen nächster Nähe der Gasthof gelegen war, in dem er wohnte, als ihm ein ländlich schwerfälliger Wagen entgegengeholpert kam, in dem ein behäbiger, gutgekleideter, noch ziemlich junger Mann saß. Er hatte die Hände über dem Magen gekreuzt und schien eben mit blinzelnden Augen einnicken zu wollen, als sein Blick, zufällig Casanova streifend, in unerwarteter Lebhaftigkeit aufglänzte, wie zugleich seine ganze Erscheinung in eine Art von heiterm Aufruhr zu geraten schien. Er erhob sich zu rasch, sank sofort zurück, stand wieder auf, versetzte dem Kutscher einen Stoß in den Rücken, um ihn zum Halten zu veranlassen, drehte sich in dem weiterrollenden Wagen um, um Casanova nicht aus dem Gesicht zu verlieren, winkte ihm mit beiden Händen zu und rief endlich mit einer dünnen hellen Stimme dreimal dessen Namen in die Luft. Erst an der Stimme hatte Casanova den Mann erkannt, trat auf den Wagen zu, der stehengeblieben war, ergriff lächelnd die beiden sich ihm entgegenstreckenden Hände und sagte: »Ist es möglich, Olivo – Sie sind es?« – »Ja, ich bin es, Herr Casanova, Sie erkennen mich also wieder?« – »Warum sollt' ich nicht? Sie haben zwar seit Ihrem Hochzeitstag, an dem ich Sie zuletzt gesehn, an Umfang ein wenig zugenommen, –

aber auch ich mag mich in den fünfzehn Jahren nicht unerheblich verändert haben, wenn auch nicht in gleicher Weise.« – »Kaum«, rief Olivo, »so gut wie gar nicht, Herr Casanova! Übrigens sind es sechzehn Jahre, vor wenigen Tagen waren es sechzehn! Und wie Sie sich wohl denken können, haben wir, gerade bei dieser Gelegenheit, ein hübsches Weilchen lang von Ihnen gesprochen, Amalia und ich . . .« – »Wirklich«, sagte Casanova herzlich, »Sie erinnern sich beide noch manchmal meiner?« Olivos Augen wurden feucht. Noch immer hielt er Casanovas Hände in den seinen und drückte sie nun gerührt. »Wieviel haben wir Ihnen zu danken, Herr Casanova? Und wir sollten unsres Wohltäters jemals vergessen? Und wenn wir jemals –« – »Reden wir nicht davon«, unterbrach Casanova. »Wie befindet sich Frau Amalia? Wie ist es überhaupt zu verstehn, daß ich in diesen ganzen zwei Monaten, die ich nun in Mantua verbringe – freilich recht zurückgezogen, aber ich gehe doch viel spazieren nach alter Gewohnheit – wie kommt es, daß ich Ihnen, Olivo, daß ich Ihnen beiden nicht ein einziges Mal begegnet bin?« – »Sehr einfach, Herr Casanova! Wir wohnen ja längst nicht mehr in der Stadt, die ich übrigens niemals habe leiden können, so wenig als Amalia sie leiden mag. Erweisen Sie mir die Ehre, Herr Casanova, steigen Sie ein, in einer Stunde sind wir bei mir zu Hause« – und da Casanova leicht abwehrte – »Sagen Sie nicht nein. Wie glücklich wird Amalia sein, Sie wiederzusehen, und wie stolz, Ihnen unsre drei Kinder zu zeigen. Ja, drei, Herr Casanova. Lauter Mädchen. Dreizehn, zehn und acht . . . Also noch keines in den Jahren, sich – mit Verlaub – sich – von Casanova das Köpfchen verdrehen zu lassen.« Er lachte gutmütig und machte Miene, Casanova einfach zu sich in den Wagen hereinzuziehen. Casanova aber schüttelte den Kopf. Denn, nachdem er fast schon versucht gewesen war, einer begreiflichen Neugier nachzugeben und der Aufforderung Olivos zu folgen, überkam ihn seine Ungeduld mit neuer Macht, und er versicherte Olivo, daß er leider genötigt sei, heute noch vor Abend Mantua in wichtigen Geschäften zu verlassen. Was hatte er auch in Olivos Haus zu suchen? Sechzehn Jahre waren eine lange Zeit! Amalia war indes gewiß nicht jünger und schöner geworden; bei dem dreizehnjährigen Töchterlein würde er in seinen Jahren kaum sonderlichen Anwert finden; und Herrn Olivo selbst, der damals ein magerer, der Studien beflissener Jüngling gewesen war, als bäurisch behäbigen Hausvater in ländlicher Umgebung zu bewundern, das lockte ihn nicht genug, als daß er darum eine Reise hätte aufschieben sollen, die ihn Venedig wiederum auf zehn oder zwanzig Meilen näher brachte. Olivo aber, der nicht gesonnen schien,

Casanovas Weigerung ohne weiteres hinzunehmen, bestand darauf, ihn vorerst einmal im Wagen nach dem Gasthof zu bringen, was ihm Casanova füglich nicht abschlagen konnte. In wenigen Minuten waren sie am Ziel. Die Wirtin, eine stattliche Frau in der Mitte der Dreißig, begrüßte in der Einfahrt Casanova mit einem Blick, der das zwischen ihnen bestehende zärtliche Verhältnis auch für Olivo ohne weiters ersichtlich machen mußte. Diesem aber reichte sie die Hand als einem guten Bekannten, von dem sie – wie sie Casanova gegenüber gleich bemerkte – eine gewisse, auf seinem Gut wachsende, sehr preiswürdige, süßlich-herbe Weinsorte regelmäßig zu beziehen pflegte. Olivo beklagte sich sofort, daß der Chevalier von Seingalt (denn so hatte die Wirtin Casanova begrüßt, und Olivo zögerte nicht, sich gleichfalls dieser Anrede zu bedienen) so grausam sei, die Einladung eines wiedergefundenen alten Freundes auszuschlagen, aus dem lächerlichen Grunde, weil er heute, und durchaus gerade heute, von Mantua wieder abreisen müsse. Die befremdete Miene der Wirtin belehrte ihn sofort, daß diese von Casanovas Absicht bisher noch nichts gewußt hatte, und Casanova hielt es daraufhin für angebracht, zu erklären, daß er den Reiseplan zwar nur vorgeschützt, um nicht der Familie des Freundes durch einen so unerwarteten Besuch lästig zu fallen; tatsächlich aber sei er genötigt, ja verpflichtet, in den nächsten Tagen eine wichtige schriftstellerische Arbeit abzuschließen, wofür er keinen geeigneteren Ort wüßte, als diesen vorzüglichen Gasthof, in dem ihm ein kühles und ruhiges Zimmer zur Verfügung stände. Darauf beteuerte Olivo, daß seinem bescheidenen Haus keine größre Ehre widerfahren könne, als wenn der Chevalier von Seingalt dort sein Werk zum Abschluß brächte; die ländliche Abgeschiedenheit könne einem solchen Unternehmen doch nur förderlich sein; an gelehrten Schriften und Hilfsbüchern, wenn Casanova solcher benötigte, wäre auch kein Mangel, da seine, Olivos, Nichte, die Tochter seines verstorbenen Stiefbruders, ein junges, aber trotz ihrer Jugend schon höchst gelehrtes Mädchen, vor wenigen Wochen mit einer ganzen Kiste voll Büchern bei ihnen eingetroffen sei; – und wenn des Abends gelegentlich Gäste erschienen, so brauchte sich der Herr Chevalier weiter nicht um sie zu kümmern; es sei denn, daß ihm nach des Tages Arbeit und Bemühen eine heitre Unterhaltung oder ein kleines Spielchen nicht eher eine willkommene Zerstreuung bedeutete. Casanova hatte kaum von einer jungen Nichte vernommen, als er auch schon entschlossen war, sich dieses Geschöpf in der Nähe zu besehn; anscheinend noch immer zögernd, gab er dem Drängen Olivos endlich nach, erklärte aber gleich, daß er keineswegs länger als ein oder zwei Tage

von Mantua fernbleiben könne, und beschwor seine liebens-
würdige Wirtin, Briefe, die für ihn indes hier anlangen mochten und vielleicht von höchster Wichtigkeit waren, ihm unverzüglich durch einen Boten nachzusenden. Nachdem die
Sache so zu Olivos großer Zufriedenheit geordnet war, begab
sich Casanova auf sein Zimmer, machte sich für die Reise
fertig, und schon nach einer Viertelstunde trat er in die Gast-
stube, wo Olivo sich indes in ein eifriges Gespräch geschäftlicher Natur mit der Wirtin eingelassen hatte. Nun erhob er
sich, trank stehend sein Glas Wein aus, und verständnisvoll
zwinkernd versprach er ihr, den Chevalier – wenn auch nicht
bereits morgen oder übermorgen – doch in jedem Falle wohl-
behalten und unversehrt an sie zurückzustellen. Casanova
aber, plötzlich zerstreut und hastig, empfahl sich so kühl von
seiner freundlichen Wirtin, daß sie ihm, schon am Wagen-
schlag, ein Abschiedswort ins Ohr flüsterte, das eben keine
Liebkosung war.
Während die beiden Männer die staubige, im sengenden Mit-
tagsglanz daliegende Straße ins Land hinausfuhren, erzählte
Olivo weitschweifig und wenig geordnet von seinen Lebens-
umständen: wie er bald nach seiner Verheiratung ein winzi-
ges Grundstück nahe der Stadt gekauft, einen kleinen Gemüse-
handel angefangen; dann seinen Besitz allmählich erweitert
und Landwirtschaft zu treiben begonnen; – wie er es endlich
durch die eigne und seiner Gattin Tüchtigkeit mit Gottes
Segen so weit gebracht, daß er vor drei Jahren von dem ver-
schuldeten Grafen Marazzani dessen altes, etwas verfallenes
Schloß samt dazugehörigem Weingut käuflich zu erwerben
imstande gewesen, und wie er sich nun auf adligem Grund
mit Frau und Kindern behaglich, wenn auch keineswegs gräf-
lich, eingerichtet habe. All dies aber verdanke er zuletzt doch
nur den hundertfünfzig Goldstücken, die seine Braut oder
vielmehr deren Mutter von Casanova zum Geschenk erhalten
habe; – ohne diese zauberkräftige Hilfe wäre sein Los wohl
heute noch kein andres, als es damals gewesen: ungezogne
Rangen im Lesen und Schreiben zu unterweisen; wahrscheinlich wäre er auch ein alter Junggeselle und Amalie eine alte
Jungfer geworden ... Casanova ließ ihn reden und hörte ihm
kaum zu. Ihm zog das Abenteuer durch den Sinn, in das er
damals zugleich mit manchen andern bedeutungsvollern verstrickt gewesen war, und das, als das geringste von allen,
seine Seele so wenig als seither seine Erinnerung beschäftigt
hatte. Auf einer Reise von Rom nach Turin oder Paris – er
wußte es selbst nicht mehr – während eines kurzen Aufenthalts in Mantua hatte er Amalia eines Morgens in der Kirche
erblickt und, da ihm ihr hübsches blasses, etwas verweintes

Antlitz wohlgefallen, eine freundlich galante Frage an sie gerichtet. Zutunlich wie sie damals alle gegen ihn waren, hatte sie ihm gern ihr Herz aufgeschlossen, und so erfuhr er, daß sie, die selbst in dürftigen Verhältnissen lebte, in einen armen Schullehrer verliebt war, dessen Vater ebenso wie ihre Mutter zu einer so aussichtslosen Verbindung die Einwilligung entschieden verweigerte. Casanova erklärte sich sofort bereit, die Angelegenheit ins reine zu bringen. Er ließ sich vor allem mit Amaliens Mutter bekannt machen, und da diese als eine hübsche Witwe von sechsunddreißig Jahren auf Huldigungen noch Anspruch machen durfte, war Casanova bald so innig mit ihr befreundet, daß seine Fürsprache alles bei ihr zu erreichen vermochte. Sobald sie erst ihre ablehnende Haltung aufgegeben, versagte auch Olivos Vater, ein heruntergekommener Kaufmann, seine Zustimmung nicht länger, insbesondre als Casanova, der ihm als entfernter Verwandter der Brautmutter vorgestellt wurde, sich großmütig verpflichtete, die Kosten der Hochzeit und einen Teil der Aussteuer zu bezahlen. Amalia selbst aber konnte nicht anders als dem edlen Gönner, der ihr erschienen war wie ein Bote aus einer andern höhern Welt, sich in einer Weise dankbar erzeigen, die das eigne Herz ihr gebot; und als sie sich am Abend vor ihrer Hochzeit der letzten Umarmung Casanovas mit glühenden Wangen entrang, war ihr der Gedanke völlig fern, an ihrem Bräutigam, der sein Glück am Ende doch nur der Liebenswürdigkeit und dem Edelsinn des wunderbaren Fremden verdankte, ein Unrecht begangen zu haben. Ob Olivo von der außerordentlichen Erkenntlichkeit Amaliens gegenüber dem Wohltäter je durch ein Geständnis Kunde erhalten, ob er ihr Opfer vielleicht als ein selbstverständliches vorausgesetzt und ohne nachträgliche Eifersucht hingenommen hatte, oder ob ihm gar, was geschehen, bis heute ein Geheimnis geblieben war, – darum hatte Casanova sich niemals gekümmert und kümmerte sich auch heute nicht darum.

Die Hitze stieg immer höher an. Der Wagen, schlecht gefedert und mit harten Kissen versehn, rumpelte und stieß zum Erbarmen, das dünnstimmig gutmütige Geschwätz Olivos, der nicht abließ, seinen Begleiter von der Ersprießlichkeit seines Bodens, der Vortrefflichkeit seiner Hausfrau, der Wohlgeratenheit seiner Kinder und von dem vergnügt harmlosen Verkehr mit bäuerlicher und adliger Nachbarschaft zu unterhalten, begann Casanova zu langweilen, und ärgerlich fragte er sich, aus welchem Grunde er denn eigentlich eine Einladung angenommen, die für ihn nichts als Unbequemlichkeiten und am Ende gar Enttäuschungen im Gefolge haben konnte. Er sehnte sich nach seinem kühlen Gasthofszimmer in Mantua, wo er zu dieser selben Stunde ungestört an seiner Schrift gegen Voltaire hätte weiterarbeiten können, – und schon war er entschlossen, beim nächsten Wirtshaus, das eben sichtbar wurde, auszusteigen, ein beliebiges Gefährt zu mieten und zurückzufahren, als Olivo ein lautes Hallo he! hören ließ, nach seiner Art mit beiden Händen zu winken begann und, Casanova beim Arm packend, auf einen Wagen deutete, der neben dem ihren, zugleich mit diesem, wie auf Verabredung, stehengeblieben war. Von jenem andern aber sprangen, eines hinter dem andern, drei ganz junge Mädchen herunter, so daß das schmale Brett, das ihnen als Sitz gedient hatte, in die Höhe flog und umkippte. »Meine Töchter«, wandte sich Olivo, nicht ohne Stolz, an Casanova, und als dieser sofort Miene machte, seinen Platz im Wagen zu verlassen: »Bleiben Sie nur sitzen, mein teurer Chevalier, in einer Viertelstunde sind wir am Ziel, und so lange können wir uns schon alle in meiner Kutsche behelfen. Maria, Nanetta, Teresina – seht, das ist der Chevalier von Seingalt, ein alter Freund eures Vaters, kommt nur näher, küßt ihm die Hand, denn ohne ihn wäret ihr« – er unterbrach sich und flüsterte Casanova zu: »Bald hätt' ich was Dummes gesagt.« Dann verbesserte er sich laut: »Ohne ihn wäre manches anders!« Die Mädchen, schwarzhaarig und dunkeläugig wie Olivo, und alle, auch die älteste, Teresina, noch von kindlichem Aussehn, betrachteten den Fremden mit ungezwungener, etwas bäurischer Neugier, und die jüngste, Maria, schickte sich, der väterlichen Weisung folgend, an, ihm allen Ernstes die Hand zu küssen; Casanova aber ließ es nicht zu, sondern nahm eins der Mädchen nach dem andern beim Kopf und küßte jedes auf beide Wangen. Indes wechselte Olivo ein paar Worte mit dem jungen Burschen, der das Wägelchen mit den Kindern bis hierher gebracht hatte, worauf jener auf das Pferd einhieb und die Landstraße in der Richtung nach Mantua weiterfuhr.

Die Mädchen nahmen Olivo und Casanova gegenüber unter Lachen und scherzhaftem Gezänk auf dem Rücksitz Platz; sie saßen eng aneinandergedrängt, redeten alle zugleich, und da ihr Vater gleichfalls zu sprechen nicht aufhörte, war es Casanova anfangs nicht leicht, ihren Worten zu entnehmen, was sie alle einander eigentlich zu erzählen hatten. Ein Name klang auf: der eines Leutnants Lorenzi; er sei, wie Teresina berichtete, vor einer Weile an ihnen vorbeigeritten, habe für den Abend seinen Besuch in Aussicht gestellt und lasse den Vater schönstens grüßen. Ferner meldeten die Kinder, daß die Mutter anfangs gleichfalls beabsichtigt hätte, dem Vater entgegenzufahren; aber in Anbetracht der großen Hitze hatte sie's doch vorgezogen, daheim bei Marcolina zu bleiben. Marcolina aber war noch in den Federn gelegen, als man vom Hause wegfuhr; und vom Garten aus durchs offene Fenster hatten sie sie mit Beeren und Haselnüssen beworfen, sonst schliefe sie wohl noch zu dieser Stunde.

»Das ist sonst nicht Marcolinens Art«, wandte sich Olivo an seinen Gast; »meistens sitzt sie schon um sechs Uhr oder noch früher im Garten und studiert bis zur Mittagszeit. Gestern freilich hatten wir Gäste, und es dauerte etwas länger als gewöhnlich; auch ein kleines Spielchen wurde gemacht, – nicht eins, wie es der Herr Chevalier gewöhnt sein mögen – wir sind harmlose Leute und wollen einander nicht das Geld abnehmen. Und da auch unser würdiger Abbate sich zu beteiligen pflegt, so können Sie sich wohl denken, Herr Chevalier, daß es nicht sehr sündhaft dabei zugeht.«

Als vom Abbate die Rede war, lachten die Mädchen und hatten einander weiß Gott was zu erzählen, worüber es noch mehr zu lachen gab als vorher. Casanova aber nickte nur zerstreut; in der Phantasie sah er das Fräulein Marcolina, das er noch gar nicht kannte, in ihrem weißen Bette liegend, dem Fenster gegenüber, die Decke heruntergestreift, halb entblößten Leibes, mit schlaftrunkenen Händen sich gegen die hereinfliegenden Beeren und Haselnüsse wehrend; – und eine törichte Glut flog durch seine Sinne. Daß Marcolina die Geliebte des Leutnants Lorenzi war, daran zweifelte er so wenig, als hätte er selbst sie beide in zärtlichster Umschlingung gesehn, und er war so bereit, den unbekannten Lorenzi zu hassen, als ihn nach der niemals geschauten Marcolina verlangte.

Im zitternden Dunst des Mittags, über graugrünes Laubwerk emporragend, war ein viereckiges Türmchen sichtbar. Bald bog der Wagen von der Landstraße auf einen Seitenweg; links stiegen Weinhügel gelinde an, rechts über den Rand einer Gartenmauer neigten sich Kronen uralter Bäume. Der Wagen hielt an einem Tor, dessen verwitterte Holzflügel weit offen standen, die Fahrgäste stiegen aus, der Kutscher, auf einen Wink Olivos, fuhr weiter, dem Stalle zu. Ein breiter Weg unter Kastanienbäumen führte zu dem Schlößchen, das sich auf den ersten Anblick etwas kahl, ja vernachlässigt darbot. Was Casanova vor allem ins Auge fiel, war ein zerbrochenes Fenster im ersten Stockwerk; ebenso entging es ihm nicht, daß die Umfassung auf der Plattform des breiten, aber niedern Turmes, der etwas plump auf dem Gebäude saß, da und dort abbröckelte. Hingegen zeigte die Haustüre eine edle Schnitzerei, und in den Flur tretend, erkannte Casanova sofort, daß das Innere des Hauses sich in einem wohlerhaltenen und jedenfalls weit bessern Zustand befand, als dessen Äußres hätte vermuten lassen.

»Amalia«, rief Olivo laut, daß es von den gewölbten Mauern widerhallte. »Komm herunter so geschwind du kannst! Ich hab' dir einen Gast mitgebracht, Amalia, und was für einen Gast!« – Aber Amalia war schon vorher oben auf der Stiege erschienen, ohne für die aus der vollen Sonne in das Dämmer Tretenden sofort sichtbar zu sein. Casanova, dessen scharfe Augen sich die Fähigkeit bewahrt hatten, selbst das Dunkel der Nacht zu durchdringen, hatte sie früher bemerkt als der Gatte. Er lächelte und fühlte zugleich, daß dieses Lächeln sein Antlitz jünger machte. Amalia war keineswegs fett geworden, wie er gefürchtet, sondern sah schlank und jugendlich aus. Sie hatte ihn gleich erkannt. »Welche Überraschung, welches Glück!« rief sie ohne jede Verlegenheit aus, eilte rasch die Stufen hinab und reichte Casanova zur Begrüßung die Wange, worauf dieser sie ohne weiteres wie eine liebe Freundin umarmte. »Und ich soll wirklich glauben«, sagte er dann, »daß Maria, Nanetta und Teresina Ihre leiblichen Töchter sind, Amalia? Der Zeit nach möchte es zwar stimmen –« »Und allem übrigen nach auch«, ergänzte Olivo, »verlassen Sie sich darauf, Chevalier!« – »Dein Zusammentreffen mit dem Chevalier«, sagte Amalia mit einem erinnerungstrunknen Blick auf den Gast, »ist wohl an deiner Verspätung schuld, Olivo?« – »So ist es, Amalia, aber hoffentlich gibt es trotz der Verspätung noch etwas zu essen?« – »Wir haben uns natürlich nicht allein zu Tisch gesetzt, Marcolina und ich, so hungrig wir schon waren.« – »Und werden Sie sich nun«, fragte Casanova, »auch noch so lange gedulden, bis ich meine Kleider und mich selbst ein wenig vom Staub der Landstraße gereinigt habe?« – »Gleich will ich Ihnen Ihr Zimmer zeigen«, sagte Olivo, »und hoffe, Chevalier, Sie werden zufrieden sein, beinahe so zufrieden...« er zwinkerte und fügte leise hinzu: »wie in Ihrem Gasthof zu Mantua, wenn es auch an mancherlei fehlen dürfte.« Er ging voraus, die Stiege zur Galerie hinauf, die sich rings um die Halle im Viereck zog, und von deren äußerstem Winkel eine schmale Holztreppe sich nach oben wand. In der Höhe angelangt, öffnete Olivo die Türe zum Turmgemach und, an der Schwelle stehenbleibend, wies er es Casanova mit vielen Komplimenten als bescheidenes Fremdenzimmer an. Eine Magd brachte den Mantelsack nach, entfernte sich mit Olivo, und Casanova stand allein in einem mäßigen, mit allem Notwendigen ausgestatteten, doch ziemlich kahlen Raum, durch dessen vier schmale hohe Bogenfenster sich ein weiter Blick nach allen Seiten auf die sonnbeglänzte Ebene mit grünen Weingeländen, bunten Fluren, gelben Feldern, weißen Straßen, hellen Häusern und dunklen Gärtchen darbot. Casanova kümmerte sich nicht weiter um die

Aussicht und machte sich rasch fertig, nicht sosehr aus Hunger, als aus einer quälenden Neugier, Marcolina so bald als möglich von Angesicht zu Angesicht zu sehen; er wechselte nicht einmal das Gewand, weil er erst am Abend glänzender aufzutreten gedachte.

Als er das im Erdgeschoß gelegene holzgetäfelte Speisezimmer betrat, sah er um den wohlbestellten Tisch außer dem Ehepaar und den drei Töchtern ein in mattschimmerndes, einfach herunterfließendes Grau gekleidetes Mädchen von zierlicher Gestalt sitzen, das ihn mit so unbefangenem Blick betrachtete, als wäre er jemand, der zum Hause gehörte oder doch schon hundertmal hier zu Gast gewesen. Daß sich in ihrem Blick nichts von jenem Leuchten zeigte, wie es ihn früher so oft begrüßt, auch wenn er als Nichtgekannter im berückenden Glanz seiner Jugend oder in der gefährlichen Schönheit seiner Mannesjahre erschienen war, das mußte Casanova freilich als eine längst nicht mehr neue Erfahrung hinnehmen. Aber auch in der letzten Zeit noch genügte meist die Nennung seines Namens, um auf Frauenlippen den Ausdruck einer verspäteten Bewunderung oder doch wenigstens ein leises Zucken des Bedauerns hervorzurufen, das gestand, wie gern man ihm ein paar Jahre früher begegnet wäre. Doch als ihn jetzt Olivo seiner Nichte als Herrn Casanova, Chevalier von Seingalt vorstellte, lächelte sie nicht anders, als wenn man ihr irgendeinen gleichgültigen Namen genannt hätte, in dem kein Klang von Abenteuern und Geheimnissen verzitterte. Und selbst als er neben ihr Platz nahm, ihr die Hand küßte, und aus seinen Augen ein Funkenregen von Entzücken und Begier über sie niederging, verriet ihre Miene nichts von der leisen Befriedigung, die doch als bescheidene Antwort auf eine so glühende Huldigung zu erwarten gewesen wäre.

Nach wenigen höflich einleitenden Worten ließ Casanova seine Nachbarin merken, daß er von ihren gelehrten Bestrebungen in Kenntnis gesetzt sei, und fragte sie, mit welcher Wissenschaft sie sich denn besonders abgebe? Sie erwiderte, daß sie vor allem das Studium der höhern Mathematik betreibe, in das sie durch Professor Morgagni, den berühmten Lehrer an der Universität von Bologna, eingeführt worden sei. Casanova äußerte seine Verwunderung über ein solches bei anmutigen jungen Mädchen wahrlich ungewöhnliches Interesse an einem so schwierigen und dabei nüchternen Gegenstand, erhielt aber von Marcolina die Antwort, daß ihrer Ansicht nach die höhere Mathematik die phantastischeste, ja man könnte sagen, unter allen Wissenschaften die ihrer Natur nach wahrhaft göttliche vorstelle. Als Casanova sich über diese ihm ganz neue Auffassung eine nähere Erklärung erbitten wollte, wehrte Marcolina bescheiden ab und äußerte, daß es den Anwesenden, vor allem aber ihrem lieben Oheim, viel erwünschter sein dürfte, Näheres von den Erlebnissen eines vielgereisten Freundes zu erfahren, den er so lange nicht gesehn, als einem philosophischen Gespräch zuzuhören. Amalia schloß sich ihrer Anregung lebhaft an, und Casanova, immer gern bereit, Wünschen solcher Art nachzugeben, bemerkte leichthin, daß er in den letzten Jahren sich vorzüglich auf geheimen diplomatischen Sendungen befunden, die ihn, um nur die größern Städte zu nennen, zwischen Madrid, Paris, London, Amsterdam und Petersburg umhergetrieben. Er berichtete von Begegnungen und Unterhaltungen ernster und heitrer Art mit Männern und Frauen der verschiedensten Stände, auch des freundlichen Empfangs zu erwähnen vergaß er nicht, der ihm am Hof der Katharina von Rußland zuteil geworden, und sehr spaßhaft erzählte er, wie Friedrich der Große ihn beinahe zum Erzieher an einer Kadettenschule für pommersche Junker gemacht hatte; – eine Gefahr, der er sich allerdings durch rasche Flucht entzogen. Von all dem und manchem andern sprach er, als hätte es sich in einer eben erst verflossenen Zeit zugetragen und läge nicht in Wirklichkeit Jahre und Jahrzehnte zurück; mancherlei erfand er dazu, ohne sich seiner größern und kleinern Lügen selber recht bewußt zu werden, freute sich seiner eignen Laune wie der Teilnahme, mit der man ihm lauschte; und während er so erzählte und phantasierte, ward ihm fast, als wäre er in der Tat noch heute der glückverwöhnte, unverschämte, strahlende Casanova, der mit schönen Frauen durch die Welt gefahren, den weltliche und geistliche Fürsten mit hoher Gunst ausgezeichnet, der Tausende verschwendet, verspielt und verschenkt hatte – und nicht ein herabgekommener Schlucker, den ehemalige Freunde von England und Spanien her mit lächerlichen Summen unterstützten, – die indes auch manchmal ausblieben, so daß er auf die paar armseligen Geldstücke angewiesen war, die er dem Baron Perotti oder dessen Gästen abgewann; ja, er vergaß sogar, daß es ihm wie ein höchstes Ziel erschien, in der Vaterstadt, die ihn erst eingekerkert und nach seiner Flucht geächtet und verbannt hatte, als der geringste ihrer Bürger, als ein Schreiber, als ein Bettler, als ein Nichts – sein einst so prangendes Dasein zu beschließen.

Auch Marcolina hörte ihm aufmerksam zu, aber mit keinem andern Ausdruck, als wenn man ihr etwa aus einem Buch leidlich unterhaltsame Geschichten vorläse. Daß ihr ein Mensch, ein Mann, daß ihr Casanova selbst, der all dies erlebt hatte und noch vieles andre, was er nicht erzählte, daß ihr der Geliebte von tausend Frauen gegenübersaß, – und daß sie das wußte, davon verrieten ihre Mienen nicht das geringste. Anders schimmerte es in Amaliens Augen. Für sie war Casanova derselbe geblieben, der er gewesen; ihr klang seine Stimme verführerisch wie vor sechzehn Jahren, und er selbst fühlte, daß es ihn nur ein Wort und kaum so viel kosten würde, das Abenteuer von damals, sobald es ihm beliebte, von neuem aufzunehmen. Doch was war ihm Amalia in dieser Stunde, da ihn nach Marcolina verlangte wie nach keiner vor ihr? Durch das mattglänzend sie umfließende Gewand glaubte er ihren nackten Leib zu sehen; die knospenden Brüste blühten ihm entgegen, und als sie sich einmal neigte, um ihr zu Boden geglittenes Taschentuch aufzuheben, legte Casanovas entflammte Phantasie ihrer Bewegung einen so lüsternen Sinn unter, daß er sich einer Sekunde lang einer Ohnmacht nahe fühlte. Daß er eine Sekunde lang unwillkürlich im Erzählen stockte, entging Marcolina so wenig, wie daß sein Blick seltsam zu flirren begann, und er las in dem ihren ein plötzliches Befremden, Verwahrung, ja eine Spur von Ekel. Rasch faßte er sich wieder und schickte sich eben an, seine Erzählung mit neuer Lebhaftigkeit fortzusetzen, als ein wohlbeleibter Geistlicher eintrat, der vom Hausherrn als der Abbate Rossi begrüßt und von Casanova sofort als derselbe erkannt wurde, mit dem er vor siebenundzwanzig Jahren auf einem Marktschiff zusammengetroffen war, das von Venedig nach Chioggia fuhr. »Sie hatten damals ein Auge verbunden«, sagte Casanova, der selten eine Gelegenheit vorübergehen ließ, mit seinem vorzüglichen Gedächtnis zu prunken, »und ein Bauernweib mit gelbem Kopftuch empfahl Ihnen eine heilkräftige Salbe, die ein junger, sehr heiserer Apotheker zufällig mit sich führte.« Der Abbate nickte und lächelte geschmeichelt. Dann aber, mit einem pfiffigen Gesicht, trat er ganz nahe an Casanova heran, als hätte er ihm ein Geheimnis mitzuteilen. Doch mit ganz lauter Stimme sagte er: »Und Sie, Herr Casanova, befanden sich in Begleitung einer Hochzeitsgesellschaft ... ich weiß nicht, ob als zufälliger Gast oder gar als Brautführer, jedenfalls sah die Braut Sie mit viel zärtlichern Augen an als den Bräutigam ... Ein Wind erhob sich, beinahe ein Sturm, und Sie begannen ein höchst verwegenes Gedicht vorzulesen.« – »Das tat der Chevalier gewiß nur«, sagte Marcolina, »um den Sturm zu beschwichtigen.« – »Solche Zaubermacht«, erwiderte Casanova, »traute ich mir niemals zu; allerdings will ich nicht leugnen, daß sich niemand mehr um den Sturm kümmerte, als ich zu lesen begonnen.«

Die drei Mädchen hatten sich an den Abbate herangemacht. Sie wußten wohl warum. Denn seinen ungeheuren Taschen entnahm er köstliches Zuckerwerk in großen Mengen und schob es mit seinen dicken Fingern den Kindern zwischen die Lippen. Indes berichtete Olivo dem Abbate in aller Ausführlichkeit, wie er Casanova wiedergefunden. Wie verloren hielt Amalia auf die herrische braune Stirn des teuren Gastes ihren leuchtenden Blick geheftet. Die Kinder liefen in den Garten; Marcolina hatte sich erhoben und sah ihnen durchs offne Fenster nach. Der Abbate hatte Grüße vom Marchese Celsi zu bestellen, der, wenn es seine Gesundheit zuließe, heute abend samt Gemahlin bei seinem werten Freund Olivo erscheinen wollte. »Das trifft sich gut«, sagte dieser, »da haben wir gleich dem Chevalier zu Ehren eine hübsche kleine Spielgesellschaft; die Brüder Ricardi erwarte ich gleichfalls, und auch Lorenzi kommt; die Kinder sind ihm auf seinem Spazierritt begegnet.« – »Er ist noch immer da?« fragte der Abbate. »Schon vor einer Woche hieß es, er solle zu seinem Regiment abgehen.« – »Die Marchesa«, meinte Olivo lachend, »wird ihm beim Obersten einen Urlaub erwirkt haben.« – »Es wundert mich«, warf Casanova ein, »daß es für Mantueser Offiziere jetzt Urlaub gibt.« Und er erfand weiter: »Zwei meiner Bekannten, einer aus Mantua, der andre aus Cremona, sind nachts mit ihren Regimentern in der Richtung gegen Mailand abmarschiert.« – »Gibt's Krieg?« fragte Marcolina vom Fenster her; sie hatte sich umgewandt, die Züge ihres umschatteten Gesichts blieben undeutbar, – doch ein leises Beben ihrer Stimme hatte Casanova als einziger wohl gemerkt. »Es wird vielleicht zu nichts kommen«, sagte er leichthin. »Aber da die Spanier eine drohende Haltung einnehmen, heißt es bereit sein.« – »Weiß man denn überhaupt«, fragte Olivo wichtig und stirnrunzelnd, »auf welche Seite wir uns schlagen werden, auf die spanische oder auf die französische?« – »Das dürfte dem Leutnant Lorenzi gleich sein«, meinte der Abbate. »Wenn er nur endlich dazu kommt, sein Heldentum zu erproben.« – »Das hat er schon getan«, sagte Amalia. »Bei Pavia vor drei Jahren hat er mitgefochten.« Marcolina aber schwieg.

Casanova wußte genug. Er trat an Marcolinens Seite und umfaßte den Garten mit einem großen Blick. Er sah nichts als die ausgedehnte wilde Wiese, auf der die Kinder spielten, und die von einer Reihe hoher dichter Bäume gegen die Mauer zu abgeschlossen war. »Was für ein prächtiger Besitz«, wandte er sich an Olivo. »Ich wäre neugierig, ihn näher kennenzulernen.« – »Und ich, Chevalier«, erwiderte Olivo, »wünsche mir kein größeres Vergnügen, als Sie über meine Weinberge und durch meine Felder zu führen. Ja, wenn ich die Wahrheit sagen soll, fragen Sie doch Amalia, in den Jahren, seit das kleine Gütchen mir gehört, hab' ich mir nichts sehnlicher gewünscht, als Sie endlich auf meinem eignen Grund und Boden als Gast zu begrüßen. Zehnmal war ich daran, Ihnen zu schreiben, Sie einzuladen. Aber war man denn je sicher, daß eine Nachricht Sie erreichen würde? Erzählte einem irgendwer, man hätte Sie kürzlich in Lissabon gesehn – so konnte man sicher sein, daß Sie indes nach Warschau oder nach Wien abgereist waren. Und nun, da ich Sie wie durch ein Wunder eben in der Stunde wiederfinde, da Sie Mantua verlassen wollen, und es mir – es war nicht leicht, Amalia – gelingt, Sie hierherzulocken, da geizen Sie so mit Ihrer Zeit, daß Sie uns – möchten Sie es glauben, Herr Abbate – daß er uns nicht mehr als zwei Tage schenken will!« – »Der Chevalier wird sich vielleicht zu einer Verlängerung seines Aufenthalts überreden lassen«, sagte der Abbate, der eben mit viel Behagen eine Pfirsichschnitte im Mund zergehen ließ, und warf auf Amalia einen raschen Blick, aus dem Casanova zu entnehmen glaubte, daß sie den Abbate in tieferes Vertrauen gezogen hatte als ihren Gatten. – »Das wird mir leider nicht möglich sein«, erwiderte Casanova förmlich; »denn ich darf Freunden, die solchen Anteil an meinem Schicksal nehmen, nicht verhehlen, daß meine venezianischen Mitbürger im Begriffe sind, mir für das Unrecht, das sie mir vor Jahren zugefügt, eine etwas verspätete, aber um so ehrenvollere Genugtuung zu geben, und ich ihrem Drängen mich nicht länger werde versagen können, wenn ich nicht undankbar oder gar nachträgerisch erscheinen will.« Mit einer leichten Handbewegung wehrte er eine neugierig-ehrfurchtsvolle Frage ab, die er auf Olivos Lippen sich runden sah, und bemerkte rasch: »Nun, Olivo, ich bin bereit. Zeigen Sie mir Ihr kleines Königreich.«

»Wär' es nicht geratener«, warf Amalia ein, »dazu die kühlere Tageszeit abzuwarten? Der Chevalier wird jetzt gewiß lieber ein wenig ruhen oder sich im Schatten ergehen wollen?« Und aus ihren Augen schimmerte zu Casanova ein schüchternes Flehen hin, als müßte während eines solchen Lustwandelns draußen im Garten ihr Schicksal sich zum zweitenmal entscheiden. – Niemand hatte gegen Amaliens Vorschlag etwas einzuwenden, und man begab sich ins Freie. Marcolina, den andern voraus, lief im Sonnenschein über die Wiese zu den Kindern, die dort mit Federbällen spielten, und nahm sofort am Spiele teil. Sie war kaum größer als das älteste der drei Mädchen, und, wie ihr nun das freigelockte Haar um die Schultern flatterte, sah sie selber einem Kinde gleich. Olivo und der Abbate ließen sich in der Allee, in der Nähe des Hauses, auf einer steinernen Bank nieder. Amalia wandelte an Casanovas Seite weiter. Als sie von den andern nicht mehr gehört wer-

den konnte, begann sie im Tonfall von einst, als wäre ihre
Stimme für Casanova niemals in einem andern erklungen:
»So bist du wieder da, Casanova! Wie hab' ich diesen Tag
ersehnt. Daß er einmal kommen würde, hab' ich gewußt.«
– »Es ist ein Zufall, daß ich da bin«, sagte Casanova kalt.
Amalia lächelte nur. »Nenn' es wie du willst. Du bist da!
Ich habe in diesen sechzehn Jahren von nichts anderm ge-
träumt als von diesem Tag!« – »Es ist anzunehmen«, ent-
gegnete Casanova, »daß du im Laufe dieser Zeit von mancher-
lei anderm geträumt und – nicht nur geträumt hast.« Amalia
schüttelte den Kopf. »Du weißt, daß es nicht so ist, Casanova.
Und auch du hast meiner nicht vergessen, sonst hättest du,
der du so eilig bist, nach Venedig zu gelangen, Olivos Einla-
dung nicht angenommen!« – »Was denkst du eigentlich,
Amalia? Ich sei hergekommen, um deinen guten Mann zum
Hahnrei zu machen?« – »Warum sprichst du so, Casanova?
Wenn ich dir wieder gehöre, so ist es weder Betrug noch
Sünde!« Casanova lachte laut auf. »Keine Sünde? Warum keine
Sünde? Weil ich ein alter Mann bin?« – »Du bist nicht alt.
Für mich kannst du es niemals werden. In deinen Armen hab'
ich meine erste Seligkeit genossen – und so ist es mir gewiß
bestimmt, daß mir mit dir auch meine letzte zuteil wird!« –
»Deine letzte?« wiederholte Casanova höhnisch, obwohl er
nicht ganz ungerührt war, – »dagegen dürfte mein Freund
Olivo wohl mancherlei einzuwenden haben.« – »Das«, erwiderte Amalia errötend, »das ist Pflicht – meinethalben sogar Vergnügen; aber Seligkeit ist es doch nicht . . . war es niemals.«
Sie gingen die Allee nicht zu Ende, als scheuten beide die Nähe
des Wiesenplatzes, wo Marcolina und die Kinder spielten, –
wie auf Verabredung kehrten sie um und waren bald wieder,
schweigend, beim Wohnhaus angelangt. An der Schmalseite
stand ein Fenster des Erdgeschosses offen. Casanova sah in
der dämmernden Tiefe des Gemachs einen halbgerafften Vorhang, hinter dem das Fußende des Bettes sichtbar wurde. Über
einem Stuhl daneben hing ein lichtes, schleierartiges Gewand.
»Marcolinens Zimmer?« fragte Casanova. – Amalia nickte.
Und zu Casanova anscheinend heiter und wie ohne jeden Verdacht: »Sie gefällt dir?« – »Da sie schön ist.« – »Schön und
tugendhaft.« – Casanova zuckte die Achseln, als hätte er
danach nicht gefragt. Dann sagte er: »Wenn du mich heute
zum erstenmal sähest – ob ich dir wohl auch gefiele, Amalia?«
– »Ich weiß nicht, ob du heute anders aussiehst als damals.
Ich sehe dich – wie du damals warst. Wie ich dich seither
immer, auch in meinen Träumen sah.« – »Sieh mich doch an,
Amalia! Die Runzeln meiner Stirn . . . Die Falten meines Hal-

ses! Und die tiefe Rinne da von den Augen den Schläfen zu! Und hier – ja, hier in der Ecke fehlt mir ein Zahn«, – er riß den Mund grinsend auf. »Und diese Hände, Amalia! Sieh sie doch an! Finger wie Krallen ... kleine gelbe Flecken auf den Nägeln ... Und die Adern da – blau und geschwollen – Greisenhände, Amalia!« – Sie nahm seine beiden Hände, so wie er sie ihr wies, und im Schatten der Allee küßte sie eine nach der andern mit Andacht. »Und heute nacht will ich deine Lippen küssen«, sagte sie in einer demütig zärtlichen Art, die ihn erbitterte.

Unweit von ihnen, am Ende der Wiese, lag Marcolina im Gras, die Hände unter den Kopf gestützt, den Blick in die Höhe gewandt, und die Bälle der Kinder flogen über sie hin. Plötzlich streckte sie den einen Arm aus und haschte nach einem der Bälle. Sie fing ihn auf, lachte hell, die Kinder fielen über sie her, sie konnte sich ihrer nicht erwehren, ihre Locken flogen. Casanova bebte. »Du wirst weder meine Lippen noch meine Hände küssen«, sagte er zu Amalia, »und du sollst mich vergeblich erwartet und vergeblich von mir geträumt haben – es sei denn, daß ich vorher Marcolina besessen habe.« – »Bist du wahnsinnig, Casanova?« rief Amalia mit weher Stimme. – »So haben wir einander nichts vorzuwerfen«, sagte Casanova. »Du bist wahnsinnig, da du in mir altem Manne den Geliebten deiner Jugend wiederzusehen glaubst, ich, weil ich mir in den Kopf gesetzt habe, Marcolina zu besitzen. Aber vielleicht ist uns beiden beschieden, wieder zu Verstand zu kommen. Marcolina soll mich wieder jung machen – für dich. Also – führe meine Sache bei ihr, Amalia!« – »Du bist nicht bei dir, Casanova. Es ist unmöglich. Sie will von keinem Mann etwas wissen.« – Casanova lachte auf. »Und der Leutnant Lorenzi?« – »Was soll's mit Lorenzi sein?« – »Er ist ihr Liebhaber, ich weiß es.« – »Wie du dich irrst, Casanova. Er hat um ihre Hand angehalten, und sie hat sie ausgeschlagen. Und er ist jung – er ist schön – ja, fast glaub' ich, schöner als du je gewesen bist, Casanova!« – »Er hätte um sie geworben?« – »Frage doch Olivo, wenn du mir nicht glaubst.« – »Nun, mir gilt's gleich. Was geht's mich an, ob sie eine Jungfrau ist oder eine Dirne, Braut oder Witwe – ich will sie haben, ich will sie!« – »Ich kann sie dir nicht geben, mein Freund.« Und er fühlte aus dem Ton ihrer Stimme, daß sie ihn beklagte. »Nun siehst du«, sagte er, »was für ein schmählicher Kerl ich geworden bin, Amalia! Noch vor zehn – noch vor fünf Jahren hätt' ich keinen Beistand und keine Fürsprache gebraucht, und wäre Marcolina die Göttin der Tugend selbst gewesen. Und nun will ich dich zur Kupplerin machen. Oder wenn ich reich wäre ... Ja, mit zehntausend Dukaten ...

Aber ich habe nicht zehn. Ein Bettler bin ich, Amalia.« –
»Auch für hunderttausend bekämst du Marcolina nicht. Was
kann ihr am Reichtum liegen? Sie liebt die Bücher, den Himmel, die Schmetterlinge und die Spiele mit Kindern . . . Und
mit ihrem kleinen Erbteil hat sie mehr als sie bedarf.« – »O
wär' ich ein Fürst!« rief Casanova, ein wenig deklamierend,
wie es zuweilen seine Art war, gerade wenn ihn eine echte
Leidenschaft durchwühlte. »Hätt' ich die Macht, Menschen
ins Gefängnis zu werfen, hinrichten zu lassen . . . Aber ich bin
nichts. Ein Bettler – und ein Lügner dazu. Ich bettle bei den
hohen Herrn in Venedig um ein Amt, um ein Stück Brot,
um Heimat! Was ist aus mir geworden? Ekelt dich nicht vor
mir, Amalia?« – »Ich liebe dich, Casanova!« – »So verschaffe
sie mir, Amalia! Es steht bei dir, ich weiß es. Sag' ihr, was
du willst. Sag' ihr, daß ich euch gedroht habe. Daß du mir
zutraust, ich könnte euch das Dach über dem Hause anzünden!
Sag' ihr, ich wär' ein Narr, ein gefährlicher Narr, aus dem
Irrenhaus entsprungen, aber die Umarmung einer Jungfrau
könnte mich wieder gesund machen. Ja, das sag' ihr.« – »Sie
glaubt nicht an Wunder.« – »Wie? Nicht an Wunder? So
glaubt sie auch nicht an Gott. Um so besser! Ich bin gut an-
geschrieben beim Erzbischof von Mailand! Sag' ihr das! Ich
kann sie verderben! Euch alle kann ich verderben. Das ist
wahr, Amalia! Was sind es für Bücher, die sie liest? Gewiß
sind auch solche darunter, die die Kirche verboten hat. Laß sie
mich sehen. Ich will eine Liste zusammenstellen. Ein Wort
von mir . . .« – »Schweige, Casanova! Dort kommt sie. Ver-
rate dich nicht! Nimm deine Augen in acht! Nie, Casanova,
nie, höre wohl, was ich sage, nie hab' ich ein reineres Wesen
gekannt. Ahnte sie, was ich eben habe hören müssen, sie erschiene sich wie beschmutzt; und du würdest sie, solang du
hier bist, mit keinem Blick mehr zu sehen bekommen. Sprich
mit ihr. Ja, sprich mit ihr – du wirst sie, du wirst m i c h um
Verzeihung bitten.«
Marcolina, mit den Kindern, kam heran; diese liefen an ihr
vorbei, ins Haus, sie selber aber, wie um dem Gast eine Höflichkeit zu erweisen, blieb vor ihm stehn, während Amalia,
wie mit Absicht, sich entfernte. Und nun war es Casanova in
der Tat, als wehte es ihm von diesen blassen, halb geöffneten
Lippen, dieser glatten, von dunkelblondem, nun aufgesteck-
tem Haar umrahmten Stirn wie ein Hauch von Herbheit und
Keuschheit entgegen; – was er selten einer Frau, was er auch
ihr gegenüber früher im geschlossenen Raum nicht verspürt
– eine Art von Andacht, von Hingegebenheit ohne jedes
Verlangen floß durch seine Seele. Und mit Zurückhaltung, ja
in einem Ton von Ehrerbietung, wie man sie Höhergebornen

gegenüber an den Tag zu legen liebt, und der ihr schmeicheln mußte, stellte er die Frage an sie, ob sie die kommenden Abendstunden wieder dem Studium zu widmen beabsichtige. Sie erwiderte, daß sie auf dem Land überhaupt nicht regelmäßig zu arbeiten pflege, doch könne sie's nicht hindern, daß gewisse mathematische Probleme, mit denen sie sich eben beschäftige, ihr auch in den Ruhestunden nachgingen, wie es ihr eben jetzt begegnet sei, während sie auf der Wiese gelegen war und zum Himmel aufgesehn hatte. Doch als Casanova, durch ihre Freundlichkeit ermutigt, sich scherzend erkundigte, was denn dies für ein hohes und dabei so zudringliches Problem gewesen sei, entgegnete sie etwas spöttisch, es habe keineswegs das allergeringste mit jener berühmten Kabbala zu tun, in der der Chevalier von Seingalt, wie man sich erzähle, Bedeutendes leiste, und so würde er kaum viel damit anzufangen wissen. Es ärgerte ihn, daß sie von der Kabbala mit so unverhohlener Ablehnung sprach, und obwohl ihm selbst, in den freilich seltnen Stunden innerer Einkehr, bewußt war, daß jener eigentümlichen Mystik der Zahlen, die man Kabbala nennt, keinerlei Sinn und Berechtigung zukäme, daß sie in der Natur gewissermaßen gar nicht vorhanden, nur von Gaunern und Spaßmachern – welche Rolle er abwechselnd, aber immer mit Überlegenheit gespielt – zur Nasführung von Leichtgläubigen und Toren benutzt würde, so versuchte er jetzt doch gegen seine eigne bessre Überzeugung Marcolina gegenüber die Kabbala als vollgültige und ernsthafte Wissenschaft zu verteidigen. Er sprach von der göttlichen Natur der Siebenzahl, die sich so schon in der Heiligen Schrift angedeutet fände, von der tiefsinnig-prophetischen Bedeutung der Zahlenpyramiden, die er selbst nach einem neuen System aufzubauen gelehrt hatte, und von dem häufigen Eintreffen seiner auf diesem System beruhenden Voraussagen. Hatte er nicht erst vor wenigen Jahren in Amsterdam den Bankier Hope durch den Aufbau einer solchen Zahlenpyramide veranlaßt, die Versicherung eines schon verloren geglaubten Handelsschiffes zu übernehmen und ihn dadurch zweimalhunderttausend Goldgulden verdienen lassen? Noch immer war er so geschickt im Vortrag seiner schwindelhaft geistreichen Theorien, daß er auch diesmal, wie es ihm oft geschah, an all das Unsinnige zu glauben begann, das er vortrug, und sogar mit der Behauptung zu schließen sich getraute, die Kabbala stelle nicht sosehr einen Zweig als vielmehr die metaphysische Vollendung der Mathematik vor. Marcolina, die ihm bisher aufmerksam und anscheinend ganz ernsthaft zugehört hatte, schaute nun plötzlich mit einem halb bedauernden, halb spitzbübischen Blick zu ihm auf und sagte: »Es liegt Ihnen daran, mein werter Herr Casanova« (sie schien ihn jetzt mit Absicht nicht »Chevalier« zu nennen), »mir eine ausgesuchte Probe von Ihrem weltbekannten Unterhaltungstalent zu geben, wofür ich Ihnen aufrichtig dankbar bin. Aber Sie wissen natürlich so gut wie ich, daß die Kabbala nicht nur nichts mit der Mathematik zu tun hat, sondern geradezu eine Versündigung an ihrem eigentlichen Wesen bedeutet; und sich zu ihr nicht anders verhält als das verworrene oder lügenhafte Geschwätz der Sophisten zu den klaren und hohen Lehren des Plato und des Aristoteles.« – »Immerhin«, erwiderte Casanova rasch, »werden Sie mir zugeben müssen, schöne und gelehrte Marcolina, daß auch die Sophisten keineswegs durchaus als so verächtliche und törichte Gesellen zu gelten haben, wie man nach Ihrem allzu strengen Urteil annehmen müßte. So wird man – um nur ein Beispiel aus der Gegenwart anzuführen – Herrn Voltaire seiner ganzen Denk- und Schreibart nach gewiß als das Muster eines Sophisten bezeichnen dürfen, und trotzdem wird es niemandem einfallen, auch mir nicht, der ich mich als seinen entschiedenen Gegner bekenne, ja, wie ich nicht leugnen will, eben damit beschäftigt bin, eine Schrift gegen ihn zu verfassen, auch mir fällt es nicht ein, seiner außerordentlichen Begabung die gebührende Anerkennung zu versagen. Und ich bemerke gleich, daß ich mich nicht etwa durch die übertriebene Zuvorkommenheit habe bestechen lassen, die mir Herr Voltaire bei Gelegenheit meines Besuchs in Ferney vor zehn Jahren zu erweisen die Güte hatte.« – Marcolina lächelte. »Das ist ja sehr hübsch von Ihnen, Chevalier, daß Sie den größten Geist des Jahrhunderts so milde zu beurteilen die Gewogenheit haben.« – »Ein großer Geist – der größte gar?« rief Casanova aus. »Ihn so zu nennen, scheint mir schon deshalb unstatthaft, weil er bei all seinem Genie ein gottloser Mensch, ja geradezu ein Gottesleugner ist. Und ein Gottesleugner kann niemals ein großer Geist sein.« »Meiner Ansicht nach, Herr Chevalier, bedeutet das durchaus keinen Widerspruch. Aber Sie werden vor allem zu beweisen haben, daß man Voltaire einen Gottesleugner nennen darf.« –

Nun war Casanova in seinem Element. Im ersten Kapitel seiner Streitschrift hatte er eine ganze Menge von Stellen aus Voltaires Werken, vor allem aus der berüchtigten »Pucelle« zusammengetragen, die ihm besonders geeignet schienen, dessen Unglaubigkeit zu beweisen; und die er nun dank seinem vorzüglichen Gedächtnis, zusammen mit seinen eigenen Gegenargumenten, wörtlich zu zitieren wußte. Aber in Marcolina hatte er eine Gegnerin gefunden, die ihm sowohl an Kenntnissen wie an Geistesschärfe wenig nachgab und ihm überdies, wenn auch nicht an Redegewandtheit, so doch an eigentlicher Kunst und insbesondre an Klarheit des Ausdrucks weit überlegen war. Die Stellen, die Casanova als Beweise für die Spottlust, Zweifelsucht und Gottlosigkeit Voltaires auszulegen versucht hatte, deutete Marcolina gewandt und schlagfertig als ebenso viele Zeugnisse für des Franzosen wissenschaftliches und schriftstellerisches Genie, sowie für sein unermüdlich heißes Streben nach Wahrheit, und sie sprach es ungescheut aus, daß Zweifel, Spott, ja daß der Unglaube selbst, wenn er mit so reichem Wissen, solch unbedingter Ehrlichkeit und solch hohem Mut verbunden sei, Gott wohlgefälliger sein müsse als die Demut des Frommen, hinter der sich meist nichts andres verberge, als eine mangelhafte Fähigkeit, folgerichtig zu denken, ja oftmals – wofür es an Beispielen nicht fehle – Feigheit und Heuchelei.

Casanova hörte ihr mit wachsendem Staunen zu. Da er sich außerstande fühlte, Marcolina zu bekehren, um so weniger, als er immer mehr erkannte, wie sehr eine gewisse schwankende Seelenstimmung seiner letzten Jahre, die er als Gläubigkeit aufzufassen sich gewöhnt hatte, durch Marcolinens Einwürfe sich völlig aufzulösen drohte, so rettete er sich in die allgemein gehaltene Betrachtung, daß Ansichten, wie Marcolina sie eben ausgesprochen, nicht nur die Ordnung im Bereich der Kirche, sondern daß sie auch die Grundlagen des Staates in hohem Grade zu gefährden geeignet seien, und sprang von hier aus gewandt auf das Gebiet der Politik über, wo er mit seiner Erfahrung und Weltläufigkeit eher darauf rechnen konnte, Marcolinen gegenüber eine gewisse Überlegenheit zu zeigen. Aber wenn es ihr hier auch an Personenkenntnis und Einblick in das höfisch-diplomatische Getriebe gebrach und sie darauf verzichten mußte, Casanova im einzelnen zu widersprechen, auch wo sie der Verläßlichkeit seiner Darstellung zu mißtrauen Neigung verspürte: – aus ihren Bemerkungen ging unwidersprechlich für ihn hervor, daß sie weder vor den Fürsten dieser Erde noch vor den Staatsgebilden als solchen sonderliche Achtung hegte und der Überzeugung war, daß die Welt im Kleinen wie im Großen von Eigennutz und Herrschsucht nicht sosehr regiert, als vielmehr in Verwirrung gebracht werde. Einer solchen Freiheit des Denkens war Casanova bisher nur selten bei Frauen, bei einem jungen Mädchen gar, das gewiß noch keine zwanzig Jahre zählte, war er ihr noch nie begegnet; und nicht ohne Wehmut erinnerte er sich, daß sein eigener Geist in vergangenen Tagen, die schöner waren als die gegenwärtigen, mit einer bewußten und etwas selbstzufriedenen Kühnheit die gleichen Wege gegangen war, die er nun Marcolina beschreiten sah, ohne daß diese sich ihrer Kühnheit überhaupt bewußt zu werden schien. Und ganz hingenommen von der Eigenart ihrer Denk- und Ausdrucksweise vergaß er beinahe, daß er an der Seite eines jungen, schönen und höchst begehrenswerten Wesens einherwandelte, was um so verwunderlicher war, als er sich mit ihr ganz allein in der nun völlig durchschatteten Allee, ziemlich weit vom Wohnhaus, befand. Plötzlich aber, sich in einem eben begonnenen Satz unterbrechend, rief Marcolina lebhaft, ja wie freudig aus: »Da kommt mein Oheim!« ... Und Casanova, als hätte er Versäumtes nachzuholen, flüsterte ihr zu: »Wie schade. Gar zu gerne hätte ich mich noch stundenlang mit Ihnen weiterunterhalten, Marcolina!« – Er fühlte selbst, wie während dieser Worte in seinen Augen die Begier von neuem aufzuleuchten begann, worauf Marcolina, die in dem abgelaufenen Gespräch in aller Spöttelei sich fast zutraulich gegeben, sofort wieder eine kühlere Haltung annahm, und ihr Blick die gleiche Verwahrung, ja den gleichen Widerwillen ausdrückte, der Casanova heute schon einmal so tief verletzt hatte. Bin ich wirklich so verabscheuungswürdig? fragte er sich angstvoll. Nein, gab er sich selbst die Antwort. Nicht das ist's. Aber Marcolina – ist kein Weib. Eine Gelehrte, eine Philosophin, ein Weltwunder meinethalben – aber kein Weib. – Doch er wußte zugleich, daß er sich so nur selbst zu belügen, zu trösten, zu retten versuchte, und daß diese Versuche vergeblich waren. Olivo stand vor ihnen. »Nun«, meinte er zu Marcolina, »hab' ich das nicht gut gemacht, daß ich dir endlich jemanden ins Haus gebracht habe, mit dem sich's so klug reden läßt, wie du's von deinen Professoren in Bologna her gewohnt sein magst?« – »Und nicht einmal unter diesen, liebster Oheim«, erwiderte Marcolina, »gibt es einen, der es sich getrauen dürfte, Voltaire selbst zum Zweikampf herauszufordern!« – »Ei, Voltaire? Der Chevalier fordert ihn heraus?« rief Olivo ohne zu verstehen. – »Ihre witzige Nichte, Olivo, spricht von der Streitschrift, die mich in der letzten Zeit beschäftigt. Liebhaberei für müßige Stunden. Früher hatte ich Gescheiteres zu tun.« Marcolina, ohne auf diese Bemerkung zu achten, sagte: »Sie werden eine angenehme kühle Luft für Ihren Spaziergang haben. Auf Wiedersehen.« Sie nickte kurz und eilte über die Wiese dem Hause zu. Casanova hielt sich davor zurück, ihr nachzublicken und fragte: »Wird uns Frau Amalia begleiten?« – »Nein, mein werter Chevalier«, erwiderte Olivo, »sie hat allerlei im Hause zu besorgen und anzuordnen – und jetzt ist auch die Stunde, in der sie die Mädchen zu unterrichten pflegt.« – »Was für eine tüchtige, brave Hausfrau und Mutter! Sie sind zu beneiden, Olivo!« – »Ja, das sag' ich mir selbst alle Tage«, entgegnete Olivo, und die Augen wurden ihm feucht.

Sie gingen die Schmalseite des Hauses entlang. Das Fenster Marcolinens stand offen, wie vorher; aus dem dämmernden Grund des Gemachs schimmerte das schleierartige helle Gewand. Durch die breite Kastanienallee gelangten sie auf die Straße, die schon völlig im Schatten lag. Langsam gingen sie aufwärts längs der Gartenmauer; wo sie im rechten Winkel umbog, begann das Weingelände. Zwischen den hohen Stökken, an denen schwere dunkelblaue Beeren hingen, führte Olivo seinen Gast zur Höhe, und deutete mit einer behaglich zufriedenen Handbewegung nach seinem Haus zurück, das nun ziemlich tief unter ihnen lag. Im Fensterrahmen des Turmgemachs glaubte Casanova eine weibliche Figur auf und nieder schweben zu sehen.

Die Sonne neigte sich dem Untergang zu; aber noch war es heiß genug. Über Olivos Wangen rannen die Schweißtropfen, während Casanovas Stirne vollkommen trocken blieb. Allmählich weiter und nun nach abwärts schreitend kamen sie auf üppiges Wiesenland. Von einem Olivenbaum zum andern rankte sich das Geäst der Reben, zwischen den Baumreihen wiegten sich die hohen gelben Ähren. – »Segen der Sonne«, sagte Casanova wie anerkennend, »in tausendfältiger Gestalt.« Olivo erzählte wieder und mit noch größerer Ausführlichkeit als vorher, wie er nach und nach diesen schönen Besitz erworben, und wie ein paar glückliche Ernte- und Lesejahre ihn zum wohlhabenden, ja zum reichen Manne gemacht. Casanova aber hing seinen eigenen Gedanken nach und griff nur selten ein Wort Olivos auf, um durch irgendeine höfliche Zwischenfrage seine Aufmerksamkeit zu beweisen. Erst als Olivo, von allem möglichen schwatzend, auf seine Familie und endlich auf Marcolina geraten war, horchte Casanova auf. Aber er erfuhr nicht viel mehr, als er schon vorher gewußt hatte. Da sie schon als Kind, noch im Hause ihres Vaters, der Olivos Stiefbruder, früh verwitwet und Arzt in Bologna gewesen war, durch die zeitig erwachenden Fähigkeiten ihres Verstandes ihre Umgebung in Erstaunen gesetzt, hatte man indes Muße genug gehabt, sich an ihre Art zu gewöhnen. Vor wenigen Jahren war ihr Vater gestorben, und seither lebte sie in der Familie eines berühmten Professors der hohen Schule von Bologna, eben jenes Morgagni, der sich vermaß, seine Schülerin zu einer großen Gelehrten heranzubilden; in den Sommermonaten war sie stets beim Oheim zu Gaste. Eine Anzahl Bewerbungen um ihre Hand, die eines Bologneser Kaufmanns, die eines Gutsbesitzers aus der Nachbarschaft, und zuletzt die des Leutnant Lorenzi habe sie zurückgewiesen und scheine tatsächlich gewillt, ihr Dasein völlig dem Dienst der Wissenschaft zu widmen. Während Olivo dies erzählte, fühlte Casanova sein Verlangen ins Ungemessene wachsen, und die Einsicht, daß es so töricht als hoffnungslos war, brachte ihn der Verzweiflung nahe. Eben als sie aus dem Feld- und Wiesenland auf die Fahrstraße traten, erschallte ihnen aus einer Staubwolke, die sich näherte, Rufen und Grüßen entgegen. Ein Wagen wurde sichtbar, in dem ein vornehm gekleideter älterer Herr an der Seite einer etwas jüngern üppigen und geschminkten Dame saß. »Der Marchese«, flüsterte Olivo seinem Begleiter zu, »er ist auf dem Wege zu mir.«

Der Wagen hielt. »Guten Abend, mein trefflicher Olivo«, rief der Marchese, »darf ich Sie bitten, mich mit dem Cheva- lier von Seingalt bekannt zu machen? Denn ich zweifle nicht, daß ich das Vergnügen habe, mich ihm gegenüber zu sehen.« – Casanova verbeugte sich leicht. »Ich bin es« sagte er. – »Und ich der Marchese Celsi, – hier die Marchesa, meine Gattin.« Die Dame reichte Casanova die Fingerspitzen; er berührte sie mit den Lippen.

»Nun, mein bester Olivo«, sagte der Marchese, dessen wachs- gelbes schmales Antlitz durch die über den stechenden grün- lichen Augen zusammengewachsenen dichten roten Brauen ein nicht eben freundliches Ansehen erhielt, – »mein bester Olivo, wir haben denselben Weg, nämlich zu Ihnen. Und da es kaum ein Viertelstündchen bis dahin ist, will ich aussteigen und mit Ihnen zu Fuß gehen. Du hast wohl nichts dagegen, die kleine Strecke allein zu fahren«, wandte er sich an die Marchesa, die Casanova die ganze Zeit über mit lüstern prü- fenden Augen betrachtet hatte; gab, ohne die Antwort seiner Gattin abzuwarten, dem Kutscher einen Wink, worauf dieser sofort wie toll auf die Pferde einhieb, als käme es ihm aus irgendeinem Grund darauf an, seine Herrin möglichst ge- schwind davonzubringen; und gleich war der Wagen hinter einer Staubwolke verschwunden.

»Man weiß nämlich schon in unsrer Gegend«, sagte der Mar- chese, der noch ein paar Zoll höher als Casanova und von einer unnatürlichen Magerkeit war, »daß der Chevalier von Seingalt hier angekommen und bei seinem Freund Olivo ab- gestiegen ist. Es muß ein erhebendes Gefühl sein, einen so berühmten Namen zu tragen.«

»Sie sind sehr gütig, Herr Marchese«, erwiderte Casanova, »ich habe allerdings die Hoffnung noch nicht aufgegeben, mir einen solchen Namen zu erwerben, finde mich aber vorläufig davon noch recht weit entfernt. – Eine Arbeit, mit der ich eben beschäftigt bin, wird mich meinem Ziele hoffentlich etwas näher bringen.«

»Wir können den Weg hier abkürzen«, sagte Olivo und

schlug einen Feldweg ein, der gerade auf die Mauer seines Gartens zuführte. – »Arbeit?« wiederholte der Marchese mit einem unbestimmten Ausdruck. »Darf man fragen, von welcher Art von Arbeit Sie sprechen, Chevalier?« – »Wenn Sie mich danach fragen, Herr Marchese, so sehe ich mich genötigt, meinerseits an Sie die Frage zu richten, von was für einer Art von Ruhm sie vorhin geredet haben?« Dabei sah er dem Marchese hochmütig in die stechenden Augen. Denn wenn er auch sehr wohl wußte, daß weder sein phantastischer Roman »Icosameron«, noch seine dreibändige »Widerlegung von Amelots Geschichte der venezianischen Regierung« ihm nennenswerten schriftstellerischen Ruhm eingebracht hatten, es lag ihm daran, für sich keinen andern als erstrebenswert gelten zu lassen, und er mißverstand absichtlich alle weiteren vorsichtig tastenden Bemerkungen und Anspielungen des Marchese, der sich unter Casanova wohl einen berühmten Frauenverführer, Spieler, Geschäftsmann, politischen Emissär und sonst alles mögliche, nur durchaus keinen Schriftsteller vorzustellen imstande war, um so weniger, als weder von der Widerlegung des Amelotischen Werkes noch von dem »Icosameron« jemals eine Kunde zu ihm gedrungen war. So bemerkte er endlich mit einer gewissen höflichen Verlegenheit: »Immerhin gibt es nur einen Casanova.« – »Auch das ist ein Irrtum, Herr Marchese«, entgegnete Casanova kalt. »Ich habe Geschwister, und der Name eines meiner Brüder, des Malers Francesco Casanova, dürfte einem Kenner nicht fremd klingen.«

Es zeigte sich, daß der Marchese auch auf diesem Gebiete nicht zu den Kennern gehörte, und so lenkte er das Gespräch auf Bekannte, die ihm in Neapel, Rom, Mailand und Mantua wohnten, und von denen er annehmen konnte, daß Casanova mit ihnen gelegentlich zusammengetroffen war. In diesem Zusammenhang nannte er auch den Namen des Barons Perotti, doch in einigermaßen verächtlichem Tone, und Casanova mußte zugestehen, daß er manchmal im Hause des Barons ein kleines Spiel zu machen pflege – »zur Zerstreuung«, setzte er hinzu, »ein halbes Stündchen vor dem Schlafengehen. Im übrigen hab' ich diese Art von Zeitvertreib so ziemlich aufgegeben.« – »Das täte mir leid«, sagte der Marchese, »denn ich will Ihnen nicht verhehlen, Herr Chevalier, daß es ein Traum meines Lebens war, mich mit Ihnen zu messen – sowohl im Spiel als – in jüngeren Jahren – auch auf andern Gebieten. Denken Sie übrigens, daß ich – wie lange mag es her sein? – daß ich in Spa genau an dem Tage, ja in jener Stunde ankam, als Sie es verließen. Unsre Wagen fuhren aneinander vorüber. Und in Regensburg widerfuhr mir ein ähnliches Mißgeschick. Dort bewohnte ich sogar das Zimmer, das Sie eine Stunde vorher verlassen hatten.« – »Es ist ein rechtes Unglück«, sagte Casanova, immerhin ein wenig geschmeichelt, »daß man einander manchmal zu spät im Leben begegnet.« – »Es ist noch nicht zu spät«, rief der Marchese lebhaft. »In Hinsicht auf mancherlei andres will ich mich gern im vorhinein geschlagen geben, und es kümmert mich wenig, – aber was das Spiel anbelangt, mein lieber Chevalier, so sind wir beide vielleicht gerade in den Jahren –«

Casanova unterbrach ihn: »In den Jahren – mag sein. Aber leider kann ich gerade auf dem Gebiet des Spiels nicht mehr auf das Vergnügen Anspruch erheben, mich mit einem Partner Ihres Ranges messen zu dürfen – weil ich« – und dies sagte er im Ton eines entthronten Fürsten – »weil ich es mit all meinem Ruhm, mein werter Herr Marchese, bis heute nicht viel weiter als bis zum Bettler gebracht habe.«

Der Marchese schlug unwillkürlich vor Casanovas stolzem Blick die Augen nieder und schüttelte dann nur ungläubig, wie zu einem sonderbaren Spaß, den Kopf. Olivo aber, der dem ganzen Gespräch mit Spannung gelauscht und die gewandt überlegenen Antworten seines außerordentlichen Freundes mit beifälligem Nicken begleitet hatte, vermochte eine Bewegung des Erschreckens kaum zu unterdrücken. Sie standen eben alle an der rückwärtigen Gartenmauer vor einer schmalen Holztür, und während Olivo sie mit einem kreischenden Schlüssel öffnete und den Marchese voraus in den Garten treten ließ, flüsterte er Casanova zu, ihn beim Arm fassend: »Sie werden Ihr letztes Wort zurücknehmen, Chevalier, ehe Sie den Fuß wieder in mein Haus setzen. Das Geld, das ich Ihnen seit sechzehn Jahren schulde, liegt bereit. Ich wagte nur nicht ... Fragen Sie Amalia ... Abgezählt liegt es bereit. Beim Abschied wollte ich mir erlauben –« Casanova unterbrach ihn sanft. »Sie sind nicht mein Schuldner, Olivo. Die paar Goldstücke waren – Sie wissen es wohl – ein Hochzeitsgeschenk, das ich, als Freund von Amaliens Mutter ... Doch wozu überhaupt davon reden. Was sollen mir die paar Dukaten? Ich stehe an einer Wende meines Schicksals«, setzte er absichtlich laut hinzu, so daß ihn der Marchese, der nach ein paar Schritten stehengeblieben war, hören konnte. Olivo tauschte einen Blick mit Casanova, um sich seiner Zustimmung zu versichern, dann bemerkte er zum Marchese: »Der Chevalier ist nämlich nach Venedig zurückberufen und reist in wenigen Tagen nach seiner Vaterstadt ab.« – »Vielmehr«, bemerkte Casanova, während sie alle sich dem Hause näherten, »man ruft bereits seit geraumer Zeit nach mir und immer dringender. Aber ich finde, die Herren Senatoren haben sich lange genug Zeit gelassen.

Mögen nun sie sich in Geduld fassen.« – »Ein Stolz«, sagte der Marchese, »zu dem Sie im höchsten Maße berechtigt sind, Chevalier!«

Als sie aus der Allee auf die Wiese hinaustraten, die nun schon völlig im Schatten dalag, sahen sie, dem Hause nahe, die kleine Gesellschaft versammelt, von der sie erwartet wurden. Alle erhoben sich, um ihnen entgegenzugehen, zuerst der Abbate, zwischen Marcolina und Amalia; ihnen folgte die Marchesa, ihr zur Seite ein hochgewachsener bartloser junger Offizier in roter silberverschnürter Uniform und glänzenden Reiterstiefeln, der kein andrer sein konnte als Lorenzi. Wie er zu der Marchesa sprach, ihre weißen gepuderten Schultern mit dem Blicke streifend als eine wohlbekannte Probe von nicht minder bekannten hübschen Dingen; noch mehr die Art, wie die Marchesa mit halbgeschlossenen Lidern lächelnd zu ihm aufsah, konnte auch weniger Erfahrene über die Natur der zwischen ihnen bestehenden Beziehungen nicht im Zweifel lassen; sowie auch darüber, daß sie keinen Wert darauf legten, sie vor irgend jemandem geheimzuhalten. Sie unterbrachen ihr leises aber lebhaftes Gespräch erst, als sie den Herankommenden schon gegenüberstanden.

Olivo stellte Casanova und Lorenzi einander vor. Die beiden maßen sich mit einem kurzen kalten Blick, in dem sie sich gegenseitig ihrer Abneigung zu versichern schienen, dann lächelten sie beide flüchtig und verneigten sich, ohne einander die Hände zu reichen, da jeder zu diesem Zweck dem andern hätte einen Schritt entgegentreten müssen. Lorenzi war schön, von schmalem Antlitz und in Anbetracht seiner Jugend auffallend scharfen Zügen; im Hintergrund seiner Augen schillerte irgend etwas Unfaßbares, das den Erfahrenen zur Vorsicht mahnen mußte. Nur eine Sekunde lang überlegte Casanova, an wen ihn Lorenzi erinnerte. Dann wußte er, daß es sein eigenes Bild war, das ihm, um dreißig Jahre verjüngt, hier entgegentrat. Bin ich etwa in seiner Gestalt wiedergekehrt? fragte er sich. Da müßte ich doch vorher gestorben sein...

Und es durchbebte ihn: Bin ich's denn nicht seit lange? Was ist denn noch an mir von dem Casanova, der jung, schön und glücklich war?

Er hörte Amaliens Stimme. Sie fragte ihn, wie aus der Ferne, obzwar sie neben ihm stand, wie ihm der Spaziergang behagt habe, worauf er sich laut, so daß es alle hören konnten, mit höchster Anerkennung über den fruchtbaren wohlgepflegten Besitz aussprach, den er mit Olivo durchwandert hatte. Indes deckte die Magd auf der Wiese einen länglichen Tisch, die zwei älteren Töchter Olivos waren ihr dabei behilflich, indem sie aus dem Hause Geschirr, Gläser und was sonst nötig war, mit viel Gekicher und Getu herbeischafften. Mählich brach die Dämmerung ein; ein leise kühlender Wind strich durch den Garten. Marcolina eilte an den Tisch, um zu vollenden, was die Kinder im Verein mit der Magd begonnen, und zu verbessern, was sie verfehlt hatten. Die übrigen ergingen sich zwanglos auf der Wiese und in den Alleen. Die Marchesa erwies Casanova viele Höflichkeit, auch wünschte sie von ihm die berühmte Geschichte seiner Flucht aus den Bleikammern von Venedig zu vernehmen, wenngleich ihr keineswegs unbekannt sei, – wie sie mit vieldeutigem Lächeln hinzufügte –, daß er weit gefährlichere Abenteuer bestanden, die zu erzählen freilich bedenklicher sein möchte. Casanova erwiderte: wenn er auch mancherlei ernste und heitere Beschwernis mitgemacht – gerade dasjenige Leben, dessen Sinn und eigentliches Wesen die Gefahr bedeute, habe er niemals so recht kennengelernt; denn wenn er auch ein paar Monate lang in unruhigen Zeiten Soldat gewesen, vor vielen Jahren, auf der Insel Korfu, – gab es denn einen Beruf auf Erden, in den ihn das Schicksal nicht verschlagen?! – er habe nie das Glück gehabt, einen wirklichen Feldzug mitzumachen, wie das nun dem Herrn Leutnant Lorenzi bevorstünde, und worum er ihn fast beneiden möchte. – »Da wissen Sie mehr als ich, Herr Casanova«, sagte Lorenzi mit einer hellen und frechen Stimme – »und sogar mehr als mein Oberst, denn ich habe eben Verlängerung meines Urlaubs auf unbestimmte Zeit erhalten.« – »Wahrhaftig!« rief der Marchese mit unbeherrschtem Grimme, und höhnisch setzte er hinzu: »Und denken Sie nur, Lorenzi, wir – meine Gattin vielmehr, hatte schon so sicher auf Ihre Abreise gerechnet, daß sie für Anfang nächster Woche einen unsrer Freunde, den Sänger Baldi, auf unser Schloß einlud.« – »Das trifft sich gut«, entgegnete Lorenzi unbeirrt, »Baldi und ich sind gute Freunde, wir werden uns vertragen. Nicht wahr?« wandte er sich an die Marchesa und ließ seine Zähne blitzen. – »Ich würde es Ihnen beiden raten«, meinte die Marchesa mit einem heitern Lächeln.

Mit diesen Worten nahm sie als erste am Tische Platz; ihr zur Seite Olivo, an ihrer andern Lorenzi. Ihnen gegenüber saß Amalia zwischen dem Marchese und Casanova; neben diesem an einem schmalen Tischende Marcolina; am andern, neben Olivo, der Abbate. Es war wie mittags ein einfaches und dabei höchst schmackhaftes Mahl. Die zwei älteren Töchter des Hauses, Teresina und Nanetta, reichten die Schüsseln und schenkten von dem trefflichen Wein, der auf Olivos Hügeln wuchs; und sowohl der Marchese wie der Abbate dankten den Mädchen mit scherzhaft derben Liebkosungen, die ein gestrengerer Vater als Olivo sich vielleicht verbeten hätte.

Amalia schien nichts zu bemerken; sie war blaß, blickte trüb und sah aus wie eine Frau, die entschlossen ist, alt zu werden, weil das Jungsein jeden Sinn für sie verloren hat. Ist dies nun meine ganze Macht? dachte Casanova bitter, sie von der Seite betrachtend. Doch vielleicht war es die Beleuchtung, die Amaliens Züge so traurig veränderte. Es fiel nämlich nur ein breiter Strahl von Licht aus dem Innern des Hauses auf die Gäste; im übrigen ließ man sich's am Dämmerschein des Himmels genügen. In scharfen schwarzen Linien schlossen die Baumwipfel alle Aussicht ab, und Casanova fühlte sich an irgendeinen geheimnisvollen Garten erinnert, in dem er vor vielen Jahren nächtlicherweile eine Geliebte erwartet hatte. »Murano«, flüsterte er vor sich hin und erbebte; dann sprach er laut: »Es gibt einen Garten auf einer Insel nahe von Venedig, einen Klostergarten, den ich vor etlichen Jahrzehnten zum letztenmal betreten habe; – in dem duftete es nachts gerade so wie heute hier.« – »Sie sind wohl auch einmal Mönch gewesen?« fragte die Marchesa scherzend. – »Beinahe«, erwiderte Casanova lächelnd und erzählte wahrheitsgemäß, daß ihm als einem fünfzehnjährigen Knaben der Patriarch von Venedig die niederen Weihen verliehen, daß er aber schon als Jüngling vorgezogen habe, das geistliche Gewand wieder abzulegen. Der Abbate tat eines nahegelegenen Frauenklosters Erwähnung, zu dessen Besuch er Casanova dringend rate, falls er es noch nicht kennen sollte. Olivo stimmte lebhaft zu; er rühmte den düstern alten Bau, die anmutige Gegend, in der er gelegen war, den abwechslungsreichen Weg dahin. Übrigens, fuhr der Abbate fort, habe die Äbtissin, Schwester Seraphina, – eine höchst gelehrte Frau, Herzogin von Geburt – in einem Brief an ihn den Wunsch geäußert (schriftlich darum, weil in jenem Kloster das Gelübde ewigen Schweigens herrsche), Marcolina, von deren Gelehrsamkeit sie erfahren, von Angesicht zu Angesicht kennenzulernen. – »Ich hoffe, Marcolina«, sagte Lorenzi, und es war das erstemal, daß er das Wort geradeaus an sie richtete, »Sie werden sich nicht dazu verführen lassen, der Herzogin-Äbtissin in jeder Beziehung nachzueifern.« – »Warum sollt' ich auch?« erwiderte Marcolina heiter; »man kann seine Freiheit auch ohne Gelübde bewahren – und besser, denn Gelübde ist Zwang.«

Casanova saß neben ihr. Er wagte es nicht einmal, leise ihren Fuß zu berühren, oder sein Knie an das ihre zu drängen: noch ein drittes Mal jenen Ausdruck des Grauens, des Ekels in ihrem Blick gewahren zu müssen – des war er gewiß –, hätte ihn unfehlbar zu einer Tat des Wahnsinns getrieben. Während mit dem Fortschreiten des Mahls und der steigenden Zahl der geleerten Gläser die Unterhaltung lebhafter und allgemeiner wurde, hörte Casanova, wieder wie von fern, Amaliens Stimme. »Ich habe mit Marcolina gesprochen.« – »Du hast mit ihr –« – Eine tolle Hoffnung flammte in ihm auf. »Stille, Casanova. Von dir war nicht die Rede, nur von ihr und ihren Zukunftsplänen. Und ich sage es dir noch einmal: Niemals wird sie irgendeinem Manne angehören.« – Olivo, der dem Weine stark zugesprochen hatte, erhob sich unerwarteterweise, und, das Glas in der Hand, sprach er ein paar unbeholfene Worte über die hohe Ehre, die seinem armen Hause durch den Besuch seines teuern Freundes, des Chevalier von Seingalt, geworden sei.

»Wo ist der Chevalier von Seingalt, mein lieber Olivo, von dem Sie da reden?« fragte Lorenzi mit seiner hellen, frechen Stimme. Casanovas erste Regung war es, dem Unverschämten sein gefülltes Glas an den Kopf zu schleudern; Amalia aber berührte leicht seinen Arm und sagte: »Viele Leute, Herr Chevalier, kennen Sie bis heute nur unter Ihrem älteren und berühmteren Namen Casanova.«

»Ich wußte nicht«, sagte Lorenzi mit beleidigendem Ernst, »daß der König von Frankreich Herrn Casanova den Adel verliehen hat.«

»Ich konnte dem König diese Mühe ersparen«, erwiderte Casanova ruhig, »und hoffe, daß Sie, Leutnant Lorenzi, sich mit einer Erklärung zufrieden geben werden, gegen die der Bürgermeister von Nürnberg nichts einzuwenden hatte, dem ich sie bei einer im übrigen gleichgültigen Gelegenheit vorzutragen die Ehre hatte.« Und da die andern in Spannung schwiegen–: »Das Alphabet ist bekanntlich allgemeines Gut. Ich habe mir eine Anzahl Buchstaben ausgesucht, die mir gefallen, und mich zum Edelmann gemacht, ohne einem Fürsten verpflichtet zu sein, der meine Ansprüche zu würdigen kaum imstande gewesen wäre. Ich bin Casanova Chevalier von Seingalt. Es täte mir leid um Ihretwillen, Leutnant Lorenzi, wenn dieser Name Ihren Beifall nicht finden sollte.« – »Seingalt – ein vortrefflicher Name«, sagte der Abbate und wiederholte ihn ein paarmal, als schmeckte er ihn mit den Lippen nach. – »Und es gibt niemanden auf der Welt,« rief Olivo aus, »der sich mit höherem Rechte Chevalier nennen dürfte als mein edler Freund Casanova!« – »Und sobald Ihr Ruhm, Lorenzi,« fügte der Marchese hinzu, »so weit erschallen sollte, als der des Herrn Casanova, Chevalier von Seingalt, werden wir nicht zögern, wenn es Ihnen so beliebt, auch Sie Chevalier zu nennen.« – Casanova, ärgerlich über den unerwünschten Beistand, der ihm von allen Seiten wurde, war eben im Begriffe, sich ihn zu verbitten, um seine Sache persönlich weiterzuführen, als aus dem Dunkel des Gartens zwei eben noch anständig gekleidete, alte Herren an den Tisch traten. Olivo begrüßte sie herzlich und geräuschvoll, sehr froh, damit einem Zwist, der bedenklich zu werden und die Heiterkeit des Abends zu gefährden drohte, die Spitze abzubrechen. Die Neuangekommenen waren die Brüder Ricardi, Junggesellen, die, wie Casanova von Olivo erfuhr, früher in der großen Welt gelebt, mit allerlei Unternehmungen wenig Glück gehabt und sich endlich in das benachbarte Dorf, ihren Geburtsort, zurückgezogen, wo sie in einem elenden Häuschen zur Miete wohnten. Sonderbare, aber harmlose Leute. Die beiden Ricardi drückten ihr Entzücken aus, die Bekanntschaft des Chevaliers zu erneuern, mit dem sie in Paris vor Jahren zusammengetroffen waren. Casanova erinnerte sich nicht. Oder war es in Madrid? ... »Das wäre möglich«, sagte Casanova, aber er wußte, daß er die beiden niemals gesehen hatte. Nur der eine, offenbar jüngere von ihnen, führte das Wort, der andere, der wie ein Neunzigjähriger aussah, begleitete die Reden seines Bruders mit unaufhörlichem Kopfnicken und einem verlorenen Grinsen.

Man hatte sich vom Tisch erhoben. Die Kinder waren schon früher verschwunden. Lorenzi und die Marchesa spazierten im Dämmer über die Wiese hin, Marcolina und Amalia wurden bald im Saale sichtbar, wo sie Vorbereitungen für das Spiel zu treffen schienen. Was hat das alles zu bedeuten? fragte sich Casanova, der allein im Garten stand. Halten sie mich für reich? Wollen sie mich rupfen? Denn alle diese Anstalten, auch die Zuvorkommenheit des Marchese, die Beflissenheit des Abbate sogar, das Erscheinen der Brüder Ricardi, kamen ihm irgendwie verdächtig vor; konnte nicht auch Lorenzi in die Intrige verwickelt sein? Oder Marcolina? Oder gar Amalia? Ist das Ganze, dachte er flüchtig, ein Streich meiner Feinde, um mir die Rückkehr nach Venedig zu erschweren, – im letzten Augenblick unmöglich zu machen? Aber sofort mußte er sich sagen, daß dieser Einfall völlig unsinnig war, vor allem schon darum, weil er ja nicht einmal mehr Feinde hatte. Er war ein ungefährlicher, herabgekommener alter Tropf; wen konnte seine Rückkehr nach Venedig überhaupt kümmern? Und als er durch die offenen Fenster des Hauses die Herren sich geschäftig um den Tisch reihen sah, auf dem die Karten bereit lagen und gefüllte Weingläser standen, wurde ihm über jeden Zweifel klar, daß hier nichts anderes geplant war als ein gewohnheitsmäßig harmloses Spiel, bei dem ein neuer Partner immerhin willkommen sein mochte. Marcolina streifte an ihm vorüber und wünschte ihm Glück. »Sie bleiben nicht? Schauen dem Spiel nicht wenigstens zu?« – »Was soll ich dabei? Gute Nacht, Chevalier von Seingalt – und auf morgen!«

Stimmen klangen ins Freie. »Lorenzi« rief es – »Herr Chevalier.« – »Wir warten.« Casanova, im Schatten des Hauses, konnte sehen, wie die Marchesa Lorenzi von der Wiese gegen das Dunkel der Bäume hinzuziehen suchte. Dort drängte sie sich heftig an ihn, Lorenzi aber riß sich ungebärdig von ihr los und eilte dem Hause zu. Er traf am Eingang mit Casanova zusammen und, mit einer Art von spöttischer Höflichkeit, ließ er ihm den Vortritt, was Casanova ohne Dank annahm.

Der Marchese legte die erste Bank. Olivo, die Brüder Ricardi und der Abbate setzten so geringe Münzen ein, daß das ganze Spiel auf Casanova – auch heute, da sein ganzes Vermögen nur in ein paar Dukaten bestand – wie ein Spaß wirkte. Es erschien ihm um so lächerlicher, als der Marchese mit einer so großartigen Miene das Geld einstrich und auszahlte, als wenn es um hohe Summen ginge. Plötzlich warf Lorenzi, der sich bisher nicht beteiligt hatte, einen Dukaten hin, gewann, ließ den so verdoppelten Einsatz stehen, gewann ein zweites und drittes Mal und so mit geringen Unterbrechungen immer weiter. Die andern Herren setzten indes ihre kleinen Münzen wie zuvor, und insbesondere die beiden Ricardi zeigten sich höchst ungehalten, wenn der Marchese sie nicht mit der gleichen Rücksichtnahme zu behandeln schien, wie den Leutnant Lorenzi. Die Brüder spielten gemeinsam auf das gleiche Blatt; dem einen, älteren, der die Karten empfing, perlte der Schweiß von der Stirn, der andere, hinter ihm stehend, redete unablässig auf ihn ein wie mit wichtig-unfehlbaren Ratschlägen. Wenn er den schweigsamen Bruder einziehen sah, leuchteten seine Augen, im andern Falle richteten sie sich verzweifelt gen Himmel. Der Abbate, sonst ziemlich teilnahmslos, gab zuweilen spruchähnliche Sätze zum besten – wie »Das Glück und die Frauen zwingst du nicht« – oder »Die Erde ist rund, der Himmel weit« – manchmal blickte er auch pfiffig ermutigend Casanova und gleich darauf die diesem gegenüber, ihrem Gatten zur Seite sitzende Amalia an, als läge ihm daran, die beiden alten Liebesleute neu miteinander zu verkuppeln. Casanova aber dachte an nichts anderes, als daß Marcolina sich jetzt in ihrem Zimmer langsam entkleidete, und daß, wenn das Fenster offen stand, ihre weiße Haut in die Nacht hinausschimmerte. Von einer Begier erfaßt, die ihm die Sinne verstörte, wollte er sich von seinem Platz neben dem Marchese erheben und den Raum verlassen; der Marchese aber nahm diese Bewegung als einen Entschluß, sich am Spiel zu beteiligen und sagte: »Nun endlich – wir wußten ja, daß Sie nicht Zuschauer bleiben würden, Chevalier.« Er legte eine Karte vor ihn hin, Casanova setzte alles, was er bei sich trug – und dies war so ziemlich alles, was er besaß – zehn Dukaten etwa,

er zählte sie nicht, ließ sie aus seiner Börse auf den Tisch
gleiten und wünschte, sie auf einen Satz zu verlieren: dies
sollte dann ein Zeichen sein, ein glückverheißendes Zeichen –
er wußte nicht recht wofür, ob für seine baldige Heimfahrt
nach Venedig oder den ihm bevorstehenden Anblick der ent-
kleideten Marcolina; – doch ehe er sich entschieden, hatte der
Marchese das Spiel gegen ihn bereits verloren. Auch Casanova
ließ, wie Lorenzi es getan, den verdoppelten Einsatz stehen,
und auch ihm blieb das Glück treu wie dem Leutnant. Um die
übrigen kümmerte sich der Marchese nicht mehr, der schweig-
same Ricardi stand beleidigt auf, der andre rang die Hände
– dann standen sie zusammen in einer Ecke des Saales wie
vernichtet. Der Abbate und Olivo fanden sich leichter ab; der
erste aß Süßigkeiten und wiederholte seine Sprüchlein, der
andre schaute dem Fall der Karten in Erregung zu. Endlich
hatte der Marchese fünfhundert Dukaten verloren, die sich
Casanova und Lorenzi teilten. Die Marchesa erhob sich und
gab dem Leutnant einen Wink mit den Augen, ehe sie den
Saal verließ, Amalia geleitete sie. Die Marchesa wiegte sich in
den Hüften, was Casanova anwiderte; Amalia schlich an ihrer
Seite wie ein demütiges ältliches Weib. Da der Marchese sein
ganzes Bargeld verloren hatte, übernahm Casanova die Bank,
er bestand, zum Mißvergnügen des Marchese darauf, daß die
andern wieder am Spiele teilnähmen. Sofort waren die Brüder
Ricardi zur Stelle, gierig und erregt; der Abbate schüttelte den
Kopf, er hatte genug, und Olivo spielte nur mit, um sich dem
Wunsch seines edlen Gastes nicht zu versagen. Lorenzi hatte
weiter Glück; als er im ganzen die Summe von vierhundert
Dukaten gewonnen, stand er auf und sagte: »Morgen bin ich
gern bereit, Revanche zu geben. Jetzt bitte ich um die Erlaubnis,
nach Hause reiten zu dürfen.« – »Nach Hause«, rief der Marchese hohnlachend, der übrigens ein paar Dukaten zurückge-
wonnen hatte, »das ist nicht übel! Der Leutnant wohnt nämlich bei mir!« wandte er sich zu den andern. »Und meine
Gattin ist voraus nach Hause gefahren. Gute Unterhaltung,
Lorenzi!« – »Sie wissen sehr gut«, erwiderte Lorenzi, ohne
eine Miene zu verziehen, »daß ich geradeswegs nach Mantua
reite und nicht nach Ihrem Schloß, wo Sie so gütig waren, mir
gestern Unterkunft zu gewähren.« – »Reiten Sie, wohin Sie
wollen, zum Teufel meinetwegen!« – Lorenzi empfahl sich
von den andern aufs höflichste und ging, ohne dem Marchese
eine gebührende Antwort zu erteilen, was Casanova in Verwunderung setzte. Er legte weiter die Karten auf und gewann,
so daß der Marchese bald mit ein paar hundert Dukaten in
seiner Schuld stand. Wozu? fragte sich Casanova anfangs.
Allmählich aber nahm ihn der Reiz des Spiels doch wieder ge-

fangen. Es geht nicht übel, dachte er ... Nun sind es bald tausend ... es können auch zweitausend werden. Der Marchese wird seine Schuld bezahlen. Mit einem kleinen Vermögen in Venedig Einzug halten, das wäre so übel nicht. Doch warum nach Venedig? Man wird wieder reich, man wird wieder jung. Reichtum ist alles. Nun werd' ich sie mir doch wenigstens wieder kaufen können. Wen? Ich will keine andere ... Nackt steht sie am Fenster – ganz gewiß ... wartet am Ende ... ahnt, daß ich kommen werde ... Steht am Fenster, um mich toll zu machen. Und ich bin da. – Indes teilte er weiter die Karten aus, mit unbeweglicher Miene, nicht nur an den Marchese, auch an Olivo und die Brüder Ricardi, denen er zuweilen ein Goldstück hinschob, auf das sie keinen Anspruch hatten. Sie ließen sich's gefallen. Aus der Nacht drang ein Geräusch, wie die Hufschläge eines über die Straße trabenden Rosses. Lorenzi, dachte Casanova ... Von der Gartenmauer schallte es wie im Echo wider, dann verklang allmählich Hall und Widerhall. Nun aber wandte sich das Glück gegen Casanova. Der Marchese setzte hoch, immer höher; und um Mitternacht fand sich Casanova so arm wie er gewesen, ärmer noch; er hatte auch seine eigenen paar Goldstücke verloren. Er schob die Karten von sich weg, erhob sich lächelnd. »Ich danke, meine Herren.«

Olivo breitete die Arme nach ihm aus. »Mein Freund, wir wollen weiterspielen ... Hundertfünfzig Dukaten, – haben Sie denn vergessen, – nein, nicht hundertfünfzig! Alles, was ich habe, was ich bin – alles – alles!« Er lallte; denn er hatte während des ganzen Abends zu trinken nicht aufgehört. Casanova wehrte mit einer übertrieben vornehmen Handbewegung ab. »Die Frauen und das Glück zwingt man nicht«, sagte er mit einer Verneigung gegen den Abbate hin. Dieser nickte befriedigt und klatschte in die Hände. »Auf morgen also, mein verehrter Chevalier«, sagte der Marchese, »wir werden gemeinsam dem Leutnant Lorenzi das Geld wieder abnehmen.«

Die Ricardi bestanden darauf, daß weitergespielt würde. Der Marchese, sehr aufgeräumt, gab ihnen eine Bank. Sie rückten mit den Goldstücken heraus, die Casanova sie hatte gewinnen lassen. In zwei Minuten hatte der Marchese sie ihnen abgenommen und lehnte es entschieden ab, mit ihnen weiterzuspielen, wenn sie nicht Bargeld vorzuweisen hätten. Sie rangen die Hände. Der ältere begann zu weinen wie ein Kind. Der andere küßte ihn wie zur Beruhigung auf beide Wangen. Der Marchese fragte, ob sein Wagen schon wieder zurückgekommen sei. Der Abbate bejahte; er hatte ihn vor einer halben Stunde vorfahren gehört. Der Marchese lud den

Abbate und die Brüder Ricardi in seinen Wagen ein; er wollte sie vor ihren Wohnhäusern absetzen; – und alle verließen das Haus.

Als die andern fort waren, nahm Olivo Casanovas Arm und versicherte ihn immer wieder, mit Tränen in der Stimme, daß alles in diesem Hause ihm, Casanova, gehöre und daß er damit schalten möge, wie es ihm beliebe. Sie kamen an Marcolinens Fenster vorbei. Es war nicht nur verschlossen, auch ein Gitter war vorgeschoben, und innen senkte sich ein Vorhang herab. Es gab Zeiten, dachte Casanova, wo all das nichts nützte oder wo es nichts zu bedeuten hatte. Sie traten ins Haus. Olivo ließ es sich nicht nehmen, den Gast über die etwas knarrende Treppe bis in das Turmgemach zu begleiten, wo er ihn zum Abschied umarmte. »Also morgen«, sagte er, »sollen Sie das Kloster zu sehen bekommen. Doch schlafen Sie nur ruhig, wir brechen nicht in allzu früher Stunde auf und richten uns jedenfalls völlig nach Ihrer Bequemlichkeit. Gute Nacht.« Er ging, die Tür leise hinter sich schließend, aber seine Schritte dröhnten über die Treppe durch das ganze Haus.

Casanova stand allein in seinem durch zwei Kerzen matt erhellten Zimmer und ließ das Auge von einem zum andern der vier Fenster schweifen, die nach den verschiedenen Himmelsrichtungen wiesen. In bläulichem Glanze lag die Landschaft da, nach allen Seiten fast das gleiche Bild: weite Ebenen, mit geringen Erhebungen, nur nordwärts verschwimmende Berglinien, da und dort vereinzelte Häuser, Gehöfte, auch größere Gebäude; darunter eines etwas höher gelegen, aus dem ein Licht herschimmerte, nach Casanovas Vermutung das Schloß des Marchese. Im Zimmer, das außer dem freistehenden breiten Bett nichts enthielt, als einen langen Tisch, auf dem die zwei Kerzen brannten, ein paar Stühle, eine Kommode und einen goldgerahmten Spiegel darüber, war von vorsorglichen Händen Ordnung gemacht, auch war der Reisesack ausgepackt worden. Auf dem Tische lag die versperrte, abgegriffene Ledermappe, die Casanovas Papiere enthielt, sowie ein paar Bücher, deren er für seine Arbeit bedurfte und die er daher mit sich genommen hatte; auch Schreibzeug war bereit. Da er nicht die geringste Schläfrigkeit verspürte, nahm er sein Manuskript aus der Mappe und durchlas beim Schein der Kerzen, was er zuletzt geschrieben. Da er mitten in einem Absatz stehengeblieben, war es ihm ein leichtes, auf der Stelle fortzufahren. Er nahm die Feder zur Hand, schrieb hastig ein paar Sätze und hielt plötzlich wieder inne. Wozu? fragte er sich, wie in einer grausamen inneren Erleuchtung. Und wenn ich auch wüßte, daß das, was ich hier schrieb und schreiben werde, herrlich würde ohne Vergleich, – ja, wenn es mir wirklich gelänge, Voltaire zu vernichten und mit meinem Ruhm den seinen zu überstrahlen; – wäre ich nicht trotzdem mit Freuden bereit, all diese Papiere zu verbrennen, wenn es mir dafür vergönnt wäre, in dieser Stunde Marcolina zu umarmen? Ja, wäre ich um den gleichen Preis nicht zu dem Gelübde bereit, Venedig niemals wieder zu betreten, – auch wenn sie mich im Triumph dahin zurückholen wollten? Venedig! ... Er wiederholte das Wort, es klang um ihn in seiner ganzen Herrlichkeit; – und schon hatte es die alte Macht über ihn gewonnen. Die Stadt seiner Jugend stieg vor ihm auf, umflossen von allem Zauber der Erinnerung, und das Herz schwoll ihm in einer Sehnsucht, so qualvoll und über alles Maß, wie er sie noch nie empfunden zu haben glaubte. Auf die Heimkehr zu verzichten erschien ihm als das unmöglichste von allen Opfern, die das Schicksal von ihm fordern dürfte. Was sollte er weiter in dieser kläglich verblaßten Welt ohne die Hoffnung, die Gewißheit, die geliebte Stadt jemals wiederzusehen? Nach Jahren und Jahrzehnten der Wanderungen und Abenteuer, nach all dem Glück und Unglück, das er erlebt, nach all der Ehre und Schmach, nach den Triumphen und nach den Erniedrigungen, die er erfahren, mußte er doch endlich eine Ruhestatt, eine Heimat haben. Und gab es eine andere Heimat für ihn als Venedig? Und ein anderes Glück als das Bewußtsein, wieder eine Heimat zu haben? In der Fremde vermochte er längst nicht mehr ein Glück dauernd an sich heranzuzwingen. Noch war ihm zuweilen die Kraft gegönnt, es zu erfassen, doch nicht mehr die, es festzuhalten. Seine Macht über die Menschen, Frauen wie Männer, war dahin. Nur wo er Erinnerung bedeutete, vermochte sein Wort, seine Stimme, sein Blick noch zu bannen; seiner Gegenwart war die Wirkung versagt. Vorbei war seine Zeit! Und nun gestand er sich auch ein, was er sich sonst mit besonderer Beflissenheit zu verhehlen suchte, daß selbst seinen schriftstellerischen Leistungen, daß sogar seiner Streitschrift gegen Voltaire, auf die er seine letzte Hoffnung gesetzt hatte, niemals ein in die Weite tragender Erfolg beschieden sein würde. Auch dazu war es zu spät. Ja, hätte er in jüngeren Jahren Muße und Geduld gehabt, sich mit derlei Arbeiten ernstlicher zu beschäftigen, – das wußte er wohl – den ersten dieses Fachs, Dichtern und Philosophen hätte er es gleich getan; ebenso wie er als Finanzmann oder als Diplomat mit größerer Beharrlichkeit und Vorsicht, als ihm eigen war, zum Höchsten wäre berufen gewesen. Doch wo war all seine Geduld und seine Vorsicht, wo waren alle seine Lebenspläne hin, wenn ein neues Liebesabenteuer lockte? Frauen – Frauen überall. Für sie hatte er alles hingeworfen in jedem Augenblick; für edle wie für gemeine, für die leidenschaftlichen wie für die kalten; für Jungfrauen wie für Dirnen; – für eine Nacht auf einem neuen Liebeslager waren ihm alle Ehren dieser und alle Seligkeiten jener Welt immer feil gewesen. – Doch bereute er, was er durch dieses ewige Suchen und Niemals- oder Immer-Finden, durch dies irdisch-überirdische Fliehen von Begier zu Lust und von Lust zu Begier sonst im Dasein etwa versäumt haben mochte? Nein, er bereute nichts. Er hatte sein Leben gelebt wie keiner; – und lebte er es nicht noch heute in seiner Art? Überall noch gab es Weiber auf seinem Weg: wenn sie auch nicht mehr gerade toll um ihn wurden wie einstmals. – Amalia? – er konnte sie haben, wann er wollte, in dieser Stunde, in ihres betrunkenen Gatten Bett; – und die Wirtin in Mantua – war sie nicht verliebt in ihn wie in einen hübschen Knaben, mit Zärtlichkeit und Eifersucht? – und die blatternarbige, aber wohlgebaute Geliebte Perottis – hatte sie ihn nicht, berauscht von dem Namen Casanova, der die Wollust von tausend Nächten über sie hinzusprühen schien – hatte sie ihn nicht angebettelt, ihr eine einzige Liebesnacht zu gewähren, und hatte er sie nicht verschmäht wie einer, der noch immer nach eigenem Geschmacke wählen durfte? Freilich – Marcolina – solche wie Marcolina waren nicht mehr für ihn da. Oder – wäre sie niemals für ihn dagewesen? Es gab ja wohl auch Frauen solcher Art. Er war vielleicht in früheren Jahren solch einer begegnet; aber da immer zugleich eine andere, willigere zur Stelle war, hatte er sich nicht damit aufgehalten, auch nur einen Tag vergeblich zu seufzen. Und da es nicht einmal Lorenzi gelungen war, Marcolina zu erobern, – da sie sogar die Hand dieses Menschen ausgeschlagen, der ebenso schön und ebenso frech war, wie er, Casanova, in seiner Jugend es gewesen – so mochte Marcolina in der Tat jenes Wundergeschöpf vorstellen, an dessen Vorhandensein auf Erden er bisher gezweifelt – das tugendhafte Weib. Nun aber lachte er so hell auf, daß es durchs Zimmer hallte. »Der Ungeschickte, der Dummkopf!« rief er laut, wie er es bei solchen Selbstgesprächen öfters tat. »Er hat die Gelegenheit nicht zu benützen verstanden. Oder die Marchesa läßt ihn nicht los. Oder hat er sich die erst genommen, als er Marcolina nicht bekommen konnte, die Gelehrte – die Philosophin?!« Und plötzlich kam ihm der Einfall: Ich will ihr morgen meine Streitschrift gegen Voltaire vorlesen! Sie ist das einzige Geschöpf, dem ich das nötige Verständnis dafür zutrauen darf. Ich werde sie überzeugen... Sie wird mich bewundern. »Natürlich wird sie ... Vortrefflich, Herr Casanova! Sie schreiben einen glänzenden Stil, alter Herr! Bei Gott ... Sie haben Voltaire vernichtet ... genialer Greis!« So sprach er, so zischte er vor sich hin und lief im

Zimmer hin und her wie in einem Käfig. Ein ungeheurer Grimm hatte ihn erfaßt, gegen Marcolina, gegen Voltaire, gegen sich selbst, gegen die ganze Welt. Er nahm seine letzte Kraft zusammen, um nicht aufzubrüllen. Endlich warf er sich aufs Bett, ohne sich auszukleiden, und lag nun da, die weit offenen Augen zum Gebälk der Decke gerichtet, inmitten dessen er jetzt an einzelnen Stellen im Schein der Kerzen Spinnengewebe glänzen sah. Dann, wie es ihm zuweilen nach Spielpartien vor dem Einschlafen begegnete, jagten mit phantastischer Geschwindigkeit Kartenbilder an ihm vorbei, und endlich versank er wirklich in einen traumlosen Schlummer, der aber nur eine kurze Weile dauerte. Nun horchte er auf die geheimnisvolle Stille rings um sich. Nach Osten und Süden standen die Fenster des Turmgemachs offen, aus Garten und Feld drangen linde süße Gerüche aller Art, aus der Landschaft unbestimmte Geräusche zu ihm herein, wie die kommende Frühe sie aus der Weite und Nähe zu bringen pflegt. Casanova vermochte nicht länger still zu liegen; ein lebhafter Drang nach Veränderung erfaßte ihn und lockte ihn ins Freie. Vogelgesang rief ihn von draußen, morgenkühler Wind rührte an seine Stirn. Leise öffnete Casanova die Tür, ging vorsichtig über die Treppe hinab, mit seiner oft erprobten Geschicklichkeit brachte er es zuwege, daß die Holzstufen unter seinem Schritt nicht im geringsten knarrten; über die steinerne Treppe gelangte er ins Erdgeschoß, und durch das Speisezimmer, wo auf dem Tisch noch die halbgefüllten Gläser standen, in den Garten. Da auf dem Kies seine Schritte hörbar wurden, trat er gleich auf die Wiese über, die nun, im Frühdämmerschein, zu unwirklicher Weite sich dehnte. Dann schlich er sich in die Allee, nach der Seite hin, wo ihm Marcolinens Fenster in den Blick fallen mußte. Es war vergittert, verschlossen, verhängt, so wie er es zuletzt gesehen. Kaum fünfzig Schritt vom Hause entfernt setzte sich Casanova auf eine Steinbank. Jenseits der Gartenmauer hörte er einen Wagen vorbeifahren, dann war es wieder still. Aus dem Wiesengrund schwebte ein feiner grauer Dunst; als läge da ein durchsichtig-trüber Teich mit verschwimmenden Grenzen. Wieder dachte Casanova jener Jugendnacht im Klostergarten von Murano – oder eines andern Parks – einer andern Nacht; – er wußte nicht mehr welcher – vielleicht waren es hundert Nächte, die ihm in der Erinnerung in eine einzige zusammenflossen, so wie ihm manchmal hundert Frauen, die er geliebt, in der Erinnerung zu einer einzigen wurden, die als Rätselgestalt durch seine fragenden Sinne schwebte. War nicht eine Nacht wie die andere? Und eine Frau wie die andere? Besonders, wenn es vorbei war? Und dieses Wort »vorbei« hämmerte in seinen

Schläfen weiter, als sei es bestimmt, von nun ab der Pulsschlag seines verlorenen Daseins zu werden.

Es war ihm, als raschelte irgend etwas hinter ihm längs der Mauer hin. Oder war's nur ein Widerklang? Ja, das Geräusch kam vom Hause her. Marcolinens Fenster stand mit einemmal offen, das Gitter war zurückgeschoben, der Vorhang nach der einen Seite hin gerafft; aus dem Dunkel des Gemachs hob sich eine schattenhafte Erscheinung; Marcolina selbst war es, die in hochgeschlossenem weißen Nachtgewand an die Brüstung trat, wie um die holde Luft des Morgens einzuatmen. Casanova hatte sich rasch von der Bank heruntergleiten lassen; über ihren Rand, durch das Gezweig der Allee sah er gebannt Marcolina an, deren Augen scheinbar gedanken- ja richtungslos in die Dämmerung tauchten. Nach ein paar Sekunden erst schien sie ihr noch wie schlafbefangenes Wesen in einem Blicke sammeln zu können, den sie nun langsam nach rechts und links schweifen ließ. Dann beugte sie sich vornüber, wie um auf dem Kies etwas zu suchen, und gleich darauf wandte sie das Haupt mit dem gelösten Haar nach aufwärts wie zu einem Fenster des oberen Stockwerks. Dann stand sie wieder eine Weile ohne Bewegung, die Hände beiderseits an die Fensterstöcke stützend, wie an ein unsichtbares Kreuz geschlagen. Nun erst, als wären sie plötzlich von innen erleuchtet worden, gewannen ihre dämmernden Züge für Casanova an Deutlichkeit. Ein Lächeln spielte um ihren Mund, das gleich wieder erstarrte. Nun ließ sie die Arme sinken; ihre Lippen bewegten sich sonderbar, als flüsterten sie ein Gebet; wieder schweifte ihr Blick langsam suchend durch den Garten, dann nickte sie kurz, und im selben Augenblick schwang sich jemand über die Brüstung ins Freie, der bis jetzt zu Marcolinens Füßen gekauert sein mußte, – Lorenzi. Er flog mehr als er ging über den Kies zur Allee hin, durchquerte sie kaum zehn Schritte weit von Casanova, der den Atem anhaltend unter der Bank lag, und eilte dann jenseits der Allee, wo ein schmaler Wiesenstreif die Mauer entlang lief, den Blicken Casanovas entschwindend, nach rückwärts. Casanova hörte eine Tür in den Angeln seufzen, – es konnte keine andre sein, als diejenige, durch die er selbst gestern abend mit Olivo und dem Marchese in den Garten zurückgekehrt war – dann war alles still. Marcolina war die ganze Zeit völlig regungslos dagestanden: sobald sie Lorenzi in Sicherheit wußte, atmete sie tief auf, schloß Gitter und Fenster, der Vorhang fiel nieder wie durch eigene Kraft, und alles war, wie es vorher gewesen; – nur daß indes, als hätte er nun keinen Anlaß mehr zu zögern, der Tag über Haus und Garten aufgezogen war.

Auch Casanova lag noch da, wie zuvor, die Hände vor sich

hingestreckt, unter der Bank. Nach einer Weile kroch er weiter, in die Mitte der Allee, und weiter auf allen vieren, bis er an eine Stelle kam, wo er weder von Marcolinens Fenster noch von einem andern aus gesehen werden konnte. Nun erhob er sich mit schmerzendem Rücken, reckte sich in die Höhe, dehnte die Glieder und kam endlich zur Besinnung, ja fand sich jetzt erst selber wieder, als hätte er sich aus einem geprügelten Hund in einen Menschen zurückverwandelt, der die Prügel nicht als körperlichen Schmerz, sondern als tiefe Beschämung weiter zu verspüren verdammt war. Warum, fragte er sich, bin ich nicht zu dem Fenster hin, solang es noch offen stand? Und über die Brüstung hinein zu ihr? – Hätte sie Widerstand leisten können – dürfen – die Heuchlerin, die Lügnerin, die Dirne? Und er beschimpfte sie immer weiter, als hätte er ein Recht dazu, als hätte sie ihm Treue gelobt wie einem Geliebten und ihn betrogen. Er schwor sich zu, sie zur Rede zu stellen von Angesicht zu Angesicht, ihr ins Antlitz zu schleudern, vor Olivo, vor Amalia, vor dem Marchese, dem Abbate, vor der Magd und den Knechten, daß sie eine lüsterne kleine Hure war und nichts anderes. Wie zur Übung, in aller Ausführlichkeit erzählte er sich selber vor, was er eben mit angesehen, und machte sich das Vergnügen, allerlei dazu zu erfinden, um sie noch tiefer zu erniedrigen; daß sie nackt am Fenster gestanden, daß sie im Spiel der Morgenwinde von ihrem Geliebten sich habe unzüchtig liebkosen lassen. Nachdem er so seine Wut fürs erste zur Not beschwichtigt hatte, dachte er nach, ob mit dem, was er nun wußte, nicht doch vielleicht was Besseres anzufangen wäre. Hatte er sie jetzt nicht in seiner Gewalt? Konnte er nun die Gunst, die sie ihm gutwillig nicht gewährt hätte, nicht durch Drohungen von ihr erzwingen? Aber dieser schmähliche Plan sank sofort wieder in sich zusammen, nicht sosehr weil Casanova dessen Schmählichkeit, als weil er dessen Zweck- und Sinnlosigkeit gerade in diesem Fall erkennen mußte. Was konnten seine Drohungen Marcolina kümmern, die niemandem Rechenschaft schuldig, die am Ende auch, wenn's ihr darauf ankam, verschlagen genug war, ihn als einen Verleumder und Erpresser von ihrer Schwelle zu jagen? Und selbst wenn sie aus irgendeinem Grunde das Geheimnis ihrer Liebschaft mit Lorenzi durch ihre Preisgabe zu erkaufen bereit war (er wußte freilich, daß er etwas erwog, das außer dem Bereich aller Möglichkeiten lag), mußte ein so erzwungener Genuß für ihn, der, wenn er liebte, tausendmal heißer danach verlangte Glück zu geben, als Glück zu empfangen, sich nicht in eine unnennbare Qual verwandeln, – die ihn zum Wahnsinn und in Selbstvernichtung trieb? Er fand sich plötzlich an der Gartentür. Sie war versperrt. Lorenzi hatte also einen Nachschlüssel. Und wer – fiel ihm nun ein – war denn durch die Nacht auf trabendem Roß davongesprengt, nachdem Lorenzi sich vom Spieltisch erhoben? Ein bestellter Knecht offenbar. – Unwillkürlich mußte Casanova beifällig lächeln … Sie waren einander würdig, Marcolina und Lorenzi, die Philosophin und der Offizier. Und ihnen beiden stand noch eine herrliche Laufbahn bevor. Wer wird Marcolinens nächster Liebhaber sein? fragte er sich. Der Professor in Bologna, in dessen Haus sie wohnt? O ich Narr. Der war's ja längst … Wer noch? Olivo? Der Abbate? Warum nicht?! Oder der junge Knecht, der gestern glotzend am Tore stand, als wir angefahren kamen? Alle! Ich weiß es. Aber Lorenzi weiß es nicht. Das hab' ich vor ihm voraus. – Zwar war er im Innersten überzeugt, daß Lorenzi nicht nur Marcolinens erster Liebhaber, sondern er vermutete sogar, daß es heute die erste Nacht war, die sie ihm geschenkt hatte; doch das hielt ihn nicht ab, seine boshaft-lüsternen Gedankenspiele weiterzutreiben, während er den Garten längs der Mauer umkreiste. So stand er denn wieder vor der Saaltür, die er offen gelassen, und sah ein, daß ihm vorläufig nichts andres zu tun übrigblieb, als ungesehen und ungehört sich zurück ins Turmgemach zu begeben. Mit aller Vorsicht schlich er hinauf und ließ sich oben auf den Lehnstuhl sinken, auf dem er schon früher gesessen; vor den Tisch hin, auf dem die losen Blätter des Manuskriptes seiner Wiederkehr nur zu warten schienen. Unwillkürlich fiel sein Auge auf den Satz, den er vorhin in der Mitte abgebrochen hatte; und er las: »Voltaire wird unsterblich sein, gewiß; aber er wird diese Unsterblichkeit erkauft haben mit seinem unsterblichen Teil; – der Witz hat sein Herz aufgezehrt, wie der Zweifel seine Seele, und also –« In diesem Augenblick brach die Morgensonne rötlich flutend herein, so daß das Blatt, das er in Händen hielt, zu erglühen anfing, und wie besiegt ließ er es auf den Tisch zu den andern sinken. Er fühlte plötzlich die Trockenheit seiner Lippen, schenkte sich ein Glas Wasser ein aus einer Flasche, die auf dem Tisch stand; es schmeckte lau und süßlich. Angewidert wandte er den Kopf nach der Seite; von der Wand, aus dem Spiegel über der Kommode, starrte ihm ein bleiches altes Gesicht entgegen mit wirrem, über die Stirn fließendem Haar. In selbstquälerischer Lust ließ er seine Mundwinkel noch schlaffer herabsinken, als gälte es eine abgeschmackte Rolle auf dem Theater durchzuführen, fuhr sich ins Haar, daß die Strähne noch ungeordneter fielen, streckte seinem Spiegelbild die Zunge heraus, krächzte mit absichtlich heiserer Stimme eine Reihe alberner Schimpfworte gegen sich selbst und blies endlich, wie ein ungezogenes Kind, die Blätter seines Manuskriptes vom Tisch herunter.

Dann begann er von neuem Marcolina zu beschimpfen, und nachdem er sie mit den unflätigsten Worten bedacht, zischte er zwischen den Zähnen: Denkst du, die Freude währt lang? Du wirst fett und runzlig und alt werden wie die andern Weiber, die mit dir zugleich jung gewesen sind, – ein altes Weib mit schlaffen Brüsten, mit trocknem grauem Haar, zahnlos und von üblem Duft . . . und endlich wirst du sterben! Auch jung kannst du sterben! Und wirst verwesen! Und Speise sein für Würmer. – Um eine letzte Rache an ihr zu nehmen, versuchte er sie sich als Tote vorzustellen. Er sah sie weiß gekleidet im offenen Sarge liegen, doch war er unfähig, irgendwelche Zeichen der Zerstörung an ihr zu denken; sondern ihre wahrhaft überirdische Schönheit brachte ihn in neue Raserei. Vor seinen geschlossenen Augen wurde der Sarg zum Brautbett; Marcolina lag lächelnd da mit blinzelnden Lidern, und mit ihren schmalen bleichen Händen, wie zum Hohn, zerriß sie über ihren zarten Brüsten das weiße Gewand. Doch wie er seine Arme nach ihr ausstreckte, sich auf sie stürzen, sie umfangen wollte, zerfloß die Erscheinung in nichts. – Es klopfte an die Tür; er fuhr aus dumpfem Schlaf empor, Olivo stand vor ihm. »Wie, schon am Schreibtisch?« – »Es ist meine Gewohnheit«, erwiderte Casanova sofort gefaßt, »der Arbeit die ersten Morgenstunden zu widmen. Wie spät mag es sein?« – »Acht Uhr«, erwiderte Olivo, »das Frühstück steht im Garten bereit; sobald Sie befehlen, Chevalier, wollen wir unsere Fahrt nach dem Kloster antreten. Doch ich sehe, der Wind hat Ihnen die Blätter verstreut!« Und er machte sich daran, die Papiere vom Fußboden aufzulesen. Casanova ließ es geschehen, denn er war ans Fenster getreten und erblickte, um den Frühstückstisch gereiht, den man auf die Wiese in den Schatten des Hauses gestellt hatte, alle weiß gekleidet, Amalia, Marcolina und die drei kleinen Mädchen. Sie riefen ihm einen Morgengruß zu. Er sah nur Marcolina, sie lächelte freundlich zu ihm auf mit hellen Augen, hielt einen Teller mit frühgereiften Trauben auf dem Schoß und steckte eine Beere nach der andern in den Mund. Alle Verachtung, aller Zorn, aller Haß schmolz in Casanovas Herzen dahin; er wußte nur mehr, daß er sie liebte. Wie trunken von ihrem Anblick zog er sich wieder ins Zimmer zurück, wo Olivo, noch immer auf dem Fußboden kniend, die verstreuten Blätter unter Tisch und Kommode hervorsuchte, verbat sich dessen weitere Bemühungen und wünschte allein gelassen zu werden, um sich für die Spazierfahrt fertigzumachen. »Es eilt nicht«, sagte Olivo und streifte den Staub von seinen Beinkleidern, »wir sind zum Mittagessen bequem zurück. Übrigens hat der Marchese bitten lassen, daß wir mit dem Spiel heute schon in früher Nach-

mittagsstunde beginnen; offenbar liegt ihm daran, vor Sonnenuntergang zu Hause zu sein.« »Mir ist es ziemlich gleichgültig, wann das Spiel beginnt«, sagte Casanova, während er
seine Blätter in die Mappe ordnete; »ich werde mich keineswegs daran beteiligen.« »Sie werden«, erklärte Olivo mit
einer Entschiedenheit, die sonst nicht seine Art war, und legte
eine Rolle von Goldstücken auf den Tisch. »Meine Schuld,
Chevalier, spät, doch aus dankerfülltem Herzen.« Casanova
wehrte ab. »Sie müssen«, beteuerte Olivo, »wenn Sie mich
nicht aufs tiefste beleidigen wollen; überdies hat Amalia heute
nacht einen Traum gehabt, der Sie veranlassen wird – doch
den soll sie Ihnen selbst erzählen.« Und er verschwand
eiligst. Casanova zählte immerhin die Goldstücke; es waren
hundertfünfzig, genau die Summe, die er vor fünfzehn Jahren
dem Bräutigam oder der Braut oder ihrer Mutter – er wußte
es selbst nicht mehr recht – zum Geschenk gemacht hatte. Das
Vernünftigste wäre, sagte er zu sich, ich steckte das Geld ein,
nähme Abschied und verließe das Haus, womöglich ohne Marcolina noch einmal zu sehen. Doch hab' ich je das Vernünftige
getan? – Und ob nicht indes eine Nachricht aus Venedig gekommen ist? . . . Zwar hat meine vortreffliche Wirtin versprochen, sie mir unverzüglich nachzusenden . . .
Die Magd hatte indes einen großen irdenen Krug mit quell-
kaltem Wasser heraufgebracht, und Casanova wusch sich den
ganzen Leib, was ihn sehr erfrischte; dann legte er sein besseres, eine Art von Staatsgewand an, wie er es schon gestern
abend getan hätte, wenn er nur Zeit gefunden, die Kleidung
zu wechseln; doch war er's nun ganz zufrieden, daß er heute
in vornehmerer Tracht als am vergangenen Tag, ja gewissermaßen in einer neuen Gestalt vor Marcolina erscheinen
durfte.
In einem Rock von grauer Glanzseide mit Stickereien und
breiten spanischen Silberspitzen, in gelber Weste und kirsch-
roten seidenen Beinkleidern, in edler, dabei nicht geradezu
stolzer Haltung, mit einem zwar überlegenen aber liebenswürdigen Lächeln um die Lippen, und das Auge wie im Feuer
unverlöschlicher Jugend strahlend, so trat er in den Garten,
wo er zu seiner Enttäuschung vorerst nur Olivo vorfand, der
ihn einlud, neben ihm am Tische Platz und mit dem bescheidenen Frühmahl vorliebzunehmen. Casanova erlabte sich an
Milch, Butter, Eiern, Weißbrot und dann noch an Pfirsichen
und Trauben, die ihm köstlicher dünkten als irgendwelche, die
er jemals genossen. Die drei Mädchen kamen über den Rasen
herbeigelaufen, Casanova küßte sie alle, und der Dreizehnjährigen erwies er kleine Liebkosungen in der Art, wie sie sich
gestern solche auch vom Abbate hatte gefallen lassen; doch

die Funken, die in ihren Augen aufglimmten, waren, wie Casanova wohl erkannte, von einer andern Lust als der an einem kindisch-harmlosen Spiel entzündet. Olivo hatte seine Freude daran, wie gut der Chevalier mit den Kindern umzugehen verstünde. »Und Sie wollen uns wirklich schon morgen wieder verlassen?« fragte er schüchtern-zärtlich. – »Heute abend«, sagte Casanova, aber mit einem scherzhaften Blinzeln. »Sie wissen ja, mein bester Olivo, die Senatoren von Venedig –« »Haben es nicht um Sie verdient«, unterbrach ihn Olivo lebhaft. »Lassen Sie sie warten. Bleiben Sie bei uns bis übermorgen, nein, eine Woche lang.« Casanova schüttelte langsam den Kopf, während er die kleine Teresina bei den Händen gefaßt und zwischen seinen Knien wie gefangen hielt. Sie entwand sich ihm sanft mit einem Lächeln, das nun gar nichts Kindliches mehr hatte, als Amalia und Marcolina aus dem Hause traten, jene mit einem schwarzen, diese mit einem weißen Schaltuch über den hellen Gewändern. Olivo forderte sie beide auf, ihre Bitten mit der seinigen zu vereinen. »Es ist unmöglich«, sagte Casanova mit einer übertriebenen Härte in Stimme und Ausdruck, da weder Amalia noch Marcolina ein Wort fanden, Olivos Einladung zu unterstützen.

Während sie durch die Kastanienallee dem Tore zuschritten, richtete Marcolina an Casanova die Frage, ob er heute nacht seine Arbeit, über der ihn Olivo, wie er gleich erzählt, noch am hellen Morgen wach gefunden, beträchtlich gefördert habe? Schon gedachte Casanova ihr eine zweideutig-boshafte Antwort zu geben, die sie stutzig gemacht hätte, ohne ihn doch selbst zu verraten; aber er zügelte seinen Witz in der Erwägung, daß jede Voreiligkeit von Übel sein könnte, und erwiderte höflich, daß er nur einige Änderungen angebracht habe, zu denen er die Anregung der gestrigen Unterhaltung mit ihr verdanke. Sie stiegen in den unförmlichen, schlechtgepolsterten, aber sonst bequemen Wagen. Casanova saß Marcolinen, Olivo seiner Gattin gegenüber; doch das Gefährt war so geräumig, daß es trotz des Hinundherrüttelns zu keiner ungewollten Berührung zwischen den Insassen kommen konnte. Casanova bat Amalia, ihm ihren Traum zu erzählen. Sie lächelte ihn freundlich, fast gütig an; jede Spur von Gekränktheit oder Groll war aus ihren Zügen verschwunden. Dann begann sie: »Ich sah Sie, Casanova, in einem herrlichen, mit sechs dunklen Pferden bespannten Wagen vor einem hellen Gebäude vorfahren. Vielmehr: der Wagen hielt an und ich wußte noch nicht, wer drin saß – da stiegen Sie aus, in einem prächtigen, weißen, goldgestickten Staatsgewand, fast noch prächtiger anzuschaun, als Sie heute angetan sind – (es war ein freundlicher Spott in ihren Mienen) – und Sie trugen

– wahrhaftig, die gleiche schmale Goldkette trugen Sie, die Sie
heute tragen, und die ich doch wahrlich niemals noch an Ihnen
gesehen habe! (Diese Kette mit der goldenen Uhr und eine mit
Halbedelsteinen besetzte goldene Dose, die Casanova eben wie
spielend in der Hand hielt, waren die letzten Schmuckstücke
von mäßigem Wert, die er sich zu bewahren gewußt hatte.) –
Ein alter, bettelhaft aussehender Mann öffnete den Wagen-
schlag – es war Lorenzi; Sie aber, Casanova, Sie waren jung,
ganz jung, noch jünger, als Sie damals gewesen sind. – (Sie
sagte »damals«, unbekümmert darum, daß aus diesem Worte
flügelrauschend all ihre Erinnerungen geflattert kamen.) »Sie
grüßten nach allen Seiten, obwohl weit und breit kein Mensch
zu sehen war, und traten durch das Tor; es schlug heftig hinter
Ihnen zu, ich wußte nicht, ob es der Sturm zugeschleudert
oder Lorenzi; – so heftig, daß die Pferde scheuten und mit
dem Wagen davonrasten. Nun hörte ich ein Geschrei aus
Nebengassen, wie von Menschen, die sich zu retten suchen,
das verstummte gleich. Sie aber erschienen an einem Fenster
des Hauses, ich wußte jetzt, daß es ein Spielhaus war, und
grüßten herab nach allen Seiten, und es war doch niemand da.
Dann wandten Sie sich über Ihre Schulter nach rückwärts,
als stände irgendwer hinter Ihnen im Zimmer; aber ich wußte,
daß auch dort niemand war. Nun erblickte ich Sie plötzlich an
einem andern Fenster, in einem höhern Stockwerk, wo genau
dasselbe vor sich ging, dann wieder höher, und wieder, es war,
als wüchse das Gebäude ins Unendliche; und von überall grüßten Sie herunter und sprachen mit Menschen, die hinter Ihnen
standen, aber doch eigentlich gar nicht da waren. Lorenzi aber
lief immerfort auf den Treppen Ihnen nach, ohne Sie einzu-
holen. Sie hatten nämlich nicht daran gedacht, ihm ein Almosen zu geben . . .«

»Nun?« fragte Casanova, als Amalia schwieg. – »Es kam
wohl noch allerlei, aber ich hab' es vergessen«, sagte Amalia.
Casanova war enttäuscht; an ihrer Stelle hätte er, wie er es in
solchen Fällen, ob es sich nun um Träume handelte oder um
Wirklichkeiten, immer tat, der Erzählung eine Abrundung,
einen Sinn zu geben versucht, und so bemerkte er nun etwas
unzufrieden: »Wie der Traum doch alles verkehrt. – Ich –
als reicher Mann und Lorenzi als Bettler und alter Mann.« –
»Mit Lorenzis Reichtum«, sagte Olivo, »ist es nicht weit
her; sein Vater ist zwar ziemlich begütert, aber er steht mit
dem Sohne nicht zum besten.« – Und ohne sich mit Fragen
weiter bemühen zu müssen, erfuhr Casanova, daß man des
Leutnants Bekanntschaft dem Marchese verdanke, der ihn vor
wenigen Wochen eines Tages einfach in Olivos Haus mitgebracht habe. Wie der junge Offizier mit der Marchesa stünde,

das müsse man einem Kenner, wie dem Chevalier, nicht erst ausdrücklich zu verstehen geben; da übrigens der Gatte nichts dagegen einzuwenden finde, könne man sich als Unbeteiligter gleichfalls dabei beruhigen.

»Ob der Marchese so einverstanden ist, wie Sie zu glauben scheinen, Olivo«, sagte Casanova, »möchte ich bezweifeln. Haben Sie nicht bemerkt, mit welchem Gemisch von Verachtung und Grimm er den jungen Menschen behandelt? Ich möchte nicht darauf schwören, daß die Sache ein gutes Ende nimmt.«

Auch jetzt rührte sich nichts in Marcolinens Antlitz und Haltung. Sie schien an dem ganzen Gespräch über Lorenzi nicht den geringsten Anteil zu nehmen und sich still am Anblick der Landschaft zu erfreuen. Man fuhr eine in zahlreichen Windungen sanft ansteigende Straße durch einen Wald von Oliven und Steineichen; und da man eben an eine Stelle kam, wo die Pferde noch langsamer trotteten als vorher, zog es Casanova vor, auszusteigen und neben dem Gefährt einherzugehen. Marcolina sprach von der schönen Umgebung Bolognas und von den Abendspaziergängen, die sie mit der Tochter des Professors Morgagni zu unternehmen pflegte. Auch erwähnte sie der Absicht, nächstes Jahr nach Frankreich zu reisen, um den berühmten Mathematiker Saugrenue von der Pariser Universität, mit dem sie in Korrespondenz stehe, persönlich kennenzulernen. »Vielleicht mache ich mir das Vergnügen«, sagte sie lächelnd, »mich auf dem Weg in Ferney aufzuhalten, um aus Voltaires eigenem Mund zu erfahren, wie er die Streitschrift seines gefährlichsten Widersachers, des Chevaliers von Seingalt, aufgenommen.« Casanova, die Hand auf der Seitenlehne des Wagens, neben Marcolinens Arm, dessen sich bauschende Hülle seine Finger streifte, erwiderte kühl: »Es wird sich weniger darum handeln, wie Herr Voltaire, als vielmehr wie die Nachwelt meine Schrift aufnimmt; denn diese erst wird ein Recht darauf haben, die endgültige Entscheidung zu treffen.« – »Sie glauben«, meinte Marcolina ernsthaft, »daß in den Fragen, die hier zur Sprache stehen, überhaupt endgültige Entscheidungen gefällt werden können?« – »Diese Frage wundert mich aus Ihrem Munde, Marcolina, deren philosophische, und wenn das Wort hier angebracht erscheint, religiöse Ansichten mir zwar keineswegs an sich unbestreitbar, aber doch in Ihrer Seele – falls Sie eine solche als vorhanden annehmen – vollkommen fest gegründet schienen.« – Marcolina, der Spitzen in Casanovas Rede nicht achtend, sah ruhig zum Himmel auf, der sich in dunkler Bläue über die Wipfel der Bäume breitete, und erwiderte: »Manchmal, besonders an Tagen wie heute«, – und in diesem Wort klang nur für Casanova, den Wissenden, aus den Tiefen ihres erwachten Frauenherzens eine bebende Andacht mit – »ist mir, als wäre all das, was man Philosophie und Religion nennt, nur ein Spiel mit Worten, edler freilich, doch auch sinnloser als alle andern sind. Die Unendlichkeit und die Ewigkeit zu erfassen wird uns immer versagt sein; unser Weg geht von der Geburt zum Tode; was bleibt uns übrig, als nach dem Gesetz zu leben, das jedem von uns in die Brust gesenkt ist – oder auch wider das Gesetz? Denn Auflehnung wie Demut kommen gleichermaßen von Gott.«

Olivo sah auf seine Nichte mit scheuer Bewunderung, dann ängstlich zu Casanova hin, der nach einer Entgegnung suchte, mit der er Marcolinen klarmachen könnte, daß sie Gott sozusagen in einem Atemzug bewies und leugnete, – oder daß Gott und Teufel für sie eines seien; – aber er spürte, daß er gegen ihr Gefühl nichts andres einzusetzen hatte als leere Worte, – und nicht einmal die boten sich ihm heute dar. Doch der sonderbar sich verzerrende Ausdruck seiner Mienen schien in Amalia die Erinnerung an seine wirren Drohungen von gestern wieder aufzuwecken, und sie beeilte sich zu bemerken: »Und doch ist Marcolina fromm, glauben Sie mir, Chevalier.« – Marcolina lächelte verloren. »Wir sind es alle in unsrer Weise«, sagte Casanova höflich und sah vor sich hin.

Eine plötzliche Biegung des Wegs, und das Kloster lag vor ihnen. Über die hohe Umfassungsmauer ragten die schlanken Enden der Zypressen. Auf das Geräusch des heranrollenden Wagens hatte sich das Tor aufgetan, ein Pförtner mit langem weißen Barte grüßte bedächtig und ließ die Gäste ein. Durch einen offenen Bogengang, zwischen dessen Säulen man beiderseits in einen ganz verwachsenen, dunkelgrünen Garten sah, näherten sie sich dem eigentlichen Klostergebäude, von dessen grauen, völlig schmucklosen, gefängnisartigen Mauern eine unfreundlich-kühle Luft über sie geweht kam. Olivo zog an dem Glockenstrang, es tönte schrill und verhallte sofort, eine tiefverschleierte Nonne öffnete schweigend und geleitete die Gäste in den geräumigen kahlen Sprechsaal, in dem nur ein paar einfache hölzerne Stühle standen. Nach rückwärts war er durch ein dickstäbiges Eisengitter abgeschlossen, jenseits dessen der Raum in ein unbestimmtes Dunkel verschwamm. Bitternis im Herzen, dachte Casanova jenes Abenteuers, das ihm auch heute noch eines seiner wunderbarsten dünkte und das in ganz ähnlicher Umgebung seinen Anfang genommen: in seiner Seele stiegen die Gestalten der zwei Nonnen von Murano auf, die in der Liebe für ihn als Freundinnen sich gefunden und ihm gemeinsam unvergleichliche Stunden der Lust geschenkt hatten. Und als Olivo im Flüsterton von der strengen Zucht zu sprechen anhub, in der hier die Schwestern gehalten seien, die, einmal eingekleidet, ihr Antlitz unverhüllt vor keinem Manne zeigen dürften und überdies zu ewigem Schweigen verurteilt wären, zuckte um seine Lippen ein Lächeln, das gleich wieder erstarrte.

Die Äbtissin stand in ihrer Mitte, wie aus dem Dämmer hervorgetaucht. Stumm begrüßte sie die Gäste: mit einem über alle Maßen gütigen Neigen des verhüllten Hauptes nahm sie Casanovas Dank für den auch ihm gewährten Einlaß entgegen; Marcolina aber, die ihr die Hand küssen wollte, schloß sie in die Arme. Dann lud sie alle durch eine Handbewegung ein, ihr zu folgen, und führte sie durch einen kleinen Nebenraum in einen Gang, der im Viereck rings um einen blühenden Garten lief. Im Gegensatz zu jenem äußeren verwilderten schien er mit besonderer Sorgfalt gepflegt, und die vielen reichen sonnbeglänzten Beete spielten in wundersamen aufgeglühten und verklingenden Farben. Den heißen, fast betäubenden Düften aber, die den Blütenkelchen entströmten, schien ein ganz besonders geheimnisvoller beigemischt, für den Casanova in seiner Erinnerung keinen Vergleich zu finden wußte. Doch wie er eben zu Marcolina hiervon ein Wort sagen wollte, merkte er, daß dieser geheimnisvolle, herz- und sinnerregende Duft von ihr selber ausging, die den Schal, den sie bisher über den Schultern getragen, über den Arm gelegt hatte, so daß aus dem Ausschnitt ihrer nun loser gewordenen Gewandung aufsteigend der Duft ihres Leibes sich dem der hunderttausend Blumen wie ein von Natur verwandter und doch eigentümlicher beigesellte. Die Äbtissin, immer stumm, führte die Besucher zwischen den Beeten auf schmalen, vielfach gewundenen Wegen, wie durch ein zierliches Labyrinth hin und her; in der Leichtigkeit und Raschheit ihres Gangs war die Freude zu merken, die sie selbst daran empfand, den andern die bunte Pracht ihres Gartens zu weisen; – und als hätte sie's drauf angelegt, sie schwindlig zu machen, wie die Führerin eines heiteren Reigentanzes, schritt sie, immer eiliger, ihnen voran. Plötzlich aber – Casanova war es zumute, als wachte er aus einem wirren Traume auf – fanden sie sich alle im Sprechsaal wieder. Jenseits des Gitters schwebten dunkle Gestalten; niemand hätte zu unterscheiden vermocht, ob es drei oder fünf oder zwanzig verschleierte Frauen waren, die hinter den dichtgestellten Stäben wie aufgescheuchte Geister hin und her irrten; und nur Casanovas nachtscharfes Auge war imstande, in der tiefen Dämmerung überhaupt menschliche Umrisse zu erkennen. Die Äbtissin geleitete ihre Gäste zur Tür, gab ihnen stumm das Zeichen, daß sie entlassen seien, und war spurlos verschwunden, ehe jene nur Zeit gefunden hatten, ihr den schuldigen Dank auszusprechen. Plötzlich, als sie eben den Saal verlassen wollten, erklang es aus der Gegend des Gitters her von einer Frauenstimme – »Casanova« – nichts als der Name, doch mit einem Ausdruck, wie ihn Casanova noch niemals gehört zu haben vermeinte. Ob eine Einstmalsgeliebte, – ob eine Niemalsgeschaute eben ein heiliges Gelübde gebrochen, um ein letztes, – oder ein erstes Mal seinen Namen in die Luft zu hauchen, – ob darin die Seligkeit eines unerwarteten Wiedersehens, der Schmerz um unwiederbringlich Verlorenes oder die Klage gezittert, daß ein heißer Wunsch aus fernen Tagen sich so spät und nutzlos erfüllte, – Casanova vermochte es nicht zu deuten; nur dies eine wußte er, daß sein Name, so oft Zärtlichkeit ihn geflüstert, Leidenschaft ihn gestammelt, Glück ihn gejubelt hatte, heute zum erstenmal mit dem vollen Klang der Liebe an sein Herz gedrungen war. Doch eben darum schien jede weitere Neugier ihm unlauter und sinnlos; – und hinter einem Geheimnis, das er nimmer enträtseln sollte, schloß sich die Tür. Hätten nicht die andern durch Blicke sich scheu und flüchtig zu verstehen gegeben, daß auch sie den gleich wieder verhallten Ruf gehört, so hätte jeder für seinen Teil an eine Sinnestäuschung glauben können; denn keiner sprach ein Wort, während sie durch den Säulengang dem Tore zuschritten. Casanova aber folgte als letzter, mit geneigtem Haupt, wie von einem großen Abschied. –

Der Pförtner stand am Tor, empfing sein Almosen, und die Gäste stiegen in den Wagen, der sie ohne weiteren Verzug heimwärts führte. Olivo schien verlegen, Amalia entrückt, Marcolina jedoch völlig unberührt; und allzu absichtlich, wie es Casanova dünkte, versuchte sie mit Amalia ein Gespräch über Angelegenheiten der Hauswirtschaft einzuleiten, das aber Olivo an Stelle seiner Gattin aufnehmen mußte. Bald nahm auch Casanova daran teil, der sich auf Fragen, die Küche und Keller betrafen, vortrefflich verstand, und keinen Anlaß sah, mit seinen Kenntnissen und Erfahrungen auch auf diesem Gebiet, wie zu einem neuen Beweis seiner Vielseitigkeit, zurückzuhalten. Nun wachte auch Amalia aus ihrer Versonnenheit auf; nach dem fast märchenhaften und doch beklemmenden Abenteuer, aus dem sie eben emporgetaucht waren, schienen sich alle, besonders aber Casanova, in so irdisch alltäglicher Atmosphäre vorzüglich zu behagen, und, als der Wagen vor Olivos Hause hielt, aus dem ihnen schon einladend der Geruch von Braten und allerlei Gewürzen entgegenströmte, war Casanova gerade in der äußerst appetitreizenden Schilderung eines polnischen Pastetengerichts begriffen, der auch Marcolina mit einer liebenswürdig-hausfraulichen, von

Casanova als schmeichelhaft empfundenen Teilnahme zuhörte.

In einer seltsam beruhigten, beinahe vergnügten Stimmung, über die er selbst verwundert war, saß er dann mit den andern bei Tische und machte Marcolinen in einer scherzhaft aufgeräumten Weise den Hof, wie es sich etwa für einen vornehmen älteren Herrn einem wohlerzogenen jungen Mädchen aus bürgerlichem Hause gegenüber schicken mochte. Sie ließ es sich gern gefallen und gab ihm seine Artigkeiten mit vollendeter Anmut zurück. Ihm machte es ebenso große Mühe, sich vorzustellen, daß seine gesittete Nachbarin dieselbe Marcolina war, aus deren Fenster er heute nacht einen jungen Offizier hatte flüchten sehen, der offenbar noch in der Sekunde vorher in ihren Armen gelegen war, – als es ihm schwer fiel, anzunehmen, daß dieses zarte Fräulein, das sich mit andern kaum erwachsenen Mädchen im Gras herumzuwälzen liebte, – eine gelehrte Korrespondenz mit dem berühmten Saugrenue in Paris unterhielt; und er schalt sich zugleich ob dieser lächerlichen Trägheit seiner Phantasie. Hatte er nicht schon unzählige Male erfahren, daß in jedes wahrhaft lebendigen Menschen Seele nicht nur verschiedene, daß sogar scheinbar feindliche Elemente auf die friedlichste Weise darin zusammenwohnten? Er selbst, vor kurzem noch ein im tiefsten aufgewühlter, ein verzweifelter, ja ein zu bösem Tun bereiter Mann; – war er jetzt nicht sanft, gütig und zu so lustigen Späßchen aufgelegt, daß die kleinen Töchter Olivos sich manchmal vor Lachen schüttelten? Nur an seinem ganz außerordentlichen, fast tierischen Hunger, der ihn immer nach starken Aufregungen zu überfallen pflegte, erkannte er selbst, daß die Ordnung in seiner Seele noch keineswegs völlig hergestellt war.

Mit dem letzten Gang zugleich brachte die Magd ein Schreiben, das ein Bote aus Mantua soeben für den Chevalier abgegeben hätte. Olivo, der merkte, wie Casanova vor Aufregung erblaßte, gab Auftrag, dem Boten Speise und Trank zu reichen, dann wandte er sich an seinen Gast mit den Worten: »Lassen Sie sich nicht stören, Chevalier, lesen Sie ruhig Ihren Brief.« – »Mit Ihrer Erlaubnis«, erwiderte Casanova, erhob sich, mit einer leichten Verneigung, vom Tisch, trat ans Fenster und öffnete das Schreiben mit gut gespielter Gleichgültigkeit. Es kam von Herrn Bragadino, seinem väterlichen Freund aus Jugendtagen, einem alten Hagestolz, der, nun über achtzig, und vor zehn Jahren Mitglied des Hohen Rats geworden, Casanovas Sache in Venedig mit mehr Eifer als die andern Gönner zu führen schien. Der Brief, ausnehmend zierlich, nur von etwas zittriger Hand geschrieben, lautete wörtlich: »Mein lieber Casanova. Heute endlich befinde ich mich in der angenehmen Lage, Ihnen eine Nachricht zu senden, die, wie ich hoffe, in der Hauptsache Ihren Wünschen gerecht werden dürfte. Der Hohe Rat hat sich in seiner letzten Sitzung, die gestern abend stattfand, nicht nur bereit erklärt, Ihnen die Rückkehr nach Venedig zu gestatten, sondern wünscht sogar, daß Sie diese Ihre Rückkehr tunlichst beschleunigen, da beabsichtigt wird, die tätige Dankbarkeit, die Sie in zahlreichen Briefen in Aussicht gestellt haben, baldigst in Anspruch zu nehmen. Wie Ihnen vielleicht nicht bekannt ist, mein lieber Casanova (da wir ja Ihre Gegenwart so lange entbehren mußten), haben sich die innern Verhältnisse unsrer teuern Vaterstadt im Laufe der letzten Zeit sowohl in politischer als auch in sittlicher Hinsicht einigermaßen bedenklich gestaltet. Geheime Verbindungen bestehen, die gegen unsre Staatsverfassung gerichtet sind, ja einen gewaltsamen Umsturz zu planen scheinen, und wie es in der Natur der Dinge liegt, sind es vor allem gewisse freigeistige, irreligiöse und in jedem Sinne zuchtlose Elemente, die an diesen Verbindungen, die man mit einem härteren Wort auch Verschwörungen nennen könnte, in hervorragendem Maße teilhaben. Auf öffentlichen Plätzen, in den Kaffeehäusern, von Privatörtlichkeiten gar nicht zu reden, werden, wie uns bekannt ist, die ungeheuerlichsten, ja geradezu hochverräterische Unterhaltungen geführt; aber nur in den seltensten Fällen gelingt es, die Schuldigen auf frischer Tat zu ertappen oder ihnen etwas Sicheres nachzuweisen, da gerade gewisse, auf der Folter erzwungene Geständnisse sich als so unzuverlässig erwiesen haben, daß einige Mitglieder unsres Hohen Rats sich dafür aussprachen, in Hinkunft von einer solchen grausamen und dabei oft irreführenden Untersuchungsmethode lieber abzusehen. Zwar ist kein Mangel an Leuten, die sich gern in den Dienst der Regierung stellen, zum Besten der öffentlichen Ordnung und des Staatswohls; aber gerade von diesen Leuten sind die meisten als gesinnungstüchtige Anhänger der bestehenden Verfassung zu sehr bekannt, als daß man sich in ihrer Gegenwart so leicht zu einer unvorsichtigen Bemerkung oder gar zu hochverräterischen Reden hinreißen ließe. Nun wurde von einem der Senatoren, den ich vorläufig nicht nennen will, in der gestrigen Sitzung die Ansicht ausgesprochen, daß jemand, dem der Ruf eines Mannes ohne sittliche Grundsätze und überdies der Ruf eines Freigeistes voraninge – kurzum, daß ein Mensch wie Sie, Casanova, sobald er sich in Venedig wieder zeigte, zweifellos gerade in den verdächtigen Kreisen, von denen hier die Rede ist, sofortiger Sympathie und – bei einiger Geschicklichkeit von seiner Seite – bald einem rückhaltlosen Vertrauen begegnen müßte. Ja, meines Erachtens würden sich mit Notwendigkeit, wie nach dem Walten eines Naturgesetzes, gerade diejenigen Elemente um Sie versammeln, an deren Unschädlichmachung und exemplarischer Bestrafung dem Hohen Rat in seiner unermüdlichen Sorge um das Wohl des Staates am meisten gelegen ist, und so würden wir es nicht nur als einen Beweis Ihres patriotischen Eifers, mein lieber Casanova, sondern auch als ein untrügliches Zeichen Ihrer vollkommenen Abkehr von all jenen Tendenzen betrachten, die Sie seinerzeit unter den Bleidächern zwar hart, doch, wie auch Sie heute einsehen (wenn wir Ihren brieflichen Versicherungen glauben dürfen), nicht ganz ungerecht büßen mußten, – wenn Sie sich bereit fänden, in dem oben angedeuteten Sinne sofort nach Ihrer Heimkehr bei den nun genügend gekennzeichneten Elementen Anschluß zu suchen, sich ihnen in freundschaftlicher Weise zuzugesellen, wie einer, der den gleichen Tendenzen huldigt, und von allem, was Ihnen verdächtig oder sonstwie wissenswürdig erschiene, dem Senat unverzüglichen und eingehenden Bericht zu erstatten. Für diese Dienste wäre man geneigt, Ihnen fürs erste einen monatlichen Gehalt von zweihundertfünfzig Lire auszusetzen, abgesehen von Extragratifikationen in einzelnen besonders wichtigen Fällen, sowie Ihnen natürlich auch alle Ihnen in Ausübung Ihres Dienstes erwachsenden Kosten (als da sind Freihalten des einen oder andern Individuums, kleine Geschenke an Frauenspersonen usw.) ohne Bedenklichkeit und Knickerei ersetzt würden. Ich verhehle mir keineswegs, daß Sie gewisse Skrupel werden niederzukämpfen haben, ehe Sie sich in dem von uns gewünschten Sinne entscheiden sollten; aber erlauben Sie mir als Ihrem alten und aufrichtigen Freunde (der auch einmal jung gewesen ist), Ihnen zur Erwägung zu geben, daß es niemals als unehrenhaft gelten kann, seinem geliebten Vaterlande irgendeinen für dessen gesichertes Weiterbestehen notwendigen Dienst zu erweisen, auch wenn es ein Dienst von einer Art wäre, wie sie dem oberflächlich und nicht patriotisch denkenden Bürger als minder würdig zu erscheinen pflegen. Auch möchte ich noch hinzufügen, daß Sie, Casanova, ja Menschenkenner genug sind, um den Leichtfertigen vom Verbrecher oder den Spötter vom Ketzer zu unterscheiden; und so werden Sie selbst es in der Hand haben, in berücksichtigungswerten Fällen Gnade vor Recht ergehen zu lassen, und immer nur denjenigen der Strafe zuzuführen, dem eine solche Ihrer eigenen Überzeugung nach gebührt. Vor allem aber bedenken Sie, daß die Erfüllung Ihres sehnlichsten Wunsches – Ihre Rückkehr in die Vaterstadt – wenn Sie den gnädigen Vorschlag des Hohen Rates ablehnen sollten, auf lange, ja, wie ich fürchte, auf unabsehbare Frist hinausgeschoben wäre, und daß ich selbst, wenn ich auch das hier erwähnen darf, als einundachtzigjähriger Greis nach aller menschlicher Berechnung auf die Freude verzichten müßte, Sie jemals in meinem Leben wiederzusehen. Da Ihre Anstellung aus begreiflichen Gründen nicht sosehr einen öffentlichen als einen vertraulichen Charakter tragen soll, bitte ich Sie, Ihre Antwort, die ich mich anheischig mache, dem Hohen Rate in der nächsten, heute über acht Tage stattfindenden Sitzung mitzuteilen, an mich persönlich zu adressieren; und zwar mit möglichster Beschleunigung, da, wie ich schon oben andeutete, täglich Gesuche von zum Teil höchst vertrauenswürdigen Personen an uns gelangen, die sich dem Hohen Rate aus Liebe zum Vaterland freiwillig zur Verfügung stellen. Freilich gibt es kaum einen unter diesen, der es an Erfahrung und Geist mit Ihnen, mein lieber Casanova, aufzunehmen imstande wäre; und wenn Sie zu alldem noch meine Sympathie für Sie ein wenig in Betracht ziehen, so kann ich kaum daran zweifeln, daß Sie dem Rufe, der von so hoher und wohlgeneigter Stelle an Sie ergeht, freudig Folge leisten werden. Bis dahin bin ich in unveränderlicher Freundschaft Ihr anhänglicher Bragadino.

Nachschrift. Es wird mir angenehm sein, Ihnen sofort nach Ankündigung Ihres Entschlusses einen Wechsel im Betrage von zweihundert Lire auf das Bankhaus Valori in Mantua zur Bestreitung der Reisekosten auszustellen. Der Obige.«

Casanova hatte längst zu Ende gelesen, aber noch immer hielt er das Blatt vors Gesicht, um die Totenblässe seiner verzerrten Züge nicht merken zu lassen. Das Geräusch des Mahles mit Tellergeklapper und Gläsergeklirr ging indes weiter, doch niemand sprach ein Wort. Endlich ließ sich Amalia schüchtern vernehmen: »Die Schüssel wird kalt, Chevalier, wollen Sie sich nicht bedienen?« – »Ich danke«, sagte Casanova und ließ sein Antlitz wieder sehen, dem er nun dank seiner außerordentlichen Verstellungskunst einen ruhigen Ausdruck zu verleihen vermocht hatte. »Es sind vortreffliche Nachrichten, die ich hier aus Venedig erhalten habe, und ich muß unverzüglich meine Antwort absenden. Ich bitte daher um Entschuldigung, wenn ich mich sofort zurückziehe.« – »Tun Sie ganz nach Ihrem Belieben, Chevalier«, sagte Olivo. »Aber vergessen Sie nicht, daß in einer Stunde das Spiel beginnt.«

Casanova ging auf sein Zimmer, sank auf einen Stuhl, kalter Schweiß brach an seinem ganzen Körper aus, Frost warf ihn hin und her, und der Ekel stieg ihm bis zum Halse hinauf, so daß er glaubte, auf der Stelle ersticken zu müssen. Einen klaren Gedanken zu fassen, war er vorerst außerstande, und seine ganze Kraft verwandte er darauf, sich zurückzuhalten, ohne daß er zu sagen gewußt hätte, wovor. Denn hier im Hause war ja niemand, an dem er seinen ungeheuren Zorn hätte austoben können, und den dumpfen Einfall, daß Marcolina irgendwie an der namenlosen Schmach mitschuldig sei, die ihm widerfahren, vermochte er immerhin noch als Tollheit zu erkennen. Als er sich zur Not gesammelt, war sein erster Gedanke, an den Schurken Rache zu nehmen, die geglaubt hatten, ihn als Polizeispion dingen zu können. In irgendeiner Verkleidung wollte er sich nach Venedig schleichen und all die Wichte auf listige Weise vom Leben zum Tode bringen – oder wenigstens den einen, der den jämmerlichen Plan ausgeheckt hatte. War es etwa gar Bragadino selbst? Warum nicht? Ein Greis – so schamlos geworden, daß er diesen Brief an Casanova zu schreiben wagte, – so schwachsinnig, daß er Casanova – Casanova! den er doch einst gekannt hatte – für einen Spion eben gut genug hielt! Ah, er kannte eben Casanova nicht mehr! Niemand kannte ihn mehr, so wenig in Venedig als anderswo. Aber man sollte ihn wieder kennenlernen. Er war freilich nicht mehr jung und schön genug, um ein tugendhaftes Mädchen zu verführen – und kaum mehr gewandt und gelenkig genug, um aus Kerkern zu entwischen und auf Dachfirsten zu turnen – aber klüger war er noch immer als alle! Und wenn er nur einmal in Venedig war, so konnte er dort treiben und lassen, was ihm beliebte; es kam nur darauf an, endlich dort zu sein! Dann war es vielleicht gar nicht nötig, irgendwen umzubringen; es gab allerlei Arten von Rache, witzigere, teuflischere, als eine gewöhnliche Mordtat wäre; und wenn man zum Schein etwa den Antrag der Herren annahm, so war es die leichteste Sache von der Welt, gerade diejenigen Leute zu verderben, die man verderben wollte, und nicht diejenigen, auf die es der Hohe Rat abgesehen hatte und die unter allen Venezianern gewiß die allerbravsten Kerle waren! Wie? Weil sie Feinde dieser niederträchtigen Regierung waren, weil sie als Ketzer galten, sollten sie in dieselben Bleikammern, wo er vor fünfundzwanzig Jahren geschmachtet, oder gar unters Beil? Er haßte die Regierung noch hundertmal mehr und mit bessern Gründen als jene taten, und ein Ketzer war er sein Leben lang gewesen, war es heute noch und mit heiligerer Überzeugung als sie alle! Er hatte sich ja selber nur eine vertrackte Komödie vorgespielt in diesen letzten Jahren – aus Langeweile und Ekel. Er an Gott glauben? Was war denn das für ein Gott, der nur den Jungen hold war und die Alten im Stich ließ? Ein Gott, der sich, wann es ihm beliebte, zum Teufel wandelte, Reichtum in Armut, Unglück in Glück, und Lust in Verzweiflung kehrte? Hast du deinen Spaß mit uns – und wir sollen zu dir beten?

– An dir zweifeln ist das einzige Mittel, das uns bleibt – dich nicht zu lästern! – Sei nicht! Denn, wenn du bist, so muß ich dir fluchen! Er ballte die Fäuste zum Himmel, er reckte sich auf. Unwillkürlich drängte sich ein verhaßter Name auf seine Lippen. Voltaire! Ja, nun war er in der rechten Verfassung, seine Schrift gegen den alten Weisen von Ferney zu vollenden. Zu vollenden? Nein, nun erst sollte sie begonnen werden. Eine neue! Eine andre! – in der der lächerliche Greis hergenommen werden sollte, wie er es verdiente... um seiner Vorsicht, seiner Halbheit, seiner Kriecherei willen. Ein Ungläubiger der? Von dem man in der letzten Zeit immer wieder hörte, daß er sich aufs trefflichste mit den Pfaffen stand und zur Kirche, an Festtagen sogar zur Beichte ging? Ein Ketzer der? Ein Schwätzer, ein großsprecherischer Feigling – nichts andres! Nun aber war die fürchterliche Abrechnung nah, nach der von dem großen Philosophen nichts übrig bleiben sollte als ein kleines witziges Schreiberlein. Wie hatte er sich aufgespielt, der gute Herr Voltaire... »Ah, mein guter Herr Casanova, ich bin Ihnen ernstlich böse. Was gehen mich die Werke des Herrn Merlin an? Sie sind schuld, daß ich vier Stunden mit Dummheiten verbracht habe.« – Geschmackssache, mein bester Herr Voltaire! Man wird die Werke Merlins noch lesen, wenn die Pucelle längst vergessen ist... und auch meine Sonette wird man möglicherweise dann noch schätzen, die Sie mir mit einem so unverschämten Lächeln zurückgaben, ohne ein Wort darüber zu äußern. Doch das sind Kleinigkeiten. Wir wollen eine große Angelegenheit nicht durch schriftstellerische Empfindlichkeiten verwirren. Es handelt sich um die Philosophie – um Gott...! Wir wollen die Klingen kreuzen, Herr Voltaire, sterben Sie mir nur gefälligst nicht zu früh.

Schon dachte er daran, seine Arbeit auf der Stelle zu beginnen, als ihm einfiel, daß der Bote auf Antwort wartete. Und mit fliegender Hand entwarf er einen Brief an den alten Dummkopf Bragadino, einen Brief voll geheuchelter Demut und verlogenen Entzückens: er nehme die Gnade des Hohen Rats mit freudiger Dankbarkeit an und erwarte den Wechsel mit wendender Post, um sich seinen Gönnern, vor allem seinem hochverehrten väterlichen Freunde Bragadino sobald als möglich zu Füßen legen zu dürfen. Während er eben daran war, den Brief zu versiegeln, klopfte es leise an die Tür; Olivos ältestes Töchterlein, die Dreizehnjährige, trat ein und bestellte, daß die ganze Gesellschaft bereits versammelt sei und den Chevalier mit Ungeduld zum Spiel erwarte. In ihren Augen glimmte es sonderbar, ihre Wangen waren gerötet, das frauenhaft dichte Haar spielte bläulich-schwarz um ihre Schläfen; der kindliche Mund war halb geöffnet: »Hast du Wein getrunken, Teresina?« fragte Casanova und machte einen langen Schritt auf sie zu. – »Wahrhaftig – und der Herr Chevalier merken das gleich?« Sie wurde noch röter, und wie in Verlegenheit strich sie sich mit der Zunge über die Unterlippe. Casanova packte sie bei den Schultern, hauchte ihr seinen Atem ins Gesicht, zog sie mit sich, warf sie aufs Bett; sie sah ihn mit großen hilflosen Augen an, in denen das Glimmen erloschen war; doch als sie ihren Mund wie zum Schreien öffnete, zeigte ihr Casanova eine so drohende Miene, daß sie fast erstarrte und alles mit sich geschehen ließ, was ihm beliebte. Er küßte sie zärtlich wild und flüsterte: »Du mußt es dem Abbate nicht sagen, Teresina, auch nicht in der Beichte. Und wenn du später einen Liebhaber kriegst oder einen Bräutigam oder gar einen Mann, der braucht es auch nicht zu wissen. Du sollst überhaupt immer lügen; auch Vater und Mutter und Geschwister sollst du anlügen; auf daß es dir wohl ergehe auf Erden. Merk' dir das.« – So lästerte er, und Teresina mußte es wohl für einen Segen halten, den er über sie sprach, denn sie nahm seine Hand und küßte sie andächtig wie die eines Priesters. Er lachte laut auf. »Komm«, sagte er dann, »komm, meine kleine Frau, wir wollen Arm in Arm im Saal unten erscheinen!« Sie zierte sich wohl ein wenig, lächelte aber dabei nicht unzufrieden.

Es war die höchste Zeit, daß sie aus der Türe traten, denn Olivo kam eben erhitzt mit gerunzelten Brauen die Treppe herauf, und Casanova vermutete gleich, daß unzarte Scherze des Marchese oder des Abbate über das lange Ausbleiben der Kleinen ihm Bedenken verursacht haben mochten. Seine Züge erheiterten sich sofort, als er Casanova wie zum Scherz in die Kleine eingehängt auf der Schwelle stehen sah. »Verzeihen Sie, mein bester Olivo«, sagte Casanova, »daß ich warten ließ. Ich mußte meinen Brief erst zu Ende schreiben.« Er hielt ihn Olivo wie ein Beweisstück entgegen. »Nimm ihn«, sagte Olivo zu Teresina, indem er ihr die etwas verwirrten Haare zurecht strich, »und bring' ihn dem Boten.« – »Und hier«, fügte Casanova hinzu, »sind zwei Goldstücke, die gibst du dem Mann: er möge sich beeilen, daß der Brief noch heute richtig von Mantua nach Venedig abgehe – und meiner Wirtin möge er bestellen, daß ich . . . heute abend wieder daheim bin.« – »Heute abend?« rief Olivo. »Unmöglich!« – »Nun, wir werden sehen«, sagte Casanova herablassend. – »Und hier, Teresina, ein Goldstück für dich« . . . und auf Olivos Einrede: »Leg' es in deine Sparbüchse, Teresina, der Brief, den du in Händen hast, ist seine paar tausend Goldstücke wert.« – Teresina lief, und Casanova nickte vergnügt; es machte ihm

einen ganz besonderen Spaß, das Dirnchen, deren Mutter und
Großmutter ihm auch schon gehört hatten, im Angesicht ihres
eigenen Vaters für ihre Gunst zu bezahlen.

Als Casanova mit Olivo in den Saal trat, war das Spiel schon
im Gange. Die emphatische Begrüßung der andern erwiderte
er mit heitrer Würde und nahm gegenüber dem Marchese
Platz, der die Bank hielt. Die Fenster waren gegen den Garten
zu offen; Casanova hörte Stimmen, die sich näherten; Marcolina und Amalia kamen vorüber, blickten flüchtig in den Saal,
verschwanden und waren dann nicht mehr zu sehen. Während
der Marchese die Karten auflegte, wandte sich Lorenzi mit
großer Höflichkeit an Casanova. »Ich mache Ihnen mein Kom-
pliment, Chevalier, Sie waren besser unterrichtet, als ich gewesen bin: unser Regiment marschiert in der Tat bereits morgen vor Abend aus.« Der Marchese schien erstaunt. »Und das
sagen Sie uns erst jetzt, Lorenzi?« – »Es ist wohl nicht so
wichtig!« – »Für mich nicht sosehr«, meinte der Marchese,
»aber für meine Gattin! Finden Sie nicht?« Er lachte in einer
abstoßenden heisern Art. »Übrigens ein wenig doch auch für
mich! Da ich gestern vierhundert Dukaten an Sie verloren
habe und am Ende keine Zeit bleibt, sie zurückzugewinnen.«
– »Auch uns hat der Leutnant Geld abgewonnen«, sagte der
jüngere Ricardi, und der ältere, schweigende, sah über die
Schulter zu dem Bruder auf, der wie gestern, hinter ihm stand.
– »Glück und Frauen« . . . begann der Abbate. Und der Marchese schloß statt seiner: »Zwingt, wer mag.« – Lorenzi
streute seine Goldstücke wie achtlos vor sich hin. »Da sind
sie. Wenn Sie wünschen, alle auf ein Blatt, Marchese, damit
Sie Ihrem Gelde nicht lange nachzulaufen haben.« Casanova
verspürte plötzlich eine Art Mitleid für Lorenzi, das er sich
selbst nicht recht erklären konnte; doch da er von seinem
Ahnungsvermögen etwas hielt, war er überzeugt, daß der
Leutnant im ersten Gefechte, das ihm bevorstand, fallen werde.
Der Marchese nahm den hohen Satz nicht an; Lorenzi bestand
nicht darauf; so ging das Spiel, an dem sich auch die andern
in ihrer bescheidenen Weise, wie tags vorher, beteiligten, vorerst nur mit mäßigen Einsätzen weiter. Schon in der nächsten
Viertelstunde wurden diese höher; und vor Ablauf der darauf-
folgenden hatte Lorenzi seine vierhundert Dukaten an den
Marchese verloren. Um Casanova schien sich das Glück nicht
zu kümmern; er gewann, verlor und gewann wieder in fast
lächerlich regelmäßigem Wechsel. Lorenzi atmete auf, als sein
letztes Goldstück zum Marchese hinübergerollt war und erhob
sich. »Ich danke, meine Herren. Dies wird nun«, er zögerte –
»für lange mein letztes Spiel in diesem gastfreundlichen
Hause gewesen sein. Und nun, mein verehrter Herr Olivo,

gestatten Sie mir noch, mich von den Damen zu verabschieden, ehe ich nach der Stadt reite, wo ich vor Sonnenuntergang eintreffen möchte, um meine Zurüstungen für morgen zu treffen.« – Unverschämter Lügner, dachte Casanova. In der Nacht bist du wieder hier und – bei Marcolina! Neu flammte der Zorn in ihm auf. »Wie?« rief der Marchese übel gelaunt, »der Abend noch stundenfern, und das Spiel soll schon zu Ende sein? Wenn Sie wünschen, Lorenzi, mag mein Kutscher nach Hause fahren und der Marchesa bestellen, daß Sie sich verspäten.« – »Ich reite nach Mantua«, entgegnete Lorenzi ungeduldig. – Der Marchese, ohne darauf zu achten, sprach weiter: »Es ist noch Zeit genug; rücken Sie nur mit Ihren eigenen Goldstücken heraus, so wenig es sein mögen.« Und er warf ihm eine Karte hin. »Ich habe nicht ein einziges Goldstück mehr«, sprach Lorenzi müde. – »Was Sie nicht sagen!« – »Nicht eines«, wiederholte Lorenzi wie angeekelt. – »Was tut's«, rief der Marchese mit einer plötzlichen, nicht sehr angenehm wirkenden Freundlichkeit. »Sie sind mir für zehn Dukaten gut, und wenn's sein muß, für mehr.« – »Ein Dukaten also«, sagte Lorenzi und nahm Karten auf. Der Marchese schlug sie mit den seinen. Lorenzi spielte weiter, als verstände sich das nun von selbst; und bald war er dem Marchese hundert Dukaten schuldig. Casanova übernahm die Bank und hatte noch mehr Glück als der Marchese. Es war indes wieder ein Spiel zu dreien geworden, heute ließen sich's auch die Brüder Ricardi ohne Einspruch gefallen; mit Olivo und dem Abbate waren sie bewundernde Zuschauer. Kein lautes Wort wurde gewechselt, nur die Karten sprachen, und sie sprachen deutlich genug. Der Zufall des Spieles wollte, daß alles Bargeld zu Casanova hinüberfloß, und als eine Stunde vergangen war, hatte er zweitausend Dukaten zwar von Lorenzi gewonnen, aber sie kamen alle aus des Marchese Tasche, der nun ohne einen Soldo dasaß. Casanova stellte ihm zur Verfügung, was ihm belieben sollte. Der Marchese schüttelte den Kopf. »Ich danke«, sagte er, »nun ist es genug. Für mich ist das Spiel zu Ende.« Aus dem Garten klang das Lachen und Rufen der Kinder. Casanova hörte Teresinas Stimme heraus; er saß mit dem Rücken gegen das Fenster und wandte sich nicht um. Noch einmal versuchte er, zugunsten Lorenzis, er wußte selbst nicht warum, den Marchese zum Weiterspielen zu bewegen. Dieser erwiderte nur durch ein noch entschiedeneres Kopfschütteln. Lorenzi erhob sich. »Ich werde mir erlauben, Herr Marchese, die Summe, die ich Ihnen schulde, morgen vor zwölf Uhr mittags persönlich in Ihre Hände zu übergeben.« Der Marchese lachte kurz. »Ich bin neugierig, wie Sie das anstellen wollen, Herr Leutnant Lorenzi. Es gibt keinen

Menschen in Mantua oder anderswo, der Ihnen auch nur zehn Dukaten leihen würde, geschweige zweitausend, insbesondre heute, da Sie morgen ins Feld gehen; und es ist nicht so ausgemacht, daß Sie zurückkehren.« – »Sie werden Ihr Geld morgen früh acht Uhr erhalten, Herr Marchese, auf – Ehrenwort.« – »Ihr Ehrenwort«, sagte der Marchese kalt, »ist mir nicht einmal einen Dukaten wert, viel weniger zweitausend.« – Die andern hielten den Atem an. Doch Lorenzi erwiderte nur, anscheinend ohne tiefere Erregung: »Sie werden mir Genugtuung geben, Herr Marchese.« – »Mit Vergnügen, Herr Leutnant«, entgegnete der Marchese, »sobald Sie Ihre Schuld bezahlt haben.« – Olivo, aufs peinlichste berührt, sagte ein wenig stotternd: »Ich bürge für die Summe, Herr Marchese. Leider habe ich nicht Bargeld genug zur Hand, um sofort – doch mein Haus, meine Besitzung« – und er wies mit einer ungeschickten Bewegung rings im Kreise umher. »Ich nehme Ihre Bürgschaft nicht an«, sagte der Marchese, »um Ihretwillen, Sie würden Ihr Geld verlieren.« Casanova sah, wie sich alle Blicke auf das Gold richteten, das vor ihm lag. – Wenn ich für Lorenzi bürgte – dachte er. Wenn ich für ihn zahlte … Dies könnte der Marchese nicht zurückweisen … Wär' es nicht beinahe meine Verpflichtung? Es ist ja das Gold des Marchese. – Doch er schwieg. Er fühlte, wie ein Plan in ihm dumpf erstand, dem er vor allem Zeit lassen mußte, sich klar zu gestalten. »Sie sollen Ihr Geld noch heute vor Anbruch der Nacht haben«, sagte Lorenzi. »In einer Stunde bin ich in Mantua.« – »Ihr Pferd kann den Hals brechen«, erwiderte der Marchese, »Sie auch … am Ende gar mit Absicht.« – »Immerhin«, sagte der Abbate unwillig, »kann Ihnen der Leutnant das Geld nicht herzaubern.« Die beiden Ricardi lachten, brachen aber gleich wieder ab. »Es ist klar«, wandte sich Olivo an den Marchese, »daß Sie dem Leutnant Lorenzi vor allem einmal gestatten müssen, sich zu entfernen.« – »Gegen ein Pfand«, rief der Marchese mit funkelnden Augen, als machte ihm sein Einfall ein besonderes Vergnügen. »Das scheint mir nicht übel«, sagte Casanova etwas zerstreut, denn sein Plan reifte heran. Lorenzi zog einen Ring vom Finger und ließ ihn auf den Tisch gleiten. Der Marchese nahm ihn. »Der mag für tausend gelten.« – »Und der hier?« Lorenzi schleuderte einen zweiten Ring vor den Marchese hin. Dieser nickte und meinte: »Für ebensoviel.« – »Sind Sie nun zufrieden, Herr Marchese?« sagte Lorenzi und schickte sich an, zu gehen. »Ich bin zufrieden«, entgegnete der Marchese schmunzelnd, »um so mehr, als diese Ringe gestohlen sind.« Lorenzi wandte sich rasch um, und über den Tisch hin erhob er die Faust, um sie auf den Marchese niedersausen zu lassen. Olivo und der

Abbate hielten seinen Arm fest. »Ich kenne die beiden Steine«, sagte der Marchese, ohne sich von seinem Platz zu rühren, »wenn sie auch neu gefaßt sind. Sehen Sie, meine Herren, der Smaragd hat einen kleinen Fehler, sonst wäre er zehnmal soviel wert. Der Rubin ist tadellos, aber nicht sehr groß. Beide Steine stammen aus einem Schmuck, den ich selbst einmal meiner Frau geschenkt habe. Und da ich doch nicht annehmen kann, daß die Marchesa diese Steine für den Leutnant Lorenzi zu Ringen hat fassen lassen, so können sie, – so kann offenbar der ganze Schmuck nur gestohlen sein. Also – das Pfand genügt mir, Herr Leutnant, bis auf weiteres.« – »Lorenzi!« rief Olivo, »von uns allen haben Sie das Wort, daß keine Seele jemals erfahren wird, was soeben hier vorgegangen ist.« – »Und was auch Herr Lorenzi begangen haben mag«, sagte Casanova, »Sie Herr Marchese, sind der größre Schuft.« – »Das will ich hoffen«, erwiderte der Marchese. »Wenn man einmal so alt ist wie unsereiner, Herr Chevalier von Seingalt, darf man sich wenigstens in der Schurkerei von niemandem andern übertreffen lassen. Guten Abend, meine Herren.« Er stand auf, niemand erwiderte seinen Gruß, und er ging. Für eine kurze Weile ward es so still, daß wieder das Lachen der Kinder vom Garten her wie in übertriebener Lautheit vernehmlich wurde. Wer hätte auch das Wort zu finden vermocht, das jetzt bis in Lorenzis Seele gedrungen wäre, der noch immer mit über dem Tisch erhobenem Arm dastand wie vorher? Casanova, der als einziger auf seinem Platz sitzengeblieben war, fand ein unwillkürliches künstlerisches Gefallen an dieser zwar sinnlos gewordenen, gleichsam versteinerten, aber drohend-edlen Geste, die den ganzen Jüngling in ein Standbild zu verwandeln schien. Endlich wandte sich Olivo an ihn wie mit einer Gebärde der Beschwichtigung, auch die Ricardis näherten sich, und der Abbate schien sich zu einer Anrede entschließen zu wollen; da fuhr es durch Lorenzis Glieder wie ein kurzes Beben; eine gebieterisch unwillige Bewegung wehrte jeden Versuch einer Einmischung ab, und mit einem höflichen Neigen des Kopfes verließ er ohne Hast den Raum. Im selben Augenblick erhob sich Casanova, der indes das Gold, das vor ihm lag, in ein Seidentuch zusammengerafft hatte, und folgte ihm auf dem Fuß. Er fühlte, ohne die Mienen der andern zu sehen, daß sie alle der Meinung waren, er beeile sich nun, dasjenige zu tun, was sie die ganze Zeit über von ihm erwartet, und werde Lorenzi die gewonnene Geldsumme zur Verfügung stellen.

In der Kastanienallee, die vom Hause zum Tore führte, holte er Lorenzi ein und sagte in leichtem Tone: »Würden Sie mir erlauben, Herr Leutnant Lorenzi, mich Ihrem Spaziergang anzuschließen?« Lorenzi, ohne ihn anzusehen, erwiderte in einem hochmütigen, seiner Lage kaum angemessenen Tone: »Wie's beliebt, Herr Chevalier; aber ich fürchte, Sie werden in mir keinen unterhaltenden Gesellschafter finden.« – »Sie, Leutnant Lorenzi, vielleicht einen um so unterhaltenderen in mir«, sagte Casanova, »und wenn Sie einverstanden sind, nehmen wir den Weg über die Weinberge, wo wir ungestört plaudern können.« Sie bogen von der Fahrstraße auf denselben schmalen Pfad ein, den, die Gartenmauer entlang, Casanova tags vorher mit Olivo gegangen war. »Sie vermuten ganz richtig«, so setzte Casanova ein, »daß ich gesonnen bin, Ihnen die Summe Geldes anzubieten, die Sie dem Marchese schuldig sind; nicht leihweise, denn das – Sie werden mir verzeihen – hielte ich für ein allzu riskantes Geschäft, sondern als – freilich geringen Gegenwert für eine Gefälligkeit, die Sie mir zu erweisen vielleicht imstande wären.« – »Ich höre«, sagte Lorenzi kalt. – »Ehe ich mich weiter äußere«, erwiderte Casanova im selben Tone, »bin ich genötigt, eine Bedingung zu stellen, von deren Annahme durch Sie ich die Fortsetzung dieser Unterhaltung abhängig mache.« – »Nennen Sie Ihre Bedingung.« – »Ich verlange Ihr Ehrenwort, daß Sie mich anhören, ohne mich zu unterbrechen, auch wenn das, was ich Ihnen zu sagen habe, Ihr Befremden oder Ihr Mißfallen oder gar Ihre Empörung erregen sollte. Es steht vollkommen bei Ihnen, Herr Leutnant Lorenzi, ob Sie nachher meinen Vorschlag annehmen wollen, über dessen Ungewöhnlichkeit ich mich keiner Täuschung hingebe, oder nicht; aber die Antwort, die ich von Ihnen erwarte, ist nur ein Ja oder Nein; und wie immer sie ausfallen sollte, – von dem, was hier verhandelt wurde, zwischen zwei Ehrenmännern, die vielleicht beide zugleich Verlorene sind, wird niemals eine Menschenseele erfahren.« – »Ich bin bereit, Ihren Vorschlag zu hören.« – »Und nehmen meine Vorbedingung an?« – »Ich werde Sie nicht unterbrechen.« – »Und werden kein andres Wort erwidern als Ja oder Nein?« – »Kein andres als Ja oder Nein.« – »Gut denn«, sagte Casanova. Und während sie langsam hügelaufwärts stiegen, zwischen den Rebenstöcken, unter einem schwülen Spätnachmittagshimmel, begann Casanova: »Lassen Sie uns die Angelegenheit nach den Gesetzen der Logik behandeln, so werden wir einander am besten verstehen. Es besteht offenbar keine Möglichkeit für Sie, sich das Geld, das Sie dem Marchese schuldig sind, bis zu der von ihm festgesetzten Frist zu verschaffen; und für den Fall, daß Sie es ihm nicht zahlen sollten, auch darüber kann kein Zweifel sein, ist er fest entschlossen, Sie zu vernichten. Da er mehr von Ihnen weiß (hier wagte sich Casanova weiter vor als er mußte, doch er liebte solche kleine nicht ganz ungefährliche Abenteuer auf einem im übrigen vorgezeichneten Weg), als er uns heute verraten hat, sind Sie tatsächlich völlig in der Gewalt dieses Schurken, und Ihr Schicksal als Offizier, als Edelmann wäre besiegelt. Das ist die eine Seite der Sache. Dagegen sind Sie gerettet, sobald Sie Ihre Schuld bezahlt und die – irgendwie in Ihren Besitz gelangten Ringe wieder in Händen haben; – und gerettet sein: das heißt für Sie in diesem Fall nicht weniger, als daß Ihnen ein Dasein wieder gehört, mit dem Sie schon so gut wie abgeschlossen hatten, und zwar, da Sie jung, schön und kühn sind, ein Dasein voll Glanz, Glück und Ruhm. Eine solche Aussicht scheint mir herrlich genug, besonders wenn auf der andern Seite nichts winkt als ein ruhmloser, ja schimpflicher Untergang, um ihr zuliebe ein Vorurteil aufzuopfern, das man persönlich eigentlich niemals besaß. Ich weiß es, Lorenzi«, setzte er rasch hinzu, als sei er einer Entgegnung gewärtig und wollte ihr zuvorkommen, »Sie haben gar keine Vorurteile, so wenig als ich sie habe oder jemals hatte; und was ich von Ihnen zu verlangen willens bin, ist nichts andres, als was ich selbst an Ihrer Stelle unter den gleichen Umständen zu erfüllen mich keinen Augenblick besonnen hätte, – wie ich mich auch tatsächlich nie gescheut habe, wenn es das Schicksal oder auch nur meine Laune so forderte, eine Schurkerei zu begehen oder vielmehr das, was die Narren dieser Erde so zu nennen pflegen. Dafür war ich aber auch, gleich Ihnen, Lorenzi, in jeder Stunde bereit, mein Leben für weniger als nichts aufs Spiel zu setzen, und das macht alles wieder wett. Ich bin es auch jetzt – für den Fall, daß Ihnen mein Vorschlag nicht gefiele. Wir sind aus gleichem Stoff gemacht, Lorenzi, sind Brüder im Geiste, und so dürfen sich unsre Seelen ohne falsche Scham, stolz und nackt, gegenüberstehen. Hier sind meine zweitausend Dukaten – vielmehr die Ihren – wenn Sie es ermöglichen, daß ich die heutige Nacht an Ihrer Stelle mit Marcolina verbringe. Wir wollen nicht stehenbleiben, Lorenzi, wir wollen weiterspazieren.«

Sie gingen in den Feldern, unter den niedrigen Obstbäumen, zwischen denen die Rebenranken beerenbeladen sich hinschlangen; und Casanova sprach ohne Pause weiter. »Antworten Sie mir noch nicht, Lorenzi, denn ich bin noch nicht zu Ende. Mein Ansinnen wäre natürlich – nicht etwa frevelhaft, aber aussichts- und daher sinnlos, wenn Sie die Absicht hätten, Marcolina zu Ihrer Gattin zu machen, oder wenn Marcolina selbst ihre Hoffnungen und Wünsche in dieser Richtung schweifen ließe. Aber ebenso, wie die vergangene Liebesnacht Ihre erste war (er sprach auch diese seine Vermutung wie eine unbezweifelbare Gewißheit aus), ebenso war die kommende aller menschlichen Berechnung nach, ja auch nach Ihrer eigenen und Marcolinens Voraussicht bestimmt, Ihre letzte zu sein – auf sehr lange Zeit – wahrscheinlich auf immer; und ich bin völlig überzeugt, daß Marcolina selbst, um ihren Geliebten vor dem sicheren Untergange zu bewahren, einfach auf seinen Wunsch hin, ohne Zögern bereit wäre, diese eine Nacht seinem Retter zu gewähren. Denn auch sie ist Philosophin und daher von Vorurteilen so frei wie wir beide. Aber so gewiß ich bin, daß sie diese Probe bestünde, es liegt keineswegs in meiner Absicht, daß sie ihr auferlegt werde. Denn eine Willenlose, eine innerlich Widerstrebende zu besitzen, das ist etwas, das gerade in diesem Falle meinen Ansprüchen nicht genügen würde. Nicht nur als ein Liebender, – als ein Geliebter will ich ein Glück genießen, das mir am Ende auch groß genug erschiene, um es mit meinem Leben zu bezahlen. Verstehen Sie mich wohl, Lorenzi. Daher darf Marcolina nicht einmal ahnen, daß ich es bin, den sie an ihren himmlischen Busen schließt; sie muß vielmehr fest davon überzeugt sein, daß sie keinen andern als Sie in ihren Armen empfängt. Diese Täuschung vorzubereiten ist Ihre Sache, sie aufrechtzuerhalten, die meine. Ohne besondre Schwierigkeiten werden Sie ihr begreiflich machen können, daß Sie genötigt sind, sie vor Eintritt der Morgendämmerung zu verlassen; und um einen Vorwand dafür, daß diesmal nur stumme Zärtlichkeiten sie beglücken sollen, werden Sie auch nicht verlegen sein. Um im übrigen auch jede Gefahr einer nachträglichen Entdeckung auszuschließen, werde ich mich im gegebenen Moment anstellen, als hörte ich ein verdächtiges Geräusch vor dem Fenster, meinen Mantel nehmen – oder vielmehr den Ihren, den Sie mir zu diesem Zwecke natürlich leihen müssen – und durchs Fenster verschwinden – auf Nimmerwiedersehen. Denn selbstverständlich werde ich dem Anschein nach bereits heute abend abreisen, dann unter dem Vorgeben, ich hätte wichtige Papiere vergessen, den Kutscher auf halbem Wege zur Umkehr veranlassen und mich durch die Hintertür – den Nachschlüssel stellen Sie mir zur Verfügung, Lorenzi, – in den Garten, ans Fenster Marcolinens schleichen, das sich um Mitternacht auftun wird. Meines Gewands, auch der Schuhe und Strümpfe, werde ich mich im Wagen entledigt haben und nur mit dem Mantel angetan sein, so daß bei meinem fluchtartigen Entweichen nichts zurückbleibt, was mich oder Sie verraten könnte. Den Mantel aber werden Sie zugleich mit den zweitausend Dukaten morgen früh fünf Uhr in meinem Gasthof zu Mantua in Empfang nehmen, so daß Sie dem Marchese noch vor der festgesetzten Stunde sein Geld vor die Füße schleudern können. Hierauf nehmen Sie meinen feierlichen Eid entgegen. Und nun bin ich zu Ende.«

Er blieb plötzlich stehen. Die Sonne neigte sich zum Niedergang, ein leiser Wind strich über die gelben Ähren, rötlicher Abendschein lag über dem Turm von Olivos Haus. Auch Lorenzi stand stille; keine Muskel in seinem blassen Antlitz bewegte sich, und er blickte über Casanovas Schulter unbewegt ins Weite. Seine Arme hingen schlaff herab, während Casanovas Hand, der auf alles gefaßt war, wie zufällig den Griff des Degens hielt. Einige Sekunden vergingen, ohne daß Lorenzi seine starre Haltung und sein Schweigen aufgab. Er schien in ein ruhiges Nachdenken versunken; doch Casanova blieb weiter auf seiner Hut, und in der Linken das Tuch mit den Dukaten, die Rechte auf dem Degengriff, sagte er: »Sie haben meine Vorbedingung erfüllt als ein Ehrenmann. Ich weiß, daß es Ihnen nicht leicht geworden ist. Denn wenn wir auch keine Vorurteile besitzen, – die Atmosphäre, in der wir leben, ist von ihnen so vergiftet, daß wir uns ihrem Einfluß nicht völlig entziehen können. Und so wie Sie, Lorenzi, im Laufe der letzten Viertelstunde mehr als einmal nah daran waren, mir an die Gurgel zu fahren, so habe ich wieder – lassen Sie mich's Ihnen gestehen – eine Weile mit dem Gedanken gespielt, Ihnen die zweitausend Dukaten zu schenken – wie einem – nein, als meinem Freund; denn selten, Lorenzi, habe ich zu einem Menschen vom ersten Augenblick eine solche rätselhafte Sympathie empfunden wie zu Ihnen. Aber hätt' ich dieser großmütigen Regung nachgegeben, in der Sekunde darauf hätte ich sie aufs tiefste bereut, geradeso wie Sie, Lorenzi, in der Sekunde, eh' Sie sich die Kugel in den Kopf jagten, zur verzweiflungsvollen Erkenntnis kämen, daß Sie ein Narr ohnegleichen gewesen sind, – um tausend Liebesnächte mit immer neuen Frauen hinzuwerfen für eine einzige, der dann keine Nacht – und kein Tag mehr folgte.«

Noch immer schwieg Lorenzi; sein Schweigen dauerte sekunden-, es dauerte minutenlang, und Casanova fragte sich, wie lang er sich's noch dürfte gefallen lassen. Schon war er im Begriff, sich mit einem kurzen Gruße abzuwenden und so anzudeuten, daß er seinen Vorschlag als abgelehnt betrachte, als Lorenzi, immer wortlos, mit einer durchaus nicht raschen Bewegung der rechten Hand nach rückwärts in die Tasche seines Rockschoßes griff, und Casanova, der im gleichen Augenblick, nach wie vor auf alles gefaßt, einen Schritt zurückgetreten war, wie um sich niederzuducken – den Gartenschlüssel überreichte. Die Bewegung Casanovas, die immerhin eine Regung von Furcht ausgedrückt hatte, ließ um Lorenzis Lippen ein sofort wieder verschwindendes Lächeln des Hohns erscheinen. Casanova verstand es, seine aufsteigende Wut, deren wirklicher Ausbruch alles wieder hätte zunichte machen können, zu unterdrücken, ja zu verbergen, und, den Schlüssel mit einem leichten Kopfneigen an sich nehmend, bemerkte er nur: »Das darf ich wohl als ein Ja gelten lassen. Von jetzt in einer Stunde – bis dahin werden Sie sich mit Marcolina wohl verständigt haben – erwarte ich Sie im Turmgemach, wo ich mir erlauben werde, Ihnen gegen Überlassung Ihres Mantels die zweitausend Goldstücke sofort zu übergeben. Erstens zum Zeichen meines Vertrauens und zweitens, weil ich ja wirklich nicht wüßte, wo ich das Gold im Laufe der Nacht verwahren sollte.« – Sie trennten sich ohne weitere Förmlichkeit, Lorenzi nahm den Weg zurück, den sie beide gekommen, Casanova, auf einem andern, begab sich ins Dorf und sicherte sich im Wirtshaus durch ein reichliches Angeld ein Gefährt, das ihn um zehn Uhr nachts vor Olivos Hause zur Fahrt nach Mantua erwarten sollte.

Bald darauf, nachdem er sein Gold vorerst an sichrer Stelle im Turmgemach verwahrt hatte, trat er in Olivos Garten, wo sich ihm ein Anblick bot, der an sich keineswegs merkwürdig, ihn in der Stimmung dieser Stunde sonderbar genug berührte. Auf einer Bank am Wiesenrand saß Olivo neben Amalia, den Arm um ihre Schulter geschlungen; ihnen zu Füßen lagerten die drei Mädchen, wie ermüdet von den Spielen des Nachmittags; das jüngste, Maria, hatte das Köpfchen auf dem Schoß der Mutter liegen und schien zu schlummern, Nanetta lag ihr zu Füßen auf den Rasen hingestreckt, die Arme unter dem Nacken; Teresina lehnte an den Knien des Vaters, dessen Finger zärtlich in ihren Locken ruhten; und als Casanova sich näherte, grüßte ihn aus ihren Augen keineswegs ein Blick lüsternen Einverständnisses, wie er unwillkürlich ihn erwartet, sondern ein offenes Lächeln kindlicher Vertrautheit, als wäre, was zwischen ihr und ihm vor wenig Stunden erst geschehen, eben nichts andres gewesen als ein nichts bedeutendes Spiel. In Olivos Zügen leuchtete es freundlich auf, und Amalia nickte dem Herantretenden dankbar herzlich zu. Sie beide empfingen ihn, Casanova konnte nicht daran zweifeln, wie jemanden, der eben eine edle Tat begangen, aber der zugleich erwartet, daß man aus Feingefühl vermeiden werde, ihrer mit einem Worte Erwähnung zu tun. »Bleibt es wirklich dabei«, fragte Olivo, »daß Sie uns schon morgen verlassen, mein teurer Chevalier?« – »Nicht morgen«, erwiderte Casanova, »sondern – wie gesagt – schon heute abend.« Und als Olivo eine neue Einwendung erheben wollte, mit einem bedauernden Achselzucken: »Der Brief, den ich heute aus Venedig erhielt, läßt mir leider keine andre Entscheidung übrig.

Die an mich ergangene Aufforderung ist in jedem Sinne so ehrenvoll, daß eine Verzögerung meiner Heimkehr eine arge, ja eine unverzeihliche Unhöflichkeit gegenüber meinen hohen Gönnern bedeuten würde.« Zugleich bat er um die Erlaubnis, sich jetzt zurückziehen zu dürfen, um sich für die Abreise bereitzumachen und dann die letzten Stunden seines Hierseins ungestört im Kreise seiner liebenswürdigen Freunde verbringen zu können.

Und aller Einrede nicht achtend, begab er sich ins Haus, stieg die Treppe zum Turmgemach empor und vertauschte vor allem seine prächtige Gewandung wieder mit der einfacheren, die für die Fahrt gut genug sein mußte. Dann packte er seinen Reisesack und horchte mit einer von Minute zu Minute gespannteren Aufmerksamkeit, ob sich nicht endlich die Schritte Lorenzis vernehmen ließen. Noch eh' die Frist verstrichen war, klopfte es mit einem kurzen Schlag an die Türe, und Lorenzi trat ein, im weiten dunkelblauen Reitermantel. Ohne ein Wort zu reden, mit einer leichten Bewegung ließ er ihn von den Schultern gleiten, so daß er zwischen den beiden Männern als ein formloses Stück Tuch auf dem Boden lag. Casanova holte seine Goldstücke unter dem Polster des Bettes hervor und streute sie auf den Tisch. Er zählte sorgfältig vor Lorenzis Augen, was ziemlich rasch geschehen war, da viele Goldstücke von höherm als eines Dukaten Wert darunter waren, übergab Lorenzi die verabredete Summe, nachdem er sie zuvor in zwei Beutel verteilt hatte, worauf ihm selbst noch etwa hundert Dukaten übrigblieben. Lorenzi tat die Geldbeutel in seine beiden Rockschöße und wollte sich wortlos entfernen. »Halt, Lorenzi«, sagte Casanova, »es wäre immerhin möglich, daß man einander noch einmal im Leben begegnete. Dann sei es nicht mit Groll. Es war ein Handel wie ein andrer, wir sind quitt.« Er streckte ihm die Hand entgegen. Lorenzi nahm sie nicht; doch nun sprach er das erste Wort. »Ich erinnere mich nicht«, sagte er, »daß auch dies in unserm Pakt enthalten gewesen wäre.« Er wandte sich und ging.

Sind wir so genau, mein Freund? dachte Casanova. So darf ich mich um so sicherer darauf verlassen, daß ich nicht am Ende der Geprellte sein werde. Freilich hatte er an diese Möglichkeit keinen Augenblick ernstlich gedacht; er wußte aus eigener Erfahrung, daß Leute wie Lorenzi ihre besondre Art von Ehre haben, deren Gesetze in Paragraphen nicht aufzuzeichnen sind, über die aber von Fall zu Fall ein Zweifel kaum bestehen kann. – Er legte Lorenzis Mantel zu oberst in den Reisesack, schloß diesen zu; die Goldstücke, die ihm geblieben, steckte er zu sich, blickte sich in dem Raum, den er wohl niemals wieder betreten sollte, nach allen Seiten um, und, mit

Degen und Hut, zur Abfahrt fertig, begab er sich in den Saal, wo er Olivo mit Frau und Kindern schon am gedeckten Tische sitzend fand. Marcolina trat zugleich mit ihm, was Casanova als günstiges Schicksalszeichen deutete, von der andern Seite aus dem Garten ein und erwiderte seinen Gruß mit einem unbefangenen Neigen des Hauptes. Das Essen wurde aufgetragen; die Unterhaltung ging anfangs langsam, ja wie gedämpft von der Stimmung des Abschieds in fast mühseliger Weise vonstatten. Amalia schien in auffallender Weise mit ihren Kindern beschäftigt und immer besorgt, daß diese nicht zuviel oder zuwenig auf ihre Teller bekämen. Olivo, ohne ersichtliche Nötigung, sprach von einem unbedeutenden, zu seinen Gunsten entschiedenen Prozeß mit einem Gutsnachbar, sowie von einer Geschäftsreise, die ihn demnächst nach Mantua und Cremona führen sollte. Casanova gab der Hoffnung Ausdruck, den Freund in nicht allzu ferner Zeit in Venedig zu begrüßen. Gerade dort, ein sonderbarer Zufall, war Olivo noch niemals gewesen. Amalia aber hatte die wunderbare Stadt vor langen Jahren als Kind gesehen; wie sie dahingekommen, wußte sie nicht mehr zu sagen und erinnerte sich nur eines alten, in einen scharlachroten Mantel gehüllten Mannes, der aus einem länglichen schwarzen Schiff ausgestiegen, gestolpert und der Länge nach hingefallen war. »Auch Sie kennen Venedig nicht?« fragte Casanova Marcolina, die gerade ihm gegenübersaß und über seine Schulter in das tiefe Dunkel des Gartens schaute. Sie schüttelte wortlos den Kopf. Und Casanova dachte: Könnt' ich sie dir zeigen, die Stadt, in der ich jung gewesen bin! O wärst du jung gewesen mit mir . . . Und noch ein Gedanke kam ihm, sinnloser beinahe als jene: Wenn ich dich jetzt mit mir dahin nähme? Aber während all dies unausgesprochen durch seine Seele ging, hatte er schon mit jener Leichtigkeit, die ihm auch in Momenten stärkster innerer Erregung gegeben war, von der Stadt seiner Jugend zu reden begonnen; so kunstvoll und kühl, als gälte es, ein Gemälde zu schildern, bis er, unwillkürlich den Ton erwärmend, in die Geschichte seines Lebens geriet, und mit einemmal in eigner Gestalt mitten in dem Bilde stand, das nun erst zu leben und zu leuchten anfing. Er sprach von seiner Mutter, der berühmten Schauspielerin, für die der große Goldoni, ihr Bewunderer, seine vortreffliche Komödie »Das Mündel« verfaßt hatte; dann erzählte er von seinem trübseligen Aufenthalt in der Pension des geizigen Doktors Gozzi, von seiner kindischen Liebe zu der kleinen Gärtnerstochter, die später mit einem Lakaien durchgegangen war, von seiner ersten Predigt als junger Abbate, nach der er in dem Beutel des Sakristans nicht nur die üblichen Geldstücke, sondern auch ein paar zärtliche

Briefchen vorgefunden, von den Spitzbübereien, die er als Geiger im Orchester des Theaters San Samuele mit ein paar gleichgesinnten Kameraden in den Gäßchen, Schenken, Tanz- und Spielsälen Venedigs maskiert oder auch unmaskiert verübt; doch auch von diesen übermütigen und manchmal recht bedenklichen Streichen berichtete er, ohne irgendein anstößiges Wort zu gebrauchen, ja in einer poetisch verklärenden Weise, als wollte er auf die Kinder Rücksicht nehmen, die wie die andern, Marcolina nicht ausgenommen, gespannt an seinen Lippen hingen. Doch die Zeit schritt vor, und Amalia schickte ihre Töchter zu Bett. Ehe sie gingen, küßte Casanova sie alle aufs zärtlichste, Teresina nicht anders als die zwei jüngern, und alle mußten ihm versprechen, ihn bald mit den Eltern in Venedig zu besuchen. Als die Kinder fort waren, tat er sich wohl weniger Zwang an, aber alles, was er erzählte, brachte er ohne jede Zweideutigkeit und vor allem ohne jede Eitelkeit vor, so daß man eher den Bericht eines gefühlvollen Narren der Liebe als den eines gefährlich-wilden Verführers und Abenteurers zu hören vermeinte. – Er sprach von der wunderbaren Unbekannten, die wochenlang mit ihm als Offizier verkleidet herumgereist und eines Morgens plötzlich von seiner Seite verschwunden war; von der Tochter des adligen Schuhflickers in Madrid, die ihn zwischen zwei Umarmungen immer wieder zum frommen Katholiken hatte bekehren wollen, von der schönen Jüdin Lia in Turin, die prächtiger zu Pferde gesessen war als irgendeine Fürstin; von der lieblich-unschuldigen Manon Balletti, der einzigen, die er beinahe geheiratet hätte, von jener schlechten Sängerin in Warschau, die er ausgepfiffen, worauf er sich mit ihrem Geliebten, dem Krongeneral Branitzky, hatte duellieren und aus Warschau fliehen müssen; von der bösen Charpillon, die ihn in London so jämmerlich zum Narren gehalten; von einer nächtlichen Sturmfahrt, die ihm fast das Leben gekostet, durch die Lagunen nach Murano zu seiner angebeteten Nonne; von dem Spieler Croce, der, nachdem er in Spa ein Vermögen verloren, auf der Landstraße tränenvollen Abschied von ihm genommen und sich auf den Weg nach Petersburg gemacht hatte – so wie er dagestanden war, in seidenen Strümpfen, in einem apfelgrünen Samtrock und ein Rohrstöckchen in der Hand. Er erzählte von Schauspielerinnen, Sängerinnen, Modistinnen, Gräfinnen, Tänzerinnen, Kammermädchen; von Spielern, Offizieren, Fürsten, Gesandten, Finanzleuten, Musikanten und Abenteurern; und so wundersam ward ihm selbst der Sinn von dem wieder neu gefühlten Zauber seiner eigenen Vergangenheit umfangen, so vollständig war der Triumph all des herrlichen durchlebten, doch unwiederbringlich Gewesenen über das armselig Schattenhafte, das sich seiner Gegenwärtigkeit brüsten durfte, daß er eben im Begriffe war, die Geschichte eines hübschen blassen Mädchens zu berichten, das ihm im Dämmer einer Kirche zu Mantua seinen Liebeskummer anvertraut hatte, ohne daran zu denken, daß ihm dieses selbe Geschöpf, um sechzehn Jahre gealtert, als die Frau seines Freundes Olivo hier am Tische gegenübersaß; – als mit plumpem Schritt die Magd eintrat und meldete, daß vor dem Tore der Wagen bereitstehe. Und sofort, mit seiner unvergleichlichen Gabe, sich in Traum und Wachen, wann immer es nötig war, ohne Zögern zurechtzufinden, erhob sich Casanova, um Abschied zu nehmen. Er forderte Olivo, dem vor Rührung die Worte versagten, nochmals mit Herzlichkeit auf, ihn mit Frau und Kindern in Venedig zu besuchen, und umarmte ihn; als er sich mit der gleichen Absicht Amalien näherte, wehrte sie leicht ab und reichte ihm nur die Hand, die er ehrerbietig küßte. Wie er sich nun zu Marcolina wandte, sagte diese: »All das, was Sie uns heute abend erzählt haben – und noch viel mehr – sollten Sie niederschreiben, Herr Chevalier, so wie Sie es mit Ihrer Flucht aus den Bleikammern gemacht haben.« – »Ist das Ihr Ernst, Marcolina?« fragte er mit der Schüchternheit eines jungen Autors. Sie lächelte mit leisem Spott. »Ich vermute«, sagte sie, »ein solches Buch könnte noch weit unterhaltender werden als Ihre Streitschrift gegen Voltaire.« – Das möchte leicht wahr sein, dachte er, ohne es auszusprechen. Wer weiß, ob ich deinen Rat nicht einmal befolge? Und du selbst, Marcolina, sollst das letzte Kapitel sein. – Dieser Einfall, mehr noch der Gedanke, daß dieses letzte Kapitel im Laufe der kommenden Nacht erlebt werden sollte, ließ seinen Blick so seltsam erflackern, daß Marcolina die Hand, die sie ihm zum Abschied gereicht, aus der seinen gleiten ließ, eh' er, sich herabbeugend, einen Kuß darauf zu drücken vermocht hatte. Ohne sich irgend etwas, sei es Enttäuschung, sei es Groll, merken zu lassen, wandte sich Casanova zum Gehen, indem er durch eine jener klaren und einfachen Gesten, die nur ihm gehörten, zu verstehen gab, daß ihm niemand, auch Olivo nicht, folgen solle. Raschen Schritts durcheilte er die Kastanienallee; gab der Magd, die den Reisesack in den Wagen geschafft hatte, ein Goldstück, stieg ein und fuhr davon.

Der Himmel war von Wolken verhängt. Nachdem man das Dorf hinter sich gelassen, wo noch hinter armen Fenstern da und dort ein kleines Licht geschimmert hatte, leuchtete nur mehr die gelbe Laterne, die vorn an der Deichsel befestigt war, durch die Nacht. Casanova öffnete den Reisesack, der zu seinen Füßen lag, nahm Lorenzis Mantel heraus und, nachdem er ihn über sich gebreitet, entkleidete er sich unter dessen Schutz mit aller gebotenen Vorsicht. Die abgelegte Gewandung, auch Schuhe und Strümpfe, versperrte er in den Sack und hüllte sich fester in den Mantel ein. Jetzt rief er den Kutscher an: »He, wir müssen wieder zurück!« – Der Kutscher wandte sich verdrossen um. – »Ich habe meine Papiere im Hause vergessen. Hörst du? Wir müssen zurück.« Und da jener, ein verdrossener, magerer, graubärtiger Mensch, zu zögern schien: »Ich verlange es natürlich nicht umsonst. Da!« Und er drückte ihm ein Goldstück in die Hand. Der Kutscher nickte, murmelte etwas, und mit einem gänzlich überflüssigen Peitschenhieb auf das Pferd, wandte er den Wagen. Als sie wieder durch das Dorf fuhren, lagen die Häuser alle stumm und ausgelöscht. Noch ein Stück Wegs die Landstraße hin, und nun wollte der Kutscher in die schmälere, leicht ansteigende Straße einlenken, die zu Olivos Besitzung führte. »Halt!« rief Casanova, »wir wollen nicht so nah heranfahren, sonst wecken wir die Leute auf. Warte hier an der Ecke. Ich bin bald wieder da ... Und sollt' es etwas länger dauern, jede Stunde trägt einen Dukaten!« Nun glaubte der Mann ungefähr zu wissen, woran er war; Casanova merkte es an der Art, wie jener mit dem Kopf nickte. Er stieg aus und eilte weiter, den Augen des Kutschers bald entschwindend, bis ans verschlossene Tor, daran vorüber, die Mauer entlang bis zu der Ecke, wo sie im rechten Winkel nach oben bog, und nahm nun den Weg durch die Weinberge, den er, nachdem er ihn schon zweimal im Tagesschein gegangen, leicht zu finden wußte. Er hielt sich der Mauer nahe und folgte ihr auch, als sie nun, etwa auf der mittleren Höhe des Hügels, wieder im rechten Winkel umbog. Hier ging er auf weichem Wiesengrund, im Dunkel der verhängten Nacht weiter, und mußte nur achtgeben, daß er die Gartentür nicht verfehlte. Er tastete längs der glatten steinernen Umfassung, bis seine Finger das rauhe Holz spürten; worauf er die Türe auch in ihrem schmalen Umriß deutlich wahrzunehmen vermochte. Er steckte den Schlüssel in das rasch gefundene Schloß, öffnete, trat in den Garten und sperrte hinter sich wieder zu. Er sah das Haus mit dem Turm jenseits der Wiese in unwahrscheinlicher Entfernung und in einer ebenso unwahrscheinlichen Höhe aufragen. Eine Weile stand er ruhig; er sah um sich; denn was für andre Augen noch undurchdringliche Finsternis gewesen wäre, war für die seinen nur tiefe Dämmerung. Er wagte es, statt in der Allee, deren Kies seinen nackten Füßen weh tat, auf der Wiese weiterzugehen, die den Ton seiner Schritte verschlang. Er glaubte zu schweben; so leicht war sein Gang. – War mir anders zumute, dachte er, zur Zeit, da ich als Dreißigjähriger solche Wege ging? Fühl' ich nicht wie damals alle Gluten des Verlangens und alle Säfte der Jugend durch meine Adern kreisen? Bin ich nicht heute Casanova, wie ich's damals war? ... Und da ich Casanova bin, warum sollte an mir das klägliche Gesetz nicht zuschanden werden, dem andre unterworfen sind, und das Altern heißt! Und immer kühner werdend, fragte er sich: Warum schleich ich in einer Maske zu Marcolina? Ist Casanova nicht mehr als Lorenzi, auch wenn er um dreißig Jahre älter ist? Und wäre sie nicht das Weib, dies Unbegreifliche zu begreifen? ... War es nötig, eine kleine Schurkerei zu begehen und einen andern zu einer etwas größern zu verleiten? Wäre man nicht mit etwas Geduld zum gleichen Ziel gekommen? Lorenzi ist morgen fort, ich wäre geblieben ... Fünf Tage ... drei – und sie hätte mir gehört – w i s s e n d mir gehört. – Er stand an die Wand des Hauses gedrückt, neben Marcolinens Fenster, das noch fest verschlossen war, und seine Gedanken flogen weiter. Ist es denn zu spät dazu? ... Ich könnte wiederkommen, – morgen, übermorgen ... und begänne das Werk der Verführung – als ehrlicher Mann sozusagen. Die heutige Nacht wäre ein Vorschuß auf die künftigen. Ja, Marcolina müßte nicht einmal erfahren, daß ich heute dagewesen bin – oder erst später – viel später. –

Das Fenster war noch immer fest geschlossen; auch dahinter rührte sich nichts. Es fehlten wohl noch ein paar Minuten auf Mitternacht. Sollte er sich irgendwie bemerkbar machen? Leise ans Fenster klopfen? Da nichts dergleichen ausgemacht war, hätte es vielleicht doch in Marcolina einen Verdacht werfen können. Also warten. Lange konnte es nicht mehr dauern. Der Gedanke, daß sie ihn sofort erkennen, den Betrug durchschauen konnte, eh' er vollzogen war, kam ihm, nicht zum erstenmal, doch ebenso flüchtig und als die natürliche verstandesmäßige Erwägung einer entfernten, ins Unwahrscheinliche verschwimmenden Möglichkeit, nicht als eine ernstliche Befürchtung. Ein etwas lächerliches Abenteuer fiel ihm ein, das nun zwanzig Jahre zurücklag; das mit der häßlichen Alten in Solothurn, mit der er eine köstliche Nacht verbracht hatte, in der Meinung, eine angebetete schöne junge Frau zu besitzen – und die ihn überdies tags darauf in einem unverschämten Brief ob seines ihr höchst erwünschten, von ihr mit infamer List geförderten Irrtums verhöhnt hatte. Er schüttelte sich in der Erinnerung vor Ekel. Gerade daran hätte er jetzt lieber nicht denken sollen, und er verjagte das abscheuliche Bild. – Nun, war es nicht endlich Mitternacht? Wie lange sollte er noch hier stehen an die Mauer gedrückt, fröstelnd in der Kühle der Nacht? Oder gar vergeblich warten? Der Geprellte sein – trotz allem? – Zweitausend Dukaten für nichts? Und Lorenzi mit ihr hinter dem Vorhang? Seiner spottend? – Unwillkürlich faßte er den Degen etwas fester, den er unter dem Mantel an seinen nackten Leib gepreßt hielt. Von einem Kerl wie Lorenzi mußte man am Ende auch der peinlichsten Überraschung gewärtig sein. – Aber dann . . . In diesem Augenblick hörte er ein leises knackendes Geräusch, – er wußte, daß nun das Gitter von Marcolinens Fenster sich zurückschob, gleich darauf öffneten sich beide Flügel weit, während der Vorhang noch zugezogen blieb. Casanova hielt sich ein paar Sekunden regungslos, bis von unsichtbarer Hand gerafft der Vorhang sich nach der einen Seite hob; das war für Casanova ein Zeichen, sich über die Brüstung ins Zimmer zu schwingen und sofort Fenster und Gitter hinter sich zu schließen. Der geraffte Vorhang war über seinen Schultern wieder gesunken, so daß er genötigt war, darunter hervorzukriechen, und nun wäre er in völliger Finsternis dagestanden, wenn nicht aus der Tiefe des Gemachs, in unbegreiflicher Entfernung, wie von seinem eignen Blick erweckt, ein mattes Schimmern ihm den Weg gewiesen hätte. Nur drei Schritt – und sehnsüchtige Arme breiteten sich nach ihm aus; er ließ den Degen aus der Hand, den Mantel von seinen Schultern gleiten und sank in sein Glück.

An Marcolinens seufzendem Vergehen, an den Tränen der Seligkeit, die er ihr von den Wangen küßte, an der immer wieder erneuten Glut, mit der sie seine Zärtlichkeiten empfing, erkannte er bald, daß sie seine Entzückungen teilte, die ihm als höhere, ja von neuer, andrer Art erschienen, als er jemals genossen. Lust ward zur Andacht, tiefster Rausch ward Wachsein ohnegleichen; hier endlich war, die er schon so oft, töricht genug zu erleben geglaubt, und die er noch niemals wirklich erlebt hatte – Erfüllung war an Marcolinens Herzen. Er hielt die Frau in seinen Armen, an die er sich verschwenden durfte, um sich unerschöpflich zu fühlen; – an deren Brüsten der Augenblick des letzten Hingegebenseins und des neuen Verlangens in einen einzigen von ungeahnter Seelenwonne zusammenfloß. War an diesen Lippen nicht Leben und Sterben, Zeit und Ewigkeit Eines? War er nicht ein Gott –? Jugend und Alter nur eine Fabel, von Menschen erfunden? – Heimat und Fremde, Glanz und Elend, Ruhm und Vergessensein – wesenlose Unterscheidungen zum Gebrauch von Ruhelosen, von Einsamen, von Eiteln – und sinnlos geworden, wenn man Casanova war und Marcolina gefunden? Unwürdig, ja lächerlicher von Minute zu Minute erschien es ihm, sich, einem Vorsatz getreu, den er früher als Kleinmütiger gefaßt, aus dieser Wundernacht stumm, unerkannt, wie ein Dieb zu flüchten. Im untrüglichen Gefühl, ebenso der Beglückende zu sein, als er der Beglückte war, glaubte er sich schon zu dem Wagnis entschlossen, seinen Namen zu nennen, wenn er sich auch immer noch bewußt war, damit ein großes Spiel zu spielen, das er, wenn er es verlor, bereit sein mußte, mit dem Dasein zu bezahlen. Noch war undurchdringliche Dunkelheit um ihn, und bis durch den dichten Vorhang das erste Dämmern brach, durfte er ein Geständnis hinauszögern, an dessen Aufnahme durch Marcolina sein Schicksal, ja sein Leben hing. Aber war denn nicht gerade dieses stummselige, süßverlorene Zusammensein dazu gemacht, ihm Marcolina von Kuß zu Kuß unlöslicher zu verbinden? Wurde, was sich als Betrug entsponnen, nicht Wahrheit in den namenlosen Entzückungen dieser Nacht? Ja, durchschauerte sie, die Betrogene, die Geliebte, die Einzige, nicht selbst schon eine Ahnung, daß es nicht Lorenzi, der Jüngling, der Wicht, daß es ein Mann, – daß es Casanova war, in dessen Göttergluten sie verging? Und schon begann er es für möglich zu halten, daß ihm der ersehnte und doch gefürchtete Augenblick des Geständnisses gänzlich erspart bleiben würde; er träumte davon, daß Marcolina selbst, bebend, gebannt, erlöst ihm seinen Namen entgegenflüstern würde. Und dann – wenn sie so ihm verziehen – nein – seine Verzeihung empfangen –, dann wollte er sie mit sich nehmen, sofort, in dieser selben Stunde noch; – mit ihr im Grauen der Frühe das Haus verlassen, mit ihr in den Wagen steigen, der draußen an der Straßenbiegung wartete ... mit ihr davonfahren, für immer sie halten, sein Lebenswerk damit krönen, daß er, in Jahren, da andre sich zu einem trüben Greisentum bereiten, die Jüngste, die Schönste, die Klügste durch die ungeheure Macht seines unverlöschlichen Wesens gewonnen und sie für alle Zeit zur Seinen gemacht hatte. Denn diese war sein, wie keine vor ihr. Er glitt mit ihr durch geheimnisvolle schmale Kanäle, zwischen Palästen hin, in deren Schatten er nun wieder heimisch war, unter geschwungenen Brücken, über die verdämmernde Gestalten huschten; manche winkten über die Brüstung ihnen entgegen und waren wieder verschwunden, eh' man sie recht erblickt. Nun legte die Gondel an; Marmorstufen führten in das prächtige Haus des Senators Bragadino; es war als das einzige festlich beleuchtet; treppauf, treppab liefen Vermummte – manche blieben neugierig stehen, aber wer konnte Casanova und Marcolina hinter ihren Masken erkennen? Er trat mit ihr in den Saal. Hier wurde ein großes Spiel gespielt. Alle Senatoren, auch Bragadino, in ihren Purpurmänteln, reihten sich um den Tisch. Als Casanova eintrat, flüsterten sie alle seinen Namen wie im höchsten Schrecken; denn am Blitz seiner Augen hinter der Maske hatten sie ihn erkannt. Er setzte sich nicht nieder; er nahm keine Karten, aber er spielte mit. Er gewann, er gewann alles Gold, das auf dem Tische lag, das war aber zuwenig; die Senatoren mußten Wechsel ausstellen; sie verloren ihr Vermögen, ihre Paläste, ihre Purpurmäntel, – sie waren Bettler, sie krochen in Lumpen um ihn her, sie küßten ihm die Hände, und daneben, in einem dunkelroten Saale, war Musik und Tanz. Casanova wollte mit Marcolina tanzen, doch die war fort. Die Senatoren in ihren Purpurmänteln saßen wieder um den Tisch wie vorher; aber nun wußte Casanova, daß es nicht Karten waren, sondern Angeklagte, Verbrecher und Unschuldige, um deren Schicksal es ging. Wo war Marcolina? Hatte er nicht die ganze Zeit ihr Handgelenk umklammert gehalten? Er stürzte die Treppen hinunter, die Gondel wartete; nur weiter, weiter, durch das Gewirr von Kanälen, natürlich wußte der Ruderer, wo Marcolina weilte; warum aber war auch er maskiert? Das war früher nicht üblich gewesen in Venedig. Casanova wollte ihn zur Rede stellen, aber er wagte es nicht. Wird man so feig als alter Mann? Und immer weiter – was für eine Riesenstadt war Venedig in diesen fünfundzwanzig Jahren geworden! Nun endlich wichen die Häuser zurück, breiter wurde der Kanal – zwischen Inseln glitten sie hin, dort ragten die Mauern des Klosters von Murano, in das Marcolina sich geflüchtet hatte. Fort war die Gondel, – jetzt hieß es schwimmen –, wie war das schön! Indes spielten freilich die Kinder in Venedig mit seinen Goldstücken; aber was lag ihm an Gold? . . . Das Wasser war bald warm, bald kühl; es tropfte von seinen Kleidern, als er die Mauer hinankletterte. – Wo ist Marcolina? fragte er im Sprechsaal laut, schallend, wie nur ein Fürst fragen darf. Ich werde sie rufen, sagte die Herzogin-Äbtissin und versank. Casanova ging, flog, flatterte hin und her, immer längs der Gitterstäbe, wie eine Fledermaus. Hätte ich das nur früher gewußt, daß ich fliegen kann. Ich werde es auch Marcolina lehren. Hinter den Stäben schwebten weibliche Gestalten. Nonnen – doch sie trugen alle weltliche Tracht. Er wußte es, obwohl er sie gar nicht sah, und er wußte auch, wer sie waren. Henriette war es, die Unbekannte, und die Tänzerin Corticelli und Cristina, die Braut, und die schöne Dubois und die verfluchte Alte aus Solothurn und Manon Balletti . . . und hundert andre, nur Marcolina war nicht unter ihnen! Du hast mich belogen, rief er dem Ruderer zu, der unten in der Gondel wartete; er hatte noch keinen Menschen auf Erden so gehaßt wie den, und er schwor sich zu, eine ausgesuchte Rache an ihm zu nehmen. Aber war es nicht auch eine Narrheit, daß er Marcolina im Kloster von Murano gesucht hatte, da sie doch zu Voltaire gereist war? Wie gut, daß er fliegen konnte, einen Wagen hätte er doch nicht mehr bezahlen können. Und er schwamm davon; aber nun war das gar kein solches Glück mehr, als er gedacht hatte; es wurde kalt und immer kälter, er trieb im offenen Meer, weit von Murano, weit von Venedig – kein Schiff ringsum, seine schwere goldgestickte Gewandung zog ihn nach unten; er versuchte sich ihrer zu entledigen, doch es war unmöglich, da er sein Manuskript in der Hand hielt, das er Herrn Voltaire überreichen mußte, – er bekam Wasser in den Mund, in die Nase, Todesangst überfiel ihn, er griff um sich, er röchelte, er schrie und öffnete mühselig die Augen.

Durch einen schmalen Spalt zwischen Vorhang und Fensterrand war ein Strahl der Dämmerung hereingebrochen. Marcolina, in ihr weißes Nachtgewand gehüllt, das sie mit beiden Händen über der Brust zusammenhielt, stand am Fußende des Bettes und betrachtete Casanova mit einem Blick unnennbaren Grauens, der ihn sofort und völlig wach machte. Unwillkürlich, wie mit einer Gebärde des Flehens, streckte er die Arme nach ihr aus. Marcolina, wie zur Erwiderung, wehrte mit einer Bewegung ihrer Linken ab, während sie mit der Rechten ihr Gewand über der Brust noch krampfhafter zusammenfaßte. Casanova erhob sich halb, sich mit beiden Händen auf das Lager stützend, und starrte sie an. Er vermochte den Blick von ihr so wenig abzuwenden als sie von ihm. Wut und Scham war in dem seinen, in dem ihren Scham und Entsetzen. Und Casanova wußte, wie sie ihn sah; denn er sah sich selbst gleichsam im Spiegel der Luft und erblickte sich so, wie er sich gestern in dem Spiegel gesehen, der im Turmgemach gehangen: ein gelbes böses Antlitz mit tiefgegrabenen Falten, schmalen Lippen, stechenden Augen – und überdies von den Ausschweifungen der verflossenen Nacht, dem gehetzten Traum des Morgens, der furchtbaren Erkenntnis des Erwachens dreifach verwüstet. Und was er in Marcolinens Blick las, war nicht, was er tausendmal lieber darin gelesen: Dieb – Wüstling – Schurke –; er las nur dies eine –, das ihn schmachvoller zu Boden schlug als alle andern Beschimpfungen vermocht hätten – er las das Wort, das ihm von allen das furchtbarste war, da es sein endgültiges Urteil sprach: Alter Mann. – Wäre es in diesem Augenblick in seiner Macht gestanden, sich selbst durch ein Zauberwort zu vernichten – er hätte es getan, nur um nicht unter der Decke hervorkriechen und sich Marcolinen in seiner Blöße zeigen zu müssen, die ihr verabscheuungswürdiger dünken mußte als der Anblick eines ekelhaften Tieres. – Sie aber, wie allmählich zur Besinnung kommend, und offenbar in dem Bedürfnis, ihm möglichst rasch zu dem Gelegenheit zu geben, was doch unerläßlich war, kehrte ihr Gesicht nach der Wand, und er benutzte die Zeit, um aus dem Bette zu steigen, den Mantel vom Boden aufzunehmen und sich darein zu hüllen. Auch seines Degens versicherte er sich sofort, und nun, da er sich zum mindesten der schlimmsten Schmach, der Lächerlichkeit entronnen dünkte, dachte er schon daran, ob er nicht etwa die ganze, für ihn so klägliche Angelegenheit durch wohlgesetzte Worte, um die er ja sonst nicht verlegen war, in ein andres Licht rücken, ja irgendwie zu seinen Gunsten wenden könnte. Daß Lorenzi Marcolina an ihn verkauft hatte, daran konnte nach der Lage der Dinge kein Zweifel für sie sein; – aber wie tief sie den Elenden in diesem Augenblick auch hassen mochte, Casanova fühlte, daß er, der feige Dieb, ihr noch tausendmal hassenswerter erscheinen mußte. Etwas andres verhieß vielleicht eher Genugtuung: Marcolina mit anspielungsreicher, mit höhnischlüsterner Rede zu erniedrigen: – doch auch dieser tückische Einfall schwand dahin vor einem Blick, dessen entsetzensvoller Ausdruck sich allmählich in eine unendliche Traurigkeit gewandelt hatte, als wäre es nicht nur Marcolinens Weiblichkeit, die Casanova geschändet – nein, als hätte in dieser Nacht List gegen Vertrauen, Lust gegen Liebe, Alter gegen Jugend sich namenlos und unsühnbar vergangen. Unter diesem Blick, der zu Casanovas schlimmster Qual alles, was noch gut in ihm war, für eine kurze Weile neu entzündete, wandte er sich ab; – ohne sich noch einmal nach Marcolinen umzusehen, ging er ans Fenster, raffte den Vorhang zur Seite, öffnete Fenster und Gitter, warf einen Blick in den dämmernden Garten, der noch zu schlummern schien, und schwang sich über die Brüstung ins Freie. Da er die Möglichkeit erwog, daß irgendwer im Hause schon erwacht sein und ihn von einem Fenster aus erblicken könnte, vermied er die Wiese und ließ sich von der Allee in ihren schützenden Schatten aufnehmen. Er trat durch die Gartentür ins Freie hinaus und hatte kaum hinter sich zugeschlossen, als ihm jemand entgegentrat und den Weg verstellte. Der Ruderer . . . war sein erster Gedanke. Denn nun wußte er plötzlich, daß der Gondelführer in seinem Traum niemand andrer gewesen war als Lorenzi. Da stand er. Sein roter Waffenrock mit der silbernen Verschnürung brannte durch den Morgen. Welche prächtige Uniform, dachte Casanova in seinem verwirrten und ermüdeten Gehirn, sieht sie nicht aus wie neu? – Und ist sicher nicht bezahlt . . . Diese nüchternen Erwägungen brachten ihn völlig zur Besinnung, und sobald er sich der Lage bewußt war, fühlte er sich froh. Er nahm seine stolzeste Haltung an, faßte den Degengriff unter dem hüllenden Mantel fester und sagte im liebenswürdigsten Ton: »Finden Sie nicht, Herr Leutnant Lorenzi, daß Ihnen dieser Einfall etwas verspätet kommt?« – »Doch nicht«,

erwiderte Lorenzi – und er war schöner in diesem Augenblick
als irgendein Mensch, den Casanova je gesehen –, »da doch
nur einer von uns den Platz lebend verlassen wird.« – »Sie
haben es eilig, Lorenzi«, sagte Casanova in einem fast wei-
chen Ton, »wollen wir die Sache nicht wenigstens bis Mantua
aufschieben? Es wird mir eine Ehre sein, Sie in meinem Wagen
mitzunehmen. Er wartet an der Straßenbiegung. Auch hätte
es manches für sich, wenn die Formen gewahrt würden . . .
gerade in unserm Fall.« –»Es bedarf keiner Formen. Sie,
Casanova, oder ich, – und noch in dieser Stunde.« Er zog den
Degen. Casanova zuckte die Achseln. »Wie Sie wünschen,
Lorenzi. Aber ich möchte Ihnen doch zu bedenken geben, daß
ich leider gezwungen wäre, in einem völlig unangemessenen
Kostüm anzutreten.« Er schlug den Mantel auseinander und
stand nackt da, den Degen wie spielend in der Hand. In Lorenzis Augen stieg eine Welle von Haß. »Sie sollen nicht im
Nachteil mir gegenüber sein«, sagte er und begann mit großer
Geschwindigkeit, sich all seiner Kleidungsstücke zu entledigen.
Casanova wandte sich ab und hüllte sich solange wieder in
seinen Mantel, da es trotz der allmählich durch den Morgen-
dunst brechenden Sonne nun empfindlich kühl geworden war.
Von den Bäumen, die spärlich auf der Höhe des Hügels standen, fielen lange Schatten über den Rasen hin. Einen Moment
lang dachte Casanova, ob nicht am Ende jemand hier vorbei-
kommen könnte? Doch der Pfad, der längs der Mauer zur
rückwärtigen Gartentür lief, wurde wohl nur von Olivo und
den Seinen benutzt. Es fiel Casanova ein, daß er nun vielleicht
die letzten Minuten seines Daseins durchlebte, und er wunderte sich, daß er vollkommen ruhig war. Herr Voltaire hat
Glück, dachte er flüchtig; aber im Grunde war ihm Voltaire
höchst gleichgültig, und er hätte gewünscht, in dieser Stunde
holdere Bilder vor seine Seele zaubern zu können als das
widerliche Vogelgesicht des alten Literaten. War es übrigens
nicht sonderbar, daß jenseits der Mauer in den Wipfeln der
Bäume keine Vögel sangen? Das Wetter würde sich wohl
ändern. Doch was ging ihn das Wetter an? Er wollte lieber
Marcolinens gedenken, der Wonnen, die er in ihren Armen
genossen, und die er nun teuer bezahlen sollte. Teuer? – Wohl-
feil genug! Ein paar Greisenjahre – in Elend und Niedrigkeit . . .
Was hatte er noch zu tun auf der Welt? . . . Herrn Bragadino
vergiften? – War es der Mühe wert? Nichts war der Mühe
wert . . . Wie dünn dort oben die Bäume standen! Er begann
sie zu zählen. Fünf . . . sieben . . . zehn – Sollte ich nichts Wich-
tigeres zu tun haben? . . . – »Ich bin bereit, Herr Chevalier!«
Rasch wandte sich Casanova um. Lorenzi stand ihm gegenüber, herrlich in seiner Nacktheit wie ein junger Gott. Alles

Gemeine war aus seinem Antlitz weggelöscht; er schien so bereit, zu töten als zu sterben. – Wenn ich meinen Degen hinwürfe? dachte Casanova. Wenn ich ihn umarmte? Er ließ den Mantel von seinen Schultern gleiten und stand nun da wie Lorenzi, schlank und nackt. Lorenzi senkte den Degen zum Gruß nach den Regeln der Fechtkunst, Casanova gab den Gruß zurück; im nächsten Augenblick kreuzten sie die Klingen, und silbernes Morgenlicht spielte glitzernd von Stahl zu Stahl. Wie lang ist es nur her, dachte Casanova, seit ich zum letztenmal einem Gegner mit dem Degen gegenübergestanden bin? Doch keines seiner ernsthafteren Duelle wollte ihm jetzt einfallen, sondern nur die Fechtübungen, die er vor zehn Jahren noch mit Costa, seinem Kammerdiener, abzuhalten pflegte, dem Lumpen, der ihm später mit hundertfünfzigtausend Lire durchgegangen war. Immerhin, dachte Casanova, er war ein tüchtiger Fechter; – und auch ich habe nichts verlernt! Sein Arm war sicher, seine Hand war leicht, sein Auge blickte so scharf wie je. Eine Fabel ist Jugend und Alter, dachte er ... Bin ich nicht ein Gott? Wir beide nicht Götter? Wer uns jetzt sähe! – Es gäbe Damen, die sich's was kosten ließen. Die Schneiden bogen sich, die Spitzen flirrten; nach jeder Berührung der Klingen sang es leise in der Morgenluft nach. Ein Kampf? Nein, ein Turnier ... Warum dieser Blick des Entsetzens, Marcolina? Sind wir nicht beide deiner Liebe wert? Er ist nur jung, ich aber bin Casanova! ... Da sank Lorenzi hin, mit einem Stich mitten ins Herz. Der Degen entfiel seiner Hand, er riß die Augen weit auf, wie im höchsten Erstaunen, hob noch einmal das Haupt, seine Lippen verzogen sich schmerzlich, er ließ das Haupt sinken, seine Nasenflügel öffneten sich weit, ein leises Röcheln, er starb. – Casanova beugte sich zu ihm hinab, kniete neben ihm nieder, sah ein paar Blutstropfen aus der Wunde sickern, führte die Hand ganz nahe an des Gefallenen Mund; kein Hauch des Lebens berührte sie. Ein kühler Schauer floß durch Casanovas Glieder. Er erhob sich und nahm seinen Mantel um. Dann trat er wieder an die Leiche und blickte auf den Jünglingsleib hinab, der in unvergleichlicher Schönheit auf dem Rasen hingestreckt lag. Ein leises Rauschen ging durch die Stille; es war der Morgenwind, der durch die Wipfel jenseits der Gartenmauer strich. Was tun? fragte sich Casanova. Leute rufen? Olivo? Amalia? Marcolina? – Wozu? Lebendig macht ihn keiner mehr! – Er überlegte mit der kalten Ruhe, die ihm in den gefährlichsten Momenten seines Daseins immer eigen gewesen war. – Bis man ihn findet, kann es viele Stunden dauern, vielleicht bis zum Abend, auch länger. Bis dahin hab' ich Zeit gewonnen, und darauf allein kommt es an. – Er hielt immer noch seinen

Degen in der Hand, er sah Blut daran schimmern und wischte es im Grase ab. Der Einfall kam ihm, die Leiche anzukleiden, aber das hätte ihn Minuten verlieren lassen, die kostbar und unwiederbringlich waren. Wie zu einem letzten Opfer beugte er sich nochmals nieder und drückte dem Toten die Augen zu. »Glücklicher«, sagte er vor sich hin, und, wie in traumhafter Benommenheit, küßte er den Ermordeten auf die Stirn. Dann erhob er sich rasch und eilte, der Mauer entlang, um die Ecke, nach abwärts biegend, der Straße zu. Der Wagen stand an der Kreuzung, wo er ihn verlassen, der Kutscher war auf dem Bock fest eingeschlafen. Casanova hatte acht, ihn nicht aufzuwecken, stieg mit äußerster Vorsicht ein, und jetzt erst rief er ihn an. »He! Wird's bald?« und puffte ihn in den Rücken. Der Kutscher schrak auf, schaute um sich, staunte, daß es schon ganz licht war, dann hieb er auf die Rosse ein und fuhr davon. Casanova lehnte sich tief zurück, in den Mantel gehüllt, der einmal Lorenzi gehört hatte. Im Dorf waren nur ein paar Kinder auf der Straße zu sehen; die Männer und Weiber offenbar schon alle bei der Arbeit auf dem Feld. Als die Häuser hinter ihnen lagen, atmete Casanova auf; er öffnete den Reisesack, nahm seine Sachen heraus und begann sich unter dem Schutz des Mantels anzukleiden, nicht ohne Sorge, daß der Kutscher sich umdrehen und ihm seines Fahrgastes sonderbares Gebaren auffallen könnte. Doch nichts dergleichen geschah; Casanova konnte sich ungestört fertigmachen, brachte Lorenzis Mantel im Sack unter und nahm wieder den seinen um. Er blickte nach dem Himmel, der sich indes getrübt hatte. Er fühlte sich nicht müde, vielmehr aufs höchste angespannt und überwach. Er überdachte seine Lage und kam, wie immer er sie betrachtete, zu dem Schluß, daß sie wohl einigermaßen bedenklich war, aber nicht so gefährlich, wie sie ängstlichern Gemütern vielleicht erschienen wäre. Daß man ihn sofort verdächtigen würde, Lorenzi getötet zu haben, war freilich wahrscheinlich; aber keiner konnte zweifeln, daß es im ehrlichen Zweikampf geschehen war, und besser noch: er war von Lorenzi überfallen, zum Duell gezwungen worden, und niemand durfte es ihm als Verbrechen anrechnen, daß er sich zur Wehr gesetzt hatte. Aber warum hatte er ihn auf dem Rasen liegen lassen wie einen toten Hund? Auch das durfte ihm niemand zum Vorwurf machen: rasche Flucht war sein gutes Recht, beinahe seine Pflicht gewesen. Lorenzi hätte es nicht anders gemacht. Aber konnte ihn Venedig nicht ausliefern? Sofort nach seiner Ankunft wollte er sich in den Schutz seines Gönners Bragadino stellen. Aber bezichtigte er sich so nicht selbst einer Tat, die am Ende unentdeckt bleiben oder doch nicht ihm zur Last gelegt werden würde? Gab es überhaupt einen

Beweis gegen ihn? War er nicht nach Venedig berufen? Wer durfte sagen, daß es eine Flucht war? Der Kutscher etwa, der die halbe Nacht an der Straße gewartet? Mit noch ein paar Goldstücken war ihm das Maul gestopft. So liefen seine Gedanken im Kreise. Plötzlich war ihm, als hörte er hinter seinem Rücken das Getrabe von Pferden. Schon? war sein erster Gedanke. Er steckte den Kopf zum Wagenfenster hinaus, sah nach rückwärts, die Straße war leer. Sie waren an einem Gehöft vorbeigefahren; es war der Widerhall vom Hufschlag seiner eignen Pferde gewesen. Daß er sich getäuscht hatte, beruhigte ihn für eine Weile so sehr, als wäre nun jede Gefahr für allemal vorüber. Dort ragten die Türme von Mantua ... »Vorwärts, vorwärts«, sagte er vor sich hin; denn er wollte gar nicht, daß es der Kutscher hörte. Der aber, in der Nähe des Ziels, ließ die Rosse aus eignem Antrieb immer rascher laufen; bald waren sie am Tor, durch das Casanova vor noch nicht zweimal vierundzwanzig Stunden mit Olivo die Stadt verlassen; er gab dem Kutscher den Namen des Gasthofs an, vor dem er zu halten hätte; nach wenigen Minuten zeigte sich das Schild mit dem goldenen Löwen, und Casanova sprang aus dem Wagen. In der Tür stand die Wirtin; frisch, mit lachendem Gesicht, und schien nicht übel gelaunt, Casanova zu empfangen, wie man eben einen Geliebten empfängt, der nach unerwünschter Abwesenheit als ein Heißersehnter wiederkehrt; er aber wies mit einem ärgerlichen Blick auf den Kutscher wie auf einen lästigen Zeugen und hieß ihn dann, sich an Speise und Trank nach Herzenslust gütlich tun. »Ein Brief aus Venedig ist gestern abend für Sie angekommen, Herr Chevalier«, sagte die Wirtin. – »Noch einer?« fragte Casanova und lief die Treppen hinauf in sein Zimmer. Die Wirtin folgte ihm. Auf dem Tisch lag ein versiegeltes Schreiben. In höchster Erregung öffnete es Casanova. – Ein Widerruf? dachte er in Angst. Doch als er gelesen, erheiterte sich sein Gesicht. Es waren ein paar Zeilen von Bragadino mit einer Anweisung auf zweihundertfünfzig Lire, die beilag, damit er seine Reise, wenn er etwa dazu entschlossen, auch nicht einen Tag länger aufzuschieben genötigt sei. Casanova wandte sich zu der Wirtin und erklärte ihr mit einer angenommenen verdrießlichen Miene, daß er leider gezwungen sei, schon in dieser selben Stunde seine Reise fortzusetzen, wenn er nicht Gefahr laufen wolle, die Stelle zu verlieren, die ihm sein Freund Bragadino in Venedig verschafft habe, und um die hundert Bewerber da seien. Aber, setzte er gleich hinzu, als er bedrohliche Wolken auf der Wirtin Stirn aufziehen sah, er wolle sich die Stelle nur erst einmal sichern, sein Dekret – nämlich als Sekretär des Hohen Rats von Venedig – in Empfang nehmen, dann, wenn er einmal in Amt und Würden sei, werde er sofort einen Urlaub verlangen, um seine Angelegenheiten in Mantua zu ordnen, den könne man ihm natürlich nicht verweigern; er lasse ja sogar seine meisten Habseligkeiten hier zurück – und dann, dann hänge es nur von seiner teuern, von seiner entzückenden Freundin ab, ob sie nicht ihr Wirtsgeschäft hier aufgeben und ihm als seine Gattin nach Venedig folgen wolle ... Sie fiel ihm um den Hals und fragte ihn mit schwimmenden Augen, ob sie ihm nicht vor seiner Abfahrt wenigstens ein tüchtiges Frühstück ins Zimmer bringen dürfe. Er wußte, daß es auf eine Abschiedsfeier abgesehen war, zu der er nicht das geringste Verlangen verspürte, doch er erklärte sich einverstanden, um sie nur endlich einmal los zu sein; als sie die Treppe hinunter war, packte er noch von Wäsche und Büchern, was er am dringendsten benötigte, in seine Tasche, begab sich in die Wirtsstube, wo er den Kutscher bei einem reichlichen Mahle fand, und fragte ihn, ob er – gegen eine Summe, die den gewöhnlichen Preis um das Doppelte überstieg – bereit wäre, sofort mit den gleichen Pferden in der Richtung gegen Venedig zu fahren, bis zur nächsten Poststation. Der Kutscher schlug ohne weiteres ein, und so war Casanova für den Augenblick die schlimmste Sorge los. Die Wirtin trat ein, zornrot im Gesicht, und fragte ihn, ob er vergessen habe, daß sein Frühstück ihn auf dem Zimmer erwarte. Casanova erwiderte ihr in der unbefangensten Weise, er habe es keineswegs vergessen, und bat sie zugleich, da es ihm an Zeit mangle, das Bankhaus aufzusuchen, auf das sein Wechsel ausgestellt war, ihm gegen die Anweisung, die er ihr überreichte, zweihundertfünfzig Lire auszuhändigen. Während sie lief, das Geld zu holen, ging Casanova auf sein Zimmer und begann mit einer wahrhaft tierischen Gier das Essen hinunterzuschlingen, das bereitgestellt war. Er ließ sich nicht stören, da die Wirtin erschien, steckte nur rasch das Geld ein, das sie ihm gebracht hatte; – als er fertig war, wandte er sich der Frau zu, die zärtlich an seine Seite gerückt war, nun endlich ihre Stunde für gekommen hielt und in nicht mißzuverstehender Weise ihre Arme gegen ihn ausbreitete, – er umschlang sie heftig, küßte sie auf beide Wangen, drückte sie an sich, und als sie bereit schien, ihm nichts mehr zu versagen, riß er sich mit den Worten: »Ich muß fort ... auf Wiedersehen!« so heftig von ihr los, daß sie nach rückwärts in die Ecke des Sofas fiel. Der Ausdruck ihrer Mienen, in seiner Mischung von Enttäuschung, Zorn, Ohnmacht, hatte etwas so unwiderstehlich Komisches, daß Casanova, während er die Tür hinter sich zuschloß, sich nicht enthalten konnte, laut aufzulachen.

Daß sein Fahrgast es eilig hatte, konnte dem Kutscher nicht entgangen sein; sich über die Gründe Gedanken zu machen, war er nicht verpflichtet; jedenfalls saß er fahrtbereit auf dem Bock, als Casanova aus der Tür des Gasthofs trat, und hieb mächtig auf die Pferde ein, sobald jener eingestiegen war. Auch hielt er es für richtig, nicht mitten durch die Stadt zu fahren, sondern umkreiste sie, um an ihrem andern Ende wieder auf die Landstraße zu geraten. Noch stand die Sonne nicht hoch, es fehlten drei Stunden auf Mittag. Casanova dachte: Es ist sehr wohl möglich, daß man den toten Lorenzi noch nicht einmal gefunden hat. Daß er selbst Lorenzi umgebracht hatte, kam ihm kaum recht zu Bewußtsein; er war nur froh, daß er sich immer weiter von Mantua entfernte, daß ihm endlich für eine Weile Ruhe gegönnt war ... Er verfiel in den tiefsten Schlaf seines Lebens, der gewissermaßen zwei Tage und zwei Nächte dauerte; denn die kurzen Unterbrechungen, die das Wechseln der Pferde notwendig machte, und während deren er in Wirtsstuben saß, vor Posthäusern auf und ab ging, mit Postmeistern, Wirten, Zollwächtern, Reisenden gleichgültige Zufallsworte tauschte, hatte er als Einzelvorfälle nicht im Gedächtnis zu bewahren vermocht. So floß später die Erinnerung dieser zwei Tage und Nächte mit dem Traum zusammen, den er in Marcolinens Bett geträumt, und auch der Zweikampf der zwei nackten Menschen auf einem grünen Rasen im Frühsonnenschein gehörte irgendwie zu diesem Traum, in dem er manchmal in einer rätselhaften Weise nicht Casanova, sondern Lorenzi, nicht der Sieger, sondern der Gefallene, nicht der Entfliehende, sondern der Tote war, um dessen blassen Jünglingsleib einsamer Morgenwind spielte; und beide, er selbst und Lorenzi, waren nicht wirklicher als die Senatoren in den roten Purpurmänteln, die als Bettler vor ihm auf den Knien herumgerutscht waren, und nicht weniger wirklich als jener ans Geländer irgendeiner Brücke gelehnte Alte, dem er in der Abenddämmerung aus dem Wagen ein Almosen zugeworfen hatte. Hätte Casanova nicht mittelst seiner Urteilskraft das Erlebte und Geträumte auseinanderzuhalten vermocht, so hätte er sich einbilden können, daß er in Marcolinens Armen in einen wirren Traum verfallen war, aus dem er erst beim Anblick des Campanile von Venedig erwachte.
Es war am dritten Morgen seiner Reise, daß er, von Mestre aus, den Glockenturm nach mehr als zwanzig Jahren der Sehnsucht zum erstenmal wieder erschaute, – ein graues Steingebilde, das einsam ragend aus der Dämmerung wie aus weiter Ferne vor ihm auftauchte. Aber er wußte, daß ihn jetzt nur mehr eine Fahrt von zwei Stunden von der geliebten Stadt trennte, in der er jung gewesen war. Er entlohnte den

Kutscher, ohne zu wissen, ob es der vierte, fünfte oder sechste war, mit dem er seit Mantua abzurechnen hatte, und eilte, von einem Jungen gefolgt, der ihm das Gepäck nachtrug, durch die armseligen Straßen zum Hafen, um das Marktschiff zu erreichen, das heute noch, wie vor fünfundzwanzig Jahren, um sechs Uhr nach Venedig abging. Es schien nur noch auf ihn gewartet zu haben; kaum hatte er unter Weibern, die ihre Ware zur Stadt brachten, kleinen Geschäftsleuten, Handwerkern auf einer schmalen Bank seinen Platz eingenommen, als sich das Schiff in Bewegung setzte. Der Himmel war trüb; Dunst lag auf den Lagunen; es roch nach faulem Wasser, nach feuchtem Holz, nach Fischen und nach frischem Obst. Immer höher ragte der Campanile, andre Türme zeichneten sich in der Luft ab, Kirchenkuppeln wurden sichtbar; von irgendeinem Dach, von zweien, von vielen glänzte der Strahl der Morgensonne ihm entgegen; – Häuser rückten auseinander, wuchsen in die Höhe; Schiffe, größere und kleinere, tauchten aus dem Nebel; Grüße von einem zum andern wurden getauscht. Das Geschwätz rings um ihn wurde lauter; ein kleines Mädchen bot ihm Trauben zum Kauf; er verzehrte die blauen Beeren, spuckte die Schalen nach der Art seiner Landsleute hinter sich über Bord und ließ sich in ein Gespräch mit irgendeinem Menschen ein, der seine Befriedigung darüber äußerte, daß nun endlich schönes Wetter anzubrechen scheine. Wie, es hatte hier drei Tage lang geregnet? Er wußte nichts davon; er kam aus dem Süden, aus Neapel, aus Rom ... Schon fuhr das Schiff durch die Kanäle der Vorstadt; schmutzige Häuser starrten ihn aus trüben Fenstern wie mit blöden fremden Augen an, zwei-, dreimal hielt das Schiff an, ein paar junge Leute, einer mit einer großen Mappe unterm Arm, Weiber mit Körben stiegen aus; – nun kam man in freundlichere Bezirke. War dies nicht die Kirche, in der Martina zur Beichte gegangen war? – Und dies nicht das Haus, in dem er die blasse, todkranke Agathe auf seine Weise wieder rot und gesund gemacht hatte? – Und hatte er in jenem nicht den schuftigen Bruder der reizenden Silvia braun und blau geprügelt? Und in jenem Seitenkanal das kleine gelbliche Haus, auf dessen wasserbespülten Stufen ein dickes Frauenzimmer mit nackten Füßen stand ... Ehe er sich noch zu besinnen vermochte, welche Erscheinung aus fernen Jugendtagen er dahin zu versetzen hatte, war das Schiff in den großen Kanal eingelenkt und fuhr nun auf der breiten Wasserstraße langsam zwischen Palästen weiter. Es war Casanova, von seinem Traume her, als wär' er erst tags vorher denselben Weg gefahren. An der Rialtobrücke stieg er aus; denn eh' er sich zu Herrn Bragadino begab, wollte er in einem nahen kleinen wohlfeilen Gasthof, dessen er sich der Lage, aber nicht dem Namen nach erinnerte, sein Gepäck unterbringen und sich eines Zimmers versichern. Er fand das Haus verfallener, oder mindestens vernachlässigter, als er es im Gedächtnis bewahrt hatte; ein verdrossener unrasierter Kellner wies ihm einen wenig freundlichen Raum mit der Aussicht auf die fensterlose Mauer eines gegenüberliegenden Hauses an. Doch Casanova wollte keine Zeit verlieren; auch war ihm, da sich seine Barschaft auf der Reise beinahe gänzlich erschöpft hatte, der niedrige Preis des Zimmers sehr erwünscht; so beschloß er, vorläufig hier zu bleiben, befreite sich vom Staub und Schmutz der langen Reise, überlegte eine Weile, ob er sich in sein Prachtgewand werfen sollte, fand es dann doch angemessen, wieder das bescheidenere anzulegen, und verließ endlich den Gasthof. Nur hundert Schritte waren es, durch ein schmales Gäßchen und über eine Brücke, zu dem kleinen vornehmen Palazzo, in dem Bragadino wohnte. Ein junger Bedienter mit einem ziemlich unverschämten Gesicht nahm Casanovas Anmeldung entgegen, tat, als wenn er den berühmten Namen niemals gehört hätte, kam aber mit einer etwas freundlicheren Miene aus den Gemächern seines Herrn wieder und ließ den Gast eintreten. Bragadino saß an einem nah ans offene Fenster gerückten Tisch beim Frühstück; er wollte sich erheben, was Casanova nicht zuließ. – »Mein teurer Casanova«, rief Bragadino aus, »wie glücklich bin ich, Sie wiederzusehen! Ja, wer hätte gedacht, daß wir uns überhaupt jemals wiedersehen würden?« Und er streckte ihm beide Hände entgegen. Casanova ergriff sie, als wenn er sie küssen wollte, tat es aber nicht und erwiderte die herzliche Begrüßung mit Worten heißen Dankes in der etwas hochtrabenden Art, von der seine Ausdrucksweise bei solchen Gelegenheiten nicht frei war. Bragadino forderte ihn auf, Platz zu nehmen, und fragte ihn vor allem, ob er schon gefrühstückt habe. Als Casanova verneinte, klingelte Bragadino dem Diener und gab ihm die entsprechende Weisung. Als der Diener sich entfernt hatte, äußerte Bragadino seine Befriedigung darüber, daß Casanova das Anerbieten des Hohen Rats ohne Vorbehalt angenommen; es werde ihm gewiß nicht zum Nachteil gereichen, daß er sich entschlossen habe, dem Vaterland seine Dienste zu widmen. Casanova erklärte, daß er sich glücklich schätzen werde, die Zufriedenheit des Hohen Rats zu erwerben. – So sprach er und dachte sich sein Teil dabei. Freilich, von irgendwelchem Haß gegen Bragadino verspürte er nichts mehr in sich; eher eine gewisse Rührung über den einfältig gewordenen uralten Mann, der ihm da gegenübersaß mit dünngewordenem weißem Bart und rotgeränderten Augen, und dem die Tasse in der mageren Hand zitterte. Als Casanova ihn zum letztenmal gesehen hatte, mochte Bragadino etwa soviel Jahre zählen als Casanova heute; freilich war er ihm schon damals wie ein Greis erschienen.

Nun brachte der Diener das Frühstück für Casanova, der sich's, ohne sich viel zureden zu lassen, vortrefflich schmecken ließ, da er auf seiner Reise nur hie und da einen spärlichen Imbiß in Hast zu sich genommen. – Ja, Tag und Nacht war er von Mantua bis hierher gereist; – so eilig hatte er's, dem Hohen Rat seine Bereitwilligkeit, dem edlen Gönner seine unauslöschliche Dankbarkeit zu beweisen: dies brachte er zur Entschuldigung vor für die beinahe unanständige Gier, mit der er die dampfende Schokolade schlürfte. Durchs Fenster drangen die tausendfältigen Geräusche des Lebens von den großen und kleinen Kanälen; die Rufe der Gondelführer schwebten eintönig über alle andern hin; irgendwo, nicht zu weit, vielleicht in dem Palast gegenüber – war es nicht der des Fogazzari? – sang eine schöne, ziemlich hohe Frauenstimme Koloraturen; sie gehörte offenbar einem sehr jungen Wesen an, einem Wesen, das noch nicht einmal geboren war zur Zeit, da Casanova aus den Bleikammern entflohen war. – Er aß Zwieback und Butter, Eier, kaltes Fleisch; und entschuldigte sich immer wieder ob seiner Unersättlichkeit bei Bragadino, der ihm vergnügt zusah. »Ich liebe es«, sagte er, »wenn junge Leute Appetit haben! Und soviel ich mich erinnere, mein teurer Casanova, hat es Ihnen daran nie gefehlt!« Und er entsann sich eines Mahls, das er in den ersten Tagen ihrer Bekanntschaft gemeinsam mit Casanova genossen – vielmehr, bei dem er seinem jungen Freunde bewundernd zugeschaut hatte – wie heute; denn er selbst war damals noch nicht so weit gewesen, es war nämlich, kurz nachdem Casanova den Arzt hinausgeworfen, der den armen Bragadino durch die ewigen Aderlässe fast ins Grab gebracht hatte... Sie redeten von vergangenen Zeiten; ja – damals war das Leben in Venedig schöner gewesen als heute. – »Nicht überall«, sagte Casanova und spielte durch ein feines Lächeln auf die Bleidächer an. Bragadino wehrte mit einer Handbewegung ab, als wäre nun nicht die Stunde, sich solcher kleiner Unannehmlichkeiten zu erinnern. Übrigens, er, Bragadino, hatte auch damals alles mögliche versucht, um Casanova vor der Strafe zu retten, wenn auch leider vergeblich. Ja, wenn er schon damals dem Rat der Zehn angehört hätte! –

So kamen sie auf politische Angelegenheiten zu reden, und Casanova erfuhr von dem alten Mann, der, von seinem Thema entzündet, den Witz und die ganze Lebendigkeit seiner jüngeren Jahre wiederzufinden schien, gar Vieles und Merkwürdiges über die bedenkliche Geistesrichtung, der ein Teil der Venezianer Jugend neuerdings anzuhängen, und über die gefährlichen Umtriebe, die sich in unverkennbaren Zeichen anzukündigen begännen; und er war gar nicht übel vorbereitet, als er sich noch am Abend desselben Tags, den er, in sein trübseliges Gasthofzimmer eingeschlossen, nur zur Beschwichtigung seiner vielfach aufgestörten Seele mit dem Ordnen und teilweisen Verbrennen von Papieren verbracht hatte, in das Café Quadri am Markusplatz verfügte, das als Hauptversammlungsort der Freidenker und Umstürzler galt. Durch einen alten Musiker, der ihn sofort wiedererkannte, den einstigen Kapellmeister des Theaters San Samuele, desselben, in dem Casanova vor dreißig Jahren Geige gespielt hatte, wurde er auf die ungezwungenste Weise in eine Gesellschaft von meist jüngern Leuten eingeführt, deren Namen ihm von seinem Morgengespräch mit Bragadino her als besonders verdächtige in Erinnerung verblieben waren. Sein eigner Name aber schien auf die andern keineswegs in der Art zu wirken, die zu erwarten er berechtigt gewesen wäre; ja die meisten wußten offenbar nicht mehr von Casanova, als daß er vor langer Zeit aus irgendeinem Grunde oder vielleicht auch ganz unschuldig in den Bleikammern gefangen gesessen und unter allerlei Fährlichkeiten von dort entkommen war. Das Büchlein, in dem er schon vor Jahren seine Flucht so lebendig geschildert hatte, war zwar nicht unbekannt geblieben, doch mit der gebührenden Aufmerksamkeit schien es niemand gelesen zu haben. Es machte Casanova einigen Spaß, zu denken, daß es nur von ihm abhinge, jedem dieser jungen Herren baldigst zu persönlichen Erfahrungen über die Lebensbedingungen unter den Bleidächern von Venedig und über die Schwierigkeiten des Entkommens zu verhelfen; aber fern davon, einen so boshaften Einfall durchschimmern oder gar erraten zu lassen, verstand er es vielmehr, auch hier den Harmlosen und Liebenswürdigen zu spielen, und unterhielt bald die Gesellschaft nach seiner Art mit der Erzählung von allerlei heitern Abenteuern, die ihm auf seiner letzten Reise von Rom hierher begegnet waren; – Geschichten, die, wenn auch im ganzen ziemlich wahr, in Wirklichkeit immerhin fünfzehn bis zwanzig Jahre zurücklagen. Während man ihm noch angeregt zuhörte, brachte irgendwer mit andern Neuigkeiten die Kunde, daß ein Offizier aus Mantua in der Nähe des Landguts eines Freundes, wo er zu Besuch geweilt, umgebracht und die Leiche von den Räubern bis aufs Hemd ausgeplündert worden wäre. Da dergleichen Überfälle und Mordtaten zu jener Zeit nicht gerade selten vorkamen, erregte der Fall auch in diesem Kreise kein sonderliches Aufsehen, und Casanova fuhr in seiner Erzählung fort, wo man ihn unterbrochen hatte, – als ginge ihn die Sache so wenig an wie die übrigen; ja, von einer Unruhe befreit, die er sich nur nicht recht eingestanden hatte, fand er noch lustigere und frechere Worte als vorher.

Mitternacht war vorbei, als er nach flüchtigem Abschied von seinen neuen Bekannten unbegleitet auf den weiten leeren Platz hinaustrat, über dem sternenlos, doch ruhelos flimmernd ein dunstschwerer Himmel hing. Mit einer Art von schlafwandlerischer Sicherheit, ohne sich eigentlich bewußt zu werden, daß er ihn in dieser Stunde nach einem Vierteljahrhundert zum ersten Male wieder ging, fand er den Weg durch enge Gäßchen zwischen dunklen Häusermauern und über schmale Brückenstege, unter denen die schwärzlichen Kanäle den ewigen Wassern zuzogen, nach seinem elenden Gasthof, dessen Tor erst auf wiederholtes Klopfen sich träg und unfreundlich vor ihm öffnete; – und wenige Minuten später, in einer schmerzenden Müdigkeit, die durch seine Glieder lastete, ohne sie zu lösen, mit einem bittern Nachgeschmack auf den Lippen, den er gleichsam aus dem Innersten seines Wesens nach oben steigen fühlte, warf er sich, nur halb ausgekleidet, auf ein schlechtes Bett, um nach fünfundzwanzig Jahren der Verbannung den ersten, so lang ersehnten Heimatschlaf zu tun, der endlich, bei anbrechendem Morgen, traumlos und dumpf, sich des alten Abenteurers erbarmte.

Anmerkung

Ein Besuch Casanovas bei Voltaire in Ferney hat tatsächlich stattgefunden, doch alle in der vorstehenden Novelle daran geknüpften Folgerungen, wie insbesondre die, daß Casanova sich mit einer gegen Voltaire gerichteten Streitschrift beschäftigt hätte, haben mit der geschichtlichen Wahrheit nichts zu tun. Historisch ist ferner, daß Casanova sich im Alter zwischen fünfzig und sechzig genötigt sah, in seiner Vaterstadt Venedig Spionendienste zu leisten; wie man auch über manche andre frühere Erlebnisse des berühmten Abenteurers, deren im Verlaufe der Novelle beiläufig Erwähnung geschieht, in seinen »Erinnerungen« ausführlichere und getreuere Nachrichten finden kann. Im übrigen ist die ganze Erzählung von »Casanovas Heimfahrt« frei erfunden. A. S.

Cousin Paul
♥
Cissy Mohn

Exhi5

Fräulein Else

»*Du willst wirklich nicht mehr weiterspielen, Else?*« – »Nein, Paul, ich kann nicht mehr. Adieu. – Auf Wiedersehen, gnädige Frau.« – »*Aber, Else, sagen Sie mir doch: Frau Cissy. – Oder lieber noch: Cissy, ganz einfach.*« – »Auf Wiedersehen, Frau Cissy.« – »*Aber warum gehen Sie denn schon, Else? Es sind noch volle zwei Stunden bis zum Dinner.*« – »Spielen Sie nur Ihr Single mit Paul, Frau Cissy, mit mir ist's doch heut' wahrhaftig kein Vergnügen.« – »*Lassen Sie sie, gnädige Frau, sie hat heut' ihren ungnädigen Tag. – Steht dir übrigens ausgezeichnet zu Gesicht, das Ungnädigsein, Else. – Und der rote Sweater noch besser.*« – »Bei Blau wirst du hoffentlich mehr Gnade finden, Paul. Adieu.«
Das war ein ganz guter Abgang. Hoffentlich glauben die zwei nicht, daß ich eifersüchtig bin. – Daß sie was miteinander haben, Cousin Paul und Cissy Mohr, darauf schwör' ich. Nichts auf der Welt ist mir gleichgültiger. – Nun wende ich mich noch einmal um und winke ihnen zu. Winke und lächle. Sehe ich nun gnädig aus? – Ach Gott, sie spielen schon wieder. Eigentlich spiele ich besser als Cissy Mohr; und Paul ist auch nicht gerade ein Matador. Aber gut sieht er aus – mit dem offenen Kragen und dem Bösen-Jungen-Gesicht. Wenn er nur weniger affektiert wäre. Brauchst keine Angst zu haben, Tante Emma . . .
Was für ein wundervoller Abend! Heut' wär' das richtige Wetter gewesen für die Tour auf die Rosettahütte. Wie herrlich der Cimone in den Himmel ragt! – Um fünf Uhr früh wär' man aufgebrochen. Anfangs wär' mir natürlich übel gewesen, wie gewöhnlich. Aber das verliert sich. – Nichts köstlicher als das Wandern im Morgengrauen. – Der einäugige Amerikaner auf der Rosetta hat ausgesehen wie ein Boxkämpfer. Vielleicht hat ihm beim Boxen wer das Aug' ausgeschlagen. Nach Amerika würd' ich ganz gern heiraten, aber keinen Amerikaner. Oder ich heirat' einen Amerikaner und wir leben in Europa. Villa an der Riviera. Marmorstufen ins Meer. Ich liege nackt auf dem Marmor. – Wie lang' ist's her, daß wir in Mentone waren? Sieben oder acht Jahre. Ich war dreizehn oder vierzehn. Ach ja, damals waren wir noch in besseren Verhältnissen. – Es war eigentlich ein Unsinn, die Partie aufzuschieben. Jetzt wären wir jedenfalls schon zurück. – Um vier, wie ich zum Tennis gegangen bin, war der

telegraphisch angekündigte Expreßbrief von Mama noch nicht da. Wer weiß, ob jetzt. Ich hätt' noch ganz gut ein Set spielen können. – Warum grüßen mich diese zwei jungen Leute? Ich kenn' sie gar nicht. Seit gestern wohnen sie im Hotel, sitzen beim Essen links am Fenster, wo früher die Holländer gesessen sind. Hab' ich ungnädig gedankt? Oder gar hochmütig? Ich bin's ja gar nicht. Wie sagte Fred auf dem Weg vom »Coriolan« nach Hause? Frohgemut. Nein, hochgemut. Hochgemut sind Sie, nicht hochmütig, Else. – Ein schönes Wort. Er findet immer schöne Worte. Warum geh' ich so langsam? Fürcht' ich mich am Ende vor Mamas Brief? Nun, Angenehmes wird er wohl nicht enthalten. Expreß! Vielleicht muß ich wieder zurückfahren. O weh! Was für ein Leben – trotz rotem Seidensweater und Seidenstrümpfen. Drei Paar! Die arme Verwandte, von der reichen Tante eingeladen. Sicher bereut sie's schon. Soll ich's dir schriftlich geben, teuere Tante, daß ich an Paul nicht im Traume denke? Ach, an niemanden denke ich. Ich bin nicht verliebt. In niemanden. Und war nur nicht verliebt. Auch in Albert bin ich's nicht gewesen, obwohl ich es mir acht Tage lang eingebildet habe. Ich glaube, ich kann mich nicht verlieben. Eigentlich merkwürdig. Denn sinnlich bin ich gewiß. Aber auch hochgemut und ungnädig, Gott sei Dank. Mit dreizehn war ich vielleicht das einzige Mal wirklich verliebt. In den van Dyck – oder vielmehr in den Abbé des Grieux, und in die Renard auch. Und wie ich sechzehn war, am Wörthersee. – Ach nein, das war nichts. Wozu nachdenken, ich schreibe ja keine Memoiren. Nicht einmal ein Tagebuch wie die Bertha. Fred ist mir sympathisch, nicht mehr. Vielleicht, wenn er eleganter wäre. Ich bin ja doch ein Snob. Der Papa findet's auch und lacht mich aus. Ach, lieber Papa, du machst mir viel Sorgen. Ob er die Mama einmal betrogen hat? Sicher. Öfters. Mama ist ziemlich dumm. Von mir hat sie keine Ahnung. Andere Menschen auch nicht. Fred? – Aber eben nur eine Ahnung. – Himmlischer Abend. Wie festlich das Hotel aussieht. Man spürt: Lauter Leute, denen es gut geht und die keine Sorgen haben. Ich zum Beispiel. Haha! Schad'. Ich wär' zu einem sorgenlosen Leben geboren. Es könnt' so schön sein. Schad'. – Auf dem Cimone liegt ein roter Glanz. Paul würde sagen: Alpenglühen. Das ist noch lang' kein Alpenglühen. Es ist zum Weinen schön. Ach, warum muß man wieder zurück in die Stadt!

»Guten Abend, Fräulein Else.« – »Küss' die Hand, gnädige Frau.« – »Vom Tennis?« – »Sie sieht's doch, warum fragt sie?« »Ja, gnädige Frau.« – Und gnädige Frau machen noch einen Spaziergang?« – »Ja, meinen gewohnten Abendspaziergang. Den Rolleweg. Der geht so schön zwischen den

Wiesen, bei Tag ist er beinahe zu sonnig.« – »Ja, die Wiesen
hier sind herrlich. Besonders im Mondenschein von meinem
Fenster aus.« –
»Guten Abend, Fräulein Else. – Küss' die Hand, gnädige
Frau.« – »Guten Abend, Herr von Dorsday.« – *»Vom Ten-
nis, Fräulein Else?«* – »Was für ein Scharfblick, Herr von
Dorsday.« – *»Spotten Sie nicht, Else.«* – Warum sagt er
nicht Fräulein Else? – *»Wenn man mit dem Rakett so gut
ausschaut, darf man es gewissermaßen auch als Schmuck tragen.«* – Esel, darauf antworte ich gar nicht. »Den ganzen
Nachmittag haben wir gespielt. Wir waren leider nur drei.
Paul, Frau Mohr und ich.« – *»Ich war früher ein enragierter
Tennisspieler.«* – »Und jetzt nicht mehr?« – *»Jetzt bin ich
zu alt dazu.«* – »Ach, alt, in Marienlyst, da war ein fünfund-
sechzigjähriger Schwede, der spielte jeden Abend von sechs
bis acht Uhr. Und im Jahr vorher hat er sogar noch bei einem
Turnier mitgespielt.« – *»Nun, fünfundsechzig bin ich, Gott
sei Dank, noch nicht, aber leider auch kein Schwede.«* Warum
leider? Das hält er wohl für einen Witz. Das beste, ich lächle
höflich und gehe. »Küss' die Hand, gnädige Frau. Adieu, Herr
von Dorsday.« Wie tief er sich verbeugt und was für Augen
er macht. Kalbsaugen. Hab' ich ihn am Ende verletzt mit dem
fünfundsechzigjährigen Schweden? Schad't auch nichts. Frau
Winawer muß eine unglückliche Frau sein. Gewiß schon nah
an fünfzig. Diese Tränensäcke, – als wenn sie viel geweint
hätte. Ach, wie furchtbar, so alt zu sein. Herr von Dorsday
nimmt sich ihrer an. Da geht er an ihrer Seite. Er sieht noch
immer ganz gut aus mit dem graumelierten Spitzbart. Aber
sympathisch ist er nicht. Schraubt sich künstlich hinauf. Was
hilft Ihnen Ihr erster Schneider, Herr von Dorsday? Dorsday!
Sie haben sicher einmal anders geheißen. – Da kommt das
süße kleine Mädel von Cissy mit ihrem Fräulein. – »Grüß
dich Gott, Fritzi. Bon soir, Mademoiselle. Vous allez bien?« –
»Merci, Mademoiselle. Et vous?« – »Was seh' ich, Fritzi, du
hast ja einen Bergstock. Willst du am End' den Cimone be-
steigen?« – *»Aber nein, so hoch hinauf darf ich noch nicht.«*
– »Im nächsten Jahr wirst du es schon dürfen. Pah, Fritzi.
A bientôt, Mademoiselle.« – *»Bon soir, Mademoiselle.«*
Eine hübsche Person. Warum ist sie eigentlich Bonne? Noch
dazu bei Cissy. Ein bitteres Los. Ach Gott, kann mir auch
noch blühen. Nein, ich wüßte mir jedenfalls was Besseres.
Besseres? – Köstlicher Abend. »Die Luft ist wie Champagner«, sagte gestern Doktor Waldberg. Vorgestern hat es auch
einer gesagt. – Warum die Leute bei dem wundervollen Wetter in der Halle sitzen? Unbegreiflich. Oder wartet jeder auf
einen Expreßbrief? Der Portier hat mich schon gesehen; –

wenn ein Expreßbrief für mich da wäre, hätte er mir ihn sofort hergebracht. Also keiner da. Gott sei Dank. Ich werde mich noch ein bißl hinlegen vor dem Diner. Warum sagt Cissy »Dinner«? Dumme Affektation. Passen zusammen, Cissy und Paul. – Ach, wär' der Brief lieber schon da. Am Ende kommt er während des »Dinners«. Und wenn er nicht kommt, hab' ich eine unruhige Nacht. Auch die vorige Nacht hab' ich so miserabel geschlafen. Freilich, es sind gerade diese Tage. Drum hab' ich auch das Ziehen in den Beinen. Dritter September ist heute. Also wahrscheinlich am sechsten. Ich werde heute Veronal nehmen. Oh, ich werde mich nicht daran gewöhnen. Nein, lieber Fred, du mußt nicht besorgt sein. In Gedanken bin ich immer per du mit ihm. – Versuchen sollte man alles, – auch Haschisch. Der Marinefähnrich Brandel hat sich aus China, glaub ich, Haschisch mitgebracht. Trinkt man oder raucht man Haschisch? Man soll prachtvolle Visionen haben. Brandel hat mich eingeladen, mit ihm Haschisch zu trinken oder – zu rauchen – Frecher Kerl. Aber hübsch. –

»Bitte sehr, Fräulein, ein Brief.« – Der Portier! Also doch! – Ich wende mich ganz unbefangen um. Es könnte auch ein Brief von der Karoline sein oder von der Bertha oder von Fred oder Miß Jackson? »Danke schön.« Doch von Mama. Expreß. Warum sagt er nicht gleich ein Expreßbrief? »Oh, ein Expreß!« Ich mach' ihn erst auf dem Zimmer auf und les' ihn in aller Ruhe. – Die Marchesa. Wie jung sie im Halbdunkel aussieht. Sicher fünfundvierzig. Wo werd' ich mit fünfundvierzig sein? Vielleicht schon tot. Hoffentlich. Sie lächelt mich so nett an, wie immer. Ich lasse sie vorbei, nicke ein wenig, – nicht als wenn ich mir eine besondere Ehre daraus machte, daß mich eine Marchesa anlächelt. – »Buona sera.« – Sie sagt mir buona sera. – Jetzt muß ich mich doch wenigstens verneigen. War das zu tief? Sie ist ja um so viel älter. Was für einen herrlichen Gang sie hat. Ist sie geschieden? Mein Gang ist auch schön. Aber – ich weiß es. Ja, das ist der Unterschied. – Ein Italiener könnte mir gefährlich werden. Schade, daß der schöne Schwarze mit dem Römerkopf schon wieder fort ist. »Er sieht aus wie ein Filou«, sagte Paul. Ach Gott, ich hab' nichts gegen Filous, im Gegenteil. – So, da wär ich. Nummer siebenundsiebzig. Eigentlich eine Glücksnummer. Hübsches Zimmer. Zirbelholz. Dort steht mein jungfräuliches Bett. – Nun ist es richtig ein Alpenglühen geworden. Aber Paul gegenüber werde ich es abstreiten. Eigentlich ist Paul schüchtern. Ein Arzt, ein Frauenarzt! Vielleicht gerade deshalb. Vorgestern im Wald, wie wir so weit voraus waren, hätt' er schon etwas unternehmender sein dürfen. Aber dann wäre es ihm übel ergangen. Wirklich unternehmend war eigentlich mir gegenüber noch niemand. Höchstens am Wörthersee vor drei Jahren im Bad. Unternehmend? Nein, unanständig war er ganz einfach. Aber schön. Apoll vom Belvedere. Ich hab' es ja eigentlich nicht ganz verstanden damals. Nun ja mit – sechzehn Jahren. Meine himmlische Wiese! Meine –! Wenn man sich die nach Wien mitnehmen könnte. Zarte Nebel. Herbst? Nun ja, dritter September, Hochgebirge.

Nun, Fräulein Else, möchten Sie sich nicht doch entschließen, den Brief zu lesen? Er muß sich ja gar nicht auf den Papa beziehen. Könnte es nicht auch etwas mit meinem Bruder sein? Vielleicht hat er sich verlobt mit einer seiner Flammen? Mit einer Choristin oder einem Handschuhmädel. Ach nein, dazu ist er wohl doch zu gescheit. Eigentlich weiß ich ja nicht viel von ihm. Wie ich sechzehn war und er einundzwanzig, da waren wir eine Zeitlang geradezu befreundet. Von einer gewissen Lotte hat er mir viel erzählt. Dann hat er plötzlich aufgehört. Diese Lotte muß ihm irgend etwas angetan haben. Und seitdem erzählt er mir nichts mehr. – Nun ist er offen, der Brief, und ich hab' gar nicht bemerkt, daß ich ihn aufgemacht habe. Ich setze mich aufs Fensterbrett und lese ihn. Achtgeben, daß ich nicht hinunterstürze. Wie uns aus San Martino gemeldet wird, hat sich dort im Hotel Fratazza ein beklagenswerter Unfall ereignet. Fräulein Else T., ein neunzehnjähriges bildschönes Mädchen, Tochter des bekannten Advokaten... Natürlich würde es heißen, ich hätte mich umgebracht aus unglücklicher Liebe oder weil ich in der Hoffnung war. Unglückliche Liebe, ah nein.

»Mein liebes Kind« – Ich will mir vor allem den Schluß anschaun. – »Also nochmals, sei uns nicht böse, mein liebes gutes Kind, und sei tausendmal« – Um Gottes willen, sie werden sich doch nicht umgebracht haben! Nein, – in dem Fall wär' ein Telegramm von Rudi da. – »Mein liebes Kind, Du kannst mir glauben, wie leid es mir tut, daß ich Dir in Deine schönen Ferialwochen« – Als wenn ich nicht immer Ferien hätt', »leider – mit einer so unangenehmen Nachricht hineinplatze.« – Einen furchtbaren Stil schreibt Mama – »Aber nach reiflicher Überlegung bleibt mir wirklich nichts anderes übrig. Also, kurz und gut, die Sache mit Papa ist akut geworden. Ich weiß mir nicht zu raten, noch zu helfen.« – Wozu die vielen Worte? – »Es handelt sich um eine verhältnismäßig lächerliche Summe – dreißigtausend Gulden«, lächerlich? – »die in drei Tagen herbeigeschafft sein müssen, sonst ist alles verloren.« Um Gottes willen, was heißt das? – »Denk Dir, mein geliebtes Kind, daß der Baron Höning«, – wie, der Staatsanwalt? – »sich heut' früh den Papa hat kommen lassen. Du weißt ja, wie der Baron den Papa hochschätzt,

ja geradezu liebt. Vor anderthalb Jahren, damals, wie es auch
an einem Haar gehangen hat, hat er persönlich mit den Haupt-
gläubigern gesprochen und die Sache noch im letzten Moment
in Ordnung gebracht. Aber diesmal ist absolut nichts zu machen, wenn das Geld nicht beschafft wird. Und abgesehen
davon, daß wir alle ruiniert sind, wird es ein Skandal, wie er
noch nicht da war. Denk' Dir, ein Advokat, ein berühmter
Advokat, – der, – nein, ich kann es gar nicht niederschreiben.
Ich kämpfe immer mit den Tränen. Du weißt ja, Kind, Du bist
ja klug, wir waren ja, Gott sei's geklagt, schon ein paarmal
in einer ähnlichen Situation, und die Familie hat immer heraus-
geholfen. Zuletzt hat es sich gar um hundertzwanzigtausend
gehandelt. Aber damals hat der Papa einen Revers unter-
schreiben müssen, daß er niemals wieder an die Verwandten,
speziell an den Onkel Bernhard, herantreten wird.« – Na
weiter, weiter, wo will denn das hin? Was kann denn ich
dabei tun? – »Der Einzige, an den man eventuell noch denken könnte, wäre der Onkel Viktor, der befindet sich aber
unglücklicherweise auf einer Reise zum Nordkap oder nach
Schottland« – Ja, der hat's gut, der ekelhafte Kerl – »und
ist absolut unerreichbar, wenigstens für den Moment. An die
Kollegen, speziell Dr. Sch., der Papa schon öfter ausgeholfen
hat« – Herrgott, wie stehn wir da – »ist nicht mehr zu denken, seit er sich wieder verheiratet hat« – also was denn, was
denn, was wollt ihr denn von mir? – »Und da ist nun Dein
Brief gekommen, mein liebes Kind, wo Du unter andern Dorsday erwähnst, der sich auch im Fratazza aufhält, und das ist
uns wie ein Schicksalswink erschienen. Du weißt ja, wie oft
Dorsday in früheren Jahren zu uns gekommen ist« – na, gar
so oft – »es ist der reine Zufall, daß er sich seit zwei, drei
Jahren seltener blicken läßt; er soll in ziemlich festen Banden
sein – unter uns, nichts sehr Feines« – warum ›unter uns‹?
– »Im Residenzklub hat Papa jeden Donnerstag noch immer
seine Whistpartie mit ihm, und im verflossenen Winter hat
er ihm im Prozeß gegen einen anderen Kunsthändler ein
hübsches Stück Geld gerettet. Im übrigen, warum sollst Du es
nicht wissen, er ist schon früher einmal dem Papa beigesprun-
gen.« – Hab' ich mir gedacht – »Es hat sich damals um eine
Bagatelle gehandelt, achttausend Gulden, – aber schließlich –
dreißig bedeuten für Dorsday auch keinen Betrag. Darum
hab' ich mir gedacht, ob Du uns nicht die Liebe erweisen und
mit Dorsday reden könntest« – Was? – »Dich hat er ja
immer besonders gern gehabt« – Hab' nichts davon gemerkt.
Die Wange hat er mir gestreichelt, wie ich zwölf oder dreizehn
Jahre alt war. ›Schon ein ganzes Fräulein.‹ – »Und da Papa
seit den achttausend glücklicherweise nicht mehr an ihn heran-

getreten ist, so wird er ihm diesen Liebesdienst nicht verweigern. Neulich soll er an einem Rubens, den er nach Amerika verkauft hat, allein achtzigtausend verdient haben. Das darfst Du selbstverständlich nicht erwähnen.« – Hältst du mich für eine Gans, Mama? – »Aber im übrigen kannst Du ganz aufrichtig zu ihm reden. Auch, daß der Baron Höning sich den Papa hat kommen lassen, kannst Du erwähnen, wenn es sich so ergeben sollte. Und daß mit den dreißigtausend tatsächlich das Schlimmste abgewendet ist, nicht nur für den Moment, sondern, so Gott will, für immer.« – Glaubst du wirklich, Mama? – »Denn der Prozeß Erbesheimer, der glänzend steht, trägt dem Papa sicher hunderttausend, aber selbstverständlich kann er gerade in diesem Stadium von den Erbesheimers nichts verlangen. Also, ich bitte Dich, Kind, sprich mit Dorsday. Ich versichere Dich, es ist nichts dabei. Papa hätte ihm ja einfach telegraphieren können, wir haben es ernstlich überlegt, aber es ist doch etwas ganz anderes, Kind, wenn man mit einem Menschen persönlich spricht. Am sechsten um zwölf muß das Geld da sein, Doktor F.« – Wer ist Doktor F.? Ach ja, Fiala. – »ist unerbittlich. Natürlich ist da auch persönliche Rancune dabei. Aber da es sich unglücklicherweise um Mündelgelder handelt,« – Um Gottes willen! Papa, was hast du getan? – »kann man nichts machen. Und wenn das Geld am fünften um zwölf Uhr mittags nicht in Fialas Händen ist, wird der Haftbefehl erlassen, vielmehr so lange hält der Baron Höning ihn noch zurück. Also Dorsday müßte die Summe telegraphisch durch seine Bank an Doktor F. überweisen lassen. Dann sind wir gerettet. Im andern Fall weiß Gott, was geschieht. Glaub' mir, Du vergißt Dir nicht das Geringste, mein geliebtes Kind. Papa hatte ja anfangs Bedenken gehabt. Er hat sogar noch Versuche gemacht auf zwei verschiedenen Seiten. Aber er ist ganz verzweifelt nach Hause gekommen.« – Kann Papa überhaupt verzweifelt sein? – »Vielleicht nicht einmal sosehr wegen des Geldes, als darum, weil die Leute sich so schändlich gegen ihn benehmen. Der eine von ihnen war einmal Papas bester Freund. Du kannst Dir denken, wen ich meine.« – Ich kann mir gar nichts denken. Papa hat so viel beste Freunde gehabt und in Wirklichkeit keinen. Warnsdorf vielleicht? – »Um ein Uhr ist Papa nach Hause gekommen, und jetzt ist es vier Uhr früh. Jetzt schläft er endlich, Gott sei Dank.« – Wenn er lieber nicht aufwachte, das wär' das beste für ihn. – »Ich gebe den Brief in aller Früh selbst auf die Post, expreß, da mußt Du ihn vormittag am dritten haben.« – Wie hat sich Mama das vorgestellt? Sie kennt sich doch in diesen Dingen nie aus. – »Also sprich sofort mit Dorsday, ich beschwöre Dich, und telegraphiere sofort, wie es ausgefallen ist. Vor Tante Emma laß Dir um Gottes willen nichts merken, es ist ja traurig genug, daß man sich in einem solchen Fall an die eigene Schwester nicht wenden kann, aber da könnte man ja ebensogut zu einem Stein reden. Mein liebes, liebes Kind, mir tut es ja so leid, daß Du in Deinen jungen Jahren solche Dinge mitmachen mußt, aber glaub' mir, der Papa ist zum geringsten Teil selber daran schuld.« – Wer denn, Mama? – »Nun, hoffen wir zu Gott, daß der Prozeß Erbesheimer in jeder Hinsicht einen Abschnitt in unserer Existenz bedeutet. Nur über diese paar Wochen müssen wir hinaus sein. Es wäre doch ein wahrer Hohn, wenn wegen der dreißigtausend Gulden ein Unglück geschähe?« – Sie meint doch nicht im Ernst, daß Papa sich selber ... Aber wäre – das andere nicht noch schlimmer? – »Nun schließe ich, mein Kind, ich hoffe, Du wirst unter allen Umständen« – Unter allen Umständen? – »noch über die Feiertage, wenigstens bis neunten oder zehnten in San Martino bleiben können. Unseretwegen mußt Du keineswegs zurück. Grüße die Tante, sei nur weiter nett mit ihr. Also nochmals, sei uns nicht böse, mein liebes gutes Kind, und sei tausendmal« – ja, das weiß ich schon.

Also, ich soll Herrn Dorsday anpumpen ... Irrsinnig. Wie stellt sich Mama das vor? Warum hat sich Papa nicht einfach auf die Bahn gesetzt und ist hergefahren? – Wär' grad' so geschwind gegangen wie der Expreßbrief. Aber vielleicht hätten sie ihn auf dem Bahnhof wegen Fluchtverdacht – – Furchtbar, furchtbar! Auch mit den dreißigtausend wird uns ja nicht geholfen sein. Immer diese Geschichten! Seit sieben Jahren! Nein – länger. Wer möcht' mir das ansehen? Niemand sieht mir was an, auch dem Papa nicht. Und doch wissen es alle Leute. Rätselhaft, daß wir uns immer noch halten. Wie man alles gewöhnt! Dabei leben wir eigentlich ganz gut. Mama ist wirklich eine Künstlerin. Das Souper am letzten Neujahrstag für vierzehn Personen – unbegreiflich. Aber dafür meine zwei Paar Ballhandschuhe, die waren eine Affäre. Und wie der Rudi neulich dreihundert Gulden gebraucht hat, da hat die Mama beinah geweint. Und der Papa ist dabei immer gut aufgelegt. Immer? Nein. O nein. In der Oper neulich bei Figaro sein Blick, – plötzlich ganz leer – ich bin erschrocken. Da war er wie ein ganz anderer Mensch. Aber dann haben wir im Grand Hotel soupiert, und er war so glänzend aufgelegt wie nur je.

Und da halte ich den Brief in der Hand. Der Brief ist ja irrsinnig. Ich soll mit Dorsday sprechen? Zu Tod' würde ich mich schämen. – – Schämen, ich mich? Warum? Ich bin ja nicht schuld. – Wenn ich doch mit Tante Emma spräche? Unsinn. Sie hat wahrscheinlich gar nicht so viel Geld zur Verfügung. Der Onkel ist ja ein Geizkragen. Ach Gott, warum habe ich kein Geld? Warum hab' ich mir noch nichts verdient? Warum habe ich nichts gelernt? Oh, ich habe was gelernt! Wer darf sagen, daß ich nichts gelernt habe? Ich spiele Klavier, ich kann Französisch, Englisch, auch ein bißl Italienisch, habe kunstgeschichtliche Vorlesungen besucht – Haha! Und wenn ich schon was Gescheiteres gelernt hätte, was hülfe es mir? Dreißigtausend Gulden hätte ich mir keineswegs erspart. – –

Aus ist es mit dem Alpenglühen. Der Abend ist nicht mehr wunderbar. Traurig ist die Gegend. Nein, nicht die Gegend, aber das Leben ist traurig. Und ich sitz' da ruhig auf dem Fensterbrett. Und der Papa soll eingesperrt werden. Nein. Nie und nimmer. Es darf nicht sein. Ich werde ihn retten. Ja, Papa, ich werde dich retten. Es ist ja ganz einfach. Ein paar Worte ganz nonchalant, das ist ja mein Fall, ›hochgemut‹, – haha, ich werde Herrn Dorsday behandeln, als wenn es eine Ehre für ihn wäre, uns Geld zu leihen. Es ist ja auch eine. – Herr von Dorsday, haben Sie vielleicht einen Moment Zeit für mich? Ich bekomme da eben einen Brief von Mama, sie ist in augenblicklicher Verlegenheit, – vielmehr der Papa – – ›Aber selbstverständlich, mein Fräulein, mit dem größten Vergnügen. Um wieviel handelt es sich denn?‹ – Wenn er mir nur nicht so unsympathisch wäre. Auch die Art, wie er mich ansieht. Nein, Herr Dorsday, ich glaube Ihnen Ihre Eleganz nicht und nicht Ihr Monokel und nicht Ihre Noblesse. Sie könnten ebensogut mit alten Kleidern handeln wie mit alten Bildern. – Aber Else! Else, was fällt dir denn ein. – Oh, ich kann mir das erlauben. Mir sieht's niemand an. Ich bin sogar blond, rötlichblond, und Rudi sieht absolut aus wie ein Aristokrat. Bei der Mama merkt man es freilich gleich, wenigstens im Reden. Beim Papa wieder gar nicht. Übrigens sollen sie es merken. Ich verleugne es durchaus nicht und Rudi erst recht nicht. Im Gegenteil. Was täte der Rudi, wenn der Papa eingesperrt würde? Würde er sich erschießen? Aber Unsinn! Erschießen und Kriminal, all die Sachen gibt's ja gar nicht, die stehn nur in der Zeitung.

Die Luft ist wie Champagner. In einer Stunde ist das Diner, das ›Dinner‹. Ich kann die Cissy nicht leiden. Um ihr Mäderl kümmert sie sich überhaupt nicht. Was zieh' ich an? Das blaue oder das schwarze? Heut' wär' vielleicht das schwarze richtiger. Zu dekolletiert? Toilette de circonstance heißt es in den französischen Romanen. Jedenfalls muß ich berückend aussehen, wenn ich mit Dorsday rede. Nach dem Dinner, nonchalant. Seine Augen werden sich in meinen Ausschnitt bohren. Widerlicher Kerl. Ich hasse ihn. Alle Menschen hasse

ich. Muß es gerade Dorsday sein? Gibt es denn wirklich nur
diesen Dorsday auf der Welt, der dreißigtausend Gulden hat?
Wenn ich mit Paul spräche? Wenn er der Tante sagte, er hat
Spielschulden, – da würde sie sich das Geld sicher verschaffen
können. –
Beinahe schon dunkel. Nacht. Grabesnacht. Am liebsten möcht'
ich tot sein. – Es ist ja gar nicht wahr. Wenn ich jetzt gleich
hinunterginge, Dorsday noch vor dem Diner spräche? Ah, wie
entsetzlich! – Paul, wenn du mir die dreißigtausend ver-
schaffst, kannst du von mir haben, was du willst. Das ist ja
schon wieder aus einem Roman. Die edle Tochter verkauft sich
für den geliebten Vater und hat am End' noch ein Vergnügen
davon. Pfui Teufel! Nein, Paul, auch für dreißigtausend kannst
du von mir nichts haben. Niemand. Aber für eine Million? –
Für ein Palais? Für eine Perlenschnur? Wenn ich einmal hei-
rate, werde ich es wahrscheinlich billiger tun. Ist es denn gar
so schlimm? Die Fanny hat sich am Ende auch verkauft. Sie
hat mir selber gesagt, daß sie sich vor ihrem Manne graust.
Nun, wie wär's, Papa, wenn ich mich heute abend verstei-
gerte? Um dich vor dem Zuchthaus zu retten. Sensation –!
Ich habe Fieber, ganz gewiß. Oder bin ich schon unwohl? Nein,
Fieber habe ich. Vielleicht von der Luft. Wie Champagner. –
Wenn Fred hier wäre, könnte er mir raten? Ich brauche keinen
Rat. Es gibt ja auch nichts zu raten. Ich werde mit Herrn Dorsday aus Eperies sprechen, werde ihn anpumpen, ich, die Hoch-
gemute, die Aristokratin, die Marchesa, die Bettlerin, die Tochter des Defraudanten. Wie komm' ich dazu? Keine klettert so
gut wie ich, keine hat so viel Schneid, – sporting girl, in England hätte ich auf die Welt kommen sollen, oder als
Gräfin.
Da hängen die Kleider im Kasten! Ist das grüne Loden überhaupt schon bezahlt, Mama? Ich glaube nur eine Anzahlung.
Das schwarze zieh' ich an. Sie haben mich gestern alle angestarrt. Auch der blasse kleine Herr mit dem goldenen Zwicker.
Schön bin ich eigentlich nicht, aber interessant. Zur Bühne
hätte ich gehen sollen. Bertha hat schon drei Liebhaber, keiner
nimmt es ihr übel ... In Düsseldorf war es der Direktor. Mit
einem verheirateten Mann war sie in Hamburg und hat im
Atlantic gewohnt, Appartement mit Badezimmer. Ich glaub'
gar, sie ist stolz darauf. Dumm sind sie alle. Ich werde hundert Geliebte haben, tausend, warum nicht? Der Ausschnitt
ist nicht tief genug; wenn ich verheiratet wäre, dürfte er tiefer
sein. – Gut, daß ich Sie treffe, Herr von Dorsday, ich bekomme
da eben einen Brief aus Wien ... Den Brief stecke ich für alle
Fälle zu mir. Soll ich dem Stubenmädchen läuten? Nein, ich
mache mich allein fertig. Zu dem schwarzen Kleid brauche ich

niemanden. Wäre ich reich, würde ich nie ohne Kammerjungfer reisen.

Ich muß Licht machen. Kühl wird es. Fenster zu. Vorhang herunter? – Überflüssig. Steht keiner auf dem Berg drüben mit einem Fernrohr. Schade. – Ich bekomme da eben einen Brief, Herr von Dorsday. – Nach dem Diner wäre es doch vielleicht besser. Man ist in leichterer Stimmung. Auch Dorsday – ich könnt' ja ein Glas Wein vorher trinken. Aber wenn die Sache vor dem Diner abgetan wäre, würde mir das Essen besser schmecken. Pudding à la merveille, fromage et fruits divers. Und wenn Herr von Dorsday nein sagt? – Oder wenn er gar frech wird? Ah nein, mit mir ist noch keiner frech gewesen. Das heißt, der Marinefähnrich Brandl, aber es war nicht bös gemeint. – Ich bin wieder etwas schlanker geworden. Das steht mir gut. – Die Dämmerung starrt herein. Wie ein Gespenst starrt sie herein. Wie hundert Gespenster. Aus meiner Wiese herauf steigen die Gespenster. Wie weit ist Wien? Wie lange bin ich schon fort? Wie allein bin ich da! Ich habe keine Freundin, ich habe auch keinen Freund. Wo sind sie alle? Wen werd' ich heiraten? Wer heiratet die Tochter eines Defraudanten? – Eben erhalte ich einen Brief, Herr von Dorsday. – ›Aber es ist doch gar nicht der Rede wert, Fräulein Else, gestern erst habe ich einen Rembrandt verkauft, Sie beschämen mich, Fräulein Else.‹ Und jetzt reißt er ein Blatt aus seinem Scheckbuch und unterschreibt mit seiner goldenen Füllfeder; und morgen früh fahr' ich mit dem Scheck nach Wien. Jedenfalls; auch ohne Scheck. Ich bleibe nicht mehr hier. Ich könnte ja gar nicht, ich dürfte ja gar nicht. Ich lebe hier als elegante junge Dame, und Papa steht mit einem Fuß im Grab – nein im Kriminal. Das vorletzte Paar Seidenstrümpfe. Den kleinen Riß grad' unterm Knie merkt niemand. Niemand? Wer weiß. Nicht frivol sein, Else. – Bertha ist einfach ein Luder. Aber ist die Christine um ein Haar besser? Ihr künftiger Mann kann sich freuen. Mama war gewiß immer eine treue Gattin. Ich werde nicht treu sein. Ich bin hochgemut, aber ich werde nicht treu sein. Die Filous sind mir gefährlich. Die Marchesa hat gewiß einen Filou zum Liebhaber. Wenn Fred mich wirklich kennte, dann wäre es aus mit seiner Verehrung. – ›Aus Ihnen hätte alles Mögliche werden können, Fräulein, eine Pianistin, eine Buchhalterin, eine Schauspielerin, es stecken so viele Möglichkeiten in Ihnen. Aber es ist Ihnen immer zu gut gegangen.‹ Zu gut gegangen. Haha. Fred überschätzt mich. Ich hab' ja eigentlich zu nichts Talent. – Wer weiß? So weit wie Bertha hätte ich es auch noch gebracht. Aber mir fehlt es an Energie. Junge Dame aus guter Familie. Ha, gute Familie. Der Vater veruntreut Mündelgelder. Warum tust du mir das an, Papa? Wenn du noch etwas davon hättest! Aber an der Börse verspielt! Ist das der Mühe wert? Und die Dreißigtausend werden dir auch nichts helfen. Für ein Vierteljahr vielleicht. Endlich wird er doch durchgehen müssen. Vor anderthalb Jahren war es ja fast schon so weit. Da kam noch Hilfe. Aber einmal wird sie nicht kommen – und was geschieht dann mit uns? Rudi wird nach Rotterdam gehen zu Vanderhulst in die Bank. Aber ich? Reiche Partie. Oh, wenn ich es darauf anlegte! Ich bin heute wirklich schön. Das macht wahrscheinlich die Aufregung. Für wen bin ich schön? Wäre ich froher, wenn Fred hier wäre? Ach, Fred ist im Grunde nichts für mich. Kein Filou! Aber ich nähme ihn, wenn er Geld hätte. Und dann käme ein Filou – und das Malheur wäre fertig. – Sie möchten wohl gern ein Filou sein, Herr von Dorsday; – von weitem sehen Sie manchmal auch so aus. Wie ein verlebter Vicomte, wie ein Don Juan – mit Ihrem blöden Monokel und Ihrem weißen Flanellanzug. Aber ein Filou sind Sie noch lange nicht. – Habe ich alles? Fertig zum ›Dinner‹? – Was tue ich aber eine Stunde lang, wenn ich Dorsday nicht treffe? Wenn er mit der unglücklichen Frau Winawer spazierengeht? Ach, sie ist gar nicht unglücklich, sie braucht keine dreißigtausend Gulden. Also, ich werde mich in die Halle setzen, großartig in einen Fauteuil, schau mir die »Illustrated News« an und die »Vie parisienne«, schlage die Beine übereinander, – den Riß unter dem Knie wird man nicht sehen. Vielleicht ist gerade ein Milliardär angekommen. – Sie oder keine. – Ich nehme den weißen Schal, der steht mir gut. Ganz ungezwungen lege ich ihn um meine herrlichen Schultern. Für wen habe ich sie denn, die herrlichen Schultern? Ich könnte einen Mann sehr glücklich machen. Wäre nur der rechte Mann da. Aber Kind will ich keines haben. Ich bin mütterlich. Marie Weil ist mütterlich. Mama ist mütterlich, Tante Irene ist mütterlich. Ich habe eine edle Stirn und eine schöne Figur. – ›Wenn ich Sie malen dürfte, wie ich wollte, Fräulein Else.‹ – Ja, das möchte Ihnen passen. Ich weiß nicht einmal seinen Namen mehr. Tizian hat er keineswegs geheißen, also war es eine Frechheit. – Eben erhalte ich einen Brief, Herr von Dorsday. – Noch etwas Puder auf den Nacken und Hals, einen Tropfen Verveine ins Taschentuch, Kasten zusperren, Fenster wieder auf, ah, wie wunderbar! Zum Weinen. Ich bin nervös. Ach, soll man nicht unter solchen Umständen nervös sein. Die Schachtel mit dem Veronal hab' ich bei den Hemden. Auch neue Hemden brauchte ich. Das wird wieder eine Affäre sein. Ach Gott.

Unheimlich, riesig der Cimone, als wenn er auf mich herunterfallen wollte! Noch kein Stern am Himmel. Die Luft ist wie

Champagner. Und der Duft von den Wiesen! Ich werde auf dem Land leben. Einen Gutsbesitzer werde ich heiraten, und Kinder werde ich haben. Doktor Froriep war vielleicht der einzige, mit dem ich glücklich geworden wäre. Wie schön waren die beiden Abende hintereinander, der erste bei Kniep, und dann der auf dem Künstlerball. Warum ist er plötzlich verschwunden – wenigstens für mich? Wegen Papa vielleicht? Wahrscheinlich. Ich möchte einen Gruß in die Luft hinausrufen, ehe ich wieder hinuntersteige unter das Gesindel. Aber zu wem soll der Gruß gehen? Ich bin ja ganz allein. Ich bin ja so furchtbar allein, wie es sich niemand vorstellen kann. Sei gegrüßt, mein Geliebter. Wer? Sei gegrüßt, mein Bräutigam! Wer? Sei gegrüßt, mein Freund! Wer? – Fred? – Aber keine Spur. So, das Fenster bleibt offen. Wenn's auch kühl wird. Licht abdrehen. So – Ja richtig, den Brief. Ich muß ihn zu mir nehmen für alle Fälle. Das Buch aufs Nachtkastel, ich lese heut' nacht noch weiter in ›Notre Coeur‹, unbedingt, was immer geschieht. Guten Abend, schönstes Fräulein im Spiegel, behalten Sie mich in gutem Angedenken, auf Wiedersehen . . .

Warum sperre ich die Tür zu? Hier wird nichts gestohlen. Ob Cissy in der Nacht ihre Türe offenläßt? Oder sperrt sie ihm erst auf, wenn er klopft? Ist es denn ganz sicher? Aber natürlich. Dann liegen sie zusammen im Bett. Unappetitlich. Ich werde kein gemeinsames Schlafzimmer haben mit meinem Mann und mit meinen tausend Geliebten. – Leer ist das ganze Stiegenhaus! Immer um diese Zeit. Meine Schritte hallen. Drei Wochen bin ich jetzt da. Am zwölften August bin ich von Gmunden abgereist. Gmunden war langweilig. Woher hat der Papa das Geld gehabt, Mama und mich aufs Land zu schicken? Und Rudi war sogar vier Wochen auf Reisen. Weiß Gott wo. Nicht zweimal hat er geschrieben in der Zeit. Nie werde ich unsere Existenz verstehen. Schmuck hat die Mama freilich keinen mehr. – Warum war Fred nur zwei Tage in Gmunden? Hat sicher auch eine Geliebte! Vorstellen kann ich es mir zwar nicht. Ich kann mir überhaupt gar nichts vorstellen. Acht Tage sind es, daß er mir nicht geschrieben hat. Er schreibt schöne Briefe. – Wer sitzt denn dort an dem kleinen Tisch? Nein, Dorsday ist es nicht. Gott sei Dank. Jetzt vor dem Diner wäre es doch unmöglich, ihm etwas zu sagen. – Warum schaut mich der Portier so merkwürdig an? Hat er am Ende den Expreßbrief von der Mama gelesen? Mir scheint, ich bin verrückt. Ich muß ihm nächstens wieder ein Trinkgeld geben. – Die Blonde da ist auch schon zum Diner angezogen. Wie kann man so dick sein! – Ich werde noch vors Hotel hinaus und ein bißchen auf und abgehen. Oder ins Musikzimmer?

Spielt da nicht wer? Eine Beethovensonate! Wie kann man hier eine Beethovensonate spielen! Ich vernachlässige mein Klavierspiel. In Wien werde ich wieder regelmäßig üben. Überhaupt ein anderes Leben anfangen. Das müssen wir alle. So darf es nicht weitergehen. Ich werde einmal ernsthaft mit Papa sprechen – wenn noch Zeit dazu sein sollte. Es wird, es wird. Warum habe ich es noch nie getan? Alles in unserem Haus wird mit Scherzen erledigt, und keinem ist scherzhaft zumut. Jeder hat eigentlich Angst vor dem andern, jeder ist allein. Die Mama ist allein, weil sie nicht gescheit genug ist und von niemandem was weiß, nicht von mir, nicht von Rudi und nicht vom Papa. Aber sie spürt es nicht, und Rudi spürt es auch nicht. Er ist ja ein netter eleganter Kerl, aber mit einundzwanzig hat er mehr versprochen. Es wird gut für ihn sein, wenn er nach Holland geht. Aber wo werde ich hingehen? Ich möchte fortreisen und tun können, was ich will. Wenn Papa nach Amerika durchgeht, begleite ich ihn. Ich bin schon ganz konfus ... Der Portier wird mich für wahnsinnig halten, wie ich da auf der Lehne sitze und in die Luft starre. Ich werde mir eine Zigarette anzünden. Wo ist meine Zigarettendose? Oben. Wo nur? Das Veronal habe ich bei der Wäsche. Aber wo habe ich die Dose? Da kommen Cissy und Paul. Ja, sie muß sich endlich umkleiden zum ›Dinner‹, sonst hätten sie noch im Dunkeln weitergespielt. – Sie sehen mich nicht. Was sagt er ihr denn? Warum lacht sie so blitzdumm? Wär lustig, ihrem Gatten einen anonymen Brief nach Wien zu schreiben. Wäre ich zu so was imstande? Nie. Wer weiß? Jetzt haben sie mich gesehen. Ich nicke ihnen zu. Sie ärgert sich, daß ich so hübsch aussehe. Wie verlegen sie ist.
»Wie, Else, Sie sind schon fertig zum Diner?« – Warum sagt sie jetzt Diner und nicht Dinner. Nicht einmal konsequent ist sie. – »Wie Sie sehen, Frau Cissy.« – »Du siehst wirklich entzückend aus, Else, ich hätte große Lust, dir den Hof zu machen.« – »Erspar' dir die Mühe, Paul, gib mir lieber eine Zigarette.« – »Aber mit Wonne.« – »Dank' schön. Wie ist das Single ausgefallen?« – »Frau Cissy hat mich dreimal hintereinander geschlagen.« – »Er war nämlich zerstreut. Wissen Sie übrigens, Else, daß morgen der Kronprinz von Griechenland hier ankommt?« – Was kümmert mich der Kronprinz von Griechenland? »So, wirklich?« O Gott, Dorsday mit Frau Winawer! Sie grüßen. Sie gehen weiter. Ich habe zu höflich zurückgegrüßt. Ja, ganz anders als sonst. Oh, was bin ich für eine Person. – »Deine Zigarette brennt ja nicht, Else?« – »Also, gib mir noch einmal Feuer. Danke.« – »Ihr Schal ist sehr hübsch, Else, zu dem schwarzen Kleid steht er Ihnen fabelhaft. Übrigens muß ich mich jetzt auch

umziehen.« – Sie soll lieber nicht weggehen, ich habe Angst vor Dorsday. – *»Und für sieben habe ich mir die Friseurin bestellt, sie ist famos. Im Winter ist sie in Mailand. Also adieu, Else, adieu, Paul.«* – *»Küss' die Hand, gnädige Frau.«* »Adieu, Frau Cissy.« – Fort ist sie. Gut, daß Paul wenigstens da bleibt. *»Darf ich mich einen Moment zu dir setzen, Else, oder stör' ich dich in deinen Träumen?«* – »Warum in meinen Träumen? Vielleicht in meinen Wirklichkeiten.« Das heißt eigentlich gar nichts. Er soll lieber fortgehen. Ich muß ja doch mit Dorsday sprechen. Dort steht er noch immer mit der unglücklichen Frau Winawer, er langweilt sich, ich seh' es ihm an, er möchte zu mir herüberkommen. – *»Gibt es denn solche Wirklichkeiten, in denen du nicht gestört sein willst?«* – Was sagt er da? Er soll zum Teufel gehen. Warum lächle ich ihn so kokett an? Ich mein' ihn ja gar nicht. Dorsday schielt herüber. Wo bin ich? Wo bin ich? *»Was hast du denn heute, Else?«* – »Was soll ich denn haben?« – *»Du bist geheimnisvoll, dämonisch, verführerisch.«* – »Red' keinen Unsinn, Paul.« *»Man könnte geradezu toll werden, wenn man dich ansieht.«* Was fällt ihm denn ein? Wie redet er denn zur mir? Hübsch ist er. Der Rauch meiner Zigarette verfängt sich in seinen Haaren. Aber ich kann ihn jetzt nicht brauchen. – *»Du siehst so über mich hinweg. Warum denn, Else?«* – Ich antworte gar nichts. Ich kann ihn jetzt nicht brauchen. Ich mache mein unausstehlichstes Gesicht. Nur keine Konversation jetzt. – *»Du bist mit deinen Gedanken ganz wo anders.«* – »Das dürfte stimmen.« Er ist Luft für mich. Merkt Dorsday, daß ich ihn erwarte? Ich sehe nicht hin, aber ich weiß, daß er hersieht. – *»Also, leb' wohl, Else.«* – Gott sei Dank. Er küßt mir die Hand. Das tut er sonst nie. »Adieu, Paul.« Wo hab' ich die schmelzende Stimme her? Er geht, der Schwindler. Wahrscheinlich muß er noch etwas abmachen mit Cissy wegen heute nacht. Wünsche viel Vergnügen. Ich ziehe den Schal um meine Schultern und stehe auf und geh' vors Hotel hinaus. Wird freilich schon etwas kühl sein. Schad', daß ich meinen Mantel – Ah, ich habe ihn ja heute früh in die Portierloge hineingehängt. Ich fühle den Blick von Dorsday auf meinem Nacken, durch den Schal. Frau Winawer geht jetzt hinauf in ihr Zimmer. Wieso weiß ich denn das? Telepathie. »Ich bitte Sie, Herr Portier –« *»Fräulein wünschen den Mantel?«* – »Ja, bitte.« – *»Schon etwas kühl die Abende, Fräulein. Das kommt bei uns so plötzlich.«* – »Danke.« Soll ich wirklich vors Hotel? Gewiß, was denn? Jedesfalls zur Türe hin. Jetzt kommt einer nach dem andern. Der Herr mit dem goldenen Zwicker. Der lange Blonde mit der grünen Weste. Alle sehen sie mich an. Hübsch ist diese kleine Gen-

ferin. Nein, aus Lausanne ist sie. Es ist eigentlich gar nicht
so kühl.
»Guten Abend, Fräulein Else.« – Um Gottes willen, er ist es.
Ich sage nichts von Papa. Kein Wort. Erst nach dem Essen.
Oder ich reise morgen nach Wien. Ich gehe persönlich zu
Doktor Fiala. Warum ist mir das nicht gleich eingefallen?
Ich wende mich um mit einem Gesicht, als wüßte ich nicht,
wer hinter mir steht. »Ah, Herr von Dorsday.« – »Sie wol-
len noch einen Spaziergang machen, Fräulein Else?« – »Ach,
nicht gerade einen Spaziergang, ein bißchen auf und ab gehen
vor dem Diner.« – »Es ist fast noch eine Stunde bis dahin.«
– »Wirklich?« Es ist gar nicht so kühl. Blau sind die Berge.
Lustig wär's, wenn er plötzlich um meine Hand anhielte. –
»Es gibt doch auf der Welt keinen schöneren Fleck als diesen
hier.« – »Finden Sie, Herr von Dorsday? Aber bitte, sagen
Sie nicht, daß die Luft hier wie Champagner ist.« – »Nein,
Fräulein Else, das sage ich erst von zweitausend Metern an.
Und hier stehen wir kaum sechzehnhundertfünfzig über dem
Meeresspiegel.« – »Macht das einen solchen Unterschied?« –
»Aber selbstverständlich. Waren Sie schon einmal im Enga-
din?« – »Nein, noch nie. Also dort ist die Luft wirklich wie
Champagner?« – »Man könnte es beinah' sagen. Aber Champagner ist nicht mein Lieblingsgetränk. Ich ziehe diese Gegend
vor. Schon wegen der wundervollen Wälder.« – Wie langweilig er ist. Merkt er das nicht? Er weiß offenbar nicht recht,
was er mit mir reden soll. Mit einer verheirateten Frau wäre
es einfacher. Man sagt eine kleine Unanständigkeit, und die
Konversation geht weiter. – »Bleiben Sie noch längere Zeit
hier in San Martino, Fräulein Else?« – Idiotisch. Warum
schau' ich ihn so kokett an? Und schon lächelt er in der gewissen Weise. Nein, wie dumm die Männer sind. »Das hängt
zum Teil von den Dispositionen meiner Tante ab.« Ist ja gar
nicht wahr. Ich kann ja allein nach Wien fahren. »Wahrscheinlich bis zum zehnten.« – »Die Mama ist wohl noch in Gmunden?« – »Nein, Herr von Dorsday. Sie ist schon in Wien.
Schon seit drei Wochen. Papa ist auch in Wien. Er hat sich
heuer kaum acht Tage Urlaub genommen. Ich glaube, der
Prozeß Erbesheimer macht ihm sehr viel Arbeit.« – »Das
kann ich mir denken. Aber Ihr Papa ist wohl der einzige, der
Erbesheimer herausreißen kann . . . Es bedeutet ja schon einen
Erfolg, daß es überhaupt eine Zivilsache geworden ist.« – Das
ist gut, das ist gut. »Es ist mir angenehm zu hören, daß auch
Sie ein so günstiges Vorgefühl haben.« – »Vorgefühl? Inwiefern?« – »Ja, daß der Papa den Prozeß für Erbesheimer
gewinnen wird.« – »Das will ich nicht einmal mit Bestimmtheit behauptet haben.« – Wie, weicht er schon zurück? Das

soll ihm nicht gelingen. »Oh, ich halte etwas von Vorgefühlen und Ahnungen. Denken Sie, Herr von Dorsday, gerade heute habe ich einen Brief von zu Hause bekommen.« Das war nicht sehr geschickt. Er macht ein etwas verblüfftes Gesicht. Nur weiter, nicht schlucken. Er ist ein guter alter Freund von Papa. Vorwärts. Vorwärts. Jetzt oder nie. »Herr von Dorsday, Sie haben eben so lieb von Papa gesprochen, es wäre geradezu häßlich von mir, wenn ich nicht ganz aufrichtig zu Ihnen wäre.« Was macht er denn für Kalbsaugen? O weh, er merkt was. Weiter, weiter. »Nämlich in dem Brief ist auch von Ihnen die Rede, Herr von Dorsday. Es ist nämlich ein Brief von Mama.« – *So.* « – »Eigentlich ein sehr trauriger Brief. Sie kennen ja die Verhältnisse in unserem Haus, Herr von Dorsday.« – Um Himmels willen, ich habe ja Tränen in der Stimme. Vorwärts, vorwärts, jetzt gibt es kein Zurück mehr. Gott sei Dank. »Kurz und gut, Herr von Dorsday, wir wären wieder einmal so weit.« – Jetzt möchte er am liebsten verschwinden. »Es handelt sich – um eine Bagatelle. Wirklich nur um eine Bagatelle, Herr von Dorsday. Und doch, wie Mama schreibt, steht alles auf dem Spiel.« Ich rede so blöd' daher wie eine Kuh. – *»Aber beruhigen Sie sich doch, Fräulein Else.«* – Das hat er nett gesagt. Aber meinen Arm brauchte er darum nicht zu berühren. – *»Also was gibt's denn eigentlich, Fräulein Else? Was steht denn in dem traurigen Brief von Mama?«* – »Herr von Dorsday, der Papa« – Mir zittern die Knie. »Die Mama schreibt mir, daß der Papa« – *»Aber um Gottes willen, Else, was ist Ihnen denn? Wollen Sie nicht lieber – hier ist eine Bank. Darf ich Ihnen den Mantel umgeben? Es ist etwas kühl.«* – »Danke, Herr von Dorsday, oh, es ist nichts, gar nichts besonderes.« So, da sitze ich nun plötzlich auf der Bank. Wer ist die Dame, die da vorüberkommt? Kenn' ich gar nicht. Wenn ich nur nicht weiterreden müßte. Wie er mich ansieht! Wie konntest du das von mir verlangen, Papa? Das war nicht recht von dir, Papa. Nun ist es einmal geschehen. Ich hätte bis nach dem Diner warten sollen. – *»Nun, Fräulein Else?«* – Sein Monokel baumelt. Dumm sieht das aus. Soll ich ihm antworten? Ich muß ja. Also geschwind, damit ich es hinter mir habe. Was kann mir denn passieren? Er ist ein Freund von Papa. »Ach Gott, Herr von Dorsday, Sie sind ja ein alter Freund unseres Hauses.« Das habe ich sehr gut gesagt. »Und es wird Sie wahrscheinlich nicht wundern, wenn ich Ihnen erzähle, daß Papa sich wieder einmal in einer recht fatalen Situation befindet.« Wie merkwürdig meine Stimme klingt. Bin das ich, die da redet? Träume ich vielleicht? Ich habe gewiß jetzt auch ein ganz anderes Gesicht als sonst. – *»Es wundert mich allerdings nicht über-*

mäßig. Da haben Sie schon recht, liebes Fräulein Else, – wenn ich es auch lebhaft bedauere.« – Warum sehe ich denn so flehend zu ihm auf? Lächeln, lächeln. Geht schon. – *»Ich empfinde für Ihren Papa eine so aufrichtige Freundschaft, für Sie alle.«* – Er soll mich nicht so ansehen, es ist unanständig. Ich will anders zu ihm reden und nicht lächeln. Ich muß mich würdiger benehmen. »Nun, Herr von Dorsday, jetzt hätten Sie Gelegenheit, Ihre Freundschaft für meinen Vater zu beweisen.« Gott sei Dank, ich habe meine alte Stimme wieder. »Es scheint nämlich, Herr von Dorsday, daß alle unsere Verwandten und Bekannten – die Mehrzahl ist noch nicht in Wien – sonst wäre Mama wohl nicht auf die Idee gekommen.- – Neulich habe ich nämlich zufällig in einem Brief an Mama Ihrer Anwesenheit hier in Martino Erwähnung getan – unter anderm natürlich.« *»Ich vermutete gleich, Fräulein Else, daß ich nicht das einzige Thema Ihrer Korrespondenz mit Mama vorstelle.«* – Warum drückt er seine Knie an meine, während er da vor mir steht. Ach, ich lasse es mir gefallen. Was tut's! Wenn man einmal so tief gesunken ist. – *»Die Sache verhält sich nämlich so. Doktor Fiala ist es, der diesmal dem Papa besondere Schwierigkeiten zu bereiten scheint.«* – *»Ach, Doktor Fiala.«* – Er weiß offenbar auch, was er von diesem Fiala zu halten hat. »Ja, Doktor Fiala. Und die Summe, um die es sich handelt, soll am fünften, das ist übermorgen um zwölf Uhr mittags, – vielmehr, sie muß in seinen Händen sein, wenn nicht der Baron Höning – ja, denken Sie, der Baron hat Papa zu sich bitten lassen, privat, er liebt ihn nämlich sehr.« Warum red' ich denn von Höning, das wär' ja gar nicht notwendig gewesen. – *»Sie wollen sagen, Else, daß andernfalls eine Verhaftung unausbleiblich wäre?«* – Warum sagt er das so hart? Ich antworte nicht, ich nicke nur. »Ja.« Nun habe ich doch ja gesagt. – *»Hm, das ist ja – schlimm, das ist ja wirklich sehr – dieser hochbegabte geniale Mensch. – Und um welchen Betrag handelt es sich denn eigentlich, Fräulein Else?«* – Warum lächelt er denn? Er findet es schlimm und er lächelt. Was meint er mit seinem Lächeln? Daß es gleichgültig ist wieviel? Und wenn er nein sagt! Ich bring' mich um, wenn er nein sagt. Also, ich soll die Summe nennen. »Wie, Herr von Dorsday, ich habe noch nicht gesagt, wieviel? Eine Million.« Warum sag' ich das? Es ist doch jetzt nicht der Moment zum Spaßen? Aber wenn ich ihm dann sage, um wieviel weniger es in Wirklichkeit ist, wird er sich freuen. Wie er die Augen aufreißt? Hält er es am Ende wirklich für möglich, daß ihn der Papa um eine Million – »Entschuldigen Sie, Herr von Dorsday, daß ich in diesem Augenblick scherze. Es ist mir wahrhaftig nicht scherzhaft zumute.«

– Ja, ja, drück' die Knie nur an, du darfst es dir ja erlauben.
»Es handelt sich natürlich nicht um eine Million, es handelt
sich im ganzen um dreißigtausend Gulden, Herr von Dorsday, die bis übermorgen mittag um zwölf Uhr in den Händen
des Herrn Doktor Fiala sein müssen. Ja. Mama schreibt mir,
daß Papa alle möglichen Versuche gemacht hat, aber wie gesagt, die Verwandten, die in Betracht kämen, befinden sich nicht
in Wien.« – O Gott, wie ich mich erniedrige. – »Sonst wäre
es dem Papa natürlich nicht eingefallen, sich an Sie zu wenden, Herr von Dorsday, respektive mich zu bitten –« – Warum
schweigt er? Warum bewegt er keine Miene? Warum sagt er
nicht ja? Wo ist das Scheckbuch und die Füllfeder? Er wird
doch um Himmels willen nicht nein sagen? Soll ich mich auf
die Knie vor ihm werfen? O Gott! O Gott –
»Am fünften sagten Sie, Fräulein Else?« – Gott sei Dank, er
spricht. »Jawohl, übermorgen, Herr von Dorsday, um zwölf
Uhr mittags. Es wäre also nötig – ich glaube, brieflich ließe
sich das kaum mehr erledigen.« – »Natürlich nicht, Fräulein
Else, das müßten wir wohl auf telegraphischem Wege«, –
›Wir‹, das ist gut, das ist sehr gut. – »Nun, das wäre das
wenigste. Wieviel sagten Sie, Else?« – Aber er hat es ja gehört, warum quält er mich denn? »Dreißigtausend, Herr von
Dorsday. Eigentlich eine lächerliche Summe.« Warum habe
ich das gesagt? Wie dumm. Aber er lächelt. Dummes Mädel,
denkt er. Er lächelt ganz liebenswürdig. Papa ist gerettet. Er
hätte ihm auch fünfzigtausend geliehen, und wir hätten uns
allerlei anschaffen können. Ich hätte mir neue Hemden gekauft. Wie gemein ich bin. So wird man. – »Nicht ganz so
lächerlich, liebes Kind,« – Warum sagt er ›liebes Kind‹? Ist
das gut oder schlecht? – »wie Sie sich das vorstellen. Auch
dreißigtausend Gulden wollen verdient sein.« – »Entschuldigen Sie, Herr von Dorsday, nicht so habe ich es gemeint. Ich
dachte nur, wie traurig es ist, daß Papa wegen einer solchen
Summe, wegen einer solchen Bagatelle« – Ach Gott, ich ver-
hasple mich ja schon wieder. »Sie können sich gar nicht denken, Herr von Dorsday, – wenn Sie auch einen gewissen Einblick in unsere Verhältnisse haben, wie furchtbar es für mich
und besonders für Mama ist« – Er stellt den einen Fuß auf
die Bank. Soll das elegant sein – oder was? – »Oh, ich kann
mir schon denken, liebe Else.« – Wie seine Stimme klingt,
ganz anders, merkwürdig. – »Und ich habe mir selbst schon
manches Mal gedacht: schade, schade um diesen genialen
Menschen.« – Warum sagt er ›schade‹? Will er das Geld
nicht hergeben? Nein, er meint es nur im allgemeinen. Warum
sagt er nicht endlich ja? Oder nimmt er das als selbstverständlich an? Wie er mich ansieht! Warum spricht er nicht

263

weiter? Ah, weil die zwei Ungarinnen vorbeigehen. Nun steht er wenigstens wieder anständig da, nicht mehr mit dem Fuß auf der Bank. Die Krawatte ist zu grell für einen älteren Herrn. Sucht ihm die seine Geliebte aus? Nichts besonders Feines ›unter uns‹, schreibt Mama. Dreißigtausend Gulden! Aber ich lächle ihn ja an. Warum lächle ich denn? Oh, ich bin feig. – »*Und wenn man wenigstens annehmen dürfte, mein liebes Fräulein Else, daß mit dieser Summe wirklich etwas getan wäre? Aber – Sie sind doch ein so kluges Geschöpf, Else, was wären diese dreißigtausend Gulden? Ein Tropfen auf einen heißen Stein.*« Um Gottes willen, er will das Geld nicht hergeben? Ich darf kein so erschrockenes Gesicht machen. Alles steht auf dem Spiel. Jetzt muß ich etwas Vernünftiges sagen und energisch. »O nein, Herr von Dorsday, diesmal wäre es kein Tropfen auf einen heißen Stein. Der Prozeß Erbesheimer steht bevor, vergessen Sie das nicht, Herr von Dorsday, und der ist schon heute so gut wie gewonnen. Sie hatten ja selbst diese Empfindung, Herr von Dorsday. Und Papa hat auch noch andere Prozesse. Und außerdem habe ich die Absicht, Sie dürfen nicht lachen, Herr von Dorsday, mit Papa zu sprechen, sehr ernsthaft. Er hält etwas auf mich. Ich darf sagen, wenn jemand einen gewissen Einfluß auf ihn zu nehmen imstande ist, so bin ich es noch am ehesten, ich.« – »*Sie sind ja ein rührendes, ein entzückendes Geschöpf, Fräulein Else.*« – Seine Stimme klingt schon wieder. Wie zuwider ist mir das, wenn es so zu klingen anfängt bei den Männern. Auch bei Fred mag ich es nicht. – *Ein entzückendes Geschöpf in der Tat.*« – Warum sagt er ›in der Tat‹? Das ist abgeschmackt. Das sagt man doch nur im Burgtheater. – »*Aber so gern ich Ihren Optimismus teilen möchte – wenn der Karren einmal so verfahren ist.*« – »Das ist er nicht, Herr von Dorsday. Wenn ich an Papa nicht glauben würde, wenn ich nicht ganz überzeugt wäre, daß diese dreißigtausend Gulden« – Ich weiß nicht, was ich weiter sagen soll. Ich kann ihn doch nicht geradezu anbetteln. Er überlegt. Offenbar. Vielleicht weiß er die Adresse von Fiala nicht? Unsinn. Die Situation ist unmöglich. Ich sitze da wie eine arme Sünderin. Er steht vor mir und bohrt mir das Monokel in die Stirn und schweigt. Ich werde jetzt aufstehen, das ist das beste. Ich lasse mich nicht so behandeln. Papa soll sich umbringen. Ich werde mich auch umbringen. Eine Schande dieses Leben. Am besten wär's, sich dort von dem Felsen hinunterzustürzen, und aus wär's. Geschähe euch recht, allen. Ich stehe auf. – »Fräulein Else« – »Entschuldigen Sie, Herr von Dorsday, daß ich Sie unter diesen Umständen überhaupt bemüht habe. Ich kann Ihr ablehnendes Verhalten natürlich vollkommen verstehen.« – So, aus, ich gehe. – »Bleiben Sie, Fräulein Else.« – Bleiben Sie, sagt er? Warum soll ich bleiben? Er gibt das Geld her. Ja. Ganz bestimmt. Er muß ja. Aber ich setze mich nicht noch einmal nieder. Ich bleibe stehen, als wär' es nur für eine halbe Sekunde. Ich bin ein bißchen größer als er. – »Sie haben meine Antwort noch nicht abgewartet, Else. Ich war ja schon einmal, verzeihen Sie, Else, daß ich das in diesem Zusammenhang erwähne« – Er müßte nicht so oft Else sagen – »in der Lage, dem Papa aus einer Verlegenheit zu helfen. Allerdings mit einer – noch lächerlicheren Summe als diesmal, und schmeichelte mir keineswegs mit der Hoffnung, diesen Betrag jemals wieder sehen zu dürfen, – und so wäre eigentlich kein Grund vorhanden, meine Hilfe diesmal zu verweigern. Und gar wenn ein junges Mädchen wie Sie, Else, wenn Sie selbst als Fürbitterin vor mich hintreten –« – Worauf will er hinaus? Seine Stimme ›klingt‹ nicht mehr. Oder anders! Wie sieht er mich denn an? Er soll achtgeben!! – »Also, Else, ich bin bereit – Doktor Fiala soll übermorgen um zwölf Uhr mittags die dreißigtausend Gulden haben – unter einer Bedingung« – Er soll nicht weiterreden, er soll nicht. »Herr von Dorsday, ich, ich persönlich übernehme die Garantie, daß mein Vater diese Summe zurückerstatten wird, sobald er das Honorar von Erbesheimer erhalten hat. Erbesheimers haben bisher überhaupt noch nichts gezahlt. Noch nicht einmal einen Vorschuß – Mama selbst schreibt mir« – »Lassen Sie doch, Else, man soll niemals eine Garantie für einen anderen Menschen übernehmen, – nicht einmal für sich selbst.« – Was will er? Seine Stimme klingt schon wieder. Nie hat mich ein Mensch so angeschaut. Ich ahne, wo er hinauswill. Wehe ihm! – »Hätte ich es vor einer Stunde für möglich gehalten, daß ich in einem solchen Falle überhaupt mir jemals einfallen lassen würde, eine Bedingung zu stellen? Und nun tue ich es doch. Ja, Else, man ist eben nur ein Mann, und es ist nicht meine Schuld, daß Sie so schön sind, Else.« – Was will er? Was will er –? – »Vielleicht hätte ich heute oder morgen das gleiche von Ihnen erbeten, was ich jetzt erbitten will, auch wenn Sie nicht eine Million, pardon – dreißigtausend Gulden von mir gewünscht hätten. Aber freilich, unter anderen Umständen hätten Sie mir wohl kaum Gelegenheit vergönnt, so lange Zeit unter vier Augen mit Ihnen zu reden« – »Oh, ich habe Sie wirklich allzu lange in Anspruch genommen, Herr von Dorsday.« Das habe ich gut gesagt. Fred wäre zufrieden. Was ist das? Er faßt nach meiner Hand? Was fällt ihm denn ein? – »Wissen Sie es denn nicht schon lange, Else.« – Er soll meine Hand loslassen! Nun, Gott sei Dank, er läßt sie los. Nicht so nah, nicht so nah. – »Sie müßten keine Frau sein, Else, wenn

Sie es nicht gemerkt hätten. *Je vous désire.*« – Er hätte es auch deutsch sagen können, der Herr Vicomte. – »Muß ich noch mehr sagen?« – »Sie haben schon zuviel gesagt, Herr Dorsday.« Und ich stehe noch da. Warum denn? Ich gehe, ich gehe ohne Gruß. – *»Else! Else!«* – Nun ist er wieder neben mir. – *»Verzeihen Sie mir, Else. Auch ich habe nur einen Scherz gemacht, geradeso wie Sie vorher mit der Million. Auch meine Forderung stelle ich nicht so hoch – als Sie gefürchtet haben, wie ich leider sagen muß, – so daß die geringere Sie vielleicht angenehm überraschen wird. Bitte, bleiben Sie doch stehen, Else.«* – Ich bleibe wirklich stehen. Warum denn? Da stehen wir uns gegenüber. Hätte ich ihm nicht einfach ins Gesicht schlagen sollen? Wäre nicht noch jetzt Zeit dazu? Die zwei Engländer kommen vorbei. Jetzt wäre der Moment. Gerade darum. Warum tu' ich es denn nicht? Ich bin feig, ich bin zerbrochen, ich bin erniedrigt. Was wird er nun wollen statt der Million? Einen Kuß vielleicht? Darüber ließe sich reden. Eine Million zu dreißigtausend verhält sich – Komische Gleichungen gibt es. – *»Wenn Sie wirklich einmal eine Million brauchen sollten, Else, – ich bin zwar kein reicher Mann, dann wollen wir sehen. Aber für diesmal will ich genügsam sein, wie Sie. Und für diesmal will ich nichts anderes, Else, als – Sie sehen.«* – Ist er verrückt? Er sieht mich doch. – Ah, so meint er das, so! Warum schlage ich ihm nicht ins Gesicht, dem Schufte! Bin ich rot geworden oder blaß? Nackt willst du mich sehen? Das möchte mancher. Ich bin schön, wenn ich nackt bin. Warum schlage ich ihm nicht ins Gesicht? Riesengroß ist sein Gesicht. Warum so nah, du Schuft? Ich will deinen Atem nicht auf meinen Wangen. Warum lasse ich ihn nicht einfach stehen? Bannt mich sein Blick? Wir schauen uns ins Auge wie Todfeinde. Ich möchte ihm Schuft sagen, aber ich kann nicht. Oder will ich nicht? – *»Sie sehen mich an, Else, als wenn ich verrückt wäre. Ich bin es vielleicht ein wenig, denn es geht ein Zauber von Ihnen aus, Else, den Sie selbst wohl nicht ahnen. Sie müssen fühlen, Else, daß meine Bitte keine Beleidigung bedeutet. Ja, ›Bitte‹ sage ich, wenn sie auch einer Erpressung zum Verzweifeln ähnlich sieht. Aber ich bin kein Erpresser, ich bin nur ein Mensch, der mancherlei Erfahrungen gemacht hat, – unter andern die, daß alles auf der Welt seinen Preis hat und daß einer, der sein Geld verschenkt, wenn er in der Lage ist, einen Gegenwert dafür zu bekommen, ein ausgemachter Narr ist. Und – was ich mir diesmal kaufen will, Else, so viel es auch ist, Sie werden nicht ärmer dadurch, daß Sie es verkaufen. Und daß es ein Geheimnis bleiben würde zwischen Ihnen und mir, das schwöre ich Ihnen, Else, bei – bei all den Reizen, durch deren Enthüllung Sie mich beglücken* *würden.«* – Wo hat er so reden gelernt? Es klingt wie aus einem Buch. – »*Und ich schwöre Ihnen auch, daß ich – von der Situation keinen Gebrauch machen werde, der in unserem Vertrag nicht vorgesehen war. Nichts anderes verlange ich von Ihnen, als eine Viertelstunde dastehen dürfen in Andacht vor Ihrer Schönheit. Mein Zimmer liegt im gleichen Stockwerk wie das Ihre, Else, Nummer fünfundsechzig, leicht zu merken. Der schwedische Tennisspieler, von dem Sie heut' sprachen, war doch gerade fünfundsechzig Jahre alt?«* Er ist verrückt! Warum lasse ich ihn weiterreden? Ich bin gelähmt. – »*Aber wenn es Ihnen aus irgendeinem Grunde nicht paßt, mich auf Zimmer Nummer fünfundsechzig zu besuchen, Else, so schlage ich Ihnen einen kleinen Spaziergang nach dem Diner vor. Es gibt eine Lichtung im Walde, ich habe sie neulich ganz zufällig entdeckt, kaum fünf Minuten weit von unserem Hotel. – Es wird eine wundervolle Sommernacht heute, beinahe warm, und das Sternenlicht wird Sie herrlich kleiden.«* – Wie zu einer Sklavin spricht er. Ich spucke ihm ins Gesicht. – »*Sie sollen mir nicht gleich antworten, Else. Überlegen Sie. Nach dem Diner werden Sie mir gütigst ihre Entscheidung kund-tun.«* – Warum sagt er denn ›kundtun‹. Was für ein blödes Wort: kundtun. – »*Überlegen Sie in aller Ruhe. Sie werden vielleicht spüren, daß es nicht einfach ein Handel ist, den ich Ihnen vorschlage.«* – Was denn, du klingender Schuft! – »*Sie werden möglicherweise ahnen, daß der Mann zu Ihnen spricht, der ziemlich einsam und nicht besonders glücklich ist, und der vielleicht einige Nachsicht verdient.«* – Affektierter Schuft. Spricht wie ein schlechter Schauspieler. Seine gepfleg-ten Finger sehen aus wie Krallen. Nein, nein, ich will nicht. Warum sag' ich es denn nicht. Bring' dich um, Papa! Was will er denn mit meiner Hand? Ganz schlaff ist mein Arm. Er führt meine Hand an seine Lippen. Heiße Lippen. Pfui! Meine Hand ist kalt. Ich hätte Lust, ihm den Hut herunter-zublasen. Ha, wie komisch wär' das. Bald ausgeküßt, du Schuft? – Die Bogenlampen vor dem Hotel brennen schon. Zwei Fenster stehen offen im dritten Stock. Das, wo sich der Vorhang bewegt, ist meines. Oben auf dem Schrank glänzt etwas. Nichts liegt oben, es ist nur der Messingbeschlag. – »*Also auf Wiedersehen, Else.«* – Ich antworte nichts. Re-gungslos stehe ich da. Er sieht mir ins Auge. Mein Gesicht ist undurchdringlich. Er weiß gar nichts. Er weiß nicht, ob ich kommen werde oder nicht. Ich weiß es auch nicht. Ich weiß nur, daß alles aus ist. Ich bin halbtot. Da geht er. Ein wenig gebückt. Schuft! Er fühlt meinen Blick auf seinem Nacken. Wen grüßt er denn? Zwei Damen. Als wäre er ein Graf, so grüßt er. Paul soll ihn fordern und ihn totschießen. Oder Rudi.

Was glaubt er denn eigentlich? Unverschämter Kerl! Nie und nimmer. Es wird dir nichts anderes übrigbleiben, Papa, du mußt dich umbringen. – Die Zwei kommen offenbar von einer Tour. Beide hübsch, er und sie. Haben sie noch Zeit, sich vor dem Diner umzukleiden? Sind gewiß auf der Hochzeitsreise oder vielleicht gar nicht verheiratet. Ich werde nie auf einer Hochzeitsreise sein. Dreißigtausend Gulden. Nein, nein, nein! Gibt es keine dreißigtausend Gulden auf der Welt? Ich fahre zu Fiala. Ich komme noch zurecht. Gnade, Gnade, Herr Doktor Fiala. Mit Vergnügen, mein Fräulein. Bemühen Sie sich in mein Schlafzimmer. – Tu mir doch den Gefallen, Paul, verlange dreißigtausend Gulden von deinem Vater. Sage, du hast Spielschulden, du mußt dich sonst erschießen. Gern, liebe Kusine. Ich habe Zimmer Nummer soundsoviel, um Mitternacht erwarte ich dich. Oh, Herr von Dorsday, wie bescheiden sind Sie. Vorläufig. Jetzt kleidet er sich um. Smoking. Also entscheiden wir uns. Wiese im Mondschein oder Zimmer Nummer fünfundsechzig? Wird er mich im Smoking in den Wald begleiten?

Es ist noch Zeit bis zum Diner. Ein bißchen spazierengehen und die Sache in Ruhe überlegen. Ich bin ein einsamer alter Mann, haha. Himmlische Luft, wie Champagner. Gar nicht mehr kühl – dreißigtausend … dreißigtausend … Ich muß mich jetzt sehr hübsch ausnehmen in der weiten Landschaft. Schade, daß keine Leute mehr im Freien sind. Dem Herrn dort am Waldesrand gefalle ich offenbar sehr gut. Oh, mein Herr, nackt bin ich noch viel schöner, und es kostet einen Spottpreis, dreißigtausend Gulden. Vielleicht bringen Sie Ihre Freunde mit, dann kommt es billiger. Hoffentlich haben Sie lauter hübsche Freunde, hübschere und jüngere als Herr von Dorsday? Kennen Sie Herrn von Dorsday? Ein Schuft ist er – ein klingender Schuft …

Also überlegen, überlegen … Ein Menschenleben steht auf dem Spiel. Das Leben von Papa. Aber nein, er bringt sich nicht um, er wird sich lieber einsperren lassen. Drei Jahre schwerer Kerker oder fünf. In dieser ewigen Angst lebt er schon fünf oder zehn Jahre … Mündelgelder … Und Mama geradeso. Und ich doch auch. – Vor wem werde ich mich das nächste Mal nackt ausziehen müssen? Oder bleiben wir der Einfachheit wegen bei Herrn Dorsday? Seine jetzige Geliebte ist ja nichts Feines ›unter uns gesagt‹. Ich wäre ihm gewiß lieber. Es ist gar nicht so ausgemacht, ob ich viel feiner bin. Tun Sie nicht vornehm, Fräulein Else, ich könnte Geschichten von Ihnen erzählen … einen gewissen Traum zum Beispiel, den Sie schon dreimal gehabt haben – von dem haben Sie nicht einmal Ihrer Freundin Bertha erzählt. Und die verträgt doch was. Und wie war denn das heuer in Gmunden in der Früh um sechs auf dem Balkon, mein vornehmes Fräulein Else? Haben Sie die zwei jungen Leute im Kahn vielleicht gar nicht bemerkt, die Sie angestarrt haben? Mein Gesicht haben sie vom See aus freilich nicht genau ausnehmen können, aber daß ich im Hemd war, das haben sie schon bemerkt. Und ich hab' mich gefreut. Ah, mehr als gefreut. Ich war wie berauscht. Mit beiden Händen hab' ich mich über die Hüften gestrichen, und vor mir selber hab' ich getan, als wüßte ich nicht, daß man mich sieht. Und der Kahn hat sich nicht vom Fleck bewegt. Ja, so bin ich, so bin ich. Ein Luder, ja. Sie spüren es ja alle. Auch Paul spürt es. Natürlich, er ist ja Frauenarzt. Und der Marinefähnrich hat es ja auch gespürt und der Maler auch. Nur Fred, der dumme Kerl, spürt es nicht. Darum liebt er mich ja. Aber gerade vor ihm möchte ich nicht nackt sein, nie und nimmer. Ich hätte gar keine Freude davon. Ich möchte mich schämen. Aber vor dem Filou mit dem Römerkopf – wie gern. Am allerliebsten vor dem. Und wenn ich gleich nachher sterben müßte. Aber es ist ja nicht notwendig, gleich nachher zu sterben. Man überlebt es. Die Bertha hat mehr überlebt. Cissy liegt sicher auch nackt da, wenn Paul zu ihr schleicht durch die Hotelgänge, wie ich heute nacht zu Herrn von Dorsday schleichen werde.

Nein, nein. Ich will nicht. Zu jedem andern – aber nicht zu ihm. Zu Paul meinetwegen. Oder ich such' mir einen aus heute abend beim Diner. Es ist ja alles egal. Aber ich kann doch nicht jedem sagen, daß ich dreißigtausend Gulden dafür haben will! Da wäre ich ja wie ein Frauenzimmer von der Kärntner Straße. Nein, ich verkaufe mich nicht. Niemals. Nie werde ich mich verkaufen. Ich schenke mich her. Ja, wenn ich einmal den Rechten finde, schenke ich mich her. Aber ich verkaufe mich nicht. Ein Luder will ich sein, aber nicht eine Dirne. Sie haben sich verrechnet, Herr von Dorsday. Und der Papa auch. Ja, verrechnet hat er sich. Er muß es ja vorhergesehen haben. Er kennt ja die Menschen. Er kennt doch den Herrn von Dorsday. Er hat sich doch denken können, daß der Herr Dorsday nicht für nichts und wieder nichts. – Sonst hätte er doch telegraphieren oder selber herreisen können. Aber so war es bequemer und sicherer, nicht wahr, Papa? Wenn man eine so hübsche Tochter hat, wozu braucht man ins Zuchthaus zu spazieren? Und die Mama, dumm wie sie ist, setzt sich hin und schreibt den Brief. Der Papa hat sich nicht getraut. Da hätte ich es ja gleich merken müssen. Aber es soll euch nicht glücken. Nein, du hast zu sicher auf meine kindliche Zärtlichkeit spekuliert, Papa, zu sicher darauf gerechnet, daß ich lieber jede Gemeinheit erdulden würde, als

dich die Folgen deines verbrecherischen Leichtsinns tragen zu
lassen. Ein Genie bist du ja. Herr von Dorsday sagt es, alle
Leute sagen es. Aber was hilft mir das. Fiala ist eine Null,
aber er unterschlägt keine Mündelgelder, sogar Waldheim ist
nicht in einem Atem mit dir zu nennen ... Wer hat das nur
gesagt? Der Doktor Froriep. Ein Genie ist Papa. – Und ich
hab' ihn erst einmal reden gehört! – Im vorigen Jahr im
Schwurgerichtssaal – – zum ersten- und letztenmal! Herrlich! Die Tränen sind mir über die Wangen gelaufen. Und der
elende Kerl, den er verteidigt hat, ist freigesprochen worden.
Er war vielleicht gar kein so elender Kerl. Er hat jedenfalls
nur gestohlen, keine Mündelgelder veruntreut, um Bakkarat
zu spielen und auf der Börse zu spekulieren. Und jetzt wird
der Papa selber vor den Geschworenen stehen. In allen Zeitungen wird man es lesen. Zweiter Verhandlungstag, dritter
Verhandlungstag; der Verteidiger erhob sich zu einer Replik.
Wer wird denn sein Verteidiger sein? Kein Genie. Nichts wird
ihm helfen. Einstimmig schuldig. Verurteilt auf fünf Jahre.
Stein, Sträflingskleid, geschorene Haare. Einmal im Monat
darf man ihn besuchen. Ich fahre mit Mama hinaus, dritter
Klasse. Wir haben ja kein Geld. Keiner leiht uns was. Kleine
Wohnung in der Lerchenfelder Straße, so wie die, wo ich die
Näherin besucht habe vor zehn Jahren. Wir bringen ihm etwas zu essen mit. Woher denn? Wir haben ja selber nichts.
Onkel Viktor wird uns eine Rente aussetzen. Dreihundert
Gulden monatlich. Rudi wird in Holland sein bei Vanderhulst
– wenn man noch auf ihn reflektiert. – Die Kinder des Sträf-
lings! Roman von Temme in drei Bänden. Der Papa empfängt
uns im gestreiften Sträflingsanzug. Er schaut nicht bös drein,
nur traurig. Er kann ja gar nicht bös dreinschauen. – Else,
wenn du mir damals das Geld verschafft hättest, das wird er
sich denken, aber er wird nichts sagen. Er wird nicht das Herz
haben, mir Vorwürfe zu machen. Er ist ja seelengut, nur
leichtsinnig ist er. Sein Verhängnis ist die Spielleidenschaft.
Er kann ja nichts dafür, es ist eine Art von Wahnsinn. Vielleicht spricht man ihn frei, weil er wahnsinnig ist. Auch den
Brief hat er vorher nicht überlegt. Es ist ihm vielleicht gar
nicht eingefallen, daß Dorsday die Gelegenheit benützen
könnte und so eine Gemeinheit von mir verlangen wird. Er
ist ein guter Freund unseres Hauses, er hat dem Papa schon
einmal achttausend Gulden geliehen. Wie soll man so was
von einem Menschen denken. Zuerst hat der Papa sicher alles
andere versucht. Was muß er durchgemacht haben, ehe er die
Mama veranlaßt hat, diesen Brief zu schreiben? Von einem
zum andern ist er gelaufen, von Warnsdorf zu Burin, von
Burin zu Wertheimstein und weiß Gott noch zu wem. Bei

Papa verteidigend, dann anklagen

Onkel Karl war er gewiß auch. Und alle haben sie ihn im Stich gelassen. Alle die sogenannten Freunde. Und nun ist Dorsday seine Hoffnung, seine letzte Hoffnung. Und wenn das Geld nicht kommt, so bringt er sich um. Natürlich bringt er sich um. Er wird sich doch nicht einsperren lassen. Untersuchungshaft, Verhandlung, Schwurgericht, Kerker, Sträflingsgewand. Nein, nein! Wenn der Haftbefehl kommt, erschießt er sich oder hängt sich auf. Am Fensterkreuz wird er hängen. Man wird herüberschicken vom Haus vis-à-vis, der Schlosser wird aufsperren müssen, und ich bin schuld gewesen. Und jetzt sitzt er zusammen mit Mama im selben Zimmer, wo er übermorgen hängen wird, und raucht eine Havannazigarre. Woher hat er immer noch Havannazigarren? Ich höre ihn sprechen, wie er die Mama beruhigt. Verlaß dich drauf, Dorsday weist das Geld an. Bedenke doch, ich habe ihm heuer im Winter eine große Summe durch meine Intervention gerettet. Und dann kommt der Prozeß Erbesheimer . . . – Wahrhaftig. – Ich höre ihn sprechen. Telepathie! Merkwürdig. Auch Fred seh' ich in diesem Moment. Er geht mit einem Mädel im Stadtpark am Kursalon vorbei. Sie hat eine hellblaue Bluse und lichte Schuhe und ein bißl heiser ist sie. Das weiß ich alles ganz bestimmt. Wenn ich nach Wien komme, werde ich Fred fragen, ob er am dritten September zwischen halb acht und acht Uhr abends mit seiner Geliebten im Stadtpark war. Wohin denn noch? Was ist denn mit mir? Beinahe ganz dunkel. Wie schön und ruhig. Weit und breit kein Mensch. Nun sitzen sie alle schon beim Diner. Telepathie? Nein, das ist noch keine Telepathie. Ich habe ja früher das Tamtam gehört. Wo ist die Else? wird sich Paul denken. Es wird allen auffallen, wenn ich zur Vorspeise noch nicht da bin. Sie werden zu mir heraufschicken. Was ist das mit Else? Sie ist doch sonst so pünktlich? Auch die zwei Herren am Fenster werden denken: Wo ist denn heute das schöne junge Mädel mit dem rötlich blonden Haar? Und Herr von Dorsday wird Angst bekommen. Er ist sicher feig. Beruhigen Sie sich, Herr von Dorsday, es wird Ihnen nichts geschehen. Ich verachte Sie ja so sehr. Wenn ich wollte, morgen abend wären Sie ein toter Mann. – Ich bin überzeugt, Paul würde ihn fordern, wenn ich ihm die Sache erzählte. Ich schenke Ihnen das Leben, Herr von Dorsday.

Wie ungeheuer weit die Wiesen und wie riesig schwarz die Berge. Keine Sterne beinahe. Ja doch, drei, vier, – es werden schon mehr. Und so still der Wald hinter mir. Schön hier auf der Bank am Waldesrand zu sitzen. So fern, so fern das Hotel, und so märchenhaft leuchtet es her. Und was für Schufte sitzen drin. Ach nein, Menschen, arme Menschen, sie tun mir alle so leid. Auch die Marchesa tut mir leid, ich weiß nicht warum, und die Frau Winawer und die Bonne von Cissys kleinem Mädel. Sie sitzt nicht an der Table d'hôte, sie hat schon früher mit Fritzi gegessen. Was ist das nur mit Else, fragt Cissy. Wie, auf ihrem Zimmer ist sie auch nicht? Alle haben sie Angst um mich, ganz gewiß. Nur ich habe keine Angst. Ja, da bin ich in Martino di Castrozza, sitze auf einer Bank am Waldesrand, und die Luft ist wie Champagner, und mir scheint gar, ich weine. Ja, warum weine ich denn? Es ist doch kein Grund zu weinen. Das sind die Nerven. Ich muß mich beherrschen. Ich darf mich nicht so gehen lassen. Aber das Weinen ist gar nicht unangenehm. Das Weinen tut mir immer wohl. Wie ich unsere alte Französin besucht habe im Krankenhaus, die dann gestorben ist, habe ich auch geweint. Und beim Begräbnis von der Großmama, und wie die Bertha nach Nürnberg gereist ist, und wie das Kleine von der Agathe gestorben ist, und im Theater bei der Kameliendame hab' ich auch geweint. Wer wird weinen, wenn ich tot bin? Oh, wie schön wäre das, tot zu sein. Aufgebahrt liege ich im Salon, die Kerzen brennen. Lange Kerzen. Zwölf lange Kerzen. Unten steht schon der Leichenwagen. Vor dem Haustor stehen Leute. Wie alt war sie denn? Erst neunzehn. Wirklich erst neunzehn? – Denken Sie sich, ihr Papa ist im Zuchthaus. Warum hat sie sich denn umgebracht? Aus unglücklicher Liebe zu einem Filou. Aber was fällt Ihnen denn ein? Sie hätte ein Kind kriegen sollen. Nein, sie ist vom Cimone heruntergestürzt. Es ist ein Unglücksfall. Guten Tag, Herr Dorsday, Sie erweisen der kleinen Else auch die letzte Ehre? Kleine Else, sagt das alte Weib. – Warum denn? Natürlich, ich muß ihr die letzte Ehre erweisen. Ich habe ihr ja auch die erste Schande erwiesen. Oh, es war der Mühe wert, Frau Winawer, ich habe noch nie einen so schönen Körper gesehen. Es hat mich nur dreißig Millionen gekostet. Ein Rubens kostet dreimal so viel. Mit Haschisch hat sie sich vergiftet. Sie wollte nur schöne Visionen haben, aber sie hat zu viel genommen und ist nicht mehr aufgewacht. Warum hat er denn ein rotes Monokel, der Herr von Dorsday? Wem winkt er denn mit dem Taschentuch? Die Mama kommt die Treppe herunter und küßt ihm die Hand. Pfui, pfui. Jetzt flüstern sie miteinander. Ich kann nichts verstehen, weil ich aufgebahrt bin. Der Veilchenkranz um meine Stirn ist von Paul. Die Schleifen fallen bis auf den Boden. Kein Mensch traut sich ins Zimmer. Ich stehe lieber auf und schaue zum Fenster hinaus. Was für ein großer blauer See! Hundert Schiffe mit gelben Segeln. – Die Wellen glitzern. So viel Sonne. Regatta. Die Herren haben alle Ruderleibchen. Die Damen sind im Schwimmkostüm. Das ist unanständig. Sie bilden sich ein, ich bin nackt. Wie dumm sie sind. Ich habe ja schwarze Trauerkleider an, weil ich tot bin. Ich werde es euch beweisen. Ich lege mich gleich wieder auf die Bahre hin. Wo ist sie denn? Fort ist sie. Man hat sie davongetragen. Man hat sie unterschlagen. Darum ist der Papa im Zuchthaus. Und sie haben ihn doch freigesprochen auf drei Jahre. Die Geschworenen sind alle bestochen von Fiala. Ich werde jetzt zu Fuß auf den Friedhof gehen, da erspart die Mama das Begräbnis. Wir müssen uns einschränken. Ich gehe so schnell, daß mir keiner nachkommt. Ah, wie schnell ich gehen kann. Da bleiben sie alle auf den Straßen stehen und wundern sich. Wie darf man jemanden so anschaun, der tot ist! Das ist zudringlich. Ich gehe lieber übers Feld, das ist ganz blau von Vergißmeinnicht und Veilchen. Die Marineoffiziere stehen Spalier. Guten Morgen, meine Herren. Öffnen Sie das Tor, Herr Matador. Erkennen Sie mich nicht? Ich bin ja die Tote ... Sie müssen mir darum nicht die Hand küssen ... Wo ist denn meine Gruft? Hat man die auch unterschlagen? Gott sei Dank, es ist gar nicht der Friedhof. Das ist ja der Park in Mentone. Der Papa wird sich freuen, daß ich nicht begraben bin. Vor den Schlangen habe ich keine Angst. Wenn mich nur keine in den Fuß beißt. O weh.

Was ist denn? Wo bin ich denn? Habe ich geschlafen? Ja. Geschlafen habe ich. Ich muß sogar geträumt haben. Mir ist so kalt in den Füßen. Im rechten Fuß ist mir kalt. Wieso denn? Da ist am Knöchel ein kleiner Riß im Strumpf. Warum sitze ich denn noch im Wald? Es muß ja längst geläutet haben zum Diner. Dinner.

O Gott, wo war ich denn? So weit war ich fort. Was hab' ich denn geträumt? Ich glaube, ich war schon tot. Und keine Sorgen habe ich gehabt und mir nicht den Kopf zerbrechen müssen. Dreißigtausend, dreißigtausend ... ich habe sie noch nicht. Ich muß sie mir erst verdienen. Und da sitz' ich allein am Waldesrand. Das Hotel leuchtet bis her. Ich muß zurück. Es ist schrecklich, daß ich zurück muß. Aber es ist keine Zeit mehr zu verlieren. Herr von Dorsday erwartet meine Entscheidung. Entscheidung. Entscheidung! Nein. Nein, Herr von Dorsday, kurz und gut, nein. Sie haben gescherzt, Herr von Dorsday, selbstverständlich. Ja, das werde ich ihm sagen. Oh, das ist ausgezeichnet. Ihr Scherz war nicht sehr vornehm, Herr von Dorsday, aber ich will Ihnen verzeihen. Ich telegraphiere morgen früh an Papa, Herr von Dorsday, daß das Geld pünktlich in Doktor Fialas Händen sein wird. Wunderbar. Das sage ich ihm. Da bleibt ihm nichts übrig, er muß das Geld abschicken. Muß? Muß er? Warum muß er denn? Und wenn er's täte, so würde er sich dann rächen irgendwie. Er würde es so einrichten, daß das Geld zu spät kommt. Oder er würde das Geld schicken und dann überall erzählen, daß er mich gehabt hat. Aber er schickt ja das Geld gar nicht ab. Nein, Fräulein Else, so haben wir nicht gewettet. Telegraphieren Sie dem Papa, was Ihnen beliebt, ich schicke das Geld nicht ab. Sie sollen nicht glauben, Fräulein Else, daß ich mich von so einem kleinen Mädel übertölpeln lasse, ich, der Vicomte von Eperies. Ich muß vorsichtig gehen. Der Weg ist ganz dunkel. Sonderbar, es ist mir wohler als vorher. Es hat sich doch gar nichts geändert und mir ist wohler. Was habe ich denn nur geträumt? Von einem Matador? Was war denn das für ein Matador? Es ist doch weiter zum Hotel, als ich gedacht habe. Sie sitzen gewiß noch alle beim Diner. Ich werde mich ruhig an den Tisch setzen und sagen, daß ich Migräne gehabt habe und lasse mir nachservieren. Herr von Dorsday wird am Ende selbst zu mir kommen und mir sagen, daß das Ganze nur ein Scherz war. Entschuldigen Sie, Fräulein Else, entschuldigen Sie den schlechten Spaß, ich habe schon an meine Bank telegraphiert. Aber er wird es nicht sagen. Er hat nicht telegraphiert. Es ist alles noch genau so wie früher. Er wartet. Herr von Dorsday wartet. Nein, ich will ihn nicht sehen. Ich kann ihn nicht mehr sehen. Ich will niemanden mehr sehen. Ich will nicht mehr ins Hotel, ich will nicht mehr nach Hause, ich will nicht nach Wien, zu niemandem will ich, zu keinem Menschen, nicht zu Papa und nicht zu Mama, nicht zu Rudi und nicht zu Fred, nicht zu Bertha und nicht zu Tante Irene. Die ist noch die beste, die würde alles verstehen. Aber ich habe nichts mehr mit ihr zu tun und mit niemandem mehr. Wenn ich zaubern könnte, wäre ich ganz wo anders in der Welt. Auf irgendeinem herrlichen Schiff im Mittelländischen Meer, aber nicht allein. Mit Paul zum Beispiel. Ja, das könnte ich mir ganz gut vorstellen. Oder ich wohnte in einer Villa am Meer, und wir lägen auf den Marmorstufen, die ins Wasser führen, und er hielte mich fest in seinen Armen und bisse mich in die Lippen, wie es Albert vor zwei Jahren getan hat beim Klavier, der unverschämte Kerl. Nein. Allein möchte ich am Meer liegen auf den Marmorstufen und warten. Und endlich käme einer oder mehrere, und ich hätte die Wahl, und die andern, die ich verschmähe, die stürzen sich aus Verzweiflung alle ins Meer. Oder sie müßten Geduld haben bis zum nächsten Tag. Ach, was wäre das für ein köstliches Leben. Wozu habe ich denn meine herrlichen Schultern und meine schönen schlanken Beine? Und wozu bin ich denn überhaupt auf der Welt? Und es geschähe ihnen ganz recht, ihnen allen, sie haben mich ja doch nur daraufhin erzogen, daß ich mich verkaufe, so oder so. Vom Theaterspielen haben sie nichts wissen wollen. Da

haben sie mich ausgelacht. Und es wäre ihnen ganz recht gewesen im vorigen Jahr, wenn ich den Direktor Wilomitzer geheiratet hätte, der bald fünfzig ist. Nur daß sie mir recht zugeredet haben. Da hat sich der Papa doch geniert. Aber die Mama hat ganz deutliche Anspielungen gemacht.
Wie riesig es dasteht das Hotel, wie eine ungeheure beleuchtete Zauberburg. Alles ist so riesig. Die Berge auch. Man könnte sich fürchten. Noch nie waren sie so schwarz. Der Mond ist noch nicht da. Der geht erst zur Vorstellung auf, zur großen Vorstellung auf der Wiese, wenn der Herr von Dorsday seine Sklavin nackt tanzen läßt. Was geht mich denn der Herr Dorsday an? Nun, Mademoiselle Else, was machen Sie denn für Geschichten? Sie waren doch schon bereit, auf und davon zu gehen, die Geliebte von fremden Männern zu werden, von einem nach dem andern. Und auf die Kleinigkeit, die Herr von Dorsday von Ihnen verlangt, kommt es Ihnen an. Für einen Perlenschmuck, für schöne Kleider, für eine Villa am Meer sind Sie bereit sich zu verkaufen? Und das Leben Ihres Vaters ist Ihnen nicht so viel wert? Es wäre gerade der richtige Anfang. Es wäre dann gleich die Rechtfertigung für alles andere. Ihr wart es, könnt ich sagen, ihr habt mich dazu gemacht, ihr alle seid Schuld, daß ich so geworden bin, nicht nur Papa und Mama. Auch der Rudi ist schuld und der Fred und alle, alle, weil sich ja niemand um einen kümmert. Ein bißchen Zärtlichkeit, wenn man hübsch aussieht, und ein bißl Besorgtheit, wenn man Fieber hat, und in die Schule schicken sie einen, und zu Hause lernt man Klavier und Französisch, und im Sommer geht man auf's Land, und zum Geburtstag kriegt man Geschenke, und bei Tisch reden sie über allerlei. Aber was in mir vorgeht und was in mir wühlt und Angst hat, habt ihr euch darum je gekümmert? Manchmal im Blick von Papa war eine Ahnung davon, aber ganz flüchtig. Und dann war gleich wieder der Beruf da, und die Sorgen und das Börsenspiel – und wahrscheinlich irgendein Frauenzimmer ganz im geheimen, ›nichts sehr Feines unter uns‹, – und ich war wieder allein. Nun, was tätst du Papa, was tätst du heute, wenn ich nicht da wäre?
Da stehe ich, ja da stehe ich vor dem Hotel. – Furchtbar da hineingehen zu müssen, alle die Leute sehen, den Herrn von Dorsday, die Tante, Cissy. Wie schön war das früher auf der Bank am Waldesrand, wie ich schon tot war. Matador – wenn ich nur drauf käm', was – eine Regatta war es, richtig, und ich habe vom Fenster aus zugesehen. Aber wer war der Matador? – Wenn ich nur nicht so müde wär', so furchtbar müde. Und da soll ich bis Mitternacht aufbleiben und mich dann ins Zimmer von Herrn von Dorsday schleichen? Vielleicht be-

gegne ich der Cissy auf dem Gang. Hat sie was an unter dem Schlafrock, wenn sie zu ihm kommt? Es ist schwer, wenn man in solchen Dingen nicht geübt ist. Soll ich sie nicht um Rat fragen, die Cissy? Natürlich würde ich nicht sagen, daß es sich um Dorsday handelt, sondern müßte sie denken, ich habe ein nächtliches Rendezvous mit einem von den hübschen jungen Leuten hier im Hotel. Zum Beispiel mit dem langen blonden Menschen, der die leuchtenden Augen hat. Aber der ist ja nicht mehr da. Plötzlich war er verschwunden. Ich habe doch gar nicht an ihn gedacht bis zu diesem Augenblick. Aber es ist leider nicht der lange blonde Mensch mit den leuchtenden Augen, auch der Paul ist es nicht, es ist der Herr von Dorsday. Also wie mach' ich es denn? Was sage ich ihm? Einfach Ja? Ich kann doch nicht zu Herrn Dorsday ins Zimmer kommen. Er hat sicher lauter elegante Flakons auf dem Waschtisch, und das Zimmer riecht nach französischem Parfüm. Nein, nicht um die Welt zu ihm. Lieber im Freien. Da geht er mich nichts an. Der Himmel ist so hoch, und die Wiese ist so groß. Ich muß gar nicht an den Herrn Dorsday denken. Ich muß ihn nicht einmal anschauen. Und wenn er es wagen würde, mich anzurühren, einen Tritt bekäme er mit meinen nackten Füßen. Ach, wenn es doch ein anderer wäre, irgendein anderer. Alles, alles könnte er von mir haben heute nacht, jeder andere, nur Dorsday nicht. Und gerade der! Gerade der! Wie seine Augen stechen und bohren werden. Mit dem Monokel wird er dastehen und grinsen. Aber nein, er wird nicht grinsen. Er wird ein vornehmes Gesicht schneiden. Elegant. Er ist ja solche Dinge gewohnt. Wie viele hat er schon so gesehen? Hundert oder tausend? Aber war schon eine darunter wie ich? Nein, gewiß nicht. Ich werde ihm sagen, daß er nicht der Erste ist, der mich so sieht. Ich werde ihm sagen, daß ich einen Geliebten habe. Aber erst, wenn die dreißigtausend Gulden an Fiala abgesandt sind. Dann werde ich ihm sagen, daß er ein Narr war, daß er mich auch hätte haben können um dasselbe Geld. – Daß ich schon zehn Liebhaber gehabt habe, zwanzig, hundert. – Aber das wird er mir ja alles nicht glauben. – Und wenn er es mir glaubt, was hilft es mir? – Wenn ich ihm nur irgendwie die Freude verderben könnte. Wenn noch einer dabei wäre? Warum nicht? Er hat ja nicht gesagt, daß er mit mir allein sein muß. Ach, Herr von Dorsday, ich habe solche Angst vor Ihnen. Wollen Sie mir nicht freundlichst gestatten, einen guten Bekannten mitzubringen? Oh, das ist keineswegs gegen die Abrede, Herr von Dorsday. Wenn es mir beliebte, dürfte ich das ganze Hotel dazu einladen, und Sie wären trotzdem verpflichtet, die dreißigtausend Gulden abzuschicken. Aber ich begnüge mich damit, meinen Vetter Paul mitzubringen. Oder ziehen Sie etwa einen andern vor? Der lange blonde Mensch ist leider nicht mehr da, und der Filou mit dem Römerkopf leider auch nicht. Aber ich find' schon noch wen andern. Sie fürchten Indiskretion? Darauf kommt es ja nicht an. Ich lege keinen Wert auf Diskretion. Wenn man einmal so weit ist wie ich, dann ist alles ganz egal. Das ist heute ja nur der Anfang. Oder denken Sie, aus diesem Abenteuer fahre ich wieder nach Hause als anständiges Mädchen aus guter Familie? Nein, weder gute Familie noch anständiges junges Mädchen. Das wäre erledigt. Ich stelle mich jetzt auf meine eigenen Beine. Ich habe schöne Beine, Herr von Dorsday, wie Sie und die übrigen Teilnehmer des Festes bald zu bemerken Gelegenheit haben werden. Also die Sache ist in Ordnung, Herr von Dorsday. Um zehn Uhr, während alles noch in der Halle sitzt, wandern wir im Mondenschein über die Wiese, durch den Wald nach Ihrer berühmten selbstentdeckten Lichtung. Das Telegramm an die Bank bringen Sie für alle Fälle gleich mit. Denn eine Sicherheit darf ich doch wohl verlangen von einem solchen Spitzbuben wie Sie. Und um Mitternacht können Sie wieder nach Hause gehen, und ich bleibe mit meinem Vetter oder sonst wem auf der Wiese im Mondenschein. Sie haben doch nichts dagegen, Herr von Dorsday? Das dürfen Sie gar nicht. Und wenn ich morgen früh zufällig tot sein sollte, so wundern Sie sich weiter nicht. Dann wird eben Paul das Telegramm aufgeben. Dafür wird schon gesorgt sein. Aber bilden Sie sich dann um Gottes willen nicht ein, daß Sie, elender Kerl, mich in den Tod getrieben haben. Ich weiß ja schon lange, daß es so mit mir enden wird. Fragen Sie doch nur meinen Freund Fred, ob ich es ihm nicht schon öfters gesagt habe. Fred, das ist nämlich Herr Friedrich Wenkheim, nebstbei der einzige anständige Mensch, den ich in meinem Leben kennengelernt habe. Der einzige, den ich geliebt hätte, wenn er nicht ein gar so anständiger Mensch wäre. Ja, ein so verworfenes Geschöpf bin ich. Bin nicht geschaffen für eine bürgerliche Existenz, und Talent habe ich auch keines. Für unsere Familie wäre es sowieso das beste, sie stürbe aus. Mit dem Rudi wird auch schon irgendein Malheur geschehen. Der wird sich in Schulden stürzen für eine holländische Chansonette und bei Vanderhulst defraudieren. Das ist schon so in unserer Familie. Und der jüngste Bruder von meinem Vater, der hat sich erschossen, wie er fünfzehn Jahre alt war. Kein Mensch weiß, warum. Ich habe ihn nicht gekannt. Lassen Sie sich die Photographie zeigen, Herr von Dorsday. Wir haben sie in einem Album . . . Ich soll ihm ähnlich sehen. Kein Mensch weiß, warum er sich umgebracht hat. Und von mir wird es auch keiner wissen. Ihretwegen keinesfalls, Herr

von Dorsday. Die Ehre tue ich Ihnen nicht an. Ob mit neunzehn oder einundzwanzig, das ist doch egal. Oder soll ich
Bonne werden oder Telephonistin oder einen Herrn Wilomitzer heiraten oder mich von Ihnen aushalten lassen? Es ist
alles gleich ekelhaft, und ich komme überhaupt gar nicht mit
Ihnen auf die Wiese. Nein, das ist alles viel zu anstrengend
und zu dumm und zu widerwärtig. Wenn ich tot bin, werden
Sie schon die Güte haben und die paar tausend Gulden für den
Papa absenden, denn es wäre doch zu traurig, wenn er gerade
an dem Tage verhaftet würde, an dem man meine Leiche nach
Wien bringt. Aber ich werde einen Brief hinterlassen mit
testamentarischer Verfügung: Herr von Dorsday hat das
Recht, meinen Leichnam zu sehen. Meinen schönen nackten
Mädchenleichnam. So können Sie sich nicht beklagen, Herr
von Dorsday, daß ich Sie übers Ohr gehaut habe. Sie haben
doch was für Ihr Geld. Daß ich noch lebendig sein muß, das
steht nicht in unserem Kontrakt. O nein. Das steht nirgends
geschrieben. Also den Anblick meines Leichnams vermache
ich dem Kunsthändler Dorsday, und Herrn Fred Wenkheim
vermache ich mein Tagebuch aus meinem siebzehnten Lebens-
jahr – weiter habe ich nicht geschrieben – und dem Fräulein
bei Cissy vermache ich die fünf Zwanzigfrankstücke, die ich
vor Jahren aus der Schweiz mitgebracht habe. Sie liegen im
Schreibtisch neben den Briefen. Und Bertha vermache ich das
schwarze Abendkleid. Und Agathe meine Bücher. Und meinem Vetter Paul, dem vermache ich einen Kuß auf meine
blassen Lippen. Und der Cissy vermache ich mein Rakett,
weil ich edel bin. Und man soll mich gleich hier begraben in
San Martino di Castrozza auf dem schönen kleinen Friedhof.
Ich will nicht mehr zurück nach Hause. Auch als Tote will ich
nicht mehr zurück. Und Papa und Mama sollen sich nicht
kränken, mir geht es besser als ihnen. Und ich verzeihe ihnen.
Es ist nicht schade um mich. – Haha, was für ein komisches
Testament. Ich bin wirklich gerührt. Wenn ich denke, daß ich
morgen um die Zeit, während die andern beim Diner sitzen,
schon tot bin? – Die Tante Emma wird natürlich nicht zum
Diner herunterkommen und Paul auch nicht. Sie werden sich
auf dem Zimmer servieren lassen. Neugierig bin ich, wie sich
Cissy benehmen wird. Nur werde ich es leider nicht erfahren.
Gar nichts mehr werde ich erfahren. Oder vielleicht weiß man
noch alles, solange man nicht begraben ist? Und am Ende bin
ich nur scheintot. Und wenn der Herr von Dorsday an meinen
Leichnam tritt, so erwache ich und schlage die Augen auf, da
läßt er vor Schreck das Monokel fallen.
Aber es ist ja leider alles nicht wahr. Ich werde nicht scheintot
sein und tot auch nicht. Ich werde mich überhaupt gar nicht

umbringen, ich bin ja viel zu feig. Wenn ich auch eine couragierte Kletterin bin, feig bin ich doch. Und vielleicht habe ich nicht einmal genug Veronal. Wieviel Pulver braucht man denn? Sechs glaube ich. Aber zehn ist sicherer. Ich glaube, es sind noch zehn. Ja, das werden genug sein.

Zum wievielten Mal lauf' ich jetzt eigentlich um das Hotel herum? Also was jetzt? Da steh' ich vor dem Tor. In der Halle ist noch niemand. Natürlich – sie sitzen ja noch alle beim Diner. Seltsam sieht die Halle aus so ganz ohne Menschen. Auf dem Sessel dort liegt ein Hut, ein Touristenhut, ganz fesch. Hübscher Gemsbart. Dort im Fauteuil sitzt ein alter Herr. Hat wahrscheinlich keinen Appetit mehr. Liest Zeitungen. Dem geht's gut. Er hat keine Sorgen. Er liest ruhig Zeitung, und ich muß mir den Kopf zerbrechen, wie ich dem Papa dreißigtausend Gulden verschaffen soll. Aber nein. Ich weiß ja wie. Es ist ja so furchtbar einfach. Was will ich denn? Was will ich denn? Was tu' ich denn da in der Halle? Gleich werden sie alle kommen vom Diner. Was soll ich denn tun? Herr von Dorsday sitzt gewiß auf Nadeln. Wo bleibt sie, denkt er sich. Hat sie sich am Ende umgebracht? Oder engagiert sie jemanden, daß er mich umbringt? Oder hetzt sie ihren Vetter Paul auf mich? Haben Sie keine Angst, Herr von Dorsday, ich bin keine so gefährliche Person. Ein kleines Luder bin ich, weiter nichts. Für die Angst, die Sie ausgestanden haben, sollen Sie auch Ihren Lohn haben. Zwölf Uhr, Zimmer Nummer fünfundsechzig. Im Freien wäre es mir doch zu kühl. Und von Ihnen aus, Herr von Dorsday, begebe ich mich direkt zu meinem Vetter Paul. Sie haben doch nichts dagegen, Herr von Dorsday?

»Else! Else!«

Wie? Was? Das ist ja Pauls Stimme. Das Diner schon aus? – »Else!« – »Ach, Paul, was gibt's denn, Paul?« – Ich stell' mich ganz unschuldig. – »Ja, wo steckst du denn, Else?« – »Wo soll ich denn stecken? Ich bin spazierengegangen.« – »Jetzt, während des Diners?« – »Na, wann denn? Es ist doch die schönste Zeit dazu.« Ich red' Blödsinn. – »Die Mama hat sich schon alles Mögliche eingebildet. Ich war an deiner Zimmertür, hab' geklopft.« – »Hab' nichts gehört.« – »Aber im Ernst, Else, wie kannst du uns in eine solche Unruhe versetzen! Du hättest Mama doch wenigstens verständigen können, daß du nicht zum Diner kommst.« – »Du hast ja recht, Paul, aber wenn du eine Ahnung hättest, was ich für Kopfschmerzen gehabt habe.« Ganz schmelzend red' ich. Oh, ich Luder. – »Ist dir jetzt wenigstens besser?« – »Könnt' ich eigentlich nicht sagen.« – »Ich will vor allem der Mama« – »Halt, Paul, noch nicht. Entschuldige mich bei der Tante, ich will nur für ein paar Minuten auf mein Zimmer, mich ein bißl herrichten. Dann komme ich gleich herunter und werde mir eine Kleinigkeit nachservieren lassen.« – »*Du bist so blaß, Else? – Soll ich dir die Mama hinaufschicken?*« – »Aber mach' doch keine solchen Geschichten mit mir, Paul, und schau' mich nicht so an. Hast du noch nie ein weibliches Wesen mit Kopfschmerzen gesehen? Ich komme bestimmt noch herunter. In zehn Minuten spätestens. Grüß dich Gott, Paul.« – »*Also auf Wiedersehen, Else.*« – Gott sei Dank, daß er geht. Dummer Bub, aber lieb. Was will denn der Portier von mir? Wie, ein Telegramm? »Danke. Wann ist denn die Depesche gekommen, Herr Portier?« – »*Vor einer Viertelstunde, Fräulein.*« – Warum schaut er mich denn so an, so – bedauernd. Um Himmels willen, was wird denn da drin stehen? Ich mach' sie erst oben auf, sonst fall' ich vielleicht in Ohnmacht. Am Ende hat sich der Papa – – Wenn der Papa tot ist, dann ist ja alles in Ordnung, dann muß ich nicht mehr mit Herrn von Dorsday auf die Wiese gehn . . . Oh, ich elende Person. Lieber Gott, mach', daß in der Depesche nichts Böses steht. Lieber Gott, mach', daß der Papa lebt. Verhaftet meinetwegen, nur nicht tot. Wenn nichts Böses drin steht, dann will ich ein Opfer bringen. Ich werde Bonne, ich nehme eine Stellung in einem Bureau an. Sei nicht tot, Papa. Ich bin ja bereit. Ich tue ja alles, was du willst . . .

Gott sei Dank, daß ich oben bin. Licht gemacht, Licht gemacht. Kühl ist es geworden. Das Fenster war zu lange offen. Courage, Courage. Ha, vielleicht steht drin, daß die Sache geordnet ist. Vielleicht hat der Onkel Bernhard das Geld hergegeben, und sie telegraphieren mir: Nicht mit Dorsday reden. Ich werde es ja gleich sehen. Aber wenn ich auf den Plafond schaue, kann ich natürlich nicht lesen, was in der Depesche steht. Trala, trala, Courage. Es muß ja sein. ›Wiederhole flehentliche Bitte mit Dorsday reden. Summe nicht dreißig, sondern fünfzig. Sonst alles vergeblich. Adresse bleibt Fiala.‹ – Sondern fünfzig. Sonst alles vergeblich. Trala, trala. Fünfzig. Adresse bleibt Fiala. Aber gewiß, ob fünfzig oder dreißig, darauf kommt es ja nicht an. Auch dem Herrn von Dorsday nicht. Das Veronal liegt unter der Wäsche, für alle Fälle. Warum habe ich nicht gleich gesagt: fünfzig. Ich habe doch daran gedacht! Sonst alles vergeblich. Also hinunter, geschwind, nicht da auf dem Bett sitzenbleiben. Ein kleiner Irrtum, Herr von Dorsday, verzeihen Sie. Nicht dreißig, sondern fünfzig, sonst alles vergeblich. Adresse bleibt Fiala. – ›Sie halten mich wohl für einen Narren, Fräulein Else?‹ Keineswegs, Herr Vicomte, wie sollte ich. Für fünfzig müßte ich jedenfalls entsprechend mehr fordern, Fräulein. Sonst alles vergeblich, Adresse bleibt Fiala. Wie Sie wünschen, Herr von Dorsday. Bitte, befehlen Sie nur. Vor allem aber, schreiben Sie die Depesche an Ihr Bankhaus, natürlich, sonst habe ich ja keine Sicherheit. –

Ja, so mach' ich es. Ich komme zu ihm ins Zimmer und erst, wenn er vor meinen Augen die Depesche geschrieben – ziehe ich mich aus. Und die Depesche behalte ich in der Hand. Ha, wie unappetitlich. Und wo soll ich denn meine Kleider hinlegen? Nein, nein, ich ziehe mich schon hier aus und nehme den großen schwarzen Mantel um, der mich ganz einhüllt. So ist es am bequemsten. Für beide Teile. Adresse bleibt Fiala. Mir klappern die Zähne. Das Fenster ist noch offen. Zugemacht. Im Freien? Den Tod hätte ich davon haben können. Schuft! Fünfzigtausend. Er kann nicht Nein sagen. Zimmer fünfundsechzig. Aber vorher sag' ich Paul, er soll in seinem Zimmer auf mich warten. Von Dorsday geh' ich direkt zu Paul und erzähle ihm alles. Und dann soll Paul ihn ohrfeigen. Ja, noch heute nacht. Ein reichhaltiges Programm. Und dann kommt das Veronal. Nein, wozu denn? Warum denn sterben? Keine Spur. Lustig, lustig, jetzt fängt ja das Leben erst an. Ihr sollt euere Freude haben. Ihr sollt stolz werden auf euer Töchterlein. Ein Luder will ich werden, wie es die Welt noch nicht gesehen hat. Adresse bleibt Fiala. Du sollst deine fünfzigtausend Gulden haben, Papa. Aber die nächsten, die ich mir verdiene, um die kaufe ich mir neue Nachthemden mit Spitzen besetzt, ganz durchsichtig und köstliche Seidenstrümpfe. Man lebt nur einmal. Wozu schaut man denn so aus wie ich. Licht gemacht, – die Lampe über dem Spiegel schalt' ich ein. Wie schön meine blondroten Haare sind, und meine Schultern; meine Augen sind auch nicht übel. Hu, wie groß sie sind. Es wär' schad um mich. Zum Veronal ist immer noch Zeit. – Aber ich muß ja hinunter. Tief hinunter. Herr Dorsday wartet, und er weiß noch nicht einmal, daß es indes fünfzigtausend geworden sind. Ja, ich bin im Preis gestiegen, Herr von Dorsday. Ich muß ihm das Telegramm zeigen, sonst glaubt er mir am Ende nicht und denkt, ich will ein Geschäft bei der Sache machen. Ich werde die Depesche auf sein Zimmer schikken und etwas dazu schreiben. Zu meinem lebhaften Bedauern sind es nun fünfzigtausend geworden, Herr von Dorsday, das kann Ihnen ja ganz egal sein. Und ich bin überzeugt, Ihre Gegenforderung war gar nicht ernst gemeint. Denn Sie sind ein Vicomte und ein Gentleman. Morgen früh werden Sie die fünfzigtausend, an denen das Leben meines Vaters hängt, ohne weiters an Fiala senden. Ich rechne darauf. – ›Selbstverständlich, mein Fräulein, ich sende für alle Fälle gleich hunderttausend, ohne jede Gegenleistung und verpflichte mich, überdies, von heute an für den Lebensunterhalt Ihrer ganzen Familie zu sorgen, die Börsenschulden Ihres Herrn Papas zu zahlen und sämtliche veruntreute Mündelgelder zu ersetzen.‹ Adresse bleibt Fiala. Hahaha! Ja, genau so ist der Vicomte von Eperies. Das ist ja alles Unsinn. Was bleibt mir denn übrig? Es muß ja sein, ich muß es ja tun, alles, alles muß ich tun, was Herr von Dorsday verlangt, damit der Papa morgen das Geld hat,—damit er nicht eingesperrt wird, damit er sich nicht umbringt. Und ich werde es auch tun. Ja, ich werde es tun, obzwar doch alles für die Katz' ist. In einem halben Jahr sind wir wieder gerade so weit wie heute! In vier Wochen! — Aber dann geht es mich nichts mehr an. Das eine Opfer bringe ich — und dann keines mehr. Nie, nie, niemals wieder. Ja, das sage ich dem Papa, sobald ich nach Wien komme. Und dann fort aus dem Haus, wo immer hin. Ich werde mich mit Fred beraten. Er ist der einzige, der mich wirklich gern hat. Aber so weit bin ich ja noch nicht. Ich bin nicht in Wien, ich bin noch in Martino di Castrozza. Noch nichts ist geschehen. Also wie, wie, was? Da ist das Telegramm. Was tue ich denn mit dem Telegramm? Ich habe es ja schon gewußt. Ich muß es ihm auf sein Zimmer schicken. Aber was sonst? Ich muß ihm etwas dazu schreiben. Nun ja, was soll ich ihm schreiben? Erwarten Sie mich um zwölf. Nein, nein, nein! Den Triumph soll er nicht haben. Ich will nicht, will nicht, will nicht. Gott sei Dank, daß ich die Pulver da habe. Das ist die einzige Rettung. Wo sind sie denn? Um Gottes willen, man wird sie mir doch nicht gestohlen haben. Aber nein, da sind sie ja. Da in der Schachtel. Sind sie noch alle da? Ja, da sind sie. Eins, zwei, drei, vier, fünf, sechs. Ich will sie ja nur ansehen, die lieben Pulver. Es verpflichtet ja zu nichts. Auch daß ich sie ins Glas schütte, verpflichtet ja zu nichts. Eins, zwei, — aber ich bringe mich ja sicher nicht um. Fällt mir gar nicht ein. Drei, vier, fünf — davon stirbt man auch noch lange nicht. Es wäre schrecklich, wenn ich das Veronal nicht mit hätte. Da müßte ich mich zum Fenster hinunterstürzen und dazu hätt' ich doch nicht den Mut. Aber das Veronal, — man schläft langsam ein, wacht nicht mehr auf, keine Qual, kein Schmerz. Man legt sich ins Bett; in einem Zuge trinkt man es aus, träumt, und alles ist vorbei. Vorgestern habe ich auch ein Pulver genommen und neulich sogar zwei. Pst, niemandem sagen. Heut werden es halt ein bißl mehr sein. Es ist ja nur für alle Fälle. Wenn es mich gar, gar zu sehr grausen sollte. Aber warum soll es mich denn grausen? Wenn er mich anrührt, so spucke ich ihm ins Gesicht. Ganz einfach.

Aber wie soll ich ihm denn den Brief zukommen lassen? Ich kann doch nicht dem Herrn von Dorsday durch das Stubenmädchen einen Brief schicken. Das Beste, ich gehe hinunter und rede mit ihm und zeige ihm das Telegramm. Hinunter muß ich ja jedenfalls. Ich kann doch nicht da heroben im Zimmer bleiben. Ich hielte es ja gar nicht aus, drei Stunden lang – bis der Moment kommt. Auch wegen der Tante muß ich hinunter. Ha, was geht mich denn die Tante an. Was gehen mich die Leute an? Sehen Sie, meine Herrschaften, da steht das Glas mit dem Veronal. So, jetzt nehme ich es in die Hand. So, jetzt führe ich es an die Lippen. Ja, jeden Moment kann ich drüben sein, wo es keine Tanten gibt und keinen Dorsday und keinen Vater, der Mündelgelder defraudiert . . .

Aber ich werde mich nicht umbringen. Das habe ich nicht notwendig. Ich werde auch nicht zu Herrn von Dorsday ins Zimmer gehen. Fällt mir gar nicht ein. Ich werde mich doch nicht um fünfzigtausend Gulden nackt hinstellen vor einen alten Lebemann, um einen Lumpen vor dem Kriminal zu retten. Nein, nein, entweder oder. Wie kommt denn der Herr von Dorsday dazu? Gerade der? Wenn einer mich sieht, dann sollen mich auch andere sehen. Ja! – Herrlicher Gedanke! – Alle sollen mich sehen. Die ganze Welt soll mich sehen. Und dann kommt das Veronal. Nein, nicht das Veronal, – wozu denn?! dann kommt die Villa mit den Marmorstufen und die schönen Jünglinge und die Freiheit und die weite Welt! Guten Abend, Fräulein Else, so gefallen Sie mir. Haha. Da unten werden sie meinen, ich bin verrückt geworden. Aber ich war noch nie so vernünftig. Zum erstenmal in meinem Leben bin ich wirklich vernünftig. Alle, alle sollen sie mich sehen! – Dann gibt es kein zurück, kein nach Hause zu Papa und Mama, zu den Onkeln und Tanten. Dann bin ich nicht mehr das Fräulein Else, das man an irgendeinen Direktor Wilomitzer verkuppeln möchte; alle hab' ich sie so zum Narren; – den Schuften Dorsday vor allem – und komme zum zweitenmal auf die Welt . . . sonst alles vergeblich – Adresse bleibt Fiala. Haha!

Keine Zeit mehr verlieren, nicht wieder feig werden. Herunter das Kleid. Wer wird der Erste sein? Wirst du es sein, Vetter Paul? Dein Glück, daß der Römerkopf nicht mehr da ist. Wirst du diese schönen Brüste küssen heute nacht? Ah, wie bin ich schön. Bertha hat ein schwarzes Seidenhemd. Raffiniert. Ich werde noch viel raffinierter sein. Herrliches Leben. Fort mit den Strümpfen, das wäre unanständig. Nackt, ganz nackt. Wie wird mich Cissy beneiden. Und andere auch. Aber sie trauen sich nicht. Sie möchten ja alle so gern. Nehmt euch ein Beispiel. Ich, die Jungfrau, ich traue mich. Ich werde mich ja zu Tod lachen über Dorsday. Da bin ich, Herr von Dorsday. Rasch auf die Post. So viel ist es doch wert?

Schön, schön bin ich! Schau' mich an, Nacht! Berge, schaut mich an! Himmel schau' mich an, wie schön ich bin. Aber ihr seid ja blind. Was habe ich von euch. Die da unten haben Augen. Soll ich mir die Haare lösen? Nein. Da säh' ich aus wie eine Verrückte. Aber ihr sollt mich nicht für verrückt halten. Nur für schamlos sollt ihr mich halten. Für eine Kanaille. Wo ist das Telegramm? Um Gottes willen, wo habe ich denn das Telegramm? Da liegt es ja, friedlich neben dem Veronal. ›Wiederhole flehentlich – fünfzigtausend – sonst alles vergeblich. Adresse bleibt Fiala.‹ Ja, das ist das Telegramm. Das ist ein Stück Papier, und da stehen Worte darauf. Aufgegeben in Wien vier Uhr dreißig. Nein, ich träume nicht, es ist alles wahr. Und zu Hause warten sie auf fünfzigtausend Gulden. Und Herr von Dorsday wartet auch. Er soll nur warten. Wir haben ja Zeit. Ah, wie hübsch ist es, so nackt im Zimmer auf und ab zu spazieren. Bin ich wirklich so schön wie im Spiegel? Ach, kommen Sie doch näher, schönes Fräulein. Ich will Ihre blutroten Lippen küssen. Ich will Ihre Brüste an meine Brüste pressen. Wie schade, daß das Glas zwischen uns ist, das kalte Glas. Wie gut würden wir uns miteinander vertragen. Nicht wahr? Wir brauchten gar niemanden andern. Es gibt vielleicht gar keine andern Menschen. Es gibt Telegramme und Hotels und Berge und Bahnhöfe und Wälder, aber Menschen gibt es nicht. Die träumen wir nur. Nur der Doktor Fiala existiert mit der Adresse. Es bleibt immer dieselbe. Oh, ich bin keineswegs verrückt. Ich bin nur ein wenig erregt. Das ist doch ganz selbstverständlich, bevor man zum zweitenmal auf die Welt kommt. Denn die frühere Else ist schon gestorben. Ja, ganz bestimmt bin ich tot. Da braucht man kein Veronal dazu. Soll ich es nicht weggießen? Das Stubenmädel könnte es aus Versehen trinken. Ich werde einen Zettel hinlegen und darauf schreiben: Gift; nein, lieber: Medizin, – damit dem Stubenmädel nichts geschieht. So edel bin ich. So. Medizin, zweimal unterstrichen und drei Ausrufungszeichen. Jetzt kann nichts passieren. Und wenn ich dann heraufkomme und keine Lust habe mich umzubringen und nur schlafen will, dann trinke ich eben nicht das ganze Glas aus, sondern nur ein Viertel davon oder noch weniger. Ganz einfach. Alles habe ich in meiner Hand. Am einfachsten wäre, ich liefe hinunter – so wie ich bin über Gang und Stiegen. Aber nein, da könnte ich aufgehalten werden, ehe ich unten bin – und ich muß doch die Sicherheit haben, daß der Herr von Dorsday dabei ist! Sonst schickt er natürlich das Geld nicht ab, der Schmutzian. – Aber ich muß ihm ja schreiben. Das ist doch das Wichtigste. Oh, kalt ist die Sessellehne, aber angenehm. Wenn ich meine Villa am

italienischen See haben werde, dann werde ich in meinem
Park immer nackt herumspazieren . . . Die Füllfeder vermache
ich Fred, wenn ich einmal sterbe. Aber vorläufig habe ich
etwas Gescheiteres zu tun als zu sterben. ›Hochverehrter Herr
Vicomte‹ – also vernünftig Else, keine Aufschrift, weder
hochverehrt, noch hochverachtet. ›Ihre Bedingung, Herr von
Dorsday, ist erfüllt‹ – – – ›In dem Augenblick, da Sie diese
Zeilen lesen, Herr von Dorsday, ist Ihre Bedingung erfüllt,
wenn auch nicht ganz in der von Ihnen vorgesehenen Weise.‹
– ›Nein, wie gut das Mädel schreibt‹, möcht' der Papa sagen. – ›Und so rechne ich darauf, daß Sie Ihrerseits Ihr Wort
halten und die fünfzigtausend Gulden telegraphisch an die
bekannte Adresse unverzüglich anweisen lassen werden,
Else.‹ Nein, nicht Else. Gar keine Unterschrift. So. Mein
schönes gelbes Briefpapier! Hab' ich zu Weihnachten bekommen. Schad' drum. So – und jetzt Telegramm und Brief ins
Kuvert. – ›Herrn von Dorsday‹, Zimmer Nummer fünfundsechzig. Wozu die Nummer? Ich lege ihm den Brief einfach
vor die Tür im Vorbeigehen. Aber ich muß nicht. Ich muß
überhaupt gar nichts. Wenn es mir beliebt, kann ich mich
jetzt auch ins Bett legen und schlafen und mich um nichts mehr
kümmern. Nicht um den Herrn von Dorsday und nicht um
den Papa. Ein gestreifter Sträflingsanzug ist auch ganz elegant. Und erschossen haben sich schon viele. Und sterben
müssen wir alle.

Aber du hast ja das alles vorläufig nicht nötig, Papa. Du hast
ja deine herrlich gewachsene Tochter, und Adresse bleibt Fiala.
Ich werde eine Sammlung einleiten. Mit dem Teller werde ich
herumgehen. Warum sollte nur Herr von Dorsday zahlen?
Das wäre ein Unrecht. Jeder nach seinen Verhältnissen. Wieviel wird Paul auf den Teller legen? Und wieviel der Herr mit
dem goldenen Zwicker? Aber bildet euch nur ja nicht ein, daß
das Vergnügen lange dauern wird. Gleich hülle ich mich wieder ein, laufe die Treppe hinauf in mein Zimmer, sperre mich
ein und, wenn es mir beliebt, trinke ich das ganze Glas auf
einen Zug. Aber es wird mir nicht belieben. Es wäre nur eine
Feigheit. Sie verdienen gar nicht so viel Respekt, die Schufte.
Schämen vor euch? Ich mich schämen vor irgend wem? Das
habe ich wirklich nicht nötig. Laß dir noch einmal in die Augen
sehen, schöne Else. Was du für Riesenaugen hast, wenn man
näher kommt. Ich wollte, es küßte mich einer auf meine
Augen, auf meinen blutroten Mund. Kaum über die Knöchel
reicht mein Mantel. Man wird sehen, daß meine Füße nackt
sind. Was tut's, man wird noch mehr sehen! Aber ich bin
nicht verpflichtet. Ich kann gleich wieder umkehren, noch bevor ich unten bin. Im ersten Stock kann ich umkehren. Ich

muß überhaupt nicht hinuntergehen. Aber ich will ja. Ich freue mich drauf. Hab' ich mir nicht ein ganzes Leben lang so was gewünscht? *SARKASMUS ?*

Worauf warte ich denn noch? Ich bin ja bereit. Die Vorstellung kann beginnen. Den Brief nicht vergessen. Eine aristokratische Schrift behauptet Fred. Auf Wiedersehen, Else. Du bist schön mit dem Mantel. Florentinerinnen haben sich so malen lassen. In den Galerien hängen ihre Bilder, und es ist eine Ehre für sie. – Man muß gar nichts bemerken, wenn ich den Mantel um habe. Nur die Füße, nur die Füße. Ich nehme die schwarzen Lackschuhe, dann denkt man, es sind fleischfarbene Strümpfe. So werde ich durch die Halle gehen, und kein Mensch wird ahnen, daß unter dem Mantel nichts ist, als ich, ich selber. Und dann kann ich immer noch herauf . . . – Wer spielt denn da unten so schön Klavier? Chopin? – Herr von Dorsday wird etwas nervös sein. Vielleicht hat er Angst vor Paul. Nur Geduld, Geduld, wird sich alles finden. Ich weiß noch gar nichts, Herr von Dorsday, ich bin selber schrecklich gespannt. Licht ausschalten! Ist alles in Ordnung in meinem Zimmer? Leb' wohl, Veronal, auf Wiedersehen. Leb' wohl, mein heißgeliebtes Spiegelbild. Wie du im Dunkel leuchtest. Ich bin schon ganz gewohnt, unter dem Mantel nackt zu sein. Ganz angenehm. Wer weiß, ob nicht manche so in der Halle sitzen und keiner weiß es? Ob nicht manche Dame so ins Theater geht und so in ihrer Loge sitzt – zum Spaß oder aus anderen Gründen.

Soll ich zusperren? Wozu? Hier wird ja nichts gestohlen. Und wenn auch – ich brauche ja nichts mehr. Schluß . . . Wo ist denn Nummer fünfundsechzig? Niemand ist auf dem Gang. Alles noch unten beim Diner. Einundsechzig . . . zweiundsechzig . . . das sind ja riesige Bergschuhe, die da vor der Türe stehen. Da hängt eine Hose am Haken. Wie unanständig. Vierundsechzig, fünfundsechzig. So. Da wohnt er, der Vicomte . . . Da unten lehn' ich den Brief hin, an die Tür. Da muß er ihn gleich sehen. Es wird ihn doch keiner stehlen? So, da liegt er . . . Macht nichts . . . Ich kann noch immer tun, was ich will. Hab' ich ihn halt zum Narrn gehalten . . . Wenn ich ihm nur jetzt nicht auf der Treppe begegne. Da kommt ja . . . nein, das ist er nicht! . . . Der ist viel hübscher als der Herr von Dorsday, sehr elegant, mit dem kleinen schwarzen Schnurrbart. Wann ist denn der angekommen? Ich könnte eine kleine Probe veranstalten – ein ganz klein wenig den Mantel lüften. Ich habe große Lust dazu. Schauen Sie mich nur an, mein Herr. Sie ahnen nicht, an wem Sie da vorübergehen. Schade, daß Sie gerade jetzt sich heraufbemühen. Warum bleiben Sie nicht in der Halle? Sie versäumen etwas.

Große Vorstellung. Warum halten Sie mich nicht auf? Mein Schicksal liegt in Ihrer Hand. Wenn Sie mich grüßen, so kehre ich wieder um. So grüßen Sie mich doch. Ich sehe Sie doch so liebenswürdig an . . . Er grüßt nicht. Vorbei ist er. Er wendet sich um, ich spüre es. Rufen Sie, grüßen Sie! Retten Sie mich! Vielleicht sind Sie an meinem Tode schuld, mein Herr! Aber Sie werden es nie erfahren. Adresse bleibt Fiala . . .

Wo bin ich? Schon in der Halle? Wie bin ich daher gekommen? So wenig Leute und so viele Unbekannte. Oder sehe ich so schlecht? Wo ist Dorsday? Er ist nicht da. Ist es ein Wink des Schicksals? Ich will zurück. Ich will einen andern Brief an Dorsday schreiben. Ich erwarte Sie in meinem Zimmer um Mitternacht. Bringen Sie die Depesche an Ihre Bank mit. Nein. Er könnte es für eine Falle halten. Könnte auch eine sein. Ich könnte Paul bei mir versteckt haben, und er könnte ihn mit dem Revolver zwingen, uns die Depesche auszuliefern. Erpressung. Ein Verbrecherpaar. Wo ist Dorsday? Dorsday, wo bist du? Hat er sich vielleicht umgebracht aus Reue über meinen Tod? Im Spielzimmer wird er sein. Gewiß. An einem Kartentisch wird er sitzen. Dann will ich ihm von der Tür aus mit den Augen ein Zeichen geben. Er wird sofort aufstehen. ›Hier bin ich, mein Fräulein.‹ Seine Stimme wird klingen. ›Wollen wir ein wenig promenieren, Herr Dorsday?‹ ›Wie es beliebt, Fräulein Else.‹ Wir gehen über den Marienweg zum Walde hin. Wir sind allein. Ich schlage den Mantel aus-einander. Die fünfzigtausend sind fällig. Die Luft ist kalt, ich bekomme eine Lungenentzündung und sterbe . . . Warum sehen mich die zwei Damen an? Merken sie was? Warum bin ich denn da? Bin ich verrückt? Ich werde zurückgehen in mein Zimmer, mich geschwind ankleiden, das blaue, drüber den Mantel wie jetzt, aber offen, da kann niemand glauben, daß ich vorher nichts angehabt habe . . . Ich kann nicht zurück. Ich will auch nicht zurück. Wo ist Paul? Wo ist Tante Emma? Wo ist Cissy? Wo sind sie denn alle? Keiner wird es merken . . . Man kann es ja gar nicht merken. Wer spielt so schön? Cho-pin? Nein, Schumann.

Ich irre in der Halle umher wie eine Fledermaus. Fünfzigtau-send! Die Zeit vergeht. Ich muß diesen verfluchten Herrn von Dorsday finden. Nein, ich muß in mein Zimmer zurück . . . Ich werde Veronal trinken. Nur einen kleinen Schluck, dann werde ich gut schlafen . . . Nach getaner Arbeit ist gut ruhen . . . Aber die Arbeit ist noch nicht getan . . . Wenn der Kellner den schwarzen Kaffee dem alten Herrn dort serviert, so geht alles gut aus. Und wenn er ihn dem jungen Ehepaar in der Ecke bringt, so ist alles verloren. Wieso? Was heißt das? Zu dem alten Herrn bringt er den Kaffee. Triumph! Alles geht gut aus. Ha, Cissy und Paul! Da draußen vor dem Hotel gehen sie auf und ab. Sie reden ganz vergnügt miteinander. Er regt sich nicht sonderlich auf wegen meiner Kopfschmerzen. Schwindler!... Cissy hat keine so schönen Brüste wie ich. Freilich, sie hat ja ein Kind... Was reden die zwei? Wenn man es hören könnte! Was geht es mich an, was sie reden? Aber ich könnte ja auch vors Hotel gehen, ihnen guten Abend wünschen und dann weiter, weiterflattern über die Wiese, in den Wald hinaufsteigen, klettern, immer höher, bis auf den Cimone hinauf, mich hinlegen, einschlafen, erfrieren. Geheimnisvoller Selbstmord einer jungen Dame der Wiener Gesellschaft. Nur mit einem schwarzen Abendmantel bekleidet, wurde das schöne Mädchen an einer unzugänglichen Stelle des Cimone della Pala tot aufgefunden... Aber vielleicht findet man mich nicht... Oder erst im nächsten Jahr. Oder noch später. Verwest. Als Skelett. Doch besser, hier in der geheizten Halle sein und nicht erfrieren. Nun, Herr von Dorsday, wo stecken Sie denn eigentlich? Bin ich verpflichtet zu warten? Sie haben mich zu suchen, nicht ich Sie. Ich will noch im Spielsaal nachschauen. Wenn er dort nicht ist, hat er sein Recht verwirkt. Und ich schreibe ihm: Sie waren nicht zu finden, Herr von Dorsday, Sie haben freiwillig verzichtet; das entbindet Sie nicht von der Verpflichtung, das Geld sofort abzuschicken. Das Geld. Was für ein Geld denn? Was kümmert mich das? Es ist mir doch ganz gleichgültig, ob er das Geld abschickt oder nicht. Ich habe nicht das geringste Mitleid mehr mit Papa. Mit keinem Menschen habe ich Mitleid. Auch mit mir selber nicht. Mein Herz ist tot. Ich glaube, es schlägt gar nicht mehr. Vielleicht habe ich das Veronal schon getrunken... Warum schaut mich die holländische Familie so an? Man kann doch unmöglich was merken. Der Portier sieht mich auch so verdächtig an. Ist vielleicht eine Depesche gekommen? Achtzigtausend? Hunderttausend? Adresse bleibt Fiala. Wenn eine Depesche da wäre, würde er es mir sagen. Er sieht mich hochachtungsvoll an. Er weiß nicht, daß ich unter dem Mantel nichts anhabe. Niemand weiß es. Ich gehe zurück in mein Zimmer. Zurück, zurück, zurück! Wenn ich über die Stufen stolperte, das wäre eine nette Geschichte. Vor drei Jahren auf dem Wörthersee ist eine Dame ganz nackt hinausgeschwommen. Aber noch am selben Nachmittag ist sie abgereist. Die Mama hat gesagt, es ist eine Operettensängerin aus Berlin. Schumann? Ja, Karneval. Die oder der spielt ganz schön. Das Kartenzimmer ist aber rechts. Letzte Möglichkeit, Herr von Dorsday. Wenn er dort ist, winke ich ihn mit den Augen zu mir her und sage ihm, um Mitternacht werde ich bei Ihnen sein, Sie Schuft. – Nein, Schuft sage ich ihm nicht. Aber

nachher sage ich es ihm . . . Irgendwer geht mir nach. Ich wende
mich nicht um. Nein, nein. –
»Else!« – Um Gottes willen, die Tante. Weiter, weiter!
»Else!« – Ich muß mich umdrehen, es hilft mir nichts. »Oh,
guten Abend, Tante.« – »Ja, Else, was ist denn mit dir? Grad
wollte ich zu dir hinaufschauen. Paul hat mir gesagt – – Ja,
wie schaust du denn aus?« – »Wie schau' ich denn aus,
Tante? Es geht mir schon ganz gut. Ich habe auch eine Kleinigkeit gegessen.« Sie merkt was, sie merkt was. – »Else – du
hast ja – keine Strümpfe an!« – »Was sagst du da, Tante?
Meiner Seel, ich habe keine Strümpfe an. Nein –!« – »Ist
dir nicht wohl, Else? Deine Augen – du hast Fieber.« – »Fieber? Ich glaub' nicht. Ich hab' nur so furchtbare Kopfschmerzen gehabt, wie nie in meinem Leben noch.« – »Du mußt
sofort zu Bett, Kind, du bist totenblaß.« – »Das kommt von
der Beleuchtung, Tante. Alle Leute sehen hier blaß aus in der
Halle.« Sie schaut so sonderbar an mir herab. Sie kann doch
nichts merken? Jetzt nur die Fassung bewahren. Papa ist verloren, wenn ich nicht die Fassung bewahre. Ich muß etwas
reden. »Weißt du, Tante, was mir heuer in Wien passiert ist?
Da bin ich einmal mit einem gelben und einem schwarzen
Schuh auf die Straße gegangen.« Kein Wort ist wahr. Ich muß
weiterreden. Was sag' ich nur? »Weißt du, Tante, nach Mi-
gräneanfällen habe ich manchmal solche Anfälle von Zerstreut-
heit. Die Mama hat das auch früher gehabt.« Nicht ein Wort
ist wahr. – »Ich werde jedenfalls um den Doktor schicken.«
– »Aber ich bitte dich, Tante, es ist ja gar keiner im Hotel.
Man müßt' einen aus einer anderen Ortschaft holen. Der
würde schön lachen, daß man ihn holen läßt, weil ich keine
Strümpfe anhabe. Haha.« Ich sollte nicht so laut lachen. Das
Gesicht von der Tante ist angstverzerrt. Die Sache ist ihr unheimlich. Die Augen fallen ihr heraus. – »Sag', Else, hast du
nicht zufällig Paul gesehen?« – Ah, sie will sich Sukkurs verschaffen. Fassung, alles steht auf dem Spiel. »Ich glaube, er
geht auf und ab vor dem Hotel mit Cissy Mohr, wenn ich
nicht irre.« – »Vor dem Hotel? Ich werde sie beide herein-
holen. Wir wollen noch alle einen Tee trinken, nicht wahr?«
– »Gern.« Was für ein dummes Gesicht sie macht. Ich nicke
ihr ganz freundlich und harmlos zu. Fort ist sie. Ich werde
jetzt in mein Zimmer gehen. Nein, was soll ich denn in meinem Zimmer tun? Es ist höchste Zeit, höchste Zeit. Fünfzigtausend, fünfzigtausend. Warum laufe ich denn so? Nur langsam, langsam . . . Was will ich denn? Wie heißt der Mann?
Herr von Dorsday. Komischer Name . . . Da ist ja das Spielzimmer. Grüner Vorhang vor der Tür. Man sieht nichts. Ich
stelle mich auf die Zehenspitzen. Die Whistpartie. Die spielen

jeden Abend. Dort spielen zwei Herren Schach. Herr von Dorsday ist nicht da. Viktoria. Gerettet! Wieso denn? Ich muß weitersuchen. Ich bin verdammt, Herrn von Dorsday zu suchen bis an mein Lebensende. Er sucht mich gewiß auch. Wir verfehlen uns immerfort. Vielleicht sucht er mich oben. Wir werden uns auf der Stiege treffen. Die Holländer sehen mich wieder an. Ganz hübsch die Tochter. Der alte Herr hat eine Brille, eine Brille, eine Brille ... Fünfzigtausend. Es ist ja nicht so viel. Fünfzigtausend, Herr von Dorsday. Schumann? Ja, Karneval ... Hab' ich auch einmal studiert. Schön spielt sie.

Warum denn sie? Vielleicht ist es ein Er? Vielleicht ist es eine Virtuosin? Ich will einen Blick in den Musiksalon tun.
Da ist ja die Tür. – – Dorsday! Ich falle um. Dorsday! Dort steht er am Fenster und hört zu. Wie ist das möglich? Ich verzehre mich – ich werde verrückt – ich bin tot – und er hört einer fremden Dame Klavierspielen zu. Dort auf dem Diwan sitzen zwei Herren. Der Blonde ist erst heute angekommen. Ich hab' ihn aus dem Wagen steigen sehen. Die Dame ist gar nicht mehr jung. Sie ist schon ein paar Tage lang hier. Ich habe nicht gewußt, daß sie so schön Klavier spielt. Sie hat es gut.

Alle Menschen haben es gut ... nur ich bin verdammt ... Dorsday! Dorsday! Ist er das wirklich? Er sieht mich nicht. Jetzt schaut er aus wie ein anständiger Mensch. Er hört zu. Fünfzigtausend! Jetzt oder nie. Leise die Tür aufgemacht. Da bin ich, Herr von Dorsday! Er sieht mich nicht. Ich will ihm nur ein Zeichen mit den Augen geben, dann werde ich den Mantel ein wenig lüften, das ist genug. Ich bin ja ein junges Mädchen. Bin ein anständiges junges Mädchen aus guter Familie. Bin ja keine Dirne ... Ich will fort. Ich will Veronal nehmen und schlafen. Sie haben sich geirrt, Herr von Dorsday, ich bin keine Dirne. Adieu, adieu! . . . Ha, er schaut auf. Da bin ich, Herr von Dorsday. Was für Augen er macht. Seine Lippen zittern. Er bohrt seine Augen in meine Stirn. Er ahnt nicht, daß ich nackt bin unter dem Mantel. Lassen Sie mich fort, lassen Sie mich fort! Seine Augen glühen. Seine Augen drohen. Was wollen Sie von mir? Sie sind ein Schuft. Keiner sieht mich als er. Sie hören zu. So kommen Sie doch, Herr von Dorsday! Merken Sie nichts? Dort im Fauteuil – Herrgott, im Fauteuil – das ist ja der Filou! Himmel, ich danke dir. Er ist wieder da, er ist wieder da! Er war nur auf einer Tour! Jetzt ist er wieder da. Der Römerkopf ist wieder da. Mein Bräutigam, mein Geliebter. Aber er sieht mich nicht. Er soll mich auch nicht sehen. Was wollen Sie, Herr von Dorsday? Sie schauen mich an, als wenn ich Ihre Sklavin wäre. Ich bin nicht Ihre Sklavin. Fünfzigtausend! Bleibt es bei unserer Abmachung, Herr von Dorsday? Ich bin bereit. Da bin ich. Ich bin ganz ruhig. Ich lächle. Verstehen Sie meinen Blick? Sein Auge spricht zu mir: komm! Sein Auge spricht: ich will dich nackt sehen. Nun, du Schuft, ich bin ja nackt. Was willst du denn noch? Schick' die Depesche ab . . . Sofort . . . Es rieselt durch meine Haut. Die Dame spielt weiter.

Köstlich rieselt es durch meine Haut. Wie wundervoll ist es, nackt zu sein. Die Dame spielt weiter, sie weiß nicht, was hier geschieht. Niemand weiß es. Keiner noch sieht mich. Filou, Filou! Nackt stehe ich da. Dorsday reißt die Augen auf. Jetzt endlich glaubt er es. Der Filou steht auf. Seine Augen leuchten. Du verstehst mich, schöner Jüngling. »Haha!« Die Dame spielt nicht mehr. Der Papa ist gerettet. Fünfzigtausend!

Adresse bleibt Fiala! »Ha, ha, ha!« Wer lacht denn da? Ich selber? »Ha, ha, ha!« Was sind denn das für Gesichter um mich? »Ha, ha, ha!« Zu dumm, daß ich lache. Ich will nicht lachen, ich will nicht. »Haha!« – »Else!«– Wer ruft Else? Das ist Paul. Er muß hinter mir sein. Ich spüre einen Luftzug über meinen nackten Rücken. Es saust in meinen Ohren. Vielleicht bin ich schon tot? Was wollen Sie, Herr von Dorsday? Warum sind Sie so groß und stürzen über mich her? »Ha, ha, ha!«

Was habe ich denn getan? Was habe ich getan? Was habe ich getan? Ich falle um. Alles ist vorbei. Warum ist denn keine Musik mehr? Ein Arm schlingt sich um meinen Nacken. Das ist Paul. Wo ist denn der Filou? Da lieg' ich. »Ha, ha, ha!« Der Mantel fliegt auf mich herab. Und ich liege da. Die Leute halten mich für ohnmächtig. Nein, ich bin nicht ohnmächtig. Ich bin bei vollem Bewußtsein. Ich bin hundertmal wach, ich bin tausendmal wach. Ich muß nur immer lachen. »Ha, ha, ha!« Jetzt haben Sie Ihren Willen, Herr von Dorsday, Sie müssen das Geld für Papa schicken. Sofort. »Haaaah!« Ich will nicht schreien, und ich muß immer schreien. Warum muß ich denn schreien. – Meine Augen sind zu. Niemand kann mich sehen. Papa ist gerettet. – »Else!« – Das ist die Tante. – »Else! Else!« – »Ein Arzt, ein Arzt!« – »Geschwind zum Portier!« – »Was ist denn passiert?« – »Das ist ja nicht möglich.« – »Das arme Kind.« – Was reden sie denn da? Was murmeln sie denn da? Ich bin kein armes Kind. Ich bin glücklich. Der Filou hat mich nackt gesehen. Oh, ich schäme mich so. Was habe ich getan? Nie wieder werde ich die Augen öffnen. – »Bitte, die Türe schließen.« – Warum soll man die Türe schließen? Was für Gemurmel. Tausend Leute sind um mich. Sie halten mich alle für ohnmächtig. Ich bin nicht ohnmächtig. Ich träume nur. – »Beruhigen Sie sich doch, gnädige Frau.« – »Ist schon um den Arzt geschickt?« – »Es ist ein Ohnmachtsanfall.« – Wie weit sie alle weg sind. Sie sprechen alle vom Cimone herunter. – »Man kann sie doch nicht auf dem Boden liegenlassen.« – »Hier ist ein Plaid.« – »Eine Decke.« – »Decke oder Plaid, das ist ja gleichgültig.« – »Bitte doch um Ruhe.« – »Auf den Diwan.« – »Bitte doch endlich die Türe zu schließen.« – »Nicht so nervös sein, sie ist ja geschlossen.« – »Else! Else!« – Wenn die Tante nur endlich still wär'! – »Hörst du mich, Else?« – »Du siehst doch, Mama, daß sie ohnmächtig ist.« – Ja, Gott sei Dank, für euch bin ich ohnmächtig. Und ich bleibe auch ohnmächtig. – »Wir müssen sie auf ihr Zimmer bringen.« – »Was ist denn da geschehen? Um Gottes willen!« – Cissy. Wie kommt denn Cissy auf die Wiese. Ach, es ist ja nicht die Wiese. – »Else!«

– »Bitte um Ruhe.« – »Bitte ein wenig zurücktreten.« – Hände, Hände unter mir. Was wollen sie denn? Wie schwer bin ich. Pauls Hände. Fort, fort. Der Filou ist in meiner Nähe, ich spüre es. Und Dorsday ist fort. Man muß ihn suchen. Er darf sich nicht umbringen, ehe er die fünfzigtausend abgeschickt hat. Meine Herrschaften, er ist mir Geld schuldig. Verhaften Sie ihn. »Hast du eine Ahnung, von wem die Depesche war, Paul?« – »Guten Abend, meine Herrschaften.« – »Else, hörst du mich?« – »Lassen Sie sie doch, Frau Cissy.« – »Ach Paul.« – »Der Direktor sagt, es kann vier Stunden dauern, bis der Doktor da ist.« – »Sie sieht aus, als wenn sie schliefe.« – Ich liege auf dem Diwan, Paul hält meine Hand, er fühlt mir den Puls. Richtig, er ist ja Arzt. – »Von Gefahr ist keine Rede, Mama. Ein – Anfall.« – »Keinen Tag länger bleibe ich im Hotel.« – »Bitte dich, Mama.« – »Morgen früh reisen wir ab.« – »Aber einfach über die Dienerschaftsstiege. Die Tragbahre wird sofort hier sein.« – Bahre? Bin ich nicht heute schon auf einer Bahre gelegen? War ich nicht schon tot? Muß ich denn noch einmal sterben? – »Wollen Sie nicht dafür sorgen, Herr Direktor, daß die Leute sich endlich von der Türe entfernen.« – »Rege dich doch nicht auf, Mama.« – »Es ist eine Rücksichtslosigkeit von den Leuten.« – Warum flüstern sie denn alle? Wie in einem Sterbezimmer. Gleich wird die Bahre da sein. Mach' auf das Tor, Herr Matador! – »Der Gang ist frei.« – »Die Leute könnten doch wenigstens so viel Rücksicht haben.« – »Ich bitte dich, Mama, beruhige dich doch.« – »Bitte, gnädige Frau.« – »Wollen Sie sich nicht ein wenig meiner Mutter annehmen, Frau Cissy?« – Sie ist seine Geliebte, aber sie ist nicht so schön wie ich. Was ist denn schon wieder? Was geschieht denn da? Sie bringen die Bahre. Ich sehe es mit geschlossenen Augen. Das ist die Bahre, auf der sie die Verunglückten tragen. Auf der ist auch der Doktor Zigmondi gelegen, der vom Cimone abgestürzt ist. Und jetzt werde ich auf der Bahre liegen. Ich bin auch abgestürzt. »Ha!« Nein, ich will nicht noch einmal schreien. Sie flüstern. Wer beugt sich über meinen Kopf? Es riecht gut nach Zigaretten. Seine Hand ist unter meinem Kopf. Hände unter meinem Rücken, Hände unter meinen Beinen. Fort, fort, rührt mich nicht an. Ich bin ja nackt. Pfui, pfui. Was wollt ihr denn? Laßt mich in Ruhe. Es war nur für Papa. – »Bitte vorsichtig, so, langsam.« – »Der Plaid?« – »Ja, danke, Frau Cissy.« – Warum dankt er ihr? Was hat sie denn getan? Was geschieht mit mir? Ah, wie gut, wie gut. Ich schwebe. Ich schwebe. Ich schwebe hinüber. Man trägt mich, man trägt mich, man trägt mich zu Grabe. – »Aber mir sein das g'wohnt, Herr Doktor. Da sind schon Schwerere darauf gelegen. Im vorigen Herbst

einmal zwei zugleich.« – »Pst, pst.« – »Vielleicht sind Sie so
gut, vorauszugehen, Frau Cissy und sehen, ob in Elses Zimmer alles in Ordnung ist.« – Was hat Cissy in meinem Zimmer zu tun? Das Veronal, das Veronal! Wenn sie es nur nicht
weggießen. Dann müßte ich mich doch zum Fenster hinunterstürzen. – »Danke sehr, Herr Direktor, bemühen Sie sich
nicht weiter.« – »Ich werde mir erlauben, später wieder nach-
zufragen.« – Die Treppe knarrt, die Träger haben schwere
Bergstiefel. Wo sind meine Lackschuhe? Im Musikzimmer geblieben. Man wird sie stehlen. Ich habe sie der Agathe vermachen wollen. Fred kriegt meine Füllfeder. Sie tragen mich,
sie tragen mich. Trauerzug. Wo ist Dorsday, der Mörder?
Fort ist er. Auch der Filou ist fort. Er ist gleich wieder auf die
Wanderschaft gegangen. Er ist nur zurückgekommen, um einmal meine weißen Brüste zu sehen. Und jetzt ist er wieder
fort. Er geht einen schwindligen Weg zwischen Felsen und
Abgrund; – leb' wohl, leb' wohl. – Ich schwebe, ich schwebe.
Sie sollen mich nur hinauftragen, immer weiter, bis zum
Dach, bis zum Himmel. Das wäre so bequem. – »Ich habe es
ja kommen gesehen, Paul.« – Was hat die Tante kommen
gesehen? – »Schon die ganzen letzten Tage habe ich so etwas
kommen gesehen. Sie ist überhaupt nicht normal. Sie muß
natürlich in eine Anstalt.« – »Aber Mama, jetzt ist doch
nicht der Moment, davon zu reden.« – Anstalt –? Anstalt –?!
– »Du denkst doch nicht, Paul, daß ich in ein und demselben Coupé mit dieser Person nach Wien fahren werde.
Da könnte man schöne Sachen erleben.« – »Es wird nicht das
geringste passieren, Mama. Ich garantiere dir, daß du keinerlei Ungelegenheiten haben wirst.« – »Wie kannst du das
garantieren?« – Nein, Tante, du sollst keine Ungelegenheiten
haben. Niemand wird Ungelegenheiten haben. Nicht einmal
Herr von Dorsday. Wo sind wir denn? Wir bleiben stehen.
Wir sind im zweiten Stock. Ich werde blinzeln. Cissy steht in
der Tür und spricht mit Paul. – »Hierher bitte. So. So. Hier.
Danke. Rücken Sie die Bahre ganz nah' ans Bett heran.« –
Sie heben die Bahre. Sie tragen mich. Wie gut. Nun bin ich
wieder zu Hause. Ah! »Danke. So, es ist schon recht. Bitte
die Türe zu schließen. – Wenn Sie so gut sein wollten, mir
zu helfen, Cissy.« – »Oh, mit Vergnügen, Herr Doktor.« –
»Langsam, bitte. Hier, bitte, Cissy, fassen Sie sie an. Hier an
den Beinen. Vorsichtig. Und dann – – Else – –? Hörst du
mich Else?« – Aber natürlich höre ich dich, Paul. Ich höre
alles. Aber was geht euch das an. Es ist ja so schön, ohnmächtig zu sein. Ach, macht, was ihr wollt. – »Paul!« – »Gnädige
Frau?« – »Glaubst du wirklich, daß sie bewußtlos ist, Paul?«
– Du? Sie sagt ihm du. Hab' ich euch erwischt! Du sagt sie

ihm! – »*Ja, sie ist vollkommen bewußtlos. Das kommt nach solchen Anfällen gewöhnlich vor.*« – »*Nein, Paul, du bist zum Kranklachen, wenn du dich so erwachsen als Doktor benimmst.*« Hab' ich euch, Schwindelbande! Hab' ich euch? – »*Still, Cissy.*« – »*Warum denn, wenn sie nichts hört?!*« – Was ist denn geschehen? Nackt liege ich im Bett unter der Decke. Wie haben sie das gemacht? – »*Nun, wie geht's? Besser?*« – Das ist ja die Tante. Was will sie denn da? – »*Noch immer ohnmächtig?*« – Auf den Zehenspitzen schleicht sie heran. Sie soll zum Teufel gehen. Ich laß mich in keine Anstalt bringen. Ich bin nicht irrsinnig. – »*Kann man sie nicht zum Bewußtsein erwecken?*« – »*Sie wird bald wieder zu sich kommen, Mama. Jetzt braucht sie nichts als Ruhe. Übrigens du auch, Mama. Möchtest du nicht schlafen gehen? Es besteht absolut keine Gefahr. Ich werde zusammen mit Frau Cissy bei Else Nachtwache halten.*« – »*Jawohl, gnädige Frau, ich bin die Gardedame. Oder Else, wie man's nimmt.*« – Elendes Frauenzimmer. Ich liege hier ohnmächtig, und sie macht Späße. »*Und ich kann mich darauf verlassen, Paul, daß du mich wecken läßt, sobald der Arzt kommt?*« – »*Aber Mama, der kommt nicht vor morgen früh.*« – »*Sie sieht aus, als wenn sie schliefe. Ihr Atem geht ganz ruhig.*« – »*Es ist ja auch eine Art von Schlaf, Mama.*« – »*Ich kann mich noch immer nicht fassen, Paul, ein solcher Skandal! – Du wirst sehen, es kommt in die Zeitung!*« – »*Mama!*« – »*Aber sie kann doch nichts hören, wenn sie ohnmächtig ist. Wir reden doch ganz leise.*« – »*In diesem Zustand sind die Sinne manchmal unheimlich geschärft.*« – »*Sie haben einen so gelehrten Sohn, gnädige Frau.*« – »*Bitte dich, Mama, geh zu Bette.*« – »*Morgen reisen wir ab unter jeder Bedingung. Und in Bozen nehmen wir eine Wärterin für Else.*« – Was? Eine Wärterin? Da werdet ihr euch aber täuschen. – »*Über all das reden wir morgen, Mama. Gute Nacht, Mama.*« – »*Ich will mir einen Tee aufs Zimmer bringen lassen, und in einer Viertelstunde schau' ich noch einmal her.*« – »*Das ist doch absolut nicht notwendig, Mama.*« – Nein, notwendig ist es nicht. Du sollst überhaupt zum Teufel gehen. Wo ist das Veronal? Ich muß noch warten. Sie begleiten die Tante zur Türe. Jetzt sieht mich niemand. Auf dem Nachttisch muß es ja stehen, das Glas mit dem Veronal. Wenn ich es austrinke, ist alles vorbei. Gleich werde ich es trinken. Die Tante ist fort. Paul und Cissy stehen noch an der Tür. Ha. Sie küßt ihn. Sie küßt ihn. Und ich liege nackt unter der Decke. Schämt ihr euch denn gar nicht? Sie küßt ihn wieder. Schämt ihr euch nicht? – »*Siehst du, Paul, jetzt weiß ich, daß sie ohnmächtig ist. Sonst wäre sie mir unbedingt an die Kehle gesprungen.*« »*Möchtest du mir nicht*

den Gefallen tun und schweigen, Cissy?« – »Aber was willst
du denn, Paul? Entweder ist sie wirklich bewußtlos. Dann hört
und sieht sie nichts. Oder sie hält uns zum Narren. Dann
geschieht ihr ganz recht.« – »Es hat geklopft, Cissy.« –
»Mir kam es auch so vor.« – »Ich will leise aufmachen und
sehen, wer es ist. – Guten Abend, Herr von Dorsday.« –
»Verzeihen Sie, ich wollte nur fragen, wie sich die Kranke –«
– Dorsday! Dorsday! Wagt er es wirklich? Alle Bestien sind
losgelassen. Wo ist er denn? Ich höre sie flüstern vor der Tür.
Paul und Dorsday. Cissy stellt sich vor den Spiegel hin. Was
machen Sie vor dem Spiegel dort? Mein Spiegel ist es. Ist nicht
mein Bild noch drin? Was reden sie draußen vor der Tür, Paul
und Dorsday? Ich fühle Cissys Blick. Vom Spiegel aus sieht
sie zu mir her. Was will sie denn? Warum kommt sie denn
näher? Hilfe! Hilfe! Ich schreie doch, und keiner hört mich.
Was wollen Sie an meinem Bett, Cissy?! Warum beugen Sie
sich herab? Wollen Sie mich erwürgen? Ich kann mich nicht
rühren. – »Else!« – Was will sie denn? – »Else! Hören Sie
mich, Else?« – Ich höre, aber ich schweige. Ich bin ohnmächtig,
ich muß schweigen. – »Else, Sie haben uns in einen schönen
Schreck versetzt.« – Sie spricht zu mir. Sie spricht zu mir, als
wenn ich wach wäre. Was will sie denn? – »Wissen Sie, was
Sie getan haben, Else? Denken Sie, nur mit dem Mantel bekleidet sind Sie ins Musikzimmer getreten, sind plötzlich nackt
dagestanden vor allen Leuten, und dann sind Sie ohnmächtig
hingefallen. Ein hysterischer Anfall wird behauptet. Ich glaube
kein Wort davon. Ich glaube auch nicht, daß Sie bewußtlos
sind. Ich wette, Sie hören jedes Wort, das ich rede.« – Ja, ich
höre, ja, ja, ja. Aber sie hört mein Ja nicht. Warum denn nicht?
Ich kann sie meine Lippen nicht bewegen. Darum hört sie mich
nicht. Ich kann mich nicht rühren. Was ist denn mit mir? Bin
ich tot? Bin ich scheintot? Träume ich? Wo ist das Veronal?
Ich möchte mein Veronal trinken. Aber ich kann den Arm
nicht ausstrecken. Gehen Sie fort, Cissy. Warum sind Sie über
mich gebeugt? Fort, fort! Nie wird sie wissen, daß ich sie gehört habe. Niemand wird es je wissen. Nie wieder werde ich
zu einem Menschen sprechen. Nie wache ich wieder auf. Sie
geht zur Türe. Sie wendet sich noch einmal nach mir um. Sie
öffnet die Türe. Dorsday! Dort steht er. Ich habe ihn gesehen
mit geschlossenen Augen. Nein, ich sehe ihn wirklich. Ich
habe ja die Augen offen. Die Türe ist angelehnt. Cissy ist
auch draußen. Nun flüstern sie alle. Ich bin allein. Wenn ich
mich jetzt rühren könnte.
Ha, ich kann ja, kann ja. Ich bewege die Hand, ich rege die
Finger, ich strecke den Arm, ich sperre die Augen weit auf.
Ich sehe, ich sehe. Da steht mein Glas. Geschwind, ehe sie

wieder ins Zimmer kommen. Sind es nur Pulver genug?! Nie wieder darf ich erwachen. Was ich zu tun hatte auf der Welt, habe ich getan. Der Papa ist gerettet. Niemals könnte ich wieder unter Menschen gehen. Paul guckt durch die Türspalte herein. Er denkt, ich bin noch ohnmächtig. Er sieht nicht, daß ich den Arm beinahe schon ausgestreckt habe. Nun stehen sie wieder alle drei draußen vor der Tür, die Mörder! – Alle sind sie Mörder. Dorsday und Cissy und Paul, auch Fred ist ein Mörder, und die Mama ist eine Mörderin. Alle haben sie mich gemordet und machen sich nichts wissen. Sie hat sich selber umgebracht, werden sie sagen. Ihr habt mich umgebracht, ihr Alle, ihr Alle! Hab' ich es endlich? Geschwind, geschwind! Ich muß. Keinen Tropfen verschütten. So. Geschwind. Es schmeckt gut. Weiter, weiter. Es ist gar kein Gift. Nie hat mir was so gut geschmeckt. Wenn ihr wüßtet, wie gut der Tod schmeckt! Gute Nacht, mein Glas. Klirr, klirr! Was ist denn das? Auf dem Boden liegt das Glas. Unten liegt es. Gute Nacht. – »Else! Else!« – Was wollt ihr denn? – »Else!« – Seid ihr wieder da? Guten Morgen. Da lieg' ich bewußtlos mit geschlossenen Augen. Nie wieder sollt ihr meine Augen sehen. – »Sie muß sich bewegt haben, Paul, wie hätte es sonst herunterfallen können?« – »Eine unwillkürliche Bewegung, das wäre schon möglich.« – »Wenn sie nicht wach ist.« – »Was fällt dir ein, Cissy. Sieh sie doch nur an.« – Ich habe Veronal getrunken. Ich werde sterben. Aber es ist geradeso wie vorher. Vielleicht war es nicht genug ... Paul faßt meine Hand. – »Der Puls geht ruhig. Lach' doch nicht, Cissy. Das arme Kind.« – »Ob du mich auch ein armes Kind nennen würdest, wenn ich mich im Musikzimmer nackt hingestellt hätte?« – »Schweig doch, Cissy.« – »Ganz nach Belieben, mein Herr. Vielleicht soll ich mich entfernen, dich mit dem nackten Fräulein allein lassen. Ach bitte, geniere dich nicht. Tu, als ob ich nicht da wäre.« – Ich habe Veronal getrunken. Es ist gut. Ich werde sterben. Gott sei Dank. – »Übrigens weißt du, was mir vorkommt. Daß dieser Herr von Dorsday in das nackte Fräulein verliebt ist. Er war so erregt, als ginge ihn die Sache persönlich an.« – Dorsday, Dorsday! Das ist ja der – Fünfzigtausend! Wird er sie abschicken? Um Gottes willen, wenn er sie nicht abschickt? Ich muß es ihnen sagen. Sie müssen ihn zwingen. Um Gottes willen, wenn alles umsonst gewesen ist? Aber jetzt kann man mich noch retten. Paul! Cissy! Warum hört ihr mich denn nicht? Wißt ihr denn nicht, daß ich sterbe? Aber ich spüre nichts. Nur müde bin ich. Paul! Ich bin müde. Hörst du mich denn nicht? Ich bin müde, Paul. Ich kann die Lippen nicht öffnen. Ich kann die Zunge nicht bewegen, aber ich bin noch nicht tot. Das ist das Veronal. Wo seid ihr denn?

Gleich schlafe ich ein. Dann wird es zu spät sein! Ich höre sie gar nicht reden. Sie reden, und ich weiß nicht was. Ihre Stimmen brausen so. So hilf mir doch, Paul! die Zunge ist mir so schwer. – *»Ich glaube, Cissy, daß sie bald erwachen wird. Es ist, als wenn sie sich mühte, die Augen zu öffnen. Aber Cissy, was tust du denn?«* – *»Nun, ich umarme dich. Warum denn nicht? Sie hat sich auch nicht geniert.«* – Nein, ich habe mich nicht geniert. Nackt bin ich dagestanden vor allen Leuten. Wenn ich nur reden könnte, so würdet ihr verstehen warum. Paul! Paul! Ich will, daß ihr mich hört. Ich habe Veronal getrunken, Paul, zehn Pulver, hundert. Ich hab' es nicht tun wollen. Ich war verrückt. Ich will nicht sterben. Du sollst mich retten, Paul. Du bist ja Doktor. Rette mich! – *»Jetzt scheint sie wieder ganz ruhig geworden. Der Puls – der Puls ist ziemlich regelmäßig.«* – Rette mich, Paul. Ich beschwöre dich. Laß mich doch nicht sterben. Jetzt ist's noch Zeit. Aber dann werde ich einschlafen, und ihr werdet es nicht wissen. Ich will nicht sterben. So rette mich doch. Es war nur wegen Papa. Dorsday hat es verlangt. Paul! Paul! – *»Schau' mal her, Cissy, scheint dir nicht, daß sie lächelt?«* – *»Wie sollte sie nicht lächeln, Paul, wenn du immerfort zärtlich ihre Hand hältst.«* – Cissy, Cissy, was habe ich dir denn getan, daß du so böse zu mir bist. Behalte deinen Paul – aber laßt mich nicht sterben. Ich bin noch so jung. Die Mama wird sich kränken. Ich will noch auf viele Berge klettern. Ich will noch tanzen. Ich will auch einmal heiraten. Ich will noch reisen. Morgen machen wir eine Partie auf den Cimone. Morgen wird ein wunderschöner Tag sein. Der Filou soll mitkommen. Ich lade ihn ergebenst ein. Lauf ihm doch nach, Paul, er geht einen so schwindligen Weg. Er wird dem Papa begegnen. Adresse bleibt Fiala, vergiß nicht. Es sind nur fünfzigtausend, und dann ist alles in Ordnung. Da marschieren sie alle im Sträflingsgewand und singen. Mach' auf das Tor, Herr Matador! Das ist ja alles nur ein Traum. Da geht auch Fred mit dem heiseren Fräulein, und unter dem freien Himmel steht das Klavier. Der Klavierstimmer wohnt in der Bartensteinstraße, Mama! Warum hast du ihm denn nicht geschrieben, Kind? Du vergißt aber alles. Sie sollten mehr Skalen üben, Else. Ein Mädel mit dreizehn Jahren sollte fleißiger sein. – Rudi war auf dem Maskenball und ist erst um acht Uhr früh nach Hause gekommen. Was hast du mir mitgebracht, Papa? Dreißigtausend Puppen. Da brauch' ich ein eigenes Haus dazu. Aber sie können auch im Garten spazierengehen. Oder auf den Maskenball mit Rudi. Grüß dich Gott, Else. Ach Bertha, bist du wieder aus Neapel zurück? Ja, aus Sizilien. Erlaube, daß ich dir meinen Mann vorstelle, Else. Enchantée, Monsieur. – *»Else,* *hörst du mich, Else? Ich bin es, Paul.«* – Haha, Paul. Warum sitzest du denn auf der Giraffe im Ringelspiel? »Else, Else!« – So reit mir doch nicht davon. Du kannst mich doch nicht hören, wenn du so schnell durch die Hauptallee reitest. Du sollst mich ja retten. Ich habe Veronalica genommen. Das läuft mir über die Beine, rechts und links, wie Ameisen. Ja, fang ihn nur, den Herrn von Dorsday. Dort läuft er. Siehst du ihn denn nicht? Da springt er über den Teich. Er hat ja den Papa umgebracht. So lauf ihm doch nach. Ich laufe mit. Sie haben mir die Bahre auf den Rücken geschnallt, aber ich laufe mit. Meine Brüste zittern so. Aber ich laufe mit. Wo bist du denn, Paul? Fred, wo bist du? Mama, wo bist du? Cissy? Warum laßt ihr mich denn allein durch die Wüste laufen? Ich habe ja Angst so allein. Ich werde lieber fliegen. Ich habe ja gewußt, daß ich fliegen kann.

»Else!« . . . »Else!« . . .

Wo seid ihr denn? Ich höre euch, aber ich sehe euch nicht.

»Else!« . . . »Else!« . . . »Else!« . . .

Was ist denn das? Ein ganzer Chor? Und Orgel auch? Ich singe mit. Was ist es denn für ein Lied. Alle singen mit. Die Wälder auch und die Berge und die Sterne. Nie habe ich etwas so Schönes gehört. Noch nie habe ich eine so helle Nacht gesehen. Gib mir die Hand, Papa. Wir fliegen zusammen. So schön ist die Welt, wenn man fliegen kann. Küss' mir doch nicht die Hand. Ich bin ja dein Kind, Papa.

»Else! Else!«

Sie rufen von so weit! Was wollt ihr denn? Nicht wecken. Ich schlafe ja so gut. Morgen früh. Ich träume und fliege. Ich fliege . . . fliege . . . fliege . . . schlafe und träume . . . und fliege . . . nicht wecken . . . morgen früh . . .

»El . . .«

Ich fliege . . . ich träume . . . ich schlafe . . . ich träu . . . träu – ich flie . . . .

Arthur Schnitzler

Casanovas Heimfahrt
Erzählungen
Band 1343

Frau Berta Garlan
Erzählungen
Band 9403

Flucht in die Finsternis
Erzählungen
Band 9408

Die Hirtenflöte
Erzählungen
Band 9406

**Fräulein Else
und andere
Erzählungen**
Band 9102

**Der Sekundant
und andere Erzählungen**
Band 9100

**Der blinde Geronimo
und sein Bruder**
Erzählungen
Band 9404

**Spiel
im Morgengrauen**
Erzählung
Band 9101

**Doktor Gräsler,
Badearzt**
Erzählung
Band 9407

Der Weg ins Freie
Roman
Band 9405
(in Vorbereitung)

Fischer Taschenbuch Verlag

fi 201/ 3

Arthur Schnitzler
Frau Beate und ihr Sohn
Novelle

Band 9318

Frau Beate Heinolds Mann Ferdinand war ein begabter
Schauspieler gewesen, und sie hatte ihn, wie sie ihm einmal gestand, vor allem deshalb geliebt, weil ihr die ehe-
liche Verbundenheit mit ihm »die einzige Möglichkeit
bot, den ehrbaren Weg zu gehen, der ihr nach ihrer bürgerlichen Erziehung vorgezeichnet schien, und doch
zugleich das abenteuerlich-wilde Dasein zu führen, nach
dem sie in verborgenen Träumen sich sehnte«; Beate will
ihrer beider Sohn Hugo, von dessen pulsender Unruhe
seiner siebzehn Jahre wissend, nach dem Tod des Vaters
davor bewahren, »mit Ekel aus seinem ersten Rausch«
des Zusammenseins mit einer Frau zu erwachen. Das
Maß dieser Sorge entspricht ihren in der Witwenschaft
nicht ausgelebten Empfindungen. In der atmosphäri-
schen Elektrizität der Sommertage, lösen sich die Grenzen: Mutter und Sohn erleben unabhängig voneinander
die Intensität ihrer Körperlichkeit in gesellschaftlich
nicht tragbaren Beziehungen und fliehen in den Tod.

Fischer Taschenbuch Verlag

Erzähler–Bibliothek

Die »Erzähler–Bibliothek« versammelt große Erzähler in besonders
lesefreundlichen Einzelausgaben und wendet sich damit vor
allem an Leser, die auch im Taschenbuch auf eine optisch groß-
zügige Präsentation von Literatur nicht verzichten möchten.
Ihre Bände, die jeweils eine längere Erzählung, eine Novelle oder
einen Kurzroman eines berühmten Autors der klassischen Moderne,
der zeitgenössischen Literatur, gelegentlich auch früherer
Epochen bringen, wollen Verführungen sein zum Lesen:
durch spannende Inhalte, reizvolle Gestaltung, ein angenehmes und
ästhetisches Schriftbild.

Fischer Taschenbuch Verlag

Arthur Schnitzler
Jugend in Wien

Eine Autobiographie

Herausgegeben von Therese Nickl und Heinrich Schnitzler

Arthur Schnitzler war bereits über
fünfzig und auf der Höhe seines
Lebens und seines Ruhmes, als er
zwischen 1915 und 1920 die Auf-
zeichnungen seiner Jugend in
Wien niederschrieb. Der Lebens-
bericht, den Schnitzler bis zum
Jahre 1900 fortzuführen plante,
endet 1889, als Schnitzler Assistenz-
arzt seines Vaters an der Wiener
Poliklinik und dabei war, seinen
Weg zur Literatur zu finden.
Arthur Schnitzler berichtet sehr
aufrichtig von seiner Kindheit,
von den Jugend- und Studienjah-
ren in Wien, von dem Leben eines
jungen Mannes aus großbürgerli-
chem Haus, von seinen Freund-
schaften und Liebschaften, von
seiner Konfrontation mit dem
Arztberuf, von seiner Dienstzeit
als Militärarzt, von Reisen nach
Berlin und London, aber auch von
der Weltanschauung und den politischen Ereignissen seiner Jugend-
zeit zwischen 1862 und 1889.
Natürlich spricht er auch von seinen ersten schriftstellerischen Versuchen, aber mit dem distanzier-
ten Humor des reifen Erzählers,
den Alfred Kerr vor einem halben
Jahrhundert den »österreichischen
Maupassant« genannt hat und den
Friedrich Torberg in seinem klu-

Band 2068

gen und verehrenden Nachwort
heute mit Tschechow vergleicht.
Aus den Begegnungen mit Freunden und geliebten Frauen ragt vor
allem das Bild seiner späteren Gattin Olga Jussmann heraus, der er
am Schluß des Bandes mit dem
Bekenntnis tiefer Zuneigung ein
zärtliches Denkmal setzt.

Fischer Taschenbuch Verlag